DER ZÖGERLICHE DOM

SUNCOAST SOCIETY
BUCH 4

TYMBER DALTON

LESLI RICHARDSON

Übersetzt von
LITERARY QUEENS

Midnight
ROMANCE

www.LesliRichardson.com 1 2 3 4 5 6 7 8 9 10

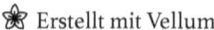 Erstellt mit Vellum

INHALT

Dem Meister Anthony Stevens für seine Geduld, seine Anleitung und seine unschätzbaren Erfahrungen. (Ich habe dir gesagt, dass ich dich nicht vergessen werde!)

Meinem Ehepartner, der definitiv der beste Ehemann auf der Welt ist, der es mit einer heulenden Workaholic-Ehefrau während des anfänglichen Schreibprozesses aushielt. Sie sind wahrscheinlich meine größte Stütze, und wenn sie mich nicht dazu gedrängt hätten, meiner Leidenschaft nachzugehen, würde ich mich vielleicht immer noch auf Software-Tutorials konzentrieren.

Auf den Geist meines süßen Wikingers Russ. Warte auf mich, Baby.

Ich liebe Dich.

Für immer.

An Mr. B. Er weiß, warum.

An meine Freunde und meine Adoptivfamilie in der Sarasota Society und im Tampa Bay Phoenix Club: Sie sind zu zahlreich, um sie alle aufzuzählen. Danke für die Inspiration, die Bildung, die Freundschaft und die Kameradschaft und dafür, dass ihr mich jedes Mal zum Lachen bringt, wenn einer von euch (meist hoffnungsvoll) fragt:»Wird das in einem Ihrer Bücher landen?«*(Ja, es wird wahrscheinlich in einem Buch landen.)*

Und vor allem an Sir Vic und den Geist von Annie.

Und schließlich – obwohl sie die meisten meiner Bücher zu Lebzeiten wahrscheinlich nie gelesen hätte, wäre sie stolz auf meine Leistung gewesen, dass ich sie veröffentlicht habe – für Granny. Ich habe dieses Buch ursprünglich geschrieben, um mit meiner Trauer über ihren Verlust am Tag vor meinem Geburtstag im Jahr 2008 fertig zu werden. Auch für Großvater, den wir auf den Tag genau drei Jahre später verloren haben.

Manchmal ist das Leben wirklich seltsamer als die Realität. In meiner Familie gibt es den Witz, dass ich mir Daten schlecht merken kann. Glauben Sie mir, das hat sich in mein Gedächtnis eingebrannt.

ANMERKUNG DER AUTORIN

Dies ist zwar eine fiktive Geschichte, aber die Darstellung einer rund um die Uhr geführten M/S-Beziehung ist nicht unzutreffend. Ich habe persönlich Menschen gekannt, die BDSM als gesündere und sicherere Alternative zu selbstverletzendem Verhalten nutzen. Ich sage nicht, dass BDSM ein Ersatz für medizinische Behandlungen sein sollte, aber jeder trifft im Leben seine eigenen Entscheidungen. Da ich selbst in der BDSM-Szene aktiv bin, bin ich froh, dass ich darüber aus der Perspektive schreiben kann, die ich selbst erlebt habe. Dies ist jedoch nur eine Geschichte, und zwar eine funktionale. Es gibt eine reiche Vielfalt des ›Lebensstils‹, von der die meisten Menschen nichts wissen, weil ihre Informationen von kommerziellen BSDM-Fetisch-Pornoseiten im Internet stammen. Versuchen Sie normal zu definieren, entweder in einer Vanille- oder in einer Kink-Beziehung, und es ist wirklich unmöglich.

Vielleicht sind Sie ›normaler‹ als Sie denken …

Außerdem wurde die ursprüngliche Version dieses Buches 2008 geschrieben, also lange vor Covid, es ist also nicht Teil dieser ›Welt‹. Außerdem habe ich hier und da ein paar Änderungen vorgenommen, um die Technologie auf den neuesten Stand zu bringen.

Die meisten Bücher der Suncoast-Society-Serie sind eigenständige Werke und können unabhängig voneinander gelesen werden. Um Spoiler zu vermeiden und keine Hintergrundgeschichte zu verpassen, können Sie auf meiner Website eine vollständige Auflistung der Serie einsehen:

http://www.SuncoastSociety.com

KAPITEL EINS

»Ich habe ihr drei Versprechen gegeben, als wir geheiratet haben, Seth. Ich würde sie nie anlügen. Ich würde mich immer um sie kümmern. Ich würde sie beschützen und nie wieder zulassen, dass ihr jemand wehtut.« Seth sah seinem Freund zu, wie er den Bourbon und das Eis in seinem Drink verrührte. Kaden hatte seine Brille auf den Tisch gelegt, sein Gesicht wirkte verhärmt und erschöpft. Irgendetwas stimmte mit seinem Freund heute Abend überhaupt nicht. Sie kannten sich seit über vierzig Jahren, seit sie Kleinkinder gewesen waren und ihre Mütter die besten Freundinnen – und das hier war einfach ...

Falsch.

Kaden begegnete dem besorgten Blick seines Freundes. »Ich liebe sie, Seth. Sie ist mein Leben. Was soll ich nur tun?«

»Wovon redest du, Kumpel? Du machst mir Angst.«

Kaden lehnte sich in seinem Stuhl zurück. »Ich war heute beim Arzt.«

Ein Schauer durchfuhr Seths Seele. »Soll ich es aus dir herausprügeln oder was?«

Kaden nahm noch einen Schluck. Das war ihr wöchentlicher Männerabend, aber Seth wusste, dass dieser Abend nicht wie jeder andere war. »Ich sterbe«, flüsterte Kaden.

Das musste ein grausamer Scherz sein. Kaden war immer auf der Suche nach einer Möglichkeit, Seth einen Streich zu spielen und ihn zu verarschen. »Alter, das ist *nicht* lustig. Über so etwas macht man keine Witze.«

»Sehe ich aus, als würde ich lachen?«

Seth musterte ihn und ein kalter, harter Fels der Gefühle machte sich in seinem Magen breit. »Was zum Teufel?«

»Ich habe Krebs. Im besten Fall ein Jahr oder so.«

»Dann solltest du dir eine zweite Meinung einholen! Vielleicht irrt sich der Arzt. Die können sich irren, weißt du.«

Kaden schaute wieder auf sein Glas. »Das war schon meine *dritte* Meinung. Bauchspeicheldrüsenkrebs. Inoperabel.«

Ein betäubender Schock überkam Seth. Dieser Mann war in allem sein Bruder, außer im Namen und im Blut. Ein paar Jahre lang waren sie durch Entfernung getrennt gewesen, als Seth in der Armee gedient hatte, aber selbst damals hatten sie sich so oft wie möglich gemailt und telefoniert. Ansonsten standen sie sich immer sehr nahe.

»Sie haben Medikamente, Bestrahlung, Chemotherapie. Irgendwas muss es doch geben.«

»Nein. Ich weigere mich die Zeit, die mir noch bleibt, so zu verbringen. Sie haben gesagt, dass ich damit höchstens ein paar Monate überlebe, wenn ich Glück habe. Die will ich lieber nicht damit verbringen, mir die Seele aus dem Leib zu kotzen.«

»Aber es muss doch etwas geben …«

Kaden schüttelte den Kopf. »Ich weigere mich so zu gehen, wie Dad gegangen ist. Ich gehe auf *meine* Weise.« Er nahm einen weiteren Schluck von seinem Drink.

Was sagst du in so einer Situation?

Seth schüttelte den Kopf. »Scheiße.« Er nahm einen Schluck Bier. »Wie geht es Leah?«, fragte er leise.

»Ich habe es ihr noch nicht gesagt.«

Seth starrte seinen Freund ungläubig an.»Was soll das heißen, du hast es ihr noch nicht gesagt?«

»Ich wollte sichergehen, bevor ich es tue. Ich war letzte Woche bei den ersten beiden Ärzten. Sie sind sich alle einig über die Diagnose – und die Prognose.«

Arme Leah. Kaden und Leah waren seit fast zwanzig Jahre verheiratet. Seth war in Übersee bei der Armee gewesen, als Kaden sie kennenlernte und innerhalb von drei Monaten heiratete. Seth hatte sie sofort gemocht, als er nach Hause kam und sie schließlich auch traf. Sie tat Kaden gut.

Seth war in einem Strudel von Gefühlen versunken, also musste Kaden seine Frage wiederholen.»Wie läuft's mit der Wohnungssuche?«

Was sollte der Scheiß? Kade hatte gerade die Bombe platzen lassen, dass er im Sterben lag, und jetzt stellte er ihm diese Frage?

Seth schüttelte betäubt den Kopf, während er versuchte, Kadens Neuigkeiten zu verarbeiten.»Ich bin noch auf der Suche. Es ist schwer, weil ich zur Schule gehe und so. Ich habe es satt, bei Ben zu wohnen, und muss wieder auf eigenen Füßen stehen.« Seths älterer Bruder hatte darauf bestanden, dass er während Seths Scheidung bei ihnen wohnte.

»Du hast dich also endgültig von der Schlampe getrennt? Ich wusste, dass die Papiere bald kommen würden.«

»Der endgültige Papierkram kam letzte Woche durch. Ich bin offiziell geschieden. Es hat nur zwei Jahre gedauert und ich habe meinen Arsch dabei verloren.« Er sah Kaden an und konzentrierte sich wieder auf das eigentliche Thema.»Hör auf, das verdammte Thema zu wechseln!«

Kaden lächelte wissend.»Das habe ich nicht.«

»Doch, hast du.«

Kaden lehnte sich zurück.»Wir müssen uns mal unterhalten.«

»Vergiss es. Du musst deinen Arsch nach Hause bewegen und es Leah erzählen.«

Kadens graue Augen richteten sich auf die seinen. »Zuerst muss ich mit dir reden«, sagte er und sein Tonfall wurde sanft und gleichmäßig. »Im Ernst.«

Seth holte tief Luft. »Okay, was?«

»Ich möchte, dass du bei uns einziehst.«

Seth blinzelte. »Was?«

»Wir haben jede Menge Platz.«

»Was?« Jeden Moment würde er aus diesem Albtraum aufwachen. Oder aus einem verrückten Traum, oder was auch immer das war. Das konnte nicht echt sein, das durfte nicht wahr sein.

Kaden beugte sich vor und senkte seine Stimme noch weiter. »Ich möchte, dass du mir zuhörst, ohne zu unterbrechen. Ich will nicht, dass du mir heute Abend eine Antwort gibst, okay? Kannst du das für mich tun?«

Seth nickte langsam.

Kadens Blick wich nicht von ihm. »Ich muss dir ein paar Dinge über mich erzählen. Und über Leah. Du musst mir zuhören, damit du verstehst, wie ich mich fühle, denn es ist schwer genug für mich, darüber zu reden, ohne mich vor meinem besten Freund rechtfertigen zu müssen. Okay? Versprochen?«

Seth nickte wieder. Kaden war das Aushängeschild für ›stille Wasser sind tief‹. Sie standen sich nahe, aber während Seth alles auf den Tisch legte, hielt sich Kaden immer bedeckt. Das hatte er schon immer getan. Vielleicht war das der Grund, warum er seit fast zwei Jahrzehnten glücklich verheiratet war und Seth bereits seine dritte Ex-Frau hatte.

Kaden schlug seine Hände zusammen. »Du weißt, dass ich Leah liebe. Sie ist mein verdammtes Leben. Ich habe sie nie betrogen und sie hat mich auch nie betrogen.«

Seth nickte. Das wusste er. Er hatte ihre offensichtliche

Liebe und Leidenschaft seit Jahren beobachtet und sie darum beneidet. Jeder Idiot konnte sehen, wie sehr sie sich liebten. *Was für ein Glückspilz.*

»Es gibt ein paar Dinge, die ich dir nie erzählt habe. Über Leahs Vergangenheit. Darüber, wie wir uns kennengelernt haben. Einiges davon muss ich dir heute Abend nicht erzählen. Das erfährst du noch früh genug. Es genügt zu sagen, dass sie ein verdammtes Wrack war, als wir uns kennenlernten. Ich habe ihr wahrscheinlich das Leben gerettet. Sie hatte ein furchtbares Leben, bevor wir zusammenkamen.«

Kaden holte tief Luft. »Leah ist nicht nur meine Frau, Seth. Sie ist meine Sklavin. Ich bin ihr Meister, ihr Dom.«

Okay, Kaden wollte ihn *auf jeden Fall* verarschen. Seth kämpfte und verlor den Kampf gegen sein Grinsen, und Erleichterung machte sich in ihm breit. »Du machst dich über mich lustig. Verdammt, du hast mich schon wieder reingelegt, du Scheißkerl! Für einen Moment hast du mich wirklich erschreckt, Kumpel. Das war überhaupt nicht lustig.«

Das erklärte alles. Kaden hatte es geschafft, ihm den ultimativen Streich zu spielen. Die Erleichterung begann seine Angst zu verdrängen.

Kadens Augen, sein ernster Blick, veränderten sich nicht. »Ich verarsche dich nicht«, sagte er leise. »Du musst mich ausreden lassen. Du hast es versprochen.«

Der harte, kalte Stein in Seths Magen drehte sich um. Er schluckte schwer und nickte, als sich seine kurzzeitige Erleichterung verflüchtigte.

Kaden fuhr fort. Zum ersten Mal in seinem Leben sah Seth etwas, das ihn regelrecht erschütterte.

Tränen in Kadens Augen.

»Wir sind schon seit kurz nach unserem Kennenlernen dabei. Es war nicht geplant. Es ist einfach passiert. Ich wollte es nicht tun, aber sie brauchte es. Es hat ihr geholfen, wieder gesund zu werden. Ich weiß, das klingt komisch, aber glaub mir, so war es. Wenn du sie vorher gesehen hättest ...« Er hielt inne und nahm noch einen Schluck. »Wenn du sie gekannt hättest, als ich sie zum ersten Mal getroffen habe, wüsstest du, wovon ich rede.«

»Ich habe ihr versprochen, dass ich sie beschützen und für sie sorgen würde. Das habe ich immer getan. Ich habe nicht viel Zeit, um die Dinge in Ordnung zu bringen, denn auch wenn der Krebs relativ früh entdeckt wurde, ist er aggressiv und schreitet schnell voran. Ich muss wissen, dass es jemanden geben wird, dem ich mein Leben anvertrauen kann, der in meine Fußstapfen tritt und diese Versprechen für mich einhält, wenn ich nicht mehr bin.« In diesem Moment traten ihm Tränen in die Augen, die er wütend wegwischte. »Ich muss wissen, dass sie in Sicherheit ist. Ich will sicher sein, dass sie sich nicht umbringt oder auf der Suche nach dem, was sie braucht, bei einem Arschloch landet, das sie missbraucht.«

Seth fühlte sich wie betäubt und fragte sich, wann er endlich aufwachen würde. Das konnte nicht echt sein. Sein Gehirn akzeptierte nicht, dass dies wirklich geschah. Er wusste, dass seine Stimme leise und schwach klang, weil sich ein emotionaler Schock eingeschlichen hatte. »Was fragst du mich, Kumpel?«

»Ich möchte, dass du morgen Abend zum Essen kommst. Ruf Leah nicht an. Komm einfach um sieben vorbei. Ich muss mit ihr über die Neuigkeiten sprechen und ihr sagen, was ich tun will. Ich will deine Antwort nicht heute Abend. Ich möchte, dass du ernsthaft darüber nachdenkst. Ich möchte, dass du bei uns einziehst. Du kannst zur Schule gehen und deinen Abschluss machen, und ich werde dir beibringen, was du wissen musst, um für sie zu sorgen.«

Kaden streckte die Hand aus und packte Seths Arm, sein Griff war schmerzhaft fest. »*Bitte*. Ich möchte, dass du ernsthaft darüber nachdenkst.«

Das war zu viel für Seth, als dass er es auf einmal verarbeiten konnte.»Du lässt die Bombe platzen, dass du sterben wirst, und jetzt verlangst du von mir, dass ich deine Frau für dich schlage, wenn du tot bist? Willst du mich *verarschen*?«

Er konnte nicht nur nicht begreifen, dass Kaden im Sterben lag, sondern auch nicht verarbeiten, dass sein respektabler, erfolgreicher, sanftmütiger und gutherziger Freund seit vierzig Jahren ein geheimes Leben führte, von dem Seth nichts wusste. Kaden schüttelte heftig den Kopf.»So ist es überhaupt nicht. Es gibt eine Menge Dinge, die ich dir nicht sagen kann, weil es etwas Persönliches zwischen mir und Leah ist. Es sei denn, du versprichst uns zu helfen. Und es gibt einiges, das du nicht verstehen wirst, wenn du es nicht selbst erlebst. Es ist nicht wie der Scheiß, den man im Internet sieht. Ich meine, ja, manche Leute stehen darauf, aber für uns ist es nicht so. Wir sind so die ganze Zeit über. Wir leben so. Wir sind *glücklich* damit.«

Kaden holte tief Luft.»Leah ist dadurch gesund geworden. Aber sie braucht bestimmte Dinge, Seth. Sie wird immer bestimmte Dinge brauchen. Ich mache mir Sorgen, dass sie, wenn ich nicht mehr da bin und sie sich an andere wendet, die sie nicht kennen und denen sie egal ist, sich emotional verletzt, bis sie wieder an einen Punkt kommt, an dem ihr Leben in Gefahr schwebt. Wenn sie sich nicht schon vorher umbringt.«

Kaden ließ Seths Arm los.»Ich bin auch ein Lehrer. Die Wochenend-Seminare, zu denen wir gehen? Ich unterrichte eine Menge. Ich unterrichte Shibari.«

Eine andere Dimension. Das war es! Er war durch ein verdammtes Wurmloch gefallen.»Shi-*was*?«

»Shibari. Japanische Seilfesselung.« Kaden nahm noch einen Schluck.»Und ein paar Peitschenkurse. Bitte. Komm morgen Abend zum Essen. Dann kann ich es dir besser erklären. Ich zeige es dir. Ich habe dich noch nie um etwas gebeten, Mann. Aber ich brauche dich jetzt. Wir beide brauchen dich. Bitte!«

Eine Welle von Schuldgefühlen überkam Seth. Nein, Kaden hatte ihn noch nie um etwas gebeten. Noch nie. Aber Kaden hatte seinen Arsch schon öfter aus dem Dreck gezogen, als ihm lieb war.

Er dachte einen langen Augenblick darüber nach. »Okay. Ich komme zum Abendessen, aber ich kann dir nicht versprechen, dass ich Ja sagen werde. Ich weiß ja nicht einmal, was du von mir willst.«

Verdammt, er konnte nicht einmal versprechen, dass er nach dieser Bombe nüchtern sein würde.

Hoffnung erhellte Kades Gesicht. »Das ist alles, worum ich dich bitte, nur dass du mir zuhörst.«

»Du weißt nicht, ob Leah darauf eingehen wird.«

Er nickte grimmig. »Das wird sie. Glaube mir, das wird sie.«

KAPITEL ZWEI

Seth beendete den Abend im Haus seines Bruders allein in seinem Zimmer mit ein paar Tequila-Shots. Als er am nächsten Morgen verkatert und mit glasigen Augen aufwachte, kam ihm die Diskussion mit Kaden vom Vorabend wieder in Erinnerung.

Er schloss seine Augen und betete, dass er wieder einschlafen würde. Ein Albtraum war ihm lieber als der Gedanke, dass sein bester Freund sterben würde.

Fuck.

Abendessen.

Seth stolperte durch seinen Tag und änderte mindestens alle fünf Minuten seine Meinung darüber, ob er hingehen sollte. Er schaffte es kaum durch den Unterricht am Morgen und war froh, dass er heute wenigstens keine Klausuren hatte.

Kaden und Leah waren seine beiden größten Unterstützer gewesen, als er sich entschlossen hatte, wieder aufs College zu gehen und seinen Abschluss als Krankenpfleger zu machen. Nach der Armee hatte er jahrelang auf dem Bau gearbeitet, aber angesichts der Immobilienkrise war das alles andere als eine gute Beschäftigung. Nach der Scheidung von Schlampe

Nummer drei beschloss er, in jeder Hinsicht einen Neuanfang zu wagen. Seine Kreditwürdigkeit war nicht völlig im Arsch, also konnte er wenigstens einen guten Studienkredit und ein paar Stipendien für die Studiengebühren bekommen. In der Armee hatte er eine Ausbildung zum Sanitäter gemacht, und es gefiel ihm, Menschen zu helfen. Außerdem war das einer der wenigen Berufe, bei denen die Nachfrage immer größer war als das Angebot, besonders in Florida.

Um sechs Uhr atmete Seth tief durch und stieg unter die Dusche. Die ständige Einnahme von Aspirin und Ingwertee während des ganzen Tages hatte schließlich seinen Kater gelindert.

Die Bombe drängte sich alle paar Minuten in seinen Kopf. Er dachte über den Unterricht nach, ging die Dinge in seinem Kopf durch, und dann plötzlich der Gedanke.

Kaden stirbt.

Er versuchte, sich etwas zu merken.

Kaden stirbt.

Wie ein schrecklicher Herzschlag in seinem Gehirn.

Kaden stirbt.

Was zur Hölle, würde er ohne seinen besten Freund tun? Er war Kaden näher als seinem eigenen Bruder. Zumindest gefühlsmäßig. Er wusste, dass Leah keine seiner drei Ex-Frauen mochte. Kaden hatte sie auch nicht gemocht, aber sie hatten ihr Bestes getan, um die Frauen in ihre enge Freundschaft einzubeziehen und sie willkommen zu heißen.

Wie oft hatte er sich im Laufe der Jahre gewünscht, er könnte jemanden wie Leah finden?

Er wollte sein eigenes Verhalten nicht entschuldigen. Seine erste gescheiterte Ehe – Kelly – war im Nachhinein betrachtet ein Versuch, eine zweite Leah zu finden. Sie war das Ebenbild der Frau seines besten Freundes gewesen. Sogar Leah zog ihn unter vier Augen damit auf.

Paula war ein geldgieriges Miststück, das sich mehr dafür

interessierte, wie weit Seth ihr Kreditkartenlimit erhöhen konnte.

Und dann war da natürlich noch Jackie. Sie hatte geschworen, dass Geld ihr nichts bedeutete, doch als er ihr erzählte, dass er vielleicht Konkurs anmelden musste, weil der Immobilienmarkt zusammenbrach und sein Unternehmen unterging, war sie wie eine aufgescheuchte Katze weggelaufen.

Seth schloss die Augen und lehnte seine Stirn an die kühlen Duschfliesen.

Kaden stirbt.

Fuck.

Er kämpfte gegen den Drang an, zwischen den Vorlesungen in der Universitätsbibliothek nach Bauchspeicheldrüsenkrebs zu suchen – und verlor. Nachdem er fünf Minuten gelesen hatte, klappte er das Buch zu und schob es zurück ins Regal.

Nein, Kaden wollte nicht so enden wie sein Vater, der in einem Krankenhausbett dahinsiechte, nachdem er zuvor monatelang eine Chemotherapie über sich hatte ergehen lassen müssen und durch die Operation zur Entfernung der Tumore in seiner Lunge geschwächt war.

Als Kadens Freund konnte Seth ihm das auch nicht verübeln, nachdem er das Geschehen am Rande beobachtet hatte.

Seth kramte eine kakifarbene Hose aus seinem Schrank und fand ein Hemd, das nicht gebügelt werden musste. Normalerweise würde er nur Shorts und ein T-Shirt tragen.

Aber heute Abend war es anders.

Er wusste nicht, was Kaden von ihm verlangte. Das Wissen, dass seine besten Freunde seit Jahrzehnten ein geheimes Leben führten, schockierte ihn immer noch. Sie waren so ...

Normal.

Kaden war ein erfolgreicher Unternehmensanwalt, verdammt noch mal. Leah arbeitete nicht, aber sie engagierte sich unermüdlich für einige Wohltätigkeitsorganisationen und gemeinnützige Vereine. Wenn sie in ihrem Pool schwimmen gingen, trug sie einen einteiligen Badeanzug. Er hatte sie noch nie in etwas Rassigerem als einem Sport-BH und Jogging-Shorts oder Leggings gesehen.

Er war schockiert, als er vor einigen Jahren eine Tätowierung auf Kadens Arm entdeckte, die seinen linken Bizeps umgab: ein verschlungenes Rankenmuster, das ein kleines, rundes Symbol hervorhob. Kaden mit einer Tätowierung? Das war fast so schockierend wie der Anblick des Weihnachtsmanns in Spitzen-BH und Höschen.

Als Seth ihn damals danach fragte, hatte Kaden gelächelt und mit den Schultern gezuckt, gesagt, dass es Leah gefalle, und es dabei belassen.

Seth saß in seinem Auto vor dem Haus seines Bruders und versuchte sich das Abendessen gleichzeitig ein und wieder auszureden. Wenn er nicht hinging, bedeutete das vielleicht, dass das Ganze nicht wirklich passierte.

Aber er hatte es versprochen.

Im Laufe der Jahre waren Kaden und Leah besser mit ihm umgegangen, als er es je von Freunden hätte erwarten können. Sie hatten nie etwas von ihm verlangt oder erwartet.

Niemals.

Wollte er jetzt, wo Kaden eine einzige Bitte an ihn richtete, wirklich eine feige Nummer abziehen?

Ihn nur anzuhören. Das war alles.

Er hämmerte auf das Lenkrad, was ein weiteres Pochen in seinem Kopf auslöste.

Kaden stirbt.

Er konnte nicht gut mit dem Tod umgehen. Nicht bei seinen eigenen Großeltern oder Eltern. Und das hier war Kaden.

Nach einer weiteren Minute startete er schließlich seinen Wagen und steuerte ihn zu Kadens Haus.

· · ·

AM EINGANGSTOR GAB SETH DEN CODE EIN, den er auswendig wusste, und fuhr hinein. Die luxuriöse Wohnsiedlung bestand aus großen, bewaldeten Grundstücken, die jeweils über fünf Hektar groß waren. Es war kaum zu glauben, dass es in der Siedlung so viele Häuser gab. Einige davon hatte er gebaut, auch das von Kaden. Das Haus von Kaden und Leah lag so weit von der Straße entfernt, dass man die Lichter zwischen den Bäumen kaum erkennen konnte.

Er parkte seinen verbeulten Mustang hinter Leahs Lexus-Limousine. Kadens neuer Honda Ridgeline stand daneben.

Sie hatten sich nie mit ihrem Reichtum über ihn erhoben. Er hatte Kaden nie um Geld gebeten, obwohl Kaden ihm manchmal andeutete, dass er ihm helfen würde, wenn er Geld brauchte.

Es war das Letzte, was Seth jemals tun wollte, Geld in ihre Freundschaft zu tragen. Selbst als Leah Seth angefleht hatte, ihr Haus zu bauen, hatte er die Kosten gesenkt, weil er von Freunden nicht profitieren wollte. Auch Kaden hatte ihn darauf angesprochen und gefragt, warum der Preis niedriger sei als bei den anderen Häusern, die er gebaut hatte. Seth hatte sich jedoch geweigert, ihm den vollen Preis zu berechnen.

Er hatte es allein geschafft und würde es immer irgendwie schaffen. Er hatte Kaden im Laufe der Jahre bei vielen Dingen um Hilfe gebeten, aber Geld gehörte nie dazu. Und das würde es auch nie.

Die Stille, die sich einstellte, als er den Motor abstellte, machte ihn fast taub und ließ sein Herz wieder schlagen.

Kaden stirbt.

Seth zwang sich, aus dem Auto auszusteigen und den gewundenen betonierten Weg zu ihrer Veranda hinaufzugehen.

Einen Augenblick später öffnete Leah die Tür.

Als Erstes fielen ihm ihre normalerweise schönen grünen Augen auf. Heute Abend sahen sie rot und geschwollen aus.

Kaden hatte ihr offensichtlich die Neuigkeiten mitgeteilt. Sein Blick wanderte an ihrem Körper hinunter ...

Heilige Scheiße!

Sie trug einen kurzen, schwarzen Lederrock, der ihr nur bis zum Hintern reichte. Er wusste nicht, dass sie solche Schuhe besaß – schwarze, riemenartige Fick-mich-Pumps mit Pfennigabsätzen – und schon gar nicht, dass sie sie jemals trug. Er hatte sie noch nie in so einem Kleid gesehen. Ihr kurzes bauchfreies Top war so tief geschnitten, dass es fast ihre Brustwarzen entblößte, was ironisch war, denn es war so hoch, dass es ihre Brüste kaum verdeckte. Sie war nicht großbrüstig, nur natürlich prall, mehr als genug für einen angenehmen Mund voll ...

Verdammte Scheiße, was denke ich da nur?

Normalerweise trug sie ihr schulterlanges braunes Haar entweder offen, wenn sie sich schick machen wollte, oder zu einem einfachen Pferdeschwanz hochgesteckt. Er sah sie selten geschminkt. Und selbst damals war sie immer sehr konservativ. Heute Abend hatte sie nicht nur ihr Haar zu einer verführerischen Hochsteckfrisur hochgesteckt, sondern auch ihr Makeup war nur einen Hauch auf der legalen Seite von nuttig. Um ihren Hals trug sie ein zierliches schwarzes Lederhalsband mit einem herzförmigen Schloss und einem kleinen silbernen Anhänger an der Schnalle.

Zum ersten Mal wurde ihm bewusst, dass sie normalerweise ein zierliches, kunstvoll geflochtenes Silberhalsband um den Hals trug, an dem ein kleiner Anhänger und ein Schildchen befestigt waren.

Ein Anhänger wie das Symbol auf Kadens Arm. Aber heute Abend trug sie das Halsband.

»Hallo, Seth«, sagte sie leise.

Der Schock überwältigte kurz seine Fähigkeit zu sprechen. Schließlich schaffte er es, den Mund zu öffnen und etwas zu sagen. »Wie geht es dir, mein Schatz?«

Ein schwaches Lächeln umspielte ihr Gesicht. Er kämpfte

gegen den Drang an, sie zu umarmen, wie er es normalerweise tun würde.

Er konnte es nicht. Nicht heute Abend. Nicht, wenn sie so angezogen war, heißer als die Hölle aussah und ...

Mein Gott, was für ein kranker Freak bin ich eigentlich?

Trotzdem pochte sein Schwanz in seiner Hose. Er war nur ein Mensch. Er war seit über einem Jahr mit seiner rechten Hand liiert, und so wie Leah jetzt aussah, half ihm das kein bisschen weiter.

»Mir geht's gut«, antwortete sie. Ihre Stimme klang schwächer als normal. Er vermutete, dass es am Kummer lag, denn sie zeigte nicht das geringste Unbehagen, als er sie mit seinen Augen überflog.

Die Leah, die er all die Jahre gekannt hatte, war eine starke, temperamentvolle, verspielte Frau, die nie gemein oder grausam war. Die beiden hatten eine angenehme Freundschaft entwickelt, sie neckten sich, fast wie Bruder und Schwester, nur mit ein bisschen mehr Würze. Er hatte sich bei ihr immer von offensichtlichen sexuellen Anspielungen ferngehalten, weil sie die Frau seines besten Freundes war.

Aber er müsste lügen, wenn er sagen würde, dass er sich nicht zu ihr hingezogen fühlte. Er fand sie schon immer wunderschön.

Besonders heute Abend in dieser Aufmachung.

Leah bat Seth herein und schloss die Tür hinter ihm. »Ist er da, Leah?«, rief Kaden aus der Küche.

Sie begann, auf die Küche zuzugehen. »Ja, Meister.«

Seth hatte begonnen, ihr zu folgen. Bei ihren Worten blieb er stehen, als wäre er gegen eine Wand geprallt.

Meister? Heiliges Kanonenrohr!

Er hatte das Gefühl, dass das heute Abend ein gängiger Begriff sein könnte, wenn es nach dem ging, was er gerade gesehen hatte.

Als sie weiterging, entdeckte er eine Tätowierung, von der

er nicht wusste, dass sie sie hatte. Ihr Rock saß tief auf den Hüften und entblößte ihren Unterkörper auf eine für ihn völlig unbekannte Weise. In der Mitte ihrer Hüften, genau über der Stelle, an der er vermutete, dass ihre Arschspalte begann, hatte sie eine Tätowierung, ein Rankenmuster, das dem von Kaden ähnelte, mit demselben runden Abzeichen in der Mitte ihres Rückens.

Leah spürte offenbar, dass er ihr jetzt nicht mehr folgte und drehte sich um. »Seth? Geht es dir gut?«

Er nickte stumm und setzte sich wieder in Bewegung.

Er hoffte immer noch, dass die beiden jeden Augenblick in schallendes Gelächter ausbrechen und sich darüber auslassen würden, dass sie ihn diesmal wirklich reingelegt hatten, um die nächste Runde von Streichen einzuleiten.

Kaden stand an der Küchentheke und schnitt Gemüse. Er war barfuß, trug Jeans und ein Chambray-Shirt und schaute lächelnd auf, als Seth hereinkam.

»Da bist du ja.« Er schaute Leah an. »Sind die Steaks fertig?«

Sie nickte. »Ja, Meister.«

Er beugte sich vor und küsste sie. »Braves Mädchen. Leg sie auf, bitte.« Er wischte sich die Hände an einem Geschirrtuch ab und drückte Seth die Hand, während Leah einen Teller mit Steaks nahm und sie nach draußen auf die überdachte Veranda brachte.

Seths Blick folgte Leah, als sie durch die Glasschiebetür verschwand. Als Seth merkte, dass Kaden seinem Blick folgte, konzentrierte er sich wieder auf seinen Freund.

Kaden lächelte. »Sie ist wunderschön, nicht wahr?«

Seth nickte stumm.

Kadens Lächeln verblasste. »Hör mich einfach an, bitte. Schau zu und hör zu. Am Ende des Abends verstehst du vielleicht ein bisschen besser, worum ich dich hier bitte.«

Kaden stirbt.

Wie gelähmt nickte Seth erneut.

Kadens Lächeln kehrte zurück. Er tätschelte Seth den Arm. »Danke, Kumpel.«

S ETH LIESS SICH AUF DEM B ARHOCKER AUF DER ANDEREN S EITE DES T RESENS NIEDER, auf dem er normalerweise saß, wenn er zu Besuch kam. Er sah zu, wie Kaden den Rest des Gemüses vorbereitete. Mit dem großen Fleischermesser schnitt er es geschickt und mit einem leisen Schnalzen auf dem Schneidebrett zurecht. Leah kam von der Terrasse zurück, wusch sich die Hände und lächelte dann Seth an, bevor sie Kaden spitz ansah.

Kaden begegnete ihrem Blick und nickte.

Sie drehte sich wieder zu Seth um. »Willst du ein Bier?«

»Ja, bitte.« Er vermutete, dass er etwas viel Stärkeres brauchen würde, wenn er nach Hause kam.

Sie ging zum Kühlschrank, holte eine Flasche heraus – seine Lieblingsmarke, wie er feststellte – und öffnete sie für ihn, bevor sie sie ihm reichte.

Leah hatte immer seine Lieblingsmarke vorrätig. Und sie öffnete immer die Flasche, bevor sie sie ihm reichte.

Es gab viele kleine Dinge wie diese, verrückte Puzzleteile, die plötzlich an ihren Platz rutschten, Dinge, die er vorher nie bemerkt hatte und die er jetzt in einem neuen Licht sah.

Als er ein paar Jahre zuvor am Leistenbruch operiert worden war, hatten Kaden und Leah darauf bestanden, Seth für eine Woche aus dem Krankenhaus zu sich nach Hause zu holen. Er hatte die Nacht vor der Operation bei ihnen verbracht. Leah brachte ihn am nächsten Morgen ins Krankenhaus, wartete dort auf ihn, holte ihn im Aufwachraum ab und besorgte die Entlassungspapiere des Arztes, bevor sie ihn zu ihnen nach Hause brachte.

Damals wohnten sie noch südlich der Innenstadt von Sarasota. Seth hatte in der Zeit, in der er bei ihnen wohnte, nichts Ungewöhnliches zwischen seinen Freunden bemerkt. Sie verhielten sich ganz normal. Abgesehen von der Art, wie Leah sich um ihn kümmerte. Auf eine Art und Weise, wie seine Ex-Freundinnen sich nie um ihn gekümmert hatten.

Die Art, wie Leah sich immer auf Kaden zu konzentrieren schien, als ob sie jedes seiner Bedürfnisse vorausahnen konnte. So wie sie sich auch um Seth kümmerte, wenn er in ihrem Haus zu Gast war.

»Danke«, murmelte er und schaute den beiden zu.

Kaden war mit dem Gemüse fertig und schüttete es in einen Folienbeutel, den er mit Gewürzen und Olivenöl bestrich, bevor er ihn verschloss und Leah reichte. »Bitte sehr, Liebes. Bleib da draußen bei den Steaks und pass auf, dass Seths Steaks nicht zu lange durchziehen. Du weißt, dass er seine Steaks sehr blutig mag.«

»Ja, Meister.« Sie ging wieder. Seth konnte seinen Blick nicht von ihr abwenden.

Kaden lehnte sich gegen den Tresen und nahm einen Schluck von seinem eigenen Bier, einer anderen Marke. »Bist du okay?«

Seth nickte wie betäubt.

»Ich habe ihr schon von mir erzählt, wie du dir sicher denken kannst. Und ich habe sie auch über meine Pläne informiert.«

Endlich begegnete Seth Kadens intensivem Blick. »Du kannst mir *nicht* erzählen, dass sie damit einverstanden ist.«

»Natürlich ist sie das. Frag sie selbst.«

»Das ist *nicht* dein Ernst!«

Kaden musterte seine Flasche. »Natürlich ist sie aufgebracht. Sie ist nicht einverstanden mit meiner Entscheidung, keine Chemo zu machen. Ich bin mir sicher, dass sie darüber wütend ist, aber das werden wir schon klären. Sie versteht auch, warum ich das für sie tun will.« Er schaute auf. »Seth, sie weiß, wer du bist. Sie mag dich. Du bist das, was sie neben mir und meiner Familie am ehesten als Familie bezeichnen kann. Es gibt keinen anderen, dem ich sie anvertrauen würde.«

»Ich kann mich kaum um meine eigenen Sachen kümmern, Kade. Wie zum Teufel soll ich mich um jemand anderen kümmern? Ich habe ja nicht gerade einen guten Ruf, was das anbelangt.«

Kadens Stimme wurde leiser, fast ein Flüstern. »Vielleicht hast du noch nie die richtige Frau getroffen. Hast du jemals darüber nachgedacht?«

Seth antwortete nicht. Der Gedanke kam ihm zu nahe, denn er hatte ihn in den letzten Jahren zu oft gehabt.

»Sie braucht jemanden, der stark ist, Seth. Ich bin krank und ich werde sterben.« Kaden nahm einen tiefen Atemzug. Seth spürte, dass sein Freund wieder einmal den Tränen nahe war. »Sie braucht jemanden, der ihr hilft, das durchzustehen. Sie wird jemanden brauchen, der sich um sie kümmert.«

Das ergab für Seth keinen Sinn. »Ich will nicht kalt klingen, aber dir ist klar, dass viele Frauen ihre Männer verlieren und dann trotzdem weiterleben, oder?«

Kaden schüttelte den Kopf. »Nicht Leah. Du wirst es verstehen, wenn du mehr über sie und über uns erfährst.«

»Ich glaube, du unterschätzt deine Frau. Sie ist verdammt stark.«

»Sie ist brillant. Sie kann fast alles tun, was sie sich vornimmt, und Gott helfe dem, der sich ihr in den Weg stellt«, stimmte Kaden zu. »Aber es gibt Dinge, die sie braucht, die sie bei Verstand halten. Die sie auf dem Boden der Tatsachen halten. Und es gibt zu viele Arschlöcher da draußen, die nur eine willige Sklavin zum Ausnutzen wollen. Die würden ihr nicht das geben, was sie braucht.«

»Ich kann dir nicht folgen.«

»Du musst es mit eigenen Augen sehen.« Er nahm noch einen Schluck von seinem Bier. »Ich habe heute Morgen mit meinem Freund Tony gesprochen. Er ist erst vor ein paar Monaten aus Denver hierher zurückgezogen. Im schlimmsten Fall wird er sie als seine Sklavin nehmen, aber er kann sie nicht so lieben wie ich.« Seine Augen begegneten denen von Seth.

»So wie *du* es tust.«

Seth errötete und senkte seinen Blick. »Fuck, Mann. Sie ist deine Frau. Ich liebe sie nicht.«

Das war eine Lüge, und er wusste es.

Er betete nur, dass Kaden das nicht wusste.

»Ich bin kein Idiot. Du bist nicht schwul. Du hast gerade einen Ständer. Gib es zu.«

Seth spürte, wie sich sein Gesicht noch mehr erhitzte. Sie sprachen nie über Sex. Es gab nur eine betrunkene Nacht nach dem Highschool-Abschluss, bevor Kade aufs College ging und er in die Grundausbildung kam. Eine Flasche Tequila und eine willige Studentin später hatten sie einen unglaublichen Dreier gehabt, doch über die Jahre hinweg sprachen sie nie über ihr Sexleben.

»Fuck, wenn du sie so anziehst, muss ich schon tot sein, um sie zu übersehen«, murmelte Seth.

»Sie hat viel mehr an als normal.«

Das konnte doch nicht wahr sein. Seth blickte zu Kaden, der ein verschmitztes Lächeln aufsetzte.

Kaden fuhr fort. »Normalerweise trägt sie nur das Halsband, wenn wir allein zu Hause sind. Das Haar und das Make-up sind nicht normal, wenn wir zu Hause sind. Das ist heute etwas Besonderes für dich. Ich wollte, dass sie so gut wie möglich aussieht. Normalerweise trägt sie einen etwas längeren Rock und ein längeres Top, wenn wir in den Club oder zu privaten Kerkerpartys gehen.«

»Club?« *Kerkerpartys?*

»Ja. Es gibt einen privaten BDSM-Club in Sarasota, in dem

wir Mitglied sind. Wir gehen normalerweise einmal pro Woche hin. Ich arbeite dort sogar ehrenamtlich. Du wirst viel Spaß haben.«

Seth lehnte sich zurück und hob seine Hände.»Whoa. Kumpel, ich habe gesagt, dass ich dich anhören werde. Aber ich habe nie versprochen, damit einverstanden zu sein. Ich glaube nicht, dass ich einfach ... eine Frau schlagen kann.« Bei dem Gedanken drehte sich ihm der Magen um.

Der Gedanke, dass Kaden Leah schlagen würde, machte ihn fast krank. Und wütend.

Kadens Gesicht verhärtete sich.»Ich schlage meine Frau nicht. Ich habe sie nie geschlagen.«

Okay, jetzt war Seth völlig verwirrt. Und mehr als nur ein bisschen erleichtert.»Worüber zum Geier reden wir dann? Geht es bei BDSM nicht genau darum?«

»Das ist so eine Sache, die ich dir zeigen muss. Glaub mir, es gibt einen riesigen Unterschied zwischen dem, was wir tun – was sorgfältig geplant ist und wofür ich Tausende von Stunden geübt habe, damit ich sie nicht verletze – und einem verdammten Schwanzgesicht, das seine Frau verdrischt.«

Er nahm einen weiteren Schluck von seinem Bier.»Wie ich schon sagte, hat Tony zugestimmt, dass er sie im schlimmsten Fall als Sklavin nehmen kann, aber es wird keine emotionale Bindung für sie geben. Ich mache mir Sorgen, dass es ihr nicht reichen würde. Wenn du dem zustimmst, kannst du für sie da sein. Dann muss ich mir keine Sorgen um sie machen, wenn ich nicht mehr da bin.«

Kaden leerte sein Bier.»Ich möchte, dass du bei uns einziehst. Ich möchte, dass du bei uns wohnst, und ich werde dich unterrichten. Wir werden dich unterrichten. Sie ist fast eine Expertin in Shibari, also kann sie meinen Unterricht übernehmen. Sie wird deine Hilfe brauchen, um sich um mich zu kümmern. Wenn ich weg bin, braucht sie dich, damit du dich um sie kümmerst.«

»Ich muss essen, Mann. Wie soll ich das alles schaffen, zur Schule gehen und arbeiten?« Er versuchte, eine Ausrede zu finden, mit der er sich aus der Affäre ziehen konnte, eine, die für Kaden in Ordnung war.

Eine, die ihn nicht wie ein feiges Arschloch aussehen ließ.

Kaden stirbt.

»Kündige deinen Job«, sagte Kaden. »Du arbeitest nur Teilzeit, verdammt noch mal. Ich kümmere mich um alles. Ich werde sogar eine Vereinbarung aufsetzen. Du nimmst mindestens ein paar Semester frei. Wir bezahlen dein Studium, deine ausstehenden Studienkredite, einfach alles. Du wohnst hier, hilfst Leah, hilfst mir. Sobald ...« Kadens Stimme versagte.

Seth spürte, wie etwas in ihm bei diesem Geräusch starb.

»Sobald ich weg bin«, fuhr Kaden schließlich fort, »heiratest du Leah und bleibst mindestens ein Jahr bei ihr. Ich werde einen Ehevertrag für euch beide aufsetzen. Wenn ihr euch nach dem Jahr scheiden lassen wollt, könnt ihr das tun, solange du versprichst, dass du weiterhin ihr Meister bleibst, es sei denn, sie verliebt sich in einen anderen, der das übernehmen kann. Du kannst dafür sorgen, dass er sich gut um sie kümmert. Wenn er dir gefällt, kannst du ihn für sie ausbilden.«

So verrückt diese Situation auch war, der Gedanke, dass jemand anderes mit Leah zusammen sein könnte, trieb einen seltsamen, kalten Faden in Seth. Er verknotete sich in seinem Bauch und zog sich zusammen.

»Alter«, flüsterte er schockiert, »du bittest mich, deine Frau zu heiraten?«

»Nun, erst wenn ich tot bin.« Kadens sachliches Lächeln kühlte Seth ab. »Es wird die Regierung davon abhalten, dich mit Steuern zu belasten. Als ihr Ehemann kannst du dann auf das Vermögen zugreifen. Das ist viel einfacher, als wenn ich es dir vererben würde.«

Kaden war ein Kontrollfreak, der alles akribisch plante. Das war schon immer so gewesen. Wahrscheinlich war er auch deshalb ein so verdammt guter Anwalt.

Das hier überstieg jedoch die Grenzen des Erträglichen.

Offenbar spürte Kaden, dass Seth seine unmittelbare Grenze bei der Verarbeitung von Informationen erreicht hatte. Er wurde still und ließ seinen Freund über alles nachdenken. Nach ein paar Minuten sprach Kaden leise. »Sie genießt es. Ich habe sie nicht dazu gezwungen. Sie sehnt sich danach. Es ist eine Sicherheit für sie. Sie weiß, dass ich sie immer beschützen werde. Das habe ich versprochen.«

»Das hier ist keine Höhle, in der ein anderer Kerl sie am Haar wegziehen wird, Alter. Sei realistisch.«

Kaden blickte durch die Schiebetüren auf die Terrasse, wo Leah die Steaks auf dem Grill zubereitete.

»Ich werde dir heute Abend nicht alles erzählen. Aber ich werde dir einen kleinen Einblick geben. Leah ist bei Pflegeeltern aufgewachsen und hat den größten Teil ihrer Kindheit dort verbracht.«

Nun, das machte die Sache klar wie Kloßbrühe. »Und?«

»Ihr leiblicher Vater wurde ins Gefängnis gesteckt. Ihre Mutter starb, als sie zwei war.«

Wenn Kade etwas sagen wollte, wünschte Seth, er würde sich beeilen und es sagen. »Noch mal, und?«

Kaden holte tief Luft. »Er kam ins Gefängnis, weil er Leah vergewaltigt hatte, als sie sieben war.«

Seth fühlte sich, als ob ihm der Wind aus den Segeln genommen worden wäre. »Heilige Scheiße«, flüsterte er.

Kaden nickte. »Von da an ging es mit ihrem Leben bergab, wenn du dir das vorstellen kannst.« Er ging zum Kühlschrank und holte noch ein Bier. Er hielt Seth eins hin, der den Kopf schüttelte.

Vielleicht sollte er heute Abend nicht zu viel Alkohol trinken.

»Deshalb haben wir nie Kinder bekommen«, erklärte

Kaden. »Deshalb kann sie keine Kinder bekommen. Das und andere Dinge, die ihr im Laufe der Jahre zugestoßen sind. Sie wollte die Operationen, die künstliche Befruchtung und den ganzen Mist nicht mitmachen. Ich habe ihre Entscheidung respektiert.«

Seth stockte der Atem. Abgesehen von Kaden schien Leah der am besten organisierte Mensch zu sein, den er je gekannt hatte. Er hatte sie noch nie über ihre Vergangenheit oder ihre Familie sprechen hören, seit er Kaden kennengelernt hatte. Er nahm einfach an, dass sie sich von ihnen entfremdet hatte. Er hätte nie gedacht, dass ...

Verdammte Scheiße.

Kaden lehnte sich über den Tresen und senkte seine Stimme. »Sie braucht Dinge. Es hilft ihr, damit fertig zu werden. Sie empfindet oder äußert keinen emotionalen Schmerz wie du und ich. Sie braucht Sicherheit und Geborgenheit. Sie braucht jemanden, der sich um sie kümmert und versteht, warum sie ... Dinge braucht. Jemanden, dem sie ihr ganzes Vertrauen schenken kann. So hat sie es all die Jahre geschafft.«

Seth konnte die Intensität, die in Kadens grauen Augen brannte, kaum ertragen. »Seth, ich würde dich nicht fragen, wenn ich nicht denken würde, dass du dich gut um sie kümmern kannst.«

»Von welchen ›Dingen‹ redest du denn?«

»Das zeige ich dir nach dem Essen.«

Als Leah mit den Steaks und dem Gemüse zurückkam – Seths Steak war wie immer genau so zubereitet, wie er es mochte – konnte er nicht umhin, sie anzustarren.

Sie lächelte schwach und sah Kaden an.

Er nickte. »Heute Abend musst du dir darüber keine Sorgen machen. Okay, Schatz?«

Seth konnte sich nicht zurückhalten. »Worüber?«

»Eine Regel«, antwortete Kaden, als ob es nichts wäre. »Wenn wir normal sind, muss sie um Erlaubnis bitten, bevor sie mit jemandem spricht, es sei denn, ich habe schon gesagt, dass es okay ist.«

Seth wusste nicht, ob es die Worte seines Freundes waren oder der sachliche Ton, der ihn verwirrte. »Erlaubnis?«

Leah nickte. »Mein Meister kümmert sich sehr gut um mich. Er will sichergehen, dass ich nicht mit jemandem spreche, mit dem ich nicht sprechen sollte. Das ist mir auch lieber so.«

Er hatte gesehen, wie diese Frau einen Raum mit Hunderten von Menschen, darunter die Macher von Sarasota, bei einem Spendenbankett bearbeitete, die Gäste begrüßte und den Caterer und die Kellner organisierte.

Und sie bat um Erlaubnis, mit ihm sprechen zu dürfen?

Als ob sie seine Gedanken gelesen hätte, lächelte sie wieder. »Ich weiß, es ist ziemlich gewöhnungsbedürftig.«

»*Gewöhnungsbedürftig?*« Er starrte sie an. »Ich meine, ich dachte, ich kenne euch beide! Ihr seid meine besten Freunde. Wie konnte ich da nicht wissen, was hier los ist?«

»Was hätte ich denn sagen sollen?«, fragte Kaden. »Hey, Seth, weißt du was? Willst du hören, was Leah und ich machen, wenn die Tür verschlossen und die Jalousien zugezogen sind?«

»Das habt ihr nicht gemacht, als ich nach meiner Operation bei euch war.«

Leah nickte. »Doch, haben wir. Es war nur nicht formell, während du bei uns warst, aber wir haben es trotzdem gemacht.«

»Aber ... aber ihr seid so *normal!*«

Endlich ein echtes, verschmitztes Lächeln von Leah. »Du wirst überrascht sein, wer auf diesen Lebensstil steht.«

Kaden übernahm das Wort. »Genau das ist der Punkt. Es ist nicht so, wie du es im Internet siehst. Die meisten Leute, die auf irgendeine Art von Perversion stehen, würdest du es nie ansehen, wenn du sie nicht irgendwo treffen würdest. Es ist kein Haufen geiler Freaks, die alles ficken, was sich bewegt und dabei Masken tragen. Ich meine, ja, es gibt ein paar solche Leute. Aber die meisten Menschen sind wie wir.« Er streichelte Leah sanft über die Wange. Etwas an dieser zärtlichen Geste machte Seth traurig. »Na ja, vielleicht nicht so wie wir. Viele Leute sind nicht rund um die Uhr dabei, so wie wir es sind.«

Seth musterte sie, während sie ihm zusahen. »Leah, willst du mir sagen, dass du freiwillig seine Sklavin bist?« Er kannte ihre Antwort bereits. Wie oft hatte er sie in den letzten Jahren um ihre Hingabe zu Kaden beneidet?

Ziemlich oft.

»Mein Meister kümmert sich sehr gut um mich.« Ihre Stimme verschluckte sich am Ende ein wenig, als Kadens Blick auf ihren traf. »Er hat sich immer sehr gut um mich gekümmert«, flüsterte sie und schmiegte sich an seine Hand, als er ihr wieder über die Wange strich.

»Lass uns essen, bevor es kalt wird«, sagte Kaden, während er seine Brille abnahm und sich mit dem Handrücken über die Augen wischte.

Nach dem Essen räumte Leah den Tisch ab, während Kaden Seth in den hinteren Teil des Hauses führte, in ein Zimmer, das Seth immer für Kadens Arbeitszimmer gehalten hatte. Seit der Fertigstellung des Hauses war er dort nicht mehr gewesen. Normalerweise blieb es verschlossen, mit einem kleinen elektronischen Zahlenblock direkt über dem Türknauf.

»Das musst du dir ansehen«, sagte Kaden. »Und ich will nicht, dass du schockiert oder überrascht bist.«

»Dafür ist es zu spät«, murmelte er. Kaden öffnete die Tür.

Drinnen sah es aus wie in einem Pornofilm, nur in besserer Qualität und geschmackvoller eingerichtet. Eine niedrige, gepolsterte Bank mit Lederbezügen an beiden Enden. Ein x-förmiger Rahmen. Ein großes Gestell mit ...

Heilige Scheiße!

Peitschen, Reitgerten und verschiedenen anderen Folterwerkzeugen.

Diese merkwürdige Sammlung erklärte das schlüssellose Schloss. Während des Baus hatte Seth ihn gefragt, ob er es wegen seiner Akten brauche.

»So ähnlich«, hatte Kaden mit einem Grinsen geantwortet. »Schlüssel sind eine Plage. Ich möchte lieber ein Zahlenschloss haben. Ich will nicht, dass Leute hier hereinspazieren, wenn wir Gäste haben.«

Seth hatte das damals nicht infrage gestellt. Er wusste, dass Kade viele hochkarätige Firmenkunden hatte. Damals machte das für ihn Sinn.

Es machte auch jetzt noch Sinn, auch wenn er immer noch unter Schock stand.

Kaden ging durch den Raum zu einem Bücherregal und holte ein Fotoalbum heraus. »Komm her«, sagte er.

Mit tauben Beinen ging Seth hinüber, während Kaden durch die Seiten blätterte und fand, was er wollte.

»Das ist Shibari.« Er zeigte auf eine Seite mit Bildern von Leah, die mit komplizierten Seilen gefesselt war, einen Ballknebel im Mund und ...

Nun, sie sah aus, als hätte sie Spaß daran.

Kaden blätterte Seite für Seite durch und erklärte die verschiedenen Fesselungen.

»Sie ist mein Modell und meine Assistentin im Unterricht.« Er lächelte und strich mit seinem Finger über eine besonders kompliziert aussehende Konstruktion. »Und zu Hause ist sie natürlich mein Übungsmodell.« Er klappte das Album zu und stellte es zurück ins Regal, bevor er ein weiteres herauszog.

Diesmal blätterte er zu einer Seite mit Bildern, die offensichtlich von jemand anderem aufgenommen worden waren, denn Kaden und Leah waren beide auf dem Foto zu sehen. Es sah aus, als würde er zu einer versammelten Gruppe von Menschen sprechen. Leah war nackt an eine Bank gefesselt, ähnlich wie die im Raum hinter ihm.

Kaden trug Jeans, aber kein Hemd und hielt eine ... »Ist das eine Peitsche?«

Kaden nickte. »Einschwänzige Peitsche, auch Singletail genannt. Speziell angefertigt. Das ist mein Lieblingsstück. Hat mich fast achthundert Dollar gekostet. Das war ein einfacher Singletail-Kurs. Das Problem ist, dass zu viele Arschlöcher denken, sie könnten eine benutzen, obwohl sie es nicht können. Ich verbringe mehrere Stunden pro Woche damit, zu üben, um so gut zu bleiben, wie ich bin.«

Vielleicht erklärte das Kadens natürlichen Muskelaufbau, obwohl er nie in ein Fitnessstudio ging. Kaden war nicht durchtrainiert, aber dennoch rank und schlank, während Seth es geschafft hatte, seit seinen besten Tagen in der Armee etwa zwanzig Pfund zuzunehmen und weich zu werden.

Kaden legte das Album weg und wandte sich an Seth. Er senkte seine Stimme. »Hast du dir jemals ihre Arme angeschaut?«

Seth zögerte, bevor er nickte. Ihm waren die Narben aufgefallen. Jetzt fragte er sich, ob Kaden das mit ihr gemacht hatte. Bei dem Gedanken daran wurde ihm übel.

»Das meiste hat sie sich selbst angetan, bevor wir uns kennengelernt haben. Weißt du, was Ritzen ist?«

»Nicht wirklich.« Aber ein wenig Erleichterung schlich sich wieder ein.

Kaden blickte zur offenen Tür hinter Seth, als lauschte er auf Geräusche aus der Küche. Leah war immer noch dabei, das Abendessen aufzuräumen. Seth konnte hören, wie sie am anderen Ende des Hauses vor sich hin sang.

Offenbar beruhigt, dass er sie nicht hören konnte, senkte Kaden seine Stimme und fuhr fort. »Manche Menschen brauchen aus verschiedenen Gründen Schmerz. Sie brauchen ihn. So funktionieren sie, so gehen sie mit ihren Gefühlen um. Manche brauchen ihn, um starke emotionale Schmerzen auf eine äußere Art und Weise zu lindern. Andere brauchen ihn, um sich wieder mit dem Leben verbunden zu fühlen. Manche werden einfach nur süchtig.«

»Für so einen Scheiß gibt es Medikamente, Kumpel.«

»Wenn du als vierzehnjähriges Mädchen gezwungen wirst, deinem Pflegebruder einen zu blasen und von ihm missbraucht wirst, weil er dir droht, dich auf die Straße zu setzen, gehst du nicht zum Psychiater und bittest um eine Pille.«

Seth wurde bleich, es widerte ihn an. Was für eine Hölle hatte Leah als Kind durchmachen müssen? »Sie hat die Nachricht gestern Abend offensichtlich nicht gut verkraftet«, sagte Kaden. »Ich musste ihr gestern Abend eine lange Sitzung geben, um sie zum Weinen zu bringen. Heute hatte sie schon zwei weitere. Ich habe mir den Tag freigenommen. Ich wusste, dass sie mich brauchen würde.«

»Das *gefällt* ihr?«

»Sie braucht es. Es gibt vieles, was ich dir heute Abend nicht sagen kann. Du musst es einfach mit eigenen Augen sehen. Sie ist keine Schmerz-Schlampe, wie andere es sind. Wir haben über die Jahre ganz bestimmte Routinen und Rituale entwickelt, die ihr helfen, ruhig und konzentriert zu bleiben und das Leben zu meistern.« Er wies Seth auf einen Stuhl in der Ecke hin. Seth ging hinüber und setzte sich, während er in Gedanken versunken war.

»Als wir uns das erste Mal trafen«, fuhr Kaden fort, »arbeitete sie in einem Restaurant in der Nähe der Universität. Dort haben wir uns kennengelernt. Ich ging eines Tages nach der Vorlesung zu ihr. Sie war wunderschön. Ich habe nie an Liebe auf den ersten Blick geglaubt, bis ich sie traf. Sie behauptete, dass sie in der Küche ein Tollpatsch sei und sich immer seltsame Verletzungen zuzog, meistens Schnitte und Verbrennungen an den Armen. Sie hatte immer etwas. Ich hatte keinen Grund, ihr nicht zu glauben. Bis ich sie überredete, das Wochenende in meiner Wohnung zu verbringen und sie aufstand, um zu kochen.«

Kadens Blick schweifte ab, sein geistiges Auge reiste in der Zeit zurück. »Sie hat mich nicht aufstehen hören. Ich ging in die Küche und sah zu, wie sie ein Messer aus der Schublade nahm und es an ihren Arm legte. Sie schloss ihre Augen, als würde sie ein Gebet sprechen oder so etwas, und als ich schrie, sprang sie auf.

Ich wollte sie ins Krankenhaus schleppen. Ich dachte, sie würde versuchen, sich umzubringen. Sie war so aufgebracht, dass ich sie gesehen habe, dass sie sich angezogen hatte und rausgerannt war. Ich geriet in Panik. Damals konnte ich sie nicht finden. Sie reagierte nicht auf meine Anrufe und kam nicht an die Tür ihrer Wohnung. Schließlich observierte ich ihren Arbeitsplatz und zwang sie, mit mir zu reden.

Sie wollte mir nicht sagen, warum. Sie hat sofort mit mir Schluss gemacht, obwohl sie geweint hat und ... ich hatte das Gefühl, dass sie das nicht wirklich wollte. Ich kann es nicht erklären. Ich habe sie angefleht, mit mir zu reden, aber sie wollte nicht. Ich wusste, dass ich in sie verliebt war, und es machte mich fertig, dass sie nicht mit mir reden wollte. Ich wusste, dass sie ein beschissenes Leben hatte, aber ich wusste nicht alles.«

Kaden wischte sich über die Augen. Das war nicht leicht für ihn. »Ich ging jeden Tag nach dem Unterricht zu ihr und versuchte sie zum Reden zu bringen. Als sie ein paar Tage später kündigte, brachte ich schließlich eine der anderen Kellnerinnen dazu, mir zu sagen, wohin sie gegangen war. Dann sagte sie mir noch etwas anderes. ›Sie liebt dich, aber sie hat Angst vor Menschen. Wenn du willst, dass sie sich dir öffnet, musst du ihr beweisen, dass du nirgendwo hingehst und sie nicht verletzen wirst.‹

Ich verlor den Verstand. Nach drei Wochen wartete ich eines Abends vor ihrer Wohnung auf sie und flehte sie an, mit mir zu reden. Als sie mich schließlich hereinließ, war sie wie ein verdammter Zombie, Mann. Sie sah aus wie eine tote Frau. Sie sagte mir, dass sie mich liebte, aber dass wir uns nicht mehr sehen könnten. Ich saß auf der Couch und versuchte, mit ihr zu reden, als sie aufstand und in die Küche ging. Bevor ich dort ankommen konnte, hatte sie sich schon geschnitten.«

»Fuck!«

Kaden nickte. »Dann fing sie an zu schreien. Sie schrie und weinte und ließ sich von mir festhalten. Ich saß eine Stunde lang mit ihr auf dem Boden, während sie sich ausweinte. Schließlich erzählte sie mir von ihrem Vater und der Scheiße, die ihr in ihrer Kindheit passiert war. Was sie getan hat, um damit fertig zu werden. Sie sagte mir, sie wolle, dass ich jemand ›Normales‹ finde, der Gefühle hat, ohne sie sich aus dem Leib zu schneiden.« Er betrachtete eine Minute lang seine Hände. »Ich habe ihr gesagt, dass es mir egal ist. Dass ich sie liebe. Dass ich ihr helfen will.«

Er nahm seine Brille ab und legte sie auf das Bücherregal. »Sie hat es versucht. Mann, sie hat es verdammt noch mal versucht. Ich habe sie dazu gebracht, bei mir einzuziehen. Jeden Tag spürte ich, wie es in ihr aufstieg. Wie ein Vulkan. Aber das Seltsame war, je mehr ich spürte, wie es in ihr aufstieg, desto toter wurde sie nach außen, oder? Eines Nachmittags kam sie glücklich von der Arbeit nach Hause und ich sah, dass sie eine neue Brandwunde am Arm hatte.«

Er sah Seth an und seine Augen glitzerten wieder. »Ich war so verdammt erschrocken und wütend, dass sie sich selbst verletzt hatte. Ich bin einfach ausgerastet. Sie hatte versprochen, es nicht mehr zu tun. Ich hätte es besser wissen müssen, dass sie sich nicht zurückhalten kann. Wir gerieten in einen

Streit und schrien uns gegenseitig an. Ich packte sie und zog sie auf meinen Schoß, riss ihr die Hose runter und versohlte ihr den Hintern.«

»Fuck!« Seth konnte sich nicht vorstellen, wie Kaden die Fassung verlor. Er hatte seinen Freund noch nie ausrasten sehen. Er war der Hitzkopf und Kaden kam ihm immer zu Hilfe.

Kaden lächelte. »Ich fühlte mich wie Scheiße, wie verdammter Dreck. Damals fiel sie mir auf den Schoß und sah zu mir auf und hatte dieses ... absolut umwerfende Lächeln im Gesicht. Meine Hand tat höllisch weh.« Sein Lächeln verblasste, als er auf seine Hände starrte, als würde er es noch einmal erleben. »Ich wusste, dass ich sie ein wenig verletzt haben musste, aber sie sah mich so an, wie sie mich noch nie zuvor angesehen hatte. Sie packte mich, küsste mich und vergewaltigte mich praktisch direkt auf der Couch. Es war der heißeste Sex, den wir je hatten, und der Sex war schon verdammt gut.

Ich fragte sie, als wir ein paar Stunden später endlich in meinem Schlafzimmer ankamen, was das sollte. Sie schüttelte den Kopf und sagte, sie wisse es nicht. Es war, als ob sich etwas in ihr gelöst hätte, als ich das tat. Also habe ich ihr einen Deal vorgeschlagen.«

Kaden runzelte die Stirn und arbeitete wieder mit seinen Händen. »Ich sagte ihr, wenn sie den ganzen nächsten Tag durchhalten könnte, ohne sich zu verletzen, und dass ich jeden Zentimeter ihres Körpers auf eine neue Wunde untersuchen würde, dann würde ich sie in der nächsten Nacht wieder versohlen.«

»Fuck!« Seth wünschte, er könnte noch etwas anderes sagen, aber das war alles, was er sagen konnte.

Kaden nickte. »Genau. Das ist genau das, was ich dachte. Ich war verzweifelt. Was sollte ich bloß tun? Ich wusste ja nicht einmal, ob es funktionieren würde. Ich komme also am nächsten Tag vom Unterricht nach Hause und als sie später von der Arbeit nach Hause kommt, rennt sie rein, ich meine, sie zieht sich in der Sekunde aus, in der sie durch die Tür kommt, und bittet mich, sie anzuschauen und sie zu untersuchen. Ich ließ sie dort stehen und warten. Sie fing an zu betteln. Ich sagte ihr, wenn sie sich nicht benimmt, werde ich sie nicht versohlen. Es war, als wäre sie zu einer verdammten Statue geworden, die nur auf mich wartete. Ich beendete, was ich tat, und sagte ihr, sie solle sich ins Bett legen. Als ich dort ankomme, wartet sie schon auf mich. Ich beginne sie zu mustern, lasse mir Zeit und versuche sie zu verführen, und stelle fest, dass sie verdammt feucht ist. Ich meine, wie du es nicht glauben würdest. Ich fragte sie, was das solle, und sie sagte, dass sie den ganzen Tag daran denken musste, versohlt zu werden.«

»Hat sie sich jemals wieder selbst verletzt?«

»Ein paarmal am Anfang. Danach nicht mehr. Nicht absichtlich. Wir hatten vereinbart, dass sie mir sofort sagt, wenn sie sich verletzt hat, damit ich weiß, dass es keine Absicht war. Seit Jahren muss ich mir darüber keine Sorgen mehr machen. Das liegt daran, dass wir das hier haben. Normalerweise braucht sie es nicht einmal jeden Tag, oder nur etwas Leichtes, keine ganze Sitzung. Die Abmachung war, dass ich mich für sie darum kümmern würde. Ich hatte die Kontrolle darüber. Sie begann, um mehr zu betteln. Eines Tages musste ich ihr wieder drohen, dass ich sie einen weiteren Tag warten lassen würde, bevor ich ihr das nächste Mal den Hintern versohlen würde, wenn sie sich nicht benahm. Das machte sie noch geiler.«

Kaden lächelte. »Wir waren etwa ein Jahr verheiratet, als ich von dem örtlichen BDSM-Club erfuhr und mich mit anderen zusammentat. Ich lernte viel mehr. Sie war wie ausgewechselt, seit wir mit dem Versohlen angefangen hatten, aber sie wollte mehr. Ich habe es nicht getan, weil ich wollte, dass sie Schmerzen hat. Ich tat es, weil sie wollte, dass ich es tue. Sie vertraute mir genug, um mich in ihr Leben zu lassen und es für sie zu übernehmen. Sie übergab mir buchstäblich die Kontrolle über ihre Schmerzen, nicht nur körperlich, sondern auch mental. Als wir damit anfingen, war sie in der Lage, weiterzumachen. Von da an ging es immer weiter.«

Er begegnete Seths Augen. »Du und ich, wir kommen mit emotionaler Scheiße klar. Das ist kein Problem. Sie hatte das nie, hat diese Fähigkeiten nie gelernt. Sie hatte keine Familie, zu der sie gehen konnte, niemanden, der ihr einen sicheren und gesunden Umgang mit ihren Gefühlen beibrachte. Die meiste Zeit ihres Lebens war sie im Überlebensmodus, und das ausgerechnet bei den Arschlöchern, die sich eigentlich um sie kümmern sollten. Ich war buchstäblich der erste Mensch in ihrem Leben, dem sie vertrauen konnte, dass er ihr nicht wehtut. Ich meine, du weißt, was ich meine. Sie hat eine Menge durchgemacht. Ja, ich hätte sie in die Praxis eines Psychiaters zwingen und sie jahrelang therapieren und mit Medikamenten ruhigstellen können, um vielleicht das Gleiche zu erreichen. Was wir tun, macht ihr Spaß. Es hilft ihr, damit umzugehen, und es macht sie glücklich. Ich liebe es, sie glücklich zu machen. Wer bin ich schon, dass ich sie zu etwas zwinge, von dem wir nicht einmal wissen, ob es funktioniert, wenn es etwas gibt, das wir gemeinsam tun können und das sie liebt?«

Seth sah seinem Freund in die Augen. Er würde der Erste sein, der jedem die Hölle heißmachte, der behauptete, Kaden liebe Leah nicht. Er hatte die Beziehung der beiden all die Jahre aus erster Hand miterlebt.

Nun, zumindest dachte er das. »Was soll ich tun?«, fragte Seth leise.

Kaden neigte seinen Kopf zur Tür und lauschte, dann rief er. »Liebes, bist du mit dem Abwasch fertig?«

»Fast, Meister. Ich wische gerade die Theken ab.«

»Sehr gut, Liebes. Komm her, wenn du fertig bist.«

Seth bemerkte noch etwas anderes: den Kosenamen. Er

konnte sich nicht erinnern, dass Kaden Leah schon einmal ›Liebes‹ genannt hatte, obwohl er sie im Laufe der Jahre viele andere, ebenso süße Dinge genannt hatte.

»Wir haben eine Art Code«, erklärte er Seth. »Du wirst ihn lernen. Das ist ein weiterer Grund, warum du bei mir einziehen solltest. Es ist einfacher für dich, ihn zu lernen, wenn du hier wohnst. Sie wird dich brauchen.«

Einen Augenblick später erschien Leah in der Tür. Sie blieb auf der Schwelle stehen und schaute auf den Boden.

»Komm her, Liebes«, sagte Kaden.

Sie ging hinüber. Er machte eine Geste mit der Hand. Sie ließ sich vor ihm auf die Knie fallen.

Seth fühlte sich seltsam, doch sein Schwanz pochte wieder in seiner Hose.

»Liebes«, sagte Kaden, »ich habe Seth gesagt, dass wir ihm eine Demonstration geben werden.«

»Ja, Meister.«

»Ist das in Ordnung für dich?«, fragte Kaden.

»Was immer der Meister von mir verlangt.«

»Das war nicht meine Frage.«

»Ja, Meister. Es ist mir recht.«

»Bereite dich auf mich vor.«

Sie stand auf, ihr ganzer Körper war wie gelähmt. Seth dachte erst, es sei ihr peinlich, dann merkte er, dass sie erregt war.

Schnell zog sie sich aus. Seth bemerkte, dass sie unter ihrem Rock kein Höschen trug. Sie faltete ihren Rock und ihr Hemd ordentlich zusammen und legte sie auf ein Regal in der Nähe, dann stellte sie ihre Schuhe auf den Boden darunter. Als sie nur noch ihr Halsband trug, drehte sie sich um, sah Kaden an und wartete auf Anweisungen.

Kaden knöpfte gerade sein Hemd auf. »Geht es dir gut, Liebes?«, fragte er sie leise.

»Ja, Meister.«

»Wo sind wir, Liebes?«

»Grün, Meister.«

Seth sah wortlos zu, wie sie sich austauschten, sein Kiefer klappte leicht auf. Ihre rasierte Muschi sah geschwollen aus, als wäre sie ...

Fuck.

Kaden hängte sein Hemd an einen Haken, der anscheinend nur zu diesem Zweck da war. Seth hatte noch nie darauf geachtet, wie geschmeidig sich sein Freund bewegen konnte. Und jetzt sah er, dass die Tattoos zueinander passten.

»Liebes«, sagte Kaden zu Leah, »dieses Mal lasse ich dich wählen. Du wählst aus, was ich verwenden soll.«

Leah nickte und drehte sich zu dem Regal mit den Werkzeugen um. Ohne zu zögern, griff sie nach einer zusammengerollten Peitsche, einer von mehreren, die auf einem Regal lagen.

Seth lief das Blut in den Adern gefroren, aber er schwieg.

Sie ging zu Kaden hinüber, kniete vor ihm nieder und hielt ihm die Peitsche hin.

»Die vier Fuß lange?« Er klang fast amüsiert. »Du willst es dem armen Seth heute Abend nicht leicht machen, oder?«

»Bitte, Meister. Ich muss den Biss spüren.« Ihre Stimme stockte und ihre Augen sahen rot aus, als ob sie wieder den Tränen nahe war.

Kadens Gesicht erweichte sich. Er nickte und nahm ihr die Peitsche ab. »Natürlich, Liebes«, sagte er mit einer ungewohnt sanften Stimme. »Ein Satz von zwanzig?«

»Ja, Meister. Bitte.«

»Nimm deinen Platz ein, Liebes.«

Sie stand auf, ging zur Bank hinüber und legte sich quer darüber, wobei ihre Arme und Beine in die Nähe der angebrachten Gurte fielen. Kaden ging zu ihr hinüber und streichelte ihren Hintern, wo Seth bereits schwache, rosafarbene Spuren auf ihrem cremigen Fleisch entdeckte.

Seth, der sich jetzt als Außenseiter auf diesem Tableau fühlte, blieb still und ruhig.

»Willst du die Handschellen, Liebes?«

Leahs Augen waren geschlossen. Seth hatte ihre straff gespitzten Brustwarzen gesehen. »Meisters Entscheidung.«

»Macht es dir etwas aus, wenn wir sie heute Abend nicht benutzen? Ich glaube, das wird für Seth schon intensiv genug sein, ohne dass er das jetzt sehen muss.«

»Ich verstehe, Meister.«

Seth schaute auf, als Kaden die Peitsche ausrollte. Ihm fiel auf, dass die Decke in diesem Zimmer höher war als in den anderen Räumen. Während das Wohn- und Esszimmer hohe, gewölbte Decken hatten, waren die anderen Schlafzimmer standardmäßig zwei Meter hoch. Während der Planungsphase hatte Kaden darum gebeten, dass dieses Zimmer eine gewölbte Decke und keinen Deckenventilator haben sollte.

Jetzt verstand er, warum.

Kaden wich von der Bank zurück und schüttelte die Peitsche aus. Er streckte seinen Nacken und rollte die Schultern, um sich zu entspannen. Sein Tonfall änderte sich; fest, autoritär, ganz anders als Seths sanftmütiger Freund. »Musst du den Biss spüren, Sklavin?«

Auf der Bank sah es so aus, als ob Leah tatsächlich mit ihrem Hintern und ihren Hüften vor Kaden wackelte. »Ich muss den Biss spüren, Meister.«

»Ein Satz von zwanzig, Liebes.«

»Zwanzig, Meister.«

»Zähle.«

Seth zuckte zusammen und war nicht darauf vorbereitet, als Kaden sie mit der Peitsche mitten auf die linke Arschbacke traf.

»Eins, Meister.«

Mit konzentrierter Miene arbeitete sich Kaden langsam durch den Satz, wobei Leah bei jedem Schlag mitzählte. Es war offensichtlich, dass Kaden wusste, was er tat, denn er ließ es mühelos aussehen und traf offensichtlich jedes Mal sein Ziel.

Es war auch offensichtlich, dass Leah ... genießen war vielleicht nicht das beste Wort, aber sie war auf jeden Fall nicht verärgert darüber, obwohl ihr die Tränen über das Gesicht liefen, als er fertig war.

Kaden rollte die Peitsche zusammen. »Wo sind wir, Liebes?«

»Grün, Meister.«

»Sehr gut, meine Liebe.« Er ging zu ihr hinüber und kniete sich neben sie, berührte seine Stirn mit ihrer und flüsterte ihr etwas zu. Sie nickte und weinte. Er zog sie in seine Arme und setzte sich auf den Boden. Er hielt sie viele lange, zärtliche Minuten lang in seinem Schoß, während sie schluchzte und ihre gequälten Schreie durch das sonst so stille Haus hallten und Seth ergriffen. Kaden schwieg, während sie sich an ihn klammerte, sein Gesicht in ihrem Haar vergraben.

Jetzt fühlte sich Seth noch unbehaglicher. Er wollte aufstehen und hinausgehen, um ihnen Privatsphäre zu geben, aber er hatte das Gefühl, dass sie das mehr stören würde, als wenn er einfach nur still dasitzt.

Kaden kraulte ihren Kopf, und da bemerkte Seth die Tränen seiner Freundin.

Leah beruhigte sich schließlich. Kaden flüsterte ihr etwas zu und küsste sie dann zärtlich auf die Schläfe. Sie nickte, stand auf und verließ den Raum.

Von seinem Platz auf der Tür aus wischte sich Kaden die Augen und sah Seth an.

Er atmete tief durch und wusste, dass er seinem Freund nichts abschlagen konnte, als er leise sagte: »Ich werde es tun.«

KAPITEL DREI

Kaden stand auf und wandte Seth einen Augenblick lang den Rücken zu, während er sich das Gesicht abwischte. Schließlich holte er tief Luft, bevor er sich wieder umdrehte und nickte. »Danke«, sagte er leise. »Ich kann dir gar nicht sagen, wie sehr ich das zu schätzen weiß. Es nimmt mir eine große Last ab.«

Seth fühlte sich emotional ausgelaugt. Nicht nur von seinen eigenen Gefühlen, sondern auch von dem, was er gerade erlebt hatte.

Er machte sich auch Sorgen, dass er nicht in der Lage sein könnte, die Verantwortung zu übernehmen. Konnte er mit dieser Verantwortung umgehen?

Er war der ewige Versager. Konnte er jemals wirklich so stark und beständig sein wie Kaden?

»Du wirst sie nicht im Stich lassen«, sagte Kaden, als hätte er seine Gedanken gelesen. »Du wirst es schaffen. Ich weiß, dass du es schaffst.«

Seth schüttelte den Kopf. »Worauf habe ich mich da nur eingelassen?«

»Lass uns gehen und reden. Gib ihr ein paar Minuten, um sich zu erholen.« Er schnappte sich sein Hemd und seine Brille und führte Seth zurück ins Wohnzimmer, wo sie sich auf das große Sofa setzten. »Hast du morgen früh Unterricht?«

»Ja, eine Stunde um elf.«

»Warum bleibst du nicht über Nacht? Ich nehme mir den Rest der Woche Zeit für Leah. Ich muss in den nächsten Wochen noch ein paar Dinge auf der Arbeit erledigen, und dann werde ich für sie zu Hause bleiben. Ich habe noch Projekte, die ich abschließen oder abgeben muss. Ich kann meistens von hier aus arbeiten, bis sie erledigt sind.«

Er lag im Sterben und sprach immer noch davon, etwas für Leah zu tun.

Seths Augen blickten auf den Flur. »Ich weiß nicht, ob ich heute Nacht hierbleiben soll, Kumpel. Ich meine ...« Er wusste nicht, wie er den Satz beenden sollte, also ließ er es.

»Gewöhn dich daran, sie nackt zu sehen. So ist sie normalerweise gekleidet. Wenn es nicht gerade kalt ist oder sie sich nicht wohlfühlt, trägt sie normalerweise nur ihr Halsband. Ich meine, wie oft bist du schon unerwartet vorbeigekommen und hast sie ›gerade aus der Dusche‹ und nur mit ihrem Bademantel bekleidet erwischt?« Kaden setzte den Satz in Anführungszeichen.

Seth schüttelte den Kopf. Er hatte mit ihr gescherzt, dass sein Timing immer schlecht war und dass sie einen neuen Bademantel brauchte. Er hatte sie oft dabei erwischt, wie sie ihn trug, immer hochgezogen um ihren Hals ...

Er schloss die Augen. »Scheiße.«

»Ja. Das macht jetzt Sinn, oder?«

»Ja.«

»Komm schon. Ich meine, *echt jetzt*. Dachtest du *wirklich*, sie schafft es, immer direkt vor deinem Auftauchen zu duschen?« Kaden lachte amüsiert. »Deshalb hängt er normalerweise hinter der Eingangstür.«

Seth schüttelte den Kopf. Das war ihm schon öfters aufgefallen, aber er hatte sich nichts dabei gedacht. Er nahm an, dass sie den Bademantel dort ließ, um ihn morgens anzuziehen, wenn sie die Einfahrt hinunterging, um die Zeitung zu holen.

Kaden fuhr fort. »Wenn sie denkt, dass du vorbeikommen könntest, oder wenn sie vermutet, dass jemand vorbeikommt, hat sie oft eine kurze Hose und ein T-Shirt an der Tür, damit sie sie schnell anziehen kann. Dann trägt sie normalerweise ihr Tageshalsband, nicht das, das sie jetzt trägt.« Er wickelte seinen Ehering um seinen Finger. »Ruf deinen Bruder an und sag ihm, dass du hier übernachtest. Du hast schon einmal hier übernachtet. So wird er sich keine Sorgen machen. Wir können reden und morgen früh frühstücken.«

»Wie soll ich mich daran gewöhnen, deine Frau hier nackt herumlaufen zu sehen?« Seth wollte den letzten Teil seiner Aussage nicht aussprechen.

Kaden grinste. »Kumpel, das musst du. Es ist schwer, mit ihr zu schlafen, wenn sie angezogen ist.«

Entsetzt wich Seth vor den Worten seines Freundes zurück. »Kumpel! Sie ist deine Frau! Ich kann nicht ... Ich kann sie nicht bitten, mit mir Sex zu haben!«

»Warum nicht? Du wirst ihr Meister sein, ihr Ehemann. Sie wird es wollen. Und ich weiß genau, dass du es auch willst.«

Seth versuchte zu begreifen, was Kaden ihm vorhin gesagt hatte. Er ließ seine Stimme zu einem heiseren Flüstern sinken. »Kumpel, nach dem, was du mir gesagt hast ...«

Kaden schüttelte den Kopf. »Das ist nicht dasselbe. Du wirst sie nicht zwingen, glaub mir. Sie mag dich. Sie fühlt sich zu dir hingezogen.«

Seth verstummte und versuchte, diese Information zu verarbeiten. Er wusste nicht, was ihn mehr schockierte: der sachliche Tonfall Kadens oder die offensichtlich gut durchdachten Pläne seines Freundes. Gerade als Seth dachte, er hätte

den Höhepunkt erreicht, legte Kaden die Messlatte noch
einmal höher.

Kaden stirbt.

Kaden streckte sich mit einem amüsierten Lächeln auf dem
Gesicht.»Wir sind verheiratet, nicht tot. Nein, wir schlafen
nicht mit anderen Leuten.« Sein Lächeln verblasste.»Bis jetzt.
Das wird das erste Mal für uns sein.«

»Ich mach's nicht mit dir, Kumpel.« Wie viel mehr wusste
Seth nicht über Kaden?

Und wie viel *wollte* er nicht wissen?

Kaden lachte.»Mach dir keine Sorgen. So bin ich auch
nicht.« Seine Stimme wurde weicher.»Erinnerst du dich an das
Mädchen von damals?«

Seth lachte endlich.»Ja. Jillian.« Er schüttelte den Kopf.
»Mann, sie hat uns in dieser Nacht in alle Richtungen gelenkt.
Das war den zweitägigen Kater wert, den mir der billige
Tequila beschert hat.«

Die Männer schwiegen wieder einen Augenblick, bis Kaden
das Schweigen brach.»Wir reden, Leah und ich. Wir benutzen
die Fantasie. Du hast in ihrer mehr als ein paarmal die Hauptrolle gespielt.«

Seth errötete, gleichzeitig verlegen und seltsam erfreut.
»Ja?«

Kaden nickte.»Das ist ein weiterer Grund, warum ich
zuerst an dich gedacht habe. Ich weiß, dass sie dich lieben
kann. Sie wird so gut für dich sein, wie du für sie.«

Seth betrachtete seine Hände.»Ich kann nicht glauben,
dass du mir sagst, es sei okay, deine Frau zu ficken.«

»Mein Leben hat sich in den letzten Tagen sehr verändert,
Kumpel. Meine ganze Art zu denken hat sich verändert.«
Kaden nahm seine Brille ab und schloss die Augen, während er
sich auf den Nasenrücken drückte und ihn rieb.»Ich weiß sie«,
sagte er leise.»Wenn ich euch nicht zusammenbringe, bevor ...
Wenn nicht etwas zwischen euch beiden passiert, wird es nicht

passieren. Sie wird es nicht zulassen. Sie wird sich zu schuldig fühlen, und das wird sie für etwas Schreckliches anfällig machen.« Er öffnete seine Augen und sah Seth wieder an. »Und seien wir mal ehrlich. Danach würdest du sie normalerweise nicht mehr daten, oder?«

Seth schluckte schwer. »Richtig«, stimmte er leise zu.

Kaden lächelte traurig. »Ich muss das tun. Es macht mir keinen Spaß, solche Vereinbarungen zu treffen.« Sein Lächeln verblasste. »Wir hätten mindestens fünfzig Jahre zusammen sein sollen.« Er schloss die Augen und holte tief Luft. »Ich möchte, dass sie glücklich ist, Seth. Ich will, dass sie liebt und lebt und nicht ihre Jahre in einem schwarzen Loch verbringt. Schlimmer noch, ich will nicht, dass sie sich umbringt.«

»Glaubst du, sie würde das tun?« Eine Sorge mehr auf Seths Teller.

»Nicht, wenn sie dich hat. Sie wird dich haben, dem sie dienen kann und der sich um sie kümmert. Es wird ihr wehtun, sie wird trauern, aber wenn sie dich hat, wird sie immer einen Fuß vor den anderen setzen. Sie wird keine andere Wahl haben.« Kaden öffnete die Augen und Seth bemerkte, dass er wieder den Tränen nahe war. »Ich sage nicht, dass du heute Abend irgendetwas mit ihr machen sollst. Ich sage nur, dass du die Dinge zwischen euch beiden geschehen lassen musst. Und es wird geschehen. Es kann gar nicht anders sein.«

Kaden blickte auf die Kabelbox, auf der die Uhrzeit angezeigt wurde. »Du musst Ben und Helen anrufen und ihnen sagen, dass du heute Abend nicht nach Hause kommst, damit sie sich keine Sorgen machen müssen.«

Seth nickte stumm und holte sein Handy heraus, um den Anruf zu tätigen. Während er das tat, ging Kaden in die Küche. Einen Augenblick später kam er mit zwei Gläsern Bourbon auf Eis zurück und nahm wieder auf dem Sofa Platz.

»Wir wollen, dass du bis zum Wochenende einziehst, okay?

Ich möchte, dass ihr euch so schnell wie möglich zurechtfindet, damit ihr beide eine Routine bekommt. Sie braucht Struktur.«

Seth hatte im Laufe der Jahre einige Nächte in ihrem Haus verbracht, meistens nach einem späten Kartenspiel oder nachdem er nach einer Grillparty zu viel getrunken hatte, aber das hier fühlte sich anders an.

Seltsam.

Seth fand, dass die Stimme, die aus seinem Mund kam, nicht wie seine eigene klang. »Okay.«

»Wann ist das Semester zu Ende?«

Seth versuchte, sein Gehirn in Gang zu setzen. »In ein paar Wochen.«

»Hast du dich schon für das nächste Semester angemeldet?«

»Noch nicht.«

»Du musst im Sekretariat vorbeischauen und mit ihnen reden, um herauszufinden, wie du dich beurlauben lassen kannst. Wenn du trotzdem einen Kurs belegen musst, ist das in Ordnung. Du willst dir zumindest für ein oder zwei Semester nicht zu viele Kurse aufhalsen.« Er schaute weg. »Ich bezweifle, dass du viele verpassen wirst.«

Seth nickte stoisch.

Kaden fuhr fort, seine Stimme klang heiser. »Ich werde nächste Woche den Papierkram für dich erledigen.«

Seth schüttelte den Kopf. »Ich brauche keinen Papierkram. Ich vertraue dir.«

»Ich vertraue dir auch. Das Problem ist, dass Leah nicht in der Lage sein wird, zu arbeiten. Ich brauche jemanden, der rechtlich befugt ist, Entscheidungen zu treffen und Dinge zu erledigen. Du brauchst eine Handlungsvollmacht und eine medizinische Vollmacht, meine Patientenverfügung und mein Testament müssen geändert werden, Bankkonten und all das. Ich brauche dich auch bei all dem Papierkram für sie. Am besten, du erledigst das alles und machst es offiziell. Das wird uns später das Leben leichter machen. Eine Sache weniger, um die ich mich kümmern muss. Bringen wir es hinter uns.«

Seth nickte stumm. Dass selbst der Kontrollfreak Kaden in so einem Moment an all das denken konnte, musste an der Ausbildung zum Anwalt liegen.

Kaden nahm einen tiefen Atemzug. »Ich will nicht in einem Krankenhaus sterben. Ich will hier sein. Wenn es so weit ist, müssen wir uns an ein Hospiz wenden. Dann kannst du wenigstens deine Krankenschwesterausbildung machen«, versuchte Kaden zu scherzen.

Seth schnaubte, aber Kaden wusste, dass er nicht ganz bei Trost war.

»Tut mir leid, Kumpel.« Er hielt einen Augenblick inne, bevor er leise fortfuhr. »Ich möchte eingeäschert werden. Was auch immer Leah mit den Überresten machen will, ist für mich in Ordnung. Vielleicht musst du ihr bei dieser Entscheidung helfen. Ich werde ein paar Dinge vorbereiten lassen. Ich werde sie meinem Partner Ed geben, damit du ihn anrufen kannst, wenn es passiert, und er wird alles Weitere für dich in die Wege leiten. Du kannst dich in den Tagen danach auf sie konzentrieren, und Ed wird sich um die anderen Dinge kümmern, die für euch beide wichtig sind. Okay?«

Seth nickte. Surreal. Ein Albtraum. Das Wurmloch schien immer noch eine gute Option zu sein.

Kaden schaute Seth direkt an. »Ich rede nicht gerne so. Ich mag es nicht, das zu planen. Ich will es verdammt noch mal erledigen und aus der Welt schaffen. Aus *unserer* Welt. Ich will es jetzt erledigen, damit ich nicht mehr darüber nachdenken muss. Ich will es erledigen, solange ich noch daran denken kann, damit ich nichts vergesse. Dann können wir den Rest meiner Zeit damit verbringen, das zu tun, was für Leah getan werden muss.« Er nahm einen Schluck von seinem Drink. »Ich will nicht, dass sie in ihrem Stress umkippt.«

»Was meinst du?«

»Ich weiß, dass einiges von dem, was ich von dir verlange, dem zuwiderlaufen könnte, was du für richtig hältst. Vergiss nicht, dass ich sie kenne und weiß, was sie braucht. Du musst mir vertrauen. Du darfst nicht zulassen, dass sie eine Mauer aufbaut. Wenn sie das tut, wird sie sich dahinter verstecken und wir werden sie dann verlieren. Sie wird wieder in ihr altes Verhalten zurückfallen und du wirst sie nicht mehr zurückholen können, wenn ich weg bin.«

»Ich dachte, du hättest gesagt, dass du dir darüber keine Sorgen mehr machen musst?«

»Ich habe dir auch gesagt, dass sie in vierundzwanzig Stunden drei – nun ja, vier – Sitzungen hatte. Normalerweise bekommt sie nur zwei, vielleicht drei pro Woche, wenn überhaupt, und manchmal berühre ich sie dabei kaum. Was du gerade gesehen hast, war noch harmlos im Vergleich zu dem, was sie heute schon hatte.«

Seth schüttelte fassungslos den Kopf. »Das war verdammt brutal, Mann. Du meinst, das war am unteren Ende der Skala?«

Kaden nickte, nippte an seinem Drink und runzelte die Stirn. »Du hast doch gesehen, dass sie es so gewollt hat. Körperlicher Schmerz wie dieser hilft ihr, ihre Gefühle zu verarbeiten und sich zu erden.« Er begegnete wieder Seths Blick. »Du darfst nicht zulassen, dass sie sich emotional abkoppelt. Wenn sie diesen Punkt erreicht, ist sie schon fast zu weit gegangen. Du wirst lernen, ihre nonverbalen Signale zu erkennen, ihre Körpersprache. Manchmal braucht sie nur einen Klaps auf den Hintern, damit sie sich besser fühlt. Manchmal braucht sie aber auch viel mehr. Manchmal wird sie fragen, ob sie weiß, was los ist. Deine Aufgabe ist es, die Momente zu erkennen, in denen sie sich selbst nicht versteht, und ihr dabei helfen.«

»Das ist verdammt viel zu lernen, Mann. Bist du wirklich so besorgt, dass sie sich wieder schneidet?«

»Was glaubst du, warum ich vor dem Abendessen das

Gemüse geschnippelt habe? Ich will das Risiko nicht eingehen.«

Seth hörte, wie ihre Schlafzimmertür geöffnet wurde. Einen Augenblick später betrat Leah das Wohnzimmer, das Haar offen, das Gesicht gewaschen und ungeschminkt, offenbar nur mit ihrem Halsband und einem langen T-Shirt bekleidet, das bis zur Mitte des Oberschenkels hing.

Kaden streckte ihr seine Hand entgegen. »Komm her, Liebes«, sagte er.

Sie ging hinüber und nahm seine Hand. Sie drückte ihre Lippen auf seinen Handrücken, bevor er sie auf seinen Schoß zog. Sie rollte sich zusammen und vergrub ihr Gesicht an seiner Brust. Sie sah eher aus wie ein verlorenes Kind als eine Frau von fast vierzig Jahren. Er küsste ihren Kopf, stützte sein Kinn in ihr Haar und sah Seth in die Augen.

»Danke«, sagte Kaden. »Von uns beiden.« Seth nickte.

SIE SAßEN EIN PAAR MINUTEN LANG SCHWEIGEND DA. Als Kaden sich bewegte, setzte sich Leah auf und sah ihn an.

»Liebes«, sagte er, »Seth hat Ja gesagt.«

Sie hatte Tränen in den Augen, aber sie nickte und sah Seth an. »Danke«, flüsterte sie.

Er nickte.

Kaden tätschelte ihr den Oberschenkel. »Lass uns ein paar Grundregeln durchgehen, okay?«

Sie nickte.

»Ist es dir recht, ihn jetzt Meister zu nennen?«

Sie zögerte, aber Seth antwortete für sie. »Alter, ich fühle mich noch nicht wohl dabei. Können wir damit noch warten? Bitte?«

Kaden dachte einen Augenblick lang nach. »Wie wäre es mit ›Sir‹? Es muss einen Titel geben.«

Leah nickte. »Das ist gut, Meister.«

Kaden lächelte traurig und strich ihr über die Wange. »Vielleicht ist das besser, für den Moment. Weniger Verwirrung.« Er schaute Seth an. »Ist das okay für dich?«

Was hätte er denn sagen sollen? Er zuckte mit den Schultern. »Ich kann damit leben, denke ich.«

»Gut. Es ist wichtig. Nicht die ganze Zeit, nur beim Spielen und wenn wir formell sind.« Er richtete seinen Blick wieder auf Leah. »Wir werden erst in einer Woche oder so richtig formell sein. Lass uns die Dinge erst einmal sacken lassen. Seth wird einziehen, und wir werden ihm alles beibringen. Du wirst ihm beim Lernen helfen müssen, vor allem am Anfang.«

»Ja, Meister.«

Daran konnte sich Seth einfach nicht gewöhnen.

»Sehr gut, Liebes.« Kaden schaute Seth an. »Ich glaube, das hast du schon bemerkt. Es ist einer unserer Codes. Wir können ihn auch benutzen, wenn wir mit Vanille-Leuten unterwegs sind. Wir können immer noch formell sein, ohne dass es jemand weiß.«

Seth nickte stumm.

Kaden fuhr fort. »Ich weiß, dass es eine Weile dauert, bis du dich daran gewöhnt hast, und das ist in Ordnung. Aber es ist wichtig. Morgen Abend gehen wir in den Club, und ich möchte, dass du mitkommst. Du kannst auch deine Sachen mitbringen und zumindest die Nacht dort verbringen.« Seth wollte protestieren, aber Kaden unterbrach ihn. »Ich werde dich morgen Abend zu nichts anderem auffordern, als zuzusehen und zu lernen. Du musst selbst sehen, was wir tun und was passiert.«

Seth entspannte sich. »Okay.«

Kaden schaute Leah an. »Sag Seth unsere Regel über dein Verhalten.«

Sie schaute Seth an. »Wie ich mich verhalte, hängt von

meinem Meister ab. Mein Verhalten muss Meister immer ehren.«

»Und dein jetziges Verhalten wird sich auch auf Seth auswirken«, sagte Kaden.

Sie nickte.

»Sehr gut, Liebes.« Kaden küsste ihre Schläfe. »Er wird Dinge für dich lernen müssen. Du wirst geduldig mit ihm sein müssen, vor allem am Anfang. Wenn er etwas sagt oder tut, was nicht in Ordnung ist, kannst du ihn zur Rede stellen und es ihm erklären. Du musst aber verstehen, dass er viele Dinge nicht genau so machen wird wie ich. Er ist nicht ich, und damit musst du dich abfinden. Verstehst du?«

Sie nickte.

Seth meldete sich zu Wort. »Rotes Licht?«

»Sag es ihm.«

Sie schaute wieder zu Seth. »Safewords. Rot, gelb, grün. Rot bedeutet, dass wir sofort mit unseren Aktivitäten aufhören oder, wenn wir irgendwo in der Nähe sind, sofort in den Vanille-Modus wechseln, bis wir irgendwo unter vier Augen darüber reden können. Gelb bedeutet Vorsicht. Es bedeutet, dass wir uns gegenseitig informieren müssen. Grün bedeutet, dass alles in Ordnung ist.«

Seth fühlte sich seltsam bei dieser Frage, aber er wusste, dass er sie stellen musste. »Ist es das, was du sie vorhin gefragt hast?«

Kaden nickte, während er ihr über das Haar strich. Sie schloss die Augen, schmiegte sich an seine Hand und kuschelte sich an ihn.

»Du wirst eine Erfahrung machen, die dir die Augen öffnet«, sagte Kaden. »Du wirst deine Schüchternheit bei ihr überwinden.« Seine Stimme wurde weicher, als er Leah anschaute. »Du wirst auch Dinge über dich selbst lernen, die du nie gewusst hast. Du wirst die Zeit deines Lebens haben, Mann.«

Kaden strich ihr über die Wange und drehte ihr Gesicht zu seinem. »Du musst dich auch daran gewöhnen, ihm zuzuhören. Wenn du mit ihm allein bist, auch wenn es nur im Laden ist, ist es, als wärst du mit mir zusammen. Du musst ihm gehorchen.«

Sie nickte.

»Er wird sich um dich kümmern. Das verspreche ich.«

Kadens Blick wanderte zu Seth, und Leah sah ihn an.

Seth nickte, kaum fähig zu sprechen. »Ich verspreche es.«

Wieder ein trauriges Lächeln. »Danke«, sagte sie.

Kaden küsste sie erneut. »Du wirst ihm vertrauen, so wie du mir vertraust. Das wird einige Zeit dauern. Deshalb wollte ich jetzt damit anfangen, solange wir noch Zeit haben. Ich muss Zeit mit ihm verbringen können und es ihm zeigen.«

Sie nickte.

»Von jetzt an gilt die Regel, dass du um Erlaubnis bitten musst, wenn du mit jemandem sprechen willst, nicht mehr für Seth. Er kann dir sogar die Erlaubnis zum Sprechen erteilen. Er wird von nun an so gut wie überall mit uns hingehen, also ist sein Wort so gut wie meins.«

Sie nickte.

»Seth wird etwas Zeit brauchen, um sich daran zu gewöhnen, wie du dich hier normalerweise kleidest«, sagte Kaden lächelnd. Er schob seine Hand unter ihr Shirt. »Damit es nicht ganz so formell zugeht, kannst du ja mal ein Shirt bereithalten.«

Seth bekam die Erinnerung an Leahs nackten Körper und ihren rasierten Hügel nicht aus dem Kopf. »Ich bezweifle, dass das hilft«, brummte er.

»Dabei kann ich dir gerne helfen«, sagte Leah leise und wurde rot.

Seth runzelte die Stirn, weil er sich sicher war, dass er sie falsch verstanden hatte. »Hm?«

Kaden schloss seine Augen und küsste ihre Schläfe. »Es wird früher oder später passieren.«

Seth hatte das Gefühl, dass sein Körper taub wurde. »Okay. Ich gebe zu, dass ein Teil von mir darauf eingehen möchte, aber ein anderer Teil von mir schreit, dass es mir total unheimlich ist, dass ihr beide damit so einverstanden seid.«

»Es ist okay, Seth«, sagte Leah. Ihre Stimme war wieder einmal fast auf ein Flüstern gesunken. »Kaden und ich haben geredet.« Sie atmete tief durch und ihre Augen wurden wieder wässrig. Verdammt, er hasste es, sie so aufgeregt zu sehen. »Er hat Recht, dass es irgendwann passieren wird. Es ist nicht fair dir gegenüber, dich hängenzulassen. Das will ich dir nicht antun.«

Seth setzte zum Sprechen an, doch dann hielt er sich den Mund zu, weil er sprachlos war. Endlich gelang es ihm, ein paar zusammenhängende Worte zu formulieren. »Gebt mir etwas Zeit, um mich daran zu gewöhnen, Leute.«

Als Kaden seine Augen öffnete, sah Seth, dass sein Freund darum kämpfte, nicht zu weinen. »Ich *habe* nicht viel Zeit. Wir haben keine Zeit, um rot zu werden. Ich habe keine Zeit. Ich weiß, dass du dich unwohl fühlst. Ich weiß, dass es unangenehm ist.« Seine Hand streichelte wieder über ihr Haar. Seth vermutete, dass es sich dabei eher um eine unbewusste Geste handelte, um sich selbst zu beruhigen. »Es hat keinen Sinn, um das verdammte Thema herumzutanzen. Ich weiß es zu schätzen, dass du mich so sehr liebst, dass du kein Arschloch bist, aber du musst meine Gefühle nicht schonen. Nach ein paar Wochen mit uns wirst du sicher verstehen, wie und warum ich das tun kann.«

Seth war sich da nicht sicher, aber er nickte trotzdem.

Wie um sich selbst vom Rand seines emotionalen Schmerzes zurückzuziehen, atmete Kaden tief durch. »Zurück zu den Regeln.« Er schaute Leah an. »Niemand darf sie anfassen – außer dir und mir. Nur im Notfall.«

Seth war wieder völlig verwirrt. »Sie hat mich schon mal

umarmt. Und ich habe gesehen, wie sie Leute umarmt und ihnen die Hand gegeben hat.«

Kaden schüttelte den Kopf. »Tut mir leid. Ich meine unter nicht ›vanilligen‹ Umständen. Oder wenn wir ›vanillig-formell‹ sind. Außerdem habe ich viele der Regeln, die wir haben, noch nie auf dich angewandt. Du bist die ganze Zeit bei uns, du gehörst zur Familie. Es wäre nicht sinnvoll gewesen, ohne uns zu outen.«

Seth kniff sich in den Nasenrücken. »Bekomme ich ein Glossar und einen Lehrplan für diesen verrückten Kurs, für den ich pauke?«

Leah lachte tatsächlich ein wenig darüber. Als Seth sie wieder ansah, ließ ihr trauriges Lächeln sein Herz auf eine seltsame Art und Weise pochen. Wenigstens hatte er sie trotz des ganzen Schlamassels zum Lächeln gebracht.

Sie tauschte einen kurzen Blick mit Kaden aus. Er nickte und sie sprach. »Vanille bedeutet, weißt du, alltägliches, einfaches, normales Setting. So wie du uns vor all dem hier gesehen hast. ›Vanillig-formell‹ bedeutet, dass wir etwas tun, aber niemand sonst weiß, was vor sich geht. Wie ein privates Spiel in der Öffentlichkeit. Formell bedeutet, wie ich dich und deinen Meister in der Öffentlichkeit oder privat anspreche, wie ich mich kleide, was du mit mir und für mich tust. Informell ist, dass wir immer noch spielen, aber nicht mit den Protokollen.«

»Protokolle?«

»Du wirst sie lernen«, sagte sie leise. »Es wird alles gut werden. Du wirst es schon schaffen. Das weiß ich.«

»Entspannst du dich auch mal unter vier Augen?«

Kaden übernahm das Wort und nickte. »Normalerweise nennt mich Leah nur Meister, wenn sie sehr gestresst ist und wir eine Sitzung haben. Aber im Moment ...« Er streichelte ihr wieder über das Haar. »Es ist beruhigend für sie. Es hilft ihr, damit fertig zu werden.«

Sie nickte, sagte aber nichts.

Seth spürte, wie sein Herz für beide brach. Wie zur Hölle sollte er ihnen helfen, das durchzustehen und das zu tun, was er tun sollte, und mit dem Verlust von Kaden fertig zu werden? *Kaden stirbt.*

Kaden küsste sie ein weiteres Mal. »Wir können uns später um mehr kümmern. Geh und bereite das große Gästezimmer für ihn vor. Wir wollen ihn dort haben. Es hat ein eigenes Bad.« Sie nickte, kletterte von Kadens Schoß und küsste erneut seine Hand. Sie wollte den Raum verlassen, drehte sich dann aber zu Seth um. »Ich weiß, dass das für dich nicht einfacher ist als für uns. Ich weiß das zu schätzen. Das tue ich wirklich.«

Seth sah ihr beim Gehen zu. Schließlich wandte er sich wieder an Kaden.

»Du musst zum Arzt gehen«, sagte Kaden, so leise, dass seine Stimme nicht durch den Flur zu hören war. »Ich will nicht wie ein Arschloch klingen, aber du musst dich komplett auf HIV und Geschlechtskrankheiten testen lassen. Deine letzte Ex war eine echte Schlampe. Ehrlich gesagt, habe ich Gerüchte gehört, dass sie mit anderen Typen geschlafen hat. Ich möchte auch, dass du dich gründlich untersuchen lässt. Ich zahle dafür.«

Seth spürte, wie sich sein Magen auf unangenehme Weise drehte. Er hatte die gleichen Gerüchte gehört, aber er wollte nicht daran denken. »Okay«, flüsterte er heiser.

»Ich werde Leah bitten, dir einen Termin bei meiner Ärztin zu machen. Sie wird dich begleiten und sich um die Rechnung kümmern. Ich will auch sichergehen, dass du gesund bist. Wenn du irgendwelche Probleme hast, müssen wir sie früh erkennen und uns um dich kümmern. Ich weiß, dass du eine Versicherung vom Kriegsveteranenministerium hast, aber ich will, dass du jetzt untersucht wirst. Es ist schon schlimm genug, dass sie mich überlebt. Sie muss nicht auch noch dich verlieren.« Seine Stimme versagte am Ende. Seth wunderte sich über die innere Stärke seines Freundes. Wäre die Situation andersherum, wäre er vermutlich schon längst am Heulen, vermutete Seth.

»Was ist, wenn ich es versaue?«, flüsterte Seth. »Was ist, wenn ich es ihr nicht recht machen kann?«

Kaden leerte den letzten Schluck seines Drinks. »Du kannst und du wirst. Ich weiß, dass du es kannst. Sie wird nicht zulassen, dass du versagst. Und ich auch nicht.«

»Schön, dass du so zuversichtlich bist.«

Sie saßen schweigend da, bis Leah zurückkam. Sie nahm Kadens Hand und küsste sie, bevor sie sich in seinen Schoß kuschelte.

Als Leah das nächste Mal sprach, schreckte Seth fast auf.

»Ich bin froh, dass Kade dich gefragt hat. Wenn sonst nichts ...« Sie verschluckte sich, hielt inne und sprach dann weiter. »Zumindest weiß ich, dass ich mich immer an dich wenden kann, auch wenn du dich entscheidest, weiterzuziehen. Ich weiß, dass ich auf dich zählen kann. Ihr seid schon so lange beste Freunde. Du bist auch mein bester Freund. Du bist mein ältester Freund. Das meine ich ernst. Das bist du wirklich. Ich habe mich in deiner Nähe immer wohlgefühlt.«

»Sogar in dieser Nacht auf den Keys?«

Sie lachte, dieses Mal laut und echt. »Ja. Besonders in dieser Nacht.«

Kaden lächelte. »In dieser Nacht hätte sie fast die Katze aus dem Sack gelassen.«

Seth dachte zurück und erinnerte sich dann. »Warte! Du hast sie an diesem Abend ›Liebes‹ genannt, das weiß ich jetzt wieder. Und du ...«

Sie nickte. »Ich hätte ihn fast Meister genannt.«

Seth erinnerte sich an die Nacht vor fünfzehn Jahren. Sie waren mit ein paar anderen Freunden auf einem Hummer-Ausflug gewesen, während der zweitägigen Minisaison, als jeder Trottel mit einem Kitzelstock und einem Hummermesser auf dem Wasser war. Zwei ihrer Kumpels gerieten in eine

Schlägerei. Kaden war auf die Toilette gegangen, bevor die Schlägerei begann, und als er zurückkam, war der ganze Laden involviert.

Leah hatte sich in einer Ecke hinter zwei Typen eingeklemmt, die sich prügelten. Als Kaden auf sie losging, stürzte sich ein anderer Kerl auf ihn. Als Seth erkannte, was passiert war, ließ er den Freund, dem er helfen wollte, sofort stehen und kämpfte sich zu Leah durch, packte sie und rannte mit ihr nach draußen zum Auto.

Als sie sah, dass Kaden mit einem anderen Kerl kämpfte, schrie sie fast hysterisch nach ihm und rief:»Meis... Kaden!«

Als Kaden sich eine Minute später endlich herauskämpfte und zu ihnen rannte, nahm er sie in die Arme und nannte sie ›Liebes‹.

Seth hätte es nie zugegeben, aber später in der Nacht lag er in seinem Bett in der gemieteten Wohnung und hörte zu, wie sie sich im Zimmer nebenan liebten, und dachte daran, wie gut es sich anfühlte, sie in diesen wenigen Sekunden zu halten, wie gut ihr Haar gerochen hatte und wie beschützend er sich ihr gegenüber fühlte.

Wie neidisch er auf Kaden war.

»Ich habe heute Nachmittag Apfelkuchen gebacken«, sagte sie und holte ihn in die Gegenwart zurück. »Ich habe Vanilleeis für dich gekauft. Soll ich dir eins mitbringen?«

Er wurde wieder rot. Leah kümmerte sich um ihn.

»Gib es zu«, neckte Kaden sanft. »Sie kümmert sich schon gut um dich.«

»Wie zum Teufel kannst du meine Gedanken so lesen?«

»Ich sage es dir immer wieder. Vielleicht war das Problem all die Jahre, dass du nicht die richtige Frau gefunden hast.«

»Ich will ehrlich zu euch beiden sein. Ich bin mir nicht sicher, ob ich mich daran gewöhnen kann, dass eine ›Sklavin‹ mich von vorn bis hinten bedient.« Seth setzte das Wort in Anführungsstriche.

»So ist es nicht«, betonte Leah. »Ich habe genauso viel Spaß daran wie Kade. Und bei dir auch.« Sie errötete. »Ich meine, wenn ich etwas für dich tue. Zum Beispiel Abendessen kochen und so.«

Kaden klopfte ihr auf den Oberschenkel. »Geh und bringe uns ein Stück Kuchen, bitte.«

Sie küsste ihn und ging, um es zu tun.

Kaden senkte seine Stimme. »Es geht auch nicht um Sex. Das gehört zwar auch dazu, aber in unserem Fall geht es darum, ihr das zu geben, was sie braucht, um zu funktionieren. Manche Leute sind nur wegen des Sex dabei. Ja, bei uns ist der Sex deswegen heißer. Ich werde nicht lügen. Du wirst feststellen, dass es der geilste Sex ist, den du dir je vorgestellt hast. Aber es geht nicht um den Sex. Es geht darum, ein Bedürfnis von jemandem zu erfüllen. Sie muss dienen. Sie braucht die Struktur, die Sicherheit und Geborgenheit. Und die Befreiung von ihrem emotionalen Schmerz. Bleib unvoreingenommen. Habe ich dich jemals belogen?«

Seth schüttelte den Kopf. Nein, Kaden hatte ihn, soweit er wusste, noch nie angelogen.

Er war wahrscheinlich der einzige Mensch, von dem Seth wusste, dass er ihn nie anlügen würde.

Kaden stand auf und bedeutete Seth, ihm in die Küche zu folgen. Sie nahmen an der Theke Platz und sahen zu, wie Leah die Vorbereitungen abschloss. Sie wärmte sogar Seths Kuchenstück ein wenig auf, bevor sie das Eis dazu gab.

So mochte er es am liebsten.

Sie reichte Kaden sein erstes. Als sie Seths Teller vor ihm abstellte, berührte sie seine Hand und wartete, bis er ihren Blick erwiderte.

»Es ist okay«, sagte sie. Dann drückte sie sanft seine Hand, bevor sie sie losließ und ihren eigenen Teller abstellte.

Er hasste sich dafür, dass ihre Berührung ihn härter als einen Stein machte.

»Gibt es irgendwelche Hausregeln, von denen ich wissen sollte?«, fragte er, um sich abzulenken.

Kaden zuckte mit den Schultern. »Mach den Toilettensitz runter, wenn du gehst, aber du bist sowieso gut darin.«

»Ich dachte, du würdest mir die Regeln für den Kerker sagen«, schnauzte Seth.

Kaden lachte, dann seufzte er. »Ehrlichkeit. Niemals lügen. Das kann nur funktionieren, wenn wir alle miteinander reden. Am Anfang wird es sich komisch und unangenehm anfühlen. Aber es wird leichter, das verspreche ich.«

»Viel schlimmer kann es nicht werden«, murmelte Seth.

Kaden fuhr fort. »Wenn Rot gerufen wird, hört alles sofort auf, egal ob sie, du oder ich es rufen. Du wirst die Routinen und Protokolle mit der Zeit lernen. Nach einer Weile geht das ganz automatisch. Oh, ich werde dir morgen früh die Schlüssel geben. Den Code für das Tor weißt du ja schon, und der Code für den Hausalarm ist 1218.«

»Leahs Geburtstag.« Seth bemerkte nicht, dass er laut gesprochen hatte, bis er aufblickte und ihr trauriges Lächeln sah.

»Du erinnerst dich.«

Zu Seths Überraschung lächelte auch Kaden. Sein Freund klopfte ihm auf den Arm und drückte ihn kurz, bevor er ihn wieder losließ. »Siehst du? Du schaffst das schon.«

Schließlich entschuldigte sich Seth. »Ich muss ins Bett gehen, Leute. Ich bin total erschöpft. Ehrlich gesagt, mein Gehirn ist kaputt. Ich weiß nicht, wie ich morgen den Unterricht überstehen soll.«

Er ging in sein neues Schlafzimmer und schloss die Tür hinter sich. Er sah sich um, und obwohl er schon einmal hier übernachtet hatte, sah er es zum ersten Mal. Das Bett war perfekt, ein Kingsize-Bett, viel besser als die harte Matratze bei seinem Bruder. Nicht, dass er sich jemals bei seinem Bruder beschwert hätte, denn es war kostenlos und er hatte ein Dach über dem Kopf. Er schlief immer gut, wenn er die Nacht bei Kade verbrachte. Das Zimmer war fast doppelt so groß wie das seines Bruders und das angeschlossene Bad so groß wie viele Hauptbadezimmer in kleineren Häusern.

Er hatte gerade begonnen, sein Hemd aufzuknöpfen, als er ein leises Klopfen an der Tür hörte. Er öffnete sie. Leah stand auf dem Flur. Kaden war anscheinend schon ins Bett gegangen, denn die Tür war geschlossen.

Seths Herz hämmerte, Panik drohte. »Leah, ich habe es ernst gemeint, als ich sagte, dass ich nichts tun kann ...«

Sie schüttelte den Kopf. »Nein! Nein. Ich wollte nur gute Nacht sagen. Und danke.« Sie schaute zu ihm auf. »Und du hast mich nicht umarmt, als du heute Abend gekommen bist.«

Er lachte, aber es klang härter, als er beabsichtigt hatte. »Du hast mich mit deinem Outing irgendwie überrumpelt.« Das hier war auch nicht viel besser, vor allem jetzt, wo er wusste, was darunter war.

Oder besser gesagt, was nicht darunter war.

Nach einem langen Augenblick öffnete er seine Arme für sie. Obwohl er versuchte, seinen Oberkörper von ihr wegzudrehen, sodass sie sein hartes Glied nicht spüren würde, das nach Aufmerksamkeit verlangte, presste sie sich an ihn. Nicht unzüchtig oder gar verführerisch.

Sondern verzweifelt.

Als er das merkte, entspannte er sich und hielt sie fest, weil er Angst hatte, dass sie weinen würde. Aber das tat sie nicht, obwohl sie sich an ihn klammerte wie eine Ertrinkende.

Es dauerte einige Minuten, bis sie sich ein wenig entspannte. »Danke«, flüsterte sie. »Ich weiß, dass das für dich beschissen ist. Es tut mir leid.«

»Hey.« Er zwang sie, ihn anzuschauen. »Hör auf. Wenn die Dinge anders liegen würden und wir Single wären, würde ich ...« Plötzlich klang das wie eine dumme Bemerkung unter diesen Umständen.

Aber sie lächelte wieder. »Ja, das würde ich auch.« Sie legte ihren Kopf noch einen Augenblick länger auf seine Brust und er würde lügen, wenn er behaupten würde, dass er das nicht genossen hätte.

»Sei einfach ... nachsichtig mit mir, okay?«, sagte er. »Wenn ihr so weitermacht, verbrennt ihr mir noch das Gehirn.«

Sie streckte sich und küsste ihn auf die Wange. Er war etwas größer als Kadens und wusste, dass das für sie eine Umstellung sein würde.

»Vergiss nicht, dass ich alles, was mir nicht gefällt, aufhalten kann und werde«, versicherte sie ihm. »Das habe ich immer getan. Es gab in der Vergangenheit schon einige Male, bei denen ich eine Sitzung abgebrochen habe. Normalerweise macht das Kaden vor mir, aber ich habe es getan. Mach dir also keine Sorgen, dass du zu weit gehst. Solange du dich an das Safeword hältst, wirst du mich nicht verletzen.«

Sie ging und schloss leise die Tür hinter sich.

SETH STAND GEGEN ZWEI UHR MORGENS AUF, um sich ein Glas Wasser zu holen. Leah hatte einen Bademantel für ihn an der Badezimmertür hängen lassen. Anstatt sich anzuziehen, zog er ihn an. Als er die Tür öffnete, hörte er ein leises, seltsames, rhythmisches Geräusch, das er nicht genau zuordnen konnte.

Das Haus war dunkel. Ein paar sorgfältig platzierte Nachtlichter und seine Vertrautheit halfen ihm, ohne Zwischenfälle in die Küche zu gelangen. Das Geräusch war jetzt lauter und hörte sich fast an wie ... Plätschern?

Er entdeckte eine dunkle Gestalt auf der Veranda. Als er durch die Schiebetür der Küche trat, sah er Kaden im Schatten stehen, der auf den Pool starrte und sich an die Wand in der Nähe der Schiebetür zum Hauptschlafzimmer lehnte.

Das Licht am Pool war nicht an. Im dunklen Wasser schwamm

Leah in einem munteren Tempo hin und her. Er wusste, dass sie viel schwamm, einer der Gründe, warum Kaden den großen Fünfundzwanzig-Meter-Pool hatte bauen lassen, aber … verdammt.

Kaden sah ihn nicht an, ließ den Blick nicht vom Becken ab. Er lehnte sich vor, als Seth neben ihm stand. »Deine erste Lektion. Lass sie nie allein, wenn sie so ist«, murmelte er.

»Weiß sie, dass wir ihr zusehen?«

»Nein. Wenn sie weint, bevor sie rauskommt, ist alles in Ordnung. Wenn sie wie ein verdammter Zombie aussieht, bringe ich sie sofort ins Spielzimmer.«

Seth starrte Kaden an. Kaden lächelte in die Dunkelheit. »Sorry. So nennen wir es. Klingt besser als ›Kerker‹, findest du nicht?«

Seth hielt fast eine Stunde lang mit Kaden Wache. Er konnte nicht glauben, dass sie immer noch schwamm, als sie schließlich am flachen Ende anhielt und sich keuchend an den Rand lehnte. Mehrere Minuten lang stand sie wie erstarrt da, dann sank sie unter Wasser.

Ein leises Stöhnen drang aus dem Becken, begleitet von einem Rauschen der Luftblasen. Sie kam an die Oberfläche und holte tief Luft, bevor sie wieder unter Wasser sank.

Kaden nickte. »Das ist gut.«

»Was zum Teufel?«

Er schaute Seth an. »Sie schreit.«

Das wiederholte sie fast zehn Minuten lang, bevor sie ihren Kopf auf ihre Arme am Beckenrand stützte und leise weinte.

Kaden nickte wieder, tippte Seth sanft auf den Arm und deutete auf die Schiebetür zur Küche. Sie gingen hinein und schlossen die Tür hinter sich.

»Was zum Teufel?«, fragte Seth erneut.

Kaden zuckte mit den Schultern. »Sie verausgabt sich im Pool und treibt sich selbst bis zur körperlichen Erschöpfung. Ich meine, sie kann sich nicht selbst den Hintern versohlen. Sie hat mir versprochen, dass sie sich nicht schneidet, obwohl ich im Moment Angst habe, dass sie dieses Versprechen nicht halten kann, wenn wir die Dinge nicht im Griff haben.

Sie bestraft sich selbst. Wenn es Tag wäre, würde sie wahrscheinlich fünf Kilometer laufen oder so. Das hat sie schon lange nicht mehr machen müssen. Ich dachte, sie würde es gestern Abend tun, aber sie tat es nicht. Sie war zu erschöpft vom Weinen.«

»Woher soll ich das wissen?«

Kaden schaute grimmig. »Du wirst es wissen. Du denkst vielleicht, dass du es verschlafen wirst, aber irgendwann wirst du wissen, wenn sie sich nachts im Bett umdreht.«

Seth blickte aus dem Fenster, wo er im sanften Mondlicht Leah zusah, die im Pool weinte. »Sollten wir nicht zu ihr rausgehen?«

Kaden schüttelte den Kopf. »Nicht jetzt. Nicht in einem Fall wie diesem.«

»Fuck.«

»Es wird Zeiten geben, in denen sie zu dir kommt und dich direkt zum Spielen auffordert.«

»Spielen? Ist das der Peitschen-und-Ketten-erregen-mich-Code?«

Kaden grinste. »Ja. Wie auch immer. Es wird Zeiten geben, in denen sie zickig wird.«

»Zickig?«

»Ich weiß. Das ist schwer zu erklären. Wenn sie bockig ist, braucht sie manchmal Spiel und manchmal Bestrafung.«

»Wow.« Seth rieb sich die Stirn. »Wenn Auspeitschen keine Bestrafung ist, was dann?«

»Vorenthalten.«

»Hm?«

»Sie nicht spielen zu lassen. Du wirst den Unterschied kennenlernen, was sie braucht.«

»Du hast mich gerade so verdammt verwirrt, dass ich nicht mehr weiterweiß.«

»Wenn ein Kind in einem Laden um ein Eis bettelt und einen Wutanfall bekommt, gibst du es ihm dann?«

»Was zum Teufel weiß ich denn schon über Kinder?«

»Und?«

Seth seufzte. »Ich weiß es nicht. Ich glaube nicht.«

»Du darfst es ihnen nicht geben. Wenn du das tust, belohnst du schlechtes Verhalten. Oft weißt du an ihrer Körpersprache, wie sie redet, wie sie sich dir gegenüber verhält. Du wirst sehen, dass sie anfängt ... ich nenne es ›abzustumpfen‹. Es ist, als wäre sie zugedröhnt. Nicht nur müde. Als würde sie sich abkoppeln. Das ist verdammt unheimlich. Du wirst lernen, den Unterschied zwischen normaler Müdigkeit und diesem Zustand zu erkennen. Damals brauchte sie eine Sitzung. Unter normalen Umständen reichen unsere regelmäßigen Ausflüge in den Club aus, um sie ohne zusätzliche Sitzungen auf Trab zu halten. Unter der Woche haben wir hier vielleicht ein paar sehr leichte Spielstunden.

Aber jetzt ...« Er schaute durch die Schiebetüren. »Ich hoffe, dass sie, sobald der Schock abgeklungen ist und sie dir hilft, dich zu unterrichten, genug zu tun hat, um sich zu konzentrieren, und dass ich die Sitzungen für eine Weile zurückfahren kann. Wir müssen sie gut im Auge behalten.«

Es klang seltsam und richtig zugleich, dass Kaden ›wir‹ sagte, wenn er von ihr sprach. »Warum sind wir jetzt nicht bei ihr?«

»Weil es für sie besser ist, wenn sie mit so etwas allein fertig wird und sich selbst befreien kann. Es hilft ihr, auf eine gesunde Art und Weise damit umzugehen. Selbstberuhigung. Sie wird zu mir kommen – oder auch zu dir, je nachdem, was passiert – wenn sie Nachsorge braucht.«

Seth rollte mit den Augen. »Toll. Mehr Vokabeln.«

Leah kletterte aus dem Pool. Jetzt fiel Seth auf, dass sie

nackt war. In dem schwachen Licht war es ihm vorher nicht aufgefallen.

Kaden machte sich auf den Weg in sein Schlafzimmer. »Wir sprechen uns morgen früh.« Seth holte sich einen Schluck Wasser und ging benommen in sein Zimmer zurück. Wozu hatte er Ja gesagt?

Trotz seiner aufgewühlten Gefühle wusste er, dass er jetzt keinen Rückzieher mehr machen konnte.

KAPITEL VIER

S eth erwachte mit dem Geruch von Kaffee und ...
Mmm. Speck.

Leah war eine großartige Köchin. Er dachte an seinen Aufenthalt bei ihnen nach der Operation, als sie jede Mahlzeit für ihn kochte. Sie hatten viel Zeit miteinander verbracht, während er bei ihnen war und Kaden jeden Tag zur Arbeit ging. Leah blieb zu Hause und kümmerte sich um ihn. Mit ihr konnte man sich immer gut unterhalten.

Er drehte sich um und schaute auf die Uhr. Sieben Uhr dreißig.

Er wollte gerade aufstehen, als er ein leises Klopfen an seiner Tür hörte. Er zog das Laken wieder über sich, weil er nackt geschlafen hatte. »Ja?«

Die Tür öffnete sich. Leah lugte lächelnd herein. Trotz ihrer Kulleraugen sah ihr Lächeln echt aus und sein Herz klopfte ein wenig. »Guten Morgen. Kaffee.«

Er nickte. »Danke. Ich komme gleich und hole mir etwas.«

Sie stieß die Tür auf. Er war erleichtert, als er sah, dass sie zusätzlich zum Halsband ein langes T-Shirt trug. »Nein,

Dummerchen. Ich habe deinen Kaffee.« Er bemerkte, dass sie einen dampfenden Becher dabei hatte.

»Oh, danke.« Nervös strich er die Decke glatt, um seinen morgendlichen Ständer zu verstecken, doch dann merkte er, dass das die Sache vielleicht noch schlimmer gemacht hätte. Sie trug die Tasse zu ihm hinüber und stellte sie auf den Nachttisch. »Du musst mir nicht danken.«

»Es wäre unhöflich, wenn ich es nicht täte, Babe.«

»Ich schulde dir was, nicht umgekehrt.« Sie holte tief Luft, während ihr Lächeln stockte, ehe sie es wieder aufsetzte. »Ich habe Speck mit Ahornsirup, Rührei und fange jetzt mit dem French Toast an.«

»Mein Gott, Leah. In einem Monat werde ich aussehen wie ein Wasserbüffel.«

Ihr verspieltes Grinsen erreichte endlich ihre Augen. »Mach dir keine Sorgen. Ich werde dir helfen, dich in Form zu bringen.«

Sie verließ ihn lachend.

SETH WÜRDE BEI SEINEM BRUDER DUSCHEN, bevor er zum Unterricht ging. Er zog sich an und ging dann in die Küche, wo Leah am Herd stand. Die Wohnung roch großartig. Er musste zugeben, dass er das wirklich vermisst hatte. Während seines früheren Aufenthalts hatte er sich schnell daran gewöhnt, bei Leah und Kade zu sein.

Es fühlte sich wie ein Zuhause an. So hatte er sich noch nie gefühlt, nicht einmal bei seinen Ex-Frauen. »Wo ist Kade?« Seth nahm seinen üblichen Platz am Tresen ein.

»Er wird in ein paar Minuten rauskommen.« Ohne zu fragen, nahm sie seinen Becher und schenkte ihm noch mehr Kaffee ein.

»Danke.«

Sie wollte etwas sagen, aber er hielt eine Hand hoch. »Hör zu. Ihr müsst euch daran gewöhnen, dass ich Danke sage.« Leah lächelte wieder, während Seth sie musterte. »Ich bin immer noch davon überzeugt, dass es sich um einen total verrückten Albtraum handelt oder so. Nichts für ungut, Schatz.«

Er wünschte sich, er hätte seine verdammte Klappe gehalten, denn sie sah wieder traurig aus.

Kaden stirbt.

Sie nickte. »Ich weiß«, flüsterte sie. »Ich auch. Keine Sorge.«

Sie erstarrten beide und lachten dann nervös. Seth stand auf und streckte seine Arme aus. Sie ging zu ihm, und er umarmte sie. Ausnahmsweise benahm sich sein Schwanz.

»Weißt du«, sagte er, »nach einem Monat hast du vielleicht genug von mir und wirfst mich raus.«

Sie drückte sich fester an ihn. »Nein. Niemals. Wir werden nie krank von dir, Seth. Ich werde dich nie satthaben.«

Er setzte sich wieder auf seinen Platz, während sie an den Herd zurückkehrte. »Was zieht man denn im Kerker an?«

Sie lachte. »Du würdest dich wundern. Jeans sind okay, wenn du willst, für heute Abend. Schwarze Jeans, wenn du welche hast. Ich glaube nicht, dass dir die von Kade passen wird.«

»Ich habe keine Lust, Muschelschalen zu tragen, selbst wenn ich sie über meinen Bauch ziehen könnte.«

»Hey, keine Witze über Kleine. Ich kann nichts dafür, dass du lange Beine hast wie eine Laune der Natur.« Kaden kam um die Ecke und klopfte Seth auf den Rücken. »Gut geschlafen?«

Seth nickte.

Kaden durchquerte die Küche und schlang seine Arme von hinten um Leah und küsste ihren Nacken. »Guten Morgen, Engel.«

»Guten Morgen, Hübscher.«

Seth fühlte sich ein wenig unwohl und versuchte, nicht zuzusehen, aber er konnte nicht anders.

Auch der Gedanke, dass sie eines Tages so etwas zu ihm sagen würde, machte ihn krank und erregte ihn zugleich.

Kaden stirbt.

Scheiße.

SETH VERSUCHTE, sich auf das zu konzentrieren, was Kaden sagte, und nicht darauf, Leah am Herd zuzusehen. Trotz des langen T-Shirts konnte er die süßen Kurven ihres Hinterns unter dem Stoff erkennen. Kaden griff in die Tasche seiner Shorts und reichte Seth einen Schlüsselbund.

»Für das Haus, die Autos, für alles. Du brauchst einen Satz.«

Seth nahm sie in die Hand. Im Moment hatte er zwei Schlüssel, einen für sein Auto und einen für das Haus seines Bruders. Es fühlte sich komisch an, wieder eine Vielzahl von Schlüsseln zu haben. »Danke.«

»Der Code für das Spielzimmer ist auch 1218.«

»Ich bin noch nicht bereit, das in Angriff zu nehmen.«

»Du musst es trotzdem wissen.«

Sie aßen in relativer Stille. Als sie fertig waren, räumte Leah automatisch ihre Teller ab und lehnte Seths Angebot, ihr zu helfen, freundlich ab. Sie holte einen Terminplaner und einen Stift aus ihrer Handtasche. »Wie sieht dein Stundenplan aus?«

Zwanzig Minuten später hatte sie alle Informationen, die sie von ihm brauchte. Seth musste sich beeilen, um noch zum Unterricht zu kommen. Er umarmte Leah zum Abschied und Kaden begleitete ihn zu seinem Auto.

Er sah gealtert aus, sogar im Vergleich zum Vortag. Es machte Seth traurig zu wissen, dass er nicht mit diesem Mann alt werden würde, um auf einer Veranda Geschichten über Kinder und Enkelkinder zu erzählen, während sie auf ihren jeweiligen Schaukelstühlen Kilometer zurücklegten. Irgendwie war ihm der Gedanke, dass Kaden nicht mehr da sein würde, noch nie in den Sinn gekommen.

Wenn überhaupt, dachte er, dass er derjenige sein würde, der als Erster stirbt, der starke und beständige Kaden wäre immer da wie der Mond am Himmel.

»Wann glaubst du, bist du zurück?«, fragte Kaden.

»Mein Unterricht ist um eins zu Ende. Ich gehe zurück zu Ben und fange an zu packen.« Er schnaubte angewidert. »Das wird nicht lange dauern. Ich habe nicht sehr viel.«

Kaden nickte mit Blick auf den Honda Ridgeline. Er hatte ihn ein paar Monate zuvor gekauft. »Warum nimmst du nicht meinen Truck? Das macht es einfacher für dich.«

Seth fing an zu protestieren, aber dann hielt er sich den Mund zu.

Kadens graue Augen trafen sich mit seinen und dieser verdammte Herzschlag ...

Kaden stirbt. Kaden stirbt.

... drohte, ihn zu übermannen und in die Knie zu zwingen.

»Okay«, sagte Seth. »Danke.«

»Wir essen zu Abend, bevor wir gehen. Wir fahren gegen acht in den Club.«

Seth nickte.

Dann umarmte ihn Kaden. Seth versuchte, nicht auf das hagere, erstickte Atmen seines Freundes zu hören, denn er wusste, dass es ihn um den Verstand bringen würde.

Nach einem langen Augenblick wich Kaden zurück und wischte sich über die Augen. »Danke, Mann«, sagte er heiser. »Im Ernst.«

Seth schaute auf den Boden. »Ich muss dir sagen, dass mir einiges davon nicht gefällt. Ich meine ... Okay, ja, sie ist wunderschön. Aber sie ist deine Frau.«

»Nicht mehr«, flüsterte er.

Seth starrte ihn stumm und entsetzt an. »Kumpel, du bist noch nicht tot! Bitte, überstürze nichts.«

Kaden lächelte traurig. »Obwohl wir Freunde haben, die polysexuell sind, habe ich es noch nie richtig verstanden, weißt du? Aber für sie funktioniert es. Also habe ich beschlossen, dass es für mich am einfachsten ist, wenn ich meine Gedanken neu ordne. Das macht es einfacher. Wenn ich nicht mehr bin, wird sie deine Frau sein. Im Moment ist sie nicht mehr meine Frau und sie ist nicht deine. Sie ist unsere.«

»Du bist verdammt durchgeknallt. Sogar für einen verdammten Anwalt.«

Kaden lachte. »Ja, wem sagst du das. Ich will ehrlich sein, als ich so darüber nachdachte, war etwas in mir damit einverstanden. Ich war so verdammt eifersüchtig und wütend, dass du all die Jahre mit ihr zusammen sein wirst und ich nicht. Ich wusste, dass ich das irgendwie überwinden musste, und zwar schnell, denn sie braucht mich, um dich zu unterrichten, und ich kann nicht zulassen, dass mein Ego dem in die Quere kommt. Als ich daran dachte, dass sie zu uns gehört …« Er wischte sich wieder über die Augen. »Ja, das ist verdammt abgefahren. Gib mir etwas, woran ich mich festhalten kann, Kumpel. Okay?«

Seth nickte. »Okay.«

Kaden half Seth, seine Bücher und ein paar andere Dinge, die er brauchte, in den Ridgeline zu packen. Es war ein komisches Gefühl, ihn zu fahren, obwohl er ihn schon einmal gefahren hatte.

Es fühlte sich ...

Er erschauderte.

Kaden stirbt.

～

SEINE SCHWÄGERIN HATTE FREI. Als Seth in die Küche kam, drehte sich Helen um, lächelte, und dann fiel ihr Gesicht in sich zusammen. »Seth? Was ist denn los?«

Er saß am Tisch und hatte den Kopf in die Hände gestützt. »Kaden stirbt«, stammelte er.

Er spürte kaum, wie sie ihren tröstenden Arm um seine Schultern legte, als er schluchzte.

IRGENDWIE ÜBERLEBTE SETH DEN UNTERRICHT, ohne mittendrin zusammenzubrechen. Helen half ihm beim Packen, als er zurückkam. Er erzählte ihr nicht alles über ihr neues Arrangement, sondern nur, dass Kaden und Leah ihn gebeten hatten, bei ihnen einzuziehen, weil Kaden wollte, dass Leah Hilfe bekam, wenn seine Krankheit fortschritt. Seth deutete an, dass Kaden sich Sorgen um Leahs Geisteszustand machte und wollte, dass er sich um sie genauso kümmerte wie um ihn.

Helen sah traurig aus. »Sie sind so süß. Ihr seid schon so lange befreundet. Ben wird sehr traurig sein, wenn er das von Kaden hört.«

»Ich weiß nicht, wie vielen Leuten er es jetzt schon erzählt. Sag Ben, er soll es noch niemandem sagen, okay?«

Sie nickte. »Gut.«

Als alle seine Sachen in den Ridgeline gepfercht waren, umarmte Helen Seth. »Ruf uns an. Sei kein Fremder.«

»Ich bin dankbar, dass ihr es mit mir aushaltet. Ich fühle mich wie der streunende Hund aus der Nachbarschaft, mit dem jeder Mitleid hat.«

»Hey, sei nicht so streng mit dir. Du hast eine harte Zeit hinter dir. Das mit Kaden tut mir auch leid.«

Er bemühte sich, nicht zu weinen. Es war schon schwer genug gewesen, sich im Unterricht zusammenzureißen. Er wollte auch nicht vor Leah und Kade zusammenbrechen.

»Danke.« Es war schon nach vier, als er sich auf den Weg zu ihrem Haus machte. Auf halbem Weg dorthin wurde es ihm zu viel und er hielt auf dem Parkplatz eines Lebensmittelladens und weinte wieder. Wie hielt Leah das nur aus? Er war ein verdammtes Wrack.

Nach zwanzig Minuten riss er sich zusammen und bog kurz nach fünf in ihre Einfahrt ein. Kaden kam heraus und lächelte, während Seth rückwärts in die Garage fuhr. Kaden hatte die Heckklappe bereits heruntergeklappt, als Seth ausstieg.

»Schön, dich zu sehen, Kumpel. Ich habe mir schon Sorgen gemacht, dass du es dir anders überlegen würdest.«

Seth schnaubte, als sie anfingen, die Kisten in die Garage zu laden. »Das habe ich ein paarmal, aber ich schätze, du musst mit mir vorliebnehmen. Nur Gott weiß, warum du mich willst.«

Zu Seths Erleichterung trug Leah ihr Halsband und zog sich Shorts und ein T-Shirt an. Ihr trauriges Lächeln und ihre einladende Umarmung setzten etwas in ihm in Gang.

»Ich nehme deine Sachen und packe sie für dich aus.« Er reichte ihr einen Koffer und einen der vielen Müllsäcke mit seinen Sachen. Sie nahm sie mit hinein.

»*Deshalb* will ich dich«, sagte Kaden mit leiser Stimme. »Die Frau da drüben. Sie *braucht* dich.«

Kaden half Seth, die restlichen Kartons in der Garage ordentlich zu stapeln, während Leah sich um seine Kleidung kümmerte. Seths Ex-Frau hatte das Haus und die Möbel bekommen. Um den Konkurs zu vermeiden, hatte er alles verkauft, was mit seinem Geschäft zu tun hatte. Übrig blieb ein abgewrackter Mustang und das, was jetzt in Kadens Garage stand, hauptsächlich Bücher und einige persönliche Erinnerungsstücke.

»Wir werden neue Bücherregale für das Schlafzimmer kaufen«, sagte Kaden und betrachtete die Kisten. »Am Wochenende gehen wir los und kaufen welche.«

»Nein, ist schon okay.«

»Es ist *nicht* okay.« Kaden drehte sich zu Seth um und senkte wütend seine Stimme. »Was verstehst du nicht? Das ist jetzt *dein* Zuhause. Du wohnst hier. Ja, es steht mein Name auf der Urkunde, aber du musst dich an den Gedanken gewöhnen, dass du sozusagen der Herr und Meister dieses verdammten Hauses bist. Je schneller du das in deinen Dickschädel bekommst, desto schneller kannst du ihr helfen, denn ich habe keine Zeit für so einen Quatsch, wenn du ernsthaft lernen musst!«

Fassungslos über seine Wut trat Seth zurück, als Kaden seine Augen schloss und tief durchatmete, um sich zu beruhigen.

Hatte er geglaubt, dass Kaden die Sache gut im Griff hatte? Offenbar nicht so gut, wie Kaden es darzustellen versuchte.

»Es tut mir leid.« Kaden trat näher, seine Stimme war wieder leise und ruhig. »Wenn ich … Wenn es passiert, musst du an dem Punkt sein, an dem du buchstäblich einspringst und sowohl in der Funktion als auch dem Namen nach vollständig übernimmst. Leah muss dich bis dahin in dieser Rolle sehen. Es wird zu spät sein, ihr Vertrauen in dich zu gewinnen, wenn sie es bis dahin nicht schon hat.«

Er stupste Seth mit seinem Finger an. »Das bedeutet, dass du jetzt mit dem Scheiß aufhören und aufstehen musst, Kumpel. Ich weiß, dass es scheiße ist. Ich weiß, dass es komisch ist. Ich weiß, dass es im Gegensatz zu allem steht, was du im Moment fühlst. Aber du musst dich daran gewöhnen, in die Einfahrt zu fahren, dieses Haus zu sehen und zu denken: ›Ich bin zu Hause. Das ist mein Haus. Das ist meine Frau.‹ Wenn du das tust, wird sie es spüren und es wird ihr helfen.«

Seth nickte, ohne dass ihm eine Antwort einfiel. Kaden drehte sich um und ging hinein, während Seth stehen blieb und sich umsah. Leah hatte bereits alle seine Sachen ins Haus gebracht. Plötzlich bemerkte er, dass sie auch eine Tasche mit schmutziger Kleidung mitgenommen hatte.

Er schnappte sich seinen Gitarrenkoffer und ging eilig hinein. Als er sein Schlafzimmer erreichte, war sie immer noch da und ordnete seine Kleidung für ihn. Einige Sachen lagen nun ordentlich gefaltet und gestapelt auf seinem Bett, die Schubladen der Kommode waren offen und der Kleiderschrank halb voll. Er suchte ängstlich nach der Tasche mit den schmutzigen Klamotten. Als sie ihn ansah, lachte sie.

»Ich habe die schmutzigen Sachen schon weggelegt.«

Verblüfft fiel ihm die Kinnlade herunter. »Wenn man sich mit diesem Zeug beschäftigt, wird man zum Hellseher oder so?«

Sie deutete auf einen Stapel auf der Tür im Bad. »Du hast panisch ausgesehen. Keine Sorge, ich habe es sofort gemerkt, als ich die Tüte geöffnet habe.«

Er errötete verlegen. »Es tut mir leid, Leah. Ich werde sie waschen gehen.« Er machte sich auf den Weg ins Bad.

Sie runzelte die Stirn und schüttelte energisch den Kopf. »Nein.«

»Was meinst du mit nein?«

»Das ist *mein* Job.«

»Leah ...«

»Nein!« Ihre Augen weiteten sich. Auf ihren fast verzweifelten Tonfall hin hob Seth flehend die Hände.

»Whoa. Beruhige dich, Babe.«

Aber sie war nicht ruhig. »Nein! Das ist *mein* Job, Seth. Ich mache das. Ich kümmere mich um Kaden, und ich kümmere mich um *dich*.« Ihr ganzer Körper zitterte. Kaden erschien plötzlich in der Tür, mit einem besorgten Gesichtsausdruck. Er sprach nicht, sondern sah einfach nur zu. Seth vermutete, dass Leah nicht wusste, dass er da war.

Seth versuchte es erneut und zwang seine Stimme, ruhig zu bleiben. »Leah, Schatz, ich erwarte nicht ...«

Sie trat vor, fast direkt vor sein Gesicht und sah zu ihm auf. »Es ist *mein* Job. *Bitte!*«

Er blickte hilfesuchend zu Kaden, aber sein Freund stand unbeweglich da und beobachtete ihn.

Seth schluckte schwer und nickte schließlich. Er legte seine Hände auf ihre Schultern und drückte sie sanft. »Okay, Schatz. Es ist okay. Es tut mir leid.«

Er hörte ihr röchelndes Atmen, sah zu, wie ihr Puls in der Kehle pochte und ihr Gesicht nicht vor Aufregung, sondern ...

Als sie ihn anstarrte, erkannte er den Blick von der Nacht zuvor.

Kaum unterdrückte Angst, die an die Oberfläche zu sprudeln drohte.

Er vermutete, dass dies seine zweite Lektion war.

Da er nicht wusste, was er sonst tun sollte, ergriff er ihre Hände und drückte sie sanft. »Babe, er hat gesagt, dass du mich nicht so hart rannehmen sollst. Du musst mir den Scheiß beibringen, weißt du noch?« Er versuchte, wie er hoffte, ein sanftes Lächeln zu zeigen. Nach der gefährlichen Drehung seines Magens zu urteilen, war er sich nicht sicher, ob er es geschafft hatte.

Schließlich holte sie tief Luft und umarmte ihn dann. »Es tut mir leid, Seth«, murmelte sie gegen seine Brust. »Ich weiß.«

Es war ein komisches Gefühl, sie so zu umarmen, weil er wusste, dass Kaden zusah. Aber als Seth seinen Freund ansah, nickte Kaden und lächelte, bevor er leise den Flur hinunter verschwand.

Seth glaubte, dass er diesen Test bestanden haben musste.

Sie klammerte sich an ihn, mit der gleichen Verzweiflung wie in der Nacht zuvor. Er wagte es, sein Gesicht an ihren Kopf zu legen und ihren Duft einzuatmen. Sie roch immer gut.

»Wir werden das durchstehen«, flüsterte er. »Ich verspreche es. Ich bin verdammt verloren und stolpere vielleicht über mich selbst, aber ich werde dich nicht im Stich lassen.«

»Ich weiß.«

Nach ein paar Minuten trat sie schniefend zurück und

zwang sich zu einem Lächeln. »Lass mich dir zeigen, wo ich alles hingetan habe.« Sie räumte seine Kleidung weg und zeigte ihm, wo sie seine Sachen verstaut hatte, einschließlich der Toilettenartikel im Badezimmer. Als sie fertig war, drehte sie sich um. »Hast du noch Fragen?«

»Was soll ich mit meinen schmutzigen Klamotten machen?«

»Leg sie einfach für mich auf die Badezimmertür. Duschst du normalerweise morgens oder abends?«

Das war eine seltsame Bemerkung. »Normalerweise morgens. Ich meine, nach dem Umzug brauche ich eine, aber normalerweise nur am Morgen.«

»Vor dem Frühstück?«

»Ähm, ich denke schon. Normalerweise kocht niemand für mich.«

Sie lächelte. »Gewöhn dich dran. Um wie viel Uhr musst du morgens aufstehen?«

Er zuckte mit den Schultern. »Das hängt davon ab, ob ich arbeite oder Unterricht habe. Nun, ich denke, die Arbeit spielt keine Rolle mehr.« Er war nach dem Unterricht vorbeigekommen, um zu kündigen und seinen letzten Scheck abzuholen. Als er ihm die Situation erklärte, verstand sein Chef und machte ihm keine Vorwürfe.

»Ich muss es wissen, damit ich sichergehen kann, dass du aufstehst.«

»Leah, du kannst doch nicht ...« Auf ihren sturmumtosten Blick hin machte er sofort einen Rückzieher. »Du musst das nicht alles heute Abend machen. Wir können uns am Wochenende zusammensetzen und es ausdiskutieren.«

Daraufhin entspannte sie sich.

Fuck.

Seine drei Ex-Frauen haben ihn nie so angehimmelt. Und er schlief nicht einmal mit Leah.

Noch nicht.

Fuck.

SETH DUSCHTE UND GING DANACH ZU KADEN IN DEN HOBBYRAUM. Kaden saß auf einem Hocker und klimperte untätig auf seiner Gitarre. Leah hatte Seths Gitarre bereits in den Hobbyraum gebracht. Der Koffer war frisch abgestaubt und lehnte in der Ecke an der Wand. Kaden hob den Kopf nicht, aber sein Blick traf den von Seth.

Seth ließ sich in einen der Stühle fallen und schüttelte den Kopf. »Fuck.«

Kaden lächelte und richtete seine Aufmerksamkeit wieder auf die Gitarre. »Siehst du, warum ich wollte, dass du einziehst? Das konnte ich nicht erklären.«

»Sie wäre fast wegen meiner schmutzigen Klamotten ausgerastet, verdammt noch mal! Warum zum Teufel bist du nicht reingekommen und hast mir geholfen, du Arschloch?«

Er zuckte mit den Schultern. »Ich habe zugesehen. Ich habe mir kurz Sorgen gemacht, dass sie ins Spielzimmer gehen muss. Das hast du gut gemacht. Das war schlau, sie daran zu erinnern, was ich ihr gesagt habe, dass sie dich unterrichten soll.« Sanft begann er, eine Skala auf und abzuarbeiten.

Seth schloss seine Augen. »Das war nicht geplant, Kumpel. Ich wusste nicht, was ich sonst sagen sollte.«

»Aber du hast das Richtige gesagt.«

Er legte seine Handfläche über die Saiten, um sie zum Schweigen zu bringen und sah Seth an. »Ich muss dich so viel wie möglich mit ihr machen lassen. Es wäre ein zu großer Schock für sie, wenn sie mich verlieren und sich gleichzeitig daran gewöhnen müsste, alles auf deine Art zu machen. Es gibt einige Dinge, die du lernen musst, richtigzumachen, und an denen werde ich mit dir arbeiten. Dabei geht es um ihre Sicherheit und Geborgenheit. Es gibt Dinge, wie das, was vorhin passiert ist ... Wir haben nicht viel Zeit, aber wir haben genug Zeit, damit ihr beide einige Dinge selbständig erarbeiten könnt. Ich werde später nicht da sein, um dir zu helfen. Du musst lernen, auf deine Art mit ihr umzugehen, nicht auf meine. Dinge zu finden, die für dich und sie funktionieren. Ich kann dir die Karte geben. Du musst dich auf den Weg machen.«

»Danke, Meister Yoda.«

Kaden lächelte und klimperte auf seiner Gitarre.

LEAH RIEF SIE ZUM ABENDESSEN. Seth bemerkte, dass sie sein Lieblingsessen zubereitet hatte. Nach dem Essen ging er ins Wohnzimmer und sah mit Kaden fern.

»Es ist ein komisches Gefühl, sich zurücklehnen und entspannen zu können«, sagte Kaden.

»Entspannen?«

»Ja, ich weiß. Seltsam, was?« Er seufzte. »Neue Perspektive. Was jetzt wirklich wichtig ist. Normalerweise würde ich an einem Abend wie diesem noch arbeiten. Um diese Zeit komme ich nach Hause, esse zu Abend und ziehe mich um, damit wir noch in den Club gehen können.« Er sah Seth an. »Es verändert die Perspektive eines Mannes, das ist sicher. Wenn du wieder zur Schule gehst, deinen Abschluss machst und wieder anfängst zu arbeiten, darfst du nie aus den Augen verlieren, was wirklich wichtig ist.«

Sie unterhielten sich noch eine Weile, bevor Kaden aufstand. »Zeit, sich fertig zu machen.«

Seth war sich nicht sicher, ob er die richtige Garderobe hatte. »Ich habe Jeans, aber ich bin etwas knapp an Latex.«

Leah kam aus der Küche herein und lachte. »Ich habe dir heute Nachmittag ein paar Hemden mitgebracht, die du dir aussuchen kannst. Sie sind in deinem Kleiderschrank. Zieh einfach eine Jeans und deine schwarzen Turnschuhe an.«

Sie zogen sich in ihre Zimmer zurück. Seth schaute in

seinem Schrank nach und fand tatsächlich die Hemden, die Leah erwähnt hatte. Drei langärmelige Chambray-Hemden, nichts besonders Auffälliges. Eines schwarz, eines marineblau und eines dunkelviolett.

Es dauerte nicht lange, bis er sich umzog. Sie hatte sie offenbar schon gewaschen und gebügelt, denn sie rochen nach Waschmittel.

Er wartete nervös im Wohnzimmer und überlegte, ob er etwas trinken sollte, war sich aber nicht sicher, ob das eine gute Idee war. Kaden erschien als Erster, mit einer Sporttasche über der Schulter. Er trug eine schwarze Jeans, schwarze Turnschuhe und ein langärmeliges, anthrazitfarbenes Hemd zum Aufknöpfen.

»Irgendwie habe ich ihn mir immer mit einer Lederweste und Metallnieten vorgestellt«, schnauzte Seth.

Kaden stellte die Tasche auf dem Sofa ab. »Ja, Leder ist viel zu heiß. Normalerweise ziehe ich mein Hemd sowieso aus, das hält mich kühler und gibt mir mehr Bewegungsfreiheit. Ich bin nicht hier, um ein modisches Statement abzugeben.« Er blickte den Flur hinunter und senkte seine Stimme. »Heute Abend wirst du einfach zusehen. Widersprich nichts von dem, was wir tun, und sei nicht schockiert, wenn du etwas siehst. Das einzige Mal, dass du daran denkst, dich einzumischen, ist, wenn sie Rot ruft, wenn ich Rot rufe oder wenn ich dich um Hilfe bitte.«

»Du hast gesagt, ich muss nichts tun!« Seth spürte, wie die Panik wieder um sich griff.

»Ich hoffe, das muss du nicht. Aber wenn ich Hilfe brauche, frage ich lieber dich als Tony oder jemand anderen.«

»Wie erklärst du diesen Leuten, wer ich bin?«

Kaden zuckte mit den Schultern, Traurigkeit in seinen Augen. »Nicht, dass ich irgendjemandem eine Erklärung schulde, aber denen, denen ich es sagen will, werde ich die Wahrheit sagen. Dass ich dich zu Leahs neuem Meister ausbilde.«

Seth glaubte nicht, dass irgendetwas den Schock durchbrechen könnte, den Kadens sachlicher Tonfall bei ihm ausgelöst hatte.

»Aber wie ich schon sagte, wir haben Freunde, die poly sind. Wenn ich dich also als unseren Freund oder sogar als unseren Partner vorstelle, wird heute Abend niemand mit der Wimper zucken.«

Dann tauchte Leah aus dem Schlafzimmer auf.

Die Stiletto-Absätze betonten ihre langen Beine und kurvigen Hüften. Der schwarze Lederrock war geringfügig länger als der, in dem sie ihn am Abend zuvor begrüßt hatte, aber nicht viel. Das schwarze Lederbustier drückte ihre Brüste nach oben. Er vermutete, dass man ihre Brustwarzen sehen könnte, wäre da nicht das kurze weiße Baumwollhemd, das ihr Dekolleté kaum verbarg. Sie trug ein anderes Halsband, das etwas schwerer aussah als das, das sie zuvor getragen hatte, das aber immer noch mit einem herzförmigen Schloss befestigt war und an dem ein kleines silbernes Schildchen hing. Makeup und Haar war wie am Abend zuvor.

Sie blieb vor Kaden stehen. Sie neigte ihren Kopf zur Tür und sah ihn an. »Ich bin bereit, Meister.«

»Sehr gut, Liebes. Du siehst wunderschön aus. Sieht sie nicht wunderschön aus, Seth?«

Seth nickte und krächzte schließlich: »Ja.«

Sie lächelte verschämt, was Seth angesichts dessen, was er bereits erlebt hatte, seltsam fand. »Danke, Sir.«

Schockiert schaute Seth Kaden an. »Wir sind jetzt im formellen Modus«, erklärte Kaden. Er schnappte sich die Sporttasche – Seth war sich nicht sicher, ob er wissen wollte, was da drin war – und nahm Leahs Hand. »Komm, wir gehen spielen, Schatz.«

KAPITEL FÜNF

S ie nahmen Leahs Lexus, und Kaden fuhr. Seth wollte
sich auf den Rücksitz setzen, aber Kaden führte Leah
zuerst dorthin und ließ ihre Hand erst los, als sie
schon saß. Bevor sie sie losließ, küsste sie seinen
Handrücken.

»Danke, Meister.«

»Gern geschehen, Liebes.«

Seth ließ sich betäubt auf den Beifahrersitz gleiten und
versuchte, sein rasendes Gehirn zu beruhigen.

Der Club befand sich in einem unscheinbaren, gemischt
genutzten Geschäftskomplex östlich von Sarasota, nicht weit
von der Interstate entfernt. Mehrere Dutzend Autos waren
bereits vor dem Club geparkt. Kaden nahm seine Brille ab und
legte sie auf dem Armaturenbrett ab. Dann machte er es umgekehrt, um Leah aus dem Club zu holen, nachdem er die Tüte
aus dem Kofferraum geholt hatte. Er nahm ihre Hand und sie
küsste seine, bevor sie vorsichtig ausstieg.

Seth würde nicht leugnen, dass er hart wie ein Stein war.

Sie hielt Kadens Hand, während Seth hinter ihnen herlief.
Im Foyer sprach Kaden mit jemandem an der Rezeption und

drehte sich dann zu Seth um. »Hier. Nimm sie.« Er hielt Leahs Hand hoch.

Unsicher, was er tun sollte, nahm Seth sie und leistete keinen Widerstand, als sie ihm den Handrücken küsste und ihn ansah.

»Danke, Sir«, sagte sie.

Er nickte. »Ähm. Aha. Ja.«

»Gib mir deinen Führerschein.«

Er war immer noch fassungslos und reichte Kaden sein ganzes Portemonnaie, der seinen Führerschein herausholte und ihn der Frau am Schalter übergab.

Seth starrte auf die Wände, an denen eine Auswahl an Paddeln, Gerten, Stöcken, Augenbinden, Halsbändern und anderen Gegenständen zum Verkauf ausgestellt war.

Kaden holte sein Portemonnaie heraus und bezahlte Seths Eintritt, gab ihnen Informationen über Seth und ging mit ihm die grundlegenden Kerkerregeln und Umgangsformen durch, bevor er ein Formular unterschreiben musste.

Seth las es nicht einmal, sondern unterschrieb nur dort, wo Kaden es ihm auftrug, bevor Kaden ihm seine Brieftasche zurückgab. Sie legten sich alle Armbänder an, Seth und Kaden an ihrem linken Handgelenk und Leah an ihrem rechten. Er nahm an, dass das bedeutete, dass sie gezahlt hatten.

Als sie fertig waren, nahm Kaden Leahs Hand und sie küsste ihn erneut. Seth folgte ihnen nach drinnen.

»Viel Spaß!«, rief die Frau hinter dem Schalter fröhlich, und Seth nickte nur.

Seth hoffte, dass sein Kiefer nicht auf die Tür schlug. Es war nicht so, wie er erwartet hatte, außer …

Nun, er war sich nicht sicher, was er erwartet hatte. Natürlich war es ein Lagerhaus, aber die Lichter waren ausgeschaltet und die Wände waren grau gestrichen, um wie Kunststein auszusehen. Es sah nicht so aus, wie er sich einen Sexclub vorgestellt hatte.

Und es sah tatsächlich ... na ja, sauber aus.

An verschiedenen Geräten waren bereits mehrere Leute dabei, sich in Szene zu setzen. Kaden übergab Leah wieder an Seth und ging, um mit jemandem zu reden. Sie stand leise an seiner Seite und hielt seine Hand.

Was sagt man in so einer Situation?

Er sagte nichts und sah einfach zu, was um sie herum geschah. Das war schwierig, denn es fiel ihm schwer, das alles zu verarbeiten.

Sie drückte sanft seine Hand. Als er zu ihr hinunterschaute, lächelte sie. »Es ist okay.«

Er nickte und sah sich weiter um.

Kaden kam ein paar Minuten später mit einem anderen Mann zurück. »Seth, das ist Tony.« Der Mann sah nicht viel anders aus als Kaden. Er trug schwarze Jeans und ein schwarzes Hemd und sah aus, als würde er in eine Sportbar gehen und nicht in einen Kerker.

Sie gaben sich die Hand. Seth wusste nicht, was er sagen sollte, und sagte einfach: »Schön, dich kennenzulernen«.

Tony lächelte. »Ich weiß. Das ist ganz schön viel auf einmal.«

»Du machst keine Witze, Kumpel.«

Kaden übergab Seth die Sporttasche für Leah. »Wir sind gleich wieder da. Toilette.«

Seth stand nervös da und schaute sich um. »Kaden sagte, es sei dein erstes Mal«, sagte Tony.

Seth nickte.

»Du wirst dich daran gewöhnen.«

»Das sagt er mir auch immer. Ich bin mir da nicht so sicher.« Auf der anderen Seite des Raumes schrie eine nackte Frau, die an ein großes x-förmiges Gestell geschnallt war. Seth war sich zunächst nicht sicher, ob es Schmerz oder Lust war, bis er erkannte, dass sie einen Vibrator umgeschnallt hatte.

Tony lehnte sich nahe heran und senkte seine Stimme.

»Kaden hat mir erzählt, was hier los ist. Es tut mir leid, dass du all diesen Scheiß auf einmal abbekommen hast.«

Seth nickte. »Danke.«

»Ich weiß seit Jahren, wer die beiden sind. Sie haben immer sehr gut von dir gesprochen.«

Das schockierte Seth mehr als der Anblick, der sich ihm bot, und lenkte seine volle Aufmerksamkeit auf den Mann. Tony sprach wieder. »Kaden wird dir meine Nummer geben. Zögere nicht, mir eine SMS zu schreiben oder mich anzurufen, wenn du reden willst oder Informationen brauchst oder sonst etwas.«

Seth flüsterte: »Wie soll ich das alles lernen?«

Tony zuckte mit den Schultern. »Du lernst, was du lernen musst. Sie sind alles in allem eher zahm.« Die Frau schrie wieder und ihr ganzer Körper vibrierte gegen ihre Fesseln. Eine andere Frau, die so gekleidet war, wie Seth sich eine Domina vorstellte, stand in der Nähe und sah mit teilnahmslosem Gesichtsausdruck zu. Jetzt trug die gefesselte Frau Nippelklammern, die mit einer Kette verbunden waren, die an ihrem …

Fuck.

»Eher zahm? Er hat es mir gestern Abend vorgeführt. Das sah nicht gerade zahm aus.«

»Er ist ein Künstler mit dem Seil. Hat er dir das schon gezeigt?«

»Nur Bilder.«

»Großartig, was er alles kann. Wenn du mal hier bist und einen Rat brauchst, kannst du mich gerne ansprechen. Ich weiß, das muss beängstigend sein.«

»Beängstigend ist nicht einmal in derselben Familie wie das, was ich gerade fühle, Alter.«

Eine kugelrunde Gänsehaut könnte dem nahekommen. Vielleicht.

Kaden und Leah kamen zurück und Kaden griff nach der Sporttasche. »Komm, wir gehen spielen, Schatz«, sagte er zu ihr.

Seth ließ sich hinter ihnen treiben und Tony ging neben ihm auf eine niedrige Bank zu.

Tony lehnte sich wieder zu ihr. »Vergiss nicht, was sie tun, ist sorgfältig geplant und vollkommen einvernehmlich. Sie benutzt selten ein Sicherheitswort. Er liest ihren Körper, weiß, was sie verträgt. Es gibt eine Menge Möchtegern-Doms und Angeber, die gerne behaupten, sie seien ›Experten-Doms‹. Wenn ich ein Beispiel nennen soll, dann ist Kaden wirklich einer. Er kann eine verdammte Wand mit einem einzigen Schwanz aufreißen. Du wirst auch nie hören, dass er damit prahlt.«

Seth nickte und wartete darauf, dass ihm jemand sagte, was er tun sollte.

Kaden wandte sich an Seth. »Wichtige Regeln. Lass sie nie allein oder außer Sichtweite, außer auf dem Klo. Drehe ihr niemals den Rücken zu, wenn sie gefesselt ist. Das Wichtigste ist, dass niemand außer dir und mir sie anfasst, es sei denn, es ist ein Notfall und man hilft dir, sie zu befreien. Hast du verstanden?«

Seth nickte.

Kaden drehte sich zu Leah und ließ ihre Hand los. Er ließ die Tüte fallen und gab ihr ein Handzeichen. Sie fiel vor ihm auf die Knie.

Seth spürte, wie sich sein Magen zusammenzog und sein unruhiger Schwanz beim Anblick der knienden Leah erregte. Tony berührte Seths Schulter und machte eine Bewegung mit dem Kopf. Sie traten ein paar Schritte zurück, wo ein paar andere jetzt zusahen.

Als Kaden zu Leah sprach, überraschte die Stärke und Autorität in seiner normalerweise sanften Stimme Seth. »Sag mir, was du willst, Sklavin.«

»Ich will dir dienen, Meister.«

»Und wie willst du das tun, Sklavin?«

»So, wie mein Meister es für richtig hält.«

»Musst du den Biss spüren, Sklavin?«

Ihre Haut errötete. »Ich muss den Biss spüren, Meister.«

»Dann bereite dich auf mich vor, wenn du es so dringend brauchst.«

Sie sprang auf und ging zur Bank, wo sie ihre Kleidung zusammenlegte und zusammen mit ihren Schuhen ablegte. Nur mit ihrem Halsband bekleidet, drehte sie sich zu Kaden um, der sein Hemd ausgezogen hatte, und kniete sich wieder hin.

Er legte ein Handtuch auf die Bank, breitete es aus, nahm damals etwas aus der Tasche und wickelte es schnell um ihren Kopf. Als Kaden sich aufrichtete, erkannte Seth, dass es ein Ballknebel war. Ein Teil von ihm fand es schrecklich, Leah so zu sehen, aber der Blick in ihren Augen ...

Es war pure Hingabe, als sie zu ihrem Mann hinaufstarrte.

Kaden zeigte auf sie. »Nimm deinen Platz ein, Sklavin. Lass mich nicht warten.«

Sie sprang auf die Füße und warf sich praktisch auf die Bank. Kaden hatte bereits etwas in seinen Händen. Innerhalb weniger Atemzüge hatte er vier schwere Lederfesseln an ihren Hand- und Fußgelenken befestigt und sie an die Bank gefesselt, sodass ihr Arsch und ihr nackter Schamhügel offen und ungeschützt waren.

»Heilige Scheiße«, flüsterte Seth.

Tony lehnte sich vor. »Einvernehmlich. Vergiss das nicht.«

Seth nickte langsam.

Kaden trat einen Schritt zurück, ohne sich von ihr abzuwenden. »Wo sind wir, Sklavin?«

Sie machte mit ihrer rechten Hand ein ›Okay‹-Zeichen.

»Zeig mir deine Hände und Füße.«

Sie wackelte mit allen Händen und Füßen und bewegte so ihre Finger und Zehen. »Kreislauf«, sagte Tony leise zu Seth.

»Sehr gut, Schatz.« Kaden holte ein hässlich aussehendes Gerät aus der Tasche.

»Ein weicher Flogger«, erklärte Tony mit derselben tiefen Stimme. »Er wird sie aufwärmen.« Seinem Tonfall nach hätte er auch von einem Golfspiel erzählen können.

In Seths Kopf spielte die Melodie von *Twilight Zone*.

Kade trat an Leah heran und streichelte ihren Hintern. Sie wackelte und zappelte auf der Bank, als er sich in Position brachte. Er ließ Nacken und Schultern rollen und der Ton seiner Stimme wurde noch tiefer. »Bist du bereit, den Biss zu spüren, Sklavin?«

Sie wackelte mit dem Hintern und gab ihm mit der rechten Hand ein Zeichen.

»Zeichensprache«, sagte Tony.

Seth fühlte sich, als hätte er einen Platz in der ersten Reihe bei der seltsamsten Show der Welt.

»Set von zwanzig, Schatz.«

Sie machte ein weiteres Zeichen.

»Das heißt ja«, sagte Tony.

»Zähle.«

Bei jedem Schlag mit dem Flogger zuckte sie mit dem Hintern und machte mit der rechten Hand ein Zeichen, anscheinend zählte sie in der Zeichensprache. Kade beendete schnell das Set und streichelte ihr leicht rosa Fleisch.

»Wo sind wir, Liebes?«

Sie machte ein weiteres ›Okay‹-Zeichen.

»Set von zwanzig, Schatz.«

Sie machte ein Zeichen für *Ja*.

»Zähle.«

Kaden griff sie an, oder was Seth sich darunter vorstellte. Tony lehnte sich zu ihm. »Es sieht viel schlimmer aus, als es ist«, versicherte er ihm. »Du könntest ein Kind mit dem Flogger schlagen und es würde ihm nicht wehtun. Er ist sehr weich. Er bringt sie in den Subraum. Er bereitet sie auf die härteren Geräte vor.«

Toll! Noch mehr Vokabeln.

Kaden beendete den Satz und wechselte zu einem Paddel. Nach einem Satz von fünfundzwanzig Schlägen damit bemerkte Seth, dass Leahs Augen geschlossen waren und sie weinte. Er wollte unbedingt zu ihr gehen und sie trösten, aber er wusste, dass er das nicht konnte.

Als Nächstes folgten fünfundzwanzig Schläge mit einer harten Reitgerte. Seth zuckte bei jedem Schlag, der auf ihrem Fleisch landete, zusammen. Am Ende des Satzes lehnte sich Kaden dicht an sie heran und sagte etwas, das Seth nicht hören konnte. Sie nickte und gab ihm ein Zeichen. Kaden strich ihr zärtlich über die Stirn und kehrte dann zu dem Beutel zurück.

Er holte eine Peitsche heraus.

Tony packte Seth am Arm und zog ihn ein paar Meter zurück, dann winkte er ein paar andere Zuschauer heran. Als der Bereich frei war, blickte Kaden zu Tony, der nickte.

»Musst du den Biss spüren, Sklavin?«

Wieder machte sie das Zeichen für *Ja*.

»Bist du bereit, deinem Meister zu dienen, Sklavin?«

Sie signalisierte *Ja*.

Er schnalzte mit der Peitsche und ließ sie knallen, ohne sie zu schlagen.

»Außerhalb des Peitschenunterrichts ist es verpönt, mit der Peitsche zu knallen«, flüsterte Tony zu Seth. »Wie ein Gewehrschuss. Das schadet dem Gehör der Leute. Aber er weiß, wie man sie knallt, ohne sie zu knacken. Der Typ ist wirklich ein Experte.«

Leah zuckte und wackelte mit ihrem Hintern vor Kaden. Seth dachte, sie hätte vielleicht gestöhnt.

»Ich glaube, du willst es nicht so sehr, Sklavin. Ich glaube nicht, dass du es *brauchst*.« Der harte Ton in Kadens Stimme versetzte Seth einen Stich ins Herz. So hatte er seinen Freund noch nie reden hören.

Schon gar nicht mit Leah.

Tony beugte sich wieder vor. »Er versucht, es heute Abend

für sie herauszuziehen. Normalerweise ist er in der Öffentlichkeit nicht so hart zu ihr.«

Hart. Komische Wortwahl. So krank sich sein Gefühl auch anfühlte, Seth war härter als ein Stein.

Sie gab Kaden ein Zeichen und wackelte wieder mit ihrem Hintern. Wieder ließ er die Peitsche über sie schwingen, ohne sie zu schlagen.

Seth zuckte bei dem Geräusch zusammen.

Kaden ging zu ihr hinüber und schlug ihr mit der bloßen Hand auf den Hintern, und wie es aussah, traf er sie genau zwischen den Beinen.

Seth zuckte zusammen. Sogar durch den Ballknebel hörte er Leahs Stöhnen. Und es klang nicht so, als hätte sie Schmerzen.

Kaden schlug sie erneut. Es sah so aus, als ob sie versuchte, sich an der Hand ihres Mannes zu reiben. Er flüsterte ihr etwas zu und sie stöhnte wieder, diesmal lauter.

Zwei weitere Schläge und ihr ganzer Körper zitterte.

Kaden trat schnell zurück und schlug sie zehnmal hintereinander mit der Peitsche, jeder Schlag traf sie genau in der Mitte ihrer nun roten Arschbacken.

Sie schrie um den Knebel herum und ihre Hüften krümmten sich.

Heilige Scheiße! Seth merkte, dass sie gerade kam.

Kaden schlug sie noch ein paarmal mit der bloßen Hand, gefolgt von einer weiteren Zehnerrunde mit der Peitsche. Als er fertig war, beugte er sich vor. »Wo sind wir, Liebes?« Sein Tonfall war sanfter geworden, als er es am Abend zuvor im Spielzimmer mit ihr getan hatte.

Sie keuchte, gab aber ein ›Okay‹-Zeichen.

Kaden rollte schnell die Peitsche zusammen und legte sie weg, dann kniete er sich neben sie und strich ihr über die Stirn. Er flüsterte ihr etwas zu und sie nickte und schloss die Augen. Schnell befreite er sie von den Fesseln und zog sie auf seinen

Schoß. Er nahm ihr den Ballknebel aus dem Mund und sie kuschelte sich in seine Arme, um sich zu erholen.

Seth schluckte schwer. Er wünschte, es wären seine Arme um sie. Könnte er nicht die Schläge überspringen und direkt zur Erholungsphase mit ihr übergehen? Das würde sein Leben verdammt viel einfacher machen.

Er sah ihnen gerade zu, als er laute Stimmen aus einem anderen Teil des Kerkers hörte. Ein übergewichtiger Mann mittleren Alters, gekleidet in enge Lederhosen und eine Lederweste, zog eine junge Frau an einer Leine hinter sich her. Die Frau hatte etwas im Mund, das wie ein Knebel aussah, und ihre Hände waren hinter ihr gefesselt.

Er beschimpfte sie und schlug ihr mit einer Gerte auf den Hintern. »Fuck, habe ich dir nicht gesagt, dass du mich heute Abend nicht blamieren sollst? Du dumme Fotze.«

Tonys Blick wurde härter. Seth war sich nicht sicher, ob es zu ihrem Spiel gehörte oder etwas anderes war, aber die Energie, die er von der Menge spürte, die ihnen zusah, beruhigte ihn nicht. Kadens Szene hatte sich kontrolliert, diszipliniert und sogar respektvoll angefühlt.

Dieses Arschloch sah aus wie ... nun ja, ein Arschloch.

Den angewiderten Blicken einiger anderer Leute nach zu urteilen, hatte Seth den Eindruck, dass der Mann nicht gerade beliebt war.

»Wie zum Teufel hat er jemanden überredet, mit ihm zu spielen?«, murmelte Tony.

»Wer ist er?«

»Baxter. Er ist ein *echtes* Arschloch. Das ist nicht nur ein Spiel, was er da macht. Ich meine, manche Leute stehen auf Erniedrigung, und das ist auch gut so, wenn sie darauf abfahren. Dieser Typ ist wirklich ein Arschloch. Er wechselt seine Subs wie manche Leute ihre Socken, manchmal sogar mehr. Er ist ein verdammter Angeber.«

»Warum lassen sie ihn rein?«

»Er hat gegen keine Regeln verstoßen ... noch nicht. Und er gehört zu den Großmäulern, die man besser in Ruhe lässt, als sich mit ihnen anzulegen. Ich garantiere dir, dass ich ihn rausschmeiße, sobald er auch nur gegen *eine* Regel verstößt.«

Seth sah zu, wie der Typ die arme Frau herumzerrte. Sie fiel auf den Boden und selbst von dort, wo Seth stand, hörte er sie etwas schreien.

Baxter sah zu ihr hinunter. »Willst du mich verarschen? Du benutzt das Safeword? Wir haben doch noch gar nichts *gemacht*!«

Sie schrie noch etwas anderes. Tony sah aus, als wolle er gerade zu ihr rübergehen, als einer der anderen Kerkerwächter auf den Kerl zuging. Offenbar hatte Baxter gemerkt, dass er sein Glück herausgefordert hatte.

»Okay, *in Ordnung*!« Er zerrte sie grob auf die Beine und löste ihre Handgelenke.

Sobald die Arme der Frau frei waren, riss sie sich den Knebel aus dem Mund und spuckte dem Mann einen Strom von Obszönitäten entgegen. Sie riss auch am Halsband und warf es nach ihm.

»Fick dich, Baxter!«, schrie sie und stürmte davon.

Tony lachte. »Tja, noch eine, die weg ist.«

Seth richtete seine Aufmerksamkeit wieder auf Kaden und Leah. Er sprach jetzt mit ihr. Sie nickte, stand auf und fing an, sich anzuziehen, während er die Schuhe von der Bank löste, sie abwischte und ihre Accessoires weglegte. Er schlüpfte in sein Hemd, sah Seth an und deutete ihm mit einer Kopfbewegung an, dass er herüberkommen sollte.

Leah zog sich fertig an und kniete vor den beiden nieder.

»Danke, Meister«, sagte sie.

Kaden reichte ihr seine Hand und sie nahm sie und küsste den Handrücken. Er zog sie auf ihre Füße.

Kaden wollte gerade etwas zu Seth sagen, als Baxter

herüberkam. »Kaden! Hast du noch einen Platz in dem Kurs nächstes Wochenende?«

»Nein.« Er wandte sich von dem Mann ab. Seth bemerkte, wie sich Leahs Körper anspannte.

»Und was ist mit dem Kurs danach?«, fragte Baxter.

Jetzt sah auch Kaden angespannt aus. »Ich lasse meinen Unterricht für eine Weile ausfallen. Ich nehme mir eine Auszeit.«

Baxter wirkte auf Seth wie einer von denen, die keinen Hinweis verstehen und ihre sozialen Fähigkeiten vielleicht auf kostenlosen Pornoseiten gelernt haben. »Warum tust du das?«

Tony schaltete sich ein. »Das geht dich nichts an.«

Baxter schaute zu ihm auf. »Ich habe nicht mit dir geredet.«

»Nun, jetzt schon. Lass sie in Ruhe. Sie sind mit ihrer Szene noch nicht fertig.«

»Du bist hier, und der Typ ist bei ihnen. Was ist los?«

Kaden schnappte sich die Tasche. Er gab Seth ein Zeichen, ihm zu folgen, und machte sich auf den Weg zum Ausgang, wobei er Leahs Hand fest umklammert hielt.

Seth blieb dicht hinter ihnen und blickte zurück, als er sah, wie Baxter ihnen nacheilte.

»Hey, Kaden, warte mal«, rief Baxter.

Kaden fluchte leise und warf Seth seine Schlüssel zu, während er ihm Leah übergab. »Bring sie ins Auto. *Sofort.*«

Seth stellte ihn nicht infrage. Er eilte mit Leah zum Auto und setzte sie auf den Rücksitz. Dann schloss er sie ein und kehrte an Kadens Seite zurück. Er war sich nicht sicher, was dieses Arschloch für ein Problem hatte, aber er würde Kaden auf keinen Fall allein gegen ihn antreten lassen.

Baxter blickte zu Seth, der hinter Kaden stand. »Kaden, hör zu, wenn ich dich verärgert habe, tut es mir leid. Ich will mich nur für einen Kurs anmelden.«

»Ich habe dir doch gesagt, dass ich mir eine Auszeit vom

Unterrichten nehme. Dann musst du einen anderen Kurs besuchen.«

Seth wollte dem Arschloch eine reinhauen. »Was ist hier los?«, fragte Baxter.

Kaden stirbt.

»Nichts für ungut, aber das geht dich nichts an. Komm schon, Seth.«

»Hör zu, ich will lernen, meine Untergebenen so zu behandeln, wie du Leah behandelst. Alle sagen, du bist der Beste ...«

Kaden wirbelte herum und stand plötzlich vor ihm, und Seth befürchtete, dass er Kaden zurückziehen musste. »Glaub ja nicht, dass das, was du tust, und das, was ich tue, auch nur im *Entferntesten* miteinander zu tun haben, Baxter.«

»Komm schon, ich habe dir doch gesagt, dass ich viel Geld für eine private Trainingsstunde mit ihr bezahlen würde! Bitte?«

Kaden schubste den Typen. Seth zog Kaden zurück und stellte sich zwischen die beiden. »Er ist es nicht wert«, knurrte Seth in Kadens Ohr, der sich jetzt Sorgen machte. Er hatte noch nie erlebt, dass Kaden die Nerven verlor.

Noch nie. Und wenn er sich nicht darauf konzentrierte, Kaden ins Auto zu bringen, wusste Seth, dass er den schleimigen Mistkerl selbst fertig machen würde, wenn er auch nur daran dachte, Leah anzufassen. »Lass uns gehen, Kade. *Kumpel*, lass uns Leah nach Hause bringen.«

Das durchbrach Kadens Wut. Er ließ sich von Seth zum Auto führen und schlüpfte dann mit Leah auf den Rücksitz, während Seth sich hinter das Steuer setzte.

Baxter stand mit offenem Mund da und sah zu, wie sie wegfuhren.

»Wer zum Teufel war das?« Seth blickte in den Rückspiegel. Leah lag zusammengerollt auf Kadens Schoß, sein Gesicht in ihrem Haar vergraben.

»Baxter ist ein Arschloch. Immobilienanwalt. Er ist eines

der Arschlöcher, von denen ich gesprochen habe, die Subs missbrauchen. Ich hatte ihn in einem meiner Kurse. Er hat sich nur darum gekümmert, wie hart er jemanden schlagen kann. Er ist ein echter Idiot.«

Kaden brauchte nichts weiter zu sagen. Seth kämpfte gegen den Drang an, das Auto umzudrehen und selbst auf den Kerl einzuschlagen. Der Gedanke, dass dieser Mistkerl Leah auch noch verprügeln wollte ...

Zu Hause angekommen, half Kaden Leah aus dem Auto, nahm sie dann in die Arme und trug sie ins Haus. Seth folgte den beiden und ließ die Tasche auf die Couch fallen, ohne zu wissen, wohin sie gehörte. Er machte sich auf den Weg in die Küche, um sich etwas zu trinken zu holen, als Kaden aus ihrem Schlafzimmer zurückkam. Ohne ein Wort zu sagen, umarmte er Seth. Nach einem Augenblick ließ er ihn los.

»Danke, Mann.«

Seth nickte. »Ja.«

Kaden trat einen Schritt zurück und atmete tief ein. »*Deshalb* brauche ich dich«, flüsterte er heiser. »*Deshalb* braucht *sie* dich. Wegen Arschlöchern wie ihm. Das Problem ist, dass es viele Arschlöcher da draußen gibt, die nicht so offensichtlich unausstehlich sind wie Baxter, die eine Untergebene anlocken können und sie dann missbrauchen. Oder sie spielen und lassen sie fallen. Nach außen hin sehen sie wie nette Kerle aus.«

»Hat sie Angst vor ihm?«

Er nickte. »Nicht nur vor ihm. Nach einer Szene ist sie extrem verletzlich. Wir hängen danach nie herum. Wir gehen hin, machen eine Szene und ich bringe sie sofort nach Hause. Wenn wir rumhängen, dann nur davor, nie danach.«

Seth verstand. Das machte Sinn. Er konnte es in ihr spüren, sie wirkte so ... fügsam war nicht das richtige Wort, aber es war nahe dran.

»Sag ihr gute Nacht von mir.«

Kaden lächelte. »Du kannst es ihr sagen, wenn du willst.«

Seth schüttelte den Kopf. »Nein. Alles gut.« Sein Schwanz wurde immer weicher.

Das Letzte, was er brauchte, war sie in diesem Outfit zu sehen. Oder wenn sie noch weniger anhatte.

Kaden klopfte ihm auf die Schulter und ging zurück in ihr Schlafzimmer.

Seth fand eine Flasche Bourbon und wollte sich ein Glas holen, doch dann sah er sie noch einmal an.

Nein, vielleicht war das nicht der beste Weg, um den heutigen Abend zu beenden.

Er ging in das Arbeitszimmer und schloss die Tür hinter sich. Seine Gitarre war total verstimmt und er hatte sie schon ewig nicht mehr gespielt. Es dauerte eine Weile, bis er sie gestimmt hatte. Er verbrachte eine Stunde damit, seine Finger und sein Gedächtnis dazu zu bringen, sich durch alte Lieblingslieder zu stolpern. Meistens volkstümliche Stücke wie Gordon Lightfoot und sogar etwas Jimmy Buffett.

Es war ein gutes Gefühl, wieder zu spielen. Ihre Mütter hatten Kaden und ihn dazu gebracht, zusammen Gitarre zu spielen. Anfangs hatten sie sich dagegen gewehrt, aber als sie merkten, dass sie beide gut spielen konnten und die Mädchen es liebten, hörten sie auf zu jammern und hatten Spaß daran.

Wie viele Stunden hatten er und Kaden zusammen gespielt und gesungen, während Leah zu ihren Füßen saß und sich an Kaden oder sogar an ihn lehnte? Sie spielten für sie.

Kaden stirbt.

Seine Finger verfehlten die Akkorde. Er versuchte es erneut und blinzelte gegen die Tränen an. Das leise Klacken des Riegels ließ ihn aufschrecken. Die Tür des Hobbyraums schwang auf und Leah stand im Türrahmen.

»Hey«, sagte er.

»Hey.«

»Geht es dir gut?«

Sie nickte und betrat den Raum. Sie trug das kleinere schwarze Halsband und ein langes T-Shirt. »Ich konnte nicht schlafen.«

»Das konnte ich auch nicht.«

»Darf ich reinkommen?«

Er wollte gerade sagen, dass sie das natürlich darf, es ist ja ihr Haus, aber dann erinnerte er sich an Kades Rat.

Er nickte.

Sie schob die Tür hinter sich zu. »Wir hatten eine schöne Zeit«, sagte sie wehmütig. »Viele Nächte, in denen wir zusammen gesungen haben.«

Seth nickte und fühlte sich schuldig, dass diese Zeiten in letzter Zeit nicht mehr so oft vorkamen wie früher.

Kaden stirbt.

Wie viele Nächte hatten sie noch? »Ja.«

Sie setzte sich zu seinen Füßen und lehnte ihren Kopf an sein Knie. Das hatte sie im Laufe der Jahre schon unzählige Male getan, aber jetzt bekam diese Geste für ihn eine neue, ergreifende Bedeutung.

Wahrscheinlich auch für sie, wie er vermutete.

»Spiel *Come Monday* für mich«, bat sie leise. »Bitte?«

Einer ihrer Lieblingssongs. Obwohl er wusste, dass seine Stimme nicht so gut war wie die von Kade, sang er leise für sie und versuchte, nicht in Tränen auszubrechen.

Am Ende des Liedes merkte er, dass sie eingeschlafen war. In diesem Moment schwang die Tür wieder auf und Kade schaute herein.

»Ist sie wirklich eingeschlafen?«, flüsterte er.

Seth nickte und legte seine Gitarre vorsichtig zur Seite, um Leah nicht anzustoßen. »Wie lange stehst du schon da?«

»Ich wusste, dass sie hier reinkommt. Ich wollte sichergehen, dass es ihr gut geht.« Er kam herein und nahm sie vorsichtig in seine Arme.

Seth unterdrückte seinen Eifersuchtsanfall.

Es war ihm egal, was Kaden sagte. Sie war immer noch Kadens Frau.

»Gute Nacht, Seth«, flüsterte er.

Seth nickte und wartete einen Augenblick, bis er sicher war, dass Kaden in ihr Zimmer zurückgekehrt war.

Dann stand er auf, schloss leise die Tür zum Arbeitszimmer, kehrte zu seinem Stuhl zurück und nahm seine Gitarre wieder in die Hand.

KAPITEL SECHS

Seth wachte am nächsten Morgen auf und fühlte sich erschöpft und träge. Er hatte es kurz nach drei Uhr morgens ins Bett geschafft, aber sein Schlaf war alles andere als
erholsam.

So viele widersprüchliche Gefühle wirbelten in ihm herum ...

Kaden stirbt.

... vermischten sich mit der Angst, dass er Leah nicht genügen könnte, egal, was er ihr versprochen hatte.

Er hatte um eins Unterricht. Zum Glück war morgen Samstag. Er hatte das Gefühl, dass er ein paar Tage brauchen würde, um sich zu regenieren. Es war kurz nach sieben, als er unter die Dusche stieg. Da er nicht arbeiten musste, konnte er heute Morgen wenigstens noch etwas lernen.

Das Bild von Leah, die über die Bank gebeugt war ...

Er schloss die Augen und lehnte seine Stirn an die kühlen Duschfliesen. Er streichelte seinen Schwanz und versuchte, ein wenig Spannung abzubauen. Er würde nicht leugnen, dass er gerne seinen Schwanz in ihr versenken oder ihre Lippen auf seinen spüren würde, aber sie gehörte ihm nicht.

Noch nicht.

Seth streichelte weiter und war endlich in der Lage, bewusste Gedanken aus seinem Kopf zu verdrängen und sich stattdessen dem körperlichen Vergnügen hinzugeben, während er seinen Schwanz bearbeitete. Es dauerte nicht lange und es überraschte ihn, dass die Erinnerung daran, wie sie kam, während sie auf der Bank festgeschnallt war und von Kaden den Hintern versohlt bekam, ihn zum Kommen brachte.

Als er sich erholte und tief durchatmete, erschreckte ihn ein Klopfen an seiner Badezimmertür. Er sprang auf, rutschte aus und wäre fast gestürzt, fing sich aber wieder.

»Ja?«, rief er heiser.

Die Tür öffnete sich. Durch das undurchsichtige Glas der Duschtür konnte er Leahs Gestalt ausmachen.

»Ich habe deinen Kaffee mitgebracht.«

Er errötete verlegen. »Danke.«

»Soll ich dir den Rücken schrubben?«

Ungeachtet dessen, was er gerade getan hatte, wurde sein Schwanz sofort steif. »Nein«, sagte er heiser, »mir geht's gut. Danke.«

»Bist du sicher?«

»Ähm, ja. Ja, danke. Es ist nur ... du weißt schon ...« Er konnte nicht zu Ende sprechen und betete, dass sie die Duschtür nicht öffnen würde.

»Zu früh?«, entgegnete sie.

»Ja. Ganz genau.«

»Wolltest du French Toast oder Pfannkuchen?«

Er schaute auf seinen weichen Bauch hinunter. Er war zwar nicht furchtbar übergewichtig, aber er war nicht zufrieden damit, wie er sich im Laufe der Jahre gehen lassen hatte. Er musste wieder in Form kommen. Neben Kaden sah er fett aus.

»Ich muss eine Diät machen.«

Sie lehnte sich gegen den Tresen. »Du musst gut frühstücken. Ich mache dir einen Salat zum Mittagessen.«

Was sagte es über ihn aus, dass er mit ihr so ein Gespräch führen konnte?

Er sollte sich besser daran gewöhnen. »Pfannkuchen, bitte.« Sie klang glücklich. »Gut. Ich werde alles bereit haben, wenn du rauskommst.«

»Danke.«

Sie ging. Er überlegte ernsthaft, ob er sich wieder einen runterholen sollte, aber als er mit der Dusche fertig war, hatte er sich wieder beruhigt. Er rasierte sich und ging sich dann anziehen. In der Badezimmertür blieb er stehen.

Irgendetwas war nicht in Ordnung. Aber was?

Er schaute sich um und da wurde es ihm klar. Leah hatte sein Bett gemacht.

Eine Welle von Schuldgefühlen überkam ihn. Er hatte es nach dem Duschen machen wollen.

Damals erblickte er sich im Spiegel über der Kommode. Vor einer Woche steckte er noch in seinem Trott fest, aber wenigstens hatte er einen Plan. Innerhalb von nur Tagen hatte sein Leben eine harte Linkskurve genommen. In mancher Hinsicht erstaunlich. In den meisten Fällen ...

Er wünschte, er könnte zurückgehen. Er würde sich mit seinem alten, beschissenen Leben zufriedengeben, wenn er dafür Kaden immer bei sich haben würde.

KADEN SAß AM TRESEN, einen Teller mit Essen und die Zeitung vor sich. »Morgen. Wie hast du geschlafen?«, fragte er Seth.

»Gut.«

Leah nahm Seths Kaffeebecher und füllte ihn wieder auf, dann schob sie ihm einen Teller mit Essen vor die Nase.

Kaden schob den Rest der Zeitung zu Seth. Es fühlte sich in vielerlei Hinsicht surreal an. Die letzte Nacht, in der er zusah ... Und heute Morgen ... Ozzie und verdammter Harriet. Im wahrsten Sinne des Wortes.

Seltsam.

»Nimm doch heute wieder meinen Truck«, sagte Kaden und unterbrach Seths Gedanken. »Ich gehe heute Nachmittag nirgendwo hin.«

Seth nickte. Es war einfacher, zuzustimmen, als zu protestieren.

Nach dem Frühstück breitete sich Seth mit seinen Büchern und seinem Laptop am Esstisch aus. Kaden ließ ihn allein und zog sich in das Arbeitszimmer zurück, von dem Seth dachte, es gehöre Leah. Jetzt erkannte er, dass es Kaden gehörte. Leah arbeitete leise und unauffällig im Haus und ließ ihn in Ruhe.

Er schaffte es fast, sich auf sein Studium zu konzentrieren.

Kurz vor der Mittagspause hielt Leah in der Tür zum Esszimmer inne.

»Was gibt's, Schatz?«, fragte er.

»Wolltest du gegrilltes Hähnchen oder Pute für deinen Salat?«

Die Frage machte ihn stutzig. »Was?«

»Was für ein Fleisch?«

»Übertreibe es nicht für mich.«

Sie betrat den Raum und ein Hauch von Gewitterwolken zog durch ihre grünen Augen. »Das tue ich nicht. Ich kümmere mich um dich.«

Er verbiss sich eine Antwort. Würden die meisten Männer nicht dafür töten? Für ihre eigene persönliche Sklavin?

»Was auch immer Kade hat.«

Diese Antwort schien sie zu besänftigen. »Wann glaubst du, dass du nach Hause kommst? Dann kann ich das Abendessen planen.«

»Ich hole mir nur etwas.« Er hielt inne, als sie wieder die Stirn runzelte. »Ich will nicht, dass ihr mit dem Essen auf mich wartet.«

»Das ist schon okay. Wenn du dich verspätest, kann ich Kadens Essen machen und deines vorbereiten. Ich will nicht, dass du Fastfood isst.«

»Warum wiegt Kaden nicht dreihundert Pfund?«, schnauzte er.

Sie lächelte. »Ich halte ihn auf Trab.«

Das war etwas, worüber er lachen konnte. Und es sah gut aus, Leah lächeln zu sehen.

Er lehnte sich in seinem Stuhl zurück. Bevor die ganze Scheiße losging, spielten sie miteinander – sie stichelten hin und her, neckten sich sanft, ohne zu flirten, aber immer noch lustig und freundlich. Nicht so sehr während seiner eigenen Ehen oder mit seinen Frauen in der Nähe, sondern einfach zwischendurch.

Und dazwischen gab es viele Momente.

»Willst du *mich* auf Trab halten?«, neckte er sie.

Sie zuckte ein wenig zusammen. Das erregte seinen Schwanz, obwohl er sich bemühte. »Ich hoffe es.«

Er winkte sie zu sich heran und zog sie auf seinen Schoß, obwohl er wusste, dass das seiner Situation nicht guttun würde. Sie schlang ihre Arme um seinen Hals.

»Ihr habt Ehrlichkeit gesagt, also werde ich ehrlich sein«, sagte er. »Ich weiß nicht, wie verrückt ich sein kann. Wie ...« Er rang nach den richtigen Worten. » Wenn ich die Vollzeitmeister-Nummer durchhalten kann. Ich werde mein Bestes tun, um alles zu tun, was du von mir verlangst, aber ich werde wahrscheinlich eine Auszeit davon brauchen.«

»Ich weiß. Die meiste Zeit machen Kaden und ich das nicht.« Sie lächelte. »Na ja, abgesehen von meinem Halsband.«

»Und nackt herumlaufen.«

Ihr Lächeln wurde breiter. »Ich mag das. Nur weil ich nackt

bin, heißt das nicht, dass du dich anders verhalten musst, als du es normalerweise tust. Nur ... manchmal.«

Es war schon schwer genug für ihn, seine Ex-Frauen nackt ins Bett zu bekommen, geschweige denn, die ganze Zeit so herumzulaufen.

»Ist das gut genug für dich?«, fragte er.

»Ja.«

»Ich meine, ich werde die meiste Zeit normal sein wollen, was auch immer das sein mag.«

Sie nickte. »Ich weiß. Ich auch.«

»Nur normal nackt?«

Sie grinste. »Genau. Normal nackt.«

Er wünschte sich, sie hätte mehr an als das lange T-Shirt und das Halsband. »Ich weiß, dass Kaden gesagt hat, dass wir eine Zeit lang nicht formell sein sollen. Könnten wir für ein paar Wochen das sein, was hier als Vanille-Normalität gilt? Ich muss für die Prüfungen lernen. Sobald ich das Semester hinter mir habe, könnt ihr mir den Vollzeitunterricht zeigen, oder wie ihr das nennt.«

Sie runzelte die Stirn. »Du solltest wirklich anfangen, etwas über die Peitsche zu lernen.«

»Davon spreche ich nicht. Ich spreche nur von alltäglichem Zeug, wie jetzt gerade. Ich weiß, dass wir nur ein begrenztes Zeitfenster zur Verfügung haben. Ich muss es langsam angehen. Das macht es auf lange Sicht einfacher für mich.«

Das schien ihr klar zu sein. Sie nickte. »Heißt das, dass ich die ganze Zeit Kleider tragen muss?«

Er widerstand dem Drang, ihren Schenkel zu streicheln. »Wie wäre es, wenn du dich wenigstens so anziehst, wenn ich versuche zu lernen?«

Sie grinste. »Und wenn du nicht lernst?«

Reiß dich zusammen, Arschloch.

Er zuckte mit den Schultern. »Gib mir ein paar Tage Zeit,

bevor du mich wieder mit dem vollen Programm überfällst, Mädchen.«

Sie umarmte ihn. »Danke, Seth«, flüsterte sie.

Er schlang seine Arme um sie und umarmte sie zurück.

Wurmloch.

Da war die Frau seines besten Freundes, die ihm dafür dankte, dass sie nackt vor ihm herumlaufen durfte.

Oder er war gestorben und in einer seltsamen Mischung aus Himmel und Hölle gelandet.

Kaden stirbt.

Leah bereitete das Mittagessen zu. Seth räumte seine Sachen weg und fand Kaden in seinem Arbeitszimmer.

Wenn er schon ehrlich war, konnte er auch die ganze Wahrheit sagen. Seth setzte sich und sah seinen Freund an. »Was zum Teufel soll ich nur ohne dich machen, Mann? Du bist mein bester Freund.«

Kaden lehnte sich in seinem Stuhl zurück. »Du wirst es überstehen. Ihr beide werdet einander haben.«

»Bist du sicher, dass es keine Alternative gibt? Eine Behandlung? Eine klinische Studie?« Er würde gerne eine Zukunft mit Leah aufgeben, um Kaden am Leben zu erhalten.

Kadens Gesicht verhärtete sich. Er blickte auf den offenen Türrahmen. Leah war in der Küche, zu weit weg, um seinen leisen Ton zu hören. »Wenn sie es vor einem Jahr entdeckt hätten, hätte ich es vielleicht in Betracht gezogen. Damals ging die Fünf-Jahres-Prognose nach oben. Vor zwei Jahren hätte ich es auf jeden Fall getan. Ich befinde mich jetzt im dritten Stadium. Sie hätten mich aufschneiden müssen, um sicher zu sein. Ich habe ihnen gesagt: Ganz sicher nicht. Wo der Tumor sitzt, ist er laut den Tests, MRT- und PET-Scans nicht operabel. Eine Behandlung würde mir ein paar Monate Zeit verschaffen, auf Kosten dessen, was ich mit dieser Zeit sonst anfangen könnte. Ich werde mich *nicht* noch kränker machen, nur um etwas langsamer zu sterben. Du erinnerst dich an meinen Vater.«

Seth nickte. »Okay«, sagte er leise.

»Ich glaube, sie leugnet es immer noch«, sagte Kaden. »Das glaube ich wirklich. Sie betet um ein Wunder.«

»Da muss sie sich wohl hinter mir anstellen.«

Kadens Gesichtsausdruck wurde wieder normal. »Ich möchte dir am Wochenende eine Lektion im Singletail geben. Das ist am schwierigsten zu lernen.«

Seth zuckte entsetzt zurück. »Ich werde das noch nicht bei ihr anwenden! Schon gar nicht jetzt.«

Kaden lächelte. »Entspann dich, ich meinte nicht an ihr. Zielübungen. Du musst ein Gefühl dafür bekommen, und das will ich dir jetzt beibringen, bevor ...« Er sprach nicht zu Ende, aber Seth glaubte zu wissen, was er meinte.

Bevor er zu krank wird, um es ihm beizubringen.

Kaden wechselte das Thema. »Ich fahre in ein paar Wochen nach Atlanta, zu der Schule dort oben. Ich muss ein paar Dinge in Ordnung bringen. Ich werde es so einrichten, dass du nach dem Unterricht mit ihr zu Hause bist. Sie hat schon mit vielen ihrer Aktivitäten aufgehört, obwohl ich ihr gesagt habe, dass sie das nicht muss.«

»Du hast ihr nicht befohlen, es nicht zu tun?« Seth wusste, dass das schärfer rüberkam, als er beabsichtigt hatte. Kaden lächelte.

»Nicht für so etwas. Du wirst schon sehen, wie es ist. Ich habe darauf bestanden, dass sie die Spendenaktion für das Weihnachtsbankett, die sie jedes Jahr für Habitat macht, zu Ende bringt. Das ist zu wichtig. Außerdem wird sie etwas brauchen, das sie ablenkt. Oh, das hätte ich fast vergessen.« Er stand auf und ging zu einem geschlossenen Schrank, öffnete ihn und nahm zwei Bücher heraus. »Lesestoff. Damit du weißt, was hier los ist.«

Seth las die hinteren Umschläge, beide Bücher handelten von BDSM. »Das ist so abgefahren, Alter.«

»Ja, aber du bist ein glücklicher Mistkerl.«

»Wie, zum Teufel, kommst du denn darauf?«

Kaden lächelte traurig. »Am Ende bekommst du das Mädchen.«

SPÄTER IN DER NACHT BESCHLOSS SETH, selbst schwimmen zu gehen. Leah und Kaden hatten sich in ihr Schlafzimmer zurückgezogen und Seth hatte keine Lust, in seinem Zimmer fernzusehen. Vielleicht war es so gut wie jeder andere Zeitpunkt, mit seinem eigenen Trainingsprogramm zu beginnen. Wenn er sich auspowern würde, könnte er den Apfelkuchen, den er zum Nachtisch gegessen hatte, wieder abtrainieren und schlafen gehen.

Er war schon ein paar Minuten geschwommen, als er Leah entdeckte, die am Beckenrand saß und ihre Füße im Wasser baumeln ließ.

Er blieb im flachen Teil des Beckens stehen, um ihr nicht zu nahe zu kommen. Er hoffte, dass sie nicht zum Schwimmen reinkommen wollte. Wenigstens hatte sie noch ein T-Shirt an.

»Konntest du nicht schlafen?«, fragte sie.

Er schüttelte den Kopf. »Das verdammt beste Bett, in dem ich je geschlafen habe, und ich kann nicht schlafen«, versuchte er zu scherzen.

Sie lächelte. Er hatte das Licht am Pool angemacht, weil er sich vor der völligen Dunkelheit gruselte. Er liebte es, wie das Licht schimmerte und von unten auf sie zurückfiel.

»Ist es okay, wenn ich hier sitze und dir ein bisschen zusehen kann?«

Er nickte. »Ja.«

Bitte frag mich nicht, ob du mit mir schwimmen kannst.

Zwanzig Runden lang schwamm er in schnellem Tempo und versuchte, sie nicht zu bemerken. Am flachen Ende hielt er an, um zu Atem zu kommen.

»Ich glaube nicht, dass du dick bist«, sagte sie.

Er lachte. »Hallooo, linkes Feld.«

Sie lächelte und schaute auf ihre Hände. »Ich habe Jackie bei der letzten Grillparty am vierten Juli, zu der du sie mitgebracht hast, fast geohrfeigt«, gab sie leise zu.

Das war neu für ihn. »Was?«

Sie nickte, bevor sie seinen Blick erwiderte. »Du und die Jungs waren hinten und haben Rippchen gegrillt. Sie war mit mir, Edina und Laura in der Küche. Sie war bei ihrem dritten Bier oder so. Die anderen beiden unterhielten sich über ihre Ehemänner. Sie machte eine wirklich zickige Bemerkung darüber, wie fett du geworden bist und fing an, sich über dich lustig zu machen. Ich habe ein Glas auf den Boden fallen lassen und so getan, als wäre es ein Unfall.«

Fett? Verdammt, damals war er fünf Pfund leichter gewesen als jetzt. Und jetzt war er nur pummelig um die Mitte herum, nicht fettleibig.

Aber neben Kadens schlankem Körper sah er riesig aus. »Warum?«

»Um sie zum Schweigen zu bringen. Wenn ich das nicht getan hätte, hätte ich sie geohrfeigt.« Sie holte tief Luft. »Ich wollte ihr sagen, dass sie nicht gut genug für dich ist. Dass sie dich nicht verdient hat. Dass sie nicht weiß, wie man einen Mann richtig behandelt.«

Zum Glück war er im Wasser, denn die schützende Wut in ihrer Stimme ließ ihn erstarren. Hoffentlich konnte sie seine Erektion nicht sehen.

Er wusste nicht, was er sagen sollte. »Oh.«

»Ich habe sie gehasst.« Jetzt war es raus. Selbst nachdem er die Scheidung von Jackie eingereicht hatte, hatte Leah nie offen über sie geschimpft, obwohl es offensichtlich war, dass sie sie nicht mochte. In Leahs Stimme schwang untypische Bosheit mit. »Ich mochte auch Kelly und Paula nicht. Wenigstens schien Kelly sich anfangs für dich zu interessieren. Jackie habe ich verachtet. Ich war so froh, dass du dich von ihr hast scheiden lassen.«

»Ja?«

»Ja.« Ihre Stimme wurde leiser. »Du hast mehr Zeit mit uns verbracht, als du noch nicht verheiratet warst. Ich weiß, das ist selbstgefällig von mir, aber ...« Schließlich zuckte sie mit den Schultern.

Jackie hatte Leah auch nicht besonders gemocht. Tatsächlich hatte Seth Leah in einem privaten Streit wütend verteidigt, als Kadens Haus gebaut wurde. Jackie wies den Vorwurf zurück, dass Leah ihn verführen wollte. »Du solltest sehen, wie sie dich ansieht«, hatte Jackie gesagt. »Fast so, wie sie ihren Mann ansieht. Das ist ekelhaft.«

Er hatte Jackie gesagt, dass sie betrunken sei und sich Dinge einbilde.

Was ekelhaft war, war seine Scheidung, der Versuch, die brennende Wahrheit zu ignorieren, dass er nur eine *Essensausgabe* für sie war, die Gerüchte über ihr Fremdgehen und die Notwendigkeit eines Neuanfangs.

Und jetzt ...

Kadens Stimme ließ ihn aufschrecken. »Ich habe dir doch gesagt, dass sie sich immer gut um dich gekümmert hat.« Er ging hinüber und setzte sich zu Leah an den Rand des Pools und strich ihr eine verirrte Haarsträhne aus dem Gesicht. Er küsste sie auf die Stirn und sie schloss die Augen und lehnte sich an ihn.

Was zum Geier sagt man in so einem Fall?

Seth wusste es nicht, also blieb er stumm.

Kaden lächelte. »Sie hat mehr als eine Nacht in einem Knebel verbracht, nachdem du mit einer dieser Frauen gegangen bist, nicht wahr, Schatz?«

Leah lächelte und nickte.

»Knebel?«

»Sie wollte nicht aufhören, darüber zu reden, wie sehr sie sie hasst und dass sie nicht gut genug für dich sind. Und so weiter. Es gab ein paar Nächte, in denen ich sie geknebelt habe, um sie zum Schweigen zu bringen.«

Seth lachte trotz des verdrehten Knotens in seinem Magen. »Das ist auf zwanzig Arten unheimlich. Das ist dir doch klar, oder?«

Kaden zuckte mit den Schultern. »Ich habe dir doch gesagt, dass du öfter in ihren Fantasien mitgespielt hast, als ich zählen kann.«

Okay, ich würde sagen, auf vierzig Arten unheimlich.

Leah wurde rot, aber sie lächelte wieder. »Ich habe immer gedacht, dass das Mädchen, das ihr euch damals geteilt habt, eine glückliche Frau war.«

Jetzt errötete Seth. Selbst im kühlen Wasser wusste er, dass er knallrot sein musste. »Alter, du hast ihr davon erzählt?«

»Warum nicht? Es ist passiert, bevor ich sie kennengelernt habe. Sie war neugierig.« Das Unheimliche wich schnell dem Abgedrehten.

Kaden spürte offenbar, dass Seth wieder am Ende seiner emotionalen Kräfte war. Er stand auf und zerrte sanft an Leahs Hand. »Lassen wir ihn in Ruhe, Süße. Wir haben dieses Wochenende viel zu tun und später ist noch genug Zeit zum Reden.«

Sie stand auf. »Gute Nacht, Seth.«

Er nickte stumm und sank noch tiefer ins Wasser, während er ihnen durch die Schiebetür zusah, wie sie in ihr Zimmer zurückkehrten.

Glückliche Frau?

Er würde nicht leugnen, dass ihm mehr als einmal der Gedanke an einen Dreier mit Leah durch den Kopf gegangen war, aber das beschränkte sich auf seine Solositzungen, wenn er sozusagen ein bisschen mehr Schwung brauchte, um über den Berg zu kommen.

So etwas hätte er nie ernsthaft in Erwägung gezogen.

Er fing wieder an zu schwimmen und versuchte, Leahs Worte aus seinem Kopf zu verdrängen.

KURZ NACH ACHT UHR AM SAMSTAGMORGEN ROLLTE SETH AUS DEM BETT. Er stolperte in die Dusche, stellte sich unter den Wasserstrahl und versuchte, wach zu werden. Die Woche hatte ihn sehr mitgenommen und obwohl er über eine Stunde geschwommen war, nachdem Leah und Kaden ins Bett gegangen waren, hatte er immer noch Schwierigkeiten, einzuschlafen.

Er gab es auf, gegen seinen morgendlichen Ständer anzukämpfen, streichelte seinen Schwanz und ließ seine Gedanken zu der Vorstellung schweifen, Leah in seinem Bett zu haben.

Warum nicht, verdammt? Warum nicht?

Er hätte mit dem Klopfen an der Badezimmertür rechnen müssen. Erschrocken sprang er auf. »Ja?«

Die Tür öffnete sich. »Kaffee.«

»Danke«, sagte er mit erstickter Stimme.

»Bist du okay?«

»Ja. Gut.« Sein Schwanz verkrampfte nicht. Der Klang ihrer Stimme machte ihn sogar noch härter.

Fuck. Er drehte sich so, dass er mit dem Rücken zur Duschtür stand. »Speck oder Würstchen? Ich habe gute Beziehungen.«

Er drückte seine Stirn gegen die Kacheln, sein Schwanz pochte immer noch in seiner Hand und verlangte nach Aufmerksamkeit. »Überrasche mich.«

»Seth?«

»Mir geht's gut. Ich bin nur noch nicht wach.«

»Okay.«

Er atmete erleichtert auf, als er hörte, wie die Tür geschlossen wurde. Er hämmerte wie wild auf seinen Schwanz ein und schloss einen Augenblick später die Augen, als ihn der Höhepunkt überkam.

Damals duschte und rasierte er sich, und als er aus dem Bad kam, fand er sie wieder in seinem Bett vor.

ER WAR VOR KADEN IN DER KÜCHE. Leah goss ihm frischen Kaffee ein und musterte ihn.

»Ich bin in Ordnung.«

»Du hast dich komisch angehört. Was war denn los?«

Er spürte, wie sich sein Gesicht rötete.

Leahs Augen weiteten sich. »Huch. Tut mir leid.«

Ihr verspieltes Lächeln verriet ihm, dass es ihr alles andere als leidtat.

Er hatte das Gefühl, dass sie jetzt eine Art ›Erwische Seth beim Wichsen‹-Spiel spielen würde.

»Ich habe dir doch gesagt, dass ich dir dabei helfen würde.«

Er grunzte und griff nach der Zeitung, um sich in ihr zu vergraben, während sie seinen Teller abräumte. Jedes Mal, wenn er zu ihr blickte, entdeckte er ihr verspieltes Lächeln.

Na großartig. Das war alles, was er brauchte.

Kaden betrat die Küche. »Guten Morgen.«

Leah verließ die Küche, nachdem er sein Essen gegessen hatte. Ein paar Minuten später kam sie wieder, mit ihrer silbernen Halskette und einem konservativen kurzärmeligen Hemd und Shorts. Eine Stunde später sahen sich die drei in Sarasota nach Möbeln um.

Seth fühlte sich schon schuldig genug wegen dem, was vor sich ging. Er wollte nicht, dass sie noch mehr Geld für ihn ausgaben. Er war jedoch klug genug, Leah nicht zu verärgern.

Kaden hatte ihr offenbar diese Aufgabe übertragen, und sie war fest entschlossen, etwas zu kaufen, das Seth gefiel.

Später am Nachmittag hatten die Männer die Teile zusammen mit den Anleitungen auf der Wohnzimmertür ausgebreitet und versuchten, alles zusammenzubauen. Als sie fertig waren, ließ Leah die Männer Seths Kisten in seinem Zimmer bringen, und sie übernahm das Auspacken und Einräumen.

Kaden zog Seth zurück in den Hobbyraum und schloss die Tür. »Lass sie das machen. Es lenkt sie ab. Nach dem Abendessen haben wir Peitschenübungen.«

»Nachmittags Grundkenntnisse im Tischlerhandwerk und abends Sadomasochismus 101. Fantastisch.«

»Du kannst mir nicht erzählen, dass sie neulich Abend nicht verdammt sexy war.«

»Was willst du von mir hören, Mann? ›Zur Hölle, ja, ich werde es mit deiner Frau treiben.‹«

Kaden grinste. »Das ist ein Anfang.«

Seth schüttelte den Kopf. »Verdammt abgefahren. Gott, du bist total durchgeknallt.«

NACH DEM ABENDESSEN TRAFEN SIE SICH AUF DER VERANDA. Kaden hatte eine Bogenschießscheibe mit einigen Luftballons aufgestellt. Auf dem Tisch draußen lagen mehrere Peitschen in verschiedenen Längen und Ausführungen. Leah trug eine Jeans und ein übergroßes, schweres Jeanshemd, von dem Seth annahm, dass es Kaden gehörte. Kaden nahm sich ein paar Minuten Zeit, um Seth einige Grundlagen und Unterschiede der verschiedenen Peitschen zu erklären. Als er fertig war, sagte er: »Ich erwarte nicht, dass du dir das jetzt alles merkst, aber hast du noch Fragen?«

»Kumpel, warum ist sie so angezogen?«

»Weil ich mich nicht gerne mit der Peitsche verletze«, sagte Leah.

Seth kniff die Augen zusammen. »Du verwirrst mich schon wieder. Ich dachte, darum ginge es.«

Kaden lächelte. Er trug eine Jeans und ein T-Shirt. »Erkläre es ihm, Schatz.«

»Ich bin keine Schmerz-Schlampe. Je nachdem, was passiert, will ich die Peitsche nur an meinem Arsch und meinen Schenkeln spüren, und am liebsten nur, wenn ich im Subraum bin. Glaub mir, mit einer Singletail auf die Brüste getroffen zu werden, wäre so, als würde man dir damit in die Eier schlagen.«

Seth zuckte zusammen. »Autsch.«

»Genau.«

Sie reichte ihm eine Schutzbrille. Seth bemerkte, dass Kaden jetzt seine Brille trug.

»Warum hattest du sie gestern Abend nicht auf?«, fragte Seth.

»Ich trage beim Training immer eine Schutzbrille.« Leah setzte sich ebenfalls eine Brille auf. »Du bist die Erste, Süße«, sagte Kaden.

»Die Familie, die zusammen peitscht, bleibt zusammen«, sagte Seth und brachte seine Freunde zum Lachen.

Sie nahm eine der Peitschen in die Hand und rollte sie gekonnt ab, wobei sie ihre Schultern und ihren Nacken auf die gleiche Weise wie Kaden bewegte.

Kaden zog Seth ein paar Schritte zurück. Sie schaute sich um, als ob sie ihren Freiraum abschätzen wollte. Als sie zufrieden war, schickte sie das Ende der Peitsche auf das Ziel und zerstörte einen der Ballons beim ersten Versuch.

»Scheiße!«, rief Seth aus.

Kaden grinste stolz. »Du hast noch nichts gesehen.«

Sie traf jeden Ballon, ohne ihn zu verfehlen. Als sie fertig war, rollte sie die Peitsche zusammen und lächelte die Männer an. »Es ist nichts dabei.«

»Blödsinn«, sagte Seth. »Am Ende werde ich mir noch meine eigene Nase abschneiden.«

»Hoffentlich nicht.«

Sie grinste. »Vielleicht nur ein Ohr.«

Leah war normalerweise ein sanfter, spielerischer Eierquetscher bei ihm. Es war schön, diese Seite ihrer Persönlichkeit endlich wiederzusehen. Zumindest war Seth bereit, mit ihnen zusammenzuarbeiten, um sie aus ihrer emotionalen Jauchegrube herauszuholen. Sie setzte das Ziel mit weiteren Luftballons zurück, während Kaden Seth zeigte, wie man die Peitsche wirft. Dann schoss Kaden alle Ziele ab, ohne ein einziges Mal zu verfehlen.

Leah setzte zurück, während Kaden mit Seth am anderen Ende der Terrasse übte. Die Peitsche fühlte sich nicht so glatt und flüssig an, wie seine beiden Freunde sie geworfen hatten. In seinen Händen fühlte sie sich wie eine tödliche Waffe an, die ohne Vorwarnung töten konnte, und er hatte Angst davor.

»Du musst dich entspannen. Wenn du verkrampfst, schwingst du sie nicht richtig. Schlimmer noch, du wirst dich verletzen.«

»Fuck, ich werde mich wahrscheinlich sowieso verletzen.«

Leah beendete das Zurücksetzen der Zielscheibe und stellte sich hinter Seth. Sie schlang ihre Arme um ihn, ergriff seine Hand und zeigte ihm die Bewegung, ohne dass er die Peitsche hielt. Er versuchte, sich auf ihre Worte zu konzentrieren und nicht auf das Gefühl, das ihr Körper an seinen presste. Nach ein paar Minuten reichte sie ihm die Peitsche und wiederholte sie langsam.

»Mach dir keine Gedanken über Kraft. Kümmere dich zuerst um die Genauigkeit. Die Kraft kommt, wenn du genau bist.« Dann trat sie mit Kaden zurück aus dem Weg. »Mach schon.«

Seth starrte nervös auf die Zielscheibe, machte ein paar Probeschläge mit der Peitsche, um ein Gefühl dafür zu bekommen und seine Entfernung abzuschätzen, wie sie es ihm gezeigt hatten, und schwang sie.

Er verfehlte das Ziel und riss bei der Rückkehr die Arme hoch und schrie, als sich das Ende fast um ihn wickelte.

Leah und Kaden lachten beide. »Siehst du, warum wir dafür eine Schutzbrille tragen?«

Seth funkelte sie an, ließ sie aber gewähren, um ihm zu sagen, was er falsch gemacht hatte, und um noch einmal kurz mit ihm zu arbeiten. Er versuchte es erneut allein. Dieses Mal fühlte es sich kontrollierter an, auch wenn er das Ziel nicht annähernd traf.

Nach zwanzig Minuten hatte er das Gefühl, dass sein Arm gleich abfallen würde. Er reichte die Peitsche an Leah weiter. »Kann ich eine Pause machen?«

»Das ist nicht so einfach, wie es aussieht, oder?«

»Nein. Morgen werde ich einen verdammten Muskelkater haben.«

»Gewöhn dich dran«, sagte Kaden. »Es braucht viel Übung. Und jede Menge Blasen. Wir müssen dir ein Paar Handschuhe besorgen.« Er nahm eine andere Peitsche in die Hand und zerstörte die Luftballons von der Zielscheibe. Seth hatte es geschafft, die Zielscheibe insgesamt dreimal zu treffen, aber nie einen der Ballons. Bei jedem Treffer knallte die Peitsche.

»Angeber«, murmelte Seth. Obwohl er zugeben musste, dass Kaden es leicht aussehen ließ.

»Meinst du, er hat für heute genug, Schatz?«, fragte Kaden Leah.

So verrückt das auch war, Seth fühlte sich fast so, als wären seine Freunde wieder da, bevor die Nachricht ...

Kaden stirbt.

... seine Welt aus den Angeln hob.

Leah lächelte. »Ich glaube, er hat genug für seine erste Lektion.«

Er hatte nicht nur einen wunden Arm, sondern war auch ganz schön ins Schwitzen gekommen. Vielleicht würde ihm eine Runde schwimmen guttun. Er half Kaden, die Zielscheibe in den Schuppen zu bringen und zog sich seine Badehose an. Als er zur Veranda zurückkehrte, waren sie schon weg, wahrscheinlich in ihrem Schlafzimmer. Seth schaltete die Poolbeleuchtung an und plätscherte langsam in den Pool.

Er machte sich nicht die Mühe, zu zählen, sondern ließ sich einfach Zeit, während seine Gedanken kreisten. Er ruhte sich ein paar Minuten am flachen Ende aus, die Augen geschlossen, den Kopf auf den Armen.

»Wie geht es dem Arm?« Leahs Stimme ließ ihn aufschrecken.

»Mein Gott, Schatz, mach das nicht.«

Sie saß in der Nähe der Stufen, wieder mit ihrem T-Shirt bekleidet, die Füße im Wasser. »Tut mir leid.«

Er rieb sich den Arm. »Morgen früh wird es verdammt wehtun.«

»Warum lässt du mich nicht den Whirlpool anheizen? Du kannst eintauchen und ich massiere ihn
für dich aus.«

Gefahr, Will Robinson!

»Das ist schon okay. Ich nehme ein paar Aspirin.«

»Sei nicht albern. Ich habe dir schon mal den Nacken massiert.«

»Ja, aber das war ...«

Vorher.

Sein ganzes Leben würde nun aus einer Reihe von Eckpunkten bestehen, die er lieber nicht in Betracht ziehen wollte. Bevor und nachdem Kaden ihm gesagt hatte, dass er sterben würde.

Und dann, bevor und nachdem Kaden gestorben war.

»Bitte?« Sie sah traurig, fast verzweifelt aus.

Er nickte schließlich. »Aber du darfst nicht in den Whirlpool.«

Sie lächelte. »Du vertraust mir nicht?«

»Oh, ich vertraue dir sehr wohl, dass du mich so weit bringst, dass ich nicht mehr aussteigen kann.« Er senkte seine Stimme. »Ich meine es ernst, Leah. Ich bin noch nicht bereit, mich mit beiden Füßen in die Sache zu stürzen. Ich brauche mehr Zeit, um mich an die Sache zu gewöhnen. Das schaffe ich schon, aber du musst mir Zeit geben, mich an das Wasser zu gewöhnen.« *Gott, das klang lahm.*

»Ich werde es vorbereiten.« Sie stand auf, ging hinüber, zog den Deckel ab und schaltete die Düsen ein. Als sie ins Haus zurückkam, um etwas zu holen, kletterte Seth schnell aus dem Pool und stieg in den Whirlpool.

Er sank hinein, die perfekte Temperatur für die warme Nacht nach dem kühlen Schwimmen. Leah kam mit einem Glas Wasser und zwei Aspirin zurück. »Hier.«

»Danke.«

Er entspannte sich, als sie sich auf den Rand des Whirlpools setzte und seinen Nacken, seinen Arm und seine Schulter massierte. Ihre geschickten Hände wussten genau, wie sie seine Muskeln beruhigen mussten.

»Gott, das fühlt sich gut an, Babe.«

»Das soll es auch.«

»Ich schätze, du machst das oft, was?«

Sie zuckte mit den Schultern. »Morgen früh wird es nicht mehr so wehtun. Wenn du nicht so stur bist, kann ich es für dich bearbeiten, wenn du aufstehst.«

»Wir werden sehen.«

Das war anscheinend gut genug für sie. Er schloss die Augen und ließ sie seine schmerzenden Muskeln massieren. Er wusste nicht, wie lange sie bei ihm saß, als sie ihm sanft auf die Schulter klopfte. »Wie ist das?«

Er war schon fast eingeschlafen. »Sehr gut«, murmelte er.

Sie ließ ihre Hand einen Augenblick lang auf seiner Schulter ruhen. Dann drückte sie ihm einen zärtlichen, langanhaltenden Kuss auf den Kopf. »Danke.«

Er griff nach oben und tätschelte ihre Hand. »Warum gehst du nicht schon mal ins Bett? Mir geht es besser. Ich mache den Whirlpool aus, wenn ich rauskomme.«

Endlich spürte er, wie sie ging. Er öffnete die Augen erst, als er hörte, wie die Schiebetüren zu ihrem Schlafzimmer geöffnet und geschlossen wurden. Er wollte ihr nicht zusehen, wie sie das Zimmer betrat.

Ich bin so ein verdammter Vollidiot. Wie konnte ich mir das nur einreden lassen?

Die Antwort darauf kannte er bereits.

KAPITEL SIEBEN

Seth stöhnte, als er sich am nächsten Morgen umdrehte. Sein Arm und seine Schulter fühlten sich fast tot an. Das Zusammenbauen und Umsetzen der Regale, dann das Peitschentraining. Er hatte. Verdammte. Schmerzen. Es war schon fast acht Uhr. Zum Glück tat er zu sehr weh, um geil aufzuwachen. Er vermutete, dass er sowieso nichts dagegen hätte tun können, es sei denn, er hätte es mit der linken Hand geschafft.

Er machte sich nicht die Mühe, die Badezimmertür bis zum Anschlag zu schließen. Ein paar Minuten, nachdem er unter die heiße Dusche geklettert war, tauchte Leah auf.

»Ist es sicher?«, rief sie.

»Du solltest besser Aspirin zusammen mit Kaffee dabei haben.«

»Das habe ich.«

Als er merkte, dass sie weg war, steckte er den Kopf aus der Dusche. Ja, da lagen zwei Kapseln auf dem Tresen neben seiner Tasse.

Verdaaaaammt.

Als er fertig war, hörte er sie wieder vor dem Badezimmer.

»Ist es sicher?«, rief sie wieder.

Er wickelte ein Handtuch um seine Hüften. »Ich denke schon.«

Sie schob die Tür einen Spaltbreit auf. »Geh und leg dich hin. Lass mich an deiner Schulter arbeiten.«

Er hatte nicht vor zu widersprechen. Sie hatte die Schlafzimmertür offen gelassen, was ihm ein besseres Gefühl gab.

Er hatte nicht das Gefühl, dass sie etwas taten, was sie nicht tun sollten. Was dumm war, denn sie taten genau das, was Kaden von ihnen wollte.

Seth fühlte sich dadurch nicht besser.

Was auch immer sie benutzte, um ihn einzureiben, es roch nach Minze und brannte zunächst höllisch, bevor es sich aufwärmte und abkühlte. Und es fühlte sich in Kombination mit ihren talentierten Fingern wunderbar an.

Fuck, da war sein Schwanz, der sich verspätet hatte.

Wenigstens lag er auf dem Bauch und sie konnte ihn nicht sehen. Er hörte Kaden in der Tür. »Lebst du da drin?«

»Ja, du versuchst, mich umzubringen, oder?«

Er lehnte sich gegen den Türrahmen und lachte. »Je mehr du übst, desto weniger tut es weh. Du solltest vier oder mehr Mal pro Woche trainieren, jeweils etwa eine Stunde. Dann bist du schon gut in Form.«

Leah war fertig und klopfte Seth zwischen die Schultern. »So, fertig. Das wird helfen. Lass mich das nach dem Mittagessen noch einmal machen. Zusammen mit dem Aspirin wird es dann besser gehen. Ich werde das Frühstück vorbereiten.«

Es fühlte sich tatsächlich ein bisschen besser an.

»Tür offen oder geschlossen?«, fragte sie.

»Geschlossen, bitte.« Er wartete, bis er hörte, wie die Tür geschlossen wurde, um sich zu bewegen. Er war allein.

Es war verlockend, sich umzudrehen und zu wichsen, aber

er wollte nicht auf frischer Tat ertappt werden. Wenigstens hatte er noch seine Würde.

»VERDAMMTE SCHEIßE!« Seth hüpfte herum und rieb sich die Innenseite seines Oberschenkels, wo die Peitsche ihn getroffen hatte, sogar durch seine Jeans. Sie verfehlte seine Eier nur um Zentimeter.

Leah setzte sich etwas weiter weg. »Du hast dich beim Schwingen verkrampft.«

Er hatte gelernt, dass er nicht nur Meister im Schlagen des verdammten Dings sein musste, sondern dass es auch verschiedene Arten gab, es zu benutzen. Und je nach Art der Peitsche und ihrer Länge gab es noch mehr Unterschiede.

Er starrte sie an und rieb sich die wunde Stelle, dann versuchte er es erneut. Jedes Mal, wenn er sich mit dem Scheiß-Ding festnagelte, verkrampfte er sich beim nächsten Peitschenhieb noch mehr. Dieses Mal schaffte er es jedoch, das Ziel zu treffen, obwohl der Hieb tief und nach links ging.

»Kann ich dir nicht einfach mit Paintball-Kugeln auf den Arsch schießen? Diese Scheißdinger tun weh. Ich bin ein guter Schütze mit Waffen. Ich kann deinen Arsch rot, grün, blau färben, was auch immer für einen Scheiß du willst.«

Sie lachte. Nicht nur ein Kichern, sondern ein tiefes, feuchtes Lachen aus vollem Halse.

Es brachte ihn zum Lächeln. Das war ihre alte Leah. Als sie sich wieder erholt hatte, kicherte sie und schüttelte den Kopf. »Du hattest genug Übung für heute Abend, denke ich.«

Sie hatten dreißig Minuten lang geübt. Das schien im Moment sein Limit zu sein. Kaden war nach dem Abendessen ins Haus gegangen, um ein Nickerchen zu machen, und ließ Leah zurück, um Seth zu helfen.

Seth war sich nicht sicher, ob Kaden den Mittagsschlaf wirklich brauchte oder ob es nur ein hinterhältiger Trick war.

Er vermutete Letzteres.

Später in der Nacht lag Seth im Bett und dachte über Leahs Lachen nach. Wenn er sie wenigstens jeden Tag so zum Lachen bringen könnte, wäre das schon viel wert.

Nun ja, alles wert, außer Kaden zu verlieren.

WIE SETH VERMUTET HATTE, schlich sich Leah am Montagmorgen mit seinem Kaffee herein, nachdem er die Dusche gestartet hatte. Aber er stand immer noch rasiert und in seinen Boxershorts bekleidet am Tresen.

Sie lächelte und reichte ihm den Becher. »Verdammt.« Seth schüttelte den Kopf und lachte.

Er hatte fast einen normalen Tag. Das geistige Herzklopfen ...

Kaden stirbt.

... trieb ihn nicht in die Knie, wie es früher der Fall gewesen war. Leah war ein wenig verärgert, als er zugab, dass er zum Mittagessen durch die goldenen Bögen gehen würde. Er tröstete sie, indem er ihr zusagte, dass sie ihm am nächsten Tag ein Mittagessen einpacken könnte.

Kaden ging zur Arbeit. Als er am späten Nachmittag kurz nach Seth nach Hause kam, rief er Seth ins Arbeitszimmer und schloss die Tür.

»Warum die Konferenz?«

Kaden hielt einen Ordner voller Papiere hoch und Seths Magen knurrte.

»Ich will nicht, dass sie etwas mitbekommt. Es scheint ihr heute besser zu gehen. Sie weiß, dass das passieren muss. Ich muss es ihr nicht unter die Nase reiben.«

Seth fühlte sich ein wenig krank, als er den Papierkram

unterschrieb. Kaden versuchte, Seth dazu zu bringen, alles zu lesen, aber er winkte ab. »Lass uns einfach unterschreiben und es hinter uns bringen, Kumpel. Wie du gesagt hast, damit wir nicht mehr darüber nachdenken müssen.«

»Ed kommt heute Abend vorbei und beglaubigt sie für uns.«

»Wie viel weiß er denn?«

»Ich habe ihm von meinem Krebs erzählt. Er muss es wissen.«

»Nein.« Seth leckte sich nervös über die Lippen. »Von den anderen Sachen?«

Kaden zuckte mit den Schultern. »Er weiß von mir und Leah. Ich habe ihm das meiste über dich erzählt. Ich habe ihm ehrlich gesagt, dass ich daran arbeite, dich und Leah zusammenzubringen. Ich wollte, dass er das im Voraus weiß, damit er dir helfen kann ... danach.«

Und da war wieder dieses verdammte Wort.

Gottverdammt, wie er es hasste.

DER DIENSTAG WAR FAST NORMAL. Seth stand auf und ging direkt in die Küche, um seinen Kaffee zu holen, bevor Leah ihn ihm bringen konnte. Sie schürzte die Lippen, dann lachte sie.

»Schummler.«

Aber sie lächelte. Die neuen tiefen Falten, die sich um ihre Augen gebildet hatten, machten ihn traurig. Wenigstens konnte er das tun, sie zum Lachen bringen.

Am Mittwoch hatte sie die Oberhand und schlich sich herein, bevor er überhaupt aufgestanden war.

Entweder Leah oder Kaden arbeiteten jede Nacht mit ihm an der Singletail. Langsam hatte er den Dreh raus, aber sein Zielen war immer noch schlecht und er hatte noch keinen lauten Knall gemacht. Am späten Dienstagabend hörte er sie im Spielzimmer, aber die Tür war geschlossen und er wollte nicht stören. Kaden hatte bereits gesagt, dass sie den Club diese Woche ausfallen lassen würden, weil sie am Samstag in Tonys Haus einen Privatkurs geben würden.

Kaden und Seth fingen an, jeden Abend zusammen Gitarre zu spielen, meistens nach dem Abendessen. Manchmal setzte sich Leah zu ihnen, wobei sie ihren Kopf an Kadens Knie legte und entweder ihre Hand oder ihren Fuß an Seths Fuß legte.

Donnerstagnachmittag, als Seth vom Unterricht nach Hause kam, fuhr er mit Leah zum Arzt.

»Mensch, Mama. Du musst doch nicht mit mir gehen«, schimpfte er spielerisch.

Sie lachte.

Das wurde zu seiner persönlichen, geheimen Mission während des ganzen verrückten Blödsinns. Mindestens einmal am Tag sollte er sie zum Lachen bringen, und zwar kräftig. Er gewöhnte sich sogar daran, sie zu Hause im langen T-Shirt zu sehen, ohne jedes Mal einen Ständer zu bekommen, wenn sie den Raum betrat.

Leah ging trotzdem mit ihm hinein. Sie erklärte dem Arzt, der auch Kadens Hausarzt war, ihre Situation.

Für Seth war es seltsam, dass der Arzt nicht mit der Wimper zuckte. Als er den Raum für einen Augenblick verließ, um die Krankenschwester zu holen, die ihm Blut und andere Proben abnahm, schien Leah Seths Blick zu lesen.

»Er ist ein Freund«, sagte sie.

»Ein Freund, der sich eine Leiter leiht, oder ein Freund, der sich eine Reitgerte leiht?«

Sie lachte wieder.

Verdammt! Zwei an einem Tag. Vielleicht könnte er einen Hattrick schaffen. »Das Zweite.«

Für den peinlichsten Teil der Untersuchung drehte sich Leah um und schaute nicht. Er spürte jedoch, dass sie sich amüsierte. Nachdem sie fertig waren und an der Kasse gestanden hatten, stupste er sie in den Arm.

»Das hat dir viel zu viel Spaß gemacht.«

Sie lächelte und zwinkerte ihm zu. »Man muss Spaß haben, wo man kann.«

Während die Empfangsdame Leahs Kreditkarte prüfte, lehnte sich Seth nah an Leahs Ohr und flüsterte: »Sei froh, dass ich noch nicht im Dom-Modus bin, Schatz.«

Sie keuchte, wurde rot und begegnete seinem Blick. Als sie sein verspieltes Lächeln entdeckte, musste sie wieder lachen.

Ah, ein Hattrick.

AM FREITAGNACHMITTAG KAM SETH VOR KADEN NACH HAUSE. Leah verbrachte einige Zeit mit Seth und versuchte ihm zu erklären, was in der Klasse am Samstag passieren würde.

»Es werden ein Dutzend Schüler sein, alles Paare.« Sie führte Seth in das Spielzimmer. Nervös beäugte er die Wand mit den Utensilien, während sie versuchte, ihm die Grundlagen und die Terminologie zu erklären.

»Warum muss ich das alles für morgen wissen? Kann ich nicht einfach mit der Klasse mitgehen und mitlernen?«

Ihre Augen funkelten. So glücklich hatte er sie noch nie gesehen, seit alles angefangen hatte. »Weil du Kaden bei der Demonstration hilfst.«

»Was? Nein, Leah ...«

»Bitte?« Ihre Augen wurden groß, große grüne Juwelen in der Mitte ihres Gesichts.

»Ah, verdammt, keine Hundeblicke. Du spielst nicht fair.« Schon früh, vor Jahren, hatte sie gelernt, dass er auf ›den Blick‹ steht. Sie zögerte nie, ihn gnadenlos damit aufzuspießen, um ihren Willen durchzusetzen.

»Bitte, Seth?«

»Du spielst verdammt noch mal nicht fair.«

Sie machte einen Schmollmund und senkte ihre Stimme ein wenig. »Bitte?«

Er schloss seine Augen. »Fuck. Das ist echt nicht fair.«

»Danke!« Sie setzte die Lektion fort.

Schlag gegen Stich, Flogger gegen Katzen, Gerten und Quirle und Fledermäuse, oje! Singletails gab es in unterschiedlichen Ausführungen, von australisch über Signal bis hin zu Schlangenpeitschen und noch mehr. Stöcke und Birken, Riemen ... er war fast überfordert mit den Informationen. Als Kaden nach Hause kam, wusste Seth schon viel von den Grundlagen.

Ob er es wollte oder nicht.

SETH WAR SICH NICHT SICHER, ob er gehen wollte, aber er wusste, dass er es musste. Er umging Leahs Versuch, ihn beim Duschen zu erwischen, indem er am Samstagmorgen früh aufstand und den Rasenmäher aus der Garage rollte. Er hatte bereits ein Machtwort gesprochen und darauf bestanden, diese Art von Arbeit im Haus zu erledigen. Er hatte schon ein Drittel des Vorgartens gemäht, als sie mit einem verspielten Lächeln auf dem Gesicht und einem Kaffeebecher nach draußen kam.

Er fuhr zu ihr heran und stellte den Mäher ab. Sie trug ein langes T-Shirt, das schwere Halsband und ein Paar Sandalen. Da das Haus von der Straße aus nicht zu sehen war, gab es kaum eine Chance, dass jemand anderes sie sehen konnte.

»Du bist hinterhältig«, sagte sie.

Er streckte ihr die Zunge heraus und nahm den Becher mit Kaffee entgegen. »Gras mähen und so weiter. Ich will noch ein bisschen für meine Prüfungen lernen, bevor ihr mich heute Abend in die Mangel nehmt und mir das Hirn brät.«

Sie sah aus, als wollte sie etwas sagen. Er fragte schließlich: »Was?«

»Abgesehen vom Offensichtlichen, bist du hier glücklich?«

Sein Herz verdrehte sich. Oder war es sein Bauchgefühl? Er hatte es geschafft, den Großteil des Morgens zu überstehen, ohne an das Danach zu denken.

»Ja. Ich wünschte, es wäre unter besseren Umständen. Abgesehen vom Offensichtlichen, bist du froh, mich hier zu haben? Ganz ehrlich?«

Sie nickte und sah ihn an, ihre Stimme war sanft. »Ja.« Sie beugte sich vor und küsste ihn auf die Wange, dann drehte sie sich um und eilte zurück zum Haus.

Fuck.

Nach ein paar Schlucken Kaffee startete er den Traktor und mähte den Garten weiter, während er versuchte, seinen Gefühlswirrwarr zu ordnen.

DER SCHEIN KONNTE TRÜGEN. Tony lebte östlich von Sarasota auf fünf Hektar Land, ein paar Straßen von der Bee Ridge Road entfernt, östlich der I-75. Die Gemeinde bestand meist aus größeren Häusern mit jeweils mehreren Hektar Land, auf denen Pferde oder Rinder oder beides auf den Weiden grasten.

Sie kamen eine Stunde vor Unterrichtsbeginn an. Tony lud sie in sein Haus ein. Da Seths Nerven bis zum Äußersten strapaziert waren, blieb er meist still und beobachtete. Tonys Haus war geschmackvoll eingerichtet, aber nichts Ungewöhnliches deutete darauf hin, dass dort ein Dom lebte.

Es war die große Werkstatt in der Garage, in der die Unterschiede deutlich wurden.

Er hatte sein eigenes Verlies, das dreimal so groß war wie das Spielzimmer bei Kaden zu Hause, und es war mit mehr Geräten ausgestattet. Bei einigen Gegenständen war sich Seth nicht sicher, ob er ihren Zweck kennen wollte, aber er war erleichtert, als er erfuhr, dass sich der Abendkurs auf die Grundlagen beschränken würde. Leah nannte ihn scherzhaft den ›Impact 101‹-Kurs.

Es überraschte ihn auch, dass Leah sich für diesen Kurs nicht komplett ausziehen würde, wie sie es im Club oder zu Hause getan hatte.

»Warum ist das so?«, fragte er. Mit Erstaunen stellte er fest, dass er ein wenig erleichtert war. Er wusste, dass sie keine Unterwäsche trug, denn sie hatte sich die Mühe gemacht, es ihm mehrmals im Haus zu zeigen. Irgendwie verdrehte ihm der Gedanke, dass die Leute mehr von ihr sehen würden, als sie in einer intimen Umgebung sehen mussten, den Magen auf unangenehme Weise.

»Es ist ein Kurs, keine Szene«, sagte sie. Seth dachte darüber nach. »Ich habe dich wieder verwirrt, oder?«, fragte sie. Er nickte.

Ihr Lächeln verblasste vor lauter Konzentration, während sie versuchte zu überlegen, wie sie es erklären sollte. Sie drehte sich zu ihm um und senkte ihre Stimme, damit die beiden anderen Männer sie nicht hören konnten. »Das ist keine Session für mich, auch wenn ich sie ehrlich gesagt genießen werde. Was wir tun, wenn wir eine Szene machen, egal ob privat oder in der Öffentlichkeit, ist etwas ganz anderes. Es ist für uns. Für uns, das heißt auch für dich. Es ist nicht für andere, auch wenn andere es in der Öffentlichkeit sehen. Ergibt das einen Sinn?«

»Nicht wirklich.«

Sie lehnte sich so nah zu ihm, dass er ihren Atem an seiner Wange spürte, als sie leise sprach. »Ich gehöre nur Meister und Sir. Niemandem sonst. Es macht mir Spaß, anderen diesen Lebensstil beizubringen. Wenn Meister und Sir mit mir in der Öffentlichkeit auftreten, konzentriere ich mich nur auf das, was sie mir sagen. Niemanden sonst. Niemand sonst existiert. Das hier ist anders, denn es ist ein Kurs, an dem ich teilnehme und meinen Beitrag leisten werde. Ich werde es genießen, aber ich hoffe, dass Sir später am Abend das, was er hier lernt, mitnehmen und mit mir privat üben wird.« Sie trat einen Schritt zurück und sah ihm in die Augen.

Seths Kehle wurde trocken, sein Schwanz erwachte schmerzhaft zum Leben und pochte in seiner Jeans.

Ich gehöre nur Meister und Sir. Fuck.

BEVOR DIE ERSTEN SCHÜLERINNEN UND SCHÜLER EINTRAFEN, schickte Kaden Leah auf die Toilette und wandte sich an Seth. Seine Augen funkelten spielerisch. »Was hat sie vorhin zu dir gesagt?«

»Hm?«

»Sie hat etwas zu dir gesagt. Während Tony und ich uns unterhalten haben.«

Zugegeben, Seth stand immer noch unter Schock. »Sie hat erklärt, warum das hier etwas anderes ist als eine Szene.«

»Und?«

Seth spürte, wie sich sein Gesicht rötete.

Nun, Kade wollte Ehrlichkeit, er würde sie bekommen. »Sie hat mir gesagt, dass sie zu Meister und Sir gehört und hofft, dass ich später mit ihr üben werde.«

Kaden grinste. »Toll! Na ja, nicht so toll. Sie wird aufdringlich und es grenzt an Unverschämtheit. Darüber müssen wir mit ihr reden.«

»Hm?«

»Das ist fast wie von unten zu toppen.«

Seth schloss seine Augen und fluchte leise. »Ich habe keine Ahnung, was zum Teufel du gerade gesagt hast.«

Kaden lachte und klopfte ihm auf die Schulter. »Ich erkläre es dir später.« Er lehnte sich näher an ihn heran, sein Gesicht war einen Moment lang traurig. »Aber das ist schon okay. Das ist gut, Kumpel. Ganz im Ernst. Das lenkt sie von anderen Dingen ab. Dich in der Nähe zu haben, hat ihr wirklich gutgetan. Ich wusste, dass du das würdest.«

Kaden stirbt.

Seth wollte heute Abend nicht darüber nachdenken. Er war sich nicht sicher, ob ihm das, was er jetzt lernen würde, gefallen würde, aber er wusste, dass es ein angenehmeres Thema war als die Alternative.

SETH UND KADEN TRUGEN SCHWARZE JEANS UND DUNKLE HEMDEN. Ihre Schüler trugen die unterschiedlichsten Klamotten, von normaler Straßenkleidung bis hin zu einem Kerl, der einer Domme untergeordnet war und nichts weiter trug als einen Lederriemen, der sich in seine Arschritze bohrte.

Das war ein verdammter Schlitzkiller.

Kaden stellte sich, Leah und Seth vor und erklärte kurz die Grundregeln für den Kurs. Dazu gehörte, dass die Schülerinnen und Schüler, anders als in einer normalen Szene, gerne zusehen durften, Leah aber nicht anfassen durften. Außerdem durften die Schüler/innen während des Unterrichts nur den Partner berühren, mit dem sie den Kurs besuchten.

Auch der Austausch von Körperflüssigkeiten war untersagt, etwas, das Seth immer noch nicht ganz verstanden hatte. Zu erfahren, dass eine Gruppe von Aktivitäten, von denen er immer dachte, dass sie sich um Sex drehten, nicht immer sexueller Natur waren, hat ihn immer noch umgehauen.

Er dachte, das sei der Sinn der Sache.

Ich muss noch eine Menge lernen.

Kaden hatte versucht, es ihm zu erklären, während Seth ihm half, die Ausrüstung für den Kurs zu packen. »Es ist ein Unterschied, ob man jemanden anmacht oder ob man es miteinander treibt. Es gibt einen Haufen rechtlicher Probleme. Du kannst Sex in der Öffentlichkeit nicht erlauben. Und die meisten professionellen Dominanten wollen keine sexuellen Dienstleistungen anbieten.«

»Alter, wie nennst du das, was du mit ihr im Club gemacht hast?«

»Das ist etwas anderes. Ich könnte in so einer Situation nicht meine Hose runterlassen und sie ficken. Ich meine, wenn wir zu Hause sind, sicher, oder auf einer kleinen privaten Party irgendwo, vielleicht. Aber nicht in einer öffentlichen Szene. Niemals. Ich meine, manche Leute machen das vielleicht, aber ich nicht. An den meisten Orten ist es sowieso nicht erlaubt.«

»Ist es denn kein Sex, wenn jemand kommt?«

Kaden lächelte. »Nicht unbedingt. Das ist nebensächlich.«

»Ihr macht mich *echt fertig*.«

Seth gab den Versuch auf, die technischen Details zu verstehen. Vom Standpunkt der Sicherheit und des Gesundheitsschutzes her konnte er es verstehen, aber er wusste, dass es eine Weile dauern würde, bis er alles verstanden hatte, was Kaden zu erklären versuchte.

Seth stand nervös zur Seite, während Kaden den ersten Teil seines Vortrags hielt. Er erklärte die verschiedenen Geräte, warum sie sich voneinander unterschieden, wie man sie benutzte und die Sicherheitsaspekte. Dann wandte er sich an Leah und nickte. Sie schob ihren Rock über die Hüften und legte sich auf das, was man, wie Seth jetzt wusste, ein Spanking-Pferd nannte.

Während Kadens Vortrag hatte er sich ein wenig beruhigt. Der Anblick von Leahs blassen Zwillingsbacken, die so entblößt waren, ließ seinen Schwanz sofort wieder hart werden.

Fuck.

Kadens Lächeln nahm eine schelmische Wendung an. Er reichte Seth einen weichen Leder-Flogger. »Fangen wir mit dem Einfachsten an.« Er wandte sich an die Klasse. »Denkt daran, dass ihr alle euren eigenen Stil und eure eigene Routine entwickeln werdet. Ich persönlich mag es, ein Aufwärmtraining zu machen. In unserem Fall macht es die Erfahrung noch befriedigender.«

Seth starrte nervös auf den Flogger in seiner Hand, dann auf Leahs Hintern. Er wollte sie nicht auspeitschen, er wollte sie ficken.

Kaden schaute wieder zu Seth und nickte. »Mach schon, Seth.«

Leah schaute über ihre Schulter zu ihm, ein spielerisches Grinsen im Gesicht. »Jederzeit, Seth.«

Kaden hatte Seth bereits gewarnt, dass er Leah nicht in den formellen Modus versetzen würde, sondern dass sie sich größtenteils aus dem ›Subraum‹ heraushalten sollte, ein weiterer Begriff, den Seth noch nicht ganz verstanden hatte.

Seth holte tief Luft und schwang sich. Wenigstens war er einfacher zu handhaben und nicht so beängstigend wie die Singletail.

Leah zuckte nicht mit der Wimper.

Kaden nickte. »Ich würde sagen, noch mindestens neun.« Er wandte sich an die Klasse und erklärte ihnen, warum es wichtig ist, eine Art Aufwärmübung zu haben und wie das mit dem Subraum zusammenhängt.

Seth beendete den Satz und fühlte sich ein wenig wohler. Aber sein Schwanz pochte auf eine fast schmerzhafte Weise.

»Alles in Ordnung, Leah?«, fragte er.

Sie zwinkerte ihm zu. »Bestens.«

Als Nächstes kam ein Paddel. Kaden führte die ersten beiden Schläge damit aus und erschreckte Seth mit dem lauten Geräusch, das er von sich gab, als er sie schlug.

Leah genoss es nicht nur, sie wackelte auch mit den Hüften.

Kaden reichte das Paddel an Seth weiter. »Mach mit einer weiteren Acht weiter.«

Seth nickte stumm. Nach den ersten beiden Schlägen sah Leah ihn an und senkte ihre Stimme, sodass nur Seth sie hören konnte.

»Schlag mich, als ob du es ernst meinst, Süßer.«

Fuck!

Er verstärkte seinen Schwung. Als er fertig war, war ihr Hintern rot und sie zappelte auf der Bank.

Abgesehen von der Nacht im Club und der ersten Session, die er in der ersten Nacht im Haus miterlebt hatte, war das die seltsamste Erfahrung in Seths Leben. Als sie sich um kurz nach zehn von Tony verabschiedeten und auf den Weg nach Hause machten, lag Leah glücklich und mit einem zufriedenen Lächeln auf dem Rücksitz ausgestreckt.

Kade hatte sie während des Kurses nicht zum Höhepunkt kommen lassen. Seth hatte das Gefühl, dass sie einen verdammt guten Fick bekommen würde, wenn sie nach Hause kamen.

Seth war auch härter als je zuvor in seinem ganzen Leben, dachte er.

Kade schaute ihn an. »Bist du okay?«

»Ja.«

»Das hat Spaß gemacht«, sagte Leah auf der Rückbank. »Ich kann es kaum erwarten, nach Hause zu kommen.«

Kaden blickte zu ihr in den Rückspiegel. »Werde nicht aufdringlich, Liebes. Du betrittst ein Gebiet, in dem du dich wie eine Göre benimmst.«

Leah senkte ihre Stimme. »Tut mir leid, Meister.«

Aber als Seth über seine Schulter blickte, bemerkte er, dass sie spielerisch grinste.

Auch Kaden bemerkte es. »Du könntest leicht den Rest des Wochenendes ans Bett gefesselt verbringen, mit einem Vibrator in dir und ohne einen einzigen Orgasmus in Sicht.«

Seth schluckte hart.

Verdammte Scheiße!

Leah lehnte sich zwischen den Sitzen nach vorn und schien es jetzt wirklich zu bereuen. »Ich werde mich benehmen, Meister. Ich verspreche es.« Sie schaute Seth an. »Hattest du Spaß?«

Er nickte stumm. Was hätte er sonst tun oder sagen sollen?

»Lässt der Meister den Sir heute Abend weiter an mir üben?«

Kaden sah Seth an, bemerkte seinen Gesichtsausdruck und winkte sie zurück auf ihren Platz. »Das müssen ich und Sir besprechen, das geht dich nichts an, Liebes. Benimm dich.«

Als sie nach Hause kamen, half Kaden Leah aus dem Auto und flüsterte ihr etwas zu. Sie nickte und verschwand sofort im Haus.

Kaden schnappte sich die Sporttasche aus dem Kofferraum. »Und?«

»Nun, was?«

Kaden grinste. »Bist du bereit, ein braves Mädchen für ihre Hilfe heute Abend zu belohnen?«

Seths Schwanz schrie ›*Fuck, ja!*‹ und wollte ihn ins Haus zerren. Aber sein Verstand und sein Gewissen hatten sich noch nicht mit der Situation abgefunden.

Seth schüttelte den Kopf. »Ich glaube, ich bin noch nicht bereit dafür«, sagte er heiser.

Kaden zögerte, bevor er den Kofferraum schloss. Sein Gesicht trübte sich. »Sie wird enttäuscht sein.«

»Ich weiß. Sag ihr, dass es mir leidtut.«

Kaden wartete einen Augenblick, bevor er sich auf den Weg zur Haustür machte. »Kommst du mit rein?«

»Gleich. Ich ... brauche etwas frische Luft.«

Als Seth allein war, hockte er in der Einfahrt, den Kopf zwischen den Knien, und atmete tief durch. *Fuck!*

Fuck fuck fuck!

Nach zwanzig Minuten fühlte er sich stabil genug, um wieder zu gehen und ging ins Haus. Die Türen des Hauptschlafzimmers und des Spielzimmers waren beide geschlossen.

Wo sollten sie sein? Er hörte ein scharfes Knacken.

Spielzimmer.

Ein Teil von ihm wollte zu ihnen gehen und sich daran erfreuen, dass sie sich winden und ihren Hintern röten würde. Es war etwas, das ihr gefiel, etwas, das sie zumindest für eine Weile ablenkte ... danach.

Trotzdem fühlte er sich schuldig. Das sollte Kadens Zeit mit ihr sein. Zeit allein mit ihr. Er hatte nicht mehr viel Zeit.

Seth wusste, dass er seine Zeit haben würde ... danach.

Er schenkte sich einen Drink ein und nahm ihn mit in sein Schlafzimmer. Dann schaltete er den Fernseher ein, zog sich das Kissen über den Kopf und versuchte, das Bild von Leahs süßem, roten und herrlich tanzenden Hintern aus seinem Kopf zu bekommen.

KAPITEL ACHT

Als Seth am Sonntagmorgen aufwachte, strömte helles Tageslicht durch sein Fenster und traf ihn mitten ins Gesicht. Er war überrascht, dass es schon nach acht Uhr war. Leah hatte seinen Kaffee noch nicht gebracht, obwohl er roch, dass er kochte.

Auch sein Fernseher war noch an.

Er stieg aus dem Bett, ging ins Bad und schaltete die *TODAY*-Show aus, während die Moderatorin gerade mit jemandem über innovatives Haustierzubehör sprach.

Plötzliche, irrationale Angst durchflutete ihn. Er hoffte, dass Leah nicht sauer auf ihn war, weil er gestern Abend nach dem Unterricht nicht mit ihnen gespielt hatte.

Das ist dumm. Du kannst nicht mit ihr spielen, Alter. Egal, was die beiden sagen. Das sollte Kades Zeit mit ihr sein.

Das beunruhigte ihn immer noch.

Er ging in die Küche und schaute nicht ins Wohnzimmer, als er vorbeiging. Er goss sich einen Becher Kaffee ein, überlegte, ob er duschen oder joggen gehen sollte und entschied sich schließlich für die Dusche. Am Nachmittag konnte er schwimmen gehen. Ehrlich gesagt, war es wahrscheinlich schon zu heiß für einen guten Lauf. An einem Hitzschlag zu sterben, würde niemandem helfen.

Er drehte sich um, um den Flur hinunterzugehen und erstarrte, als er an der Wohnzimmertür vorbeikam.

Kaden lag ausgestreckt auf der Couch, las die Sonntagszeitung und war nur mit Shorts und T-Shirt bekleidet.

Leah war ...

Heilige Scheiße!

Sie war ...

Fuck!

Kaden hatte sie an den massiven Couchtisch gefesselt.

Nicht auf den Tisch.

An den Tisch.

Das Seilgeschirr bildete verschlungene Muster um ihren Oberkörper. Ihre Hände waren hinter ihrem Rücken gefesselt und sie war auf den Knien gefesselt, den Hintern in der Luft. Kaden hatte das Seil so um ihre Beine geschlungen, dass sie gespreizt waren, sodass Seth auf ihre offene und wehrlose rasierte Muschi starrte. Das Seil war mehrfach um ihre Beine geschlungen und bildete ein weiteres kompliziertes Muster.

Seths Kinnlade klaffte auf.

Kaden schaute auf und griff nach seinem Kaffeebecher. »Oh, guten Morgen.«

Seth starrte ihn an.

Kaden nahm einen Schluck Kaffee, stellte seinen Becher ab und las weiter in seiner Zeitung.

Seth starrte vor sich hin.

Er wusste nicht, wie lange er starrte, aber er wusste, dass sein Morgenständer nicht nur wieder da war, sondern dass er wahrscheinlich gerade aus seinen Boxershorts ragte. Er konnte sich nicht die Mühe machen, hinzusehen. Der Anblick von Leah, die an den Tisch gefesselt war ...

Heilige Scheiße!

Seth ging langsam um die Rückseite der Couch herum.

Kaden las weiter in der Zeitung, als wäre das die normalste Sache der Welt. Als Seth schließlich am anderen Ende der Couch ankam, wo er Leahs Kopf sehen konnte, stellte er fest, dass sie ein Kissen unter sich hatte und mit der linken Wange darauf lag und ihn und Kaden anstarrte. Außerdem war sie geknebelt. Als sie Seths Blick bemerkte, zwinkerte sie ihm zu.

Heilige verdammte Scheiße!

Kaden las die Zeitung.

Seth schluckte schwer. »Ähm.«

Kaden nickte. »Shibari. Auch bekannt als Kinbaku, je nachdem, mit wem du sprichst und welchen Stil sie binden.« Er hielt den Rest des Papiers hoch und reichte es Seth, der nur stumm den Kopf schüttelte.

Kaden las weiter in der Zeitung.

Nach weiteren langen, schweigenden Minuten gelang es Seth, Vokale zu bilden. »Ist sie ... bequem?«

Kaden blickte nicht von der Zeitung auf. »Fühlst du dich wohl, mein Schatz?«

Sie waren heute Morgen offensichtlich nicht formell.

Sie machte ein Zeichen mit ihrer rechten Hand. Aus diesem Blickwinkel konnte Seth auch sehen, dass der Gurt eine Art BH um ihre Brüste bildete und sie auf eine Weise nach außen drückte, die für ihn nicht gerade hilfreich war.

Kaden blickte über den Rand seiner Brille auf ihre Hände. »Sie ist bequem.«

Er las weiter in der Zeitung.

Seth starrte vor sich hin. Er war sich nicht sicher, wie lange er dort stand und starrte. Er *war* sich jedoch sicher, dass Leah lächeln würde, wenn sie nicht den Ballknebel im Mund hätte. Er wusste, dass ihre Augen spielerisch schimmerten.

Seth ging um die Couch herum und setzte sich an das Ende, in die Nähe von Leahs Kopf, und starrte sie an. Die Knoten sahen kompliziert aus, beeindruckend.

In diesem Moment bemerkte er zum ersten Mal die Sanitäter-Schere und das Leatherman-Tool. Kaden hatte sie auf den Tisch gelegt, neben Leahs rechtes Knie.

»Wofür sind die?« krächzte Seth heiser.

Kaden schaute auf die Stelle, auf die Seth zeigte. »Nur für den Fall. Mach niemals Seil-Bondage ohne sie.«

Er widmete sich wieder seinem Papier.

Seth musste sich wieder die Lippen lecken. »Wie lange lässt du sie … so?«

Kaden blickte auf den Kabelkasten. »Noch zehn Minuten. Dann beginnt ihre Folter.«

Seth dachte, dass Leah stöhnte, aber es war kein ›Oh, Scheiße‹-Stöhnen. Es war ein ›Oh, wie schön!‹-Stöhnen.

»Folter?«

»Ja. Dafür, dass sie gestern ein bisschen zu aufdringlich war. Sie wird den Tag damit verbringen, gefoltert zu werden. Stimmt's, Schatz?«

Diesmal stöhnte sie richtig auf.

Seth starrte sie an und merkte, dass er immer noch seinen Becher in der Hand hielt und dass seine Hände zitterten. Er stellte sie auf den Couchtisch neben Leahs Kopf. Irgendwie fühlte sich das nicht richtig an, also hob er sie auf und stellte sie auf den Beistelltisch.

»Möchte ich wissen, wie du sie foltern willst?«, fragte Seth.

»Das solltest du. Du wirst sehen, dass das sehr effektiv ist.« Kaden vertiefte sich wieder in die

wieder in der Zeitung.

»Ähm, Kumpel! Konzentriere dich. Was hast du mit ihr vor?«

»Sie den ganzen Tag in Atem halten und nicht kommen lassen. Wenn sie heute Abend brav ist«, diese Bemerkung richtete er an Leah, »lasse ich sie vielleicht einen Orgasmus haben. Wenn sie sehr brav ist, werde ich ihr zwei erlauben.«

Sie stöhnte wieder.

Ja, ein richtiges ›Oh, schön!‹-Stöhnen.

Seth hatte Mitleid, denn sein Schwanz pochte jetzt in seiner Hose.

»Ich habe dieses Mal kein Seil im Schritt benutzt, weil ich wusste, dass sie sich daran reiben und versuchen würde, sich zu befreien«, fügte Kaden hinzu. Anstatt das Seil zwischen ihren Beinen zu wickeln, hat er eine Schlaufe um ihre Oberschenkel gelegt. »Deshalb habe ich ihre Beine gespreizt, damit sie sich nicht gegen die Seile an den Oberschenkeln stemmen kann.«

Seth schluckte schwer. »Aha.«

Kaden faltete schließlich seinen Teil der Zeitung zusammen und legte ihn auf den Rest. »Du musst ihr sehr genau zusehen. Sie ist zappelig. Sie liebt es, sich zu befreien. Was sie wirklich erregt, ist, dass sie sich nicht befreien kann. Und während sie sich windet, reibt sie sich an den Seilen. Wenn du also nicht willst, dass sie das kann, musst du ein Muster wie dieses verwenden.« Er deutete auf das Seil und zeigte Seth, wo er es verknotet hatte.

»Aha.«

Kaden blickte wieder auf die Uhr. »Kannst du bitte mal kurz auf sie aufpassen? Lass sie nie allein oder wende ihr den Rücken zu, wenn sie mit einem Seil festgebunden ist. Besonders nicht, wenn sie gefesselt ist. Bei Handschellen ist es je nach den Umständen manchmal in Ordnung, sie für eine Weile allein zu lassen, wenn du zu Hause bist. Natürlich nicht das Haus verlassen. Aber zum Beispiel im Bett oder über das Spanking-Pferd gebeugt oder so.«

Seth nickte. »Okay«, flüsterte er.

Als Kaden gegangen war, lehnte sich Seth dicht an Leah und flüsterte: »Ist das wirklich okay für dich?«

Sie blinzelte. Die Ränder ihres Mundes zuckten, was er für ein Lächeln hielt, wenn der Knebel nicht im Weg gewesen wäre. Und ihre Augen funkelten mit einem vertrauten Blick, den er als Belustigung erkannte.

Kaden kam einen Augenblick später zurück. Er trug ...
Heilige Scheiße.
Seth lehnte sich zurück und starrte verblüfft.
Er war definitiv durch ein Wurmloch gefallen. Eine andere Erklärung gab es nicht. Kaden hielt einen großen Butt-Plug hoch.»Willst du dir die Ehre geben?«
Seth rang nach Worten, musste schlucken, um Spucke zu bilden, und versuchte es erneut.»Nein, danke. Ich habe genug.« Kaden zuckte mit den Schultern.»Wie du willst.« Er klopfte Leah auf den Hintern.»Mach dich fertig, Liebes.« Offenbar waren sie wieder in den formellen Modus zurückgefallen.
Sie schloss ihre Augen und stöhnte.
Er schmierte den Plug ein und führte ihn vorsichtig in sie ein, während sie versuchte, ihre Hüften gegen ihn zu bewegen und zu stöhnen. Als er fertig war, zappelte sie weiter und ihre Haut war gerötet.
Kaden tätschelte ihr erneut den Hintern.»Ich weiß, das ist besonders gemein von mir, das bei dir zu benutzen. Das wird dich den ganzen Tag über heiß halten, stimmt's?«
Sie wimmerte.
Das andere Gerät ... *Allmächtiger Gott!* Es war ein großer Dildo mit Riemen. Kaden griff ihr zwischen die Beine und schob zwei Finger in sie hinein – Seths Schwanz pochte wieder schmerzhaft – und Kaden lächelte.
»Mein Gott, Liebes, du bist ja richtig feucht. Es muss dir gefallen, wenn Seth dir zusieht.«
Ihre Augen waren immer noch geschlossen, ihr Kopf hing schlaff herunter, aber sie nickte ein wenig und stöhnte leise.
Kaden drückte den großen Kopf des Dildos gegen sie.»Jetzt geht's los. Mach dich bereit.« Er führte ihn langsam in sie ein, während sie sich gegen die Seile stemmte.
Seth merkte, dass sie versuchte, sich damit zu ficken.
Kaden lachte.»Nein, so leicht kommst du nicht davon. Kein Wortspiel beabsichtigt.« Er schob ihn ganz in sie hinein und

dann begriff Seth, wozu die Riemen da waren. Kaden schnallte sie um ihre Oberschenkel und ihre Taille und hielt so nicht nur ihn, sondern auch den Butt-Plug an seinem Platz. Als er mit der Einstellung zufrieden war, klopfte er ihr sanft auf den Hintern.

»Noch zwanzig Minuten so.« Er griff in seine Tasche und holte eine kleine silberne ... Fernbedienung heraus? Dann drückte er einen Knopf darauf.

Leah krümmte sich gegen ihre Fesseln und stöhnte laut auf. Seth hörte ein leises Summen und verstand dann, was es war. Es war nicht nur ein Dildo: Es war ein *vibrierender* Dildo.

Als er sich plötzlich schwindlig fühlte, merkte er, dass er nach Luft geschnappt hatte. Er zwang sich, ein paar langsame, tiefe Atemzüge zu machen und sah zu, wie Kaden sich wieder auf die Couch setzte.

Und begann, die Comics zu lesen.

Seth sah wie gebannt zu. Er merkte, dass das Summen nicht konstant war. Es wechselte die Intervalle, manchmal war es ein gleichmäßiger Rhythmus, manchmal fing es an und hörte wieder auf, manchmal hörte es für einen Augenblick ganz auf. Wenn es das tat, wimmerte Leah und zuckte noch heftiger, bis es wieder anfing.

So hart und schmerzhaft sein Schwanz auch pochte, Seth wagte es nicht, sich zu bewegen. Er befürchtete, dass allein das Aufstehen genug Reibung an seinem geschwollenen Glied auslösen würde, um ihn kommen zu lassen.

Sie war wunderschön, und als sie dort kniete, war ihre Haut mit einem Hauch von Schweiß bedeckt.

»Woher weißt du, dass es ihr gut geht?«, flüsterte Seth.

Kaden blickte nicht von der Zeitung auf. »Unser Code sind zwei laute, lange Grunzlaute, wenn sie mich nicht mit Handzeichen auf sich aufmerksam machen kann. Wenn sie das tut, bedeutet das, dass der Knebel sofort raus kommt.«

Sie war sich bewusst, dass sie über sie sprachen, denn ihre Augen öffneten sich langsam. Aber sie sahen unter schweren

Lidern leidenschaftlich aus. Als der Vibrator ein weiteres Muster durchlief, fielen Leahs Augen wieder zu und sie stöhnte leise.

Kaden lächelte und sah sie endlich an. »Ich traue mich nicht, sie so zu versohlen. Sie wird noch explodieren. Wenn sie nicht diesen Knebel im Mund hätte, würde sie sich die Seele aus dem Leib schreien, Kumpel. Vertrau mir. Wenn du sie so bearbeitest, ist es unglaublich, wie stark sie kommen wird. Und sie *liebt* es.«

Leah stöhnte zustimmend.

Kaden war noch nicht fertig. »Sie liebt es wirklich, so gefickt zu werden. Die perfekte Höhe ist auch auf diesem Tisch. Oder im Bett. So ist sie völlig hilflos. Du kannst mit ihrer Klitoris spielen, sie lecken«, Leah stöhnte auf, »und mit ihr machen, was du willst. Ich liebe diese Stellung.«

Seths ganzer Körper vibrierte im Takt des Vibrators.

Kaden begegnete Seths Blick mit einem festen, gezielten Blick von ihm. »Willst du sie gleich ausprobieren?«

Seth schnappte wieder nach Luft und schüttelte den Kopf. Leah öffnete die Augen und stöhnte, diesmal enttäuscht, über Seths Ablehnung.

So seltsam das auch war und so sehr Seth das Angebot auch annehmen wollte, er konnte sich noch nicht dazu durchringen, diesen Schritt zu tun.

Schon gar nicht, wenn sein bester Freund *direkt* vor ihm saß. Aber ...

Verdaaaaaammt.

Seth kämpfte um einen würdigen Ausweg. »Ich brauche eine Dusche. Und ... und wir haben meine Testergebnisse noch nicht zurück.«

Kadens linke Augenbraue hob sich langsam. »Wir haben Kondome gekauft.« Er sagte es so sachlich, als handelte es sich um Milch, Eier oder Butter.

Fuck.

Seth schüttelte den Kopf. »Ähm, vielleicht ... später.« Er sprang auf, schnappte sich seinen Kaffee und eilte zurück in sein Schlafzimmer, wo er die Tür hinter sich schloss. Er machte sich auf den Weg ins Bad, kehrte dann aber zu seiner Tür zurück und schloss sie ab.

Nur um sicherzugehen.

Er schaltete wieder den Fernseher ein – dieses Mal sprach der Moderator mit einem Spitzenkoch über Rosinen und Zitronen – und stellte die Dusche an.

Es dauerte drei Stöße, bis sein Schwanz explodierte. Und er wurde nicht weich. Fast schon hektisch hämmerte er weiter auf seinen Schwanz ein, und ein paar Minuten später kam er erneut, wobei ihn die Erinnerung an Leahs Arsch in der Luft erregte.

Als Seth seine Dusche beendete – nachdem er sich noch einmal einen runtergeholt hatte –, ging er zurück in die Küche und war erleichtert, das Wohnzimmer leer vorzufinden.

Und nur ein bisschen enttäuscht.

Das war verdammt *heiß*, das war nicht zu leugnen. Wäre er nicht so absolut schockiert gewesen, hätte er es genossen.

Oder er hätte sich vielleicht gezwungen, auf ihr Angebot einzugehen.

Es war jetzt fast zehn und er war am Verhungern. Was sagte das über ihn aus, dass er sich kurz darüber ärgerte, dass Leah sein Frühstück noch nicht beendet hatte?

Und wo *waren* sie überhaupt?

Er schaute den Flur hinunter und entdeckte die Tür zum Spielzimmer, die offen stand. Seth schluckte schwer und zwang seine Füße, sich zu bewegen.

Mit verbundenen Augen war Leah jetzt auf dem Spanking-Pferd festgeschnallt, ihre Beine weit gespreizt und an die Bank gekettet. Der Butt-Plug und der Vibrator steckten noch immer in ihr. Ihre Arme waren ebenfalls an die Bank gefesselt, aber jetzt trug sie einen kleineren Ballknebel.

Er hörte, wie der Vibrator einrastete. Leahs Hüften zuckten und sie wälzte sich wild auf der Bank. Als sich der Vibrator ausschaltete, stöhnte und wimmerte sie.

Kadens sanfte Stimme in seinem Ohr erschreckte Seth fast zu Tode und ließ ihn zusammenzucken. »Du weißt, dass du es willst.«

»*Fuck*!«, flüsterte Seth.

Kaden reichte ihm eine der Reitgerten. »Jetzt, bevor der Vibrator wieder anspringt, nur einmal quer über ihren Arsch. Das reicht nicht aus, um sie zum Kommen zu bringen.«

Seths harter Schwanz zeigte den Weg. Und noch etwas: So geil war er seit der High-School nicht mehr gewesen. Eigentlich müsste er jetzt völlig ausgelaugt sein, aber es fühlte sich an, als wäre er schon seit Wochen nicht mehr gekommen.

Er ging hinüber und richtete den Schlag nervös so aus, wie es ihm am Abend zuvor im Unterricht gezeigt worden war.

Als er hinüberblickte, sah er, wie Kaden die Arme verschränkte und lächelnd zusah. Seth kämpfte dagegen an, dass sich sein Magen verdrehte, und schlug zu. Leah sprang, wimmerte und wackelte mit ihrem Hintern. Er schaute zu Kaden. Kaden hob seine Hand und bedeutete ihm zu warten.

Und tatsächlich schaltete sich der Vibrator wieder ein. Leah stöhnte und krümmte sich auf der Bank.

Kaden winkte Seth in den Flur und flüsterte: »Sie weiß nicht, wer von uns beiden es getan hat oder wann wir es wieder tun werden. Es macht sie verrückt.«

»Willst du sie wirklich den ganzen Tag so stehen lassen?« Der Gedanke daran ließ Seth ein schlechtes Gewissen bekommen.

Und irgendwie erregte es ihn auch.

Kaden zog eine Augenbraue zu ihm hoch. »Ich würde dich

nicht daran hindern, wenn du ihr etwas Erleichterung verschaffen willst. Du hast das Recht dazu. Tu dir keinen Zwang an.«

Seth deutete den Flur entlang zum Wohnzimmer und Kaden ging voran.

Als sie sicher außer Hörweite von Leah waren, fragte Seth: »Was ist, wenn ich nicht immer pervers genug für sie sein kann?«

»Was meinst du?«

Seth wischte sich mit der Hand über den Mund und wünschte sich einen Drink, aber er wusste, dass er genau aus diesem Grund keinen bekommen konnte. »Ich meine ... Ja okay, es ist verdammt heiß, sie so zu sehen. Aber verdammt, weißt du, es gibt viele Momente, in denen ich einfach nur kuscheln oder normalen Sex haben will und nicht alles ...« Er winkte mit dem Arm in den Flur. »Das.«

»Was?«

»Das!« Er zeigte wieder darauf.

Kaden lächelte. »Sie steht nicht auf den Kink.«

Seth machte einen weiteren Schritt in Richtung Flur und winkte erneut mit dem Arm. »Ach, nee! Was zum Geier ist dann *DAS*?«

Kaden setzte sich auf die Couch und nahm den Sportteil zur Hand. »Sie wäre glücklich, wenn sie für den Rest ihres Lebens Vanille-Sex hätte. Darum geht es hier nicht. Es ist sicher heißer, aber das ist nur ein Bonus.«

Seths Kinnlade fiel herunter. »Wie wäre es mit ein paar verdammten Antworten auf meine Fragen?« Er stürmte zu Kaden hinüber, schnappte sich die Zeitung, riss sie ihm aus den Händen und warf sie über die Couchlehne. »Was zum *Teufel* meinst du damit, dass sie keinen Bock auf perverse Spielchen hat? Warum macht ihr das dann, *verdammt* noch mal?«

»Der Schmerz soll ihr helfen, Gefühle zu verarbeiten, besonders schmerzhafte Gefühle, wenn sie überfordert ist.

Wenn sie dabei zum Orgasmus kommt, umso besser. Das sind völlig unterschiedliche Dinge für sie, auch wenn sie manchmal miteinander verbunden sind.

Wenn du für den Rest eures Lebens nichts anderes als Missionarsstellung mit ihr machen würdest und sie mit der Hand über deinem Schoß versohlen würdest, wenn sie es braucht, wäre sie auch damit zufrieden.«

»Warum macht ihr dann all diesen anderen Mist?«

Er zuckte mit den Schultern. »Wir sind einfach so hineingeraten. Als wir mehr Leute in diesem Lebensstil kennenlernten und Dinge sahen, beschlossen wir zu experimentieren. Ich habe dir gesagt, dass sie keine Schmerz-Schlampe ist. Es gibt Leute, die lieben Nadeln, heißes Wachs, Messerspiele, die grob gezüchtigt werden müssen und Ähnliches. Sie hat keine Lust auf so etwas. Alles, was sie braucht, ist eine gelegentliche ... Erdung. Darum geht es bei den Prügeln. Sie mag und genießt das andere Zeug. Es macht ihr Spaß. Shibari ist gut für sie – wenn es richtig gemacht wird und sie sich nicht losreißen kann –, weil es sie zwingt, sich zu entspannen und eine Weile einfach nur zu sein. Weißt du, wie man sagt, dass man Babys wickeln soll?«

»Alter, ich weiß nichts übers Wickeln von Babys.«

Kaden erstarrte, dann lachte er laut und herzlich. Es tat gut, diesen Ton von ihm zu hören.

Seth kämpfte gegen das mentale Herzklopfen an, aber es kam trotzdem zurück.

Kaden stirbt.

Als er wieder sprechen konnte, fuhr Kaden fort. »Es ist beruhigend. Sie muss an den Punkt kommen, an dem sie dir vertraut, es mit ihr zu tun, und das wird sie. Sie muss nur ...« Er dachte darüber nach. »Es ist, als würde sie völlig in den Subraum gehen, ohne einen Finger krumm zu machen. Sie würde mir buchstäblich erlauben, sie rund um die Uhr zu fesseln, wenn ich eine Position finden würde, in der sie sich wohlfühlt, ohne zu riskieren, dass ihr Kreislauf zusammenbricht. Es ist, als würde sie sich selbst die Erlaubnis geben, sich völlig zu entspannen und abzuschalten.«

Seth ließ sich auf die Couch fallen und schüttelte den Kopf. »Das ist verdammt viel zu lernen.«

Kaden nickte. »Ich versuche, fast zwanzig Jahre ›Versuch und Irrtum‹ in eine kurze Zeitspanne zu pressen. Die gute Nachricht ist, dass ich weiß, was nicht funktionieren wird, und ich kann dich auch hier an meiner Weisheit teilhaben lassen.« Er lehnte sich vor, die Ellbogen auf den Knien. »Du hast gesehen, wie streng ich im Club mit ihr war?«

Seth nickte.

»Das ist eine harte Grenze für sie. Du wirst merken, dass ich meistens nicht so mit ihr rede. Und du kannst nur so mit ihr reden, wenn du sie in den Subraum schickst oder wenn sie ganz da ist. Sobald die Szene jedoch vorbei ist und du sie nachbehandelst – und sie muss immer nachbehandelt werden –, musst du sehr sanft und zärtlich zu ihr sein. Wenn der Endorphinrausch nachlässt, kannst du ihn wieder ein bisschen aufdrehen.

Ich vergleiche sie auch nie mit jemand anderem. *Niemals.* Und ich benutze niemals Demütigung bei ihr. Ich will nicht, dass sie sich jemals so fühlt. Ehrlich gesagt, könnte ich ihr das sowieso nicht antun. Ich habe noch nie damit gedroht, eine neue Untergebene zu finden oder sie von einem Fremden benutzen zu lassen, auch nicht im Spiel. Niemals.«

»Okay. Erkläre mir, was zum Teufel der Subraum ist?«

»Es ist wie eine Art Trance. Dabei wird ein riesiger Schwall an Endorphinen, Dopamin und anderes Zeug in ihrem Körper freigesetzt. Es ist wie eine natürliche Droge. Es ist sozusagen ein Medikament für sie. Deshalb hat sie sich neulich im Schwimmbad bis zur Erschöpfung geschwommen. Denke an das Hochgefühl eines Läufers. Das ist in etwa das Gleiche. Manchmal kann sie sich das beim Schwimmen oder sogar beim Laufen selbst verschaffen. Meistens, vor allem, wenn sie sehr gestresst oder aufgeregt ist, kann sie das nicht. In diesem Fall musst du ihr helfen. Unter normalen Umständen geht es eher um die Pflege.«

Kaden nahm seine Brille ab und legte sie auf den Couchtisch. »Ob es dich nun verrückt macht oder nicht, dass du hier unterrichtet wirst, ist eine große Hilfe für sie. Sie hat etwas und jemanden, der sie ablenkt. Einen alternativen Fokus. Im Laufe der Zeit werden wir mit ihr noch einige große Ausbrüche erleben. Daran habe ich keinen Zweifel. Im Moment ist sie dabei, ein Grundzentrum zu finden, in dem sie funktionieren kann.«

»Was ist, *danach* ... Was ist, wenn sie sich zu weit von mir entfernt, um sie zurückzubringen?« Das war, um ehrlich zu sein, Seths größte Angst.

Kaden schüttelte den Kopf. »Das wirst du nicht zulassen. Du liebst sie zu sehr, um nicht einen Weg zu finden, sie zu beschützen.« Er neigte seinen Kopf in Richtung Flur. »Warum gehst du nicht und hast ein bisschen Spaß mit ihr? Nimm ihr die Augenbinde nicht ab. Verbringe einfach etwas Zeit damit, mit ihr zu spielen. Sie wird es wirklich lieben.«

»Wird sie dadurch in den Subraum versetzt?«

»Ein bisschen. Aber nicht völlig. Am intensivsten ist eine öffentliche Szene. Damals waren es private Szenen, wie du sie in der ersten Nacht gesehen hast. Aber das war, wie ich dir schon sagte, ziemlich zahm. Es gab Zeiten, in denen wir es nicht in den Club geschafft haben, sondern nur im Bett gespielt haben, aber das hat gereicht, um sie auf dem Boden zu halten. Wenn sie nicht total gestresst oder aufgeregt ist, ist es sehr einfach, ihre Stimmung ohne große Szenen aufrechtzuerhalten. Deshalb genießt sie den Lebensstil der Vollzeit-Sklavin. Es hilft ihr, einen Teil ihres emotionalen Gepäcks abzugeben.«

»Du sagst mir, ich soll deine Frau ficken. Das ist doch *scheiße*, Alter.«

»Dann lass es eben bleiben, wenn du nicht willst. Du hast

Hände.« Kaden lächelte. »Nimm den Ballknebel raus und hör ihr beim Stöhnen zu. Dein Schwanz wird hart wie Beton, Kumpel.«

»Oh, dieses Gespräch findet SO nicht statt, Kade!« Seth stand auf und ging den halben Flur entlang. Von dort aus konnte er Leah im Spielzimmer wimmern hören, die sich offensichtlich nach Erleichterung sehnte.

Seth kehrte ins Wohnzimmer zurück und stupste Kaden mit seinem Finger an. »*Das* ist scheiße.«

Kaden nickte traurig. »Erzähl mir davon.«

Aber Seths Schwanz pochte, als er den Flur hinunter starrte und ins Spielzimmer zurückkehren wollte, um sie noch einmal zu sehen. Seth drehte sich wieder zu Kaden um. »Ich kann nicht ... wenn du zusiehst ... noch nicht. Bleib einfach hier draußen, okay?«

Kaden grinste. »Soll ich den Fernseher einschalten?«

»Das ist vielleicht keine schlechte Idee.«

Kaden griff nach der Fernbedienung, während Seth wieder in den Flur ging. Seth hörte, wie im Wohnzimmer ›*Meet the Press*‹ begann.

Der Vibrator lief. Leah zitterte, zappelte und versuchte, sich an der Bank zu reiben.

Er atmete tief durch und ging hinüber, dann setzte er sich neben sie. Mit zitternden Fingern streckte er seine linke Hand aus und streichelte sanft ihren Hintern.

Leah erstarrte. Für eine Sekunde befürchtete Seth, dass sie ihm sagen würde, er solle aufhören oder grunzen oder so.

Sie stöhnte auf und stemmte wütend ihre Hüften in die Höhe.

Ihre Bedeutung war unmissverständlich – sie wollte mehr.

Ihre Haut fühlte sich kühl und glatt unter seiner Hand an. Er würde lügen, wenn er sagen würde, dass er nicht Lust hätte, den Vibrator herauszureißen und sie auf der Stelle zu ficken.

Er beugte sich vor und presste seine Lippen auf ihre rechte

Hüfte. Dann schloss er seine Augen und atmete ein. Ihr Duschgel und der Moschusduft ihrer Erregung vermischten sich auf berauschende Weise.

Leah stöhnte auf.

Er legte seine Wange an ihre Hüfte. Er schloss die Augen und seine warme Hand lag auf ihrem Fleisch. Als sich der Vibrator ausschaltete, stöhnte sie wieder frustriert auf.

»*Schhh*«, flüsterte er. Sie wurde still und wartete.

»Braves Mädchen«, flüsterte er. Er stellte sich vor, dass sie inzwischen wissen musste, dass er es war, auch wenn sie einmal gescherzt hatte, dass sie seine Stimme am Telefon ohne Rufnummernanzeige nur schwer von Kadens Stimme unterscheiden konnte.

Ein paar Augenblicke später schaltete sich der Vibrator ein und sie zuckte, drehte sich und wimmerte.

Seth wechselte die Position, ließ seine Hand auf ihrem Hintern und griff mit der anderen unter sie, um ihre Klitoris zu stimulieren.

Leahs Wimmern änderte seinen Ton und sie hörte auf, sich zu winden. »Bleib ganz still«, flüsterte er, »und sei ein braves Mädchen, dann gebe ich dir eine Belohnung.«

Ihr hohes Wimmern löste in ihm ein tiefes Gefühl der Lust aus. Sie erstarrte, stand still.

Er fand ihren geschwollenen Nippel und zwickte ihn sanft, indem er ihn im Takt des Vibrators in seinen Fingern rollte. Er spürte die Anspannung in ihrem Körper, den Drang, ihre Hüften im Takt seiner Bewegungen zu bewegen, der sich mit ihrem Wunsch, das zu tun, was ihr befohlen wurde, überschnitt.

Er drückte ihr einen weiteren Kuss auf den Mund und flüsterte dann: »Willst du es, Baby?«

Ein leises, schmatzendes Wimmern als Antwort.

»Gib es mir.« Er kniff ihr sanft in die Klitoris. Sie explodierte und schrie gegen den Ballknebel an, ihr ganzer Körper spannte sich an und drückte gegen die Gurte. Als sie fertig war und schlaff auf der Bank zusammensackte, küsste Seth noch einmal ihre Hüfte und tätschelte sanft ihren Hintern.

Dann stand er auf, ging direkt in sein Zimmer, schloss die Tür ab und ließ sich auf sein Bett fallen. Als er ihre Schreie noch im Kopf hatte, stieß er in seinen Schwanz und war innerhalb einer Minute wieder gekommen.

Fuck.

So geil war er nicht mehr gewesen seit ... na ja, noch *nie*.

OBWOHL ER IN SEINEM KOPF – dem auf seinen Schultern – wusste, dass Kaden mit der Situation einverstanden war, kostete es Seth das letzte Quäntchen seiner Nerven, sich eine Stunde später aus seinem Schlafzimmer zu zwingen. Die Tür des Spielzimmers war geschlossen, ebenso wie die Tür des Hauptschlafzimmers, und im Wohnzimmer war es still.

Seths Magen knurrte.

Er ging in die Küche und fand kein Lebenszeichen vor. Er konnte aus den vorderen Fenstern sehen und wusste, dass sie hier irgendwo sein mussten, denn der Lexus und der Ridgeline standen in der Einfahrt geparkt.

Er versuchte, kein Geräusch zu machen, öffnete den Kühlschrank und fand eine Packung mit Truthahnscheiben. Er drehte sich um, um es auf den Tresen zu legen und schrie fast auf. Leah stand lächelnd mit ihrem Lederhalsband und ihrem langen T-Shirt da.

»Heilige Scheiße! Du hast mir fast einen Herzinfarkt verpasst!«

»Tut mir leid. Soll ich dir etwas zubereiten? Es tut mir leid, dass ich dir heute Morgen kein Frühstück gemacht habe. Du musst am Verhungern sein.«

Seth wartete, bis sein Herz aufhörte zu rasen. »Wie hast du dich an mich herangeschlichen?«

»Wir sind draußen in der Garage. Kaden ist auf dem Dachboden und kümmert sich um die Weihnachtsbeleuchtung und den Weihnachtsschmuck. Du weißt ja, wie er ist. Auch wenn es noch ein paar Monate hin ist, muss er sich jedes Jahr selbst übertreffen.« Sie blinzelte etwas zu schnell, als sich ein Glanz, von dem er wusste, dass es Tränen waren, in ihren Augen ausbreitete.

Gefahr! Gefahr!

Seth suchte verzweifelt nach etwas, das er sagen konnte, um die drohenden Gewitterwolken zu vertreiben. Er wusste, dass sie dasselbe dachte wie er: dass dies wahrscheinlich Kadens letztes Weihnachten war. Zumindest das letzte, an dem er aktiv teilnehmen konnte. Das Aufstellen von Lichtern war eine seiner Leidenschaften. Seine Lichterketten waren bei den Weihnachtsfeiern und Abendessen, die sie jedes Jahr veranstalteten, immer ein Hit.

Seth zwang sich zu einem künstlichen Knurren. »Du *solltest* mir etwas zu essen machen. Was ist das für eine Art Sir zu behandeln?«

Ihre Wangen färbten sich und ihre Lippen spitzten sich leicht. Dann erhellte ein spielerisches Lächeln ihr Gesicht. »Es tut mir leid, Sir.« Sie schob ihn aus dem Weg und stürzte sich förmlich in den Kühlschrank, um zu holen, was sie brauchte. Er trat zur Seite und war im Stillen erleichtert, dass er sie abgelenkt hatte.

Fuck.

Jetzt verstand er, was Kaden meinte.

Er nahm seinen üblichen Platz an der Theke ein und sah zu, wie Leah sein Mittagessen schnell zusammenstellte. Als sie sich umdrehte und den Teller vor ihm abstellte, trafen sich ihre Blicke. Er berührte ihre Hand und drückte sie sanft.

»Danke«, flüsterte sie.

»Er hat dich also doch rausgelassen, was?«

Wieder ein verspieltes Lächeln. *Gott sei Dank.*

»Er sagte, da ich anscheinend gut genug war, um Sir zu überzeugen, mich kommen zu lassen, muss ich sehr brav gewesen sein und verdiene eine Auszeit für gutes Benehmen.«

Seth heulte vor Lachen auf. Er stand auf und zog sie in seine Arme, um sie zu umarmen. »Wir sind alle verrückt. Das ist dir doch klar, oder?«

Leah drückte ihr Gesicht an seine Brust. »Ja, aber es ist eine gute Art von Verrücktheit.«

»*Da* hast du Recht.«

KAPITEL NEUN

I rgendwie gelang es Seth, seine Prüfungen zu bestehen. Das Peitschentraining ging weiter, genauso wie seine Ausbildung in anderen Bereichen. Da er mehr Zeit mit Leah verbrachte, übernahm sie den größten Teil seines Shibari-Trainings. Sie arbeitete mit ihm an den Grundlagen, während Kaden die fortgeschrittenen Fähigkeiten übernahm. Das würde eine Weile dauern.

Seth fühlte sich immer noch nicht wohl dabei, zu intim mit Leah zu sein, obwohl er ständig von seinen beiden Freunden in diese Richtung gedrängt wurde. Seth erlaubte ihnen, einige der verschiedenen Geräte an ihm zu demonstrieren, unter anderem durfte Kaden ihn mit einer Singletail den Hintern bearbeiten – allerdings in Jeans –, damit Seth fühlen konnte, was Leah fühlte. Eine von Seths ständigen Ängsten war, dass er sie verletzen würde. Nachdem er gemerkt hatte, dass die meisten Gegenstände gar nicht so furchterregend waren, wie sie aussahen und sich anhörten, besonders in Anbetracht Leahs jahrelanger Erfahrung, wurde er lockerer und nahm eine aktive Rolle in ihren Sitzungen ein.

Seth übernahm auch die Rolle des inoffiziellen Fotografen und nutzte jede Gelegenheit, um so viele Fotos und Videos von Kaden und Leah zu machen, wie er konnte. Der Shibari-Unterricht war ein hervorragender Vorwand dafür. Seth verbrachte viel Zeit damit, Kaden dabei zu filmen, wie er sie fesselte, unter dem Vorwand, dass er die Bilder für seine eigenen Zwecke brauchte, um die Techniken zu meistern.

Bis jetzt hatte Seth noch keine große Veränderung in Kadens Äußerem bemerkt. Er wusste, dass es nur eine Frage der Zeit war, bis sein Freund abnehmen würde. Die Weihnachtsbeleuchtung und die Partypläne liefen auf Hochtouren. Kaden erzählte nur einigen wenigen Leuten von seinem Zustand und schwor sie zur Geheimhaltung. Er wollte nicht, dass ständig Leute auf Leah zukamen und ihr sagten, wie leid es ihnen täte, und ihr Elend in die Länge zogen.

Seth stimmte dem nicht nur zu, er fand es auch ziemlich klug von Kaden, darüber nachzudenken.

Leah ihrerseits kam ganz gut zurecht. Ein paarmal wachte Seth auf und hörte sie mitten in der Nacht im Spielzimmer. Eines Nachmittags kam Seth nach dem Unterricht nach Hause und fand Leah zusammengesunken in der Mitte des Wohnzimmers, mit einem verzweifelten Blick in den Augen. Sie wollte nicht – oder konnte nicht – reden.

Er hob sie hoch und brachte sie ins Spielzimmer. Zum Glück war Kaden bereits auf dem Weg nach Hause. Als er eintraf, hatte Seth sie bereits aufgewärmt und in den Subraum gebracht, auch wenn er die Routine noch nicht so gut beherrschte, wie sie es sich gewünscht hätte. Kaden brauchte dreißig Minuten, um sie zum Weinen zu bringen. Als sie es tat, schrie sie ihre Qualen und zerriss Seths Seele.

Er war nicht stolz auf sich, aber Seth schlich sich leise aus dem Zimmer und ließ sie allein, weil er es nicht ertragen konnte, ihre herzzerreißenden Schreie zu hören, ohne selbst zusammenzubrechen.

Er begleitete sie noch mehrere Male in den Club. Bei ihrem zweiten Besuch sahen sie Baxter, aber er sprach sie nicht an.

Beim dritten Besuch rief Kaden Seth zu sich, nachdem er Leah nicht nur mit Fesseln, sondern mit einem Seil an die Bank gefesselt hatte. Er lehnte sich zu ihm.

»Setz dich neben ihren Kopf und sag ihr, sie soll für dich kommen.«

»Was?«

»Tu es. Das macht es noch heißer für sie.«

Seth nickte stumm. Normalerweise beobachtete er nur während öffentlichen Szenen. Er hatte noch nie aktiv an einer teilgenommen, obwohl er es zu Hause getan hatte. Er ging zur Bank hinüber und kniete sich neben sie, seine Wange berührte ihre Wange, seine Lippen waren an ihrem Ohr.

»Willst du für mich kommen?«, fragte er.

Sie wimmerte um den Ballknebel herum. Kaden hatte sie bereits mit dem Flogger und dem Paddel aufgewärmt und stand nun mit einer der flexibleren Reitgerten hinter ihr. Sie hatte eine längere Klatsche am Ende und Seth wusste, wenn Kaden sie damit genau zwischen ihre Beine schlug, würde sie schnell kommen.

Seth schloss seine Augen. »Komm für mich, Süße«, flüsterte er.

Sie zuckte zusammen und stöhnte, als Kaden anfing zu schwingen. Seth wusste, dass diese Schläge nicht so hart waren wie die, die er ihr seitlich auf den feuchten Teil ihres Arsches verpasste, aber sie lösten trotzdem heftige Gefühle in ihm aus. Entsetzen darüber, dass er ihr dabei half, geschlagen zu werden.

Und Verlangen, weil er sie zum Explodieren bringen wollte.

Um für *ihn* zu kommen.

Er flüsterte ihr weiter zu. Nach ein paar Minuten spannte sich ihr Körper an und sie schrie um den Ballknebel herum.

»Wo sind wir, Liebes?«, fragte Kaden.

Sie gab ein ›Okay‹-Zeichen, auch wenn sie immer noch keuchte und versuchte, nach Luft zu schnappen.

Kaden machte sich schnell daran, die Seile zu lösen und ihre Fesseln zu lockern. Als er in der Nähe ihres Kopfes war, beugte er sich vor und flüsterte Seth ins Ohr:»Nimm sie von der Bank, nimm ihr den Knebel ab und halte sie fest.«

Er schluckte schwer und tat es. Sie rollte sich in seinen Armen zusammen und er schmiegte sich schützend an sie, wollte die Welt ausblenden und nichts anderes tun, als sie so zu halten.

Seth nahm vage wahr, wie Kaden ihre Ausrüstung wegräumte und die Bank abwischte.

Nachsorge. Er spürte ihr Bedürfnis, als sie in seinen Armen leise weinte, als hätte ein heftiges Erdbeben sie erschüttert und nun kämpfte sie sich durch die Nachbeben.

Er presste seine Lippen an ihre Schläfe.»Geht es dir gut?«

Sie nickte, bewegte sich aber nicht.

Nachdem Kaden sein Hemd angezogen hatte, kniete er sich neben sie und strich ihr eine Haarsträhne aus dem Gesicht.»Wie geht es uns, Liebes?«, fragte er leise.

»Grün«, flüsterte sie.

»Sehr gut, Liebes. Willst du dich jetzt anziehen?«

Sie nickte. Seth drückte ihr einen Kuss auf die Stirn und half ihr auf die Beine.

Er hätte die ganze Nacht da sitzen und sie so halten können. Es war weniger eine sexuelle als eine emotionale Erfahrung, als wäre sie innerlich entblößt worden und hätte ihm vertraut, dass er sie beschützten würde, bis sie wieder funktionieren konnte.

Sie zu beschützen.

Es war diese Vision, die ihm durch den Kopf ging, als er später in der Nacht einschlief.

Seth lebte seit fünf Wochen bei ihnen, als Kaden ihm mitteilte, dass er seine Reise nach Atlanta geplant hatte. Die

Männer spielten im Wohnzimmer Gitarre, während Leah das Abendessen kochte.

»Du solltest wahrscheinlich mit ihr schlafen, während ich weg bin.«

Seth stöhnte. »Alter, ich hab dir doch gesagt ...«

»Ich meine schlafen-schlafen, nicht sex-schlafen. Ich glaube nicht, dass es ihr guttun wird, allein zu schlafen. Das wäre eine zu große Vorschau auf ... danach.«

Konnte er das tun, ohne sich Ärger einzuhandeln?

Andererseits, war es ›Ärger‹, wenn das von vornherein der Plan war? »Ich lasse mir etwas einfallen. Ich passe auf sie auf.«

»Ich werde nur zwei Nächte weg sein. Ich hinterlasse Tonys Nummer. Wenn etwas wirklich Schlimmes passiert, rufst du ihn an und er wird dir helfen.«

Der Gedanke, dass Tony Leah anfassen könnte, hinterließ bei Seth einen schlechten Beigeschmack, obwohl er den Mann sehr mochte.

»Nicht, um mit ihr persönlich zu arbeiten«, stellte Kaden klar, als er Seths Gesichtsausdruck sah. »Um dich zu beraten, was du tun sollst. Ich habe schon mit ihm gesprochen. Er würde vorbeikommen, um mit dir zu reden, sozusagen als dein Sicherheitsnetz.«

Das erleichterte Seth. Es war beruhigend, dass er nur einen Telefonanruf entfernt Unterstützung hatte. »Ich würde dich trotzdem als Erstes anrufen.«

»Das würde ich auch erwarten.«

Kaden hatte einen Arzttermin, bevor er abreiste, und nahm Seth mit. Leah war auf einem Treffen für eines ihrer Non-Profit-Organisationen und Seth war sich nicht einmal sicher, ob sie von dem Termin wusste.

Der Onkologe war nicht begeistert, nur pragmatisch. »Du scheinst stabil zu sein.«

»Wie lange?«, fragte Kaden.

Seth saß da und zuckte zusammen. Er wollte das nicht hören.

Der Arzt zuckte mit den Schultern. »Du weißt, dass ich dir darauf keine endgültige Antwort geben kann. Es können zwei Monate sein, aber auch zwei Jahre oder länger. Realistisch betrachtet, würde ich bei diesem Tempo ein Jahr veranschlagen. Möglicherweise auch länger. Alles in allem wurde es früh erkannt.«

Seth fühlte sich hoffnungsvoll. »Sagten Sie zwei Jahre? Sie haben zwei Jahre gesagt!«

Kaden grinste. »Und genau deshalb bringe ich Leah nicht mit. Sie würde nur die guten Dinge hören und nicht die Realität.«

Der Arzt zuckte wieder mit den Schultern. »Du verweigerst die Behandlung. Das würde dir immer noch ein paar Monate verschaffen.«

Kaden schüttelte entschieden den Kopf. »Wir werden diese Diskussion nicht noch einmal führen.«

»Okay.«

Seth fuhr leise mit Kaden nach Hause. Zwei Jahre! Das wäre ... na ja, es wäre immer noch scheiße, wenn sie Kaden verlieren würden, aber er nahm keinen einzigen Tag als selbstverständlich hin.

Als hätte er die Gedanken seines Freundes gespürt, sagte Kaden: »Sag kein Wort zu ihr über den Termin. Vor allem nicht den Scheiß mit den zwei Jahren. Wenn du ihr das sagst und es passiert nächsten Monat, wird es sie umbringen.«

»Ich weiß. Das werde ich nicht.« Nein, er würde es Leah nicht sagen. Aber er würde an seiner privaten, stillen Hoffnung festhalten.

DIE FLUGHAFENLIMOUSINE KAM AM FRÜHEN MITTWOCHMORGEN, um Kaden zum Tampa International Airport zu bringen. Sie begleiteten ihn zum Auto und Seth bestand darauf, Kadens Taschen für ihn zu tragen.

Nachdem Kaden Leah umarmt und geküsst hatte, umarmte er Seth. »Ich liebe dich, Mann.«

»Ich liebe dich auch«, sagte Seth. »Ich werde immer noch nicht mit dir schlafen.«

Kaden lachte, was Seth zum Schmunzeln brachte. »Ich mit dir auch nicht. Pass für mich auf unser Mädchen auf.« Er zeigte mit seinem Finger auf Leah und senkte seine Stimme. »Du benimmst dich. Du hörst auf Sir, Liebes. Denk dran, mach mich stolz.«

Ihre Wangen erröteten, als sie nickte. »Ja, Meister«, flüsterte sie.

»Gutes Mädchen, Liebes. Übermorgen bin ich wieder da.« Er umarmte und küsste sie ein letztes Mal, bevor er in das wartende Auto stieg. Als das Auto losfuhr, folgte Seth Leah ins Haus.

Ohne Unterricht, für den er lernen musste, stürzte sich Seth in sein BDSM-Training. Er hatte bereits alle Bücher gelesen, die Kaden zu diesem Thema besaß, und so verbrachte er an diesem Morgen drei Stunden damit, mit Leah Shibari zu üben. Später am Nachmittag gingen sie auf die Terrasse, um weiter mit der Peitsche und der Singletail zu üben.

Seine Zielgenauigkeit hatte sich verbessert, obwohl er sich noch nicht an ein lebendes Ziel herantraute, selbst wenn es Schutzkleidung trug. Er war immer noch zu unberechenbar in seinem Stil und hatte Angst, Leah zu verletzen. Aber er hatte es geschafft, fünfundvierzig Minuten am Stück mit dem Ding zu arbeiten.

Sie aßen schweigend auf der Couch vor dem Fernseher zu Abend. Seth spürte, wie Leahs Anspannung im Laufe des Abends immer größer wurde. Kaden rief gegen neun Uhr an, was ihr für eine Weile half. Seth spielte für sie auf der Gitarre, wobei er hoffte, dass er mit seinen fröhlichen Liedern ihre schlechte Laune in Schach halten würde.

Er hatte sie zwar schon einige Male zum Orgasmus gebracht, aber eine zugegebenermaßen irrationale mentale Rechtfertigung erlaubte es ihm, das als etwas zu sehen, das für sie notwendig war. Aber mit ihr auf romantische Weise Liebe zu machen, lag immer noch jenseits seiner mentalen und emotionalen Fähigkeiten, egal, wie gut sein Körper damit zurechtkam.

Verdammt, er versuchte immer noch, mit der Tatsache fertig zu werden, dass Kaden sterben würde, obwohl er so gesund aussah.

Sie mussten ihm einfach die Zeit geben, die er brauchte, um das zu begreifen, sonst würde er den Verstand verlieren.

Kurz vor dem Schlafengehen spürte er ihr Unbehagen und zog ein Ass aus dem Ärmel.

»Liebes«, es fühlte sich immer noch seltsam an, sie so zu nennen, »ich möchte, dass du heute Nacht mit mir schläfst. Ich bin sehr müde und möchte einfach nur kuscheln.« Er lehnte sich dicht an sie heran und senkte seine Stimme zu einem dumpfen Knurren. »Aber *nur* schlafen. Wenn du dich nicht benimmst, muss ich Meister sagen, dass du nicht brav warst.«

Sie lächelte. »Ich werde mich benehmen.«

Er küsste sie auf die Stirn. »Sehr gut. Ich glaube, es wäre mir lieber, wenn du heute Nacht in meinem Bett schläfst. Geh und mach dich fertig.«

»Was soll ich zum Schlafen anziehen?«

Er würde sie zwar öfter nackt herumlaufen lassen, aber er konnte auf keinen Fall nackt mit ihr ein Bett teilen. »Ein langes T-Shirt.« Sie machte einen Schmollmund und er knurrte wieder. »Hör zu, ich werde mit dir schlafen. Vergiss nicht, dass du mir erlaubst, mich zu entspannen. Es ist ein Schritt näher.«

Das hob ihre Laune. Sie ging, um sich fertig zu machen,

und er ging zurück in sein Schlafzimmer und ließ die Tür offen.

Normalerweise schlief er nackt, aber heute Nacht zog er sich eine Schlafshorts an. Das würde er auf keinen Fall riskieren.

Als sie sich schließlich hingelegt hatten, schmiegte er sich an ihren Rücken und genoss es, wie sich sein Arm perfekt um ihre Taille legte. Fand sie Kadens Körper auch so gut?

Oh, hör sofort *mit dem Scheiß auf.*

Das war kein gesunder Gedankengang. Daran wollte er nicht einmal denken.

Überraschenderweise schlief er ein, obwohl er dachte, sein Schwanz würde steif werden. Und er erwachte gegen zwei Uhr morgens aus dem tiefen Schlaf, als er spürte, wie sie sich in seinen Armen bewegte und sich aufsetzte.

»Was ist los?«, murmelte er.

Sie antwortete nicht. Sein Herz hämmerte in seiner Brust und er setzte sich auf und zog sie zu sich. »Was ist los?«

Sie antwortete immer noch nicht, ließ sich aber von ihm näher zu sich ziehen. »Ich vermisse ihn«, flüsterte sie schließlich.

»Ich weiß, Babe.« Er versuchte, sich zu entspannen. »Es ist okay.«

Er überredete sie, sich neben ihn zu legen, aber sie war beim besten Willen nicht zufrieden. In einem Anflug von Eingebung sagte er ihr, sie solle sich auf den Bauch rollen.

Sie gehorchte.

Er strich ihr sanft über den Rücken und genoss die leisen, angenehmen Geräusche, die sie bei seiner Berührung von sich gab.

Jetzt meldete sich sein Schwanz.

»Musst du den Biss spüren?«, flüsterte er.

»Ein bisschen«, gab sie zu.

Er schlug ihr mit der bloßen Hand auf den Hintern. Sie

zuckte zusammen. Er schlug sie erneut und er wusste, dass er es sich nicht eingebildet hatte, als sie mit den Hüften gegen seine Hand wackelte und ihr Gesicht tiefer in ihr Kissen vergrub.

Er versohlte ihr den Hintern so fest er konnte, insgesamt zwanzig Hiebe, die seine Hand brennend machten. Als er fertig war, atmete sie schwer und ihr Körper vibrierte auf der Matratze neben ihm.

»Wo sind wir, Liebes?«

»Grün, Sir«, sagte sie seufzend.

Er schob eine Hand zwischen ihre Beine und fand ihren Kitzler. Sie wälzte sich auf der Matratze und stöhnte in das Kissen, als sie kam.

Es war fast so, als würde sie durch die plötzliche Entspannung, die sie überkam, mit dem Bett verschmelzen.

Er schmiegte sich wieder an sie und hoffte, dass sie nicht merkte, wie seine steife Erektion gegen ihren Hintern drückte.

Nach einer weiteren Stunde schlief er schließlich ein.

ALS SETH AM NÄCHSTEN MORGEN AUFWACHTE, geriet er fast in Panik, als er feststellte, dass sie nicht mit ihm im Bett lag.

»Leah?«

»Ich mache Kaffee«, rief sie aus der Küche.

Ein tiefer Seufzer der Erleichterung. Wenn er es vermasselte und sie etwas tat, während Kaden weg war, würde er sich das nie verzeihen. Er stieg aus dem Bett und benutzte das Bad. Als er fertig war, kam sie mit einem strahlenden Lächeln durch die Schlafzimmertür und hielt seine Tasse mit dem Morgenkaffee in der Hand.

»Danke, mein Schatz.«

Sie hielt inne, als ob sie auf etwas anderes wartete. Er beugte sich vor und küsste sie auf die Stirn. Er wollte ihr einen tiefen Kuss auf die Lippen geben und wusste, dass er dann den ganzen Tag mit ihr im Bett verbringen würde.

Moment, kämpft er dagegen an?

Weil sie immer noch die Frau meines besten Freundes ist, darum.

»Gern geschehen, Sir.«

Oh, scheiße, formell.

»Geht es dir gut, Schatz?«

Sie nickte und nur eine kleine Wolke huschte durch ihre Augen. »Ist es okay, wenn ich formell bin?«

»Klar.«

Sie entspannte sich. Wenn es ihr half, würde er es tun.

»Vielen Dank, Sir.«

»Was steht heute auf dem Programm?«

»Der Meister hat gesagt, dass ich mit dir mit dem Seil und der Singletail arbeiten soll.«

Seth wusste auch, dass er mähen musste. Es war schon fast eine Woche her. In dem feuchten Klima in Florida wuchs der Rasen wie ein Dschungel. »Ich muss erst noch ein paar Dinge erledigen.«

»Gehst du mit mir einkaufen, Sir?«

Natürlich würde er das tun. Er würde für sie durch die Hölle und zurück gehen. »Lass mich erst meine Hausarbeit erledigen und duschen, dann gehen wir.«

Sie machte sein Frühstück. Später bemerkte er, dass sie entweder auf der Veranda oder auf der hinteren Terasse saß und ihm beim Mähen zusah. Sie erinnerte ihn an ein verlorenes Kind.

Er stand gerade unter der Dusche, als Leah an die Badezimmertür klopfte. »Sir?«

Er hatte sich daran gewöhnt, dass sie ins Bad kam, wenn er duschte, solange sie nicht versuchte, die Duschtür zu öffnen.

»Ja, Schatz?«

»Der Meister ist am Telefon. Er sagt, er muss sofort mit dir reden.«

»Kann das nicht warten, bis ich aus der Dusche komme?«

»Nein, Sir. Ich habe ihn gefragt. Er sagte, es geht nicht.«

Argh. »Warte mal.« Sie hatte nur ihren Arm durch die Badezimmertür gesteckt, in der Erwartung, dass er nackt sein würde.

Wenigstens versuchte sie nicht, ihn zu sehr zu drängen. Er stieg aus der Dusche, schnappte sich ein Handtuch und wickelte es um seine Hüften, dann nahm er das Telefon. Sie zog die Badezimmertür zu.

»Kumpel, ich bin am Duschen. Was ist so verdammt wichtig, dass es nicht fünf Minuten warten kann?«

»Geht es ihr gut? Sie hört sich nicht gut an.«

Seth fröstelte, als er spürte, wie die Klimaanlage ansprang. »Ja, sie scheint okay zu sein. Kann das nicht warten?«

»Nein, kann es nicht. Sie klang nicht ganz bei sich.«

Seth senkte seine Stimme, unsicher, ob sie auf der anderen Seite der Tür stand oder nicht. »Sie hatte letzte Nacht einen kleinen Vorfall. Nichts Großes. Ich habe mich darum gekümmert, ich musste sie nicht einmal ins Spielzimmer bringen.« Es fühlte sich komisch an, mit Kaden so über Leah zu reden.

»Warum ist sie so formell?«

»Sie hat es so gewollt.«

»Das ist ein großes Warnzeichen.«

Seths Magen kräuselte sich auf unangenehme Weise. »*Fuck*, das hättest du mir sagen können, bevor du gegangen bist! Gibt es sonst noch etwas, das ich wissen sollte, du Genie?«

»Behalte sie einfach gut im Auge. Gib ihr nicht mehr Zeit für sich selbst, als du musst. Verbringe den ganzen Tag mit ihr. Beschäftige sie.«

»Ich gehe gleich mit ihr in den Laden.«

»Gut. Du solltest sie vielleicht noch ins Spielzimmer bringen, bevor du ins Bett gehst.«

Sein Magen kräuselte sich wieder. »Warum sollte ich das tun, wenn es nicht nötig ist?«

»Baue etwas Druck ab, bevor er sich aufbaut. Nimm das Training als Ausrede. Es wird helfen.«

Seth hasste es, die härteren Werkzeuge bei ihr einzusetzen, obwohl er wusste, dass es relativ sicher war. Ihr mit der Hand auf den Hintern zu klopfen, damit konnte er umgehen. Ehrlich gesagt, fand er es auch ziemlich geil, wie sie sich winden konnte und es genoss, und er wusste, dass er ihr nicht wehtun konnte.

»Kann ich nicht einfach improvisieren?«

»Lass sie heute nicht allein«, warnte Kaden. »Ich meine es ernst.«

»Na gut. Okay. Ich gehe zurück unter die Dusche. Mir ist scheißkalt.«

Seth legte auf und warf einen Blick durch die Badezimmertür. Leah war nirgends zu sehen. Hoffentlich hatte sie nicht zugehört. »Leah?«, rief er.

Einen Augenblick später erschien sie in der Schlafzimmertür. »Ja, Sir?«

Er hielt ihr das Telefon hin. »Danke.«

»Gern geschehen, Sir.«

Er stieg wieder unter die Dusche und drehte das Wasser heißer, um das Frösteln zu vertreiben. Eigentlich hatte er vorgehabt, sich ein wenig von seiner eigenen Anspannung zu befreien, aber die Sorgen, die jetzt in seinem Kopf pulsierten, töteten seinen Ständer.

Vor allem das Grauen, das er in Kadens Tonfall gehört hatte.

WÄHREND KADENS WARNUNG IN SEINEM KOPF WIDERHALLTE, behielt Seth Leah genau im Auge. Wenn sie in eine tiefe Traurigkeit abrutschte, war sie verdammt gut darin, dies vor ihm zu verbergen. Er fuhr Kadens Truck und überredete Leah, noch ein paar Abstecher in den Supermarkt zu machen, um Teile für den Rasenmäher zu besorgen, die er eigentlich nicht brauchte, und Teile, die er brauchte, um ein paar externe Stromkreise zu verlegen, damit Kaden seine Pläne für die größte Lichtshow aller Zeiten verwirklichen konnte.

Es hatte offensichtlich funktioniert. Als sie an diesem späten Nachmittag nach Hause kamen und er ihr beim Ausladen der Lebensmittel half, schien Leah in Ordnung zu sein.

Er war gerade in der Garage, als das Geräusch von splitterndem Glas und Leahs erstickter Schrei ihn zu Tode erschreckten. Er rannte nach drinnen und fand sie, wie sie sich den Arm festhielt, der Küchenboden war mit roten Stellen übersät. Er blieb am Rand der Küche stehen und war nur wenig erleichtert, als er sah, dass es sich bei dem Rot auf dem Boden um das rote Glas eines zerbrochenen Kruges handelte.

Leah weinte und sah panisch aus. »Es tut mir leid, Sir! Es tut mir leid!« Seth entdeckte ein Rinnsal Blut zwischen ihren Fingern, wo sie ihre rechte Hand um den linken Unterarm geklemmt hatte, direkt unter dem Ellbogen. »Es war ein Unfall, Sir! Ich wollte den Krug runterholen, damit ich dir Sangria machen kann!«

Der Tritthocker und die offene Schranktür waren der Beweis für ihre Absichten. »Ist schon gut, Schatz.« Er zwang seine Stimme, ruhig und gefasst zu bleiben. »Ich weiß, dass es ein Unfall war. Das kann ich sehen.« Sie war barfuß, er hatte seine Schuhe bereits ausgezogen, und die Küchentür war ein Minenfeld aus rotem Glas. »Bleib genau da stehen. Rühr dich nicht vom Fleck.« Seth rannte zur Haustür, zog sich seine Turnschuhe an und trat dann vorsichtig in die Küche.

Das Glas knirschte unter seinen Füßen. Jetzt zitterte sie und er machte sich Sorgen, dass sie einen Schock erleiden könnte. »Wie schlimm ist dein Arm?«

»Ich habe Angst, hinzusehen. Es tut sehr weh. Ich wollte

das nicht, ich schwöre! Ich habe das Gleichgewicht verloren, als ich heruntergetreten bin. Ich glaube, ich habe den Krug auf den Tresen geschlagen.« Die Schiefertheken sahen umwerfend aus, waren aber für alles, was zerbrechlich war, eine Katastrophe. Er selbst hatte schon zwei Gläser und einen Teller zerbrochen. Ein paar Glasscherben auf dem Tresen bestätigten ihre Geschichte ebenfalls.

Der Anblick ihres Blutes drehte ihm den Magen um. Er bemühte sich um einen meisterhaften Tonfall. »Beruhige dich, Liebes. Dir geht es gut. Es war nur ein Unfall.«

Sie nickte und hatte Tränen in den Augen.

Er schnappte sich ein Geschirrtuch von der Theke. Sie hob ihre Beine so weit an, dass er es um ihren Arm wickeln konnte. Bei der Menge an Blut vermutete er, dass sie genäht werden musste.

Fuck. Einfach toll. Kaden ist zwei Tage lang weg und ich muss sie in die Notaufnahme bringen. Scheiße!

»Halt das da fest. Nicht loslassen.«

Sie nickte.

Er nahm sie vorsichtig in die Arme und blieb vor der Küchentür stehen, um sich die Schuhe auszuziehen, denn er wollte keine Glasspuren im Haus hinterlassen. Dann trug Seth sie in das Hauptbadezimmer und setzte sie auf den Tresen.

Als Erstes untersuchte er ihre Füße auf Glas, damit sie laufen konnte. Sie hatte zwei Kratzer an den Fußspitzen, wahrscheinlich von aufprallendem Glas, und eine kleine Scherbe steckte noch in der Seite ihres Fußes. Sie sagte ihm, wo die Pinzette war, und er entfernte das Glas aus ihrem Fuß.

Als Nächstes konzentrierte er sich auf ihren Arm. Ja, die Wunde war tief, zum Glück nicht in einer Vene, wie es aussah. Er legte das Geschirrtuch zurück und klemmte ihre Hand darüber.

»Okay. Hör mir zu. Du musst genäht werden.« Ihre Augen quollen wieder über vor Tränen und er schüttelte den Kopf.

»Das war ein Unfall, Liebes. Mach dir keine Sorgen. Meister wird nicht böse auf dich sein. Wenn überhaupt, wird er sauer auf mich sein, weil ich dich gebeten habe, die verdammte Sangria zu machen.«

Daraufhin lächelte sie ein wenig, auch wenn sie schniefte.

»Wir müssen dich anziehen. Und das«, er zeigte auf ihr Halsband, »muss weg.« Es war zwar das dünne Lederhalsband, und ihr langes Haar verdeckte die Verschlussschnalle hinten, sodass sie es ohne Bedenken in der Öffentlichkeit tragen konnte, aber er konnte sie damit auf keinen Fall in die Notaufnahme bringen.

Sie erbleichte und schüttelte heftig den Kopf. »Nein! Meister hat es mir angezogen. Ich kann es nicht ausziehen!«

Fuck.

»Leah«, sagte er streng, »Meister hat dir gesagt, dass ich das Sagen habe und *du* auf *mich* hören sollst, richtig?«

Sie nickte, ihre Augen waren groß und wieder tränenüberströmt.

Er hielt seine Stimme fest und streng. »Wir *müssen* es ausziehen. Wenn ich dich so ins Krankenhaus bringe, werden sie die Bullen rufen und fragen, wie zum Teufel du dich verletzt hast und mich beschuldigen. Wo ist der Schlüssel?«

Sie antwortete schließlich. »An einer silbernen Kette, in der obersten linken Kommodenschublade. Mein Tageshalsband ist auch dort.« Das verschließbare Silberhalsband sah in Vanille-Situationen völlig harmlos aus.

»Ich schlage dir einen Deal vor. Ich lege dir dein Tageshalsband um. Okay?«

Sie entspannte sich ein wenig. Er musste sich beeilen, denn das Blut war durch das Geschirrtuch gesickert. Er musste sie in die Notaufnahme fahren und sie verarzten lassen. Er eilte ins Schlafzimmer, fand den Schlüssel und ihre silberne Halskette, und wechselte die Halsbänder. Dann führte er sie ins Schlafzimmer und half ihr, sich anzuziehen. Er musste das durchweichte Geschirrtuch auswechseln und schnappte sich ein Badetuch, das sie sich um den Arm legte.

»Wo ist deine Handtasche?«

»Im Wohnzimmer.«

Er fand sie und trug Leah zum Lexus, dann rannte er zurück ins Haus, um sein Handy zu holen und das Haus abzuschließen. Jetzt kam der Adrenalinstoß und er musste sich konzentrieren, damit seine Hände nicht zitterten, als er in den Wagen stieg und ihn startete.

Leah sah blass aus. »Sprich mit mir, Schatz«, sagte er.

»Es tut weh.«

»Ich weiß, dass es das tut, Schatz.«

»Ich muss Meister anrufen und es ihm sagen. Ich muss es ihm sofort sagen, wenn etwas passiert.«

»Hey, Kleine, ich war dabei. Denk dran, ich habe das Sagen. Es ist alles in Ordnung. Ich rufe ihn an, sobald wir uns um dich gekümmert haben.«

Sie nickte und lehnte ihren Kopf gegen den Sitz.

Er klopfte ihr sanft auf den Oberschenkel. »Mach die Augen nicht zu.« Sie waren zehn Minuten vom nächstgelegenen Krankenhaus entfernt. Er wusste nicht, ob sie einen Schock erleiden würde, aber er wollte kein Risiko eingehen. »Bleib wach. Schlaf nicht ein.«

Sie nickte wieder, aber es gefiel ihm nicht, wie blass ihre Haut geworden war.

Er parkte beim Krankenhaus und trug Leah dann in die Notaufnahme. Die Triage-Krankenschwester warf einen Blick auf ihren Arm und wies ihnen sofort ein Bett zu. Innerhalb von fünf Minuten wurde Leah untersucht und genäht. Wenigstens hatte sie genug Verstand bewahrt, um auf den formellen Teil zu verzichten.

Seth kümmerte sich um die Anmeldung und die Versicherung, während sie behandelt wurde. Kaden hatte bereits eine medizinische Vollmacht ausgestellt, aber Seth hätte nie gedacht, dass er sie für Leah brauchen würde. Als er nach seiner Beziehung zu der Patientin gefragt wurde, atmete Seth nervös durch.

»Partner«, antwortete er und reichte die gefalteten Kopien der Papiere aus seiner Brieftasche. Diesen Begriff hatte sich Kaden ausgedacht, weil er dachte, er würde ihnen in den nächsten Monaten am wenigsten Kummer bereiten und am wenigsten Aufsehen erregen.

Offensichtlich war es für die Verwalterin mehr als gut genug. Sie machte Kopien und gab sie ihm ohne weitere Fragen zurück. Als er zu Leah zurückkehrte, war der Arzt schon fast fertig mit dem Nähen der Wunde. Sie hatte sich eine tiefe, zehn Zentimeter lange Wunde an der fleischigen Stelle ihres Innenarms zugezogen. Nach einer Spritze mit Schmerzmitteln zur Beruhigung fragte Seth sie nach weiteren Einzelheiten.

»Es ging so schnell. Ich wollte runtersteigen und habe das Gleichgewicht verloren. Ich hielt den Krug am Henkel in meiner rechten Hand. Als der Krug zerbrach, hatte ich noch das Stück des Henkels in der Hand, und ich glaube, das hat mich erwischt. Das Glas hüpfte überall herum.«

Das machte Sinn. »Ich rufe Kaden in ein paar Minuten an. Du entspannst dich. Das ist ein Befehl.«

Sie schloss ihre Augen und nickte.

Sie wollten sie noch eine Weile im Auge behalten. Ihr Blutdruck hatte sich zwar stabilisiert, aber er war immer noch niedrig, als er sie herbrachte. Er stimmte dem zu und ging nach draußen, um den Anruf zu tätigen, den er nicht machen wollte. Inzwischen war es nach sechs Uhr. Er wusste, dass Kaden nicht mehr bei seinen Treffen sein würde.

»Hey, was gibt's?« antwortete Kaden.

Seth schloss seine Augen. »Flipp mir nicht aus.«

»Was?«

»Ich meine es ernst, Kumpel. Flipp jetzt *nicht* aus.«

»Du machst mir Angst, verdammt noch mal! Geht es Leah gut?«

»Sie ist in Ordnung. Es gab einen Unfall. Es war *nur* ein Unfall.«

»Oh mein Gott! Was ist passiert?«

Seth erzählte die Details und Kaden klang zittrig. »Ich versuche, heute Abend einen Flug nach Hause zu bekommen.«

»Nein, es geht ihr gut. Ganz im Ernst. Ihr geht es gut. Sobald sie entlassen wird, bringe ich sie nach Hause und lege sie ins Bett. Sie haben ihr Schmerzmittel gegeben. Ich muss noch ein verdammtes Chaos in der Küche aufräumen.«

Kaden zögerte. »Bist du *sicher*, dass es ein Unfall war?«

»Ja. Ich weiß, es klingt nicht so, aber wenn du gesehen hättest, wie sie ausgeflippt ist und immer wieder darauf bestanden hat, dich anzurufen ...«

Kaden stieß einen tiefen Seufzer der Erleichterung aus, den Seth an seinem Ende hörte. »Okay. Wenn sie sich aufgeregt hat, dann war es wahrscheinlich ein Unfall. Wenn es kein Unfall war, wenn sie etwas absichtlich tut, versucht sie es zu verbergen und zu vertuschen. Zumindest hat sie das immer getan.«

»Nein, Alter, ich schwöre, es war ein Unfall. Ich hatte sie gebeten, mir einen Krug Sangria zu mixen.«

»Ach, es war der rote Krug, den sie zerbrochen hat?«

Seth hatte eine Menge Kommentare erwartet, aber nicht das. »Ja. Woher weißt du das?«

»Sie benutzt immer diesen Krug, um deine Sangria zu machen. Sie mag es, wie die Orangenscheiben darin aussehen. Es ist eines ihrer Lieblingsgetränke. Verdammt, ich muss mal sehen, ob ich ihr noch einen auftreiben kann.«

Seth setzte sich auf den Bordstein, sein eigener Stress holte ihn ein. »Sie ist in Panik geraten, als ich ihr gesagt habe, dass ich ihr das Halsband abnehmen muss.«

»Armes Ding. Sobald du kannst, möchte ich mit ihr reden. Sag ihr, dass ich nicht sauer auf sie bin.«

»Lass mich wieder reingehen und nach ihr sehen.«

Sie döste vor sich hin, öffnete aber die Augen, als er ihre Hand nahm. »Hast du mit Meister gesprochen?«, flüsterte sie. Er nickte. »Er ist nicht verärgert. Ich soll dir sagen, dass er nicht sauer ist.« Sie schloss wieder die Augen und eine Träne kullerte über ihre Wange, was Seth erschreckte. »Hey, was ist denn los?«

»Es tut mir so leid.«

»Es war ein Unfall, Leah. Unfälle passieren.«

»Aber jetzt macht er sich Sorgen. In seinem Zustand sollte er nicht gestresst sein.«

Gefahr!

»Liebes«, Seth achtete darauf, eine tiefe, ruhige Stimme zu benutzen, »beruhige dich. Er ist nicht gestresst. Er war besorgt, bis ich ihm die ganze Geschichte erzählt habe. Er weiß, dass es ein Unfall war.«

»Wirklich?«

»Ja. Ich meine, er ist nicht glücklich darüber, dass du verletzt wurdest, aber er ist nicht so gestresst. Es geht ihm gut. Er weiß, dass so etwas passieren kann.«

Sie nickte.

Eine halbe Stunde später wurde sie entlassen. Als sie im Auto saßen, rief Seth Kaden an und reichte Leah sein Telefon.

Er sah zu, wie sie ihre Augen schloss und mit ihm sprach. Ihr linker Arm war bandagiert und sie musste ihn in ein paar Tagen untersuchen lassen. Er hatte zwei Rezepte für sie einlösen – ein Antibiotikum und Schmerzmittel. Er hielt an einer Apotheke an und ließ Leah im Auto zurück, die noch mit Kaden telefonierte, während er drinnen auf die Medikamente wartete.

Dann fuhren sie nach Hause. Es war ihm nicht mehr unangenehm, es ›Zuhause‹ zu nennen. Es *war* sein Zuhause. Es *fühlte* sich wie zu Hause an.

Vielleicht war er noch nicht so weit, dass er es als sein

Zuhause betrachten konnte, aber er fühlte sich dort wohl, als gehöre er zur Familie.

Er ließ sie nicht selbst laufen, sondern trug sie ins Haus und legte sie auf die Couch. »Ich mache dir etwas zu essen, wenn ich die Küche aufgeräumt habe«, sagte er.

Sie begann zu widersprechen und er unterbrach sie. »*Nein. Du* wirst heute Abend versorgt.«

»Aber das ist doch mein Job!«

Er holte sein Handy heraus und rief Kaden an, dann ließ er ihn mit ihr telefonieren, während er das Glas aufräumte und ihr die Reste für das Abendessen aufwärmte. Als er mit dem Essen zurückkam, hatte Kaden sie offenbar besänftigt..

Sie reichte Seth das Telefon. »Meister will mit dir sprechen, Sir.«

»Danke, Schatz.« Er nahm das Telefon mit in sein Schlafzimmer und schloss die Tür. »Sag mir verdammt noch mal nicht, dass ich ihr heute Abend eine Sitzung geben soll. Ich werde es nicht tun. Es ist mir egal, was du sagst.«

Er lachte. »Nein, das wollte ich nicht sagen. Schmerztabletten machen sie kaputt. Sie hasst es, sie zu nehmen. Ich wette, in einer Stunde wird sie tief und fest eingeschlafen sein. Wahrscheinlich schläft sie bis morgen Mittag.«

Erleichterung! »Gott sei Dank.«

»Das hast du heute gut gemacht, Kumpel.«

»Versprich mir, dass es leichter wird.«

»Folge einfach deinem Herzen. Wir reden morgen weiter, wenn ich zu Hause bin.«

Seth kehrte in die Küche zurück, machte sich einen Teller mit Essen und setzte sich neben Leah auf die Couch. Sie stocherte in ihrem Essen herum, kam aber nicht viel weiter.

»Du solltest lieber etwas essen«, warnte er. »Sonst verpfeife ich dich an ihn.«

Aber sie lachte nicht, wie er gehofft hatte, sondern nickte nur. »Ich bin so müde.«

»Ich weiß, Kleines. Das liegt an den Medikamenten, die sie dir gegeben haben.«

Er aß sein Abendessen zu Ende. Als sie ihr Essen aufgegessen hatte, ließ er sie mit dem Kopf in seinem Schoß liegen, während sie fernsahen. Es dauerte nicht lange, bis sie einen unkonzentrierten Blick aufsetzte, von dem er wusste, dass er von den Schmerzmitteln herrührte, die in ihrem Körper wirkten.

»Was werden wir ohne ihn tun?«, flüsterte sie.

Oh, Fuck. Er wollte dieses Gespräch jetzt mit ihr führen.

»Wir werden klarkommen. Es wird eine Weile dauern, aber wir werden es schaffen.«

»Wirklich?«

»Ja.«

Sie war eine Weile still. Er hatte gehofft, dass sie eingeschlafen war. Dann sprach sie wieder. »Ich werde ihn so sehr vermissen.« Große Tränen kullerten ihr über das Gesicht.

»Ich auch, Babe.« Er spürte, wie seine eigenen Tränen der Oberfläche nahe kamen und versuchte, sie wegzuschieben.

»Wie lange haben wir noch?«, fragte sie.

»Babe, wir müssen heute Abend nicht darüber reden.«

»Wie lange?« Ihre Stimme klang sanft aber bestimmt. Ihre leisen Tränen beunruhigten ihn. Vielleicht half ihr der Schmerzmittelrausch, die Dinge sicher zu verarbeiten.

»Ich weiß es nicht. Jeder Tag ist ein Geschenk. Er ist immer noch stark. Er hat noch eine Menge Leben in sich. Ich kann dir keinen Zeitrahmen nennen.«

»Du bist mit ihm zum Onkologen gegangen.«

Verdammt. Sie hatte so getan, als wüsste sie nichts von Kadens Termin. »Die Ärzte wissen es nicht.«

Sie wandte sich ihm zu und sah ihm in die Augen. »Ich weiß, dass du versprechen musstest, es mir nicht zu sagen. Das ist etwas, was er tun würde. Aber ich *muss* es wissen, Seth. Wenigstens ungefähr.«

Er zuckte mit den Schultern und seufzte.»Sie wissen es nicht. Wenigstens ein paar Monate, wenn es nicht drastisch abwärts geht.«

»Nach Weihnachten?«

Er nickte.»Wahrscheinlich. Wenn es so weitergeht, wahrscheinlich lange nach Weihnachten und bis ins nächste Jahr hinein.«

Sie nickte und wischte sich mit ihrer guten Hand über das Gesicht.»Okay. Das reicht mir erst mal.« Sie verstummte wieder für ein paar Minuten.»Danke, dass du Fotos gemacht hast. Ich weiß das zu schätzen.«

»Ich wusste nicht, dass du aufgepasst hast.«

Sie lächelte.»Ich sehe mehr, als du denkst.« Ihr Lächeln verblasste.»Ich versuche, nicht daran zu denken. Dass es wahrscheinlich sein letztes Weihnachten ist. Aber es ist schwer, es nicht zu tun.«

»Ich weiß.«

»Er möchte, dass du mit mir allein in den Club gehst, bevor wir mit dem Weihnachtsstress anfangen.«

Das war neu für Seth und er kämpfte einen kurzen Augenblick mit der Panik.»Was?«

»Du bist bereit.«

»Als ob ich das bin.«

»Er hat mir nicht genau gesagt, warum, aber ich weiß es.« Sie holte tief Luft, weitere Tränen flossen.»Er will, dass es passiert, damit er uns helfen kann, daran zu arbeiten, falls wir ihn brauchen. Bevor er richtig krank wird. Er sagte, es sei wegen der Partys und der Arbeit an den Lichtern und so, aber er macht mir nichts vor. Ich weiß, dass er versucht, mich zu schonen.«

»Stört dich das?«

»Nein. Es tut nicht so weh, heute Abend daran zu denken, denn ich habe schon eine Menge Schmerzen.«

Ahh. Das erklärt es. »Die Medikamente helfen sicher auch.«

Sie lächelte schwach. »Ein bisschen.«

»Hör zu, wenn ich dich dabei erwische, wie du versuchst, beim Arzt Rezepte zu bekommen, werde ich dich verdammt noch mal fesseln und einen Monat lang nicht kommen lassen.«

Ihre Augen weiteten sich, dann lachte sie, lang und hart. Er hatte es endlich geschafft, sie für den heutigen Tag zum Lachen zu bringen.

Sie weinte zwar immer noch, aber wenigstens lächelte sie. »Danke, Seth.«

Endlich schlief sie ein. Als sie leise schnarchend in seinem Schoß lag, trug er sie in sein Schlafzimmer und legte sie sanft in sein Bett. Er räumte das Geschirr vom Abendessen ab und löschte alle Lichter. Er schaltete den Fernseher ein und stellte die Zeitschaltuhr für den Schlaf ein, dann kuschelte er sich an sie und küsste sie sanft auf die Stirn.

»Ich verspreche dir, dass ich mich um dich kümmern werde, Babe. Wir werden es gemeinsam durchstehen.«

Es dauerte lange, bis er endlich einschlief, denn die Erinnerung an ihre Tränen war noch frisch in seinem Kopf.

UM SIEBEN AM NÄCHSTEN MORGEN SCHLIEF SIE NOCH TIEF UND FEST, als er sich vorsichtig aus ihren Armen löste. Im Schlaf hatte sie sich umgedreht und sich eng an ihn gekuschelt, sie klammerte sich praktisch an seine Seite. Er fing an Kaffee zu kochen und überprüfte sein Handy.

Keine Anrufe von Kade.

Er wusste, dass Kades Flug um elf war und sein Freund schon wach sein würde, also rief er an.

»Schläft sie noch?«, fragte Kade zur Begrüßung.

»Ja. Tot für die Welt.«

»Gut. Die Ironie ist, dass es vielleicht das Beste ist, dass sie das getan hat.«

Unerwartete Irritation machte sich breit. »Alter, ich habe dir doch gesagt, dass es ein verdammter Unfall war.«

»Ich weiß. Ich glaube, das war es auch. Ich sage nicht, dass ich froh bin, dass sie verletzt wurde. Ich sage nur, dass es ihr im Großen und Ganzen wahrscheinlich helfen wird.«

Seth wusste nicht, ob er von ihrem Gespräch erzählen wollte.

Das konnte warten, bis Kade zurückkam. »Wie überzeuge ich sie, dass sie sich heute einfach hinsetzt und entspannt und mich auf sie aufpassen lässt?«

»Setzt euch zusammen und redet. Spiel Gitarre für sie. Sag ihr, dass du dich freuen würdest, wenn du sie heute so richtig verwöhnen würdest.«

Nun, das *war* die Wahrheit. Sie kümmerte sich bereits verdammt gut um ihn. Es spielte keine Rolle, dass sowohl Kade als auch Leah dachten, sie seien es Seth schuldig, dass er das tat. Seth hatte das Gefühl, dass er es ihnen schuldig war.

Er machte sich Rührei und ging häufig in den Flur, um nach Leah zu sehen. Sie war immer noch benommen. Er vermutete, dass es nicht nur an den Medikamenten lag, sondern dass der angesammelte Stress und der Kummer ihren Tribut forderten. Es war gut, dass sie sich ausruhen konnte.

Jetzt, da Kadens Reise hinter ihm lag, würde er die meiste Zeit im Haus verbringen. Er hatte erklärt, dass er noch einige Dinge zu erledigen hatte, aber das, was er übrig hatte, konnte er größtenteils von zu Hause aus erledigen.

Kurz vor elf schnappte sich Seth seinen Laptop und machte sich auf den Weg zurück ins Schlafzimmer, um sich zu Leah zu setzen, als das Haustelefon klingelte.

»*Scheiße.*« Er rannte zum Telefon und hoffte, dass er Leah nicht wecken würde.

»Kaden?«, fragte die Frau, bevor er etwas sagen konnte.

Ah, Fuck. Er kannte diese Stimme.

Kadens jüngere Schwester. »Nein, Denise, ich bin's, Seth.«

Jetzt wünschte er sich, er hätte es auf die Mailbox sprechen lassen.

Die Kälte in ihrem Tonfall hätte das ganze Haus bequem klimatisiert, selbst wenn jedes verdammte Fenster geöffnet gewesen wäre. »Warum gehst *du* an ihr Telefon?«

Denise hatte Seth noch nie gemocht, nicht einmal als sie Kinder waren.

Das Gefühl beruhte auf Gegenseitigkeit. Seth vermutete, dass es daran lag, dass er einer der wenigen Menschen war, die sie nie herumkommandieren konnte.

Kaden hatte seiner Familie noch nicht die Neuigkeiten über seinen Tod mitgeteilt und auch nicht, dass Seth dort lebte. Er wollte, wenn möglich, bis nach den Ferien warten.

»Kaden ist verreist«, sagte Seth. »Er kommt heute Abend zurück.« Je weniger er sagte, desto besser.

»Ich habe es auf seinem Handy versucht, aber er ist nicht rangegangen. Leah geht auf ihrem auch nicht ran.«

»Sie schläft.« Seth merkte sofort, dass es das Falsche war, was er sagte.

»Was soll das heißen, sie schläft? Woher willst du das wissen?«

Er hätte genauso gut mit einer roten Fahne vor einem Stier winken können. »Sie hatte gestern einen kleinen Unfall und hat sich in den Arm geschnitten. Sie brauchte nur ein paar Stiche, keine große Sache. Ich habe sie in die Notaufnahme gefahren und die Schmerzmittel haben sie betäubt.«

»Gut, dann komme ich rüber und bleibe bei ihr, bis er nach Hause kommt. Du hast gesagt, er kommt heute Abend nach Hause? Du kannst gehen und tun, was du willst.« Erst das Misstrauen, jetzt die Herablassung.

Fantastisch. »Nein, Denise, das ist nicht nötig. Es ist alles unter Kontrolle.«

»Du kannst nicht bei ihr bleiben.«

»Ich mache eine Ausbildung zum Krankenpfleger und habe

eine Sanitäterausbildung absolviert. Ich würde sagen, ich bin besser geeignet, bei ihr zu bleiben als du.«

»Wenn sie verletzt ist, sollte ihre *Familie* bei ihr sein.«

Ich bin *Familie*.

Stattdessen sagte er: »Kaden hat mich gebeten, bei ihr zu bleiben. Wenn du ein Problem damit hast, kannst du das morgen mit deinem Bruder besprechen. Du wirst hier nicht reinkommen und deinen Scheiß anfangen.«

Sie schnappte nach Luft. »Wie kannst du es *wagen*?«

Wenn er nicht schnell das verdammte Telefonat mit ihr beendete, würde er in die Luft gehen. Leah mochte Denise auch nicht. Es verwirrte Seth zutiefst, warum Denise plötzlich so darauf bestand, sich um ihre Schwägerin zu kümmern, wo sie doch sonst kaum miteinander sprachen. Er blickte auf die Uhr und wusste, dass es zu spät war, Kaden anzurufen, um ihn zu warnen, weil er schon im Flugzeug sitzen würde.

»Auf Wiedersehen, Denise. Wenn Kaden nach Hause kommt, werde ich ihm sagen, dass du angerufen hast.« Er legte auf, bevor sie widersprechen konnte, und schaltete dann den Klingelton aus.

Er saß mit seinem Laptop auf dem Schoß im Bett und hatte MSNBC auf niedrigster Stufe eingeschaltet, als Leah gegen Mittag endlich erwachte.

Er legte seinen Laptop beiseite und lächelte sie an. »Hey, Babe. Wie geht's dir?«

Sie zuckte zusammen und versuchte, ihren Arm nicht zu bewegen. »Es tut weh.«

Er half ihr, sich aufzusetzen und gab ihr eine weitere Schmerztablette. »Meister hat befohlen, dass ich mich heute um dich kümmere. Verstanden, Liebes?«

Sie lächelte schwach. »Ob du es glaubst oder nicht, ich werde mich nicht mit dir streiten. Es tut wirklich weh.«

»Nicht der *gute* Schmerz, was?«

Sie lachte und zuckte mit den Schultern. »Nein, nicht

einmal annähernd so gut wie der gute Schmerz.« Wenigstens hatte er das Lachen für heute aus ihr herausbekommen. Er vergewisserte sich, dass sie aufstehen konnte, ohne zu stürzen, und half ihr in ihr Zimmer, wo sie versprach zu schreien, wenn sie Probleme hätte. Er ließ ihre Zimmertür offen, damit er sie hören konnte, während er ihr Frühstück machte.

Nach einer Weile kam sie wieder heraus und er brachte ihr das Frühstück auf die Couch. Sie sahen fern, unterhielten sich und sie döste, während er seine E-Mails bearbeitete. Als es kurz nach eins an der Tür klingelte, befreite sich Seth vorsichtig von der Stelle, an der Leah ihn als Kopfkissen benutzt hatte.

Als er die Tür öffnete, starrte Denise ihn an und drängte sich hinein, bevor er sie aufhalten konnte. »Wo ist sie? Ich will sofort mit ihr reden!«

Leah setzte sich auf. »Denise?«

Denise eilte zu ihr hinüber. »Oh, du armes Ding! Was ist denn mit dir passiert?« Die falsche, sirupartige Sorge, die aus Denises Stimme tropfte, hätte einen Elefanten in ein Zuckerkoma versetzen können.

Leah blickte nervös zu Seth. »Es ist nichts. Was machst du denn hier?«

Denise blitzte Seth an. »Nun, dein sogenannter *Freund* hat versucht, mich von dir fernzuhalten. Er war sehr unhöflich. Ich habe ihm gesagt, dass ich rüberkomme und auf dich aufpasse, bis Kaden nach Hause kommt.«

Seth ging zur Rückseite der Couch, stellte sich hinter Leah und zwang Denise einen Schritt zurück. »Ich habe Nein gesagt, Denise. Deine Anwesenheit ist weder erforderlich noch erwünscht.«

»Wie kannst du es wagen?« Denise trat um ihn herum, sah Leah an und ergriff ihre rechte Hand, die über die Lehne des Sofas ragte. »Hör zu, meine Freundin Brianna hat Kaden und Ed neulich bei einem Rotary-Treffen belauscht. Was ist denn da los? Warum habt ihr uns nicht gesagt, dass er krank ist?«

Ah, Fuck. »Okay, Denise, das reicht jetzt.« Seth trat wieder vor sie und breitete seine Arme aus, sodass sie gezwungen war, Leahs Hand loszulassen und einen Schritt zurückzutreten. »Raus mit dir.«

»Du hast kein Recht, mich hier rauszuschmeißen!«

»Doch, das habe ich, denn es ist mein Haus. Ich wohne jetzt hier.«

Er hätte seine Hose runterlassen und auf den Tisch scheißen können und Denise wäre nicht so schockiert gewesen wie über diese Enthüllung. »Was?«

»Kaden will nicht, dass jemand etwas über sein Privatleben weiß, also halt deine verdammte Klappe.« Jetzt machte es Sinn. Die gierige Schlampe wollte sich einen Weg zu Kadens Wohlwollen bahnen und hoffentlich etwas von seinem Geld abbekommen. Sie war ständig verschuldet und ihr fauler Ehemann verbrachte mehr Zeit damit, gefeuert zu werden, als zu arbeiten.

Denise schaute Leah an. »Sag ihm, er kann mich nicht rausschmeißen! Ich bin deine Schwägerin!«

Seth blickte zurück zu ihr. Leahs ausdrucksloser Blick erschreckte ihn zu Tode. »Er hat dir gesagt, du sollst verschwinden«, sagte Leah entschuldigend. »Ich sage dir, du sollst verschwinden. Ich sage dir auch, dass du deine verdammte Klappe halten sollst. Kaden will nicht, dass jemand etwas über seine privaten Angelegenheiten weiß. Wenn er will, dass du weißt, was in unserem Leben vor sich geht, wird er es dir sagen.«

Hätte sie es geschrien, wäre Seth erleichtert gewesen. Aber bei Leahs leisem, fast passivem Flüstern zogen sich seine Eier auf ihre minimale Größe zusammen.

Fuck.

Denise starrte ihn mit offenem Mund an und war für einen

Moment wie betäubt. »Das meinst du nicht ernst.«

»Sie hat es ernst gemeint«, sagte Seth. »Gehst du jetzt also? Oder soll ich die Bullen rufen und deinen Arsch in Handschellen hier rausschleifen lassen? Denn ich muss dir sagen, Option zwei hört sich für mich nach einer Menge Spaß an.«

Denise warf den beiden einen finsteren Blick zu, bevor sie endgültig aus dem Haus stürmte.

Sie achtete darauf, die Tür hinter sich zuzuschlagen.

Seth musste sich darum kümmern, dass der Code für das Eingangstor geändert wurde.

Er hatte vergessen, dass sie ihn kannte.

Uff. Jetzt zu Leah. Er drehte sich um, umrundete das Sofa und ließ sich vor ihr auf die Knie fallen, wo er ihre Hände festhielt. »Babe, rede mit mir.«

Sie schloss ihre Augen und weinte. Es fing leise an und steigerte sich zu quälenden Schreien, ähnlich wie nach einer besonders intensiven Sitzung.

Er setzte sich neben sie und schloss sie vorsichtig in seine Arme, während sie sich in den Schlaf schluchzte. Sie schlief immer noch, als Kaden kurz nach vier Uhr zu ihr stürmte. »Geht es ihr gut?«

Seth löste sich vorsichtig von Leah, packte Kaden am Arm und zog ihn zurück ins Spielzimmer, wobei er die Tür hinter ihnen schloss.

»Ruf sofort deine verdammte Schwester an und verbanne sie aus dem verdammten Haus.«

»Was?«

Als Seth ihm erzählte, was passiert war, sah Kaden aus, als würde er gleich explodieren. »Okay. Ich habe mich schon gewundert, warum sie mich auf einmal anruft.«

Kaden holte sein Handy heraus, während Seth ins Wohnzimmer zurückkehrte, nachdem er die Tür zum Spielzimmer hinter sich geschlossen hatte. Vorsichtig ließ er sich wieder neben Leah auf dem Sofa nieder. Ein paarmal glaubte er,

Kadens wütende Stimme aus dem hinteren Teil des Hauses schreien zu hören.

Fünfzehn Minuten später rannte Kaden mit hochrotem Kopf durch das Wohnzimmer und direkt in die Küche. Seth befreite sich vorsichtig von Leah und folgte Kaden. Er fand seinen Freund, der sich einen Drink einschenkte.

»Willst du auch einen?«, fragte Kaden.

Seth schüttelte den Kopf. Er versuchte nicht zu trinken. Er war zwar kein Alkoholiker, aber in so einem Moment hatte er es nicht nötig, sich zu betrinken. Er beschränkte sich auf ein paar Bier oder Gläser Wein pro Woche, meistens eins nach dem Abendessen.

»Und?«, fragte Seth.

Kaden nahm einen Schluck. »Gott allein weiß, wie vielen Leuten die Schlampe es schon erzählt hat, obwohl sie nichts weiß. Auf der Suche nach Mitleid. *Fuck.*« Er klappte die Kinnlade herunter. »Das ist es, was ich *nicht* wollte. Ich hatte keine Ahnung, dass jemand unser Gespräch hören könnte. Verdammte, neugierige, lauschende Schlampe.« Er nahm noch einen Schluck.

»Was hast du ihr gesagt?«

»Ich habe ihr gesagt, dass unser Privatleben sie verdammt noch mal nichts angeht und dass ich, wenn ich Wind davon bekomme, dass sie Geschichten über mich verbreitet, allen erzählen werde, wie ich vor ein paar Jahren ihren Mann auf Kaution aus dem Gefängnis holen musste, weil er wegen Prostitution angeklagt war.«

Seth erstarrte, dann lachte er. »Das hast du mir nie erzählt! Fuck!«

»Wenn du mit Denise verheiratet wärst, würdest du dich dann nicht mit einer Nutte treffen wollen?«

Seth lachte lange und hart und genoss das leichte Lächeln, das sich schließlich auf Kadens Gesicht schlich. »Nun, da hast du wohl recht.« Seth rieb sich das Gesicht. »Geh und setz dich zu ihr. Sie wird sich freuen, dass du zu Hause bist, wenn sie aufwacht. Ich koche uns was zu essen.«

Kaden leerte seinen Drink und drehte sich zu Seth um. Als er schließlich sprach, klang seine Stimme voller Emotionen. »Ich danke dir. Ich meine es ernst. Für alles. Besonders dafür, dass du dich um Leah gekümmert hast. Ich habe es ernst gemeint, als ich sagte, dass ich dich liebe.«

»Ja, ich liebe dich auch, Kumpel. Aber wie ich schon sagte ...«»Ich mache es trotzdem nicht mit dir«, beendete Kaden.

Sie grinsten und lachten. Diesmal ließ Kadens breites Lächeln ihn ein paar Jahre jünger aussehen.

KAPITEL ZEHN

Leahs Arm verheilte gut und würde wahrscheinlich keine allzu große Narbe davon tragen. Drei Wochen nach dem Vorfall kehrte das Leben in die Normalität zurück.

Normal für sie jedenfalls.

Kaden hatte viel Spaß mit seinen Plänen für das Lichtspektakel. Seth musste sogar zugeben, dass er in Weihnachtsstimmung geriet. Leah teilte ihre Zeit zwischen den Vorbereitungen für das große Wohltätigkeits-Weihnachtsbankett und der Planung der Abendessen und Partys auf, die sie während der Saison im Haus veranstalten würden.

Seth hatte fast eine Stunde am Stück mit der Singletail gearbeitet. Seine Zielgenauigkeit wurde langsam besser, aber er hatte noch einen langen Weg vor sich. Nach einer Stunde mit der Peitsche war er ... nun ja, ausgepeitscht. Sein Arm war fast taub und seine Handfläche waren selbst mit Handschuhen voller Blasen, er war erledigt. Er zog sich seine Badehose an und stieg in den Whirlpool. Er war zu verdammt müde, um schwimmen zu gehen. Er wusste nicht, wie lange er dort lag, als Leahs Stimme ihn aufschreckte.

»Soll ich deinen Arm massieren?«

Er nickte. Er hatte keine Lust mehr, ihr das zu verweigern. Sie wollte es tun, es fühlte sich gut an, wenn sie es tat, und Kaden wollte, dass sie es tat, also warum zum Teufel nicht? »Bitte.«

»Weißt du«, sagte sie mit sanfter Stimme, »es wäre einfacher, wenn du mich zu dir in den Whirlpool steigen lassen würdest.«

Er öffnete seine Augen nicht, zu müde, um zu widersprechen. »Okay.«

Das leise Flüstern von Stoff auf Haut, dann spürte er, wie sie sich neben ihn ins Wasser setzte. Ihre Hände fühlten sich gut an, das konnte er nicht leugnen. Eines Tages …

Hoffentlich weit in der Zukunft. Er betete immer noch für ein Wunder und wusste, dass ein Teil seines Widerwillens daher rührte. Wenn er sich zurückhielt und sich nicht so sehr nach vorn drängte, wie Kaden es von ihm verlangte, würde es vielleicht kein ›Danach‹ geben, durch das er trauern musste. Vielleicht könnte er das Unvermeidliche hinauszögern.

Dann hätte er kein schlechtes Gewissen, weil er mit der Frau seines besten Freundes geschlafen hatte, obwohl es gar nicht nötig gewesen wäre. Kaden sah immer noch gut aus, er sah nicht krank aus.

Vielleicht würde es nicht dazu kommen.

Seth machte es nichts aus, ein Bad im *Fluss der Verleugnung* zu nehmen.

Sein Körper erlag ihren Berührungen und entspannte sich, während sie langsam seine Muskeln bearbeitete. Es fühlte sich mehr als gut an.

Wem wollte er eigentlich etwas vormachen? Es fühlte sich großartig an.

Er war schon fast eingeschlafen, als er merkte, wie sie ihre Position änderte, seine Beine spreizte und ihre Hände zu seinen …

Seths Augen weiteten sich und er griff nach ihren Händen, als sie an seinem Hosenbund zerrten. Leah war ins Wasser gesunken und nur noch von den Schultern aufwärts zu sehen. »Was machst du da?«, fragte er heiser. »Das ist nicht das, was weh tut.«

Sie lächelte. »Ich wette, er ist hart.«

Ja, da machte sie keine Witze. Trotz seines Schocks war er tatsächlich hart. Wie verdammter Beton.

Genau wie Kade gesagt hatte.

Eine Pattsituation. Sie versuchte nicht, sich loszureißen, sondern ließ sich einfach von ihm festhalten. »Babe, ich bin noch nicht bereit, mit dir Liebe zu machen. Es ist nicht so, dass ich es nicht will. Es ist nur noch zu früh für mich.«

»Du musst nichts weiter tun, als dich zurückzulehnen und es zu genießen.«

Was zum Teufel?

»Was?«

»Genieße es einfach. Lass mich für dich sorgen. Bitte?«

»Was ist mit Kaden?«, flüsterte er heiser.

»Er ist damit einverstanden. Das weißt du doch. Er ist einverstanden mit dem, was du mit mir machen willst.«

Fuck, das wusste er. Ihm ging die Zeit aus und die Ausreden gingen ihm aus.

»Ich habe kein Gummi.« Selbst er fand, dass sich das lahm anhörte. »Der Arzt hat gesagt, dass du keine Läuse hast. Für mich ist das sowieso kein Thema. Und selbst wenn, ich glaube nicht, dass jemals eine Frau durch einen Handjob schwanger geworden ist.«

Pattsituation. Schon wieder.

Ihr Blick konzentrierte sich auf ihn, ruhig und gelassen. Er würde nicht leugnen, dass er es wollte. Der Beweis stand in seiner Badeshorts und schrie ihn an, dass er ein dummes Arschloch war, weil er sich überhaupt geweigert hatte.

Dann zog sie ihre Geheimwaffe: Ihre Augen quollen über

mit ungeweinten Tränen, die sein Herz zum Schmelzen brachten. »Bitte, Seth? Lass mich das für dich tun. Ich *will* es ja. Du zwingst mich nicht. Ich weiß, dass Kaden dir von mir erzählt hat. Das ist nicht das Gleiche.«

»Ich habe das Gefühl, dass es das ist.«

»Er hat mich gefragt, als er mir von ... Er hat mich an dem Abend gefragt, als er das erste Mal mit dir gesprochen hat. Er hat mich gefragt, ob ich will, dass er es durchzieht, oder ob ich will, dass er sich jemand anderen sucht.« Ihre Stimme wurde leiser und brach ihm das Herz. »Du warst der Erste, an den ich gedacht habe, Seth. Wenn er nicht hier ist, kann ich mir nicht vorstellen, mit jemand anderem als dir zusammen zu sein. Nicht nur, um mein Meister zu sein. Ich will mit niemandem außer dir zusammen sein. Bitte?«

Seth zog sie in seine Arme und hielt sie einen langen Augenblick lang fest. Sein Wunsch, sich an Kadens Wünsche zu halten und Leah in Sicherheit und bei Verstand zu halten, kämpfte mit seinem Herzen, seinem Körper und seinem Gewissen.

Irgendwann würde es passieren müssen.

»Ich bin noch nicht bereit ... Ich bin noch nicht bereit, den nächsten Schritt zu tun. Und es scheint dir gegenüber nicht fair, in dieser Sache einseitig zu sein. Ich meine, das ist nicht dasselbe, wie wenn ich während einer Sitzung etwas mit dir mache.«

Sie drehte sich auf seinem Schoß, sodass sie ihm ins Gesicht sehen konnte. Ob absichtlich oder nicht, sie drückte sich gegen seinen Schwanz. »Das ist nicht einseitig. Du tust etwas für mich, was kein anderer tun kann. Ich verstehe, wenn du für manche Dinge mehr Zeit brauchst. Lass mich wenigstens auf dich aufpassen. Bitte?«

»Ich könnte die Dom-Karte ausspielen und dich sofort zurück in dein Schlafzimmer schicken.«

Sie nickte. »Und ich würde gehen.«

»Du wärst nicht glücklich, wenn ich das täte.«

Sie schüttelte den Kopf.

Er nahm einen tiefen Atemzug. »Wir werden doch nicht morgen beim Frühstück darüber reden, oder?«

Sie lächelte endlich. »Nein.«

»Weil mich das verdammt noch mal um den Verstand bringen würde, Mann.«

Leah streichelte seine Wange. »Nein. Wir müssen nicht über alles reden.«

»Es ist schon schlimm genug ... Ich fühle mich so schon schlecht genug. Wenn ich mit Kaden über solche Dinge reden müsste, würde mein Spinner-Meter in die Höhe schießen.«

Sie nickte. »Das werde ich ihm sagen. Aber es wird ihn glücklich machen, dass du mich endlich auf diese Weise auf dich aufpassen lässt.«

»Ich kann das einfach nicht verstehen.«

»Das ist schon okay. Er versteht das. Es wird mehr Sinn ergeben, wenn du mehr von unseren Freunden triffst und mit ihnen redest.«

Nach einem weiteren langen Augenblick führte er ihre Hände zu seinen Lippen und küsste sie. »In Ordnung. Ich fühle mich nicht wohl mit ... Lass uns einen Schritt nach dem anderen machen. Okay? Wenn ich dich lasse ...« Er fluchte leise. »Nur Handjobs. Für den Moment. Okay? Versuch nicht, mich zu drängen, den nächsten Schritt zu machen. Ich meine ... Hey, du musst doch mit mir im Bett schlafen, oder? Ich werde es schaffen, aber ich brauche Zeit, um mich daran zu gewöhnen und meine verdammten Schuldgefühle zu überwinden. Versprochen?«

Sie nickte.

Er ließ ihre Hände nach einem letzten, sanften Druck los. »Magische Finger, macht euren Job.«

Für das strahlende Lächeln, das sie ihm schenkte, würde er töten.

Sein Herz schmolz dahin. Das war in vielerlei Hinsicht beschissen, aber es war es wert, sie lächeln zu sehen.

Seth erinnerte sich, dass sein Schwanz ungefähr genauso groß war wie Kades. Wenn sein Freund also nicht plötzlich mutiert war, hatte er zumindest einen metaphorischen Schuh weniger, den er anziehen musste. Er wollte Leah nicht enttäuschen.

Sie drehte sich um und setzte sich wieder auf seine Beine. Er hob seine Hüften an, damit sie seine Hose herunterziehen und ihm ausziehen konnte. Er schloss die Augen und hörte das nasse Klatschen, als sie seine Badehose aus dem Whirlpool auf die Veranda fallen ließ. Er lehnte seinen Kopf an den Rand des Whirlpools und versuchte, nicht zu laut zu stöhnen, als sich ihre Arme sanft um seinen Schaft legten.

Es war unglaublich. Als sie mit einer Hand seinen Sack schröpfte und melkte und mit der anderen langsam seinen Schwanz massierte, wusste er, dass es nicht lange dauern würde, bis sie ihn zum Höhepunkt brachte.

Verdammt, ihr Handjob war besser als jeder verdammte Blowjob, den er je in seinem Leben bekommen hatte! Sie ließ sich Zeit, zog es in die Länge und streichelte ihn auf eine Art ...

So wie ihn noch nie jemand berührt hatte.

Die richtige verdammte Frau. Wieso hatte er noch nie die richtige Frau gehabt?

Vor Leah.

Es kribbelte tief in seinen Eiern. Als er sich anspannte, schien Leah seine Erlösung zu erahnen. Sie zog ihren Griff fester an und melkte gefühlt jeden einzelnen Tropfen aus ihm heraus, bis er erschöpft und zitternd im Wasser lag.

Verdammt!

Es fühlte sich nie so gut an, wenn er es selbst tat.

Leah las seinen Körper und beruhigte ihre Hände, ohne ihn loszulassen. Schließlich öffnete er seine Augen.

Ihr Lächeln erhellte jeden Zentimeter ihres Gesichts und

löschte für einen kurzen Moment ein paar der Trauerfalten aus, die langsam überhandzunehmen versuchten. »Danke«, sagte sie.

Er lachte. »Nein, ich danke *dir*.«

Sie beugte sich vor. Er dachte, sie würde ihn küssen, aber sie berührte nur ihre Stirn mit seiner. »Du hast einen sehr schönen Schwanz, Sir.«

»Mach die Stimmung nicht kaputt, Mädchen.«

Sie kicherte und drückte ihn sanft. Er hätte nicht gedacht, dass er noch mehr wollen könnte und war sehr überrascht, als er spürte, wie er in ihren Händen wieder hart wurde.

»Ooh!«, gurrte sie. »Sekunden.«

Er lachte und schloss wieder seine Augen. Diesmal hielt er länger durch, was nicht zuletzt an ihrem Talent lag, ihn bis kurz vor den Höhepunkt zu bringen und dann wieder abkühlen zu lassen. Als er das zweite Mal explodierte, packte er sie und zog sie in seine Arme, hielt sie fest und vergrub sein Gesicht in ihrem Haar.

Er glaubte nicht, dass es seine Einbildung war, dass sie jetzt entspannter schien.

Seth ließ sie schließlich mit einem tiefen Seufzer und einem Kuss auf ihre Schläfe los. »Danke, Darling. Das war wunderbar.«

» Willst du dich nicht mehr mit mir darüber streiten?«

»Ich denke nicht. Solange du nicht versuchst, mich zu schnell zu drängen und du wirklich damit einverstanden bist. Und«, fügte er hinzu und schaute sie direkt an, »du tust es nicht vor Kaden. Ich glaube nicht, dass ich das schon verkraften kann.«

»Das ist kein Betrug.«

»Für mich fühlt es sich aber so an.«

»Es ist kein Betrug, wenn er damit einverstanden ist.«

»Er wäre nicht damit einverstanden, wenn die Umstände anders wären.«

Sie sprach so leise, dass er fast dachte, er hätte sie falsch verstanden. »Er wollte dich sowieso fragen, ob du einziehen willst, bevor das passiert ist. Wir haben seit Jahren darüber geredet. Wir wollten warten, bis deine Scheidung endgültig ist.«

Er packte sie wieder an den Armen und zwang sie, sich aufzusetzen, damit er ihr in die Augen schauen konnte. »Was?«

Jetzt sah sie unbehaglich aus. »Wir wollten dich fragen, ob du bei uns einziehen willst und dann sehen, wie es weitergeht.«

»Leah, was zum Teufel?«

»Ich wollte nicht, dass du eine andere kennenlernst und an eine weitere beschissene Frau gerätst«, sagte sie schnell, und die Worte sprudelten nur so aus ihr heraus. »Ich hatte es so satt, dass diese Frauen dich nicht richtig behandelt haben. Keine von ihnen war gut genug für dich, Seth. Sieh es ein, sie waren es nicht. Ich dachte, wenn du hier wärst, wo ich mich um dich kümmern könnte … Dann würdest du mich das vielleicht für dich tun lassen.«

Manchmal war er unendlich schwer von Begriff. Viele ihrer Bemerkungen aus den letzten Wochen und sogar aus den Jahren zuvor schlugen ihm jetzt auf einmal entgegen.

»Wie lange bist du schon in mich verliebt?«, flüsterte er.

»Schon immer.«

Fassungslos ließ er sie los. »Geh ins Bett, Süße«, murmelte er leise.

Schnell kletterte sie aus dem Whirlpool, schnappte sich ihr Shirt und ging zurück in ihr Schlafzimmer.

Seth saß in einem emotionalen Schockzustand da und versuchte, diese Information zu verarbeiten. Er brauchte Zeit für sich, um das zu verarbeiten. Wie viel wusste Kaden? Wie viel hatte sie ihm erzählt?

Wie viel hatte Kaden ihm noch nicht erzählt?

KAPITEL ELF

N ach einer unruhigen Nacht wachte Seth am nächsten Morgen früh auf, kurz vor Sonnenaufgang. Sein Plan war, joggen zu gehen und zu versuchen, seinen Geist zu beruhigen. Als er die Kaffeemaschine anstellte, musste Kaden ihn gehört haben und ging in die Küche.

Seth musterte ihn. Obwohl er Leah am Abend zuvor gesagt hatte, dass er nicht darüber reden wollte, musste er darüber reden. »Alter. Was. Zur. Hölle?«

Kadens hinterhältiges Lächeln verriet ihm eine Menge. »Was?«

»Verarsch mich nicht. Ich weiß, dass ihr gestern Abend geredet habt, nachdem ... du weißt schon.«

»Was weiß ich?«

»Hör auf, mir auf den Sack zu gehen. Zwing mich nicht, es zu sagen.«

Kaden lehnte sich gegen den Tresen und verschränkte die Arme. »Was willst du von mir hören?«

»Ich will ...« Seth merkte, dass seine Stimme lauter geworden war. Er senkte sie und sprach leise. »Ich will, dass du es mir sagst. Was. Zum. Teufel?«

Die Männer hörten, wie die Tür zum Hauptschlafzimmer aufging. Kaden blickte auf die Tür. »Geh zurück ins Bett, Schatz«, rief er. »Du brauchst noch nicht aufzustehen.«

Es gab eine kurze Pause, dann sagte Leah leicht verwirrt: »Ja, Meister.«

Sie hörten, wie sich die Tür schloss.

Kaden sah Seth an und senkte seine Stimme. »Sie war schon immer in dich verliebt.«

»Sie ist. Deine. Ehefrau!«

»Ich weiß.«

Sprachlos stand Seth da und versuchte, seine Gefühle zu ordnen. »Wie kannst du es überhaupt ertragen, mich verdammt noch mal anzuschauen?«

»Ich sehe den Mann an, den ich mehr liebe als einen Bruder. Einen Mann, von dem ich weiß, dass er sofort mit mir tauschen würde, um mein Leben zu retten, wenn er könnte. Ein Mann, der die Frau, die ich liebe, genauso lieben und schätzen wird wie ich.«

»Wie lange hast du das schon geplant? Und warum zum Teufel hast du mich angelogen? Was sollte dieser ganze Quatsch mit dem Umdenken und der Ehrlichkeit, von dem du gesprochen hast?«

»Das war kein Blödsinn. Ich habe nur den Zeitrahmen etwas durcheinander gebracht. Wir wollten dich schon seit Jahren ansprechen. Du hast dich immer wieder mit diesen Arschlochfrauen getroffen, bevor wir mit dir reden konnten. Und wir wollten deine Scheidungen nicht vermasseln, nachdem du sie verlassen hattest. Ich habe dieses Mal gewartet, bis du uns gesagt hast, dass du wieder legal frei bist.« Er betrachtete seine Hände. »Ich wollte dich fragen ... vorher.«

Schon wieder dieses verdammte Wort.

Kaden fuhr fort. »Wir wollten dir nicht gleich von dem BDSM-Zeug erzählen. Wir wollten dich überreden, bei uns einzuziehen, und dich dann langsam daran gewöhnen. Ich wollte dich zunächst nicht zu sehr schockieren«, sagte er ruhig. »Ich wollte dich nicht verängstigen.«

»Na, herzlichen Glückwunsch, du hast mich sowieso erschreckt.«

»Ich weiß. Es tut mir leid. Das war nicht mein bevorzugter Zeitrahmen.«

Seth musterte ihn. »Wie kannst du sagen, dass du deine Frau mit mir teilen willst?«

»Weil ich dich liebe.«

»Alter, ich mache es sooo nicht mit dir! Ich dachte, das hätten wir geklärt.«

»Haben wir auch. Ich habe dir schon gesagt, dass ich nicht auf diese Weise schwinge. Ich meine nicht diese Art von Liebe. Ich wusste, dass ich eine andere Person brauchte, der ich vertrauen konnte, um mich um sie zu kümmern. Was zum Teufel würde passieren, wenn mich zum Beispiel ein betrunkener Autofahrer auf dem Heimweg anfahren würde? Das würde sie verdammt noch mal umbringen.« Er nahm einen tiefen Atemzug. »Ich habe nicht ernsthaft geglaubt, dass ich mir in den nächsten Jahren darüber Gedanken machen müsste. Ich dachte, ich hätte alle Zeit der Welt, dich in die Sache einzuführen. Ich vertraue dir mit ihr, Mann. Ich habe dich nicht verarscht, als ich dir das gesagt habe. Sieh nur, wie gut du dich um sie gekümmert hast, während ich in Atlanta war.«

»Wie kannst du so dastehen und mir sagen, dass es für dich in *Ordnung* ist, sie mit mir zu teilen?«

»Mitfreude.«

Seth verdrehte die Augen. »Was zur Hölle?«

»Das ist ein Begriff, den die Poly-Community verwendet. Es ist im Grunde das Gegenteil von Eifersucht, auch wenn es vielschichtiger ist als das. Wenn sie einen anderen geliebt hätte, würde mich das verdammt noch mal umbringen. Aber *du* bist es. Und so seltsam es auch klingt – und ja, ich gebe zu, dass es seltsam klingt – ich bin nicht eifersüchtig auf dich.«

»Poly? Polyester?« Seth wusste nicht, dass Polyester eine eigene Community hat. »Was zum Teufel hat das mit dem zu tun, worüber wir hier reden?«

Kaden lachte, lang und schallend. »Poly*amourös*«, sagte er schließlich.

»Ich werde auf keinen Fall ein verdammter Mormone.« Er dachte, Kade sei methodistisch erzogen worden, auch wenn er und Leah nicht in die Kirche gingen.

Kaden rollte mit den Augen. »Nicht Polygamie. Mein Gott, wir reden hier nicht über die *große Liebe*, Alter.«

»Was ist mit dem ganzen Mist, den du über Wut und Eifersucht gesagt hast?«

Seine Augen wurden traurig. »Ich bin wütend. Und ich bin eifersüchtig. Aber nicht darauf, dass *du* mit *ihr* zusammen bist. Das habe ich noch nie gefühlt. Ich bin wütend und eifersüchtig, dass ich nicht mit euch beiden zusammen sein kann. Du wirst all die Jahre mit ihr haben, die ich nicht haben werde. Das ist nicht fair.«

Seth sah ihn lange an, bevor er wieder sprach. »Was war also dein ursprünglicher Plan? Sie verdammt noch mal zu teilen?«

»Ja. Als ich merkte, dass sie dich liebt, habe ich mit ihr darüber gesprochen. Es ging nicht darum, dich speziell zu ihrem Meister auszubilden. Ich wollte nur sehen, was passiert, wenn du bei uns einziehst.«

»Du bist ein besserer Mann als ich.«

Er zuckte mit den Schultern. »Ich liebe es, sie glücklich zu machen. Es ist nicht so, dass sie mich angefleht hätte, es zu tun, aber sie war begeistert von der Idee, als ich es vorschlug. Wir dachten uns, wenn die Natur ihren Lauf nimmt und die Dinge funktionieren, dann könnte ich mit dir über BDSM sprechen und sehen, ob du Interesse hättest, das zu lernen.«

»Wie hattet ihr vor, das geheim zu halten?«

»Hatten wir nicht. Wir hatten nur vor, es in deiner Gegenwart etwas abzumildern, damit du nicht das ganze Ausmaß unseres Tuns weißt, das ist alles.«

»Gestern Abend klang sie so, als wäre dieser Plan eine Überraschung für sie. Dass ihr mich zu ihrem Meister machen wollte.«

Er zuckte mit den Schultern. »Du hast doch gesehen, wie sie ist. Ich gebe es zu – ich manage sie. Ich erzähle ihr nicht gerne mehr als nötig. Wenn ich ihr von meinen Sorgen erzählt hätte, wäre sie in Panik geraten und hätte gedacht, dass etwas mit mir nicht stimmt. Ich hatte vor, dich langsam in das Dom-Training mit ihr einzuführen und dachte, dass sie es nach ein oder zwei Jahren oder auch weniger automatisch annehmen würde. Sie hätte dich natürlich als ihren Dom akzeptiert, und wenn mir etwas zustoßen wäre, hättest du einfach an diesem Punkt anknüpfen und mit ihr weitermachen können.« Er zupfte an seinen Fingernägeln. »Ich hätte nie gedacht, dass ich dir so einen Crashkurs geben muss.«

Seth blieb still und versuchte, die neuen Informationen zu verarbeiten.

Schließlich ergriff Kaden wieder das Wort. »Wenn du uns im Stich lassen willst, muss ich das wissen. Und zwar *sofort*. Denn ich muss Pläne für sie machen. Kann ich auf dich zählen?«

»Du hast gesagt, Ehrlichkeit sei das Wichtigste. Was hast du mir sonst noch verheimlicht?«

»Das war's. Es tut mir leid. Ich habe versucht, nicht alles auf einmal auf dich abzuladen. Die Umstände waren schon beschissen genug.«

»Du hast mich also auch gemanagt?«

Er zuckte mit den Schultern. »Ein bisschen, ja. Ich will nur das Beste für sie.« Er begegnete Seths Blick. »Und für dich.«

Seth lehnte sich gegen den Tresen und schloss die Augen.

Kaden stirbt.

Es gab Zeiten, die sich über Stunden erstreckten, in denen

Seth diesen mentalen Herzschlag nicht hörte. Er konnte sich fast vormachen, dass es nicht passieren würde. Kadens Stimme wurde fast zu einem Flüstern, was Seth dazu brachte, seine Augen wieder zu öffnen. »Ich *brauche* dich, Seth. *Sie* braucht dich. Du kannst an dir selbst zweifeln, so viel du willst, aber ich kenne dich. Ich weiß, dass du lieber sterben würdest, als sie im Stich zu lassen.«

»Ich kann es immer noch nicht fassen, dass du sie teilen willst.«

»Sie ist keine Durchschnittsfrau. Du und ich sind es für sie. Stell dir vor, wie schwer es für sie war, all die Jahre zuzusehen, wie du mit diesen Frauen zusammen warst. Es hat sie umgebracht. Es war kein Scherz, als ich sagte, dass es Nächte gab, in denen ich sie knebeln musste, um sie zum Schweigen zu bringen. Und nicht nur das, sondern ich musste sie auch mit Sitzungen im Spielzimmer ablenken, um sie auf andere Gedanken zu bringen. Jede Menge Ablenkung. Sie hat deine Frauen gehasst. Ich habe ihr damals gesagt, dass sie ihre Gefühle nicht bei dir abladen kann, weil ich zwar verstehen kann, warum sie so fühlt, aber ich wusste, dass du ausflippen würdest und dich möglicherweise von uns entfremden würdest, wenn deine Frauen es herausfinden würden.«

»Das ist so eine Untertreibung, du hast ja *keine* Ahnung.«

»Die *richtige* Frau, Seth. Wir sind nicht die einzigen Menschen auf der Welt, die in einer Polytriade leben. Zumindest für eine Weile können wir sie glücklich machen, ihren Traum wahr werden lassen.« Er sah wieder traurig aus. »Nicht so viele Jahre, wie ich gehofft hatte.«

»Ich kann sie nicht mit jemand anderem teilen, Kumpel. Ich meine ... Ja, mit dir. Okay. Sie ist deine Frau. Was ist, wenn sie sich in der Zukunft in einen anderen verliebt? Das kann ich nicht tun.«

»Das würde sie nie von dir verlangen. In fast zwanzig Jahren hat sie nie Interesse an einem anderen als dir gezeigt.

Niemals. Sie hätte sich bis zu ihrem Tod zurückgelehnt und dir nie gesagt, was sie empfindet, wenn ich ein Problem damit gehabt hätte. Sie wollte es mir gegenüber nicht zugeben, aber ich habe sie gesehen. Ich habe gesehen, wie sie versucht hat, sich um dich zu kümmern. Ich habe noch nie erlebt, dass sie auf jemanden so reagiert hat wie auf dich. Sie war dir gegenüber von Natur aus immer unterwürfig. Ich habe gesehen, wie sie es auf einigen dieser Wohltätigkeitsveranstaltungen mit alten Säcken auf den Brettern aufgenommen hat, und sie ist ein verdammter Eierquetscher. Normalerweise lässt sie sich keinen Scheiß von den Leuten gefallen. Das weißt du. Sie vertraut dir. Sie hat dir immer vertraut.«

Trotz seines neuen Gefühlswirrwarrs musste Seth zugeben, dass er schon immer eine Verbindung zu Leah gespürt hatte. Etwas, das er mit seinen Ex-Frauen oder -Freundinnen nie gehabt hatte.

Etwas, von dem er sich immer gewünscht hatte, dass er es hätte.

»Gib es zu«, flüsterte Kaden. »Du hast sie auch immer geliebt.«

Seth studierte den italienischen Fliesenboden. Er erinnerte sich an den Tag, an dem er Leah bei der Auswahl geholfen hatte, wie sie ihm zuvorkam und ihn nach den Vor- und Nachteilen dieser und anderer Fliesen fragte.

Wie sehr sie ihm vertraut hatte.

Sein Blick wanderte zu den Schränken. An dem Tag, an dem sie den Stil und das Material ausgesucht hatte, hatte Kaden mit einem subtilen Lächeln auf dem Gesicht im Ausstellungsraum gesessen, während Leah Seth nach seiner Meinung fragte.

Das Haus war voller Erinnerungen daran, wie er Leah geholfen hatte, Entscheidungen zu treffen. Kaden hatte nie, nicht ein einziges Mal, seine Meinung geäußert. Er hatte Seth gesagt, dass Leah alles bekommt, was sie will.

Damals nahm Seth an, dass dies einfach die Worte eines liebenden Ehemanns mit einem ziemlich fetten Bankkonto waren.

Jetzt sah er alles in einem neuen Licht, beleuchtet von einem ganz anderen Standpunkt aus.

Leah rief ihn manchmal zehn oder zwanzig Mal am Tag an, während das Haus gebaut wurde, und fragte ihn nach seiner Meinung zu etwas. Als er einmal mit Kaden darüber sprach, weil er befürchtete, dass es falsch aufgefasst werden könnte, zuckte Kaden mit den Schultern. »Wenn es mich nicht stört, sollte es dich auch nicht stören. Wenn sie dich nervt, sag es ihr. Sie wird sich bemühen, es nicht mehr zu tun.«

Nein, es hatte ihn nicht genervt, obwohl es seine Ex jedes Mal ärgerte, wenn sie Leahs Nummer auf seinem Handy sah.

Er konnte nicht leugnen, dass er ein paar Dinge hinausgezögert hatte, um die Erfahrung zu verlängern.

Er hatte es wirklich vermisst, die ganze Zeit mit Leah zu reden, als das Haus fertig war.

Wenn Leah ihn mit fast hoffnungsvollem Blick fragte, ob ihm etwas gefiel, was sie ausgesucht hatte.

Nicht Kaden. Ihn.

Die Farbe, der Teppich und die Möbel. Die Gartengestaltung.

Sie nahm ihn mit, als sie Matratzen für die Gästezimmer aussuchte, ließ ihn sich hinlegen und alle Matratzen ausprobieren und suchte sich die aus, die ihm am besten gefiel ...

Fuck.

Er begegnete Kadens Blick wieder. Sein Freund sah ihm von der anderen Seite der Küche zu. »Kann ich mich auf dich verlassen?«, fragte Kaden wieder leise.

Seth nickte. »Ich werde sie nicht im Stich lassen. Oder dich.«

Kaden nickte und seufzte. »Ich weiß, dass du verunsichert bist und keine Details besprechen willst. Ich verstehe das. Du sollst nur wissen, dass du, wenn du bereit bist ...« Er lächelte. »Wir haben ein verdammt großes Bett, Kumpel.«

Seth lachte und schloss seine Augen. »Ich bin noch nicht bereit für dieses Gespräch, Kade.«

»Sie wird sich ärgern, dass sie dich heute Morgen nicht geweckt hat.« Seth entging das spielerische Glitzern in den Augen seines Freundes nicht.

Seth klopfte sich auf den Bauch. Er hatte es geschafft, in den letzten Wochen zehn Pfund abzunehmen, trotz Leahs großartiger und reichhaltiger Küche. »Ja, also, ich muss joggen gehen. Ich muss in Form kommen. Wenn ich das machen will, muss ich meinen Arsch in Bewegung setzen und meinen Körper wieder in Form bringen. Im Vergleich zu dir sehe ich wie ein verdammter Penner aus.«

Kaden lachte und verließ die Küche. Seth beschloss, mit dem Kaffee bis nach seinem Lauf zu warten, denn er war sich sicher, dass Leah, sobald sie von Kaden freigelassen wurde, nach ihm suchen würde und er vielleicht nicht mehr aus dem Haus käme, wenn sie ihn in die Finger bekäme.

Buchstäblich.

Obwohl es schwül war, war der Morgen noch nicht unangenehm heiß geworden. Seth legte ein schnelles Tempo vor, trieb sich selbst an und versuchte, sich an seinen Armee-Physiotherapie-Mist zu erinnern, den er seit Jahren zu vergessen versucht hatte. Er musste in Form kommen. Das war kein Blödsinn von ihm.

Er musste in Form kommen, weil er Kade versprochen hatte, dass er ihm helfen würde. Leah brauchte ihn.

Und so sehr er Sport auch verachtete, er würde es für sie tun. Für Leah.

TATSÄCHLICH KLOPFTE LEAH EIN PAAR MINUTEN, nachdem Seth von seinem Lauf zurückkam und unter die Dusche gestiegen war, an seine Badezimmertür.

»Ja?«

Sie trat ein und schloss die Tür hinter sich. Sie war nackt, abgesehen von ihrem Halsband. Als sie die Duschtür öffnete, hielt er sie nicht auf.

»Soll ich dir den Rücken schrubben?«

»Das ist nicht der Teil von mir, den du schrubben willst und das weißt du verdammt gut.«

Sie lächelte. »Ich habe nie gesagt, dass ich nicht auch andere Teile von dir schrubben will.«

Er winkte sie hinein. Sie stellte sich hinter ihn, schlang ihre Arme um ihn und drückte ihren Körper an seinen.

Verdammt, sie fühlte sich gut an.

Sie ließ ihre Hände über seinen Bauch gleiten und fand seinen Schwanz. Allein ihr Anblick, als sie die Dusche betrat, ließ ihn wieder hart werden. Während Seth seine Stirn an die Duschwand lehnte, fuhr Leah mit ihren Fingern an seinem Schaft auf und ab und um seine Eier herum. Es waren nicht nur ihre Hände, sondern auch das Gefühl ihrer Arme um ihn, ihr Körper, der sich an seinen presste ...

Es wäre ein Leichtes, sich umzudrehen, sie an die Wand zu drücken und sie zu ficken. Er wettete, dass sie genau das wollte, wahrscheinlich war sie nass und bereit, ihn zu nehmen.

Fuck.

Er presste seine Handflächen gegen die kühlen Kacheln und schloss die Augen. Sie fühlte sich verdammt gut an. Das Einzige, was ihn aufhielt, war eine Erkenntnis, die er beim Joggen gehabt hatte. Vielleicht spürte Kaden ja auch seine Verbitterung oder wie auch immer der Fuck heißt. Vielleicht war Kade ein besserer Mann als er und in der Lage, seine Frau zu teilen.

Aber letztendlich war sich Seth nicht sicher, ob er diese

Gefühle teilen konnte. Er war sich nicht sicher, ob er Leah mit Kaden teilen konnte.

Wenn er diesen letzten Schritt nicht getan hätte, wäre es für ihn nicht so schmerzhaft gewesen, ihr jeden Abend beim Schließen der Schlafzimmertür zuzusehen und zu wissen, dass sie mit seinem besten Freund zusammen war.

Die Schuldgefühle würden ihn nicht bei lebendigem Leibe auffressen, weil er so eifersüchtig war.

Denn wenn er diesen letzten Schritt nicht machte, war sie immer noch nur Kadens Frau und seine persönlichen Schuldgefühle, weil er sich mit ihr eingelassen hatte, hielten sich in Grenzen. Er war der Meinung, dass er kein Recht hatte, Anspruch auf sie zu erheben, wenn er sie nicht von vornherein für sich beansprucht hatte.

Wenn er sie nicht beanspruchte, würde Kaden vielleicht nicht sterben.

Ein bewusster Gedanke entkam ihm, als sie ihn an sich heranführte und ihn schließlich freigab. Er bog seine Hüften im Takt mit ihren Händen und stöhnte leise, als er sich über ihre Finger ergoss.

Er spürte, wie sie seinen Rücken zwischen seinen Schulterblättern küsste. »Wie war das?«, flüsterte sie.

»Gut«, sagte er mit belegter Stimme. Er konnte ihr nicht ins Gesicht sehen. Er tätschelte sanft ihren Arm. »Danke. Lass mich noch etwas aufräumen, dann komme ich gleich zum Frühstück.«

»Okay.«

Er rührte sich nicht, bis er hörte, wie sie das Bad verließ. Dann lehnte er sich an die Wand, legte die Stirn an seinen Arm und weinte leise.

～

KADEN WAR IN SEINEM ARBEITSZIMMER BESCHÄFTIGT, als Seth
kurze Zeit später aus seinem Schlafzimmer kam. Falls Leah
seine roten Augen bemerkte, so sagte sie nichts. Sie war wieder
mit einem langen T-Shirt bekleidet.

»Hier ist dein Frühstück.«

Er versuchte, ihr nicht in die Augen zu sehen. »Danke,
Schatz.«

Sie ließ ihn in Ruhe, vielleicht spürte sie sein Unbehagen.
Sie war immer gut darin. Sie schien zu wissen, wann sie sich
zurückhalten und wann sie sich verziehen sollte.

Vielleicht war das eines der Dinge, die sie zu einer guten
Sklavin machten.

Gott, er konnte sich nicht daran gewöhnen, dieses Wort zu
benutzen, wenn es um Leah ging.

Er wollte Kaden noch nicht gegenübertreten. Er wollte
auch ganz *sicher* nicht Leahs durchdringende Blicke auf sich
spüren. Er holte eine ein Meter achtzig lange Singletail und
ging damit in den Hinterhof, wo er an einem Baum zu üben
begann. Kaden hatte ihm gesagt, wenn er es schaffen würde,
die Blattspitzen abzureißen, ohne das Blatt vom Baum zu
stoßen, wäre er auf dem besten Weg, Meister zu werden.

Seth wäre froh, wenn er einfach den verdammten Baum
treffen könnte.

Er arbeitete über eine Stunde lang, ließ sich Zeit und
bemühte sich um Genauigkeit statt um Kraft. Als sein Arm das
Limit für den Peitschenhieb erreicht hatte, setzte sich Seth in
den Schatten unter eine der großen Eichen im hinteren Teil
des Grundstücks und lehnte sich mit dem Rücken an den
Stamm, um den Wald zu betrachten. Ihr Grundstück grenzte
an einen großen Nationalpark, ein Naturschutzgebiet. Es war
nicht ungewöhnlich, früh am Morgen oder spät am Abend
Rehe zu sehen.

Was zum Teufel hatte er vor? Warum hielt er sich zurück?
Ein Teil von ihm hielt sich für einen verdammten Vollidioten.

Dieser Teil befand sich direkt nördlich seiner Hoden und südlich seines Nabels.

Kaden wollte, dass er es tat. Leah wollte, dass er es tat. Sein eigener Körper wollte, dass er es tat.

Doch sein Herz, sein Verstand und sein Gewissen ließen es nicht zu.

Seth schloss seine Augen. Was sie von ihm verlangten, ging gegen jede Faser seines Wesens. Ja, einige der BDSM-Sachen waren jetzt leichter zu bewältigen. Er stellte sich vor, dass der Sex mit Leah ein weiterer Meilenstein war, mit dem er fertig werden musste. Er hatte sein Leben in der Mittelmäßigkeit verbracht und das wusste er verdammt genau. Er war nicht aufs College gegangen, sondern zur Armee, um herauszufinden, was er mit seinem Leben anfangen sollte. Kaden war immer der Clevere gewesen – derjenige, der seinen Scheiß im Griff hatte. Und obwohl Seth wusste, dass er in seinem Leben nicht sonderlich erfolgreich war, hatte er immer versucht, ehrlich und ehrenhaft mit den Menschen umzugehen. Er hat seine Frauen und Freundinnen nie betrogen – niemals. Er war noch nie bewusst mit einer Frau ausgegangen, die bereits mit einem anderen Mann zusammen war.

Die Frau seines besten Freundes zu ficken, war nicht ehrenhaft. Egal, wie sehr sie es alle drei wollten. Er konnte es nicht länger aufschieben.

Er saß über eine Stunde lang da, bis er Schritte im Gras hörte. An dem Geräusch wusste er, dass es Kaden war.

»Darf ich mich zu dir setzen?« Seth nickte.

Kaden streckte sich im Schatten aus. »Was hast du auf dem Herzen?«

Er zuckte mit den Schultern. »Eine Menge Mist. Ich versuche nur, einen Haufen verdammter eckiger Nägel in runde Löcher zu stecken.«

»Großer verdammter Hammer.«

Seth lachte. »Ja. Zeit für einen größeren verdammten

Hammer.« Er war einen Augenblick lang still. »Ich weiß, du hältst mich wahrscheinlich für einen Feigling.«

»Das denke ich nicht von dir. Das habe ich nie. Und das werde ich auch nie.«

»Komm schon, Kade. Du bist der erfolgreiche Staranwalt. Ich bin der Versager. Seien wir ehrlich: Schon als wir Kinder waren, hielten mich alle für deinen Gnadenfreund. Ich weiß immer noch nicht, warum du mich all die Jahre gemocht hast.«

»Weil du mein Freund bist. Weil es dir scheißegal war, dass ich ein angesehener Anwalt bin. Du warst immer bereit, mir bei Projekten zu helfen oder einfach nur zum Abhängen vorbeizukommen, und hast mich nie um etwas gebeten.«

»Blödsinn! Ich habe dich in den vergangenen Jahren um eine Menge Sachen gebeten.«

Kaden rollte sich auf den Rücken und starrte zu den Ästen hinauf. »Ich pfeife auf Gefallen und so einen Mist. Du hast mich nie um etwas gebeten, das du nicht auch zurückgeben konntest. Du hast nie versucht, mich zu benutzen. Du hast nie versucht, mich um Geld zu bitten. Du hast nie versucht, von mir eine kostenlose Rechtsberatung zu bekommen. Als du dich scheiden lassen hattest, hast du mich nie darum gebeten, deine Fälle zu bearbeiten, nicht einmal um eine Beratung. Ich musste dich praktisch dazu zwingen, Mikes Namen und Nummer anzunehmen. Für dich war ich immer ›nur Kaden‹.«

»Ja, wer solltest du auch sonst sein?«

»Genau das meine ich ja.« Er richtete seine grauen Augen auf Seth. »Ich vertraue meinen Geschwistern nicht so sehr wie dir. Ich liebe sie ganz sicher nicht so sehr, wie ich dich liebe.«

Seth schwieg einen Augenblick lang, bevor er grinste. »Ich mach es immer noch nicht mit dir.«

Kaden lachte. »Ich auch nicht.« Sie saßen einige lange, ruhige Minuten da, während zwei Eichhörnchen schnatterten und sich gegenseitig durch die Äste über ihnen jagten. »Was ist hier wirklich los?«, fragte Kaden leise. »Es ist mehr als ein schlechtes Gewissen.«

Seth zuckte mit den Schultern.

»Das muss einfach passieren, und zwar unbedingt *vorher*. Das weißt du doch.«

Seth zuckte wieder mit den Schultern. »Ich weiß.«

»Das eine Mal hattest du kein Problem damit.«

»Äh, ja dank des verdammten Tequilas. Oh, und übrigens, das war nicht deine *Frau*.«

»Es geht um mehr als das.« Kaden setzte sich auf. »Du kannst nicht das Unvermeidliche auf meiner Seite aufhalten, indem du dich vor dem Unvermeidlichen auf deiner Seite drückst. Das ist für sie. Ich will, dass sie glücklich ist. Ich habe es ernst gemeint, als ich sagte, dass sie viele Nächte von dir geträumt hat. Lass uns ihre Träume wahr machen, solange wir noch können.«

»Sei doch ein bisschen eifriger dabei, deine Frau zu verkuppeln, ja?«

»Verdammt, das ist nicht dasselbe und das weißt du auch!«

Seth schäumte vor Wut. Er wusste es. Aber er wollte die Wahrheit nicht zugeben.

»Diese Woche«, sagte Kaden, »gehst du mit Leah in den Club. Allein. Tony wird dort sein, wenn du Fragen hast.«

Seths Kiefer krampfte sich zusammen. »Ich glaube nicht, dass ich schon so weit bin.«

»Doch, das bist du. Du bist verdammt viel besser vorbereitet als die meisten Möchtegern-Arschlöcher, die dort auftauchen. Leah vertraut darauf, dass du sie mitnimmst. Geh einfach hin, spiel eine einfache Szene und komm nach Hause. Das ist alles, was du tun musst.«

Seth antwortete nicht.

»Du brauchst diese Zeit mit ihr allein.«

»Fuck, Kade, das nimmt dich von ihr weg. Sie hat nicht mehr viel Zeit mit dir!«

»Ist es das, worum es hier geht?«, fragte er leise. »Dass du dich schuldig fühlst, weil du Zeit mit ihr verbringst und mir dadurch Zeit wegnimmst?«

Seth antwortete nicht. Das war ein Teil des Problems, aber nicht alles.

»Ich habe dir schon gesagt, dass wir ein großes Bett haben. Du kannst gerne jede Nacht mit uns darin schlafen.«

»Ich weiß nicht«, flüsterte Seth, »ob ich damit klarkomme, sie zu sehen ...« Er konnte es nicht beenden.

Kaden musterte ihn. Dann, nach einem langen Augenblick, sprach er. »Du weißt nicht, ob du damit klarkommst, dass sie mit mir schläft.«

Seth schloss seine Augen, atmete tief durch und nickte.

Kadens Lachen überraschte Seth so sehr, dass er seine Augen öffnete. Er saß da und lachte, laut und herzhaft.

»Ich weiß nicht, was daran so verdammt lustig ist!« Und das machte ihn irgendwie wütend.

Kaden schüttelte den Kopf und lachte noch lauter. Als er endlich sprechen konnte, sagte er: »Alter, das ist toll!«

»Ich glaube, du fängst an, mit meinem Verstand zu ficken.«

»Nein! Verstehst du das nicht?« Er setzte sich wieder auf und sah Seth an. »Du bist eifersüchtig – auf *mich*!«

»Bist du sicher, dass du keinen Hirntumor hast, denn du tust so, als hättest du kein Gehirn mehr.«

»Du *liebst* sie, Arschloch! Das ist es, was ich versucht habe, dir in deinen verdammten Schädel zu pflanzen! Ich *will*, dass das passiert, denn je mehr du sie liebst, desto unwahrscheinlicher ist es, dass du dich am Ende des ersten Jahres von ihr scheiden lässt!«

Seth war noch nicht bereit zuzugeben, dass ihm das Zeitlimit egal war. Wenn Leah ihn für immer haben wollte, würde er sie für immer behalten.

Kaden versuchte immer noch, mit ihm zu reden. »Würdest du alles tun, um sie glücklich zu machen?«

Seth nickte. Natürlich würde er das tun. Er würde alles tun, auch mit Kaden tauschen, damit sie ihn nicht verliert.

»Dich und mich zusammen zu haben, würde sie zur glücklichsten Frau auf dem ganzen Planeten machen. Vielleicht so verdammt glücklich, dass sie zumindest für eine Weile nicht an die Sache denkt, die sie für eine lange Zeit ziemlich unglücklich machen wird. Ist es dir das wert, um sie glücklich zu machen?«

So abgefahren es auch war, er konnte nicht leugnen, dass Kades Logik stichhaltig war. Abgefahren, aber richtig.

Kaden beugte sich ein wenig vor und senkte seine Stimme. »Ich sage dir, was ich fühle. Wenn ich daran denke, dass sie mit dir allein ist ... Ja, dann bin ich ein bisschen eifersüchtig. Nicht, weil ich sie nicht bei dir haben will, sondern weil ich nicht bei ihr bin. Wenn ich dir zusehe, wie du sie zum Orgasmus bringst, während wir eine Session haben, lehne ich mich zurück und genieße es, so wie sie es genießt. Es ist das, was ich nicht sehe und woran ich nicht teilhabe, das mich zerreißt. Dabei zu sein und zu sehen und zu hören, wie sie es genießt ... das ist großartig. Denk mal darüber nach.«

Seth tat es. Im Nachhinein musste er zugeben, dass es immer viel einfacher war, Kade bei der Arbeit mit ihr zuzusehen, als allein im Bett zu liegen und sich zu fragen, was sie hinter verschlossenen Türen taten.

»Okay, damit kann ich mich anfreunden«, gab Seth zu.

Sie saßen noch ein paar Minuten schweigend da und Kaden erhob sich schließlich auf seine Füße.

»Übernimmt sie jemals das Kommando?«, fragte Seth.

»Ich lasse mich nicht toppen«, sagte Kaden.

»Nein, ich meine ... im Allgemeinen. Im Bett. Sagt sie, was sie will? Oder entscheidest du das alles selbst?«

Kaden lachte. »Ohhh ja. Ich habe dir doch gesagt, es geht nicht nur um die Perversion. Das ist nur ein Teil davon. Kumpel, es gab Zeiten, da ist sie auf mich aufgesprungen und hat mich wie ein Pony geritten. Ich konnte mich einfach nur zurücklehnen und sie ihren Spaß haben lassen.«

Kaden ließ ihn allein. Nach ein paar weiteren Minuten kehrte Seth ins Haus zurück.

Leah hatte das Abendessen im Ofen und es duftete herrlich. Er ließ sich von ihr umarmen. Zugegeben, es fühlte sich gut an, seine Arme um sie zu legen. Doch Kadens Worte gingen ihm nicht aus dem Kopf. Ja, es war das Unsichtbare, das er hasste.

Wenn seine Fantasie verrückt spielte und er nicht Teil des Geschehens sein konnte.

Aber zu sehen, wie sie sich amüsierte ... Sie war wunderschön.

KAPITEL ZWÖLF

Nach dem Abendessen kehrte Kaden in sein Arbeitszimmer zurück, um ein paar Dinge zu erledigen. Seth saß an einem Ende der Couch und sah fern, während er versuchte, die wirbelnden Gefühle in seinem Kopf zu beruhigen.

Warum wehre ich mich so sehr dagegen? War ein Blowjob so viel anders als ein Handjob? Und war Sex viel mehr als das? Ganz ehrlich?

Leah spülte das Geschirr und ging leise ins Wohnzimmer. Sie trug ihr schwereres Halsband und ein langes T-Shirt. Als sie sich hinsetzen wollte, hielt er sie auf.

»Warte.«

Sie sah verwirrt aus, aber sie gehorchte. Nach einem Augenblick sagte er leise: »Zieh bitte dein Hemd aus.«

Ihre Haut errötete, aber sie zog sich das Hemd sofort über den Kopf und ließ es auf den Boden fallen.

Sie sah wunderschön aus. Süße, weiche, runde Kurven, die sich richtig anfühlten, wenn sie an seinen Körper gepresst wurden.

Leah stand da und wartete. Er wusste, dass er sie die ganze

Nacht so stehen lassen konnte und sie würde sich nicht bewegen, sich nicht beschweren.

Seth tat etwas, was er noch nie zuvor getan hatte – er machte die Handbewegung, die er bei Kaden schon unzählige Male während der Sitzungen oder im Haus gesehen hatte. Leahs Augen weiteten sich, aber sie sank vor ihm auf die Knie. Sein Herz raste. Wollte er das wirklich mit ihr machen?

Er beugte sich vor und flüsterte:»Leah, beantworte mir ein paar Fragen. Ganz ehrlich.«

Sie begegnete seinem Blick und nickte.

»Liebst du mich *wirklich*? Bist du in mich *verliebt*?«

»Ja, Sir.«

»Machst du das wirklich aus freien Stücken? Ich meine, abgesehen von den offensichtlichen Gründen, weil du es mit mir tun willst und nicht, weil du denkst, dass du es tun musst?«

»Ich will das mit dir machen, Sir.«

Er lehnte sich wieder zurück, spreizte seine Knie und beugte dann seinen Finger zu ihr.»Willst du noch etwas anderes tun? Etwas ... mehr?«

Sie nickte eifrig. Sein Schwanz pochte als Reaktion auf ihren hoffnungsvollen Gesichtsausdruck.

»Willst du mir einen blasen?«

Wieder ein eifriges Nicken.

Jetzt gibt es kein Zurück mehr.»Okay.«

Sie rutschte nach vorn, zwischen seine Beine, und half ihm, seine Shorts zu öffnen und sie über seine Hüften zu ziehen. Dann berührte sie ihn sanft und vorsichtig, als sie seinen Schaft und seinen Sack streichelte.

Er stöhnte auf.

Als ihre warme Zunge die Spitze seines Schwanzes berührte, schloss er die Augen und vergrub seine Hände sanft in ihrem Haar. Er hatte das Gefühl, er könnte die ganze Nacht hier sitzen, während sie ihm einen blies, und vielleicht erahnen, wie sich der Himmel anfühlte. Ihre Lippen schlossen sich sanft um den empfindlichen Kopf und massierten ihn.

Er keuchte.

Es fiel ihm schwer, nicht abzuspritzen, und sie schien es zu spüren. Langsam arbeitete sie sich an seinem pochenden Schwanz hinunter, ihre Lippen und Zunge umspielten jeden Zentimeter seines Fleisches.

Die richtige Frau.

Er hatte endlich die richtige Frau gefunden, und sie war mit seinem besten Freund verheiratet.

Aber nicht mehr lang ...

Er schob den Gedanken zurück in seinen Käfig und warf den Schlüssel weg.

Er wusste, dass Kaden jederzeit rauskommen könnte und sie wahrscheinlich auch so sehen würde. Seth fand, dass es an der Zeit war, sich an die Situation zu gewöhnen. Offensichtlich war Kaden damit einverstanden.

Und tief in seinem Innern war er überrascht, dass es ihn auch ein wenig erregte.

Fünf Minuten später hörte er Kaden ins Wohnzimmer kommen. Sein tiefer, knurrender Ton brachte Leah zum Stöhnen. »Wunderschön.«

Seth öffnete seine Augen, als Kaden sich hinter sie kniete und ihren Hintern streichelte. Sie stöhnte erneut auf und löste damit ein angenehmes Gefühlsgewitter in Seths Schwanz aus.

»Wie weit willst du heute Abend gehen?«, fragte Kaden leise. Seth schüttelte den Kopf. »Nicht bis zum Ende.«

Kaden nickte. »Aber du bist bereit ...«

»Zumindest ein bisschen mehr als vorher.«

Kaden streichelte wieder ihren Hintern, seine Hand folgte der Kurve ihrer Hüfte, fuhr ihren Schenkel hinunter und zwischen ihre Beine. Er drang mit zwei Fingern in sie ein, was ihr ein weiteres Stöhnen entlockte und ihren Mund um Seths Schwanz vibrieren ließ.

Allein dieses Gefühl würde Seth zum Kommen bringen, wenn sie so weitermachte.

Seth schloss seine Augen und warf seinen Kopf zurück. So konnte er so tun, als ob er mit ihr allein wäre.

Er hörte das leise Geräusch eines Reißverschlusses, dann hielt Leah einen Augenblick inne und widmete sich dann wieder der köstlichen Aufmerksamkeit, die sie ihm schenkte.

Er wagte es, ein Augenlid zu öffnen und sah zu, wie Kaden begann, sie von hinten zu ficken, die Augen geschlossen, die Hände um ihre Hüften gelegt.

Sie stöhnte auf.

Seth grub seine Finger in ihr weiches Haar. Warum hatte er gewartet?

Richtig. Die Frau seines besten Freundes. Verdammt noch mal.

Er verdrängte den Gedanken wieder.

Seth konnte sich nicht zurückhalten und sah zu. Jetzt hatte Kaden einen Arm um ihre Taille gelegt und vermutlich seine Finger zwischen ihren Beinen, so wie sie stöhnte und ihre Hüften gegen ihn presste.

Fuck.

Das war ...

Das Geilste, was er je in seinem Leben gesehen hatte.

Es war leicht, seine Erregung zurückzuhalten, während er atemlos zusah, wie sie sich ihrem eigenen Höhepunkt näherte. Er lauschte auf ihre Laute, spürte, wie sie an seinem Schaft vibrierten, während sie in der Oktave aufstiegen und in der Dauer kürzer wurden. Dann schrie sie um seinen Schwanz herum, ihre Hände glitten hinter seine Hüften und hielten ihn fest, als sie ihn buchstäblich verschlang und tief in sich hineinschlang.

Die plötzliche Veränderung des Gefühls machte ihn fertig und er stöhnte auf, als er kam und ihr in den Hals schoss. Es fühlte sich an, als käme er härter und länger als jemals zuvor in seinem Leben, und sie schluckte jeden Tropfen.

Verdammt! Keine seiner Ex-Frauen hatte das je getan!

Kaden stieß mit geschlossenen Augen mehrere harte, tiefe Stöße in sie.

Dann stöhnte er auf und sank in sich zusammen.

Sie hielt Seths Schwanz in ihrem Mund und saugte sanft daran. Innerhalb einer Minute war er schon wieder hart. *Verdaaaammt.*

Kadens Stimme klang heiser, als er sich zurückzog und zur Couch ging. »Komm her, Baby.« Er ließ sie sich mit dem Gesicht nach unten über seinen Schoß legen, mit dem Gesicht in Seths Schoß. Sofort fing sie wieder an, an Seth zu saugen.

Seth streichelte sanft ihren Hinterkopf.

»Zeig Seth noch eine deiner Fantasien, Süße.« Sie stöhnte zustimmend um Seths Schwanz herum.

Kaden streichelte zärtlich ihren Hintern, massierte ihn und liebkoste ihn. Sie wackelte mit ihren Hüften, um ihn zu verführen.

Er holte aus und versohlte ihr einmal kräftig den Hintern.

Sie zuckte zusammen, stöhnte laut auf und nahm Seth noch ein bisschen tiefer in den Mund.

»Gefällt dir das, Baby?«, fragte Kaden sie.

Sie murmelte »*mmm, hmm*« um Seths Schwanz herum.

Kaden schlug ihr wieder auf den Hintern. Dann schob er zwei Finger in sie hinein und entlockte ihr ein weiteres leidenschaftliches Stöhnen.

Fuck!

Seth sah sich um, um sicherzugehen, dass er nicht sabberte.

Sie wackelte hektisch mit den Hüften. Kaden zog seine Finger zurück und versohlte ihr mehrmals hintereinander den Hintern, und es hörte sich an, als würde sie gleich kommen. Er hörte auf und streichelte sanft ihre roten Wangen.

»Das war eine ihrer Lieblingsfantasien«, sagte Kaden leise.

Seth war ein wenig überrascht, als er Kade lächeln sah. »Sie wird viel Spaß dabei haben, ihre Fantasien auszuleben. Stimmt's, Baby?«

»*Mmmh!*«

Kade streichelte ihr zärtlich über den Rücken und schob dann seine Finger wieder zwischen ihre Beine. »Warte nur, bis du bereit bist, alles zu tun, Seth. Sie hat ein paar Tricks auf Lager, die dich umhauen werden.«

Seth war sich bewusst, dass sich seine Finger an ihrer Kopfhaut verfestigt hatten, und er lockerte seinen Griff ein wenig.

Fuck!

Kaden fickte sie mit seinen Fingern, während sie Seths Glied begierig verschlang. »In manchen Nächten haben wir Spielzeug benutzt und sie hat so getan, als wärst du es, und sie hat geschrien, als sie kam. Sie hat sich das schon lange gewünscht.«

»Stört dich das nicht?« Seth schnappte nach Luft. Das war wahrscheinlich so ziemlich die seltsamste Frage, die er unter diesen Umständen hätte stellen können, aber er brauchte eine Antwort.

»Sie liebt mich.« Leah stöhnte zustimmend und wackelte mit ihren Hüften gegen Kaden. »Ich weiß, dass sie mich liebt. Wie ich dir schon sagte, wenn es jemand anderes als du wäre, würde es mich ankotzen. Und ja, ich war der Erste, der überrascht war, dass ich so etwas fühlen konnte.«

Er versohlte ihr ein paarmal den Hintern, was ihr ein begieriges, hungriges Stöhnen entlockte, und fing dann wieder an, sie zu fingern. »Du bist der Einzige, von dem sie je geträumt hat. Von keinem anderen.« Er lachte. »Na ja, sie hatte eine James-Spader-Phase, nachdem wir *Secretary* zum ersten Mal gesehen haben, aber das ist etwas anderes. Ich glaube nicht, dass das zählt.«

Seth strich ihr eine verirrte Haarsträhne aus dem Gesicht, zog sie vorsichtig zurück und hielt sie ihr aus dem Weg. Sie schaute zu ihm auf und zwinkerte ihm zu.

Sein Herz schlug wie wild in seiner Brust.

Ich liebe dich.

Er wollte es ihr sagen, aber er konnte sich nicht dazu durchringen. Nicht, wenn Kaden direkt vor ihm saß. Vielleicht musste er sie erst einmal teilen, vielleicht würde es ihm sogar bald Spaß machen, sie zu teilen. Aber verdammt noch mal, er wollte eine Sache, die nur ihm gehörte, einen Meilenstein in ihrer Beziehung, an dem er sie mit niemandem teilen musste und einen schuldfreien Augenblick mit ihr haben konnte.

Ich liebe dich, Leah.

Kaden versohlte sie, dann fingerte er sie wieder. Nach ein paar Minuten änderte ihr Stöhnen wieder Tempo und Klang, als sie Seths Schwanz noch eifriger liebkoste. Er versuchte nicht mehr, sich zurückzuhalten. Sie wollte es ... und sie bekam es. Er schloss die Augen und streichelte ihr Haar, wippte mit seinen Hüften im Takt ihres Mundes und stöhnte, als er kam. Kaden steigerte das Tempo ihrer Schläge und sie schrie um ihn herum, bis sie schließlich Seths schlaffen Schwanz aus ihrem Mund entließ, als sie zum Höhepunkt kam.

Als sie fertig war, packte Kaden sie, setzte sie mit dem Rücken zu ihm auf seinen Schoß und fickte sie schnell. Er muss steinhart gewesen sein, als sie sich die ganze Zeit gegen ihn gestemmt hat, denn es dauerte nur ein paar Stöße, bis er fertig war.

Sie entspannte sich an ihm, die Augen geschlossen und ein wunderschönes, zufriedenes Lächeln im Gesicht. Kadens Arme umschlangen ihre Taille und er küsste ihre Schulter.

»Geht es dir gut?«, fragte Kaden sie.

Sie nickte.

Als Seth bemerkte, dass er ihnen immer noch zusah, während sein Schwanz heraushing, wurde er rot und fing an, an seinen Shorts herumzufummeln. Leah beugte sich zu ihm und küsste ihn ganz fest.

»Danke«, flüsterte sie.

»Ähm. Ja. Ich danke dir auch.« Er ging in sein Schlafzimmer, schloss die Tür hinter sich und lehnte sich einen Augenblick dagegen, um zu Atem zu kommen.

Verdaaaammt.

Seth kam in dieser Nacht nicht mehr aus seinem Schlafzimmer. Am nächsten Morgen stand er im Morgengrauen auf und schlich sich aus dem Haus, um laufen zu gehen. Er hatte eine unruhige Nacht verbracht und davon geträumt, wie sich Leahs Lippen auf seinen anfühlten und wie es sich anfühlen würde, wenn er seinen Schwanz in sie schob.

Das Tageslicht schlich sich an ihn heran. Das Licht wechselte von einem tiefen, schattigen Violett zu Grau und schließlich zu den Rot- und Orangetönen eines Sonnenaufgangs in Florida. Goldene Flecken von Wärme trafen ihn zwischen den Schultern, als er rannte.

Er bestrafte sich selbst mit einem rasanten Tempo, das ihn schließlich dazu zwang, am anderen Ende der Siedlung anzuhalten, um zu Atem zu kommen. Er dehnte sich, machte ein paar Liegestütze und lief im Kreis, um sich abzukühlen.

Das Geräusch von Leah, als sie mit seinem Schwanz im Mund kam.

Fuck.

Er war ein böses Arschloch, weil er sie ganz für sich allein haben wollte, nicht wahr? Vor allem, weil es seine beiden Freunde jedes Mal glücklich zu machen schien, wenn er in dieser Debatte einen weiteren Zentimeter nachgab.

Vor allem, wenn ...

Kaden stirbt.

Für so einen Scheiß gab es keine verdammten Handbücher.

Er umrundete die ganze Siedlung dreimal, aber er vermied es, an dem Haus vorbeizugehen. Als er nicht mehr laufen konnte, wusste er, dass er mindestens acht Meilen zurückgelegt hatte. Die Sonne war bereits aufgegangen und es war bald neun Uhr. Die Hitze hatte begonnen, durch die Bäume zu dringen und die kühleren Oasen des Schattens unter den Eichen zu verdrängen.

Schweißgebadet ging er leise durch die Vordertür und kehrte in sein Zimmer zurück. Er hörte und sah sie nicht.

Er überlegte, ob er seine Zimmertür abschließen sollte, zögerte dann aber. Es würde Leahs Gefühle verletzen, wenn er das tat. Das spürte er.

Was, wenn *sie* nicht käme? Das würde seine Gefühle verletzen.

Fuck.

Wenn er seine Tür abschloss, würde er nicht wissen, ob sie versuchte, hereinzukommen.

Er drehte sich um und schaute auf sein Bett. Es war bereits gemacht. Irgendwann war sie hereingekommen. Was hatte sie wohl gedacht, als sie merkte, dass er nicht da war?

Er ließ es unverschlossen.

In der Dusche stellte er sich unter den Wasserstrahl und versuchte, seine Gedanken zu beruhigen.

In diesem Moment hörte er, wie die Badezimmertür geöffnet und leise geschlossen wurde.

Seth öffnete seine Augen nicht, denn sein Herz hämmerte in seiner Brust.

Er spürte mehr, als dass er hörte, wie die Duschtür geöffnet wurde. Er spürte einen kurzen kühlen Luftzug, als Leah zu ihm in die Dusche stieg.

Dann berührte sie ihn zögernd und legte ihre Arme von hinten um seine Taille.

Seth drehte sich um, schloss sie in seine Arme und drückte seine Lippen auf ihren Scheitel. So stand er einige lange Augenblicke bei ihr, ohne dass einer von ihnen etwas sagte.

Kadens Worte hallten noch in seinem Kopf nach. Das war für sie, um sie glücklich zu machen.

Er wollte sie glücklich machen.

Er sah ihr ins Gesicht und küsste sie auf die Stirn. Dann schob er sie sanft von sich und gab ihr das Zeichen.

Sie ließ sich auf die Knie fallen und schluckte begierig seinen Schwanz. Er umfasste ihren Hinterkopf mit einer Hand und stützte sich mit der anderen an der Duschwand ab, während sie ihn mit ihrem Mund und ihren Händen bearbeitete. Als er kam, packte sie ihn am Hintern und drückte seine Hüften fest an ihr Gesicht, bis sie wusste, dass sie auch den letzten Tropfen aus ihm herausgesaugt hatte. Erst dann ließ sie ihn endgültig los und legte ihr Gesicht auf seinen Bauch.

Seth sank auf die Knie und hielt sie fest. Er verbarg seine leisen Tränen vor ihr, indem er sein Gesicht in ihrem Haar vergrub.

Als sie spürte, dass etwas nicht stimmte, schlang sie ihre Arme fest um ihn und hielt ihn fest.

Er hasste es, dass er so verdammt schwach war, dass er so ausflippte, besonders in ihrer Gegenwart. Wie sollte er stark genug für sie sein, wenn sie ihn wirklich brauchte?

Danach?

»Es ist okay, Seth«, flüsterte sie und wechselte die Position, um ihn in den Arm nehmen zu können. Sie drückte sein Gesicht an ihre Brust und streichelte sein Haar.

Er hasste sich selbst, bewegte sich aber nicht. »Vierzig gottverdammte Jahre«, flüsterte er. »Seit wir verdammte Babys waren.«

»Ich weiß.«

Wem wollte er etwas vormachen? Kaden war nicht sein ältester Freund, er war sein einziger wahrer Freund. Sein bester Freund. Er hatte Bekannte, Saufkumpane und Leute, mit denen er im Irak und in Deutschland gedient hatte, mit denen er in Kontakt blieb. Er hatte Berufskollegen aus seiner Zeit als Bauunternehmer.

Und dann hatte er Kaden.

Okay, das stimmte nicht. Er hatte Kaden und Leah. Als er

aus Übersee nach Hause kam und sie traf, war es, als ob sie ihre Freundschaft vervollständigte. Er hatte sich bei ihnen nie als Außenseiter gefühlt.

Er sprach mit Kaden nicht jeden Tag, aber zumindest mehrmals in der Woche, bevor das alles passierte. Entweder rief er Kade an oder Kade rief ihn an, nur um zu plaudern. Oder um ihn um Rat zu fragen. Um gute Nachrichten mitzuteilen. Um sich über die schlechten zu beklagen. Oder einfach nur, um Hallo zu sagen.

Normalerweise aß er mindestens einen Abend pro Woche bei ihnen zu Hause, manchmal auch öfter. Wenn er in der Nähe war, konnte er vorbeikommen, und wenn Leah zu Hause war, saßen sie zusammen und unterhielten sich oder sie bestand darauf, ihm ein Mittagessen zu machen, wenn er noch nichts gegessen hatte. Er und Kade hatten jede Woche einen Abend für sich.

Sein Freund.

Und er lag im Sterben.

Sie schaukelte ihn sanft und streichelte sein Haar. »Du musst es rauslassen«, flüsterte sie. »Du kannst es nicht zurückhalten. Es wird dich von innen heraus auffressen. Es ist in Ordnung. Ich möchte, dass du dich jetzt an mich anlehnst. Ich weiß, dass ihr beide versucht, es mir so leicht wie möglich zu machen, aber im Moment bin ich stark genug, um für dich da zu sein. Lass mich das für dich tun, solange ich kann. Ich werde es nicht immer können.«

Er schluchzte. Er wusste nicht, ob er fünf Minuten oder eine Stunde geweint hatte, aber sie schlang ihre Arme um ihn, murmelte ihm beruhigende Worte zu und drückte ihn fest an sich. Am liebsten hätte er sich zusammengerollt und wäre gestorben.

Kaden stirbt. Kaden stirbt. Kaden stirbt.

Jeder Schritt, den er tat, um ihren Traum zu erfüllen, machte seinen Albtraum nur noch realer.

Als einer der Hinterwäldler in ihrer Klasse versuchte, Seth bei einem Footballspiel zu überfallen, half Kaden ihm, den Wichser festzunageln. Kaden hielt Seth immer den Rücken frei.

Kaden half ihm beim Lernen für die Prüfungen und gab ihm Nachhilfe in seinen schwächeren Fächern.

Kaden hat ihn nie auf gemeine Art und Weise gehänselt. Seth konnte sich immer an ihn wenden, wenn er ein Problem hatte, und er wusste, wenn Kaden ihm keinen Rat geben konnte, würde er ihm wenigstens zuhören und ein offenes Ohr haben.

Ein sicherer Hafen.

Als Seths eigene Eltern starben, als die Fuck-Bitch-Ehefrau Nummer zwei nicht gerade beruhigt war, nachdem sie herausgefunden hatte, dass es kein Geld zu erben gab, war es Kaden, der einsprang und in aller Ruhe die Vorkehrungen traf, der dafür sorgte, dass alles geregelt wurde, und der Seth und seinen Bruder behutsam durch den Prozess führte, wobei Leah immer da war, um zuzuhören und zu helfen.

Schließlich riss er sich zusammen. »Es tut mir leid«, sagte er heiser, unfähig, ihr in die Augen zu sehen.

»Warum entschuldigst du dich?«

»Weil ich für dich stark sein soll, und ich heule wie ein verdammtes Baby.«

Sie fasste ihm sanft ins Gesicht und zwang ihn, sie anzusehen. »Ich würde mich sehr aufregen, wenn du nicht weinen würdest. Wenn du keine Gefühle zeigen würdest, würde mich das beunruhigen.«

»Warum?«

»Weil ich weiß, wie nahe ihr euch steht, und seien wir mal ehrlich, du liebst ihn schon länger als ich. Ich bin seine Frau, ja. Aber du bist sein Freund. Du stehst ihm näher als die Familie.

Ihr seid im Laufe der Jahre zusammen durch die Hölle und wieder zurückgegangen. Du kennst eine Seite von ihm, die ich nie zu sehen bekommen werde, hast Dinge mit ihm geteilt, die ich nie erfahren habe und nie erfahren werde. Wenn dich das nicht stören würde, würde ich ernsthaft darüber nachdenken, dir eine Sitzung im Spielzimmer zu geben.« Sie lächelte.

Als ihre Worte ankamen, lachte Seth und zog sie zu sich. »Oh, verdammt, ich bin so ein verdammter Loser und du willst mich immer noch. Ich glaube, du hast Wahnvorstellungen.«

»Ehrlichkeit, Seth. Zur Ehrlichkeit gehört auch, dass du deine Gefühle zeigst, wenn du sie brauchst. Das ist keine einseitige Beziehung. Er hat nicht gescherzt, als er sagte, dass es in unserer Beziehung nicht darum geht, die ganze Zeit pervers zu sein. Oft ist es einfach nur ... normal.«

»Nackt normal.«

»Ach komm schon. Du weißt, dass du es liebst.«

Er lachte wieder grob. »Ja, ich muss zugeben, dass dieser Teil schön ist.«

»Würdest du mich bitte morgen Abend in den Club mitnehmen? Es würde mich glücklich machen. Ich weiß, dass es ihn glücklich machen wird.«

Er seufzte. »Ja. Okay.«

»Fühlst du dich ein bisschen besser?« Er nickte.

Sie drückte ihre Lippen auf seine und setzte sich zurück, damit er aufstehen konnte. Dann half er ihr auf die Beine. »Ich muss meine Dusche beenden, bevor das heiße Wasser ausgeht.«

»French Toast oder Pfannkuchen?«

Er lächelte. »Überrasche mich.«

An diesem Abend nach dem Abendessen legte Leah eine DVD ein und setzte sich zwischen die Männer auf die Couch.

Seth hatte *Secretary* noch nie gesehen. In gewisser Weise hätte es auch Leahs Biografie sein können. Auch wenn die Geschichte nicht genau dieselbe war, verschaffte sie ihm einen weiteren Einblick in ihre Denkweise und half ihm zu verstehen, warum ihr dieser Lebensstil so wichtig war.

Nach der Hälfte des Films ließ sie ihre Hand in Seths Schoß gleiten und begann, seinen Schwanz durch seine Shorts zu reiben. Es dauerte nicht lange, bis er steinhart war. Innerhalb weniger Minuten wiederholten sie die Aktion vom Vorabend. Heiß reichte nicht aus, um es zu beschreiben.

Als er schließlich ins Bett ging, dachte er an ihren bevorstehenden Ausflug in den Club.

Er war ein wenig überrascht, aber ein Teil von ihm freute sich darauf. Er freute sich darauf, mit Leah allein zu sein.

SETH VERBRACHTE EINE UNRUHIGE NACHT ALLEIN. Die Erinnerung an das Gefühl von Leahs Mund auf ihm ließ ihn stundenlang hart bleiben, obwohl er zweimal wichste.

Schwachkopf. Geh und schlaf mit ihr.

Er versuchte, sich umzudrehen und einzuschlafen. Als er am nächsten Morgen aus dem Bett stolperte, hatte er keine Lust zu laufen. Er hatte kaum Lust aufzustehen, aber der Gedanke, dass er in dieser Nacht allein mit Leah in den Club gehen würde, machte weiteren Schlaf unmöglich.

Nachdem er sich rasiert hatte, stieg er unter die Dusche. Natürlich kam sie ein paar Minuten später zu ihm.

»Was ist *das*?« Er deutete auf die Dose mit Rasiergel und den Einwegrasierer in ihrer Hand.

»Ich werde dich rasieren.« Ihr nüchterner Tonfall hatte mehr als nur einen kleinen ›Du Dummkopf‹-Faktor.

»Ähm, Süße, ich weiß das zu schätzen, aber ich bin schon fertig. Siehst du?« Er tippte auf sein stoppelfreies Kinn.

Sie verdrehte die Augen. »Nein, Sir. Ich werde deinen Körper rasieren.«

»Was?« Er trat einen Schritt zurück und stieß gegen die kühle Fliesenwand.

»Willst du heute Abend nicht gut aussehen?«

»Okay, Leah. Auszeit oder eine rote Ampel oder ein Stoppschild oder was zum Teufel! Hm?«

Sie sah ihn an, als würde sie es einem Kind erklären. »Wir gehen heute Abend in den Club. Du musst dich von deiner besten Seite zeigen.« Sie trat einen Schritt vor. »Ich rasiere Meister die ganze Zeit.«

Wenn ich so darüber nachdenke, war ihm aufgefallen, dass Kaden von den Hüften aufwärts ein wenig unbehaart war, aber er hatte sich nicht wirklich Gedanken darüber gemacht, was unter Kadens Gürtel lag. Das stand nicht gerade auf Seths Top-Ten-Liste der Fantasiegedanken, so viel war sicher.

»Warum?«

»Weil es schöner aussieht.« Sie griff mit ihrer freien Hand nach unten und fuhr mit ihren Fingern an seinem Schaft entlang, und der verdammte Verräter reagierte sofort. »Und wenn du einen Cockring benutzt, bleibt er nicht in deinen Haaren hängen ...«

»Whoa!« Er packte ihre Hand und versuchte, seine Hüften von ihr wegzuschieben. »Verdammte Scheiße, du willst mir die *Eier rasieren*?«

»Ja. Außerdem ist es besser für mich. Ich muss nicht ständig Haare ausspucken.«

Wurmloch. Er war wieder bei der Wurmlochtheorie. »Schatz, ich will deine Gefühle nicht verletzen, aber ich bin mir nicht sicher ...«

»Bitte, Sir?« Sie schaute ihn mit ihren Hundeaugen an. »Ah, Fuck, nein. Leah, Babe, komm schon. Sei nicht so streng mit mir.«

Sie drückte ihren nackten Körper an ihn. »Bitte, Sir? Ich will nur, dass du gut aussiehst.«

Er würde nicht so gut aussehen, wie er wollte. Das war noch mindestens ein oder zwei Monate entfernt, vorausgesetzt, er hielt seinen Trainingsplan ein. Neben Kaden sah er immer noch wie ein Schwein aus. Obwohl er im Vergleich zu den meisten Stammgästen des Clubs spindeldürr war.

Diese verdammten tödlichen grünen Augen. Sie hatte schon vor Jahren herausgefunden, wie sie ihn um ihren Finger wickeln konnte, fast vom ersten Augenblick an, als sie sich trafen.

Und sie wusste es auch ganz genau. Jetzt nutzte sie es zu ihrem Vorteil.

Er schloss die Augen und kämpfte gegen die Übelkeit an, die in seinem Bauch aufstieg. »Du rasierst mir doch nicht die Beine, oder? Das ist einfach verdammt gruselig.«

Sie lachte. »Nein, Dummerchen.« Sie zog ihn sanft von der Wand weg. »Stell dich einfach hier hin und spreize deine Beine ein wenig. Ich werde alles machen.«

Er weigerte sich, die Augen zu öffnen. »Weißt du, ich bin schon beschnitten.A lles, was jetzt an mir ist, brauche ich wirklich noch.«

Sie lachte wieder. »Meister wird dir sagen, dass ich das sehr gut mache.«

»Das ist nicht gerade ein Gespräch, das zwei Männer bei einem Kaffee führen. ›Hey, Alter, wie gut rasiert deine Frau deine Eier?‹«

Sie lachte, laut und heftig.

Okay, wenigstens habe ich diese tägliche Aufgabe erledigt.

Als sie aufhörte zu lachen, begann sie mit seinem Rücken, was nur eine Minute dauerte. Nicht, dass er jemals darauf geachtet hätte, aber er muss nicht sehr behaart gewesen sein. Er stand still da, während sie seine Brust einseifte und ihn rasierte, wobei sie sich nach Süden vorarbeitete.

Er schluckte nervös, aber er wurde dennoch hart, als sie ihn langsam streichelte und begann, seine Leistengegend und seinen Sack zu rasieren. Er wagte kaum zu atmen. Sie hatte offenbar volles Vertrauen in ihre Fähigkeiten.

Als sie fertig war, spülte sie ihn ab, ließ sich dann wieder auf die Knie fallen und fuhr mit Zunge und Lippen über seinen pochenden Schaft.

Okay, das war es wert. Daran bestand kein Zweifel. Er lehnte sich an die Wand und streichelte sanft ihr Haar, während sie sich auf ihn stürzte. Das Gefühl ihrer Finger auf seinen nackten Eiern fühlte sich ganz anders an, aber nicht schlecht.

Eine weitere Anpassung, an die er sich gewöhnen würde. Wenn sie ihre Muschi rasiert halten konnte – und anscheinend tat sie genau das –, konnte er sie das machen lassen.

Er hatte in den letzten Tagen mehr Beinahe-Sex gehabt als in den letzten Jahren richtigen Sex. Und den besten Sex – beinahe oder richtig – seines Lebens noch dazu.

Wie bemitleidenswert macht mich das?

Die Frau seines besten Freundes.

Sie umklammerte seine Hüften und ließ nicht los, als er kam. Sie schluckte jeden einzelnen Tropfen, bis er ihr schließlich sanft auf den Kopf klopfen musste.

»Okay«, flüsterte er heiser.

Sie setzte sich auf ihre Fersen und lächelte ihn an. »Na, war das nicht schön?«

Er lachte und rollte mit den Augen. »Ich weiß gar nicht, warum ich überhaupt versuche, mich gegen dich zu wehren.« Er half ihr auf die Beine. »Du wirst jedes Mal die Geheimwaffe hervorholen.« Er zog sie in seine Arme.

»Nein, Sir. Nicht jedes Mal.«

Es fühlte sich so … seltsam richtig an, sie zu halten. Als gehöre sie zu seinem Körper. Wie würde es sich anfühlen, wenn er seinen Schwanz in ihr vergraben hätte?

Er küsste sie auf den Kopf. »Okay, raus mit dir. Ich bin mir sicher, dass Meister frühstücken will. Lass ihn nicht warten. Ich bin auch gleich da.« Was er brauchte, waren ein paar Minuten allein, um seinen Kopf zu beruhigen.

»Okay.« Sie küsste ihn, bevor sie aus der Dusche stieg. Als er wieder allein im Bad war, drehte Seth das Wasser so heiß auf, wie er es ertragen konnte, ließ es ihn fast verbrennen, drehte es dann kalt und zwang sich, eine Minute lang stehenzubleiben, bevor er es abstellte.

Es würde ein *verdammt langer* Tag werden.

KAPITEL DREIZEHN

Seth konzentrierte sich auf die Straße und nicht auf Leahs kurzen Rock. Fuck, das war der längste, seltsamste und gleichzeitig der beste und schlechteste Traum der Welt. Das konnte doch nicht sein neues Leben sein, oder?

Als sie vor dem Club parkten, stellte Seth den Lexus in die Parkposition und starrte auf das Schild. Von außen sah das Venture nicht wie ein BDSM-Club aus. Wenn man nicht wusste, was sie da drinnen machten, wüsste man es auch nicht. Sehr unscheinbar, unauffällig.

Er spürte Leahs Blick und nahm einen tiefen Atemzug. Er musste das tun.

Er hatte es versprochen.

Gott, bitte, lass mich das nicht vermasseln.

Er stellte den Wagen ab und stieg aus. Er ging um sie herum, holte die Gepäcktasche aus dem Kofferraum und öffnete ihr dann die Tür zum Auto. Sie rührte sich zunächst nicht. Ihm wurde klar, was er getan hatte.

Fuck, vermassle es ja jetzt schon.

Er streckte ihr seine Hand entgegen. Sie nahm sie, drückte

ihre Lippen auf seinen Handrücken und schaute zu Boden.
»Danke, Sir.«

Es fühlte sich unheimlich und seltsam und gut zugleich an,
sie so mit ihm reden zu hören.

Er hatte es versprochen. Er musste das für sie tun. Er half
ihr heraus. »Lass uns gehen, Leah.«

Sie hielt seine Hand und ging dicht an seiner Seite, ließ ihm
aber den Vortritt.

In dem Club suchte Seth nervös die Leute ab und hielt
Ausschau nach Tony. Er entdeckte ihn in einer Ecke, wo er sich
mit jemandem unterhielt, und hob seine Hand zur Begrüßung.

Tony nickte, beendete sein Gespräch und ging hinüber. Er
schüttelte Seths Hand. »Hey, Kaden hat mich angerufen.« Er
schaute Leah an. »Wie geht es dir?«

Leah blickte zu Seth auf. Einen Moment lang fragte er sich,
was zum Teufel hier los war. Fuck. Sein zweiter Patzer.

Er nickte.

Sie lächelte Tony an. »Mir geht es gut, danke der Nachfrage.« Sie war eine gute Lügnerin. Er hätte ihr fast geglaubt, wenn
er nicht wüsste, wie sehr es sie innerlich zerriss.

Seth streichelte mit seinem Daumen sanft über ihren
Handrücken und versuchte, sie zu trösten. Am liebsten hätte er
sie in seine Arme gezogen, umarmt und sie an seiner Schulter
ausweinen lassen, aber das war etwas, was sie wahrscheinlich
nie tun konnte.

Wenn er ihr helfen wollte, musste er tun, was Kaden ihm
sagte. Was sie von ihm verlangte.

Tony führte ihn durch den Check-in und ging mit ihnen in
den Raum. In Gedanken versuchte Seth, alles durchzugehen,
was Kaden ihm beigebracht hatte, die Liste, die er auswendig
gelernt hatte. Die Regeln.

Er schaute Leah an. »Musst du auf die Toilette?«

Sie nickte.

Er führte sie zur Tür. Während er draußen auf sie wartete,

kramte er die Sanitäter-Schere und das Leatherman-Tool aus dem Seitenfach der Tasche und steckte sie in seine Gesäßtasche.

Lass sie nie aus den Augen, es sei denn, sie muss auf die Toilette gehen. Lass sie nie allein.

Drehe ihr nie den Rücken zu, wenn sie gefesselt ist. Behalte sie immer im Auge.

Lass nie jemand anderen sie anfassen, es sei denn, es ist ein Notfall und man will dir helfen, sie zu befreien.

Er klopfte wieder auf seine Gesäßtasche und wurde getröstet durch das Fühlen des Leatherman-Tools und der Sanitäter-Schere.

Leah kam aus dem Badezimmer und dieses Mal erinnerte er sich daran, ihr die Hand zu reichen. Sie nahm sie ohne zu zögern und drückte ihre Lippen auf seine.

»Danke, Sir«, sagte sie leise.

Er führte sie zurück zu Tony, um mit ihm zu reden, während sie darauf warteten, dass die Bank, die sie benutzen wollten, frei wurde. In ein paar Minuten waren sie an der Reihe.

Kaden hatte Seth gesagt, dass er ihn nicht zwingen würde, den ganzen Text auswendig zu lernen, dass er ihn mit der Zeit lernen und sich seine eigene Routine für sie ausdenken würde.

Aber Seth wollte es für sie so gut wie möglich machen. Er wollte, dass es für sie so perfekt war, wie er es machen konnte. Nicht, dass er jemals gedacht hätte, dass er so gut darin sein würde wie Kaden.

Als die Bank frei war, gingen sie zu ihr hinüber. Seth ließ die Tasche zu seinen Füßen fallen, während Tony in der Nähe stand und schweigend zusah. Seth machte eine Handbewegung und Leah ließ sich vor ihm auf die Knie fallen und wartete.

Der Kerkerwächter ging hinüber und sprach leise mit Tony, unterbrach sie aber nicht.

»Safewords?«, fragte Seth Leah.

Sie blickte nicht auf. »Grün, gelb und rot, Sir.«

Kaden hat Seth heute Abend geschont. Er sagte Leah, dass es keinen Ballknebel gäbe, damit sie Seth während der Szene verbal beruhigen konnte.

Seth blickte zu Tony, der nickte und mit verschränkten Armen zusah, wie der andere Kerkerwächter sich auf den Weg machte, um eine andere Szene zu überprüfen.

Seth sah zu Leah hinunter. »Sag mir, was du willst, Liebes«, sagte er und hoffte, dass seine Stimme kräftig genug klang.

»Ich will meinem Meister dienen, Sir.«

»Und wie willst du das tun?«

»So, wie mein Meister es für richtig hält, Sir.«

Er konnte sich so gar nicht daran gewöhnen, dass sie so mit ihm sprach, aber das sollte er wohl besser.

»Willst du den Biss spüren?«

Ihre Haut kribbelte, so wie sie es tat, wenn sie mit Kade spielte. »Ja, Sir. Ich muss den Biss spüren.«

Ah, Fuck. Er hatte es wieder vermasselt. Aber sie schien damit einverstanden zu sein. »Bereite dich auf mich vor.« Er wusste, dass sein Ton nicht so hart und streng war wie der von Kaden, aber er konnte sich nicht dazu durchringen, so mit ihr zu reden. Zumindest noch nicht.

Sie stand auf und ging zur Bank hinüber, zog sich aus, faltete ihre Kleidung ordentlich zusammen und legte sie daneben, als wäre es etwas Alltägliches, sich vor einem Raum voller Fremder nackt auszuziehen.

Andererseits war es in gewisser Weise für sie.

Seth fummelte an den Knöpfen seines Hemdes herum, weil seine Finger zitterten.

Fuck.

Schließlich bekam er es auf und ließ es auf einen Stuhl in der Nähe fallen. Irgendwie fand er, dass er trotz seiner größeren Statur nicht annähernd so imposant aussah wie Kade. Kaden strahlte eine stille, ruhige Gelassenheit und Stärke aus.

Seth fühlte sich zu Tode erschreckt.

Nachdem er ein Handtuch auf der Bank ausgebreitet hatte, durchwühlte er die Tasche und kam sich langsam und dumm vor, als er die vierte Manschette nicht finden konnte. Schließlich fand er sie und neigte seinen Kopf zu Tony, um ihn für diesen Teil herüberzuziehen.

Ohne etwas zu sagen, deutete Tony auf die Verbindungspunkte. Seth befestigte ihre Beine und Arme an der Bank, sodass ihr Hintern ein offenes und bevorzugtes Ziel war. Als nächstes kam das Seil.

Kaden hatte das Muster in Seths Gehirn gebohrt. Schnell sicherte er ihre Beine vom Knie bis zum Knöchel mit dem Wickelmuster. Als er fertig war, schaute Tony, begutachtete Seths Arbeit und nickte. Seth sprach zu Leah.

»Wie fühlt sich das an, Liebes?«

»Grün, Sir.«

Tony nickte Seth zu und trat an den Rand des *Spiel-Bereichs*.

Seth beobachtete sie nervös, bemerkte, dass sich ihre Atmung beschleunigt hatte und ihr ganzer Körper nun erregt war. Sie wackelte ein wenig auf der Bank, als ob sie sich reiben wollte.

Er kniete sich neben ihren Kopf und senkte seine Stimme, um das Ganze nicht zu vermasseln. »Bist du bereit, den Biss zu spüren?«

Sie kniff die Augen zusammen und nickte fast eifrig, während sie sich gegen ihre Fesseln stemmte.

»Zeig mir deine Hände.«

So gut sie konnte, hob sie ihre Hände, machte mehrere Fäuste und wackelte mit den Fingern. Er wusste, dass das jetzt nicht mehr so wichtig war, denn er hatte sie nur in Handgelenkmanschetten und nicht in Armfesseln, aber er musste diese Routine in den Griff bekommen.

Er hielt ihre Hände fest. »Drück zu.«

Sie drückte zu, fest.

»Sehr gut. Deine Füße.«

Wegen der Seile machte er sich mehr Sorgen um ihre Durchblutung da unten. Sie wackelte mit ihren Füßen und Zehen und bewegte sie. Er fühlte sie, und sie waren nicht kühler als der Rest ihres Körpers.

Er ging zurück zur Tasche und kramte den Flogger heraus.

»Fünfzehn, Liebes.« Es fühlte sich seltsam an, sie so zu nennen, aber es war Teil ihres Spiels und er war entschlossen, es ihr so gut wie möglich zu besorgen.

Für Kaden.

»Fünfzehn, Sir«, wiederholte sie.

»Zähle.« Er schlug zu, zugegebenermaßen beim ersten Mal nicht sehr fest. Sie hat sich nicht einmal gekrümmt.

»Eins, Sir.«

Nach dem fünften Schlag hatte er endlich seinen Rhythmus gefunden. Er ließ sich Zeit und blickte immer wieder zu Tony, der nickte, aber still blieb und nicht im Weg stand. Leah zählte jeden Schlag und ihre Stimme wurde tiefer und erregter, je weiter sie zählte. Als Seth bei fünfzehn Schlägen angelangt war, zappelte sie auf der Bank – und er schämte sich, weil er merkte, dass er einen rasenden Ständer hatte.

Er holte tief Luft und beruhigte sich. »Wie viel hast du gezählt, Liebes?«

»Das waren fünfzehn, Sir«, keuchte sie. »Danke.«

»Wo sind wir?«

»Grün, Sir«, antwortete sie sofort.

Er untersuchte ihre Füße und Hände und war erleichtert, dass es ihr gut ging. Er trat einen Schritt zurück. »Noch fünfzehn, Liebes.«

»Fünfzehn, Sir.«

»Zähle.«

Er sah den offensichtlichen Effekt, den das auf sie hatte und wünschte sich, er könnte seine Hose runterlassen und sie auf der Stelle ficken. Zwischen dem zehnten und elften Schlag hielt er inne, um einen Schluck Wasser aus einer der mitgebrachten Flaschen zu nehmen. Ihr Arsch sah rosa aus. Dieser Flogger war einer der mildesten in Kades Sammlung, er würde kaum eine Tomate zerquetschen. Seth wusste, dass das mehr für seinen Seelenfrieden und sein Selbstvertrauen war als für Leahs Sicherheit.

Als Seth spürte, dass er die Kontrolle wiedererlangt hatte, blickte er zu Tony, der nickte.

Seth setzte das Set fort.

Am Ende wiederholte er den Check-in. Es ging ihr gut, viel besser als ihm, so wie es aussah.

Er ließ den Flogger in die Tasche fallen und holte die leichte Gerte heraus. Tony hielt einen Finger hoch. Seth trat von Leah weg und nickte.

Tony trat heran und lehnte sich dicht an sein Ohr. »Sie brauchen oben eine Minute Hilfe. Kommst du zurecht, bis ich wieder da bin?«

Seth nickte.

»Du kannst einen Kerkerwächter bitten, mich zu holen, wenn du mich brauchst. Zögere nicht, die Szene zu beenden, wenn du dich unwohl fühlst. Sie wird es verstehen. Kade hat sie gut ausgebildet.«

Seth nickte und wartete, bis Tony gegangen war. Es gab nicht viele Leute, die ihnen zusahen, vielleicht ein Dutzend oder so, die sich in einem diskreten Abstand aufhielten. Er versuchte, sie auszublenden und sich wieder auf die Szene zu konzentrieren.

Er trat zu Leah zurück, streichelte ihren Hintern und hörte, wie sie vor Vergnügen seufzte. »Wo sind wir, Liebes?«

»Grün, Sir«, antwortete sie atemlos.

Nervös stellte er sich hin und machte ein paar Probeschläge, die keinen Kontakt hatten, damit er sein Zielen anpassen konnte.

»Fünf, Liebes.«

»Fünf, Sir.«

»Zähle.« Er wusste, dass er seinen ersten Schlag vergeigt hatte. Er konnte es nicht verhindern. Das ging gegen den tiefsten Kern seines Wesens.

Sie klang fast enttäuscht. »Eins, Sir.«

Reiß dich zusammen, dachte er. *Du musst das für sie richtig machen.*

Den zweiten Schlag versetzte er ihr viel härter, sodass sie gegen die Fesseln sprang.

»Zwei, Sir.« Aber sie klang erleichtert.

Er zog den Satz durch und kontrollierte sie am Ende. Er fügte einen weiteren Zehnersatz hinzu, als seine Zuversicht wuchs. An einigen Stellen zeigten sich hellrote Striemen, und ihre rasierte Muschi sah rot und geschwollen aus.

Er kramte in der Tasche und fand den Vibrator, schob ihn in sie hinein und schloss schnell die Riemen an. Mit der Fernbedienung in der linken Hand griff er mit der rechten nach der Gerte. »Ein Satz von zehn, Liebes.«

»Zehn, Sir.«

»Zähle.«

Er stöhnte fast auf, als er sah, wie ihre Hüften bei jedem Schlag der Gerte zusammenzuckten. Sein Schwanz pochte schmerzhaft, als er den Vibrator in ihr pulsieren hörte. Er tat ihr das an.

Sie zählte mit, aber nur knapp, denn am Ende des Satzes stöhnte ihre Stimme.

Er schaltete den Vibrator aus, ließ ihn aber noch in ihr drin. Er wusste, dass sie noch nicht gekommen war und wahrscheinlich genauso geil war wie er selbst.

Er beugte sich über die Tasche, um das nächste Gerät zu holen, als er die Stimme des Mannes hörte. »Brauchst du ein bisschen Hilfe?«

Er schaute auf. Baxter.

Seth blickte zu Leah und bemerkte, dass sie angespannt war, und das nicht auf eine gute Art. »Nein, wir sind okay. Danke.«

Baxter kam herüber und stand viel zu nah bei Leah. »Sie braucht viel mehr als das, weißt du. Kaden hat sie normalerweise schon mit einer Singletail zugedröhnt. Ich könnte dir helfen. Ich würde gerne mal mit ihr spielen.«

Seth stellte sich zwischen ihn und Leah. »Ich sagte: Nein, danke.«

»Sie braucht eine ruhige Hand. Du nimmst kaum Kontakt auf. Ich habe meine Kinder härter geprügelt, als du sie benutzt hast.«

Seth kämpfte gegen seine kaum unterdrückte Wut an. »Zurück. Mit. Dir.« Dieser Typ hatte sich fortgepflanzt? *Igitt.*

Baxter trat schnell um ihn herum und beugte sich vor, um mit Leah zu sprechen.

Wo zum Fuck ist der Kerkerwächter?

»Leah, willst du, dass sich ein echter Dom um dich kümmert?«

»Genug!«, befahl eine wütende Stimme.

Wessen Stimme war das?

Oh, Mann, das bin ich, dachte Seth. »Beweg deinen Arsch *verdammt noch mal* weg von meiner Sklavin.« Baxter sah ihn an. »Sie ist nicht dein irgendwas. Sie ist Kadens Frau.«

Seth berührte Baxter mit dem Ende der Gerte an der Brust und schob ihn von Leah weg, die schweigend zusah, wie sich das Drama entwickelte. Seth bekam kaum mit, wie Stimmen laut wurden und jemand rief, dass der Kerkerwächter seinen Arsch wieder dorthin bewegen solle. »Sie ist *meine* Sklavin«, knurrte Seth. Er schaute sie an. »Leah, wer ist dein Meister?«, bellte er.

Verblüfft flüsterte sie: »Du bist es, Sir.«

»Wem gehorchst du?«, verlangte er.

Ihre Stimme wurde fester, aber sie machte immer noch

große Augen. »Ich gehorche heute Abend nur dir, Sir«, antwortete sie.

Baxter wollte gerade etwas anderes sagen, als Tony und der Kerkerwächter zurückkamen. »Was ist hier los?«, fragte Tony.

Seth richtete die Gerte auf Baxter. »Das Arschloch soll sich von meiner Sklavin fernhalten und mir aus dem Weg gehen.« Er hörte die Entschlossenheit in seiner Stimme. »Er hat unsere Szene unterbrochen und lässt uns nicht in Ruhe, obwohl ich ihm gesagt habe, dass er sich verpissen soll.«

Zwei weitere Kerkerwächter tauchten auf und eskortierten Baxter aus dem Gebäude.

Tony schaute Leah an, dann Seth. Seth kniete sich neben Leahs Kopf. »Sieh mich an.«

Sie tat es.

»Wo sind wir, Liebes?«

Sie zögerte nicht. »Grün, Sir.«

Sie *war* seine Sklavin. Er spürte es in seinem Innersten.

Er verstand.

Er wusste, dass sich etwas in ihm verändert hatte. Sogar er konnte es an seiner Stimme hören. »Musst du den Biss spüren?«, fragte er. Er wusste, dass seine Stimme tiefer und stärker klang, auch wenn er nicht genau wusste, wie oder warum.

Sie nickte. Eifrig. »Ja, Sir. Ich muss den Biss spüren.«

Er hatte vorgehabt, als Nächstes den Riemen zu benutzen. Lauter, aber nicht härter als die leichte Gerte.

Er kramte in der Tasche und behielt sie im Auge, während Tony und die anderen schweigend zusahen.

Ganz unten in der Tasche, in der Aufbewahrungsröhre mit einer anderen Gerte, fand Seth die milde, federnde Rute, nicht ganz ein Rohrstock. Sie war bei Weitem nicht die härteste in Kades Sammlung, aber härter als der Riemen oder die erste Gerte, die er benutzt hatte. Er hatte vor, das Ganze mit einem

Satz von fünf abzurunden, nachdem er mehr Zeit mit den anderen Geräten verbracht hatte.

Irgendetwas sagte ihm, dass sie es jetzt beide brauchten.

Seth trat zu ihr zurück und richtete seine Schläge aus. »Satz von zehn, Liebes.«

Sie wackelte mit ihrem Hintern. »Zehn, Sir.«

»Zähle.« Er zog sich nicht zurück und sie keuchte, als die Rute einen roten Streifen in ihrem Arsch hinterließ.

»Eins, Sir«, flüsterte sie atemlos.

Er ließ den Vibrator ausgeschaltet und wusste, dass sie unbedingt spüren wollte, wie er surrte. Er wusste auch, dass Kade ihm sehr half, indem er ihn in das nächtliche Spiel einbezog. Er hatte gesehen, wie Leah durch das Spiel mit Kade zum Höhepunkt kam, aber Kade hatte kein Problem damit, ihre empfindlicheren Stellen mit Peitschen und Gerten zu bearbeiten. Seth wusste, dass er bei weitem noch nicht so geschickt und selbstbewusst war.

Vielleicht eines Tages.

Der Gedanke, dass sie so lange spielen würden, bis es ein ›eines Tages‹ geben würde, ließ seinen Schwanz noch härter pochen.

Er peitschte ihren Arsch und ihre Schenkel aus, wobei ihr verzweifeltes Zappeln etwas in ihm entfachte. Was für ein kranker Freak war er eigentlich? Hier stand er, peitschte die Frau seines todkranken besten Freundes aus und wollte ihr das Hirn rausficken.

Und man hatte ihm gesagt, dass es in Ordnung sei, das zu tun! Und er *wollte* es tun.

Am Ende des Sets krümmte sich Leah in ihren Fesseln und wackelte mit ihrem hübschen roten Hintern in der Luft. Seth streichelte ihr Fleisch und bewunderte die langen, gestreiften Striemen, die ihr Fleisch bedeckten, ihre Textur und ihre Hitze.

»Wo sind wir, Liebes?«, fragte er heiser.

»Grün, Sir.«

Er blickte auf den Timer – sie hatten noch zwanzig Minuten Zeit.

Er prüfte noch einmal ihre Hände und Füße, bevor er sich neben ihren Kopf kniete.

»Leah, sieh mich an.«

Ihre Augen sahen unter schweren Lidern glasig aus.

»Willst du den Biss spüren?«

Sie nickte, ihre Augen waren auf die seinen gerichtet. »Ich muss den Biss spüren, Sir.«

»Ich will, dass du für mich kommst, Liebes. Willst du für mich kommen?«

Sie nickte eifrig. »Ich will für dich kommen, Sir.«

Er konnte nicht anders, er wusste, dass es nicht zu ihrer Routine gehörte, aber er beugte sich vor und küsste sanft ihre Lippen. »Du *wirst* für mich kommen, Liebes.«

Er kehrte an das Ende der Bank zurück. »Ein Satz von dreißig, Liebes.«

Sie zitterte, aber auf eine Art, von der er wusste, dass sie kurz vor dem Durchdrehen war. »Ein Satz von dreißig, Sir.«

»Zähle.« Er holte aus, aber nicht so stark, dass es mehr als ein leichtes Brennen verursacht hätte. Als der erste Schlag ihr Fleisch berührte, drückte Seth auf die Taste der Fernbedienung und schaltete den Vibrator ein.

Ihr Körper zitterte, aber sie zählte weiter.

Als er bei zehn angelangt war, wusste er, dass sie fast so weit war. Er steigerte die Kraft seiner Stöße, änderte den Winkel und überzog ihr Fleisch mit einem Netz aus Streifen, wobei er darauf achtete, die Haut nicht zu verletzen.

Sie kam bei dreizehn. Bei einundzwanzig wieder. Dann ein letzter Höhepunkt bei dreißig.

Schwer atmend schaltete er den Vibrator aus, legte den Rute zurück in das Rohr, in dem sie sie transportiert hatten, und zog dann den Vibrator aus ihr heraus.

Sie lag erschöpft und schlaff auf der Bank.

Er kniete sich neben sie und streichelte ihr Gesicht, indem er seine Handfläche über ihre Wange legte. Irgendwann hatte sie geweint, wahrscheinlich viele Male, aber ein leichtes Lächeln umspielte ihr Gesicht, als sie seine Hand küsste.

»Wie geht es uns, Liebes?«, flüsterte er.

»Grün, Sir«, murmelte sie.

Vorsichtig löste er ihre Fesseln und streichelte sanft ihre Beine und Arme, bevor er sie auf seinen Schoß zog, direkt auf den Boden. Seth drückte sie ein paar Minuten lang an sich, während sie sich erholte. Er küsste ihren Kopf, strich mit seinen Fingern über ihre Wirbelsäule und murmelte ihr beruhigende Worte zu. Dann reichte er ihr eine Flasche Wasser und sagte ihr, sie solle sich anziehen. Schnell verstaute er ihre Accessoires in der Tasche und wischte auf Tonys Anweisung hin die Bank ab. Als Leah sich angezogen hatte, kam Tony herein und nickte Seth zu.

»Geht es dir gut?«, fragte Tony.

Seth knöpfte langsam sein Hemd zu. Er fühlte sich ausgelaugt, geil wie die Hölle und ...

Er konnte das mysteriöse Gefühl, das ihn jetzt durchströmte, nicht identifizieren.

Als sie anfingen, war es auf jeden Fall noch nicht da gewesen.

»Ja, mir geht's gut.«

Leah zog sich fertig an und kniete vor Seth nieder. »Danke, Sir«, sagte sie und nahm das Spiel wieder in die Hand.

Er hielt ihr die Hand hin, sie nahm sie und küsste sie. Er zog sie auf ihre Füße und küsste sie.

Sie zögerte einen Moment, aber dann erwiderte sie den Kuss mit Nachdruck. Als er den Kuss beendete, trafen sich ihre Augen und er konnte nicht anders, als es zu sagen.

»Ich liebe dich, Leah.«

Ein strahlendes Lächeln umspielte ihre Lippen. Er dachte, sein Herz würde implodieren. »Ich liebe dich auch, Seth.«

KAPITEL VIERZEHN

Seth wollte Leah über die Motorhaube beugen und sie auf dem Parkplatz des Clubs ficken. Irgendwie schaffte er es, sie auf den Beifahrersitz zu bekommen, bevor er sich hinter das Lenkrad setzte.

Er schaute sie an. Dann beugte er sich zu ihr und küsste sie, seine Hand fuhr durch ihr Haar, er schmeckte sie tief.

Seine Sklavin.

Seine.

Er schloss seine Augen und schnappte nach Luft, als er seine Stirn an ihre drückte. »Ich liebe dich so sehr.«

»Ich liebe dich auch.«

»Ich will das nicht die ganze Zeit machen. Ich tue es für dich, und ja okay, es macht Spaß. Aber manchmal muss ich einfach ... normal sein.«

»Ich weiß. Das ist in Ordnung. Das würde mir auch gefallen.«

»Reicht das für dich aus?«

»Ja.«

Er küsste sie erneut und stöhnte leise, als ihre Zunge seine Lippen berührte. Unter ihrer Berührung lösten sich die Lippen und er wusste, wenn er sie nicht nach Hause bringen würde, würde er sie auf der Stelle ficken.

Seine Hände zitterten so sehr, dass er drei Versuche brauchte, um den Schlüssel ins Zündschloss zu stecken und das verdammte Auto zu starten. Auf der stillen Fahrt nach Hause hielten sie sich an den Händen. Als sie in den Hof fuhren, wartete Leah, dass er um das Auto herumging und ihr beim Aussteigen half. Er küsste sie erneut und versuchte nicht, seine steinharte Erektion zu verbergen.

Sie drückte ihre Hüften gegen ihn. »Du warst großartig heute Abend«, flüsterte sie.

»Ich hätte diesen Bastard am liebsten umgebracht.«

Ihr verschmitztes Lächeln ließ seinen Schwanz noch härter pochen. »Du hast es gespürt, nicht wahr?«

»Was?«

Sie küsste ihn und flüsterte dann in sein Ohr: »Ich bin deine Sklavin. Ich gehöre euch beiden, aber du willst mich endlich für dich beanspruchen, nicht wahr, Sir?«

Er nickte. »Ja.«

»Ich denke, Sir sollte sich nehmen, was ihm rechtmäßig zusteht.«

Er schloss seine Augen und presste Luft in seine Lungen. »Was sind das für andere Fantasien, von denen Kaden gesprochen hat?«

Sie trat von ihm weg und lächelte verführerisch. »Warum lässt du es dir nicht von uns zeigen? Wir lassen die Schlafzimmertür offen. Du kannst dich gerne zu uns setzen.«

Er sah ihr zu, wie sie ins Haus ging und ihre Hüften sich dabei bewegten. Das Wasser lief ihm im Mund zusammen.

Fuck.

Er wischte sich mit der Hand über den Mund, denn er war sich sicher, dass er sabberte. Nachdem er wieder zu Atem gekommen war, trug er die Tasche ins Haus.

Kaden saß auf der Couch. Er blickte von seiner Zeitung auf und blickte Seth über seine Brille hinweg an.»Und?«

Seth verdrehte die Augen angesichts des wissenden Lächelns seines Freundes.»Nun, was?«

Kade ließ die Zeitung fallen und legte seine Brille auf den Couchtisch.»Komm schon. Du hast Baxter fast erschlagen. Tony hat mich angerufen, nachdem ihr den Club verlassen habt.« Er lehnte sich zurück und verschränkte die Arme.»Hat sich gut angefühlt, oder? Mit ihr zu spielen, meine ich.«

Seth ließ die Sporttasche auf die Couch fallen und nickte.»Ja«, sagte er leise.

Kaden stand auf.»Ich glaube, unser Mädchen hat ihre eigenen Pläne, wie die Nacht enden soll. Du bist herzlich eingeladen, dich uns anzuschließen. Und das meine ich ernst. Es würde sie sehr glücklich machen.« Kaden ging den Flur entlang, während Seth ihm hinterher starrte.

War er *wirklich* dazu bereit? Das war er schon vor ungefähr einer Stunde gewesen.

Mit bleiernen Füßen ging er den Flur hinunter und zögerte an seiner Zimmertür.

War er dazu bereit?

Würde er *jemals* dazu bereit sein?

Kaden stirbt.

Nichts außer einem Wunder würde den Verlauf ihrer Zukunft ändern.

Und schon gar nicht sein Zögern.

Mit einem tiefen Atemzug zwang Seth seine Füße vorwärts und blieb in der Tür ihres Schlafzimmers stehen.

Kaden hatte sein Hemd aufgeknöpft, es aber noch nicht ausgezogen. Leah hatte ihre Schuhe ausgezogen, war aber noch angezogen. Sie entdeckte ihn in der Tür und das strahlende Lächeln, das ihr Gesicht erhellte, lockte ihn in ihr Zimmer.

Sie eilte zu ihm und schlang ihre Arme um ihn.»Küss mich.«

Er tat es.

Als sie ihre Hüften gegen ihn drückte, ließ er seine Hände über ihren Rücken gleiten, umfasste ihren Hintern und zog sie dann fest an sich, damit sie seinen Ständer spüren konnte.

Sie stöhnte leise auf.

Kaden kam herüber. Er hatte sein Hemd ausgezogen, trug aber noch Shorts. Er strich ihr das Haar aus dem Nacken und drückte seine Lippen auf ihren Nacken, sodass sie in Seths Armen zitterte.

»Bist du bereit, gefickt zu werden, Liebes?« sprach Kaden leise in ihr Ohr. Sie schmolz förmlich an Seth und stöhnte auf.

Kaden war noch nicht fertig. Seine Stimme senkte sich zu einem tiefen Knurren. »Wir werden deine Fantasien endlich wahr werden lassen, Liebes. Wir werden dich die ganze Nacht lang ficken. Von nun an wirst du zwei harte Schwänze haben, die du bedienen musst, und du wirst ein sehr fleißiges Mädchen sein.«

Seths Schwanz pochte schmerzhaft in seiner Jeans, aber er unterbrach den Kuss mit ihr nicht.

Leah wimmerte und zappelte zwischen den beiden, offensichtlich erregt. »Erzähl Sir deine größte Fantasie«, knurrte Kaden.

Ihr Kopf lehnte sich an Kadens Schulter zurück. Ihre Augen blickten glasig vor Leidenschaft. »Ich will, dass Meister und Sir mich gleichzeitig ficken«, flüsterte sie. »Ich will eure beiden Schwänze in mir spüren.«

Kadens Hände umfassten ihre Brüste und drückten ihre Nippel durch den Stoff ihres Shirts. »Sei etwas genauer. Sag ihm genau das, was du mir gesagt hast.«

»Ich will, dass einer von euch meine Muschi fickt, während einer von euch meinen Arsch fickt. Ich will, dass ihr beide zur gleichen Zeit in mir kommt. Ich will, dass ihr mich beide beansprucht. Ich will, dass meine beiden Meister ihre Sklavin heute Nacht hart benutzen.«

Seths Mund wurde ganz trocken. »Sag ihm noch eine.«

Ihre Augen fielen zu, als Kaden ihre Brustwarzen kniff. »Ich will, dass Sir mich fickt, während ich Meisters Schwanz lutsche.«

Kaden biss ihr in den Nacken. »Noch eine.«

Sie zappelte nun zwischen ihnen. Seth ahnte, dass sie ganz nass sein würde, wenn er seine Finger in sie schob.

»Ich will abwechselnd die Schwänze meiner Meister lutschen, während einer von ihnen meine Muschi leckt. Ich will, dass meine Meister mich fesseln und mich den ganzen Tag benutzen und mich ficken und lecken. Ich will die ganze Zeit nackt herumlaufen, und wann immer Meister oder Sir es wollen, ficken sie ihre Sklavin, oder sie lassen mich ihnen einen blasen, egal ob drinnen oder draußen. Ich will nur meinen Meistern gefallen.«

Seth holte tief Luft. »Okay«, flüsterte er heiser. Wenn sie weiter so redete, würde er in seiner Jeans explodieren.

»Leg dich ins Bett, Liebes«, befahl Kaden leise.

Seth ließ sie los. Verzweifelt riss sie sich die Kleider vom Leib und warf sich auf das Bett.

Seth starrte sie an. Kaden schaute ihn an. »Und?«

»Und was?«

Kaden lachte. »Lass uns unsere Sklavin ficken.«

Seths Finger fühlten sich taub an, als er sein Hemd aufknöpfte. Kaden schaltete die Lampen aus. Sanftes Licht strömte aus dem Badezimmer herein, sodass es intimer wurde und sie immer noch genug sehen konnten.

Kaden zog sich fertig aus und legte sich neben Leah. Sie küsste ihn, während er eine Hand zwischen ihre Beine schob. Sie spreizte sie weit und stöhnte, als er einen Finger in sie schob.

Der Anblick durchbrach Seths mentale Lähmung. Er zog sich aus und legte sich auf ihre andere Seite. Sie drehte sich um und küsste ihn, während er ihre linke Brust umfasste. Er strich mit dem Daumen über ihre Brustwarze, die sich daraufhin sofort verhärtete.

Er wollte sie die ganze Nacht lang ficken. Aber zuerst wollte er sie zum Kommen bringen.

Seth rutschte auf dem Bett hinunter und schob ihre Beine weiter auseinander. Sie drehte ihr Gesicht zu Kaden und küsste ihn, während Seth seine Hände um ihre Schenkel schlang.

»Sag mir, was du willst«, sagte Seth heiser.

Sie unterbrach den Kuss mit Kaden. »Ich will deine Lippen auf meiner Klitoris spüren.«

Seth stöhnte vor Verlangen. Er könnte sich leicht gegen das Bett winden und bei diesem Tempo selbst kommen. Er senkte seinen Mund auf ihr Geschlecht und fuhr mit seiner Zunge sanft jede Kurve und Falte nach.

Leah stöhnte laut auf.

Kaden spielte abwechselnd mit ihren Brustwarzen und ließ sie zwischen seinen Fingern rollen. »Lass ihn hören, wie sehr du es genießt«, befahl er.

»So gut«, keuchte sie. »Es fühlt sich so gut an.«

Seth ließ sich Zeit, bearbeitete ihre Klitoris mit seiner Zunge und streichelte sie dann abwechselnd mit langen, festen Bewegungen.

Er musste sie ficken. *Jetzt.*

Er schlang seine Lippen um ihre Klitoris und biss sanft zu, was eine thermonukleare Explosion in ihrem Körper auslöste. Sie schrie auf, ihr Körper verkrampfte sich auf dem Bett, während Seth seine Hände fest um ihre Schenkel schloss und sie immer weiter kommen ließ, bis sie zitternd und wimmernd in Kadens Armen lag.

Als er ein letztes Mal mit seiner Zunge über ihren Kitzler strich, hob Seth den Kopf. »Wie war das?«

Ihre Augen waren immer noch geschlossen, aber sie nickte.

Seth setzte sich auf, griff nach ihren Hüften und hielt mit

seinem Schwanz an ihrem Eingang inne. »Sieh mich an«, flüsterte er.

Sie öffnete ihre Augen.

»Willst du, dass ich dich ficke, Baby?«

Sie nickte.

»Bitte mich darum.«

»Bitte fick mich!«

Er versenkte seinen Schwanz mit einem Stoß vollständig in ihr und hielt inne, um das Gefühl ihrer heißen, glitschigen Muskeln zu genießen. Seth schloss die Augen und wartete, bevor er langsam weiterstieß. Er würde explodieren, wenn er zu schnell wäre.

Leah versuchte, sich gegen ihn zu stemmen, aber er hielt ihre Hüften fest. »Nein, bleib einfach liegen und lass mich dich spüren«, sagte er heiser.

Sie blieb ruhig liegen. Kaden küsste sie und spielte mit ihren Brustwarzen.

Sie fühlte sich unglaublich an. Es war leicht, sich in diesem Gefühl zu verlieren und die Zukunft zu vergessen, während sein Schwanz bis zu den Eiern in ihr steckte.

Kaden unterbrach ihren Kuss und knabberte an ihrem Ohr. »Er wird dich gut ficken. Aber wir werden dich jetzt noch nicht wieder kommen lassen. Nachdem er gekommen ist, wirst du ihn wieder schön hart machen, und dann ficken wir dich beide, Liebes.«

Sie stöhnte leise auf.

»Wenn du ein braves Mädchen bist, lassen wir dich kommen, während wir dich beide ficken.«

Seth hörte auf zu stoßen. Er war schon kurz vor dem Höhepunkt und der Gedanke daran, dass sie kommen würde, während sein Schwanz in ihr steckte, brachte ihn fast um den Verstand.

Nach ein paar tiefen Atemzügen begann er wieder zu stoßen - und dieses Mal gab er der Welle nach. Mit einem letzten Stoß kam er tief in ihr, bevor er auf ihr zusammenbrach. Sie schlang ihre Arme und Beine um ihn und hielt ihn in ihrer Umarmung fest, bis er sich genug erholt hatte, um sich von ihr hochzudrücken.

»Ich liebe dich«, flüsterte Seth und küsste sie.

Sie lächelte. »Ich liebe dich auch.«

Seth wurde sich plötzlich bewusst, dass Kaden genau dort lag. Er schaute seinen Freund an.

Kaden lächelte. »Ich mach es immer noch nicht mit dir.«

Seth lachte lang und herzhaft und ließ seinen Kopf auf Leahs Brust sinken, während es aus ihm herausrollte.

Als er sich endlich erholt hatte, sah er Kaden wieder an.

»Alles in Ordnung mit uns?«

Kaden nickte. »Ja, uns geht es gut.«

»Ernsthaft?«

»Ernsthaft.«

Seth sah Leah an und bemerkte ihr zufriedenes Lächeln.

»Du weißt schon«, sagte Seth, »dass du gerade ein Monster erschaffen hast. Du wirst so viel gefickt werden, dass du mit krummen Beinen gehen wirst.«

Sie lächelte. »Meister und Sir können mich ficken, wann und wo sie wollen.«

»Heilige Scheiße«, flüsterte er.

Er drehte sich um und zog Leah auf sich. Er wusste, dass er wieder hart werden würde. »Geh da runter und tu, was dein Meister dir gesagt hat, Liebes.«

Es fühlte sich richtig an, sie so zu nennen. Sie *war* sein Liebes.

Sie grinste und kroch seinen Körper hinunter, ohne auch nur zu zögern, als sie seinen Schwanz in den Mund saugte.

Seth schloss seine Augen und genoss das Gefühl. Er bemerkte, dass Kaden aufstand, weil er spürte, wie sich die Matratze bewegte. Als er nachschaute, sah er ihn hinter Leah stehen, mit einer Flasche Gleitmittel in der Hand.

Kaden klopfte ihr auf den Hintern. »Beeil dich. Ich will meinen Schwanz in dir vergraben.«

Seth hatte noch nie Analsex ausprobiert und war froh, dass Kaden dabei die Führung übernahm. Er würde nicht leugnen, dass er das auch mal probieren wollte ... nur nicht heute Abend.

Dann machte Leah etwas Köstliches mit ihren Fingern an seinem Sack und Seth spürte, wie er ganz hart wurde. Mit einem hörbaren Knall entließ sie seinen Schwanz aus ihrem Mund und setzte sich dann rittlings auf ihn. Er packte ihre Hüften, zog sie herunter und spießte sie auf.

Er wusste, dass er es diesmal länger aushalten konnte und genoss es, wie sie sich auf seinem Schwanz hin und her wälzte.

Kaden drückte sie nach unten auf Seths Brust. »Entspann dich, Liebes. Du hast dir das seit Jahren gewünscht.«

Sie lehnte ihren Kopf an Seths Schulter und küsste ihn. »Danke«, flüsterte sie. »Ich danke dir so sehr.«

Seine Hände ruhten immer noch auf ihren Hüften, aber sie griff hinter sich und führte seine Hände zu ihrem Hintern, damit er ihre Backen spreizen konnte.

Kaden holte scharf Luft. »Fuck, ist das sexy!«

Sie wackelte gegen Seths Schwanz. »Bitte fick mich, Meister!«

»Das werde ich, verdammt noch mal«, knurrte Kaden fast.

Seth schaute über ihre Schulter und sah zu, wie Kaden sie vorbereitete und sie und sich einschmierte. Er drückte seine Schwanzspitze gegen ihren Rand. »Bist du bereit, von mir gefickt zu werden, Liebes?«

»Bitte fick mich!«

Kaden drückte sich nach vorn und sie stöhnte und bewegte ihre Hüften gegen sie. Seth dachte, dass ihm die Augen aus dem Kopf fielen. Sie fühlte sich so eng und heiß an, und als Kaden ganz in ihr steckte, zog er sie an seine Brust. »Wie geht es uns, Liebes?«, fragte Kaden sie.

Ihre Augen waren geschlossen. »Grün«, flüsterte sie.

Er umfasste ihre Brüste und ließ ihre Nippel in seinen Fingern rollen. »Bring deine Sklavin zum Kommen, Seth.«

Seth war sich nicht sicher, ob er zu einem zusammenhängenden Gedanken fähig war, geschweige denn zu einer Tätigkeit, die motorische Fähigkeiten oder Geschicklichkeit erforderte, aber schließlich brachte er seine zitternden Hände unter Kontrolle und strich mit seinem Daumen über ihre geschwollene Klitoris.

Sie stöhnte auf.

»Wie fühlt sich das an, Liebes?«, fragte Kaden.

»Oh ...es ist sooo gut!«

»So gut, wie du es dir vorgestellt hast?« Kaden küsste sie in den Nacken.

»Ja!«

»Vielleicht sollten wir dich jede Nacht so ficken. Würde dir das gefallen?«

Seth war zu diesem Zeitpunkt nicht mehr in der Lage zu sprechen und überließ Kaden gerne die Führung.

Leah zitterte. »Ja!«

Kaden knabberte an ihrem Ohrläppchen. »Ja, was?«

»Ja, Meister! Ich will, dass Meister und Sir mich jede Nacht so ficken!«

Kaden stieß ein paarmal in ihren Arsch und das Gefühl ...

Seth stellte fest, dass er sich geirrt hatte, als er glaubte, er würde dieses Mal länger durchhalten. Es fühlte sich fantastisch an. Er würde bald kommen, wenn sie nicht zuerst käme.

»Vielleicht sollten wir dich jede Nacht fesseln, deinen Arsch mit einem Flogger aufwärmen und dich dann abwechselnd im Spielzimmer ficken«, sagte Kaden.

Sie zitterte in seinen Armen. »Oh ... ja!«

»Oder wir lassen deinen Ballknebel weg und einer von uns kann dich ficken, während du dem anderen einen bläst. Vielleicht werden wir dich die ganze Nacht lang an beiden Enden mit Schwänzen füllen.«

Sie zitterte wieder, ihre Haut errötete.»Bitte!«

»Bitte was?« forderte Kaden knurrend.

»Bitte füllt mich die ganze Nacht mit euren Schwänzen!« Seth ließ ihre Klitoris zwischen seinen Fingern rollen und brachte sie so zum Höhepunkt. Und das nicht einen Augenblick zu früh, denn er war kurz davor. Als ihre Muskeln seinen Schwanz melkten, explodierte er in ihr. Er stöhnte, packte ihre Hüften und stieß zu.

Kaden drückte sie wieder auf Seth, packte ihre Hüften und fickte sie hart, wobei er seine Erlösung zu der ihren hinzufügte. Sie brachen in einem keuchenden, verschwitzten Haufen zusammen, mit Seth am Boden begraben.

Nach ein paar Minuten setzte sich Kaden auf und zog sich vorsichtig zurück.»Geht es dir gut, Schatz?«

Sie öffnete ihre Augen nicht, sondern nickte nur gegen Seths Schulter. Ihr Haar klebte an ihrer feuchten Stirn.

Kaden ging ins Bad und Seth hörte, wie Wasser lief. Einen Augenblick später schaltete Kaden das Licht im Bad aus und kam mit einem nassen Waschlappen zurück, um sie vorsichtig zu säubern.

Seth rollte sich auf die Seite, immer noch in ihr, und nahm sie in die Arme. Kaden rollte sich hinter ihr zusammen und legte seinen Arm um ihre Taille. Seth störte sich nicht einmal an dem beiläufigen Kontakt.

Kaden küsste sie auf den Nacken.»Bist du bereit, Schluss zu machen, Schatz?«

Sie nickte und gab ein leises, murmelndes Geräusch von sich.

Seth vermutete, dass sie bereits dabei war, einzuschlafen. Er wusste, dass er es war.

»Ich liebe dich«, flüsterte Kaden ihr zu.

Sie murmelte etwas zurück, das wie »Ich liebe dich auch« klang.

Seth schwieg, um sie nicht zu unterbrechen. Er würde noch Jahre Zeit haben, es ihr zu sagen. Er wollte Kaden nicht eine Sekunde wegnehmen, wenn er nicht musste.

Er schloss seine Augen und ließ sich von der Erschöpfung in die Dunkelheit tragen.

SETH WACHTE AM NÄCHSTEN MORGEN FRÜH AUF UND FÜHLTE SICH VERWIRRT. Die Nacht kam ihm wieder in den Sinn. Er merkte, dass er immer noch an Leah gekuschelt war, obwohl sie sich irgendwann umgedreht hatte und Kaden gegenüberstand. Das Licht draußen sah immer noch violett aus, und er überlegte, ob er am Morgen laufen gehen sollte. Sosehr er es auch hasste, Sport zu treiben, er wollte für sie in Form kommen und bleiben.

Dann bewegte sie und drückte sich gegen ihn. Die Spalte ihres Hinterns rieb sich perfekt an seinem Schaft. Er unterdrückte ein leises Stöhnen, als sein Schwanz zuckte und begann, hart zu werden.

Als sie es wieder tat, merkte er, dass sie wach war.

Er griff nach ihr und zwickte eine ihrer Brustwarzen. »Guten Morgen«, flüsterte er.

Kaden schlief noch. Sie umfasste Seths Hand mit ihrer und drückte sie, dann neigte sie ihren Kopf zurück.

»Guten Morgen«, flüsterte sie. Ihr wunderschönes Lächeln entschied für ihn. Scheiß auf den Lauf. Er würde später schwimmen gehen.

»Was willst du zum Frühstück?«, fragte sie.

Er wippte mit seinen Hüften gegen ihren Hintern und sein Schwanz glitt sanft an ihrer Spalte entlang. »Dich.«

»Ich will das Doppelte«, murmelte Kaden.

Seth lachte.»Ich dachte, du schläfst noch.«

Kaden streckte sich, dann küsste er Leah.»Ich glaube, wir werden in den nächsten Tagen viel Zeit im Bett verbringen.«

Leah stöhnte leise auf.

Kaden küsste sie erneut und drängte sie, sich aufzusetzen.»Warum weckst du Sir nicht schön auf, während ich mir meine morgendliche Portion hole?«

Leah kniete sich über Seth und schlang ihre Lippen und Finger um seinen Schaft. Er schloss die Augen und genoss es, während er vage wahrnahm, wie Kaden sich hinter ihr in Position brachte. Kaden fickte sie hart, während sie Seths Schwanz tief in ihren Mund saugte. Seth verhedderte seine Finger in ihrem Haar und sie stöhnte ein wenig, als er seine Hüften gegen sie stieß.

Sie liebte es.

Kaden verlangsamte seine Stöße.»Ich glaube nicht, dass ich dich heute Morgen kommen lassen werde, Liebes. Ich glaube, wir lassen dich heute Morgen den Butterfly tragen und dann, wenn du sehr brav bist, denken wir mittags vielleicht darüber nach, dir etwas Erleichterung zu verschaffen.«

Sie stöhnte laut um Seths Schwanz herum. Seth konnte es nicht ertragen.»Butterfly?«, keuchte er.

Kaden lächelte und stieß lange, tiefe Stöße in sie hinein.»Das ist ein raffinierter kleiner Vibrator, den ich ihr umschnalle. Er hat auch eine Fernbedienung. Aber es ist kein großer Dildo wie der andere. Das macht sie wahnsinnig, weil er sie erregt, aber nicht genug, um sie zum Kommen zu bringen.«

»Fuck!«, keuchte er.

»Nach ein paar Stunden«, erklärte Kaden,»bettelt sie darum, alles zu tun, um zu kommen.«

Sie stöhnte wieder. Seth gab es auf, sich zurückzuhalten, denn es fühlte sich einfach zu gut an. Er packte ihren Kopf und bewegte seine Hüften im Takt ihres Mundes. Er stöhnte, als sie ihn mit ihrer Zunge und ihren Lippen streichelte. Er schloss seine Augen und ritt seinen Höhepunkt, bis er erschöpft zusammenbrach.

Sie hob ihren Kopf und lächelte ihn an. Kaden fing an, sie hart zu ficken, stöhnte, als seine Erlösung kam, und blieb einen Augenblick lang still. Als er wieder zu Atem kam, klopfte er ihr auf den Hintern. »Geh dich waschen, Liebes.«

Sie ging ins Bad, während Kaden aus dem Bett stieg und das Schlafzimmer verließ. Seth hörte, wie die Tür des Spielzimmers auf- und einen Augenblick später wieder zuging und Kaden mit etwas zurückkam.

Seth erkannte, dass es der bereits erwähnte Butterfly war.

Als Leah zurückkam, ließ Kaden sie auf Händen und Knien auf das Bett klettern und schloss sie an den Vibrator an. Er schaltete ihn ein und sie ließ ihren Kopf stöhnend auf die Matratze fallen.

Kaden gab ihr einen Klaps auf den Hintern. »Geh und zeig Sir, wie sich eine richtige Sklavin am Morgen verhält. Mach mich stolz.«

Sie sprang vom Bett auf und rannte den Flur hinunter.

Seth schüttelte den Kopf. »*Twilight Zone*. Ich erwarte, dass Rod Serling jeden Moment aus dem Schrank springt.« Er sah Kaden an und lachte. »Willst du sie wirklich den ganzen Tag quälen?«

Kaden nickte und kletterte zurück ins Bett. Er schnappte sich die Fernbedienung und schaltete den Fernseher ein. »Zumindest bis zum Mittagessen.«

Seth und Kaden sahen fern, bis sie ein paar Minuten später mit ihrem Kaffee zurückkam. Kaden benutzte die Fernbedienung des Vibrators, um ihn einzuschalten.

»Braves Mädchen«, gurrte Kaden, als er seinen Becher entgegennahm. »Jetzt geh und mach uns Frühstück.«

»Ja, Meister.« Sie beugte sich vor und küsste ihn tief. Dann ging sie um das Bett herum und küsste Seth.

Seth sah ihr zu, wie sie wieder aus dem Schlafzimmer ging.

Kaden lachte.»Du wirst dir wünschen, du hättest das schon vor langer Zeit getan.«

Seths Schuldgefühle kehrten zurück.»Mann, müssen wir jetzt darüber reden?«

»Wie du willst.« Kaden hatte das Laken bis zu seiner Taille hochgezogen.»Ich sage nur, dass man sich schnell daran gewöhnen kann, dass einem jeden Morgen eine süße, nackte Sklavin das Frühstück ans Bett serviert.«

»Ist es das, was du gemacht hast ...«

Bevor Kaden stirbt.

»... bevor ich hier gewohnt habe?«

»Nicht jeden Morgen. Normalerweise nur am Wochenende. Die meiste Zeit musste ich morgens zu schnell los, um Zeit zum Spielen zu haben. Ich wollte schnell zur Tür hinaus, um ins Büro zu gehen.« Er schaute Seth an.»Ich weiß, dass du deinen Abschluss machen willst, und das ist in Ordnung. Aber wenn du dein ganzes Leben zu Hause verbringen willst, kannst du das tun. Es gibt noch andere Dinge zu tun, weißt du. Ich habe die Gewerbeimmobilien, die verwaltet werden müssen. Du könntest das übernehmen und müsstest Ed dann nicht mehr dafür bezahlen. Du kannst deine Arbeitszeiten selbst bestimmen. Verbringe mehr Zeit mit ihr. Arbeite von zu Hause aus.«

Seth wusste, dass Kaden einige Grundstücke besaß, aber er hatte noch nie mit ihm über Kadens Geschäfte gesprochen. Er hatte nie gedacht, dass es ihn etwas anginge und wollte nicht neugierig sein.

Seth spürte Kadens Traurigkeit.»Ich will arbeiten.«

»Ich weiß, dass du das willst. Du warst schon immer ein harter Arbeiter, nicht so wie mein Arschloch-Schwager. Wenn ich etwas bedaure, dann, dass ich so viel Zeit mit der Arbeit verbracht habe und nicht mehr Zeit mit ihr. Diesen Fehler könntest du vermeiden. Das Haus ist abbezahlt, die Autos sind abbezahlt. Es gibt eine Lebensversicherung und Einnahmen aus den Immobilien und dem Treuhandfonds, den ich eingerichtet habe, und auch die Rentenkonten. Du könntest dein Leben damit verbringen, mit ihr zu spielen.«

Seth wollte dieses Gespräch nicht führen. »Alter, ich bin nicht für so etwas geschaffen.«

»Deshalb bist du genau der Richtige für sie.« Seth versuchte, die Stimmung aufzulockern. »Du verdirbst mir die Laune.«

Kaden lächelte. »Denk doch mal ernsthaft darüber nach. Wenn du zur Arbeit gehst, denk daran, dass es im Leben noch mehr gibt als die Arbeit. Vergiss das nie.«

Seth nickte.

Der Geruch von Speck wehte durch den Korridor. Ein paar Minuten später erschien Leah mit einem Lächeln im Gesicht und zwei Tellern in den Händen. Kaden drückte auf den Knopf des Vibrators und sie stöhnte ein wenig, als er ansprang, ließ aber die Teller nicht fallen.

Er grinste und reichte die Fernbedienung an Seth weiter. »Viel Spaß.«

Sie quälten Leah fast den ganzen Vormittag. Beim Mittagessen rieb sie sich wie ein Terrier an Seths Bein, wenn er lange genug stillstand, damit sie sich an ihm festhalten konnte.

Kaden lachte. »Sie weiß, dass ich das nicht mit mir machen lasse. Das Risiko ist zu groß, dass sie sich dabei verletzt.«

»Ah.« Seth schob Leah trotz ihres schmollenden Blicks sanft weg. »Hör auf, so hinterhältig zu sein.« Er gab ihr einen Klaps auf den Hintern. Sie stöhnte enttäuscht auf, aber ihre Augen funkelten.

Nach dem Mittagessen erschien Kaden mit einem Seil und einem wissenden Lächeln im Wohnzimmer. »Auf den Tisch, Liebes. Jetzt können wir Seth wirklich zeigen, wo es lang geht.«

Sie stöhnte, lächelte aber und fügte sich schnell.

Kaden entfernte den Vibrator und fesselte sie schnell an den Tisch. Seth machte viele Fotos und bediente die Videokamera. Er musste zugeben, dass er den Anblick genoss. Als sie fest gefesselt war, stellte sich Kaden hinter sie und streichelte sanft ihren Hintern. »Das ist ein Spiel, das ich gerne ›Foltert die Sklavin‹ nenne.« Er beugte sich vor und berührte ihre Klitoris sanft mit seiner Zunge. Sie sprang auf, stöhnte und wackelte mit ihrem Hintern, so gut sie konnte, gegen die Seile.

Kaden lächelte. »Ich glaube, wir können eine neue Version von ›Wettlauf gegen die Zeit‹ erfinden. Seth, warum setzt du dich nicht auf die Couchkante?« Kaden schob den Tisch quer über die Tür, sodass Leahs Mund perfekt positioniert war. Seth verstand sofort. Seth ließ seine Shorts fallen und setzte sich vor sie.

Ohne Aufforderung öffnete sie ihren Mund und versuchte, sein Glied zu erreichen.

Kaden lachte und schlug ihr erneut auf den Hintern. »Nicht so schnell, Liebes. Du musst dir erst die Regeln anhören. Du musst dein Bestes geben, um Sir zum Kommen zu bringen. Wenn er vor dir kommt, höre ich auf mit dem, was ich tue. Wenn du also kommen willst, solltest du das verdammt noch mal tun. Dann werden Sir und ich die Positionen tauschen. Und auch hier gilt: Wehe, du hältst dich zurück. Wenn du immer noch nicht kommst, bevor ich es tue, musst du noch eine Weile mit dem Vibrator hier sitzen und darüber nachdenken, warum du so stur bist. Wenn du es schaffst, vor einem von uns zu kommen, und zwar nur einmal, nicht für jeden von uns, dann lasse ich dich aufstehen.«

Seth hatte Mühe, sein Lachen zu unterdrücken, und es gelang ihm nicht. »Das hört sich nicht gerade nach Bestrafung an.«

Kaden schlug ihr wieder auf den Hintern. »Ist es auch nicht. Sie gewinnt so oder so, stimmt's?«

Sie wackelte ihm mit dem Hintern zu. »Ja, Meister!«

»Warte mal«, sagte Seth. »Was ist, wenn sie sich zurückhält?«

»Du hast noch nicht alle Spielzeuge gesehen«, sagte Kaden. Er beugte sich über sie. »Wenn du dich wehrst, wirst du im Bett festgeschnallt und ich stecke dir nicht nur den größten Butt-Plug in den Arsch, sondern auch den großen blauen Vibrator in dich hinein. Und du darfst erst wieder aufstehen, wenn du uns mindestens zehnmal gevögelt hast. Selbst wenn du die ganze Nacht dort liegen musst.«

Seth dachte an seinen ersten Ausflug mit ihnen in den Club zurück und an die Frau, die er an den Rahmen geschnallt gesehen hatte. Inzwischen hatte er gelernt, dass man das ›Zwangsorgasmus‹-Folter nennt.

Nun ja ... Folter, je nachdem, wie man es betrachtete.

Leah stöhnte und zitterte. Er vermutete stark, dass es nicht aus Angst war.

»Noch mal, Kumpel«, sagte Seth. »Ich weiß, dass ich nicht so viel weiß wie du, aber das hört sich für mich nicht nach Folter an.«

Kaden zwinkerte. »Nur weil sie es genießt, heißt das nicht, dass es keine Folter ist. Also gut, lasst uns anfangen.« Er setzte sich an das Ende des Tisches und leckte ihre Klitoris.

Sie stöhnte und schluckte eifrig Seths Schwanz.

Nein, sie hielt sich nicht zurück. Und wenn doch, war es ihm egal. Es war verdammt gut. Seth vermutete jedoch, dass Kaden sich zurückhielt, denn ein paarmal stöhnte sie frustriert auf, wenn er aufhörte oder langsamer wurde, was er tat.

Sie brauchte nur zehn Minuten, um es Seth zu besorgen. Als er sich erholt hatte, ging er vorsichtig aus dem Weg und tauschte den Platz mit Kaden.

Kaden küsste sie und brachte sich dann in Position. »Mach mich stolz, Schatz.«

Sie ließ sich auf ihm nieder. Einen Moment lang vergaß Seth fast, was er eigentlich tun sollte, während er zusah. Er war dem Verstehen nun näher gekommen. Es war das Schönste auf der Welt, ihr dabei zuzusehen.

Seth ließ sich Zeit und genoss die Geräusche, die sie von sich gab, als er mit seiner Zunge über ihre Klitoris strich. Nach dem Vorbild von Kaden zog er sich einige Male zurück, ohne sie ganz zu erlösen.

Er hob seinen Kopf, um Kaden von ihrem Rücken aus anzusehen. Als sich ihre Blicke trafen, nickte Kaden.

Seth saugte sanft an ihrer Klitoris und sie stöhnte daraufhin auf. Sie stemmte ihre Hüften so weit wie möglich gegen die Seile, während Kaden seine Augen schloss.

»So ist es gut, Süße«, murmelte er. »Du weißt, was du tun musst.«

Als Seth spürte, dass sie genug hatte, lehnte er sich zurück und streichelte sanft ihre Hüften und Oberschenkel, fuhr mit seinen Lippen an ihrer Haut auf und ab.

Kaden stöhnte, als er kam, und sie saßen alle einen Augenblick lang still da. »Sehr gut«, flüsterte Kaden und streichelte ihr Haar. »Das war wunderbar.«

Seth half Kaden, sie zu befreien, und sie rollte sich mit den beiden auf der Couch zusammen, den Kopf in Kadens Schoß, die Füße in Seths. Nach ein paar Minuten war sie eingeschlafen.

Seth lächelte. »Wir haben sie erschöpft«, flüsterte er.

Kaden nickte. »Ja.« Er sah traurig aus, als er ihr über das Haar strich. »Ich hatte es gehofft.«

»Warum?«

Er zuckte mit den Schultern, sah Seth aber nicht an. »Sie muss sich entspannen, ihre Gedanken von den Dingen fernhalten.«

Kaden brauchte nicht zu sagen, welche ›Dinge‹ er meinte.

SETH BEFREITE SICH SCHLIEßLICH UND RÄUMTE DIE ›SPIELZEUGE‹ weg, die sie für ihre Aktivitäten benutzt hatten. Es wäre verlockend gewesen, ein Nickerchen zu machen, aber er hatte noch etwas zu tun und ging nach draußen, um an der Elektrik zu arbeiten. Er hatte sich mit Kaden zusammengesetzt und anhand des Entwurfs seines Freundes und der neu hinzugefügten Lichter und Zubehörteile überlegt, was er zu den bestehenden Stromkreisen hinzufügen musste.

Kaden wollte ein komplettes, begehbares Winterwunderland, einschließlich einer Anlage für den Hinterhof, wo sie bei gutem Wetter einige ihrer Abendessen und Partys veranstalten würden. Einige der Bereiche konnten mit Verlängerungskabeln versorgt werden, aber einige erforderten aufgrund ihrer Entfernung zum Haus eine unterirdische Verkabelung und spezielle GFI-Steckdosen.

Ein paar Stunden später war Seth draußen und markierte die Abschnitte mit Pfählen und Schnüren, als Leah mit einem Glas Eistee in der Hand nach draußen kam. Sie trug ein langes T-Shirt.

Seth nahm den Tee dankend an. »Danke, Süße.«

Er konnte ihren Gesichtsausdruck nicht richtig deuten. »Was ist hier los?«, fragte er.

Sie schüttelte den Kopf, dann brach ein Lächeln durch und sie umarmte ihn. »Danke.«

Er küsste sie auf den Kopf und legte seinen freien Arm um ihre Schultern, während er seine Fortschritte begutachtete. »Ich sollte mich bei dir bedanken, Baby.«

»Nein. Ich meine ... alles.« Sie holte tief Luft, als ihr Lächeln schwächer wurde. »Ich verstehe, wenn du am Ende eines Jahres ...«

»Oh, nein, das tust du nicht. Wenn du denkst, dass du so einfach von mir wegkommst, dann denk noch mal nach.«

Ihr Lächeln kehrte zurück.»Wirklich?«

Er nickte.»Ja. Wirklich.«

Sie umarmte ihn und überraschte ihn mit ihrer Stärke. »Danke«, flüsterte sie.»Ich liebe dich.«

»Ich liebe dich auch, Babe.« Er schloss seine Augen und atmete ihren Duft ein. Sie hatte erst vor Kurzem geduscht und ihr feuchtes Haar roch frisch gewaschen.»Sei nur nicht sauer, wenn ich es vor ihm nicht oft sage, okay?«, sagte er leise.»Ich fühle mich damit noch nicht wohl.«

»Okay.«

»Und sei nicht sauer, wenn ich nicht jede Nacht mit euch beiden verbringe. Ich gehe nirgendwo hin, aber es fühlt sich nicht richtig an, ihm die Zeit zu stehlen. Ich möchte, dass du dich auf ihn konzentrierst. Ich habe kein Problem damit.«

»Okay.«

Er küsste sie erneut und tätschelte ihr sanft den Hintern. »Gut, lass mich wieder an die Arbeit gehen. *Clark Griswold* da drinnen hat sich für dieses Jahr wirklich viel vorgenommen, und ich muss sicherstellen, dass ich alles richtig berechnet habe, damit wir nicht ständig in die Luft gehen.«

Sie kehrte ins Haus zurück. Seth versuchte, sich zu konzentrieren, aber es gelang ihm nicht. Er hatte es geschafft, das Vorher, das Nachher und den geistigen Herzschlag ...

Kaden stirbt.

... für eine Weile aus seinem Kopf zu verbannen. Doch jetzt war alles wieder da.

Er setzte sich in den Schatten und schaute über den Hof. Er wusste, dass er die Beleuchtung nächstes Jahr auf jeden Fall wieder aufstellen würde. Hoffentlich zu Ehren von Kaden, aber höchstwahrscheinlich in Erinnerung an ihn.

Und jedes Jahr danach.

Wie lange hatten sie noch Zeit?

Thanksgiving war nur noch ein paar Wochen entfernt. War dies das letzte? Das letzte Halloween? Würden sie Ostern zu dritt feiern und dem Feuerwerk am vierten Juli in Lemon Bay zusehen?

Seth hatte gedacht, dass er eines Tages vielleicht Kinder haben würde. Wenn er die richtige Frau finden würde. Zum Glück hatte er mit den Ex-Höllenschlampen keine gehabt. Er konnte sich *den* Shitstorm über diese neueste Entwicklung nur vorstellen.

Und Kaden und Leah konnten keine Kinder haben.

Er würde sie nie bitten, durch die Hölle zu gehen, nur um ein Baby zu bekommen, so wie Kaden es nicht getan hatte.

Aber jetzt machte ihn der Gedanke, dass die Entscheidung für ihn getroffen worden war, ohne dass er die Chance hatte, es zu versuchen, in gewisser Weise traurig. Vielleicht war es aber auch nur seine erdrückende Melancholie, die seine anderen Gedanken überlagerte, und versuchte zu verhindern, dass der Satz ›letztes Weihnachten‹ durch sein Gehirn trampelte.

Es fühlte sich *falsch* an, in Kadens Leben einzudringen, es fast nahtlos zu übernehmen und weiterzuführen. Er hatte einen Großteil seines Lebens damit verbracht, sich zu wünschen, er wäre Kaden, hätte Kadens Leben, seine Familie, sein Geld ... und ja, auch sein Mädchen. Und jetzt, in dieser kritischen Zeit, wünschte er sich verzweifelt, er könnte Kadens Platz einnehmen.

Damit Kaden leben konnte.

Das war nicht fair.

Warum konnte nicht er, der Versager, derjenige sein, der starb? Nicht der gute Kerl, der alles hat, wofür es sich zu leben lohnt.

Das Geräusch von Reifen auf der Muschelsteinauffahrt erregte Seths Aufmerksamkeit und er reckte den Hals, um nachzusehen. Eds Auto. Er wusste nicht, dass Ed heute vorbeikommen würde. Das erklärte, warum Leah nicht völlig nackt draußen herumlief.

Wenn Kaden ihn nicht für etwas brauchte, zog er es vor,

nicht herumzuhängen und ihre Gespräche zu belauschen. Es war scheiße, er zu sein, aber er wusste, dass es wirklich scheiße sein musste, Ed zu sein, der Kaden bei den rechtlichen Vorbereitungen helfen musste.

Seth hatte sich wieder an die Arbeit gemacht, als Leah ein paar Minuten später zurückkam.

Sie trug ein anderes T-Shirt, das sie in ihre Jeansshorts gesteckt hatte.

»Was gibt's, Baby?«, fragte Seth.

Ihr Lächeln sah nicht gerade … richtig aus. Ein bisschen gezwungen. »Meister hat mich geschickt, um dir zu helfen.«

Seths Bauchgefühl verdrehte sich. Das bedeutete, dass Kaden nicht wollte, dass sie sein Gespräch mit Ed mitbekam, was seinen Verdacht bestätigte. »Klar.« Er reichte ihr eine Spule mit Schnur. »Folge mir und du kannst mir helfen, die Wege zu markieren.«

Eine Stunde später ging Ed weg und winkte, als er die Einfahrt hinunterfuhr. Seth und Leah erwiderten die Geste. Kaden kam bald darauf zu ihnen nach draußen.

Er verhielt sich ganz normal und ließ sich nichts anmerken. »Wann gibt's Abendessen, Süße?«

»Wann immer meine Jungs es wollen.«

Seths Herz schlug höher bei dieser Aussage. Sie gehörte nicht nur ihm … sondern er gehörte auch ihr.

Das fühlte sich gut an.

»Wie wäre es in einer Stunde?«, sagte Kaden.

»Okay. Ich fange schon mal an.«

Als sie wegging, setzte sich Seth ins Gras. »Und? Willst du es jetzt ausspucken oder mich die ganze Nacht auf Trab halten?«

Kaden lachte und setzte sich zu ihm. »Nein, ist schon okay. Nur mehr Papierkram.«

»Ich dachte schon, du wolltest sie loswerden, um mit mir zu reden. So wie du sie loswerden wolltest, um mit Ed zu reden.«

»Glaubst du, sie hat es gemerkt?«

»Was glaubst *du* denn? Sie ist nicht dumm, Alter.«

Kaden zerkleinerte einen Grashalm in seinen langen Fingern. »Nur mehr Vorbereitungen. Ich will so viel wie möglich vor dem 1. Dezember erledigt haben.«

Seths Herzschlag erstarrte. »Warum?«

Kaden bemerkte seinen Blick und lachte. »Nein, du Idiot. Es gibt keine schlechten Nachrichten, die ich nicht schon mitgeteilt habe. Ich will mich zurücklehnen und total entspannen. Die arbeitsreiche Ferienzeit genießen. Ich möchte Zeit mit euch beiden verbringen können. Außerdem hast du noch viel zu lernen.«

»Was ist mit Denise?« Kadens Schwester hatte am Vortag angerufen und ihm eine Nachricht auf der Mailbox hinterlassen.

Kaden zuckte mit den Schultern. »Das war eine der Sachen, um die ich mich heute gekümmert habe. Ich habe mein Testament überarbeitet und sie komplett herausgenommen.«

Seth lachte. »Das wird sie bestimmt wütend machen.«

»Ja, aber ich werde nicht mehr da sein, um mich darum zu kümmern. Ich bin sicher, du wirst mit ihr fertig.« Er begegnete Seths Blick und lachte.

Seth verdrehte die Augen. »Danke, Kumpel.«

Er lächelte. »Nun, ich *bin* ein Sadist.«

KAPITEL FÜNFZEHN

Zwei Wochen vor Thanksgiving hatten Seth und Kaden die Hälfte der Lichterkette montiert und Seth war in bester Stimmung. Er hatte Kaden zwei Tage zuvor zum Arzt begleitet. Offenbar hatte sich Leahs fanatisches Beharren auf Vitaminen, Nahrungsergänzungsmitteln und gesunder Ernährung ausgezahlt. Kaden lag immer noch im Sterben, daran hatte sich nichts geändert, aber seine Testergebnisse hatten sich seit dem letzten Besuch nicht verschlechtert.

Der Onkologe war immer noch unschlüssig, was den Zeitrahmen anging, aber er schätzte, dass es mindestens sechs Monate dauern würde, wahrscheinlich sogar länger, und dass sogar zwei Jahre möglich wären.

Zwei Jahre! Seth wusste, dass es dumm war, sich darauf einzulassen, aber er tat es trotzdem.

Er verbrachte mehrere Nächte pro Woche in ihrem Bett. Manchmal kam Leah in sein Zimmer und verbrachte ein wenig Zeit allein mit ihm, bevor sie die Nacht mit Kaden verbrachte. So seltsam es auch war, Seth verstand jetzt Kadens Sichtweise. Er war selten eifersüchtig und unterdrückte seine manchmal aufkommende Eifersucht mit dem Gedanken, dass es nur fair und richtig war, dass sie Zeit mit Kaden allein verbrachte. Manchmal ertappte er sich dabei, dass er darauf bestand, dass sie Zeit mit Kade allein verbrachte.

Mit ihr Liebe zu machen, war unbeschreiblich. Und selbst wenn sie zu dritt waren, gab es viele Nächte, in denen es nur Vanille war – so vanillig wie es in einer Ménage nur sein konnte.

Leah schien auch weniger Ausflüge ins Spielzimmer zu brauchen, was Kaden sehr erleichterte.

Obwohl Seth zugeben musste, dass er sich immer wohler dabei fühlte, die Hauptrolle in ihren privaten Szenen zu spielen. Er hatte Leah noch zweimal in den Club mitgenommen und noch zwei weitere Male gingen sie zu dritt.

Seth war mit Kaden draußen und versuchte, eine weitere Reihe von Leuchttieren aufzustellen, als Leah mit zwei Gläsern Eistee herauskam. Die Männer machten dankbar eine Pause und setzten sich in den Schatten. Selbst für einen November in Florida war es an diesem Tag ungewöhnlich heiß und sie hatten ihre Hemden schnell ausgezogen, als die Hitze zunahm.

Kaden bemerkte ihren Gesichtsausdruck als Erster. »Was?«

»*Hmm?*«

»Ich kenne diesen Blick, Babe. Was hast du auf dem Herzen?«

Leah ließ sich vor ihnen ins Gras plumpsen. Sie streckte ihre Hand aus und fuhr mit ihrem Finger über Kadens Tattoo. »Ich habe nachgedacht.«

Nach einer Minute schüttelte er den Kopf. »Seth, ich glaube, wir brauchen die Singletail, um das aus ihr herauszubekommen.«

Sie lachte. »Nein. Okay. Na gut.« Sie holte tief Luft und senkte den Blick auf den Boden. »Es wäre schön, wenn ihr beide eins hättet.« Dann hob sie ihren Blick zu Seth.

Er war ihr nicht gefolgt. »Hm?«

»Ich weiß, du wolltest nicht, dass ich dir etwas zu Weihnachten schenke, aber ...« Sie sprach nicht zu Ende.

Kaden sah Seth an, der kicherte. »Ah, ich verstehe. Sie will ein passendes Set.«

Seth hatte befürchtet, dass sie genau das meinte. »Oh.«

»Ich meine«, sagte sie schnell, »wenn du das nicht willst, verstehe ich das. Es ist okay. Ich hätte es nicht erwähnen sollen. Es tut mir leid.«

Sie wollte aufstehen, aber Seth hielt ihre Hand fest. »Ich hasse Nadeln.«

Sie schaute ihn an. »Ich weiß«, sagte sie leise. »Es ist okay, wenn du nicht willst.«

Seth studierte ihre grünen Augen und nickte schließlich. »Ihr müsst mich vielleicht raustragen, wenn ich ohnmächtig werde, aber okay. Ich werde es tun, Babe.«

So kam es, dass Seth zwei Tage später in einem Tattoo-Studio in Sarasota saß. Es war derselbe Ort, an dem auch Leah und Kaden ihre Tattoos bekamen.

Er hoffte, dass sie einen Eimer zum Kotzen in der Nähe hatten.

Kaden grinste. »Ich kann nicht glauben, dass du in der Armee warst und nie ein Tattoo bekommen hast.«

»Ich kann nicht glauben, dass du ein Anwalt bist und kein schleimiges Arschloch.«

Leah lachte. »Touché.«

Seth drückte ihre Hand etwas fester, als der Tätowierer begann, das Motiv zu stechen. Seth hatte gelernt, dass das kreisförmige Motiv ›Triskelion‹ genannt wurde und das einzigartige Symbol der BDSM-Praktizierenden war.

»Ich weiß das zu schätzen, Seth«, flüsterte Leah.

»Das musst du mir unbedingt zeigen«, sagte er mit zusammengebissenen Zähnen.

»Reiß dich zusammen«, stichelte Kaden. »Sei kein Weichei.«

»Fick dich.«

»Nicht in deinen wildesten Träumen, Alter.«

Seth versuchte nicht zuzusehen, was der Tätowierer machte. Es tat höllisch weh. Er gab zu, dass er zwar gut mit Schmerzen umgehen konnte, aber nicht mit Nadeln, weshalb er sich auch noch nie tätowieren ließ.

Kaden saß mit einem Lächeln im Gesicht am Ende des Tisches. »Sei froh, dass ich mich nicht von ihr zu dem anderen überreden lassen habe, das sie mir machen lassen wollte.«

»Das will ich gar nicht wissen.«

Er grinste. »Nein, willst du nicht.«

Leah schmollte. »Es hätte so toll ausgesehen.«

»Hey, ich habe dich nie dazu gezwungen, dir die Klitoris piercen zu lassen, also spiel nicht die schmollende Karte bei mir aus, kleines Mädchen.«

Seth versuchte, nicht zu erschaudern. »Ihr bringt mich noch in Ohnmacht. Falls ich nicht vorher kotzen muss.«

Kaden benutzte seinen Fuß, um die Mülltonne ein wenig näher an Seth heranzuschieben.

Einige Stunden später hatte er ein Tattoo, das mit Kadens identisch war. Nachdem er Anweisungen erhalten hatte, wie er es während der Heilung richtig pflegt, wandte er sich an Leah. »Ich hätte das für niemanden außer dir getan.«

Sie lächelte, stellte sich auf die Zehenspitzen und küsste ihn. »Ich weiß. Und ich liebe dich dafür.«

Nun, verdammt. Das war mehr als genug, um die Schmerzen wert zu sein.

»Jetzt habe ich noch eine Bitte«, sagte sie.

Kaden drehte sich um. »Was ist das, Schatz?«

»Kann ich die Namen meiner Meister in mein Tattoo-Design einfügen lassen?«

Seth konnte Kadens Gesichtsausdruck nicht lesen. Nach einem langen Augenblick nickte sein Freund. »Von mir aus gerne.« Er schaute Seth an.

Seth zuckte mit den Schultern. »Okay.«

Sie sagte dem Tätowierer, was sie wollte und legte sich auf den Tisch, während er mit einem Stift ein Muster auf ihren unteren Rücken zeichnete. Als er fertig war, betrachtete sie es im Spiegel und nickte. »Perfekt.«

Seth schloss seine Augen und sah nicht zu. Er saß neben Kaden und jeder von ihnen hielt eine ihrer Hände. Als er fertig war, sprang sie auf, um ihn im Spiegel zu betrachten. Kadens Name prangte oben auf dem Triskelion und Seths darunter.

»Danke!« Sie küsste erst Kaden, dann Seth. Sie zog sie beide an sich und senkte ihre Stimme. »Jetzt gibt es keine Frage mehr, wer meine Meister sind«, flüsterte sie ihnen zu.

Trotz seines flauen Magengefühls nickte Seth. »In Ordnung. Können wir jetzt gehen? Bevor ich hier alles vollkotze?«

»Weichei«, schimpfte Kaden.

»Ja, und stolz darauf.«

Nachdem der Verband abgenommen worden war, pflegte Leah Seth alle paar Stunden mit der vom Tattoo-Studio empfohlenen Feuchtigkeitscreme.

»Mensch, Mama. Ich bin jetzt ein großer Junge«, schimpfte er spielerisch.

»Halt die Klappe. Du willst doch keine Probleme damit haben.«

Er würde nicht leugnen, dass sie sich verdammt gut um ihn kümmerte. Er setzte sich auf das Ende seines Bettes, während sie eine weitere Runde auftrug. Er zog sie auf seinen Schoß. »Ich habe es ernst gemeint, als ich sagte, dass ich das für niemanden außer für dich getan hätte.«

Sie schlang ihre Arme um seinen Hals. »Ich weiß.«

Er küsste sie und genoss das Gefühl ihres Körpers an ihm. »Also war die richtige Frau die ganze Zeit vor meiner Nase, *hmm?*«

»Ja.« Sie fuhr mit ihren Fingern durch sein Haar und glättete es. »Ich habe gebetet, dass du es irgendwann herausfindest.«

Er nahm ihre Hand in seine und führte sie an seine Lippen. »Im Ernst.« Er holte tief Luft. »Ich kann dich mit niemandem außer Kaden teilen. Das meine ich ernst. Das weißt du doch, oder?«

Ihr Lächeln wurde breiter. »Ich weiß es. Und ich werde dich mit niemandem teilen.«

»Ist das wirklich okay für dich?«

»Ich bin *wirklich* einverstanden damit.« Ihr Gesicht wurde ein wenig traurig, aber er erkannte, dass es ein neuerer Ausdruck war, der bedeutete, dass sie mit ihren Gefühlen gut zurechtkam und keinen Ausflug ins Spielzimmer brauchte. »Ich wünschte nur, wir drei hätten mehr Zeit miteinander.«

»Es tut mir leid, dass ich so lange ein Idiot war.«

Das brachte sie zurück. Sie lächelte wieder. »Aber jetzt bist du mein Idiot, und ich liebe dich.«

KAPITEL SECHZEHN

»Ich hoffe, dass uns die Florida Power & Light Company deswegen nicht in den Hintern tritt«, schimpfte Seth, während er die Skizzen studierte und an seinen Berechnungen arbeitete. »Vielleicht müssen wir einen Generator mieten.«

Kaden zuckte mit den Schultern. »Was auch immer wir tun müssen.«

»Ich denke, man kann sagen, dass du dich dieses Jahr selbst übertroffen hast.«

»Das war der Plan, Mann.« Kadens zufriedenes Lächeln konnte er sich nicht verkneifen.

Thanksgiving war in fünf Tagen. Das erste Abendessen von Kaden und Leah würde am übernächsten Abend stattfinden. Ein kleines, privates Abendessen für einige von Kadens engsten Mitarbeitern in seinem Haus. Seth hatte darüber nachgedacht, zum Haus seines Bruders zu gehen, um sie allein zu lassen, aber Leah brach fast in Tränen aus, als er das Thema ansprach.

»Du kannst nicht gehen!«

»Schatz, du brauchst mich nicht im Weg zu haben.«

»Ich brauche dich *hier*!«

Er umarmte sie, um sie zu beruhigen. »Okay, ich bleibe. Beruhige dich.« Sein Bruder und seine Schwägerin kamen zum Thanksgiving-Essen ins Haus, zusammen mit einigen anderen Familienmitgliedern und engen Freunden. Die drei hatten ihnen und auch Kadens Bruder endlich die ganze Wahrheit darüber verraten, warum Seth bei ihnen wohnte. Natürlich nicht in allen Einzelheiten – die BDSM-Geschichten hatten sie weggelassen. Seth war erstaunt, dass sie es so gut aufgenommen haben, wie sie es taten.

Helen war ihm besonders sympathisch. Einmal zog sie Seth zur Seite, als sie allein waren. »Vergiss nicht, wenn du eine Schulter brauchst, bin ich für dich da.«

Seth nickte und wischte sich die Augen. »Ja, danke.«

»Ich weiß, dass es ungewöhnlich ist, aber wenn es für die beiden ein Trost ist, dich in ihrem Leben zu haben, dann ist es egal, was andere denken.«

Er hatte Helen immer gemocht. Nicht so wie er Leah mochte, eher wie eine echte Schwester. »Ich wünschte, alle wären so verständnisvoll wie du.«

Das bedeutete für Seth eine Belastung weniger. Es war ihm scheißegal, was die Leute, die er kaum kannte, von ihm dachten. Aber es war ihm nicht egal, was sein Bruder dachte. Er wollte nicht, dass sie wegen dem, was danach passieren würde, weniger von Leah hielten ...

Kaden hatte ein paar Leuten, die ihm nahestanden erzählt, was vor sich ging und was passieren würde. Sie wurden zur Verschwiegenheit verpflichtet und angewiesen, Leah vor seinem Tod nicht mit gut gemeinten Beileidsbekundungen zu überhäufen. Alle sollten ganz normal weitermachen.

So normal wie sie konnten.

Seth ging die gesamte Anlage noch einmal durch und überprüfte die Anschlüsse und die Platzierung der Steckdosen. Sie hatten bei der Einrichtung der einzelnen Bereiche begrenzte

Tests durchgeführt, aber nicht die gesamte Anlage auf einmal. Als die Dämmerung hereinbrach, legte Seth die Skizzen beiseite. »Okay, ich denke, wir sind so weit, wie wir nur sein können.« Kaden rief Leah aus dem Haus und sie versammelten sich um den Unterbrecherkasten. Seth hatte für die neuen Stromkreise separate Unterkästen verdrahtet.

»Okay, Leute«, sagte Seth. »Wenn ich einen Stromschlag bekomme, ruft den Notruf.« Er legte den Schalter um.

Das gesamte Grundstück leuchtete auf. Aufblasbare Deko-Elemente begannen zu leuchten, bewegliche Tiere setzten sich in Bewegung und die Lichter verdrängten die einbrechende Dunkelheit.

Kadens Gesicht leuchtete so hell wie der Hof. »Wow!«, flüsterte er ehrfürchtig.

Seth blieb zurück, als Kaden zur Einfahrt ging und den Vorgarten begutachtete. »Das ist unglaublich!«, rief er aus. »Ich meine, alles auf einmal so zu sehen ... Das hast du toll gemacht! Es ist fantastisch!« Er umarmte Seth so fest er konnte. Seth erwiderte die Umarmung, ohne zu zögern.

»Danke, Mann. Es war dein Entwurf.«

Kaden klopfte ihm auf die Schulter und ließ ihn los, dann wandte er sich wieder dem Beleuchtung zu. Er wischte sich über die Augen. »Es ist fantastisch!« Er zog Leah zu sich und umarmte sie. »Wie findest du es?«

»Ich finde es großartig.«

Seth hielt sich zurück und machte ein paar Videos und Fotos, während Leah und Kaden durch die Auslagen liefen. Er war froh, dass er das für sie tun konnte, obwohl die Traurigkeit wieder drohte.

Nach ein paar Minuten kehrte Seth ins Haus zurück und machte den Grill für Leah an, weil er sie eine Weile allein lassen wollte. Als sie endlich auf der Rückseite des Hauses ankamen, lachte Kaden und umarmte Seth erneut.

»Es ist toll, wirklich. Das ist fantastisch. Alle werden es lieben.«

»Das ist das Mindeste, was ich tun kann.«

Die Männer entspannten sich auf der Veranda, während Leah das Abendessen kochte. »Ich wünschte, wir hätten das schon vor Jahren machen können«, sagte Kaden leise, damit Leah es nicht hören konnte.

Seth zuckte mit den Schultern. »Sei nicht zu hart zu dir, Kumpel«, versuchte er zu scherzen.

»Wie geht es *dir*?«

Seth zuckte wieder mit den Schultern. Er wollte dieses Gespräch jetzt wirklich nicht führen. Schon gar nicht, wenn Leah in der Nähe war. Ihm ging es ziemlich gut. Ein paarmal weinte er sich an Helens Schulter aus, um seinen Kummer loszuwerden, und versuchte, seine Freunde nicht mit seinem Kummer zu belasten. »Ich will mich einfach nur zurücklehnen und unsere harte Arbeit genießen.«

»Deine harte Arbeit.«

»Du warst mit mir da draußen, Kumpel.«

»Ohne dich hätte ich das nie geschafft, Seth. Hör auf mit dem Bescheidenheitsquatsch. Du hast mich wirklich glücklich gemacht.«

»Dann lass uns doch einfach über das Wunder der Außen-beleuchtung nachdenken, Bruder. Gott segne Thomas Edison und seine verdammte Glühbirne.«

Kaden lachte und schüttelte den Kopf. »Okay. Ich lasse dich in Ruhe.«

»Das weiß ich zu schätzen.«

Normalerweise stellte Leah ihren Weihnachtsbaum erst am Thanksgiving-Wochenende auf. Dieses Jahr wollte sie ihn pünktlich zum Abendessen aufstellen.

Seth brauchte nicht zwischen den Zeilen zu lesen, um zu verstehen, warum.

Die Männer halfen ihr beim Aufstellen des riesigen, fast drei Meter hohen Baumes. Nachdem sie die Lichterketten aufgehängt hatten, übernahm Leah das Schmücken. Später am Abend war sie fast fertig. Seth war auf die Leiter geklettert, um ihr zu helfen, den Stern anzubringen und einige Ornamente an der Spitze aufzuhängen.

Kaden kam herein, die Hände hinter dem Rücken verschränkt.»Sieht wunderschön aus.«

»Findest du?«, fragte sie. Sie umarmte ihn.»Was ist das?«

Er gab Seth ein Zeichen, herunterzuklettern und holte eine kleine, verpackte Schachtel hervor.»Das ist für euch beide. Ein verfrühtes Weihnachtsgeschenk.«

Leah nahm die Schachtel, schaute aber verwirrt.»Für mich und Seth?«

Kaden nickte.»Ja. Mach es auf.«

Sie tauschte einen neugierigen Blick mit Seth aus. Er zuckte mit den Schultern.»Ich weiß es nicht, Babe. Er hat es mir nicht gesagt.«

Sie öffnete die Schachtel. Ihre Hand fuhr zu ihrem Mund, als sie hineinschaute.»Oh, Kade!«

»Mach schon und zieh es an.«

»Was ist es?«, fragte Seth.

Sie reichte ihm die Schachtel und warf ihre Arme um Kaden. Sie weinte.»Danke! Es ist wunderschön!«

Er umarmte sie und streichelte ihren Rücken.»Hey, das ist doch nur fair, Süße.« Er küsste sie auf die Stirn.»Ihr beide solltet etwas haben. Ich möchte, dass ihr das bekommt. Ich wollte derjenige sein, der es euch gibt.«

Seth hob vorsichtig den zarten Porzellanstern heraus.

In der Mitte stand in Gold geschrieben: *Unser erstes Weihnachten, Seth und Leah*, gefolgt von der Jahreszahl.

Seth verschlug es die Sprache.»Danke, Mann.«

Kaden klopfte Leah sanft auf den Rücken. »Und? Häng es ruhig auf.«

Seth wollte es hinten an den Baum hängen, aber Leah wollte nichts davon hören. Sie hängte ihn neben den ›First Christmas‹-Schmuck, den sie und Kaden hatten, und den ›Our New House‹-Schmuck, den Seth ihnen in ihrem ersten Jahr in diesem Haus geschenkt hatte.

Sie trat einen Schritt zurück und wischte sich die Augen. »*So*. Es ist *perfekt*.«

Seth war sich nicht so sicher, ob es dort hängen sollte, wo es jeder sehen konnte. »Vielleicht sollten wir …«

»Lass es da, wo sie es haben will«, sagte Kaden freundlich. Er klopfte Seth auf den Rücken und legte seine Hand auf die Schulter seines Freundes. »Sie hat Recht. Es sieht dort perfekt aus.«

Leah strahlte.

KAPITEL SIEBZEHN

Seth wachte am Thanksgiving-Morgen auf und Leah küsste ihn. »Hier ist dein Kaffee.« Sie legte ihn auf seinen Nachttisch. In den letzten Nächten hatte er allein geschlafen, weil er sich erschöpft fühlte – was zum Teil stimmte – und weil er sich schuldig fühlte, weil er so viel Zeit mit Leah und Kaden in ihrem Bett verbracht hatte.

»Danke, Schatz.« Er begann sich umzudrehen. »Wie spät ist es?«

»Sechs. Du hast gesagt, du würdest mir mit den Truthähnen helfen.«

»Ja, das habe ich.« Zwei wurden traditionell gebraten. Ein dritter wurde später, kurz vor dem Abendessen frittiert, da er nicht so lange zum Garen brauchte.

»Wo ist Kade?«

»Ich lasse ihn ausschlafen.«

Ein finsteres Stirnrunzeln huschte über ihr Gesicht. »Geht es ihm gut?«

»Ich glaube, er ist wirklich müde und versucht, das zu verbergen.«

Seth wusste genau, dass er es verbergen wollte, denn er

hatte die Erschöpfung in der Nacht zuvor im Gesicht seines Freundes gesehen. Ein weiterer Grund, warum er sich dafür entschieden hatte, letzte Nacht allein zu schlafen, um Kade hoffentlich die nötige Ruhe zu gönnen.

Leah setzte sich auf die Bettkante und küsste ihn erneut, diesmal lange und ausdauernd, was bei Seth mehr als nur ein wenig Interesse weckte. »Warum dusche ich nicht heute Morgen mit dir, nachdem wir die Vögel zum Kochen gebracht haben, Sir?«

Seth lächelte. »Das klingt nach einem guten Plan.«

Er traf sie ein paar Minuten später in der Küche. Innerhalb einer Stunde waren die Vögel fertig und kochten in einem der großen Doppelöfen. Leah sah nach Kaden, der noch schlief, und ging dann zu Seth ins Bad.

»Lass uns das schnell machen, Süße«, sagte Seth und drückte sie an sich. »Ich will nicht, dass er allein und völlig vergessen aufwacht.« So sehr wie sein Glied jetzt pochte, wusste er, dass es nicht viel brauchen würde, um ihn zu erlösen.

»Okay.«

Seth rutschte ihren Körper hinunter und kniete sich vor sie. Sie lehnte sich gegen die Duschwand, während er ihre Hüften umfasste und ihren Schlitz leckte. Sie stöhnte auf und verhedderte ihre Finger in seinem Haar.

Er liebte es, ihr diese Freude zu bereiten, ohne dass es wehtat. Es dauerte nicht lange, bis sie aufschrie und ihre Hüften gegen ihn presste. Als er wusste, dass sie fertig war, stand er auf, drückte sie gegen die Wand und schob seinen Schwanz mit Leichtigkeit in sie hinein.

»Wie war das?«, flüsterte er und setzte zu einem harten Stoß an.

»Gut«, wimmerte sie, während sie ihre Arme um ihn schlang.

Leah bewegte ihre Hüften im Takt mit seinen. Er brauchte

nicht lange. Er umfasste ihren Hintern und hielt sie fest, während er ein paar letzte Stöße ausführte und dann tief in ihr kam.

Er ließ seinen Kopf auf ihre Schulter sinken. »Ich liebe dich, Babe.« Er küsste sie. »Ich liebe dich so sehr.«

Leahs Lächeln erhellte sein Herz. »Ich liebe dich auch. Bleibst du heute Abend bei uns?«

»Lass uns sehen, wie er sich fühlt. Wenn er erschöpft ist, möchte ich ihn nicht stören. Er braucht seine Ruhe. Vielleicht spielen wir ein bisschen, wenn er sich dazu in der Lage fühlt.«

»Okay.« Sie schloss ihre Augen und entspannte sich in Seths Armen unter dem warmen Wasser. »Lass mich kurz verschnaufen und ich schrubbe dir den Rücken, bevor ich nach ihm sehe.«

Seth versuchte, sich nicht schuldig zu fühlen, weil er die Zeit mit ihr allein genoss. Das sollte er jetzt hinter sich gelassen haben. Ironischerweise wusste er: Wäre es nicht so, dass ...

Kaden stirbt.

... die Zukunft über ihren Köpfen schwebte, würde er sich nicht schuldig fühlen.

Jedenfalls nicht so schuldig.

Als er ein paar Minuten später allein unter der Dusche stand, lehnte er seinen Kopf gegen die Fliesen und ließ die Tränen fließen. Das war seine Zeit allein, etwas, das er dringend brauchte. Es war die einzige Möglichkeit, seinen Kummer loszuwerden, ohne dass seine Freunde es sahen. Es war ihm egal, dass Leah wollte, dass er sich auf sie verließ. Wenn er das wirklich getan hätte, wäre sie unter der Last seiner Gefühle zusammengebrochen. Verdammt, er konnte sich kaum zurückhalten.

Zwanzig Minuten später schaffte er es in die Küche. Leah war nicht da.

Er hoffte, dass das bedeutete, dass sie private Zeit mit Kade verbrachte.

Und er lächelte, als er merkte, dass er bei diesem Gedanken nicht im Geringsten eifersüchtig war.

Ein Fortschritt.

Er brummte vor sich hin und löffelte eine Schüssel mit der Füllung, die sie für die Truthähne gemacht hatten, dann ging er zum Sofa, um zu essen und die Nachrichten zu sehen. Die ersten Gäste würden erst gegen Mittag eintreffen, also machte er sich keine Sorgen, dass ihn jemand außer Leah und Kaden halb angezogen erwischen könnte. Und da sie ihn schon öfters nackt gesehen hatten, als er zählen konnte, zählten sie nicht.

Kaden kam ein paar Minuten später mit verschlafenen Augen und gähnend heraus. »Morgen.«

»Morgen.«

Er musterte Kaden. »Wo ist Leah?«

Er lächelte. »Sie wird gleich rauskommen. Oh, hier.« Er warf Seth etwas zu. Seth erkannte schnell, dass es die Fernbedienung für die Butterfly war.

»Wofür ist die?«

Kaden hatte es in die Küche geschafft. »Sie war heute Morgen ein bisschen aufdringlich mir gegenüber«, rief er. »Sie wollte mir sagen, dass ich im Bett bleiben soll. Also habe ich beschlossen, dass sie eine kleine Erinnerung daran braucht, wer hier das Sagen hat.« Er kam mit seinem Becher zurück. »Sie muss ihn bis eins tragen.«

Seth schnaubte amüsiert. »Eins?«

Kaden nickte und ging zurück zum Schlafzimmer. »Unter ihrer Kleidung.«

Seth schüttelte den Kopf und schaute auf die Fernbedienung, bevor er sie in die Tasche seiner Shorts steckte. »Das dürfte interessant werden«, murmelte er.

Ein paar Minuten später erschien Leah in Bluse und Jeans, trug ihr silbernes Tageshalsband und sah ein wenig ... unbehaglich aus. Er hörte kaum das leise Brummen des Butterflys.

»Du bist also ein bisschen aufdringlich geworden, hm?«

Sie errötete. »Das wollte ich nicht. Ich wollte nur, dass er sich ausruht.«

Er stand auf und ging zu ihr hinüber, dann reichte er ihr seine leere Schüssel. Er strich ihr das Haar aus dem Nacken und flüsterte: »Er hat mir die Fernbedienung gegeben. Wenn die Gäste kommen, schalte ich ihn aus. Aber du musst ihn trotzdem so lange tragen, wie er sagt.«

Sie atmete tief durch und war erleichtert. »Danke!« Sie küsste ihn und zog sich in die Küche zurück.

Seth war kein Idiot. Er war sich im Klaren darüber, dass Kaden wusste, dass Seth sie in Gegenwart von Vanille-Leuten nicht vollends quälen würde.

Kaden jedoch war mehr als hinterhältig genug, um es zu tun. Und Kade war wahrscheinlich klar, dass die Versuchung, sie zu quälen, zu groß sein würde, wenn er die Fernbedienung in der Hand hätte.

Seth zog sich an und half Leah und Kade in der Küche. Er liebte es, sie mit dem Vibrator zu überraschen, meistens gerade dann, wenn sie nach etwas griff. Es war etwa halb zwölf, und es waren noch keine Gäste da, als sie ihm draußen im Garten half. Er musste vorher abmessen, wie viel Öl er für den Truthahn brauchte, indem er Wasser in den Topf goss, um den Füllstand zu ermitteln. Leah hielt den Vogel für ihn, während er den Topf füllte.

»Okay, stell ihn da rein.«

Das tat sie. Sobald ihre Hände leer waren, trat er hinter sie und schlang seine Arme um ihre Taille. Dann schob er eine Hand zwischen ihre Beine und drückte den Butterfly ganz fest an sie. Er spürte, wie der Vibrator durch den Jeansstoff brummte.

Er knabberte an ihrem Hals hinter ihrem Ohr. »Bist du jetzt ein braves Mädchen?«

»Ja, Sir!«, keuchte sie.

Er drückte etwas fester zu, damit sie genug Kontakt mit

dem Gerät hatte, um es wirklich zu spüren. »Wenn du jetzt für mich kommst, schalte ich ihn aus und lasse ihn aus, aber du musst den Vibrator trotzdem noch tragen, bis der Meister es dir gesagt hat.«

Sie nickte und lehnte ihren Kopf zurück an seine Schulter. Er rieb seine Hand sanft in Kreisen zwischen ihren Beinen, als sie stöhnte. Sie war so nah dran.

Mit der anderen Hand kniff er sanft in ihre Brustwarzen, rollte sie durch den Stoff ihres Shirts und wechselte von einer zur anderen.

»Komm für mich, Babe«, flüsterte er. »Komm hart für mich.«

Sie drückte ihre Hüften gegen seine Hand. Er wusste, dass sie nahe dran war. Gerade als er dachte, er müsse aufhören, stieß sie einen leisen Schrei aus und verkrampfte sich in seinen Armen. »So ist es gut, Babe. Komm für mich.« Er war da, um sie zu halten, als sie nach dem Höhepunkt schwach wurde, und er ließ sie auf das Gras sinken und setzte sich hinter sie.

»Wie war das?«

Sie nickte, ihr Kopf ruhte noch immer an seiner Schulter. Er griff in seine Tasche und machte den Vibrator aus. »Okay, Süße. Ein Deal ist ein Deal.«

Sie drehte ihren Kopf und küsste ihn. Ein verspieltes Lächeln überzog ihr Gesicht. »Du kommst richtig in Fahrt, oder?«

Er zuckte mit den Schultern. »Vielleicht kann ich, wenn ich in Schwung komme, auf meine eigene Art und Weise etwas für dich tun.«

Sie schloss die Augen und schmiegte sich an ihn, ihr Gesicht in seiner Halsbeuge vergraben. »Ich bin sicher, das wirst du.«

»Okay, genug gelabert. Meister wird uns suchen und vielleicht andere Wege finden, dich zu quälen, wenn er denkt, dass du nur Blödsinn machst.« Er stand auf und half ihr dann auf die Beine.

Es war leicht für Seth, sich abzulenken, als die ersten Gäste eintrafen. Er kannte die meisten der Eingeladenen, zumindest flüchtig. Gegen ein Uhr bemerkte er, dass Kaden sich dicht an Leah heranlehnte, um ihr etwas zuzuflüstern. Sie nickte und eilte den Flur entlang in ihr Schlafzimmer.

Ah. Er hatte sie endlich erlöst.

Kaden schaute von der anderen Seite des Zimmers zu ihm herüber und zwinkerte ihm zu. Seth lächelte und zwinkerte zurück. Er musste zugeben, dass es Spaß machte, dieses private Spiel mit den beiden zu spielen.

Seth wusste, dass die meisten der Anwesenden nichts von Kades Geheimnis wussten. Er hatte vor, es ihnen heute im Laufe des Tages einzeln zu erzählen. Seth hatte versucht, ihn zu überreden, nur eine Ankündigung zu machen und es hinter sich zu bringen, aber es war Kadens Entscheidung.

Es war ja schließlich seine Party.

Seth saß später draußen, während der dritte Truthahn frittiert wurde, überwachte er ihn. Er hatte den größten Teil des Nachmittags damit verbracht, Videos und Fotos von den Feierlichkeiten zu machen, aber er brauchte diese Zeit für sich, um sich emotional zu erholen.

Leah brachte ihm ein Glas Eistee und setzte sich neben ihn. »Alles in Ordnung, Sir?«

Seth nickte. Den ganzen Nachmittag über waren Leute im Haus ein und aus gegangen, um mit Seth zu reden, einige offensichtlich geschockt von Kadens Nachricht. Im Moment waren nur er und Leah da.

Leah berührte seine Hand und er sah ihr in die Augen.

»Mir geht es gut«, sagte sie. »Ich habe mich darauf vorbereitet. Ich werde es heute schaffen.«

»Bist du sicher?«

»Ja. Ich finde es nicht gut, dass wir es tun müssen, aber es ist eine Erleichterung, dass es endlich raus ist.« Seth wusste, dass Kaden den Leuten nur erzählt hatte, dass er Seth gebeten hatte, bei ihm einzuziehen, um sich um ihn und Leah zu kümmern. Seth wusste auch, dass die Art und Weise, wie Kaden es erzählte, die Interpretation zuließ, dass Kaden mit allem einverstanden war, was zwischen Seth und Leah passierte ... danach. Er fügte sogar hinzu, dass er hoffte, dass sie gemeinsam ihr Glück finden würden.

Das muss man Kaden lassen, der Mann war ein gründlicher Planer. Es war gut, dass er ein Kontrollfreak war. Er wollte genauso wenig wie Seth, dass die Leute schlecht über Leah dachten.

Sie klopfte ihm noch einmal auf die Hand, stand auf und ging dann weg, als Tom, einer von Kadens Cousins, mit seiner Frau vorbeikam, um ein bisschen zu quatschen. Seth war mit Tom aufgewachsen, obwohl er ein paar Jahre jünger war als Kaden und Seth.

»Das ist echt scheiße. Mann, das hätte ich nie gedacht. Er sieht so gut aus.«

Seth nickte und versuchte, seinen Blick auf die Flamme des Propangasbrenners unter dem Truthahntopf zu richten. Er hatte keine Lust auf dieses Gespräch. Die meisten Leute hatten es bei einem einfachen ›Es tut mir leid, lasst mich wissen, wenn ich etwas für euch tun kann‹ belassen, ein generischer Bullshit-Kommentar.

Tom schüttelte den Kopf. »Ich kann es nicht glauben.«

»Willkommen im Club.«

Die drei saßen einen Augenblick lang schweigend da, bevor Tom wieder sprach, seine Stimme war fast ein Flüstern. »Wird es Leah gut gehen?« Seth wusste, dass Kaden seinem Cousin ein wenig von Leahs Vergangenheit erzählt hatte, aber nicht von ihren Lebensentscheidungen.

Seth nickte. »Ich denke schon. Deshalb hat Kaden mich gebeten, jetzt einzuziehen.« Nun, das war nahe genug an der Wahrheit, um zu zählen, dachte er.

»Ja. Ich glaube, es wird ihr irgendwann besser gehen, wenn du für sie da bist.« Er schüttelte immer wieder den Kopf. Seth wollte ihm zwischen die Schulterblätter schlagen, damit er aufhört. »Sie scheint in deiner Nähe immer sehr entspannt zu sein, so wie sie es bei Kaden ist. Du wirst gut für sie sein.«

Seth hatte keine Lust auf dieses Gespräch. Ganz und gar nicht. Aber er konnte den Truthahn nicht verlassen, während er brutzelte, und er konnte Tom nicht sagen, dass er sich verdammt noch mal von ihm fernhalten sollte.

Also kauerte er sich mit seinem Glas Eistee hin und nickte an den richtigen Stellen.

UM FÜNF UHR, als sie sich draußen um die Tische versammelten, um zu essen, stand Kaden auf und brachte einen Toast aus. Er ließ Leah zu seiner Rechten sitzen und bestand darauf, dass Seth zu seiner Linken saß, obwohl Seth versucht hatte, sich an einen anderen Tisch zu setzen, um keine Aufmerksamkeit zu erregen.

Zu diesem Zeitpunkt wusste Seth, dass alle die Neuigkeiten erfahren hatten. Einige der Frauen sahen ein wenig rot und weinerlich aus, ebenso wie Kadens Bruder.

Denise war ausdrücklich nicht eingeladen worden.

»Ich möchte einen Toast aussprechen. Ich möchte meiner Familie und meinen Freunden, die sich heute zum Essen versammelt haben, danken, dass sie dabei sind. Ich möchte, dass dieser Tag Spaß macht, und ich habe eine Überraschung für euch alle, sobald es dunkel genug ist.« Kaden hatte den ganzen Nachmittag lang eifrig über das Lichtspiel gesprochen.

Er hielt inne und sammelte seine Gedanken. »Das ist ein großartiger Tag, und das ist die Art von Tag, die unser Leben ausfüllen sollte. Ich möchte, dass ihr alle daran denkt. Ich fühle mich gesegnet, meine wunderschöne Frau und meinen besten Freund an meiner Seite zu haben. Ich liebe euch alle, aber diese beiden Menschen sind meine Stärke und mein größter Trost.« Er hob sein Glas. »Auf die Familie, auf die Freunde und auf das Leben. Prost.«

Alle schlossen sich ihm an, während Seth darum kämpfte, seinen kullernden Magen zu kontrollieren. In letzter Zeit hatte er bemerkt, dass kleine Ausbrüche von Trauer manchmal auszubrechen drohten, wenn er am wenigsten die Kontrolle verlieren konnte.

Als alle aufgestanden waren und abwechselnd durch die Schlange gingen, schlich sich Seth für einen Augenblick in sein Zimmer. Er dachte, er wäre unbemerkt geblieben, als er ein paar Minuten später ein Klopfen an seiner Tür hörte.

»Ja?«

Kaden trat ein und schloss die Tür hinter sich. »Geht es dir gut?«, fragte er.

Seth begann zu nicken, als es ihm klar wurde. Er hasste sich dafür, aber er setzte sich auf das Ende seines Bettes und weinte.

Kaden setzte sich neben ihn und legte schweigend seinen Arm um die Schultern seines Freundes. Als Seth sich ein paar Minuten später wieder gefasst hatte, entschuldigte er sich. »Es tut mir leid, Kumpel. Ich sollte das nicht bei dir abladen. Ich ... konnte es einfach nicht mehr zurückhalten. Ich weiß nicht, wie du so gut damit klarkommst, Mann.«

Kaden lächelte, aber es sah traurig aus. »Wer sagt, dass ich das tue? Ich habe zwanzig Jahre lang geübt, als Dom ein Pokerface aufzusetzen. Außerdem bin ich Anwalt. Wir sind alle gute Lügner. Das ist genetisch bedingt.«

Seine Bemerkung hatte den gewünschten Effekt – sie brachte Seth zum Lachen. Dann umarmten sie sich, lange und fest. Kaden klopfte ihm auf den Rücken.»Dass du hier bist, macht es leichter, ob du es glaubst oder nicht. Ich kann sehen, wie toll sie mit dir auskommt, und das ist eine Sorge weniger. Ich meine es wirklich ernst, wenn ich sage, dass ich dich liebe.«

»Ich liebe dich auch, Kumpel. Ich mache es trotzdem nicht mit dir.«

Kaden lachte, lehnte sich zurück und strich sich mit den Händen über die Augen.»Ich mit dir auch nicht, Kumpel.«

Die Männer setzten und sahen sich an.»Frohes Thanksgiving, Kaden. Ich bin froh, dass wir dich noch hier haben. Ich hoffe, du bist nächstes Jahr wieder hier.«

Kaden lächelte.»Dann sind wir schon zwei.«

KAPITEL ACHTZEHN

In der Woche nach Thanksgiving übte Seth methodisch an der Eiche mit der Singletail. Es war eine von Kadens Lieblingspeitschen – sechzehn Zöpfe, vier Fuß lange Peitsche aus Känguruleder mit einem gut ausbalancierten Griff. Seth schien sie am besten zu beherrschen und arbeitete zuerst daran, sie zu meistern, bevor er sich an die anderen Peitschen wagte. Er war so gut geworden, dass er alle Ballons auf der Zielscheibe treffen konnte, ohne sie zu verfehlen, und arbeitete nun daran, seine Kontrolle und sein Zielen mit beiden Händen zu verfeinern, nicht nur mit der rechten. Er war auch so weit fortgeschritten, dass er die drei wichtigsten Hiebarten gleich gut beherrschte: Überhandhieb, Rückhandhieb und Vorwärtshieb.

Kaden machte es sich im Schatten eines anderen Baumes in der Nähe bequem. So weit hinten auf dem Grundstück gab es keine Weihnachtsbeleuchtung oder -dekoration, sodass Seth sich keine Sorgen machen musste, mit der Peitsche versehentlich Kabel zu erwischen.

»Es wird Zeit, dass du dir ein anderes Ziel vornimmst. Der Baum hat dir nie etwas getan, Kumpel.«

Seth schaute ihn an. »Und was schlägst du vor? Du hast mir gesagt, wenn ich die Blattspitzen nehmen kann, bin ich bereit.« »Ich würde sagen, du bist bereit. Wenn du so weitermachst, werde ich kein einziges Blatt mehr an dem Ding haben.« Er stand auf und ging dann zurück zum Haus.

Seth übte weiter. Ein paar Minuten später kam Kaden mit Leah zurück, die jetzt Jeans, eine schwere Lederjacke, schwere Lederhandschuhe und Turnschuhe trug. Kaden trug eine weitere schwere Lederjacke und ein Fläschchen mit Talkumpuder.

Als ihm das klar wurde, spürte Seth, wie sich seine Eier in ihm zusammenkrampften. »Oh, *verdammt*, nein! Ich werde das noch nicht an ihr benutzen!«

»Warum nicht?«, fragte Kaden. »Du bist gut genug.«

»Was, wenn ich sie verletze?«

Leah lächelte. »Darum geht es ja gerade.«

Seth blinzelte. »Du weißt verdammt gut, was ich meine!«

»Du wirst sie nicht durch ihre Jeans verletzen«, sagte Kaden. »Der Fall und Popper können nicht durch den Jeansstoff schneiden. Zumindest nicht so, wie du sie schwingst. Und deshalb habe ich das hier mitgebracht.« Er hielt die Jacke hoch. »Ich lege sie ihr über den Hintern, während du übst. Wenn du dir über die Entfernung sicher bist, nehmen wir sie weg und du kannst sie auf Jeansstoff treffen.«

Seth schüttelte heftig den Kopf, Übelkeit drohte. »Nein! Dazu bin ich nicht bereit.«

Leah ging zu ihm hinüber und sah ihm ins Gesicht. Ihre Augen wurden groß. »Bitte?«

»Oh, nein. Nicht die verdammten Hundeaugen. Hör auf damit!«

»Bitte, Seth?«

Er presste seinen Kiefer zusammen. »Das ist nicht fair. Ich bin noch nicht so weit!«

Sie griff sanft nach seinem Hemd und stellte sich auf die

Zehenspitzen, um ihn zu küssen. »Bitte, Sir? Für mich?« Ihre großen, grünen Augen brachten ihn zum Schmelzen.

Er schloss seine Augen und fluchte. »Na gut. Aber es ist dein Arsch.«

»Danke!«

Kaden lachte und reichte Leah die Jacke. Sie ging ein Stück weg und kniete sich mit dem Rücken zu ihnen auf den Boden, um die Jacke über ihre Hüften zu legen.

Kaden lehnte sich an Seth. »Du bist so was von gefickt, Kumpel. Weißt du das? Sie hat dich um ihren kleinen Finger gewickelt.«

»Sieh mal an, wer da spricht.«

Kaden lächelte. »Ja, ich weiß. Wer hat wirklich das Sagen, oder? Wir haben es beide schwer.«

Kaden schüttete etwas Talkum in seine Handfläche und legte die Spitze der Peitsche hinein. »So siehst du besser, wo du triffst.«

Seth schätzte nervös die Entfernung ab, bevor er die Peitsche schwang, und traf sie etwas tiefer als beabsichtigt, aber auf ihrer rechten Arschbacke. Der schwache weiße Abdruck des Talks zeigte den Treffer an.

Kaden nickte. »Ausgezeichnet.« Er schnappte sich das Ende der Peitsche und trug mehr Talk auf. »Mach das noch mal.«

Kaden arbeitete fünfzehn Minuten lang mit Seth. Dann zog Kaden die Jacke von ihrem Arsch und streifte das Puder ab. »Jetzt schlag sie so.«

Seths Nervosität kehrte zurück. »Mann, ich weiß nicht, wie das geht.«

»Es ist okay. Mach weiter.«

Leah sah aus, als wäre sie im siebten Himmel, denn der dumpfe und gar nicht unangenehme Aufprall durch die vielen Kleidungsschichten versetzte sie fast in den Subraum, obwohl es keine Szene gab und sie sich nicht unwohl fühlte.

Sie wackelte mit ihrem Hintern vor Seth. »Bitte, Sir?«

Er holte tief Luft.»In Ordnung.« Bei seinem ersten Hieb verschluckte er sich und zog in letzter Sekunde, sodass der Schlag weit nach links ging.

»Stopp.« Kaden ging zu ihm hinüber. »Zögere nicht. Dann wirst du sie verletzen. Oder dir selbst. Du hast dich in letzter Sekunde geändert. Stell dir einfach vor, wo du sie treffen willst und zögere nicht. Wenn du zögerst, ist es besser, zu warten und nicht zu schlagen, als schlecht zu schlagen.«

»In Ordnung.« Seth versuchte es erneut und traf sie diesmal genau dort, wo er es beabsichtigte: auf ihrer linken Wange.

Leah wackelte mit dem Hintern und gab ein zufriedenes Geräusch von sich.

»Bist du okay?«, fragte Seth sie.

»Ohhh ja.«

Kaden lehnte sich an einen anderen Baum, außerhalb der Reichweite der Peitsche. »Sie wird sich auf uns stürzen, sobald wir fertig sind, also kannst du sie auch gleich festnageln.«

Nach ein paar Hieben brauchte Seth das Talkum nicht mehr. Langsam gewann er an Sicherheit, während er sich Zeit ließ und jeden Schlag so platzierte, dass er so nah wie möglich an die weiche Mitte ihrer Arschbacken kam.

Kaden konnte leicht auf ihr nacktes Fleisch losgehen. Seth wusste, dass er einige Zeit – und noch viel mehr Übung – brauchen würde, um diesen Grad an Vertrauen in seine Fähigkeiten zu erreichen.

Nach zwanzig Minuten waren Seths Arm und Nerven an ihre Grenzen gestoßen.

Er rollte die Peitsche zusammen. »Ich bin fertig. Ich brauche eine Pause.«

Leah setzte sich auf und zog einen bezaubernden Schmollmund. »Das hat mir überhaupt nicht weh getan.«

Kaden lachte. Er stieß sich von dem Baum ab, reichte Seth die Jacke und nahm ihm die Peitsche ab. »Dann zieh deinen Arsch für mich blank und ich kümmere mich darum, Liebes.«

Wie ein Blitz war sie auf den Beinen. Sie kickte ihre Schuhe, Jeans und Höschen weg und kniete sich dann wieder auf den Boden. »Danke, Meister!«

Kaden rollte die Peitsche ab und nahm sich einen Augenblick Zeit, um seinen Nacken zu strecken und die Schultern zu rollen. So seltsam es auch war, Seth wurde nicht müde, Kaden bei der Arbeit mit der Peitsche zuzusehen. Er war wirklich ein Meister im Umgang mit der Peitsche. Seth holte sein Handy heraus, um es aufzunehmen, denn er wusste, dass er mehr Videoaufnahmen von ihnen zusammen machen musste, nicht nur Standbilder.

Bilder konnten die Überzeugung, die Sicherheit von Kades Bewegungen und die Zielsicherheit nicht einfangen.

Ein wahrer Dom, wenn man ihn überhaupt als solchen bezeichnen kann.

»Wie geht es uns, Liebes?«, fragte Kade.

»Grün, Meister.«

»Set von zwanzig.«

»Zwanzig, Meister.«

»Zähle.«

Er schlug zu und traf sie genau auf die rechte Arschbacke. Leah seufzte. »Eins, Meister ...«

Jetzt war sie vollständig in den Subraum gesunken. Selbst Seth konnte das an ihren glasigen Augen und der fast verträumten Stimme erkennen. Selbst wenn sie keine Sitzung brauchte, genoss sie sie.

Kaden bearbeitete sie durch das ganze Set und sie bettelte um eine weitere. Nach den zweiten zwanzig Stößen ging er zu ihr hinüber und sie rollte sich in seinen Armen zusammen, gesättigt und zufrieden. Sie war noch nicht zum Höhepunkt gekommen und da sie in einem guten Gemütszustand damit begonnen hatte, schloss sie einfach die Augen und kuschelte sich an ihn.

Seth ging zurück ins Haus und ließ sie allein. Ein paar

Augenblicke später rannte Leah, immer noch nackt, in die Küche und stürzte sich auf Seth. Er war gezwungen, sie aufzufangen, und sie schlang ihre Arme und Beine um ihn, während sie ihn küsste.

Er drehte sich um und setzte sie auf dem Tresen ab, bevor er nach Luft schnappen konnte.»Wow, hey. Dir auch hallo.«

Kaden kam herein.»Unser Mädchen braucht etwas Abwechslung. Ich habe dich gewarnt, dass sie uns anspringen würde.« Er hielt ihre Kleidung hoch.»Geh damit ins Schlafzimmer und warte dort auf uns.«

Sie sprang von der Theke auf, schnappte sich die Kleider von Kaden und rannte los, um sie auszuziehen.

Kaden lachte und begann, sein Hemd aufzuknöpfen.»Und? Du kannst doch nicht sagen, dass du keine Lust auf einen Mittagsschlaf mit ihr hast, oder?«

Seth rollte mit den Augen.»Nein, das kann ich nicht sagen.« Er folgte seinem Freund ins Schlafzimmer.

Leah verbrachte fast zwei Stunden damit, ihre Männer in alle Richtungen zu lenken. Als sie schließlich zufrieden zwischen ihnen eingeschlafen war, suchte und fand Kaden seine Brille und die Fernbedienung des Fernsehers. Seth brauchte ein Nickerchen. Er döste neben Leah, während Kaden fernsah.

Es fühlte sich richtig an und Seth würde es nicht leugnen. Nachdem die anfängliche Verrücktheit aus dem Weg geräumt war, fühlte es sich richtig an, sie zu teilen, abgesehen von den Schuldgefühlen, die er manchmal hatte.

Die Frau, die sie liebten. Die *richtige* Frau.

◈

EIN PAAR TAGE SPÄTER HATTE SETH SEINE BEDENKEN ÜBERWUNDEN, Leahs jeansbekleidetes Hinterteil mit der Peitsche zu bearbeiten. Jedes Mal, wenn er es tat, stürzte sie sich auf die beiden Männer, die ihr bereitwillig erlaubten, sie ins Bett zu führen.

Seth frühstückte gerade, als Leah sich an ihn heranschlich und ihre Arme um ihn schlang. »Ich weiß, was ich mir zum Geburtstag wünsche.«

Er hatte das Gefühl, dass es ein Geschenk war, das er nicht kaufen konnte. Seine Freunde hatten darauf bestanden, ihm ein Taschengeld zu geben, als er sich weigerte, sich von ihnen für seine Anwesenheit bezahlen zu lassen. Er musste nichts davon ausgeben und bewahrte es auf dem gemeinsamen Konto auf, das er jetzt mit Leah teilte – ein weiterer von Kadens sorgfältigen Plänen. Seth war auch Mitunterzeichner auf ihren anderen Bankkonten, aber mit denen wollte er noch nichts zu tun haben, wenn er nicht musste.

»Was soll das sein?« Er schlang seine Arme um ihre nackte Taille.

»Ich möchte, dass du die eins achtzig lange Singletail an mir benutzt.«

Er runzelte die Stirn. »Was ist das für ein Geschenk?«

»Auf meinem nackten Hintern.«

»Oh, nein, das wünscht du dir nicht. Das ist nicht fair!«

Sie schaute ihn mit ihren Hundeaugen an. »Bitte?«

»Warum kann ich dir nicht einfach etwas kaufen?«

»Das ist es, was ich wirklich will. Bitte!«

»Hör auf mit den Hundeblicken.«

»Bitte?«

Seth stöhnte auf. »Du bringst mich um, Babe. Warum verlangst du von mir, das zu tun?«

Kaden kam mit seinem morgendlichen Becher Kaffee in der Hand um die Ecke. »Was will sie denn jetzt von dir?«, stichelte er.

»Ich habe Seth gesagt, was ich mir zum Geburtstag wünsche«, sagte sie mit einem falschen Schmollmund, »und er will nicht zustimmen.«

Kaden warf einen Blick auf sie und brach in Gelächter aus. »Du bist zu viel, kleines Mädchen.« Er beugte sich vor und küsste sie. »Und was willst du Seth jetzt aufschwatzen?« »Dass er die eins achtzig lange Singletail auf meinem nackten Hintern benutzt.«

Kadens Spuckattacke sah echt aus. Sein schallendes Gelächter war es auf jeden Fall. »Heilige Scheiße! Diesmal hat sie dich wirklich erwischt.«

»Wie wär's mit ein bisschen Unterstützung, Kumpel?«

Kaden schnappte sich ein paar Papierhandtücher, um seine Spucke aufzuwischen. »Nein, ich werde mich nicht zwischen euch beide stellen.« Er zeigte auf Seth. »Du musst dich zusammenreißen und lernen, dich ihr gegenüber zu behaupten.«

»Sie hat den Hundeblick benutzt!«

Kaden lachte wieder. »Ich weiß. Sie sind tödlich. Das ist eine Sache, die ich dir nicht beibringen kann, Kumpel. Da bist du auf dich allein gestellt.«

Im Moment trug Leah nur ihr schweres Halsband, weil sie an diesem Tag keinen Besuch erwarteten. Sie drückte ihren Körper gegen Seth und zappelte. »Bitte?«

Kadens Lachen half Seth auch nicht weiter. »Kumpel, wehr dich gegen sie.«

Seth schaute Kaden über ihre Schulter an. »Du hast sie dazu angestiftet, stimmt's?«

Kaden lehnte sich mit seinem frischen Becher Kaffee gegen den Tresen und zuckte mit den Schultern. »Ich hätte ihr vielleicht eine Vorgehensweise vorgeschlagen, die ihr am ehesten das gewünschte Ergebnis bringen würde.« Er nahm einen Schluck von seinem Kaffee.

»Verdammter Verräter.«

»Fuck, du Weichei. Du bist ihr Dom. Setz dich ihr gegenüber durch.«

Sie riss die Augen auf und schmollte noch mehr. »Bitte?«

Seth schloss seine Augen und stöhnte. »Ich bin so was von am Arsch.«

»Jepp«, stimmte Kaden zu.

So KAM ES, dass Seth ein paar Stunden später im Garten nervös auf Leahs nackten Hintern starrte. Die eins achtzig lange Singletail war zu groß für das Spielzimmer. Mit dem Weihnachtsbaum im Wohnzimmer war dort auch nicht genug Platz. Mit den Lichtern auf der Veranda und den Tischen war es einfacher, es nach draußen zu verlegen. Die Nachbarn konnten sie wegen des Waldes sowieso nicht sehen.

»Dein Geburtstag ist erst in ein paar Wochen. Warum können wir nicht warten? Damit ich noch ein bisschen üben kann?«

Sie wackelte ihm mit ihrem nackten Hintern zu. Sie hatte sich eine Lederjacke und Handschuhe angezogen, nachdem er darauf bestanden hatte und Kaden zugestimmt hatte, dass das eine gute Idee sein könnte. »Bitte, Sir? Ich will es wirklich.«

»Und wenn ich dir wehtue? Sei auch nicht so ein Klugscheißer. Ich meine, was ist, wenn ich dich an der falschen Stelle treffe?«

»Du bist gut. Ich habe dir zugesehen. Du wirst mir nicht wehtun.«

Kaden saß mit dem Rücken an eine Eiche gelehnt und beobachtete sie mit seinem Handy. »Weichei«, stichelte er.

Seth drehte sich um und richtete die Peitsche auf ihn. »Fang du nicht mit mir an, sonst übe ich an dir.«

Kaden lächelte und zuckte mit den Schultern.

Seth nahm einen tiefen Atemzug. »In Ordnung. Aber ... halt still, okay? Beweg dich nicht.« Vorsichtig richtete er seinen Hieb aus, würgte und stoppte, ging im Kreis und stellte sich neu auf. »Halt still.«

Er holte noch einmal tief Luft, schloss einen Augenblick die Augen, um seine Nerven zu beruhigen, dann zielte er und schwang die Peitsche.

Der Treffer landete genau in der Mitte ihrer linken Arschbacke und hinterließ eine rosa Beule.

Leah stöhnte auf. Nicht vor Schmerz, sondern auf eine ›*Oh, da wird gleich jemand gefickt und ich hoffe, das bin ich*‹-Art.

»Alles klar, Schatz?«

Sie wackelte ihm mit ihrem Hintern entgegen. Ihre Stimme klang tief und heiser. »Hör nicht auf!«

Kaden lachte. »Mach weiter. Das war perfekt. Du hättest nur ein bisschen mehr Gas geben können. Du hast sie kaum berührt.«

»Das war meine Absicht.« Er legte noch einen Hieb nach.

»Beweg dich keinen verdammten Muskel.« Er schwang die Peitsche und traf sie mitten auf die rechte Wange.

Sie stöhnte wieder auf. »Ja!«, zischte sie.

Kaden nickte. »Gut. Jetzt mach dich ein bisschen locker. Du bist zu verkrampft. Du wirst dir noch wehtun, wenn du so sie schwingst.«

Seth nahm sich einen Augenblick Zeit, um Nacken und Schultern zu rollen und noch einmal tief einzuatmen. »Okay, bist du bereit?«

»Ja!«

Er schwang, dann gleich darauf noch einmal, und beide Hiebe trafen ihr Ziel.

»Okay Schatz, bitte. Ich bin ein Wrack. Kann ich jetzt aufhören?«

»Noch zwei. Bitte?«

Kaden stand auf und winkte nach der Peitsche. Seth trat aus dem Weg und tauschte die Peitsche gegen das Handy aus, mit dem Kaden das Training verfolgt hatte. »Du bekommst mehr als das«, sagte Seth.

Kaden übernahm die Führung. »Wo sind wir, Liebes?«

Sofort glitt sie tief in den Subraum. Seth hatte vermutet, dass sie nah dran war, aber nicht so nah. »Grün, Meister.«

»Dreißig, Liebes.«

»Dreißig, Meister.«

»Zähle.«

Seth beobachtete sie und bewunderte Kadens Geschick. Würde er jemals so gut sein, so selbstsicher? Kaden erzählte Seth, dass er fünfzehn Jahre zuvor mit den Peitschen angefangen hatte, nachdem Leah eine Vorführung gesehen hatte. Bei dem Gedanken, dass Kaden sie mit einer Peitsche schlagen würde, kam sie fast in ihrer Hose.

Kaden versicherte ihm auch, dass er trotz seines ruhigen Auftretens genauso viel Angst davor hatte, eine Peitsche an ihrem nackten Fleisch zu benutzen, wie Seth es jetzt hatte.

Leah war im siebten Himmel. Nach dem Set gab Kaden die Peitsche an Seth zurück und ging zu ihr hinüber. Sie rollte sich in seinen Armen zusammen, während er ihr leise etwas zuflüsterte.

Beinahe hätte Seth das Video ausgeschaltet, doch dann beschloss er, dass er vielleicht doch weiter filmen sollte. Vielleicht wollte sie ein Video von ihnen beiden. Wie er sich dabei fühlte, sollte unerheblich sein.

Nach ein paar Minuten küsste Kaden sie auf die Stirn und sie stand auf, woraufhin Seth aufhörte zu filmen. Sie ging zu ihm hinüber und küsste ihn lang und tief. »Danke, Sir. Das war wunderbar.«

»Hey, Kade hat das Schlimmste gemacht.«

»Aber ich wusste, dass du es schaffst.«

»Ja. Verlange nur nicht, dass ich lange Sätze mache.«

»Okay.« Sie machte sich auf den Weg zum Haus. Die rosafarbenen und roten Striemen, die ihren Hintern durchzogen, waren deutlich sichtbar.

Kaden blieb neben Seth stehen. »Sie ist etwas Besonderes.«

»Wie konntest du nicht deinen verdammten Verstand verlieren, während du diesen ganzen Scheiß gelernt hast?«

Kaden zuckte mit den Schultern. »Ich hatte eine Frau, die mich liebte und brauchte. Ich wollte alles in meiner Macht Stehende tun, um ihr das zu geben, was sie brauchte, um glücklich zu sein. Sie wollte nicht, dass ich ihr Dinge kaufe. Wir würden immer noch in einer schäbigen Wohnung in Tampa leben, wenn ich nicht darauf bestanden hätte, an einen schöneren Ort zu ziehen. Du weißt, dass sie dieses verdammte Schrottauto jahrelang fuhr. Ein Freund von mir sabotierte es eines Nachts für mich, damit es Feuer fing. Sie musste sich von mir ein neues Auto kaufen lassen.«

Seth erinnerte sich, dass Kaden ihm eine E-Mail darüber geschrieben hatte, als er noch in der Armee war. »Ohne Scheiß? Ich dachte, das war ein Unfall.«

»Das dachte sie auch. Das soll unser Geheimnis bleiben, okay?«

Seth grinste. »Ja.«

Sie begannen, zum Haus zu gehen. »Seth, ich weiß, dass das alles ein Psychospiel ist. Sie ist kein komplizierter Mensch. Sie will sich sicher fühlen, vertrauen, sich geborgen fühlen. Das bekommt sie von mir, und jetzt auch von dir. Wenn sie das hat, ist sie glücklich. Der Rest ist ihr egal.«

»Der Schmerz.«

Er zuckte mit den Schultern. »Das ist ein Bewältigungsmechanismus. Es ist ein Bedürfnis. Manche Frauen brauchen Schuhe. Sie braucht Peitschen.«

»Ohne dich hätte ich nicht so viel gelernt, wie ich gelernt habe. Ich hätte es nie geschafft ... danach.« Er hielt inne und drehte sich zu Kade um. »Ich verstehe. Wenn du mir einen verdammten Zettel hinterlassen hättest, hätte ich das nie tun können.«

Kaden lächelte traurig. »Ich weiß. Sie konnte es auch nicht. Ich habe dir gesagt, dass ich wusste, dass ich es tun muss. Ich musste es dir zeigen. Es war der einzige Weg. Man kann so etwas nicht erklären, ohne dass es irgendeinen Sinn ergibt.« Er klopfte Seth auf die Schulter. »Jetzt hör auf, mir die Laune zu verderben, Kumpel.«

Seth lachte, aber sie gingen weiter zum Haus. »Das ist mein Satz.«

ZWEI TAGE SPÄTER WAR SETH ALLEIN MIT LEAH DRAUßEN IM GARTEN UND ÜBTE. Er wollte gerade zu seinem dritten Hieb ansetzen, als ihn eine Wespe im Sturzflug angriff. Ohne nachzudenken, wich er beim Schlagen zur Seite aus, um dem Insekt auszuweichen.

Leah schrie auf, ein Geräusch, das er noch nie von ihr gehört hatte. Der schmerzhafte Laut ließ Seths Herz bis zum Hals schlagen.

Er ließ die Peitsche fallen und rannte zu ihr hinüber. »Oh mein Gott! Babe, geht es dir gut?«

»Ja, was ist passiert?« Sie hatte sich aufgerichtet und ihre Hand an die Innenseite ihres Oberschenkels gepresst.

»Eine verdammte Wespe hat mich fast gestochen. Lass mich nachsehen.« Seths Herz raste und er war entsetzt, dass er sie verletzt hatte.

»Mir geht's gut. Es ist alles in Ordnung.«

»Nein, lass mich nachsehen!« Er riss ihre Hand weg und entdeckte Blut. »Oh … *Scheiße*! Oh, Schatz, verdammt! Es tut mir leid! Es tut mir so leid!«

Sie presste ihre Hand wieder auf die Stelle. »Seth, ist schon gut.«

»Fuck, du blutest ja! Es ist *nicht* gut! Verdammt noch mal, es tut mir so leid!«

Kaden hatte den Aufruhr offenbar gehört und kam aus dem Haus gerannt. »Was ist los? Was ist passiert?«

Leah lächelte stolz und zeigte es ihm. »Mein erstes Zeichen von Sir.«

Kaden betrachtete es und lachte. »Sehr gut, Liebes.«

»Das ist nicht lustig!«, schrie Seth und versuchte, einen besseren Blick auf ihr Bein zu erhaschen. Leah schob seine Hände immer wieder weg.

Kaden schüttelte den Kopf. »Ich garantiere dir, dass es dir mehr weh tut als ihr.«

»Das ist nicht lustig!« Seth schrie wieder. »Verdammt noch mal, Leah. Nimm deine *verdammte* Hand weg.« Er sah sich die Wunde genau an und war erleichtert, dass es nur ein kleiner Schnitt war. »Das ist nicht lustig, verdammt! Wenn ich deine Schlagader getroffen hätte oder so ...«

Sie packte ihn am Kinn. »Hör auf.« Ihre Stimme wurde leiser, leiser als er sie je gehört hatte. »Mir geht es gut, Seth. Sir, es geht mir gut.« Sie zog ihn an sich und küsste ihn. »Meister hat mir viel schlimmere und tiefere Schläge verpasst, während er noch lernte. Glaub mir, das hier ist *gar nichts*. Ich betrachte es als Ehrenzeichen, endlich dein Zeichen zu tragen.« Sie küsste ihn erneut und ließ sich dann von ihm auf die Beine helfen. »Ich werde es waschen und mit einer Salbe einreiben. Schon gut. Es ist alles in Ordnung.«

Seth sah ihr zu, wie sie zum Haus ging, sein ganzer Körper zitterte vor Adrenalin. Er schüttelte den Kopf und sah Kaden an. »Ich kann das nicht tun, Mann. Ich kann das verdammt noch mal nicht tun! Ich kann ihr nicht so etwas antun! Die verdammte Wespe kam aus dem verdammten Nichts ...«

»Hör *auf*.« Kadens schriller Ton erschreckte Seth. »Es war ein Unfall. Ich habe es ernst gemeint, als ich sagte, dass es dir viel mehr wehtun wird als ihr. Der Schmerz lässt bei ihr schon nach. Dir wird es jedes Mal wehtun, wenn du die Narbe siehst.« Sein Gesicht verfinsterte sich. »Das kannst du mir glauben.«

Seth schluckte schwer. »Ich kann es nicht ertragen, ihr so weh zu tun, Mann.«

»Ich weiß. Es ist scheiße. Als ich sie das erste Mal mit der Peitsche geschnitten habe, habe ich fast geflennt wie ein Baby. Du hast gesehen, wie sie reagiert hat. Mit mir hat sie das Gleiche gemacht. Sie ist stark, wenn sie es sein muss, wenn sie es sein kann, auf die Art, wie sie stark sein kann. Vergiss das nie.« Er sah Seth an. »Es gibt Zeiten, wie diese, in denen du ihr vertrauen musst. Vergiss nicht, dass ihr Schmerz nichts ausmacht, wenn sie im Subraum ist.«

»Sie hatte verdammte Schmerzen an dem Tag, als sie sich den Arm aufgeschnitten hat. Ich dachte, sie würde einen Schock erleiden.«

»Das war etwas anderes. Sie war nicht im Subraum, als es passierte. Sie hat nicht versucht, sich selbst zu verletzen. Wenn sie im Subraum ist, könntest du in sie ritzen und sie würde um mehr betteln. Das ist ein Riesenunterschied. Wenn du sie nicht vergrault hättest, würde sie jetzt um mehr betteln, das garantiere ich dir.«

Seth seufzte schließlich. »Wahrscheinlich habe ich ihr die Laune verdorben, weil ich ausgeflippt bin, oder?«

»Alter, das hast du so was von.« Kaden lächelte. »Aber das ist schon okay. Du kannst es später sicher wiedergutmachen.«

Später am Abend, nach dem Essen, gab Seth bereitwillig Leahs Bitte nach, nicht nur zu ihnen zu kommen, sondern die ganze Nacht in ihrem Bett zu verbringen. Er verbrachte eine lange Zeit damit, mit ihr zu schlafen, während Kaden sie in seinen Armen hielt. Seth strich sanft mit seinen Lippen über die Striemen an ihrem Bein und hasste sich dafür, dass er sie dort verursacht hatte.

Leah spürte offenbar seinen inneren Aufruhr. Sie verhedderte ihre Finger in seinem Haar oder fuhr mit ihren Fingern durch und murmelte ihm ständig etwas zu.

Als sie sich zum Einschlafen niederließen, schmiegte sie sich mit dem Rücken an Kaden und legte seinen Arm um ihre Taille. Aber sie drückte Seths Kopf an ihre Brust, wiegte ihn in ihren Armen und flüsterte ihm zu, wie sehr sie ihn liebte, als alles seine überforderten mentalen Schaltkreise ausschaltete und er sich leise in den Schlaf weinte.

AM NÄCHSTEN MORGEN FÜHLTE SICH SETH IMMER NOCH BESCHISSEN, und eines der ersten Dinge, die er tat, war, ihre Wunde zu untersuchen. Es würde wahrscheinlich gut verheilen, aber der hässliche lila Bluterguss um die Wunde herum würde Tage brauchen, um zu verblassen.

Leah wollte aufstehen, um Kaffee zu machen, aber Seth hielt ihre Hand fest. »Nein, Schatz, ich mache das schon. Du bleibst im Bett.«

Sie versuchte zu protestieren. Dann, eines der wenigen Male, in denen Kaden sich über Seth hinwegsetzte.

»Liebes, geh und mach unseren Kaffee und warte da draußen. Wir sind gleich da.«

Leah küsste die beiden schnell und sprang aus dem Bett. Sie verließ das Schlafzimmer.

Als Kaden sicher war, dass sie nicht mehr zu hören war, wandte er sich an Seth. »Hör auf damit. Das kannst du nicht machen.«

»Ich habe ihr verdammt noch mal wehgetan, Mann! Ich fühle mich furchtbar!«

»Sie ist schon darüber hinweg. Sie war schon Minuten nach dem Vorfall darüber hinweg. Sie hat dich letzte Nacht ertragen, weil es ihr leidtat, dass du dich so aufgeregt hast, aber hör verdammt noch mal auf damit. Genug ist genug.«

Ein Schock durchfuhr ihn. »Du kaltherziges Arschloch! Das ist deine gottverdammte Frau! Wie kannst du da sitzen und mir sagen, dass es genug ist?«

Kaden lehnte sich vor. »Weil sie es so haben will. Weißt du noch, wie sie wegen der Wäsche ausgeflippt ist, als du eingezogen bist? Ich scherze nicht, wenn ich sage, dass sie dich jetzt als Mann braucht.« Er senkte seine Stimme noch tiefer. »Ich habe dich damit genervt, dass sie dich an der Nase herumgeführt hat, aber ich sage dir auch, dass das aufhören muss. Jetzt.«

Ein Schleier der Wut vernebelte Seths Verstand. »Was zur *Hölle* ist eigentlich los mit dir?«

Kaden runzelte die Stirn. »Du musst das in den Griff bekommen. Es ist okay, solange ich noch da bin, denn sie hat mich. Aber hör ein für alle Mal mit diesem verdammten Scheiß auf, bevor ich weg bin! Sie muss wissen, dass du stark und beständig bist und dich um sie kümmern wirst. Ich spreche nicht von Trauer. Das erwartet sie von dir. Ich rede davon, dass du ihr nicht immer ihren Willen lassen kannst. Sie muss spüren, dass du ihr Meister bist. Im Moment benimmst du dich wie ein verdammtes Weichei!«

Seth öffnete den Mund, um zu argumentieren, schloss ihn aber wieder. Er wollte Kaden schlagen, und das hatte er noch nie zuvor in seinem Leben gefühlt.

Kaden begegnete seinem wütenden Blick. »Du weißt, dass ich recht habe. Du hast lange genug mit ihr gelebt, um zu verstehen, was ich meine.«

»*Du* hast ihr ihren Willen gelassen.«

»Wenn ich es will. In Dingen, die verdammt noch mal nicht wichtig sind. *Das hier* ist wichtig. Dies ist eine Frage der Stärke. Das ist eine Zeit, in der du deine verdammten Hosen anziehen und es einfach verdammt noch mal aussitzen musst. Es ist vorbei. Es ist erledigt. Sie weiß, dass es ein Unfall war. Glaube mir, sie versteht, dass du darüber verärgert bist. Es ist vorbei, es ist erledigt, mach weiter.«

Kaden kletterte aus dem Bett und ging ins Bad, während Seth dort saß und schmorte. Seth riss sich endlich zusammen und ging in sein eigenes Zimmer. Er machte sich auf den Weg zum Bad, dann drehte er sich um und schloss seine Zimmertür ab.

Scheiß drauf.

Er ging ins Bad, bevor er sich Laufklamotten anzog. Er lauschte einen Augenblick an seiner Schlafzimmertür, hörte Leah und Kaden in der Küche reden und ging leise den Flur hinunter, um durch die Vordertür hinauszugehen. Der Morgen fühlte sich kühl an, aber obwohl es Dezember war, wurden Höchsttemperaturen von über zwanzig Grad vorhergesagt. Seth machte sich nicht die Mühe, sich zu strecken. Er eilte in schnellem Tempo die Einfahrt hinunter, um Abstand zwischen sich und dem Haus und dem Klang von Kadens Vorwürfen in seinen Ohren zu gewinnen.

Wie konnte er sich nicht schlecht fühlen wegen dem, was er getan hatte? *Fuck!* Er würde sich jedes Mal hassen, wenn er das Zeichen sah. Vielleicht würde es keine Narbe geben. Trotzdem würde er sich schrecklich fühlen.

Das Geräusch ihres schmerzhaften Aufschreis, als die Peitsche sie schnitt.

Gott, das würde er nie vergessen.

Er beschleunigte das Tempo, rannte schneller, härter, bis er sich zu einem rasanten Sprint aufraffte. Als ihm schließlich die Luft ausging, fand er sich auf der anderen Seite der Siedlung wieder.

Wenigstens hatte ihn die ganze Sache dazu gezwungen, wieder in Form zu kommen. Er hatte fast wieder sein Gewicht aus der Armee erreicht, und der größte Teil seines Bauches war verschwunden. Er sah anständig aus und hatte einen Großteil seiner Ausdauer zurückgewonnen. In dem kleinen Park blieb er stehen, machte ein paar Liegestütze und ein paar Sit-ups und begann wieder zu laufen.

Er wollte nicht zurück nach Hause.

Nach *Hause*. Komisch, es *war* sein Zuhause. Kaden sagte, er müsse es als sein Zuhause ansehen. Obwohl er die Umstände hasste, gab Seth widerwillig zu: Ja, es war sein Zuhause.

Sein Zuhause. Seine Frau.

Vielleicht fehlte ihm noch ein wichtiger Punkt, um dieses verrückte Chaos zu verstehen. Wenn er daran dachte, dass Kaden wütend auf ihn war, weil er sich Sorgen darüber machte, was er Leah angetan hatte, wollte Seth ihm immer noch das Licht ausknipsen.

Er hatte Leah *verletzt*. Ihr *wehgetan*. Wie konnte Kaden damit einverstanden sein?

Er mied absichtlich das Haus. Er wusste nicht, wie viel Uhr es war. Er schätzte, dass er schon über eine Stunde weg war, so wie die Sonne sich bewegt hatte.

Er hielt wieder am Park an, nahm einen Schluck Wasser aus dem Trinkbrunnen und stellte sich dann in den Schatten, um sich zu strecken. Er legte sich zurück ins Gras und verschränkte die Hände hinter dem Kopf. Über ihm zogen weiche Wolken über den strahlend blauen Dezemberhimmel.

In seinem ersten Jahr bei der Armee hatte er in Deutschland festgesessen. Was für ein beschissener Ort das für einen Jungen aus Florida gewesen war. Nachdem er in den Irak geschickt worden war, vermisste er die kalten Berliner Nächte, in denen er sich in einem Humvee unter dreißig Pfund Körperpanzerung und weiteren dreißig Pfund Ausrüstung den Arsch abschwitzte und versuchte, nicht erschossen zu werden.

Er schloss die Augen und versuchte, einen klaren Kopf zu bekommen. Jedes Mal, wenn er das tat, durchdrang Leahs schmerzerfüllter Aufschrei seine Seele.

Nun, man stelle sich das vor. Etwas, das mir endlich den geistigen Herzschlag ...

Kaden stirbt.

... nimmt. Ich will verdammt sein.

Was für eine beschissene Art, das zu tun.

Nach einer Weile dehnte er sich wieder, machte noch mehr Sit-ups und Liegestütze und ließ die Siedlung langsam wieder hinter sich. Zurück zum Park.

Die Schule war noch im Gange, also hatte er den Platz für sich allein.

Er legte sich zurück ins Gras und starrte in den Himmel. Das war zu viel. *Zu. Viel. Verdammt.* Er hatte sich endgültig das Hirn zermartert.

Alles – Kaden, Leah zu verletzen. Die Zukunft.

Er beachtete das Geräusch des Autos, das in den Park einfuhr, gar nicht. Er hörte, wie sich eine Autotür öffnete und schloss und wie jemand auf dem Bürgersteig auf ihn zuging.

Als der Schatten über ihn fiel, erkannte er, dass es Leah war.

»Ist das eine private Mitleidsparty, oder kann jeder mitmachen?«

Er rollte sich in eine sitzende Position. »Wie kannst du es verdammt noch mal aushalten, mich anzuschauen?«

Sie saß dicht vor ihm im Schneidersitz auf der Wiese. Sie hatte sich ein T-Shirt und eine kurze Hose angezogen, die den Bluterguss verdeckte.

»Es war ein *Unfall*. Unfälle passieren nun mal. Ich habe es ernst gemeint, als ich sagte, dass Kaden mich im Laufe der Jahre noch viel schlimmer erwischt hat als das. Das wirst du auch. Es wird passieren. Das ist einfach ein Berufsrisiko.«

»Das ist nicht lustig.«

»Wenn mich das nicht stört, warum stört es dich dann? Was ist wirklich los?«

Er biss die Zähne zusammen. »Ich verstehe nicht, warum Kaden heute Morgen sauer auf mich war, weil ich aufgebracht war, dass ich dir wehgetan habe.« *Dann kann ich auch gleich alles ausspucken.* Sie hatten ihm gesagt, dass sie Ehrlichkeit wollten. »Ich hasse mich, verdammt noch mal, und er nennt mich ein Weichei, weil ich mich schlecht fühle, weil ich dich verletzt habe.«

Sie griff nach seiner Hand und ließ ihn nicht los. Als er endlich ihren Blick erwiderte, sprach sie leise. »Du liebst mich. Und ich weiß das. Du hast nur getan, worum ich dich gebeten habe. Du hast mich nicht geschlagen oder erstochen. Wenn ich dir zum Beispiel bei der Arbeit am Auto helfen würde? Was wäre, wenn ich dir dabei helfen würde und du mich dabei aus Versehen verletzt hättest? Würdest du dich dann auch so fühlen?«

»Das wäre nicht absichtlich. Das ist nicht das Gleiche, Fuck.«

»Es ist aber dasselbe.« Sie drückte seine Hand. »Es wäre ein Unfall. Das ist nicht anders. Als Kade mich das erste Mal beim Spielen verletzte, dachte ich, er würde kotzen und weinen, und ich betete, dass er nicht ohnmächtig werden möge, weil wir allein waren und ich an die Bank gefesselt war. Ich liebe dich, Seth. Glaub mir, alles, was du fühlst, hat er auch gefühlt. Nur hat er zwanzig Jahre gebraucht, um sich zu akklimatisieren, und wir versuchen, das alles in ein paar Monaten in dich hineinzupressen. Umso mehr liebe ich dich, dass du etwas so offensichtlich Unnatürliches für dich tust, weil du mich liebst. Wie könnte ich dich hassen, wenn du mein Leben bist?«

»Du liebst Kaden.«

»Und ich liebe dich auch.« Ihr standen die Tränen in den Augen, aber sie sah kurz weg und beruhigte sich. »Als du wegen deines Leistenbruchs operiert wurdest, wer hat da im Aufwachraum auf dich gewartet?«

»Du.«

»Wer hat sich um dich gekümmert?«

»Du.«

»Wenn du zu Kaden gekommen wärst und ihm die Neuigkeiten erzählt hättest, mit denen er dich und mich umgehauen hat, würde ich mich immer noch um dich kümmern. Ich liebe dich. Ich liebe dich so sehr, wie ich ihn liebe. Ja, ich habe eine längere Geschichte mit ihm, habe Dinge mit ihm geteilt, die ...« Als ihre Stimme stockte, hielt sie eine Hand hoch, um ihn zum Schweigen zu bringen, während sie sich erholte.

»Ich werde ihn wahnsinnig vermissen, wenn er nicht mehr

da ist«, fuhr sie schließlich fort. »Es wird mir die halbe Seele aus dem Leib reißen. Wenn du nicht für mich da wärst, würde ich verdammt noch mal aufgeben und sterben, sobald er aufhört zu atmen. Ich weiß immer noch nicht, wie ich weitermachen soll. Ich weiß nur, dass du seine Befehle befolgen und mich nicht sterben lassen wirst.«

Ihre Stimme sank auf ein Flüstern. »Wir haben keine Zeit für dich, um alles zu lernen, was er in zwanzig Jahren über mich erfahren hat. Du musst uns vertrauen, wenn wir dir Dinge erzählen. Ich sage dir, dass das in Ordnung ist. Das ist keine große Sache. Du bist in den letzten Monaten so weit gekommen und hast so viel gelernt, es ist erstaunlich. Es ist atemberaubend. Ich habe ihn seit Jahren als seine Frau geliebt. Aber von dem Augenblick an, als ich dich traf, wusste ich, dass du mich vervollständigst. Du hast uns vervollständigt. Ich wusste bereits, wie sehr er dich liebte, und ich wusste, dass ich dich auch lieben würde, weil Kaden dich liebte. Und ich hatte Recht. Nur konnte ich es dir damals nicht sagen, und das hat mich so lange fertig gemacht.«

Sie sah wieder weg, aber nicht bevor er ihre Tränen entdeckt hatte. »Bei allen drei Hochzeiten musste ich Kaden versprechen, nichts zu sagen, wenn sie fragten, ob es Einwände gibt. Bei der dritten hätte er mich fast gezwungen, zu Hause zu bleiben.«

Es wäre für Kaden unmöglich gewesen, sie zu verpassen – er war immer Seths Trauzeuge.

Seth spürte, wie sein Herz erneut schlug. »Es tut mir leid. Ich wusste es nicht.«

»Ist schon gut.« Sie sah ihn an. »Es ist vorbei. Wir können diese Zeit nicht mehr zurückholen.« Sie lehnte sich näher zu ihm. »Wir haben *jetzt*. Genau jetzt. Er ist immer noch stark und bei guter Gesundheit. Bitte lass nicht zu, dass Schuldgefühle für etwas, für das du dich nicht mehr schuldig fühlen musst, die Zeit, die ihm noch bleibt, zunichtemachen. Er muss die Gewissheit haben, dass es uns gut gehen wird, wenn er geht.«

Sie legte ihre Handfläche an seine Wange. »Ich liebe dich. Ich muss mich auf ihn konzentrieren, ich weiß. Aber es hilft mir zu wissen, dass du da bist, um mich aufzufangen, wenn ich an den Punkt komme, an dem ich glaube, dass ich nicht mehr weitermachen kann. Du bist mein Sicherheitsnetz. Und auch wenn es verdammt wehtut, an eine Zukunft ohne ihn zu denken, weiß ich, dass du mich irgendwie auf die andere Seite bringen wirst, ich werde dich da durchbringen, und wir werden zusammen heilen können.«

»Er hat gesagt, ich muss lernen, mich dir gegenüber zu behaupten.«

»Nun, das kann er leicht sagen. Er hatte zwanzig Jahre Zeit. Aber er hat Recht. Ich neige dazu, dich mehr zu reizen, weil ich weiß, dass ich es kann. Manchmal wünschte ich, du würdest dich mehr gegen mich wehren.«

»Wirklich?«

Sie nickte. »Ja.«

»Nicht bei diesem Peitschenmist.«

Sie wischte sich über die Augen und lachte. »Nein, ich war bereit, noch schmutziger zu spielen, um das zu erreichen.« Sie schnürte ihre Finger durch seine beiden Hände. »Komm mit mir zurück. Bitte? Lass uns duschen und den Tag neu beginnen. Es wird Zeiten geben, in denen du mich aus Versehen verletzt, aber das ist okay. Ich vertraue dir, Seth. Ich weiß, dass du das nicht auf die leichte Schulter nimmst. Ich weiß, dass du alles tust, was in deiner Macht steht, um es so sicher wie möglich zu machen. Ich vertraue dir sogar bei den Seilen, denn ich habe gesehen, wie genau du darauf achtest, was er dir sagt und zeigt. Ich kann mich sofort umdrehen und rausgehen und dich ohne zu zögern mit der Singletail auf mich loslassen. Ich weiß um die Risiken. Ich weiß, dass es immer die Möglichkeit einer Verletzung gibt. Ich vertraue auch darauf, dass du alles in deiner Macht Stehende tun wirst, um so sicher wie möglich zu sein.«

»Er hat Recht. Ich bin ein verdammtes Weichei.«

»Nein, du bist ein Mann in einer schwierigen Situation. Du bist mit Kaden aufgewachsen. Er hat sich nicht innerhalb von ein paar Monaten vom netten Kerl zum Meister und Dom entwickelt. Ich werde nie seinen Gesichtsausdruck in der ersten Nacht vergessen.«

An ihrem wehmütigen Lächeln wusste Seth, dass sie sich an die Vergangenheit erinnerte. »Er war so wütend auf mich, weil ich mir selbst wehgetan hatte. Aber mehr noch, er hatte Angst. Ich weiß noch, dass ich ihn angeschrien habe, dass er einen Scheißdreck über mich weiß und er verdammt gemein war, mich dazu zu zwingen, ihm zu versprechen, dass ich es nicht tun würde. Ich weiß nicht, was ich alles gesagt habe. Ich könnte es dir nicht sagen, wenn ich es versuchen würde.

Dann hat er mich gepackt und mir den Hintern versohlt. Und als ich zu ihm aufblickte, sah er so aus wie du, als du versucht hast zu sehen, wie sehr du mich verletzt hattest. Entsetzt. Ich wusste sofort, dass er es nicht mit Absicht getan hatte. Ich wusste, dass er es nicht gerne tut.« Sie schüttelte den Kopf. »Ich denke, vielleicht wollte ich deshalb, dass er es weiter macht. Deshalb konnte ich ihm das Versprechen geben und es auch einhalten, meistens.«

Ihre Stimme senkte sich zu einem Flüstern. »Er war der erste Mensch in meinem Leben, der mir wehgetan hat, aber er hat es nicht genossen. Glaubst du, er hat sich einfach mit beiden Füßen in die Sache gestürzt? Du *weißt* doch, wie er ist. Der einzige Grund, warum er es getan hat, war für mich. Nicht, weil es *ihm* gefallen hat. Damals nicht. Lass dich von ihm nicht täuschen. Er hatte genau so viel Angst wie du jetzt. Wahrscheinlich sogar noch mehr.«

»Er sieht aber nicht so aus.«

»Das sind zwanzig Jahre Erfahrung.«

Seth atmete tief durch und versuchte, sich Zeit zu verschaffen. »Ich meinte es ernst, als ich sagte, dass ich Zeit brauche, um einfach nur Vanille zu sein.«

»Ich habe dir schon gesagt, dass das in Ordnung ist. Ich werde ehrlich sein, wenn ich eine Sitzung oder den Hintern versohlt brauche.«

Er musterte sie. »Wie kannst du dir so sicher sein, dass ich dazu in der Lage bin?«

»Weil ich dich liebe. Ich habe mehr Vertrauen in dich aus fast zwanzig Jahren Freundschaft als in Tony, der seit über zwanzig Jahren ein Dom ist. Er ist ein toller Kerl und ich betrachte ihn als Freund, und neben Kaden und Scrye und Derrick ist er einer der fähigsten Tops da draußen, aber er ist nicht mit mir durch die Hölle und zurück gegangen.«

»Bin ich auch nicht.«

»Aber du bist es jetzt, oder?«

Ja, damit hatte sie recht. Er nickte.

»Jeder von uns hat einen anderen Teil von Kadens Leben kennengelernt«, sagte sie. »Und wir können uns gegenseitig etwas darüber beibringen. Ich kann das nicht ohne dich tun, Seth. Ich will es nicht.« Sie stand auf und reichte ihm die Hand. »Bitte?«

Nach einem langen Augenblick stand er auf, nahm ihre Hand und folgte ihr zum Auto.

SPÄTER AM NACHMITTAG ZWANG LEAH SETH, mit ihr in den Hinterhof zu gehen. »Du musst das tun. Nur zwei Hiebe, das ist alles, wozu ich dich zwingen werde. Wenn du es nicht tust, wirst du es nie wieder tun wollen.«

Er starrte auf die aufgerollten Singletail in ihren Händen. »Steig wieder auf das verdammte Pferd, ja?«

»Na ja, auf das *Prügel*-Pferd.« Sie grinste.

»Oh, man. Du bist zu viel, Mädchen.« Er nahm endlich die Peitsche. »Okay, aber es ist dein Arsch.«

Sie drehte sich um und zwinkerte ihm zu. »Nein, eigentlich ist es dein Arsch, Sir.«

Er konnte es nicht verhindern. Seine Jeans versteifte sich. Fuck, das war ein Knopf, bei dem er nichts dagegen hatte, dass sie ihn drücken konnte.

Sie kniete auf dem Boden, während Seth versuchte, die Anspannung aus seinen Armen zu schütteln. Als er es nicht mehr aushielt, schwang er die Peitsche.

Er traf sie perfekt, genau in der Mitte ihres Hinterns. Er schlug erneut zu, wieder ein perfekter Treffer.

Sie setzte sich auf, drehte sich um und sah ihn an. »Bist du okay?«

Er nickte. »Ja.« Er zögerte. »Willst du noch ein paar?«

Sie lächelte. »Ich dachte schon, du würdest nie fragen.« Sie kehrte in ihre Position zurück und wackelte spielerisch mit ihrem Hintern vor ihm.

Er schaffte insgesamt zehn, bevor seine Nerven versagten. »Ich bin fertig. Es tut mir leid.«

Sie stand auf, ging zu ihm hinüber, schlang ihre Arme um seinen Hals und küsste ihn. »Siehst du? Das war perfekt.«

Er wusste, was sie vorhatte. Sie trug nur die schwere Lederjacke und die Art, wie sie gegen ihn stieß und sich an ihm rieb, machte ihn noch härter.

»Wenn du so weitermachst, wirst du gefickt.«

»Wirklich?« Sie grinste.

Er ließ die Peitsche fallen und drückte Leah auf den Boden. »Ja, wirklich.« Er schob ihre Beine auseinander und öffnete seine Jeans.

Er stürzte sich in ihre feuchte Hitze, packte ihre Hüften und fickte sie hart. Sie hielt sich fest und kam jedem Stoß entgegen. Als er kam, sackte er auf ihr zusammen.

»Fühlst du dich besser?«, säuselte sie.

»Nein.«

Er hörte ihren verwirrten Tonfall. »Warum nicht?«

»Weil du eine ordentliche Züchtigung brauchst, bevor ich dich kommen lasse, deshalb. Ich will jeden Zentimeter deines süßen Arsches rot bekommen. Wenn du dich benimmst, werde ich vielleicht mit Meister darüber reden, dass wir dich heute Abend beide ficken.«

Sie stieß einen kleinen, überraschten Atemzug aus. »Wirklich?«

»Ja, aber nur, wenn dein Arsch auf dem *Prügel*-Pferd auf mich wartet, wenn ich dort oben bin.«

Sie stieß ihn praktisch von sich und flüchtete ins Haus.

Seth schüttelte den Kopf und lachte. Okay, vielleicht *könnte* er sich auf einiges davon einlassen. .

Kaden blickte von seiner Zeitung auf, als Seth einen Augenblick später hereinkam. »Was ist los?«

»Ich habe eine Sklavin zum Versohlen und Belästigen, Kumpel. Willst du mir Gesellschaft leisten?«

Kaden grinste, als er die Zeitung wegwarf und aufstand, um ihm zu folgen. »Na *klar*.«

KAPITEL NEUNZEHN

L eah hasste es, von ›ihren Jungs‹ getrennt zu sein, aber beide Männer waren sich einig, dass sie etwas brauchte, um sich zu beschäftigen. Seth fragte sich, ob Kaden seine Sorge teilte, dass sie nach dem Spendenbankett etwas anderes brauchen würde, um sich abzulenken.

Leah koordinierte nicht nur all diese Veranstaltungen, sondern kümmerte sich auch noch um die Partys und Abendessen, die sie in ihrem Haus veranstalteten. Seth half, so gut er konnte, und so viel Leah ihn ließ.

Sie hatte sich halb zu Tode gearbeitet, fast bis zur Erschöpfung, meinte Seth, aber er folgte Kadens Beispiel und ließ sie tun, was sie tun musste.

Als der Abend des Banketts näher rückte, war Seth überrascht, dass er hingehen würde. Und nicht nur das, er saß auch noch mit ihr und Kaden am Tisch.

»Ähm Süße, das ist keine gute Idee«, sagte Seth zu ihr.

»Warum nicht?«

Ihm fiel kein vernünftiger Grund ein. Die meisten von Kadens und Leahs engsten Freunden und der Familie wussten bereits von Kadens ›Hoffnung‹, dass Leah und Seth nach seinem Tod zusammenkommen würden. Seth war überrascht, dass die meisten sie unterstützten. Zumindest die, auf die es ankam.

»Bist du sicher, dass du mich dabei haben willst?«

»Ich habe deinen Smoking schon geholt. Du musst hingehen.«

Er ließ die Sache auf sich beruhen. Er hatte auch gehofft, zu Hause zu bleiben und einen langen Abend allein zu verbringen, damit er sich in den Schlaf weinen konnte. Und ihnen einen besonderen Abend zu schenken, an den sich Leah erinnern und den sie genießen konnte.

Dieser Plan wurde in den Wind geschossen.

Seth hatte eine Idee und tätigte ein paar Anrufe. Kaden würde überrascht sein, aber er würde nicht zulassen, dass Leah sich wehrt und Seth den Spaß verdirbt.

In der Nacht des Banketts hatte Seth seine Pläne vollendet und fuhr mit ihnen in Leahs Lexus nach Sarasota. Als Organisatorin stellte Leah den Hauptredner, einen Bezirksbeauftragten, vor. Dann kehrte sie zurück und setzte sich zwischen ihre beiden Männer. Unter dem Tisch reichte sie beiden eine Hand und hielt sie fest.

Seth machte sich Sorgen, dass jeder ihnen zusah. Natürlich tat das niemand. Niemand konnte sie überhaupt sehen.

Irgendwann, nachdem das Essen serviert worden war, schlich Seth zum Auto, um sich um seine Pläne zu kümmern. Er lächelte, denn er wusste, dass Leah im ersten Moment vielleicht ein bisschen sauer auf ihn sein würde, aber später würde sie ihm danken.

Er wusste, dass Kaden das tun würde.

Nach dem Essen wurde getanzt, aber Seth hasste es zu tanzen. Er lehnte sich zurück und sah zu, wie Kaden und Leah sich anmutig mit anderen Paaren durch die Halle bewegten. Sie sahen so perfekt zusammen aus. Seth wusste, dass Kaden ein oder zwei Pfund abgenommen hatte, aber seine Hautfarbe sah immer noch normal aus. Die typische Gelbsucht war noch nicht aufgetreten und würde auch noch eine Weile auf sich warten lassen. Ein paarmal hatte er Kaden dabei erwischt, wie er ein wenig mitgenommen aussah. Kaden hatte ihn zur Verschwiegenheit über diese Vorfälle verpflichtet.

Aber beim letzten Arztbesuch ging es ihm gut, wenn man alles in Betracht zog. Seth schlich nach draußen, um Luft zu schnappen. Er stand da und starrte auf das gut geschmückte Atrium. In gewisser Weise war dieses Weihnachten das beste und das schlimmste seines Lebens. Das Beste, weil er sich zum ersten Mal, seit er von zu Hause weggegangen war, wieder als Teil einer Familie fühlte. Nicht einmal mit seinen Ex-Frauen hatte er sich so gefühlt.

War das ein Fehler von ihm, von ihnen oder von beiden? Und das Schlimmste ...

Nun, ganz offensichtlich.

Gott sei Dank würde Kaden dieses Weihnachten nicht sterben. Nicht, wenn Leahs Geburtstag so kurz bevorstand. Das würde sie um den Verstand bringen.

Als er eine Hand auf seiner Schulter spürte, drehte er sich um und sah in Leahs Augen.

»Hey, warum bist du hier draußen?«

Er zuckte mit den Schultern und setzte ein schwaches Lächeln auf. »Ich brauchte nur etwas frische Luft.«

»Kommst du mit mir tanzen? Bitte?«

»Ich denke, du solltest mit Kaden tanzen gehen. Ich bin ein mieser Tänzer.« Die Musik drang durch den Türrahmen zu ihnen herüber.

»Ein Tanz?« Ihre grünen Augen brachten ihn zum Schmelzen. »Bitte, Sir?«

»Einen. Genau hier.« Er öffnete seine Arme, umarmte sie

und legte seine Wange an ihren Kopf, während sie sich langsam im Takt der Musik wiegten. Er würde ihr heute Abend wenigstens so viel geben, denn er wollte, dass sie glücklich war. Aber er wollte, dass sie sich auf Kaden konzentrierte.

Am Ende des Liedes küsste er sie auf den Kopf und klopfte ihr sanft auf den Hintern. »Geh wieder rein. Ich bin gleich da.«

Sie ging.

Er holte tief Luft, denn ihr süßer Duft lag noch in der Luft. Es würde einsam werden an diesem Wochenende ohne sie zu Hause, aber das war auch gut so. Er würde hoffentlich ein Leben lang mit ihr zusammen sein.

Danach.

Denn Kaden würde das nicht können.

Als er wusste, dass er seine Fassade aufrechterhalten konnte, kehrte er schließlich ins Haus zurück.

WÄHREND LEAH MIT DEM CATERER DIE LETZTEN DETAILS FÜR DEN NACHTISCH BESPRACH, setzte sich Seth neben Kaden. »Hey. Ich muss mit dir reden.«

»Was?«

»Wenn es Zeit ist zu gehen, geht ihr beide ohne mich, okay?«

Kaden runzelte die Stirn. »Was?«

»Stell keine Fragen, Kumpel.« Er blickte sich um, um sicherzugehen, dass sie nicht belauscht wurden. »Das ist mein Geburtstagsgeschenk für Leah und mein Weihnachtsgeschenk für euch beide. Lass sie mich auch nicht anrufen. Du wirst einen Zettel im Auto finden, auf dem es erklärt wird. Ich möchte, dass ihr beide Spaß habt. Wage es nicht, dir das von ihr verderben zu lassen.«

Kaden nickte und beugte sich vor, um ihn zu umarmen.

»Danke.« Er klopfte ihm auf den Rücken. »Wie kommst du nach Hause?«

»Schon unter Kontrolle. Nimm sie einfach an die Leine.« Seth lachte. »Nun, du weißt, was ich meine. Wir sehen uns irgendwann am späten Sonntag und keinen Augenblick früher. Ich meine es ernst.«

»Okay. Ich weiß das zu schätzen.«

Kaden musste lachen, als er die Extras sah, die Seth für sie eingepackt hatte. Nicht nur Kleidung – hauptsächlich Kleidung für Kaden, denn Leah würde nicht viele brauchen – sondern auch ein paar der weniger extremen Spielzeuge. Mehr als genug, damit sie sich am Wochenende kreativ austoben konnten.

Sie würden das Wochenende in einem Strandresort auf Longboat Key verbringen. Dort würde eine gekühlte Flasche Champagner auf sie warten. Und hoffentlich ein schönes Wochenende voller Erinnerungen für Leah.

Seth wartete, bis Leah wieder verschwunden war, um sich um etwas zu kümmern, um seinen Abgang zu machen. Er hatte bereits die Mitfahrgelegenheit gebucht. Innerhalb von fünfzehn Minuten war er auf dem Weg nach Süden.

In Richtung Heimat.

Seth lockerte seine Krawatte und starrte aus dem Fenster auf die vorbeiziehende Landschaft. *Allein zu Hause.*

»Hast du heute Abend ein bisschen zu viel getrunken, Kumpel?«, fragte der Fahrer, um sich zu unterhalten.

Seth schüttelte den Kopf. »Nein. Nicht annähernd genug, fürchte ich.«

»Hattest du eine Autopanne?«

Er lehnte sich im Sitz zurück und schloss die Augen. »Nein. Ich war der Außenseiter. Ich wollte meinen Freunden etwas Zeit für sich geben. Du weißt, wie das läuft.«

»Ah.«

Zum Glück schwieg der Fahrer und hörte lieber fade Weihnachtslieder auf einem lokalen Sender. Als sie das Eingangstor erreichten, gab Seth dem Fahrer per App etwas Trinkgeld, bevor er sich nach vorn lehnte, um mit ihm zu sprechen. »Ich werde hier aussteigen und laufen. Ich brauche die Luft. Es ist nicht weit.«

»Bist du sicher?«

»Ja. Ich weiß, wie ich nach Hause komme.«

Seth stieg aus, tippte den Code ein, wartete darauf, dass sich das Tor weit genug öffnete, um durchschlüpfen zu können, und ging zurück zum Haus.

Als er die Einfahrt erreichte, begrüßte ihn die Weihnachtsbeleuchtung, die jetzt per Zeitschaltuhr eingestellt war. Er verbrachte ein paar Minuten damit, die Lichterketten zu betrachten und das Unvermeidliche zu verdrängen.

Sie würden jetzt auf dem Weg zum Resort sein.

Drinnen hallte das hohle Geräusch seiner Schuhe auf dem gefliesten Boden zu ihm zurück. Er schaltete die Weihnachtsbaumbeleuchtung und den Fernseher im Wohnzimmer ein, bevor er in sein Zimmer ging. Dort schaltete er auch den Fernseher ein und kickte seine Schuhe aus. Er wollte den Smoking auf das Bett fallen lassen, überlegte es sich aber anders. Nur weil Leah nicht da war, war das noch lange kein Grund für ihn, schlampig zu sein. Er hatte seit Jahren genug Erfahrung darin, hinter sich aufzuräumen.

Er hängte den Smoking ordentlich in den Schrank. Er wusste, dass sie sich am Montag um ihn kümmern würde. Ihn in die Reinigung bringen. Wahrscheinlich würde er ihn nie wieder benutzen.

Vielleicht aber doch. Wie er Leah kannte, würde sie ihn zu jedem Bankett schleppen, das sie finden würde.

Und er würde hingehen.

Er schlüpfte in seine Schlafshorts und schlich in die Küche. Es war verlockend, sich etwas zu trinken zu machen, aber er entschied sich für eine Tasse des Kräutertees, den Leah Kaden literweise trinken ließ. Er musste sich heute Abend nicht betrinken, wenn es schon schwer genug sein würde, die schlechten und deprimierenden Gedanken in Schach zu halten. Und er brauchte die zusätzlichen Kalorien ganz sicher nicht. Er war fast froh, als er in den Spiegel schaute, sein alter Armeekörper war endlich wieder sichtbar, ohne dass die über Jahre angesammelten Fettpölsterchen im Weg waren.

Er wollte den Fortschritt nicht verlieren.

Es war fast Mitternacht, als er sich auf der Couch vor dem Fernseher niederließ und durch die Kanäle surfte, bis er einen dummen Weihnachtshorrorfilm fand. Ein als Weihnachtsmann verkleideter Axtmörder terrorisierte ein paar Verbindungsschwestern.

Titten, Arsch, Terror und Lametta. Was für eine Kombination.

Er richtete sich auf eine lange Nacht allein ein.

AM NÄCHSTEN MORGEN ERWACHTE SETH MIT STEIFEM NACKEN AUF DER COUCH.

Wenigstens muss ich mein Bett nicht machen.

Er machte sich eine Kanne Kaffee, bevor er duschen ging. Dann schenkte er sich einen Becher ein und ging zum Ende der Auffahrt, um die Zeitung zu holen.

Er schaltete den Fernseher im Wohnzimmer auf einen der digitalen Musiksender, einen klassischen Rockkanal. Er drehte die Lautstärke so laut auf, dass sie durch die Stereolautsprecher dröhnte und den Subwoofer zum Pochen brachte.

Sehr laut.

Laut genug, dass er das leere Haus nicht hören konnte.

Er ließ die Schiebetüren offen, damit er die Musik hören konnte, ging mit der Singletail nach draußen und übte zwei Stunden lang mit beiden Armen, bis seine Handflächen und Arme schmerzten.

Dann schwamm er fast eine Stunde lang.

Dabei schrie er leise die Musiktexte in seinem Kopf und versuchte, alle anderen Gedanken zu verdrängen. Bei den wenigen Liedern, die er nicht kannte, konzentrierte er sich auf die Basslinie und versuchte, sie zu singen.

Er benutzte eine zusammengerollte Decke, um eine Stunde lang Seilkunst zu üben.

Dann wieder schwimmen.

Und noch mal.

Gegen vier Uhr bemerkte Seth, dass er vergessen hatte, sowohl Frühstück als auch Mittagessen zu essen.

Fuck.

Vielleicht war das der Grund, warum er sich krank fühlte.

Er aß eine Schüssel Müsli, bevor er zum Fernseher ging und ihn ausschaltete. Die plötzliche Stille jagte ihm einen Schauer über den Rücken. Er musste sich fast übergeben.

Fernseher an. Oh Mann. Auf jeden Fall an.

Er drehte die Lautstärke herunter und fand ein College-Football-Spiel auf dem Deuce. Er scherte sich einen Dreck um die beiden Mannschaften, wusste nichts über sie. Aber er bejubelte jedes Spiel, egal, wer am Ende die Nase vorn hatte.

Um sieben ging er im Haus auf und ab.

Kaden stirbt. Kaden stirbt. Kaden stirbt.

Schließlich zwang er sich, sich auf die Couch zu setzen. Er schaltete den Fernseher aus.

Seth hörte das Ticken des Kochtopfs in der Küche – *verdammt, er hatte vergessen, ihn auszuschalten* –, das Geräusch der Lüftungsanlage im Flur und das Tuckern der Poolpumpe draußen auf der Terrasse.

Er schrie.

Seth schloss die Augen und stieß einen tiefen, langen, markerschütternden Schrei der Wut, Trauer und Hoffnungslosigkeit aus ...

Kaden stirbt. Kaden stirbt. KADENSTIRBTVERDAMMT-

NOCHMALESISTNICHTFAIRDASSKADENVERDAMMT-
NOCHMALSTIRBTUNDICHNICHT

... bis er auf die Seite fiel und sich auf der Couch in den Schlaf weinte.

GEGEN ZWEI UHR MORGENS WACHTE SETH AUF UND STELLTE FEST, dass er immer noch auf der Couch lag. Er ging in die Küche und schaltete die Kaffeekanne aus. Gott sei Dank hatte er das verdammte Haus nicht niedergebrannt.

Mein Haus.

Er drückte die Augen zu, als der mentale Herzschlag zurückzukehren drohte, aber anscheinend hatte sein kleiner Nervenzusammenbruch geholfen.

Seth schaltete den Fernseher ein und fand einen weiteren dummen B-Movie-Marathon auf einem der Premiumkanäle.

Er schnappte sich ein Kissen von seinem Bett, rollte sich auf der Couch zusammen und schlief dann wieder ein.

AM SONNTAGMORGEN WACHTE ER GEGEN MORGENGRAUEN AUF. Der Fernseher brummte trotz seiner Unaufmerksamkeit weiter.

Seth fühlte sich innerlich tot.

Er hoffte inständig, dass sie sich amüsieren würden. In seiner Nachricht an Kaden hatte er ausdrücklich darum gebeten, dass sie nicht anrufen, um sich zu melden. Er behauptete, er wolle, dass sie sich amüsieren und sich aufeinander konzentrieren. In Wirklichkeit wusste er genau, dass es ihn zum Teufel jagen würde, wenn sie es täten. Er hatte geahnt, dass er sich ohne Kaden und Leah sehr einsam fühlen würde. Es würde ihm nicht helfen, wenn er sie darüber reden hörte, wie gut sie sich amüsierten. Er wollte nicht, dass sie sich schuldig fühlten, wenn er nicht überzeugend genug klang.

Seth ahnte jedoch nicht, wie schlecht er sich fühlen würde. Wie tot er sich innerlich fühlen würde. Nicht nur ohne Leah, sondern auch ohne Kaden.

Es war so selbstverständlich geworden, sich jeden Morgen beim Frühstück und dann jeden Abend beim Abendessen zu unterhalten. Sie spielten Gitarre und sangen zusammen. Mit den beiden während der Sessions zu arbeiten oder von ihnen zu lernen.

Sie liebten sich zu dritt.

Und diese Vorschau auf das, was sein Leben werden sollte … Ja, Leah würde dabei sein.

Aber Kaden nicht.

Fuck.

Er musste seinen Scheiß auf die Reihe kriegen und einen klaren Kopf bekommen, bevor sie nach Hause kamen. Leah würde über ihn herfallen, wenn sie den Verdacht hätte, dass er sich aufgeregt hatte, während sie weg waren.

Um drei Uhr mussten sie auschecken. Er hatte Kaden gebeten, zu bleiben und die volle Zeit zu nutzen. Ob sie das tun würden, war eine ganz andere Frage.

Die Heimfahrt dauerte mindestens eine Stunde.

Wenn sie unterwegs noch etwas essen wollten, würde es noch länger dauern.

Sein Tag verlief ähnlich wie der Samstag, er versuchte, sich zu beschäftigen und abzulenken. Als es drei Uhr wurde, ging Seth wieder auf und ab.

Kurz nach fünf hörte er das Geräusch von Reifen in der Einfahrt und sah nach. Ein großer Seufzer der Erleichterung. Sie waren zurück.

Er ging nach draußen, um sie zu begrüßen.

Leahs strahlendes Lächeln, als sie aus dem Auto sprang

und zu ihm auf die Veranda lief, um ihn zu umarmen, wärmte sein Herz.

Er drehte sie um und vergrub sein Gesicht in ihrem Haar.

»Danke«, flüsterte sie. »Ich danke dir so sehr!«

»Hattest du Spaß?«

»Ja. Sehr viel Spaß. Aber ich habe dich vermisst.«

Er drückte sie ein letztes Mal, bevor er sie losließ. »Ich habe dich auch vermisst, Babe. Euch beide.«

»Hast du gegessen?«

Und so fing es an. Er lachte. »Ich habe es geschafft, auf mich aufzupassen, während du weg warst, ja. Keine wilden Partys und keine Sauereien.« Er ging hinunter, um Kaden mit den Taschen zu helfen.

Kadens Gesicht sah ein bisschen jünger aus als am Freitag. Er umarmte auch Seth. »Danke, Kumpel.«

»Hey, das ist das Mindeste, was ich tun kann.« Seth schnappte sich eine Tasche.

Als Leah hereinkam, hielt Kaden Seth am Arm fest. »Geht es dir wirklich gut?«

Seth begegnete dem Blick seines Freundes nicht. »Ja, ich bin okay.«

Kaden weigerte sich, ihn loszulassen.

Seth holte schließlich tief Luft und zuckte mit den Schultern. »Eine Vorschau auf kommende Attraktionen, das ist alles. Jetzt, wo ihr zu Hause seid, ist alles in Ordnung. Ich brauchte auch ein bisschen Zeit für mich, um Dampf abzulassen. Nur eben anders als ihr.«

Das schien für Kaden gut genug zu sein. Er ließ ihn los und gemeinsam gingen sie ins Haus.

DREI ABENDESSEN UND PARTYS NOCH. Am Weihnachtsmorgen brach Leah durch Seths Schlafzimmertür und stürzte sich auf sein Bett. Sie landete direkt auf ihm und verpasste es nur knapp, ihm mit ihrem Knie in die Eier zu treten.

»Guten Morgen!«

In weihnachtlicher Stimmung hatte Kaden sie mit einem rot-grünen Weihnachtshalsband ausgestattet, an dem mehrere Glöckchen hingen.

Ihre eigene kleine pornografische Elfe.

Seth schaute sie müde an. »Wie viel Uhr ist es?«

»Es ist sieben!« Sie küsste ihn und setzte sich auf, ritt ihn und hüpfte auf ihm herum. »Wir müssen die Geschenke auspacken!«

Er stöhnte und zog sich ein Kissen über den Kopf. »Babe, Abendessen gibt es heute Abend erst um acht. Kannst du mich nicht noch ein bisschen schlafen lassen?« Die Gäste sollten frühestens um fünf Uhr kommen.

Sie riss ihm das Kissen aus den Händen und schlug damit nach ihm. »Nein. Komm schon, du musst aufstehen. Jetzt.« Sie kletterte von ihm runter und begann, an seinem Arm zu zerren.

Er packte sie, zog sie zu sich zurück ins Bett und küsste sie. Ihre Proteste wurden schwächer und hörten auf, als er eine Hand zwischen ihre Beine gleiten ließ und ihren Kitzler fand.

»Warum machen wir nicht ein bisschen rum?«, scherzte er, während er ihr sanft in den Nacken biss.

Sie begann in seinen Armen zu zappeln und gab nach. Dann schreckte sie auf und stieß ihn weg. »Nein. Komm schon! Geschenke!« Sie rollte sich auf die andere Seite des Bettes, damit er sie nicht mehr erreichen konnte.

»Wo ist mein verdammter Kaffee?«, brummte er. Jetzt hatte er wirklich eine Morgenlatte, und ihre Sticheleien hatten die Situation nicht gerade verbessert.

»Er köchelt vor sich hin«, sagte sie von der Tür aus.

Er drehte sich um und schloss die Augen. Einen Augenblick später schreckte Leah ihn auf, indem sie ihm ein Kissen auf den Hinterkopf schlug.

»Komm. schon!«

»Das wollte ich, du verdammter Plagegeist, aber du bist aus dem Bett aufgestanden.«

Sie kicherte und küsste ihn auf den Nacken. »Nach den Geschenken könnt ihr mich auspacken.«

»Du bist doch schon nackt.«

»Du weißt, was ich meine. Steh auf. Sofort.«

Wenn sie so war, würde selbst Kaden nicht mit ihr streiten. Seth rollte sich müde aus dem Bett. Er ging ins Bad, dann zog er sich eine Shorts an und stolperte in die Küche hinaus.

Kaden, der ebenso müde aussah, starrte ihn von seinem Platz an der Theke aus an. »Morgen.«

Sie hatten eine ziemlich lange Spielnacht hinter sich und Seth hatte es vorgezogen, in seinem Zimmer zu schlafen. Kaden sah genauso schläfrig aus, wie er sich fühlte.

»Guten Morgen. Was ist denn mit ihr los?«

Leah tänzelte in die Küche und schenkte den Männern ihren Kaffee ein. Jetzt trug sie zusätzlich ein Elfenhalsband, eine Weihnachtsmannmütze mit Leopardenmuster und ein langes rotes T-Shirt mit der Aufschrift *Naughty and Proud of It.*

»Komm schon! Was machst du hier drin? Geh ins Wohnzimmer!«

Die Klänge von Weihnachtsliedern drangen zu ihnen durch. Offenbar hatte sie den Fernseher auf den Weihnachtsmusikkanal eingestellt.

Seth nippte an seinem Kaffee. »Können wir erst mal zu Bewusstsein kommen? Was zum Teufel hast du heute Morgen in dein Getränk getan? Meth?«

Sie grinste. »Es ist Weihnachtsmorgen! Komm schon!«

Seth und Kaden verdrehten die Augen und folgten ihr ins Wohnzimmer. Offenbar war ihre kleine Elfe sehr fleißig gewesen. Unter dem Baum stapelte sich ein riesiger Stapel an Geschenken. Seth hatte am Abend zuvor, nachdem er Leah und Kaden verlassen hatte, ein paar Kleinigkeiten darunter gelegt. Die meisten anderen Sachen waren noch nicht da gewesen.

»Oh, warte!« Leah hatte ihr Handy mit einem Tischstativ auf dem Couchtisch befestigt. Sie überprüfte es und zeigte dann den Daumen nach oben. »Okay. Zeit für die Geschenke!« Sie begann, die Geschenke an die Männer zu verteilen. »Na los. Macht sie auf!«

Kaden packte sie am Arm und zerrte sie auf die Couch zwischen ihnen. »Beruhige dich, Babe. Entspann dich.«

Seth begann mit dem ersten Geschenk, das sie ihm in den Schoß gelegt hatte. Darin lag eine wunderschön gefertigte Peitsche aus Känguruleder.

»Das ist ein BDSM-Weihnachtsgeschenk«, scherzte er.

»Gefällt sie dir?«, fragte sie.

Er lächelte. »Natürlich gefällt sie mir. Danke.« Er beugte sich vor und küsste sie.

Sie hatte ihnen eine Vielzahl von Geschenken besorgt, von praktischen Hemden bis hin zu verspielten Dingen, von Scherzartikeln und ferngesteuerten Autos bis hin zu ... nun ja, Peitschen.

»Die hier sind eher ein Geschenk für dich«, scherzte Kaden.

Sie grinste. »Nun, ja. *Logisch.*«

Kaden hatte ihr einen wunderschönen Ring gekauft. Seth hatte ihr die passenden Ohrringe gekauft.

»Oh! Die sind wunderschön!« Sie hatte Tränen in den Augen, als sie die Jungs umarmte.

Für ihre Männer hatte sich Leah richtig ins Zeug gelegt. Sie hatte sogar eine Spielkonsole für Kaden besorgt. Die Männer verschwendeten keine Zeit, um sie anzuschließen.

Als alle Geschenke geöffnet waren, lächelte Leah immer noch verspielt.

»Was ist denn hier los?«, fragte Kaden von der Tür aus, wo er zusammen mit Seth die Spielkonsole anschloss.

»Ich habe noch eins.« Sie schaute Seth an. »Für Sir.« Sie reichte ihm eine kleine, hübsch verpackte Schachtel.

Seth öffnete sie mit einem verwirrten Gesichtsausdruck. Er zog einen Schlüsselbund heraus.

Es waren keine Autoschlüssel. »Was ist das?«

»Warum kommst du nicht und schaust nach?« Sie schnappte sich das Telefon vom Stativ und winkte ihn zur Haustür.

Wenn Seth es nicht besser wüsste ... Die Schlüssel kamen ihm bekannt vor. Er hatte mal einen ähnlichen Schlüsselbund besessen. Als er noch ein ...

Er öffnete die Haustür. In der Einfahrt stand eine Harley Roadster mit einer großen roten Schleife an den Griffen.

Er hatte schon einmal eine Harley gehabt, Jahre zuvor, aber seine erste Ex zwang ihn, sie zu verkaufen, weil sie behauptete, sie hätte eine Heidenangst vor Motorrädern. Seth erinnerte sich, wie Leah ihn damals angefleht hatte, sie nicht zu verkaufen. Sie liebte es, wenn er sie auf dem Motorrad herumfuhr.

Ihm klappte die Kinnlade herunter. Er wandte sich an Kaden. »Wusstest du davon?«

Er schüttelte den Kopf und lächelte. »Nein. Aber ich hatte einen Verdacht, als sie mich bat, das Geld auszugeben. Ich wurde zur Verschwiegenheit verpflichtet, obwohl ich nicht wusste, worauf ich schwor.«

Leah reichte Kaden das Handy, damit er weiter filmen konnte, und packte Seth am Arm. »Ich habe es heute Morgen liefern lassen.«

»Deshalb bist du auch so aufgedreht«, scherzte Seth.

Er ging um das Motorrad herum und zog sie dann zu sich, um sie zu umarmen. »Ich glaube, ich weiß, was du heute Nachmittag willst.«

»Wenigstens einmal um die Siedlung herum.«

»Das ist toll, Babe. Danke.«

»Die Helme sind in der Garage. Ich habe dir auch eine Motorradjacke und so Zeug besorgt.«

»Das wäre meine nächste Frage gewesen.« Seth liebte Motorräder, aber er war kein Idiot. Er fuhr nie ohne Helm oder Ausrüstung. Er vermutete, dass die Ängste seiner Ex eher damit zu tun hatten, dass Leah gerne mit ihm fuhr und er ihr einen eigenen Helm und eine Jacke gekauft hatte, als dass sie sich Sorgen um seine eigene Sicherheit machte. Wenn sie zu viert essen gingen, schauten Kaden und Leah bei ihnen zu Hause vorbei. Kelly fuhr mit Kaden im Auto, während Leah mit ihm auf dem Motorrad fuhr.

Er erinnerte sich, dass Leah fast geweint hatte, als er ihnen sagte, dass er das Motorrad verkaufen würde. Sie hatte ihn angefleht und gebeten, es nicht zu tun.

Jetzt sah er das in einem ganz anderen Licht.

Er zog sie fest an seine Seite. »Du warst sauer, weil du keine Zeit mehr mit mir hattest.«

Sie nickte. »Ja.«

»Du hast danach kaum zwei Worte mit Kelly gesprochen.«

Leah zuckte mit den Schultern. »Sagen wir einfach, ich war nicht glücklich mit ihr, weil sie dich dazu gebracht hat, es zu verkaufen, und Meister wollte nicht, dass ich jemanden bezahle, der sie mit einer Voodoo-Puppe verhext.«

LEAH BEKAM AN DIESEM TAG IHREN KURZEN AUSRITT, bevor sie sich auf ihre Gäste vorbereiten mussten.

Seth versuchte, sich den Nachmittag über zu entspannen. Leah überredete Seth und Kaden, für alle auf ihren Gitarren zu spielen, und sie sangen in fröhlicher Runde Weihnachtslieder ... einige mit gewagten, erfundenen Texten.

Als um kurz nach elf die letzte Person ging, waren alle drei erschöpft. Seth gab Leahs Bitte nach, mit ihnen zu schlafen, auch wenn sie nur schlafen gingen.

Als Seth einschlummerte, dachte er über den Tag nach. Es war ein guter Tag. Er hatte viele Videos und Hunderte von Fotos gemacht.

Als er die Augen schloss und versuchte, einzuschlafen, versuchte er verzweifelt, nicht an das ›letzte Weihnachten‹ zu denken.

KAPITEL ZWANZIG

Der dreißigste Dezember dämmerte kalt und regnerisch, was perfekt zu Seths Stimmung passte. Der Tag klärte sich zwar schnell auf, aber seine Gedanken nicht. Leah schien zu spüren, dass er seinen Freiraum brauchte und ließ es ruhig angehen. Er zog sich eine Jogginghose an und ging laufen. Seine Turnschuhe knirschten auf dem nassen Asphalt, während er versuchte, seine schlechte Laune zu verdrängen. Morgen Abend würde die letzte Party der Saison stattfinden, zu der viele Gäste erwartet wurden.

Seth fühlte sich müde. Er wollte, dass es vorbei war, damit er sich entspannen konnte und sich keine Gedanken mehr darüber machen musste, ob sein falsches Lächeln richtig aussah oder nicht. Er war es leid, seinen Freunden und seiner Familie dabei zuzusehen, wie sie ein Lächeln aufzwangen. Er hatte die Nase voll von ihren privaten Kommentaren an ihn, wie leid es ihnen täte und dass sie für ihn und Leah da wären, wenn sie etwas bräuchten.

Bullshit.

Alles Worte. Gut gemeinte Worte, aber wenn die Zeit gekommen war, wusste Seth, dass es an ihm und Leah liegen würde, die Last zu schultern, während andere sich mit ihren wertlosen Plattitüden unangenehm zurückzogen.

Er wollte Kaden nicht verlieren. Er wollte die Welt verlieren und die Zeit, die ihnen noch blieb, allein mit seinen Freunden verbringen.

Auch war ihm klar geworden, dass er Kaden liebte. Nicht auf eine ›*Hey, du hast einen süßen Arsch*‹-Art und Weise, sondern mehr als Freund oder Bruder.

Und der Blick in die kaum verhüllten Gesichter ihrer Freunde und ihrer Familie half Seth auch nicht dabei, die Dinge besser zu verarbeiten.

Leah brachte ihm leise das Frühstück, nachdem er von seinem Lauf zurückgekehrt war. Später am Nachmittag ließ er sich auf der Couch nieder und spielte mit Kaden ein Videospiel.

Später in der Nacht kuschelten sie sich zusammen ins Bett. Obwohl er müde war, lehnte er sich zufrieden zurück und sah zu, wie Kaden mit Leah schlief. Seth hielt sie fest und flüsterte ihr leise etwas zu, während Kaden sie zum Höhepunkt brachte.

Keiner der beiden erwähnte die Tatsache, dass auch Seth kein einziges Mal einen Steifen bekam.

~

DIE LETZTE PARTY. Kaden wollte die Lichter und die Deko bis zum ersten Januarwochenende behalten, womit Seth einverstanden war. Er würde eine Woche oder länger brauchen, um alles abzubauen. Die Skizzen hatte er bereits laminiert, damit er sie für das nächste Weihnachten aufbewahren konnte.

Für den Fall.

Für den Fall, dass Kaden nicht da war, um ihm zu helfen, einen neuen Satz Pläne zu entwerfen. Leah hatte ihm mehrere Dutzend große Plastikwannen gekauft. Er würde alles sorgfältig aufbewahren und beschriften, damit er es im nächsten November leichter wiederfinden konnte. Vor allem, weil Seth vermutete, dass er die Auslage allein aufstellen würde.

Seth widerstand dem Drang zu trinken und hob ihn für den mitternächtlichen Sektumtrunk auf. Während sie den Countdown herunterzählten, zerrte Leah Seth und Kaden in die Küche und hielt sie fest um ihre Hüften. Als Mitternacht kam, küsste sie erst Kaden, dann Seth und drückte sie fest an sich.

»Ich liebe euch beide«, flüsterte sie. »Meine Jungs.«

Kaden knabberte an ihrem Ohr. »Ich liebe dich auch, Babe.«

Seth küsste sie auf die andere Wange. »Ich dich auch.«

Als alle Gäste gegangen waren, überredeten Seth und Kaden Leah, ins Bett zu gehen und die Aufräumarbeiten auf den Morgen zu verschieben, zumal alle mit angepackt hatten und das Schlimmste schon erledigt war. Da sie alle erschöpft waren, war es nicht schwer, sie zum Schlafen zu überreden, und so kuschelten sich die drei aneinander.

SETH HATTE DEN VERSUCH AUFGEGEBEN, in seinem eigenen Zimmer zu schlafen. Leah erlaubte es nur selten. Manchmal begnügte sie sich damit, dass er bis spät in die Nacht im Wohnzimmer blieb, damit Kaden Zeit mit ihr verbringen konnte. Als Seth versuchte, mit Kaden darüber zu reden, ihn zur Vernunft zu bringen, zuckte sein Freund mit den Schultern.

»Sie will, dass wir beide bei ihr sind. Wenn es mich nicht

stört, warum sollte es dich stören? Du hast doch nicht schon wieder ein schlechtes Gewissen, oder?«

Doch.

»Nein.«

»Lügner.« Kaden lächelte. »Ist schon okay. Wenn es mich stören würde, würde ich es euch sagen. Mal im Ernst. Habe ich jemals gezögert, sie zu fragen, ob ich mit ihr allein sein darf?«

Seth schüttelte den Kopf. Nein, das hatte er nicht. Obwohl Seth nicht darum gebeten hatte, mit ihr allein zu sein, schien Leah dafür zu sorgen, dass er mindestens ein- oder zweimal pro Woche, meistens morgens, etwas Zeit mit ihr verbringen konnte.

In Seths Kopf tickte ein unsichtbarer Kalender herunter. Nicht mit Daten und Tagen und fein säuberlich markierten Quadraten, sondern eher mit einer Anzeige, wie bei einem Benzintank. Im Moment schwamm der Pegel immer noch im unteren Teil des grünen Bereichs, obwohl er in den letzten Monaten etwas gesunken war. Die Nadel schwebte jetzt gefährlich nahe bei gelb. Als Nächstes würde der orangefarbene Bereich folgen, dann der rote, wobei jeder Bereich immer schmaler wurde als der vorherige. Dann ...

Schwarz.

Seth wusste ganz genau, dass zwei Jahre nicht realistisch waren, auch wenn er dafür betete. Wenn Kaden nächstes Weihnachten noch hier war, wäre das ein Wunder.

Kaden hielt Leah von seinen Terminen fern. Seth wollte sie zwar nicht anlügen, aber er wusste, dass er ihre Versuche, ihm alle Details zu entlocken, nicht länger unterdrücken konnte.

Kaden konzentrierte sich mehr darauf, Seth die Seilarbeit beizubringen, als auf die Peitschen, nachdem Seth ein gewisses Maß an Sicherheit im Umgang mit ihnen erreicht hatte. Seth begann mit der sechs Fuß langen Peitsche zu arbeiten, wollte sie aber noch nicht bei Leah einsetzen. Er musste erst seine Kontrolle über die Peitsche verfeinern. Weniger verzeihend, wenn er sie damit erwischt, mehr Spielraum für Fehler wegen der Länge.

Zum Valentinstag schenkte Seth ihnen wieder ein Wochenende allein. Diesmal war er derjenige, der mit dem Motorrad nach Pensacola fuhr, um das Wochenende mit einem ehemaligen Armeekameraden zu verbringen, der wegen eines Familientreffens in der Stadt war. Als er am späten Sonntagabend zurückkehrte, rannte Leah nach draußen, um ihn zu begrüßen, als sie das Rumpeln des Motorrads hörte.

Fast hätte sie ihn umgerissen, bevor er den Ständer herunterlassen konnte. »Ich habe dich vermisst!« Sie warf ihre Arme um ihn und umarmte ihn, sobald er ausgestiegen war.

»Ich habe dich auch vermisst, Babe. Wie war das Wochenende?«

Ihm entging nicht die traurige Wolke hinter ihren Augen. »Es war gut. Wir hatten Spaß.«

Ihrem Gesichtsausdruck nach zu urteilen, vermutete Seth, dass sie viel Zeit im Spielzimmer verbracht hatte, um ihren wachsenden Kummer zu verarbeiten.

Drinnen fand Seth Kaden, der auf der Couch die Zeitung las. Als Seth hereinkam, legte Kaden die Zeitung beiseite und nahm seine Brille ab. »Hey. Wie war dein Wochenende? Gute Fahrt?«

Seth stellte seine Tasche auf der Tür hinter der Couch ab und zog seine Jacke aus. Bevor er etwas sagen konnte, hatte Leah sie sich geschnappt und trug sie zurück in sein Zimmer. »Das war in Ordnung. Wie geht's dir?«

Kaden zuckte mit den Schultern. »Genauso wie immer.«

Seth senkte seine Stimme. »Geht es ihr gut?«

»Wahrscheinlich besser, mit dir zurück.«

Kaden gab ihnen allen ein verspätetes Geschenk. Er hatte

drei passende Armbänder anfertigen lassen, zwei für die Männer und eins für Leah, die sie an ihren rechten Händen tragen sollten. Eine verschlungene Ranke mit einem winzigen Triskelion darauf wie bei den Tattoos. Kaden steckte Leahs Ring an ihre Hand, dann den anderen Ring an Seths.

»Ich mach es immer noch nicht mit dir«, sagte Kaden grinsend.

Seth umarmte ihn. »Dito, Kumpel.«

Aber Seth betrachtete den Ring und er ... *fühlte* sich richtig an. Als gehörten die drei auf eine ganz besondere Art und Weise zusammen.

∿

DIE ZEIT VERGING WIE IM FLUG.

Als Leah eines Tages einkaufen war, kam Seth in die Stube und sah Kaden, der sich mit schmerzverzerrtem Gesicht in seinem Stuhl krümmte.

Er eilte an Kadens Seite. »Was ist los?«

Kaden schüttelte den Kopf. »Nur ein kleiner Schmerz, das ist alles. Es fühlt sich besser an, wenn ich mich nach vorn lehne.«

»Soll ich den Arzt anrufen?«

»Was soll der schon machen? Er wird mir sagen, ich solle es mit einer Chemo versuchen oder mich bis zu den Kiemen zudröhnen. Es wird bald vorbei sein. Das tut es immer.«

Seths Herz wurde kalt. »Wie lange hast du diese Schmerzen schon?«

»Seit ein paar Wochen immer wieder. Es geht weg, wenn ich mich eine Weile nach vorn lehne.« Er sah Seth an. »Sag kein Wort zu ihr. Ich meine es ernst.«

Seth schluckte schwer, nickte aber.

∿

Die Geburtstage der beiden Männer lagen nur ein paar Wochen auseinander, der von Kaden war der erste. Nach einem kleinen Kuchen und Kadens Lieblingsessen sagte Seth zu Leah, dass er in dieser Nacht allein schlafen würde, damit Kaden mit ihr allein sein konnte. Am nächsten Morgen schlich sie sich in Seths Zimmer und brachte ihm seinen Kaffee, dann kuschelte sie sich neben ihn ins Bett.

»Guten Morgen«, sagte er.

Sie küsste ihn. »Guten Morgen.«

»Wie hast du geschlafen?«

»Nicht annähernd so gut, wie ich es tue, wenn ihr beide da seid.« Sie drehte sich um und stützte ihr Kinn auf seine Brust. »Ich möchte an deinem Geburtstag eine Nacht mit dir allein verbringen.«

»Das ist nicht nötig.« Als sich ihr Gesicht verdüsterte, seufzte er. »Na gut. Hör auf zu schmollen. Dein Gesicht wird so gefrieren.«

Sie lachte. »Danke.«

»Als könnte ich zu dir Nein sagen.«

Zu Seths Geburtstag kochte Leah alle seine Lieblingsgerichte und backte einen Apfelkuchen zum Nachtisch. Seth versuchte, sich nicht schuldig zu fühlen, als Kaden sich später, als sie auf der Couch saßen und fernsahen, zu Leah beugte und ihr einen Gutenachtkuss gab.

»Wir sehen uns morgen früh«, sagte er lächelnd und zwinkerte Seth zu.

Leah kuschelte sich eng an Seths Seite. »Und?«

»Und was?«

Ihre Hand legte sich in seinen Schoß. »Was jetzt?«

Er küsste sie und strich langsam mit seinen Lippen über die

ihren. »Wir haben die Dinge auf deine Art gemacht. Heute Nacht machen wir es auf meine Art.«

Seth ließ nicht zu, dass sie ihn drängte. Er ließ sich Zeit, sie zu reizen, sie zu schmecken und seine Zunge sanft gegen ihre zu treiben.

Sie versuchte, sich zu winden, und er hielt sie fest, bis sie sich ihm gegenüber entspannte. Schließlich zog er sie auf seinen Schoß, rollte sie in seine Arme und küsste sie immer noch.

»Ich liebe dich, Babe«, flüsterte er an ihrem Hals, während er seine Lippen langsam nach Süden bewegte. »Ich liebe dich so sehr.«

Ihre Finger verhedderten sich in seinem Haar. »Ich liebe dich auch.«

Er zwang sie, ihn anzuschauen. »Das Halsband darfst du heute Abend anbehalten, aber es gibt nur dich und mich und keine Protokolle oder Titel oder so. Okay?«

»Okay«, stimmte sie leise zu.

Er stand auf und trug sie in sein Schlafzimmer. Mit dem Fuß schob er die Tür hinter ihnen zu und legte sie dann sanft auf sein Bett. Wenn er diese Nacht ohne Schuldgefühle genießen wollte, würde er sie auf eine Art und Weise ausnutzen, auf die er normalerweise nicht drängte.

Seth ließ sich Zeit, erkundete ihren Körper vorsichtig mit seinen Lippen und Händen und verdrängte die Realität aus seinem Gehirn. Er konnte so tun, als gehöre sie ihm, ohne dass die drohende Wolke des Kummers seine Gefühle trübte.

Er liebte sie so, wie er es sich immer gewünscht hatte. Sanft, zärtlich und mit Leichtigkeit durchlebte sie zwei Höhepunkte, bevor er schließlich in sie eindrang und langsam in sie stieß.

»Sieh mich an«, flüsterte er.

Sie öffnete ihre Augen.

»Ich liebe dich.«

Sie lächelte. »Ich liebe dich auch.«

Er spürte, wie seine Erregung zunahm. »Es wird viele Nächte geben, in denen ich das brauche und nicht das andere«, sagte er.

Sie nickte. »Ich weiß.«

»Ich muss dir genug sein.«

»Das bist du.«

»Ich verspreche dir, dass ich mich um dich kümmern und dich lieben werde, Babe. Für immer.« Er packte ihre Hüften und stieß zu.

»Ich weiß.« Er beugte sich vor und ihre Hände glitten an seinen Hüften hinunter, um seinen Hintern herum, und ihre Finger streichelten seine Eier.

»Ich tue fast alles, was du willst, aber ich muss dir genügen.«

Ihre Nägel strichen sanft über seinen Sack und jagten ihm einen angenehmen Schauer über den Rücken. »Das bist du. Jetzt halt die Klappe und fick mich gut, Baby«, flüsterte sie ihm ins Ohr.

Damit war er fertig. Er brauchte ein paar letzte Stöße, bevor er schrie, als er kam. Leah schlang ihre Arme und Beine um ihn und hielt ihn ganz fest. Als er wieder zu Atem kam, drehte er sie um, immer noch in ihr, Leah obenauf und über ihn gebeugt.

Er dachte schon, sie sei eingeschlafen, als sie sprach. »Was muss ich tun, um dich zu überzeugen?«

»Was?«

Sie hob ihren Kopf. »Du und er und niemand sonst. Niemals. Ihr seid wie Zwillinge.«

Seth schnaubte. »Nicht mal ansatzweise.«

Sie nickte. »Doch, das seid ihr. Vielleicht siehst du es nicht, aber ich schon.« Sie legte ihre Handfläche an seine Wange. »Ich möchte, dass du mir glaubst.«

Es fiel ihm immer noch schwer zu glauben, dass sie ihn überhaupt wollte, vor allem, wenn sie Kaden hatte. Wenn

Kaden nicht genug für sie war, wie sollte er dann alles schaffen?

Er küsste ihre Handfläche und rollte sich auf die Seite, während sie noch immer in seinen Armen lag. »Lass uns schlafen, Schatz.«

Es fühlte sich so gut an, so *richtig*, sie festzuhalten.

Das war gut genug, um den geistigen Herzschlag für diese Nacht in die Flucht zu schlagen.

Sie gingen immer noch ab und zu in den Club. Seth zog es vor, nicht allein mit Leah zu gehen, auch wenn er es tun würde, wenn Kaden ihn darum bat. Seth merkte, dass er die öffentlichen Treffen nicht so sehr genoss wie die privaten.

»Warum ist das so?«, fragte Kaden eines Morgens, als sie im Hobbyraum darüber sprachen, ohne dass Leah sie hören konnte.

Seth zuckte mit den Schultern. »Ich weiß es nicht. Ich schätze, ich fühle mich zunächst einmal unsicher. Und ich mag es nicht, wenn sie dort nackt ist.« Da die Dinge zwischen den dreien offen waren, machte es Spaß, Sex in ihr privates Spiel einzubauen.

Es war der heißeste Sex seines Lebens.

Kaden lehnte sich in seinem Stuhl zurück. »Du musst herausfinden, was für dich gut ist. Sie wird es verstehen. Was sie von einer Szene hat, ist etwas anderes als das, was du von einer Szene hast. Du kannst die Dinge so anpassen, dass sie für dich und für sie funktionieren. Du kannst dir die intensiveren Sachen für zu Hause aufheben.«

»Es macht ihr nichts aus?«

»Nein«, sagte Kaden. »Ich meine ...« Er lachte. »Unter uns gesagt, ich mag es auch nicht, wenn sie nackt ist. Sie hat es einmal bei jemand anderem gesehen und gefragt, ob wir es tun

können, und ich sagte Ja.« Er nahm seine Brille ab und sah
Seth an. »Es hat eine Weile gedauert, bis ich mich *daran*
gewöhnt habe.«

»Darauf wette ich.«

»Ich meine, es macht mir natürlich nichts aus, wenn sie mit
dir nackt ist. Das ist etwas ganz anderes.«

»Erinnere mich noch mal daran, wer hier unter der Fuchtel
steht?« Seth stichelte.

Kaden grinste. »Ja, ich weiß. Ich verwöhne sie total.«

SPÄTER AM NACHMITTAG GING SETH IN DEN SUPERMARKT UND
LIEß LEAH MIT KADEN ZU HAUSE. Seth versuchte, Kaden so
wenig wie möglich mit Menschenmassen in Kontakt zu bringen. Er wollte nicht, dass er sich eine Erkältung oder etwas
anderes einfing, das bei seinem ohnehin schon geschwächten
Immunsystem das Risiko von Komplikationen mit sich bringen
könnte.

Es machte keinen Sinn, das Unvermeidliche zu beschleuni-
gen, wenn sie es hinauszögern konnten.

Als er eine Stunde später zurückkam, fand er die beiden
auf der Couch vor, Leah nackt auf Kadens Schoß liegend.
Obwohl Seth nicht über die Couchlehne schaute, ahnte er, was
vor sich ging.

»Wow, tut mir leid, Leute. Ich wollte nicht stören«, scherzte
Seth auf dem Weg in die Küche.

Kaden lachte. »Das tust du nicht. Warum beeilst du dich
nicht, räumst das Zeug weg und kommst zu uns?«

»Da musst du mich nicht zweimal bitten.«

Die Ironie des Schicksals war, dass man ihn jetzt, fast ein
Jahr nach Beginn dieses verrückten Schlamassels, nicht
zweimal bitten musste.

Er verräumte die gekühlten Sachen und ging ins Wohnzimmer. Seth vermutete, dass es ein schlechter Tag für seinen Freund war, denn es war für Kaden leichter, sich aufzusetzen, als sich hinzulegen. Nicht, dass Seth etwas darüber sagen und die Stimmung verderben würde.

Leah lehnte ihren Kopf an Kades Schulter, ihre Augen waren geschlossen und ihre Hüften bewegten sich langsam und verführerisch gegen seinen Schoß. Seth machte einen Abstecher ins Schlafzimmer und holte die Flasche mit dem Gleitmittel. Er hatte sozusagen seine Jungfräulichkeit in diesem Bereich verloren. Jetzt, wo er wusste, dass Analsex ihr nicht wehtun würde, hatte er keine Skrupel mehr, sie von hinten zu nehmen.

Und sie liebte es.

Er trat hinter sie, zog sich aus und ließ seine Kleidung auf den Boden fallen. Er hatte damit angefangen, weil es logistisch einfacher war, wenn man bedenkt, wie oft Leah ihn besprang oder umgekehrt.

Seth streichelte ihren Rücken und entlockte ihr ein leises, angenehmes Stöhnen. Er küsste ihren Nacken. »Ich glaube, ich weiß, was du willst ... nicht wahr, Baby?«

»Mmmh.«

Sie hörte auf, sich zu bewegen, als er sie und sich selbst einschmierte und dann seinen Schwanz vorsichtig gegen ihren Ring drückte. Kade griff um sie herum und spreizte sanft ihre Backen.

»Sag mir, was du willst, Babe«, sagte Seth und packte ihre Hüften.

»Ich will, dass Meister und Sir mir das Hirn rausficken.«

Beide Männer stöhnten auf. Seth glitt langsam in sie hinein.

Kaden drückte sie nach oben. Seth schlang seine Arme um sie und spielte mit ihren Brustwarzen, während Kaden ihren Kitzler streichelte.

»Wirst du für uns kommen, Liebes?«, fragte Kaden.

Ihr Kopf räkelte sich an Seths Schulter. »Jaaaaa«, seufzte sie. Seth wusste, dass er das vermissen würde ... danach. Leah liebte es, sie beide zusammen zu haben. Er konnte zwar immer noch nicht verstehen, wie Kaden seine Zweisamkeit empfand, aber da er der Außenseiter war, stellte Seth sie nicht mehr infrage. Er konnte nicht behaupten, dass er so großmütig sein könnte, wenn ihre Positionen vertauscht wären.

Er wusste auch genau, dass es danach kein Teilen mehr geben würde.

Seth umfasste ihre Brüste mit seinen Händen und zwickte ihre Brustwarzen zwischen seinen Fingern. Er knabberte sanft an ihrem Hals und sie erschauderte. »Sei nicht so stur«, lockte er sie. »Gib es uns, Baby.«

Ihr Körper reagierte auf die Berührungen der beiden, spannte sich an und ihre Muskeln pochten, als die beiden sie in die Erregung trieben. Sie griff mit einem Arm hinter sich und schlang ihn um Seths Taille. Mit dem anderen ergriff sie Kadens freie Hand. Sie schrie auf und beide Männer spürten, wie sich ihre Muskeln um sie herum zusammenzogen, als ihr Orgasmus einsetzte.

Als sie wussten, dass sie fertig war, ließ Seth sie in Kadens Arme sinken und stieß in sie hinein, während Kaden von unten in sie eindrang. Es dauerte nicht lange, bis sie fertig waren. Als Seths Erleichterung ihn ergriff, stützte er sich an der Rückenlehne des Sofas ab, um nicht auf sie zu fallen.

Schwer atmend küsste er ihre Schulter und zog sich vorsichtig zurück. »Geht es dir gut?«

Sie nickte gegen Kadens Schulter, ihre Augen waren geschlossen und ihre Stirn war schweißnass.

Seth ging sich sauber machen und brachte ihr einen nassen Waschlappen zurück. Dann setzte er sich neben sie auf die Couch, und Leah rückte in eine andere Position, sodass sie mit beiden zusammengerollt war. Noch etwas, das er vermissen würde: das stille Zusammenkuscheln, nachdem sie sich alle verausgabt hatten. Etwas, das er noch nie gefühlt hatte, bevor das alles passierte.

Etwas, das er nie mit seinen Verflossenen oder mit irgendjemand anderem gefühlt hatte, abgesehen von dem einen Mal vor Jahren, als er mit Kaden und diesem Mädchen zusammen war …

Seth schloss seine Augen. Manchmal lag er morgens im Bett, wenn er aufwachte, und betete, dass er die Augen öffnen und sich in seinem Bett im Haus seines Bruders wiederfinden würde.

Das war nicht der Fall.

Wie konnte es so lange dauern, bis er diesen Frieden gefunden hatte?

Und jetzt, wo er ihn zum Greifen nahe war, entglitt er ihm Tag für Tag vor seinen Augen.

Zwei Wochen später überraschte Kaden sie. »Wir fahren nach Disney!«, verkündete er.

Seth blickte von der Morgenzeitung auf. »Was?«

»Ich habe die Reservierung gemacht. Ich war schon seit Jahren nicht mehr dort. Ich will dahin.«

Seth hoffte, mit ›wir‹ waren Kaden und Leah gemeint. Er war ganz sicher nicht in Micky-Maus-Stimmung. »Ich bin sicher, ihr werdet euch amüsieren.«

Kaden lachte. »Oh, nein, damit kommst du nicht davon. Du gehst mit.«

Mist. Er hätte wissen müssen, dass er damit nicht durchkäme.

Wie die meisten Bewohner von Orten, in denen es eine große Anziehungskraft gibt, wagte sich Seth nur selten nach Orlando. Wenn er es tat, dann nicht, um die Rat World zu besuchen. Aber drei Tage später belud Seth den Kofferraum von

Leahs Lexus mit ihren Taschen. Wenn sie zu dritt unterwegs waren, saß sie auf dem Rücksitz und ließ die Männer vorn mitfahren. Seth meldete sich jetzt immer freiwillig als Fahrer, vor allem, weil er sah, dass Kaden sich zunehmend unwohl fühlte, auch wenn das nicht immer der Fall war. Wenn Kaden während der Fahrt Schmerzen hatte, war es für ihn einfacher, sie vor Leah zu verbergen, wenn er nicht am Steuer saß.

Seth vermutete, dass es Dinge gab, die sie aktiv übersehen wollte. Wenn es ihr half, damit zurechtzukommen, war das für ihn in Ordnung.

Als sie den großen, mausohrförmigen Strommast neben der I-4 entdeckten, lotste Kaden Seth zur richtigen Ausfahrt. Sie würden in der Animal Kingdom Lodge übernachten und den Park zunächst drei Tage lang besuchen. Dann hatte Kaden zwei Tage im Magic Kingdom geplant, gefolgt von drei Tagen in Epcot.

Typisch für Kaden, er hatte sich voll und ganz verausgabt. Eine Suite mit einem Kingsize-Bett – um Seths Frage nach der Schlafgelegenheit zu beantworten – und einem Blick auf die Savanne. Sie konnten aus dem Fenster schauen und die Tiere sehen.

Es gab auch das ›Safari‹-Paket, bei dem ein privater Führer sie in einem Fahrzeug auf das Gelände fuhr, um die Tiere aus nächster Nähe zu sehen, wie es die meisten Gäste des Parks sonst nicht erleben konnten.

Leah war im siebten Himmel. Kaden verwöhnte sie und sie verbrachten genauso viel Zeit mit dem Einkaufen von Souvenirs wie mit der Besichtigung der Parks. Auch ein Fototermin wurde nicht vergeudet. Leah sorgte dafür, dass Seth bei den meisten dabei war, denn die Parkangestellten waren immer hilfsbereit und bereit, Fotos zu machen. Sie machte auch viele Fotos von ihren beiden Männern zusammen.

Sie schliefen zwar ein paarmal miteinander, aber meistens waren sie zu müde, um etwas anderes zu tun, als sich in dem luxuriösen Bett zusammenzurollen, in dem Leah glücklich zwischen ihnen lag. Seth machte sich Sorgen, dass Kaden sich zu sehr verausgabte, aber Seth wollte ihre Aktivitäten nicht unterbinden. Alles, was er tun konnte, war, sein eigenes Tempo zu verlangsamen und Leah und Kaden zu zwingen, es etwas ruhiger angehen zu lassen.

Seth war sich am ersten Tag nicht sicher, wie er damit umgehen sollte, mit ihnen in der Öffentlichkeit zusammen zu sein. Das hier war nicht der Club, in dem er herausgefunden hatte, dass einvernehmliche, nicht monogame Beziehungen nicht einmal ein kleines Licht auf der Skala der Kuriositäten waren. Man musste schon ein echter Freak sein, z. B. drei Hoden oder sechs Brustwarzen haben, um diese manchmal stark gepiercten Augenbrauen zu erregen.

Wenn er versuchte, hinterherzulaufen und so zu tun, als gehöre er nicht zu einem ›Pärchen‹, ergriff Leah seine Hand und zwang ihn, an ihrer Seite zu bleiben, während sie Hand in Hand mit Kaden ging.

Zuerst stellte sich Seth vor, dass alle Augen auf sie gerichtet waren. Nach ein paar Stunden wurde ihm klar, dass er sich das alles nur einbildete. Die Familien waren zu sehr damit beschäftigt, die quietschenden Kinder im Auge zu behalten. Pärchen waren zu sehr damit beschäftigt, sich die Attraktionen oder sich gegenseitig anzuschauen.

Als sie später am Nachmittag in der Warteschlange für die Kilimanjaro Safaris standen, lehnte sich Kaden dicht an Seth heran. »Entspann dich und hab Spaß. Genieße es, mit ihr hier zu sein.«

Leah hatte es nicht gehört, sie war zu sehr damit beschäftigt, alles um sich herum zu fotografieren.

»Das sagst du so einfach, Kumpel.«

»Wir sind hier Fremde, Kumpel. Wen kümmert es schon, was sie denken?«

Seth wurde klar, dass dies nur ein weiterer von Kadens

sorgfältig ausgeführten Plänen war.

»Du wolltest nicht nur nach Disney kommen, oder?«

Er zuckte mit den Schultern, aber an Kadens verschmitztem Lächeln erkannte Seth, dass er mit seinem Verdacht ins Schwarze getroffen hatte. »Sie sollte die Chance haben, mit uns glücklich zu sein und sich keine Sorgen um ihr Selbstbewusstsein zu machen. Die Welt ist schließlich klein und wir passen hier irgendwie rein.«

Seth stöhnte über das schlechte Wortspiel. »Oh, *fuck me*, Alter.«

Kaden lachte. »Ich mache es immer noch nicht mit dir.«

Seth wurde lockerer. Leah genoss es besonders, ihre beiden Männer verwöhnen zu können. Kaden reagierte auf ihre Freude. Und Seth genoss es, sie glücklich zu sehen.

An diesem Morgen, der ihr letzter sein sollte, verließ Kaden das Zimmer für eine Weile und kam mit einem zufriedenen Lächeln zurück.

»Was hast du gemacht?«, fragte Seth.

»Ich habe uns drei weitere Tage verschafft«, antwortete er.

Leah quietschte vor Freude.

Seth tat so, als würde er stöhnen. Doch innerlich lächelte er. Wenn es Leah glücklich machte, würde er es gerne tun.

Kaden schien es jedenfalls glücklich zu machen. Seth musste zugeben, dass es schön war, dass es ihm egal war, was andere davon hielten, dass sie zu dritt unterwegs waren.

Sie liefen Hand in Hand durch den Park, Leah zwischen ihnen. So entspannt war sie seit Monaten nicht mehr gewesen. In der ganzen Zeit, die sie dort verbracht hatten, hatten sie sich nur einmal spielerisch den Hintern versohlt, bevor sie mit ihr geschlafen hatten.

Sie hatte das wirklich gebraucht.

Seth würde ihr niemals die Möglichkeit verwehren, diese Erinnerungen zu haben oder sich zu entspannen. Gott wusste, dass sie eine verdammt dunkle Zeit vor sich hatten.

KAPITEL EINUNDZWANZIG

K aden und Leahs Hochzeitstag war der 19. Juli. Auf Kadens Wunsch hin feierten die drei gemeinsam in einem Strandresort in St. Pete. Seth wollte ihm freundlich vorschlagen, zu Hause zu bleiben oder sich ein separates Zimmer zu nehmen, aber Kaden wollte davon nichts wissen.

»Ich will, dass du dabei bist, Mann«, sagte er eines Morgens leise, als sie ohne Leah darüber sprachen.

»Aber das müsst ihr feiern.« In Seths Kopf hämmerte er den Begriff ›letzter Hochzeitstag‹ mit einem geistigen Vorschlag-hammer zurück in sein dunkles Loch, bevor er anfing zu weinen.

»Du bist ein Teil von uns. Ich will, dass du dabei bist.«

Seth musterte ihn. »Warum?«

Kaden antwortete zunächst nicht. Schließlich: »Bitte zwing mich nicht, es zu sagen.«

Seth schloss seine Augen. »Okay«, sagte er leise.

Es war ein gutes Wochenende. Seth tat sein Bestes, um so viele Fotos von den beiden zusammen zu machen, wie er konnte. Einmal ließ Leah Seth sogar gewähren. Er schickte sie zu einem gemeinsamen Spaziergang bei Sonnenuntergang, nachdem er sie am Strand fotografiert hatte. Am nächsten Abend gab Seth nach und schloss sich ihnen an. Die drei liefen Hand in Hand über den weißen Sand, während die Sonne hinter dem Horizont im Golf verschwand. Seth tat sein Bestes, um so zu fotografieren, dass Kadens Gewichtsverlust nicht zur Geltung kam.

Anfang Oktober bildete sich in der Karibik ein unwillkommener später Gast namens Hurrikan Mabel und arbeitete sich nach Norden vor. Seth behielt den Hurrikan genau im Auge. Als er sich südlich von Kuba näherte, wusste er, dass er sich vorbereiten musste.

Die Fensterläden aus Wellblech wurden ordentlich in der Ecke der Garage gestapelt. Er schickte Leah los, um Vorräte und einige Gallonen Diesel für den Notstromgenerator zu kaufen, den er im Frühjahr installiert hatte. Kaden ging nach draußen, als Seth damit begann, die Fensterläden an ihren jeweiligen Fenstern zu platzieren.

»Was kann ich tun?«, fragte er. Er hatte weiter abgenommen, und seine Hautfarbe sah nicht gut aus. Die Gelbsucht hatte begonnen.

Seth schüttelte den Kopf. »Du kannst dich ausruhen und mir Gesellschaft leisten. Wenn du verletzt wirst, hat Leah meine Eier in einer Schlinge.«

Kaden runzelte die Stirn. »Komm schon, ich bin nicht zerbrechlich. Lass mich dir helfen.«

»Nein. Das Letzte, was ich brauche, ist, dass du dir selbst Stress machst. Du willst helfen? Bring alles, was du kannst, von der Terrasse ins Esszimmer.«

»Ich bin kein verdammter Invalide!«

Die Wut in Kadens Stimme ließ Seth umdrehen.

»Kumpel, ich sage nicht, dass du einer bist. Ich will nicht, dass du dich aufreibst. Leah braucht dich. Alles, was du tust, was dich stresst oder ermüdet, verkürzt die Zeit.« Seth wusste, dass das ein billiger Versuch war. Aber er wollte auch nicht, dass Kaden sich verletzt wurde. Seine Kraft und sein Gleichgewicht hatten in den letzten Monaten nachgelassen. »Im Ernst, wenn du die Veranda ausräumen kannst, wird mir das helfen. Und geh auf dem Grundstück umher, um sicherzustellen, dass nichts herumfliegen kann, um Platz für Leahs Auto und das Motorrad in der Garage zu schaffen. Das ist alles, was du tun kannst und ich nicht tun muss. Das spart mir Zeit, ehrlich.«

Kaden wischte sich mit den Händen über das Gesicht. »Es tut mir leid.«

»Nein, du brauchst dich nicht zu entschuldigen.« Er spürte, dass ein Zusammenbruch bevorstand. Besser jetzt, als wenn Leah zu Hause war.

Das war klar. Kaden schloss seine Augen. Seth zuckte zusammen, als er die Tränen seines Freundes sah. »Ich fühle mich einfach verflucht nutzlos.«

Seth schlang seine Arme um seinen Freund, hielt ihn fest und versuchte, nicht daran zu denken, dass er fast jede Rippe und jeden Wirbel durch Kadens Hemd spüren konnte. »Du bist nicht nutzlos, Kumpel«, sagte er sanft. Er spürte, dass Kaden weinte, gab es aber nicht zu und versuchte nicht, ihn so zu trösten, wie er Leah getröstet hatte.

Kade wollte das nicht. Er musste sich einfach Luft machen. »Du machst mir die Arbeit nicht leichter, wenn du dich aufreibst und noch schneller krank wirst«, fügte Seth hinzu.

Kaden nickte schließlich und trat zurück, drehte sich um und wischte sich das Gesicht ab. »Danke, Mann. Manchmal muss ich einfach ...« Er wandte sich wieder an Seth. »Manchmal wünsche ich mir einfach, dass es vorbei ist. Und dann fühle ich mich verdammt egoistisch.«

Seth schüttelte den Kopf. »Nein, so musst du dich nicht

fühlen. Ich weiß, dass du Schmerzen hast.« Er wusste, dass Leah es sehen musste, aber sie sprach nicht darüber.

ZWEI TAGE SPÄTER SAßEN SIE IM WOHNZIMMER UND SPIELTEN MONOPOLY, während draußen der Sturm heulte. Eine Stunde zuvor war das Kabelfernsehen ausgefallen. Das Licht ging mehrmals aus, aber der Strom war noch nicht ausgefallen. Leah saß mit Kaden auf der Couch, während Seth auf dem Boden saß.

Ihm war vor allem in den letzten Wochen aufgefallen, dass Kaden sich in vielerlei Hinsicht zurückgezogen hatte. Seth vermutete, dass es daran lag, dass er mit seiner Krankheit alle Hände voll zu tun hatte, dass er sich beschissen fühlte und dass er versuchte, sowohl Seth als auch Leah an Seths neue Rolle zu gewöhnen.

Seth merkte auch, dass er jetzt der Strenge war, der Leah die Stirn bieten und sie disziplinieren musste, wenn sie es brauchte. Kaden würde ihr alles durchgehen lassen.

Er war sich nicht sicher, ob das von Kaden beabsichtigt war oder nicht. Aber jetzt leitete Seth jede Sitzung und sorgte dafür, dass sie konzentriert und ruhig blieb.

Er versuchte, nicht daran zu denken. Es war schon schwer genug, es zu tun. Vor allem, wenn sie ihre grünen Augen mit voller Wucht auf ihn richtete.

Eines Tages hatte er die Augenbinde kreativ eingesetzt, als sie versuchte, ihn zu überreden, ihren Willen durchzusetzen, und ließ sie über eine Stunde lang mit verbundenen Augen im Haus herumtasten. Kaden hatte gelacht und sich auf Seth und seinen kreativen Einsatz von Korrekturmaßnahmen verlassen.

Wenigstens hat es funktioniert.

Später, als die Männer allein waren, hatte Kaden gelächelt. »Du hast den Dreh schon raus, Kumpel.«

Der Strom ging schließlich aus. Als das Licht nicht wieder anging, griff Seth nach der batteriebetriebenen Laterne, die er an seiner Seite hatte.»Ich werde den Generator überprüfen.« Zum Glück befand sich die Generatorschalttafel im Inneren. Aus irgendeinem Grund hatte die Hauptstromversorgung des Generators versagt, wahrscheinlich wegen der häufigen Stromstöße. Als er ihn anschaltete, rumpelte es draußen und das Licht ging an. Als der Strom wieder da war, schaltete sich der Generator automatisch ab.

Er kehrte ins Wohnzimmer zurück.»Ich schlage vor, alles abzuschalten, was wir nicht brauchen.« Er hatte bereits die Stereoanlage und den Fernseher im Wohnzimmer ausgesteckt, um sie vor Überspannungen zu schützen.

Sie stellten ihr Radio auf einen Lokalsender ein, der einen Fernsehsender aus Sarasota übertrug, und hörten dem Wetterbericht zu, der über Mabels quälend langsamen Landfall auf der Halbinsel Florida berichtete.

Um sieben Uhr war es draußen stockdunkel, und Kaden schlug vor, früh ins Bett zu gehen. Entweder das, oder man blieb sitzen und lauschte dem Heulen des Windes draußen und dem unheimlichen Geräusch von Dingen, die gegen das Haus schlugen.

Am nächsten Morgen hatten sie immer noch keinen Strom, aber das Schlimmste des Sturms war überstanden, auch wenn immer noch Windböen und Regenschleppen durch ihre Gegend fegten.

Seth ging nach draußen und überprüfte kurz den Hof. Kadens Truck und sein eigenes Auto, die neben dem Haus geparkt waren, waren unbeschädigt, nur mit Blättern bedeckt, die von Wind und Regen aufgewirbelt wurden. Einige kleine Äste lagen im ganzen Hof, einer davon auf dem Haus, aber es sah nicht so aus, als wären die Dachziegel beschädigt worden. Vom Boden aus konnte er es nichts erkennen, und es war zu windig, um mit der Leiter hochzuklettern und nachzusehen.

Soweit er die Decken im Haus überprüfen konnte, war kein Regen durchgesickert. Solange er nicht auf den Dachboden gelangen konnte, um ihn genauer zu untersuchen, würde er es nicht mit Sicherheit wissen. Er würde einige der Fliegengitter auf der Veranda austauschen müssen, was zu erwarten war und was er auch selbst tun konnte.

Kaden trat nach draußen. »Und?«

»Ich glaube, wir sind okay. Ich fange morgen an, die Rollläden abzunehmen. Es ist zu windig, um es heute zu machen.«

»Wenn wir beide es machen, dauert es nicht lange.«

Seth antwortete nicht, sondern tat so, als würde er die Stromleitungen studieren, die am Rande des Grundstücks entlanglaufen. Sie sahen intakt aus.

»Ich sagte, wenn wir beide es tun ...«

»Ich habe dich gehört.«

»Du hast mich ignoriert.«

Seth drehte sich zu ihm um und senkte seine Stimme. »Lass mich das machen. Komm schon, es ist mein Job, okay? Solche Sachen kann ich. Lass mich das machen.«

Kadens Gesicht verhärtete sich. Einen Augenblick lang dachte Seth, dass er eine weitere Konfrontation vor sich hatte.

Dann lachte Kade. »Du wirst doch nicht wie Leah wegen deiner Wäsche vor mir zusammenbrechen, oder?«

»Das könnte ich aber, wenn du mich nicht meine Arbeit machen lässt.«

Kaden schaute in den metallgrauen Himmel und atmete tief ein, bevor er langsam wieder ausatmete. »Okay. Ich fühle mich immer noch nutzlos.«

»Nein, du musst umdenken, wie du es schon die ganze Zeit getan hast. Ich fühle mich wie ein verdammter Schmarotzer. Diese Art von Scheiße kann ich und ich mache sie gut. Wenigstens eine Sache, die ich nicht total versaue. Lass *mir meinen* Stolz, Kumpel.«

Kaden begegnete seinem Blick. »Bist du sicher, dass du nicht lieber Psychologie statt Krankenpflege studieren willst?«

»Fick dich.« Aber Seth lächelte. *Krise abgewendet.*

»Das hättest du wohl gerne. Nicht in deinen wildesten Träumen, Kumpel.« Er lächelte spielerisch, was die tiefen Falten, die sich um seine Augen gebildet hatten, fast verschwinden ließ. »Du könntest sowieso nicht mit mir umgehen.«

Seth lachte. »Wahrscheinlich nicht.«

KAPITEL ZWEIUNDZWANZIG

K aden war nicht in der Lage, Weihnachtsgeschenke zu kaufen. Das erleichterte Seth, denn er machte sich Sorgen, dass Kaden sich eine Erkältung einfangen könnte.

Seth half ihm beim Online-Einkauf oder fuhr für ihn ins Einkaufszentrum und telefonierte mit ihm, wenn er unterwegs war, um Kadens Einkäufe für Leah zu koordinieren.

Seth brachte die Weihnachtsbeleuchtung und die Außendekoration an und fügte sogar noch mehr Aufblasfiguren und Tiere aus der Menagerie hinzu als im Jahr zuvor, eil Kaden einen regelrechten Kaufrausch hingelegt hatte. Jeden Tag kamen mehr Teile für die Auslage per UPS an.

Manchmal setzte er sich einfach in einen Liegestuhl, um die Lichter für Seth zu entwirren und zu testen. Zum Glück hatte Kaden es nicht übertrieben und versuchte, sich nicht zu verausgaben. Oft gesellte sich Leah zu ihnen, half Seth oder saß einfach auf einer Decke neben Kadens Füßen, ihren Kopf an sein Bein gelehnt.

Keiner von ihnen sprach das Offensichtliche aus, dass es

Kadens letztes Weihnachten war. Sie sprachen auch nicht über das ›nächste‹ Weihnachten.

Es war zu schmerzhaft.

Als Seth am Abend vor Thanksgiving den Schalter für die Beleuchtung umlegte, leuchtete Kadens Gesicht genauso hell wie das Weihnachtsbeleuchtung – eines der wenigen Male, dass Seth in den letzten Monaten wahre Freude im Gesicht seines Freundes sah. Seth wusste, dass die Schmerzen schrecklich sein mussten, aber Kaden beklagte sich selten.

Leah und Kaden gingen langsam durch die Auslagen, ihr Arm legte sich um seine Taille, um ihn zu beruhigen, während er sich alles ansah. Seth schnappte sich sein Handy und schaltete sie ein. Im Dunkeln, gegen den sanften Schein der bunten Lichter, sah Kades Hautfarbe fast normal aus, wenn man von den tiefen Vertiefungen in seinen Wangen und unter seinen Augen absah.

Und er sah glücklich aus.

Leah würde sich diese Erinnerungen wünschen. Seth wusste, dass er das wollte.

Sie stellten den Weihnachtsbaum auf. Seth kamen die Tränen, als Leah ihren ›First Christmas‹-Schmuck an die Spitze des Baumes hängte, neben den, den sie mit Kaden hatte.

Was war nur mit dem verdammten Jahr passiert? Zu schnell. Viel zu schnell.

Thanksgiving verlief sehr ruhig und beschaulich. Nur Tony, Ed, Kadens Bruder und Schwägerin sowie Ben und Helen waren bei ihnen. Leah hatte die Weihnachtspartys nicht erwähnt, eine Sorge weniger für Seth. Wenn sie es getan hätte, wäre er gezwungen gewesen, ein Machtwort zu sprechen. Es war zu kurz vor dem Ende, als dass er vor Leuten, die er kaum kannte, so tun konnte, als ginge es ihm gut, und Kaden wollte nicht, dass andere ihn so sahen.

≈

Seth maß eines Morgens Kadens Blutdruck, während Leah unter der Dusche stand.

Kaden griff nach seinem Handgelenk. »Danke.«

Seth erwiderte den Blick seines Freundes, nickte und konzentrierte sich auf seine Arbeit. Es tat weh, in Kadens graue Augen zu blicken und zu sehen, wie sie von der Gelbsucht vergilbt waren.

Es war zwei Tage vor Leahs Geburtstag. Er konnte noch Wasser, klare Säfte und einige stärkehaltige Nahrungsmittel wie Reis und Kartoffelpüree aufnehmen. Die Shakes mit Kalorienzusatz würden sie bald absetzen müssen, weil sie ihm langsam auf den Magen schlugen. Es würde nicht mehr lange dauern, bis er nur noch Wasser und Brühe zu sich nehmen würde, und dann …

Seth hatte am 1. Dezember aufgehört, ihn zu wiegen. Es war gefühlsmäßig zu schwer, den Rückgang zu dokumentieren. Inzwischen wusste er, dass Kaden unter fünfundsechzig Kilo wiegen musste. Es war dumm und sinnlos, weiterzumachen.

Wenn sie Lebensmittel einkaufen mussten, zwang Seth Leah normalerweise dazu, allein zu gehen, damit Kaden Zeit hatte, mit Seth über Dinge zu sprechen, die außerhalb ihres Gehörs besprochen werden mussten. Seth wollte nicht, dass sie von seiner größten Angst wusste, nämlich dass Kaden sterben könnte, während sie mit ihm allein war, und Seth wollte nicht, dass sie mit ihm allein war, wenn es passierte. Seine zweitgrößte Angst war Kadens geschwächter Zustand, dass er stürzen und nicht mehr aufstehen könnte und Leah nicht in der Lage sein würde, ihm zu helfen.

Außerdem konnte sie sich durch die Besorgungen konzentrieren und für eine Weile aus dem Haus gehen. Auch wenn Kaden aus dem Bett aufstand und herumlief und immer noch kontinent war, verbrachte er die meiste Zeit entweder im Bett oder auf der Couch im Wohnzimmer.

Am Morgen von Leahs Geburtstag holte Kaden eine kleine

Schachtel hervor und überreichte sie ihr. Seth kannte den Inhalt, denn er hatte ihn für Kaden eingepackt.

Sie lächelte, als sie die kleinen silbernen Anhänger mit den eingravierten Initialen von Kaden und Seth betrachtete. Dann beugte sie sich vor und umarmte ihn sanft. »Danke, Meister.« Seths Geschenk war ein kunstvoll geflochtenes silbernes Halsband mit Verschluss, ähnlich wie ihr anderes Tageshalsband. Es trug bereits ein passendes eingraviertes Schild.

Sie umarmte ihn, ganz fest. Er hörte ihr kaum unterdrücktes Schluchzen, als sie ihr Gesicht an seine Brust drückte.

»Danke, Sir«, flüsterte sie.

»Dann lass uns mal sehen, wie es dir steht«, sagte Kaden.

Sie beugte sich vor und hielt ihr Haar hoch, während Kaden den Wechsel vornahm.

»Es ist wunderschön, Liebes«, sagte er mit einem Lächeln. »Jetzt hast du ein weiteres Halsband in deiner Sammlung. Sir hat es für dich ausgesucht.«

Kaden hat Seth nichts vorgemacht. Wahrscheinlich hat er auch Leah nichts vorgemacht, wenn sie nicht wirklich den Kopf in den Sand gesteckt hatte. Seth wusste genau, warum Kaden darauf bestand, dass Seth die Halskette bestellte. Er wollte, dass Leah sich daran gewöhnt, dass sie in ihrem Leben auch andere Halsbänder tragen würde, nicht nur die, die er für sie gekauft oder ihr angelegt hatte.

Die doppelt gravierten Anhänger waren eine weitere Taktik, um ihr den Übergang so sanft wie möglich zu gestalten. Kaden hatte das Thema bisher nicht angesprochen und wusste, dass er es nicht länger aufschieben konnte.

∾

AM WEIHNACHTSMORGEN WACHTE SETH AUF UND HIELT DEN ATEM AN, während er Kadens Gesicht studierte. Kadens Brustkorb hob sich, als er einen Atemzug tat.

Seth schloss seine Augen und atmete erleichtert auf. *Danke, lieber Gott. Jeder Tag, nur nicht heute.*

Sie hatten Leahs Geburtstag überstanden. Wenn sie es wenigstens bis zum sechsundzwanzigsten Dezember schaffen würden, wäre ihm das recht. Danach ...

Danach war jeder Tag gezählt. Kaden lehnte die vom Arzt empfohlenen Infusionen und Nährstoffe ab, die ihn noch ein wenig länger am Leben halten sollten.

Er bekam nur noch Wasser, Brühe und eine pädiatrische Elektrolytlösung. Auf Seths geistiger Skala war der Zeiger an das untere Ende gesunken. Er war fast bei *Reserve* angelangt.

Schwarz.

Im Stillen betete er für einen Zeitpunkt nach dem ersten Januar und vermutete, dass sie damit ihr Glück überstrapazieren würden. Für Leah wäre es emotional viel einfacher, Kadens Tod an einem Datum am Anfang des Jahres zu verarbeiten als am Ende des Jahres.

Am Morgen des achtundzwanzigsten Dezembers stand sie in der Küche und kochte Seths Kaffee, als Kaden sich im Bett umdrehte und sie ansah. »Du weißt, wo der ganze Papierkram ist, oder?«

Seth nickte. »Ja.«

»Patientenverfügung?«

Seth nickte.

»Okay.« Kaden griff nach der Fernbedienung und schaltete den Fernseher ein. »Ich denke, du wirst den Anruf bald tätigen.«

Seths Herz kribbelte. »Noch nicht. Bitte.«

Kadens blasses Lächeln beruhigte ihn nicht. »Ich weiß. Ich versuche, bis nach Neujahr durchzuhalten.«

»Das ist verdammt gruselig, Kumpel. Du liest schon wieder meine Gedanken.«

»Das ist logisch. Ich will ihr und dir diese Zeit des Jahres nicht verderben. Das wäre scheiße.«

»Du bist ein ganz schön harter Brocken, weißt du das?«
Kadens Lächeln wurde noch breiter, als er Seths Arm
tätschelte. »Das sagst du jetzt. Aber Bruder, du hast noch nichts
gesehen.«

Seth wusste nicht, ob er überhaupt darüber nachdenken
wollte, was ihm noch bevorstand.

KAPITEL DREIUNDZWANZIG

Ein weiteres Gebet wurde erhört: Kaden feierte Silvester mit ihm und Leah allein zu Hause, obwohl sie auf Leahs Drängen hin alle weißen Traubensaft und nicht Champagner tranken.

Kaden lächelte natürlich und ließ ihr den Vortritt. Aber Kaden nippte kaum an seinem. Seth nahm die Gläser weg, bevor Leah bemerken konnte, dass Kaden nicht wirklich etwas getrunken hatte.

Am dritten Januar schloss Seth die Tür zu Kadens Arbeitszimmer, bevor er den von ihm gefürchteten Anruf tätigte. Alles war im Voraus arrangiert worden. Ab morgen würde der Hospizpflegedienst vor Ort sein, um zu helfen.

Kaden rief Tony an und bat ihn, vorbeizukommen. Als er ankam, bat Kaden um ein Gespräch unter vier Augen mit ihm. Seth ging mit Leah in den Garten und nahm sie in den Arm, als sie unter einer Eiche saßen.

Sie konnte nicht weinen.

Zwanzig Minuten später kam Tony zu ihnen raus. »Wie geht es euch beiden?«

Seth nickte. »Ich halte durch.«

Tony ging in die Hocke und streckte die Hand nach Leah aus. Sie saß mit geschlossenen Augen da und hatte ihren Kopf an Seths Schulter gelehnt. Tony begegnete Seths Blick. Seth begriff endlich, was er wollte. Er nickte.

Tony berührte sanft ihren Arm. »Wenn ihr irgendetwas braucht, egal was, und damit meine ich nicht einmal ... das spezielle Zeug. Wenn ich irgendetwas tun kann, zögert bitte nicht, mich anzurufen, egal ob Tag oder Nacht. Okay?« Tony war einer der wenigen Menschen, von denen Seth wusste, dass sie es wirklich ernst meinten und nicht nur sinnloses Geschwätz von sich gaben, das sie nicht zu Ende führen wollten.

Sie nickte, ohne die Augen zu öffnen. »Danke«, flüsterte sie.

Seth spürte sie, die Abschwächung, vor der Kaden ihn gewarnt hatte. Neben der Erschöpfung und der Trauer gab es noch etwas anderes, etwas Tieferes, das sich wie eine harte Schale um sie legte.

Nachdem Tony gegangen war, half Seth Leah auf die Beine. Er legte einen Arm um ihre Taille, weil er Angst hatte, sie könnte fallen.

Kaden saß aufrecht im Bett. Er hatte seine Brille auf und sah fern. Leah rollte sich sofort neben ihm im Bett zusammen und drückte ihren Kopf an seine Seite, wo sie jetzt die meiste Zeit verbrachte.

Kaden griff zu ihr und streichelte ihr Haar. »Hey, Schönheit.«

»Hallo, Hübscher.«

Seth lehnte sich in den Türrahmen. »Schatz, kann ich dir etwas zu essen machen?« Sie schüttelte den Kopf.

Die Stärke in Kadens Stimme überraschte Seth. »Leah, du wirst eine Schüssel Suppe essen oder ich schicke dich in die Küche.«

Schließlich nickte sie. »Danke, Sir«, flüsterte sie. »Ich nehme eine Schüssel Suppe, bitte.«

Kaden streichelte ihr wieder über das Haar. »Braves Mädchen, Liebes.«

Seth machte ihr eine Schüssel mit Suppe und brachte sie ihr. Er setzte sich auf ihre andere Seite und sah ihr zu, wie sie die Suppe aß und jeden einzelnen Tropfen vertilgte.

Als sie fertig war, rollte sie sich sofort wieder an Kadens Seite. Er sah müde und ausgezehrt aus. Der Gewichtsverlust war besonders schwer mit anzusehen, weshalb Seth vermutete, dass Kaden jetzt immer darauf bestand, lockere T-Shirts zu tragen. Der Anblick seiner Knochen, die gegen sein Fleisch drückten, war fast schmerzhaft.

Egal, was passierte, Kaden versuchte immer noch, es ihnen leicht zu machen. Für immer ein Kontrollfreak.

Kaden rollte sich vorsichtig auf die Seite und schlang seinen Arm um sie. »Liebes, du brauchst heute Abend eine Sitzung mit Sir.«

Sie schüttelte den Kopf und umklammerte sein T-Shirt mit ihren Fingern. »Nein. Ich will hier bei dir bleiben.«

»Du kannst zu mir zurückkommen, nachdem du eine Sitzung hattest, Liebes.«

»Bitte zwing mich nicht, jetzt zu gehen.«

Er küsste ihren Kopf. »Nein, nicht jetzt. Später. In Ordnung?«

»In Ordnung.«

Seth konnte nicht einschätzen, wie lange sie noch hatten. Die Tatsache, dass es für Kaden fast unmöglich war, irgendetwas zu sich zu nehmen, auch kein Wasser, war kein gutes Zeichen.

Ed war ein weiterer Anruf, den er tätigen musste. Er kam jeden Morgen und Abend im Haus vorbei. Seth verstand Kadens Pläne jetzt sehr gut. Es würde für ihn schon schwer genug sein, zu funktionieren und Leah zu beschützen, wenn er sich nicht auch noch um alles andere kümmern müsste.

Gott sei Dank.

Das Hospiz-Pflegepersonal war hervorragend. Da sie von Ed und Kaden im Voraus umfassend informiert worden waren, waren keine Erklärungen für Seths Beziehung nötig.

Seth und Leah wichen nur selten von Kadens Seite. Seth legte den Zeitpunkt ihrer Sitzungen so fest, dass sie mit dem Schichtwechsel der Krankenschwestern zusammenfielen. Sie waren schnell und mit wenig Ritualen verbunden. Gerade genug, um sie bei ihnen zu halten.

Gerade genug, um sie zum Weinen zu bringen.

Jedes Mal, wenn Seth aufwachte, war seine erste Handlung, Kaden anzusehen. Seth konnte nicht länger als eine Stunde am Stück schlafen, denn das kleinste Geräusch oder die kleinste Bewegung von Leah oder Kaden rüttelte ihn wach und aufmerksam.

Sie konnten nur noch warten.

Seth erkannte, dass die Krankenschwester bei geschlossener Tür nicht hören konnte, wenn er die Gerte bei Leah einsetzte. Er fing an, sie in den Hobbyraum zu tragen, ihr eine superschnelle Sitzung zu verpassen und sie sofort zu zwingen, etwas zu essen, solange sie noch ansprechbar genug war, um ihm nicht zu widersprechen. Das alles geschah normalerweise innerhalb von zehn Minuten, dann lag sie wieder im Bett und hatte Kadens Finger in der Hand.

Wie lange konnte er es noch aushalten? Wie lange konnte Leah es noch aushalten?

Während die letzten Monate viel zu schnell vergangen waren, krochen die Minuten jetzt nur noch dahin und jedes Ticken der Uhr war eine Qual. Er wollte nicht, dass Kaden starb. Er wollte seinen Freund nicht verlieren. Er wollte das Unvermeidliche so lange wie möglich hinauszögern.

Aber er konnte auch den offensichtlichen Schmerz seines Freundes nicht ertragen. Wie Kaden es die ganze Zeit geschafft hatte, ohne etwas anderes als minimale Schmerzmittel zu nehmen, wusste Seth nicht und er würde es auch nicht glauben, wenn er es nicht aus erster Hand erfahren hätte.

Aber dann war da ja noch Kaden, der ultimative Kontrollfreak. Warum sollte sein Tod anders sein als sein Leben?

AM ACHTEN NACHMITTAG NACH BEGINN DES HÄUSLICHEN HOSPIZDIENSTES SPÜRTE SETH, dass sich Kadens Atmung veränderte. Er wusste, dass die Krankenschwester es wusste, war sich aber nicht sicher, ob Leah es verstand. Er berührte Kadens Arm.

Sein Freund öffnete seine Augen und nickte traurig. Er leckte sich über die rissigen Lippen. »Können wir drei einen Moment allein sein?«, flüsterte er.

Die Krankenschwester lächelte freundlich und verließ den Raum.

Leah setzte sich auf und hielt seine Hand fest. »Kann ich dir etwas bringen, Meister?«

Er nickte. »Du musst etwas für mich tun, Liebes.«

»Was?«

Kaden nahm seinen Ehering ab und hielt ihn hoch. Er schaute Seth an. »Gib mir deine linke Hand.«

Verwirrt tat Seth es.

»Sklavin, nimm seine Hand«, befahl Kaden.

Leah unterdrückte ein Schluchzen, tat aber, was er befahl.

Kaden sah Seth an und nickte, dann schob er seinen Ehering an Seths linken Ringfinger. Er nahm den eingravierten Ring aus seiner rechten Hand und legte ihn an Seths rechte Hand, an denselben Finger wie den passenden Ring, den Seth bereits trug.

Sie waren die einzigen Schmuckstücke, die Kaden jemals trug.

Er schlang seine Finger um ihre verschränkten Hände und

drückte sie sanft zusammen. »Sklavin, sieh deinen Meister an. Ich schwöre dir, er wird dich beschützen, er wird für dich sorgen und er wird dich niemals anlügen.«

Seth nickte. »Ich verspreche es.«

Kaden schaute sie an. »Sklavin, du wirst deinem Meister gehorchen. Du wirst annehmen, was ich dich gelehrt habe, und du wirst mich stolz machen. Dein Verhalten reflektiert immer noch auf mich und das, was ich dich gelehrt habe. Das ist es, was ich dir zu tun befehle.«

Sie nickte und große Tränen liefen über ihr Gesicht. »Ich verspreche es«, flüsterte sie.

»Liebt einander.«

Sie nickten.

»Ich liebe dich, Leah. Ich werde dich immer lieben, Babe. Du warst eine wunderbare Sklavin und die beste Ehefrau, die ich mir je hätte wünschen können. Ich bin der glücklichste Mann der Welt.«

Sie nickte und berührte ihre Stirn an der seinen. »Ich liebe dich so sehr«, flüsterte sie. »Ich werde dich immer lieben.«

»Ich weiß. Aber du musst Seth jetzt lieben.«

Sie nickte. »Das werde ich.«

Er sah Seth an. »Ich liebe dich, Mann.«

»Ich liebe dich auch …«

»Aber ich mache es trotzdem nicht mit dir«, ergänzte Kaden.

Das reichte Seth. Schluchzend lehnte er sich vor und küsste seinen Freund. »Ich wünschte, ich wäre jetzt an deiner Stelle.«

»Ich weiß. Ist schon gut.«

Kaden winkte Leah, sich neben ihn zu legen. Er küsste sie und stieß einen Seufzer aus. »Ich liebe dich, Babe. Ich wünschte, ich könnte dir das immer wieder sagen. Es scheint nicht genug zu sein.«

»Ich weiß, dass du mich liebst. Ich liebe dich. Ich liebe dich so sehr.«

Er klopfte auf die Matratze auf seiner anderen Seite. »Ich werde nicht denken, dass du es mit mir treiben willst, wenn du hier mit mir liegst, Kumpel.«

Seth lachte schallend. Er rollte sich vorsichtig neben Kaden zusammen und versuchte zu ignorieren, wie zerbrechlich und knochig sich der Körper seines Freundes an seinem anfühlte.

Kaden schloss die Augen und zog die Arme von Seth und Leah um sich, sodass er ihre Hände hielt. »Ich liebe dich, Kumpel. Und ich liebe dich, Babe. Ich glaube, ich werde jetzt schlafen gehen. Ich bin sehr, sehr müde.« Seth hörte, wie schwach Kaden klang und wusste, dass es Zeit war.

Leah flüsterte ihm immer wieder zu, dass sie ihn liebte.

Seth sah sein schwaches Lächeln. »Ist schon gut, mein Schatz. Ich liebe dich auch. Euch beide. Vergesst nie, wie sehr ich euch liebe.« flüsterte Kaden.

Sie küsste Kaden erneut.

Seth zählte die Sekunden zwischen jedem Atemzug. Sie wurden länger, jeder Atemzug flacher und schwächer.

Schließlich zog Kaden einen Atemzug ein und ließ ihn wieder aus.

Seth hielt den Atem an und wartete.

Er spürte, wie die Anspannung in Kadens Körper nachließ.

Seth schloss seine Augen und presste seine Lippen auf Kadens Stirn. »Geh in Frieden, Mann«, flüsterte er.

Einen Augenblick später erschien die Krankenschwester in der Tür und warf Seth einen Blick zu. Er nickte.

Sie kam leise herein und ging um das Bett herum an Seths Seite. Leahs Augen waren geschlossen, ihre Lippen bewegten sich lautlos.

Die Krankenschwester beugte sich vor und berührte mit ihren Fingern einen langen Augenblick lang Kadens Nacken, da Leah seine Handgelenke immer noch festhielt. Dann zückte sie ihr Stethoskop und hörte zu.

Sie nickte, notierte die Zeit auf ihrem Notizblock und ging dann kommentarlos weg, um zu telefonieren.

Seth war sich nicht sicher, wie lange er Leah dort bleiben lassen sollte. Er musste Ed anrufen, um den Ball ins Rollen zu bringen, wie Kaden gesagt hatte. Der Bestatter würde kommen, um Kadens Leiche abzuholen ...

Er klappte seinen Kiefer zu und unterdrückte das Schluchzen.

Um Kaden abzuholen.

Kadens Anweisung, die er Seth im Voraus mitgeteilt hatte, lautete, dass niemand außer ihnen, der Krankenschwester, den Bestattern und Ed und möglicherweise Tony, wenn er schon da war, ihn nach seinem Tod sehen durfte. Er hatte seinem Bruder bereits gesagt, dass er so nicht gesehen werden wollte, und sich verabschiedet, damit er ihm später nicht böse sein konnte.

Es war ihm scheißegal, was Denise fühlte oder dachte.

Nach dreißig Minuten kletterte Seth vorsichtig aus dem Bett und ging zum Türrahmen. Die Krankenschwester stand draußen und sah ihm zu. Er lehnte sich nahe heran.

»Wie lange soll ich sie bei ihm bleiben lassen?«

Sie lächelte freundlich. »So lange, wie du denkst, dass sie es braucht.«

Er deutete auf ihren Block und schrieb Eds Namen und Nummer auf. »Kannst du ihn bitte für mich anrufen? Sag es ihm.«

Sie nickte und ging los, um es zu tun.

Seth ging zurück zum Bett und kuschelte sich dieses Mal an Leah. Kaden sah friedlich aus und hatte keine Schmerzen mehr.

Leahs Körper fühlte sich starr an. Sie bewegte immer noch leise ihre Lippen, etwas, das er noch nie bei ihr gesehen hatte.

Ed kam zwanzig Minuten später und stand in der Tür und wartete, bis Seth sich zu ihm umdrehte.

Seth erhob sich wieder aus dem Bett und ging zu ihm.

»Wie lange ist es her?«, fragte Ed.

Seth schaute die Krankenschwester an. »Fast eine Stunde«, antwortete sie.

»Er hat angeordnet, dass sie nicht länger als neunzig Minuten bleiben darf. Wenn das Bestattungsunternehmen früher eintrifft, versuche sie früher rauszuholen. Sie darf die Bestatter nicht sehen.«

Seth nickte und wandte sich wieder Leah zu, während er seine Trauer in den Hintergrund drängte.

Kadens Anordnungen.

Er würde sie buchstabengetreu befolgen.

Seth schlang seine Arme von hinten um sie und ihr Körper fühlte sich wie ein Brett an seinem an. Sie hielt Kadens Hände fest, starrte ihn an und ließ ihn nicht los, während ihre Finger seine streichelten.

Noch immer sprach sie leise mit ihm.

»Babe, es tut mir so leid«, flüsterte er.

Leah stöhnte auf. Sie schloss die Augen und ein tiefes, herzzerreißendes Stöhnen entrang sich ihr. Er befürchtete, dass sie anfangen würde zu schreien, aber das war das einzige Geräusch, das sie von sich gab, wie ein heulender Wind über einem sanften Hügel. Immer wieder stöhnte sie auf, während Seth sie sanft in seinen Armen wiegte. Schließlich entspannte sich ihr Körper ein wenig, während sie weiter stöhnte.

Sein Herz brach für sie. War dies ein Blick auf die Frau, die Kaden an diesem Nachmittag gesehen hatte, als sie ihm endlich ihre Vergangenheit gestanden hatte? Die rohe Angst?

Es war nicht fair. Sie hatte in ihrem Leben schon so viel Scheiße durchmachen müssen, und jetzt auch noch das. Den Mann zu verlieren, der ihr das Leben gerettet hatte.

Wie konnte er es in ihrem Herzen jemals mit Kaden aufnehmen? Schließlich löste sich ihr Stöhnen in ein leises, hektisches Keuchen auf. Sie küsste Kadens Hände und sein Gesicht.

Seth bemerkte, wie Ed und die Krankenschwester sich schnell von der Tür entfernten. Seth spürte, dass er Leah da rausholen musste, und zwar bald.

»Babe, es ist Zeit.«

»Neeeiiiiiiiiiiiiiiin!«

Er schloss seine Augen und verstärkte seinen Griff um sie.

»Liebes, der Meister hat uns Befehle gegeben, die wir befolgen müssen. Denk an dein Versprechen.«

Sie schluchzte und wurde in Seths Armen schlaff. Sie küsste Kaden ein letztes Mal auf die Lippen und streichelte sein Haar. »Ich liebe dich«, flüsterte sie.

Dann ließ sie sich von Seth in den Hobbyraum tragen.

Ed folgte ihnen und blieb in der Tür stehen. Seth hörte, wie die Krankenschwester jemanden ins Haus ließ, gefolgt von zwei tiefen, unbekannten Männerstimmen. Ein metallisches Klappern, als ob eine Bahre durch die Haustür und über den gefliesten Boden gerollt wurde.

Leah zitterte in seinen Armen und rollte sich zusammen wie ein Baby, aber es kamen keine Tränen mehr.

Das machte ihm Angst.

Seth drückte seine Lippen an ihr Ohr. »Liebes, musst du den Biss spüren?«

Sie nickte, sagte aber nichts.

Er verlagerte seine Position auf dem Sofa, mit dem Rücken zur Tür. Er ließ eine Hand an der Außenseite ihres Beins unter ihre Shorts gleiten.

»Zähle«, flüsterte er. Er zwickte sie so fest er konnte in die Innenseite ihres Oberschenkels. Einen blauen Fleck zu hinterlassen, war seine geringste Sorge, aber er wusste, dass er sie dann nicht mit ins Spielzimmer nehmen konnte.

Nach einem langen Augenblick flüsterte sie: »Eins.«

»Sehr gut, Schatz. Noch mal.« Er zwickte sie erneut.

»Zwei.«

Er tat es insgesamt zehn Mal, bis ihr schließlich die Tränen über das Gesicht liefen. Sie vergrub ihr Gesicht an seiner Schulter und schluchzte.

»Willst du ihn ein letztes Mal sehen?«, fragte Seth.

»Was hat der Meister gewollt?«, flüsterte sie.

Seth schaute Ed an.

Ed schüttelte den Kopf.

»Okay. Wir bleiben noch eine Weile hier sitzen, Liebes«, sagte Seth. »Lass uns einfach hier sitzen und eine Weile warten.«

Leah klammerte sich an Seth. »Danke, Meister«, flüsterte sie.

Seth drückte sie fest an sich, sein Gesicht in ihrem Haar vergraben, und weinte seine eigenen stillen Tränen.

KAPITEL VIERUNDZWANZIG

Eds Anweisung lautete, die ganze Nacht bei ihnen zu bleiben und Seth notfalls dabei zu helfen, Leah ins Krankenhaus zu bringen, um sie zwangsweise zu betäuben. Es wäre Seths Entscheidung, ob sie so weit gehen mussten. Wenn ja, sollte Seth seine Vollmacht dafür nutzen. Kaden hatte bereits mit ihrem Hausarzt gesprochen, um Seth zu unterstützen, falls dies notwendig sein sollte.

Seth hielt es nicht für notwendig – noch nicht –, aber er war froh, dass Kaden so weit vorausgedacht hatte.

Ed wartete, bis Leah sich in Seths Armen in den Schlaf geweint hatte, und reichte ihm eine Karteikarte mit Kadens Aufschrift.

1 – An jenem Tag

SORGE DAFÜR, *dass sie weint. Deine einzige Aufgabe für die nächsten vierundzwanzig Stunden ist es, sie zu füttern, ihr Flüssigkeit zuzuführen, sie zu halten und sie zum Weinen zu bringen, wenn sie wach ist und anfängt, sich zu beruhigen. Dich um sie zu kümmern. Lass sie nicht allein, lass sie nicht aus den Augen, auch nicht, um auf die Toilette zu gehen. Wenn du gehen musst, sorge dafür, dass Ed oder Tony sie beobachten. Ed wird sich um die Vorbereitungen kümmern, die Telefonate führen und dich durch den Prozess leiten. Tony wird auf sie aufpassen, während du schläfst, falls sie aufsteht, ohne dich zu wecken. Du musst jetzt verdammt erschöpft sein. Es tut mir so leid, Bruder. Danke, dass du bis zum Ende bei mir geblieben bist.*

Ich habe bereits mit Ed und Tony gesprochen, und sie wissen, was zu tun ist. Das bisschen Schlaf, das du bekommst, während sie da sind, solltest du nutzen.

Ich liebe dich, Kumpel. Und sag ihr, dass ich sie auch liebe.

SETH SCHLOSS SEINE AUGEN, nickte und gab Ed die Karte zurück.

Ed lehnte sich dicht an ihn heran und flüsterte ihm ins Ohr: »Ich habe dir viel zu geben, einiges auf einmal, manches zu bestimmten Zeitpunkten. Ich soll alles für dich aufbewahren, damit du es später haben kannst, falls du es behalten willst. Er hat wirklich alles geplant.«

Seth nickte.

SETH HÖRTE LEISE STIMMEN, die Bahre rollte wieder über die Fliesen und die Haustür wurde geöffnet und wieder geschlossen. Ein paar Augenblicke später hörte er, wie ein Auto wegfuhr. Die Krankenschwester blieb in der Tür stehen und flüsterte Ed etwas zu. Ed nickte, ging zu Seth hinüber und lehnte sich dicht an sein Ohr, um ihm etwas zuzuflüstern.

»Sie hat gefragt, wo die Laken sind. Sie sagte, sie würde das Bett für dich beziehen, wenn du das möchtest.«

Seth wollte es ihm sagen, hielt dann aber inne. »Nein, ich mache das schon. Aber sag ihr Danke.«

Ed nickte. Er ging mit ihr für ein paar Minuten aus dem Zimmer.

Seth hörte sie wenig später gehen.

Seth wusste nicht, ob Leah schlief oder katatonisch war, aber er wusste, dass sie eine Weile brauchte, um sich zu entspannen, bevor er ihr eine komplette Sitzung gab.

Er hoffte, dass Ed Ohrstöpsel dabei hatte.

Schließlich löste er sich von Leah. Sie regte sich und sah ihn an.

»Schatz, wir müssen uns um ein paar Dinge kümmern. Kannst du mir helfen?«

Betäubt nickte sie.

Er half ihr auf die Beine und führte sie, einen Arm um ihre Taille gelegt, zum Wäscheschrank. »Lass uns meine Laken für Ed wechseln.« Er hatte seit Monaten keine ganze Nacht mehr in seinem eigenen Bett verbracht, aber in der letzten Woche hatte er tagsüber dort geschlafen, wenn er wusste, dass Leah mit Kaden schlief, denn die Hospiz-Schwestern hatten die strikte Anweisung, ihn zu wecken, wenn Leah auch nur im Schlaf hustete.

Leah half ihm, die Laken zu wechseln, und sammelte die schmutzigen ein, um sie in die Garage zu bringen, während Seth ihr folgte.

Als Nächstes kam der schwierigere Teil. Seth half ihr, den Flur entlang zu ihrem Schlafzimmer zu gehen. Sie blieb an der Tür stehen und schluchzte, ließ sich aber von ihm hineinführen.

Er hatte morgens die Laken gewechselt. Die Krankenschwester hatte die Inkontinenz-Unterlagen entsorgt, die sie auf den Laken benutzt hatten. Ehrlich gesagt, brauchten die Laken nicht gewechselt zu werden.

Leah kletterte ins Bett, griff nach Kadens Kopfkissen und

atmete tief ein. Seth brachte es nicht übers Herz, sie zu bewegen.

Ed sah vom Flur aus zu, und Seth ging zu ihm hinüber.

»Lass die Tür offen, falls ich dich brauche«, flüsterte Seth.

Ed nickte und ging, um seine Tasche aus dem Auto zu holen.

Seth schlüpfte zu ihr ins Bett und schlang seine Arme um sie. Sie wiegte sich, das Kissen in den Armen, und kniff die Augen zusammen. Vielleicht war das keine gute Idee.

Sie schaukelte eine Stunde lang vor sich hin, während Seth versuchte, sich an ihr festzuhalten. Sie sprach nicht, machte keine Geräusche, außer dass sie schniefte und weinte.

Schließlich wurde sie ganz still und er dachte, dass sie sich vielleicht in den Schlaf geweint hatte.

Als sie sprach, erschreckte ihn ihre dumpfe, tote Stimme.

»Bitte lass mich sterben«, sagte sie.

»Was?«

»Ich will sterben. Ich kann das nicht tun. Es tut zu sehr weh. Ich dachte, ich könnte es, aber ich kann es nicht. Bitte!«

Er drückte sie fester an sich, weil er Angst hatte. »Nein.«

»Bitte, Meister. Lass mich sterben.«

Er versuchte, nicht zu schluchzen. »Nein, mein Schatz, das kann ich nicht tun. Ich werde das nicht zulassen. Ich brauche dich.«

Sie drückte das Kissen an sich. »Es tut weh. Es tut so schrecklich weh. Ich wusste, dass es weh tun würde, aber es tut so weh.«

»Ich weiß, Babe. Mir tut es auch weh. Ich kann dich nicht sterben lassen. Ich habe es versprochen. Du hast es ihm versprochen. Wir haben es ihm versprochen.«

Sie schluchzte, weinte stundenlang. Seth verlor die Zeit aus den Augen. Tony kam und Ed ließ ihn herein. Er brachte ihnen Wasser. Seth musste sie zwingen zu trinken. Als Seth aufstand, um auf die Toilette zu gehen, saß Tony bei Leah.

Für Seth verschwamm die Zeit. Er wusste nicht einmal, wann Kaden gestorben war, nur, dass es am späten Nachmittag gewesen war, und jetzt war es nach drei Uhr morgens.

Seth döste vor sich hin und nahm vage wahr, dass Tony leise auf dem Stuhl in der Ecke saß und ein Buch las. Seth wagte es nicht, Leah aus seinen Armen zu lassen, weil er Angst hatte, sie würde sich etwas antun, bevor er sie aufhalten konnte. Die kleinste Bewegung, selbst eine leichte Veränderung ihrer Atmung, weckte ihn auf.

Am nächsten Morgen stellte Seth fest, dass er eingeschlafen war. Ed saß lesend in seinem Sessel. Leah schlief. Seth roch den Geruch von gekochtem Kaffee und Eiern.

Langsam und vorsichtig stieg Seth aus dem Bett, ging ins Bad und ließ Ed auf Leah aufpassen, während er in die Küche ging.

Tony machte gerade das Frühstück.

Seth schenkte sich eine Tasse Kaffee ein und setzte sich an den Tresen. »Danke«, sagte er heiser.

Tony nickte, löffelte ein paar Eier und Speck auf einen Teller und stellte ihn vor Seth hin. »Ich weiß, dass du keine Lust zum Essen hast, aber zwing es trotzdem runter. Du wirst es brauchen.«

Seth nickte und gehorchte, ohne zu fragen. Er fühlte sich abwechselnd wie betäubt und als würde er sich zusammenrollen und sterben wollen.

Kaden ist tot.

Der geistige Herzschlag hatte sein unvermeidliches Ende erreicht.

Seth war fertig, duschte schnell in seinem alten Zimmer und ging dann, um Ed abzulösen. Leah wachte kurz nach neun auf. Das einzige Anzeichen für Seth war ihr plötzliches, scharfes Einatmen, gefolgt von einem tiefen, traurigen Seufzer.

Sie öffnete ihre Augen nicht, bewegte sich nicht und klammerte sich immer noch an das Kissen.

Er wartete zwanzig Minuten, bevor er ihr sanft über die Wange strich. »Schatz, du musst aufstehen und ins Bad gehen.« Sie schüttelte heftig den Kopf.

Also gut.

Er nahm sie in den Arm. Sie wollte das Kissen nicht loslassen, also ließ er sie es festhalten. Er trug sie ins Bad und stellte sie auf die Füße, zwang sie zu stehen. Vergiss die Bescheidenheit. Er zog ihr die Shorts und die Unterwäsche herunter und zwang sie, sich auf die Toilette zu setzen.

Sie sah aus wie eine lebende Tote. Die völlige Emotionslosigkeit in ihrem Gesicht machte ihm Angst. Er wusste, dass sie eine Sitzung brauchte. Er wusste nur nicht, ob er sich dazu durchringen konnte, es zu tun.

Schließlich hörte er sie machen. Als er merkte, dass sie fertig war, zog er sie auf die Beine, machte sie sauber und trug sie ins Schlafzimmer. Tony wartete an der Tür.

»Geht es ihr gut?«

Seth schüttelte den Kopf. »Der Code für das Spielzimmer ist 1218. Kannst du mir bitte eine Gerte bringen?«

»Mäßig oder stark?«

»Mäßig.«

Tony ging. Seth hatte weder Zeit noch Energie, um darüber nachzudenken, wie abgefahren dieses Gespräch wirklich war.

Tony kam einen Augenblick später mit einer passenden Gerte zurück. Leah lag auf der Seite und klammerte sich immer noch an Kadens Kissen. Seth war es egal, dass Tony sie von der Taille abwärts nackt sehen konnte. Seth kniete sich neben sie. »Liebes, musst du den Biss spüren?«, flüsterte er.

Sie antwortete nicht, sondern schloss nur ihre Augen.

Er schaute Tony an, der grimmig nickte und ihn ermutigte.

Seth nahm einen tiefen Atemzug. »Liebes«, sagte er streng, »musst du den Biss spüren?«

Nach einem langen Augenblick nickte sie.

Seth hatte keinen guten Winkel und richtete seine Schläge

sorgfältig aus. Ein Paddel wäre unter diesen Umständen einfacher zu handhaben, aber Seth glaubte nicht, dass er das Geräusch ertragen könnte.

Die Gerte war leiser.

Er hielt eine Hand auf ihrer Taille und strich ihr über den Hintern. Sie rührte sich nicht.

Seth machte weiter, einen Satz von zehn so hart, wie er konnte, und hinterließ dabei dunkle, hässliche Striemen. Am Ende rollte er sich um sie herum. »Liebes, wir müssen das tun. Wo sind wir?«

Einen quälend langen Augenblick später flüsterte sie: »Grün, Meister.«

Er atmete erleichtert auf. »Zwanzig, Liebes.«

»Zwanzig, Meister.«

Er schloss die Augen und schluckte sein Schluchzen hinunter. Er kniete sich wieder auf das Bett. »Zähle.« Er drückte so fest zu, wie er konnte, und wartete dann.

Nach fast einer Minute flüsterte sie: »Eins, Meister.«

»Sehr gut, Liebes.«

Sie brauchten zwanzig Minuten, um den Satz durchzuziehen. Aber sie hat geredet.

Und sie weinte.

Wenn man lauthals schreien und darum betteln, sterben zu dürfen, weinen nennen kann.

Selbst Ed und Tony sahen den Tränen nahe aus.

Nach einer Stunde beruhigte sie sich wieder, mit glasigen Augen und starrem Blick. Ed winkte Seth zu sich und rief ihn in den Flur.

»Warum rufe ich nicht ihren Arzt?«

Seth schüttelte den Kopf. »Nein. Noch nicht. Sie muss jetzt oder später damit fertig werden. Wenn wir sie betäuben, muss sie trotzdem irgendwann damit klarkommen. Ich will das nicht, es sei denn, sie will sich etwas antun.«

»Bist du sicher?«

»Ja.« Er starrte durch den Türrahmen zum Bett. Sie wollte Kadens Kissen nicht loslassen, hatte es nicht losgelassen.

In dieser Nacht hatte Seth es geschafft, dass sie ohne Hilfe ins Bad ging, obwohl er neben ihr stand. Er duschte mit ihr, rasierte ihr die Beine, brachte sie dazu, Hühnerbrühe zu essen und einen Nahrungsergänzungsshake zu trinken, zusammen mit etwas Wasser.

Tony und Ed übernachteten wieder bei ihr und hielten abwechselnd Wache, damit Seth schlafen konnte.

Am nächsten Morgen geriet Seth in Panik, als er aufwachte und Leah nicht bei ihm im Bett lag. Weder Ed noch Tony saßen auf dem Stuhl in der Ecke.

Er hörte Stimmen in der Küche und rannte nach draußen. Leah saß an der Theke, den glasigen Blick auf dem Gesicht. Ed stand hinter ihr, während Tony kochte. Sie hatte eine Tasse Kaffee vor sich auf dem Tresen stehen, aber es sah nicht so aus, als hätte sie etwas getrunken.

Ed ging ihm aus dem Weg und Seth berührte ihren Arm. »Süße, geht es dir gut?«

Schließlich drehte sie langsam den Kopf und sah ihn an. Riesige Tränen kullerten ihr über die Wangen. »Er ist weg«, flüsterte sie. »Ich bin aufgestanden, um nach ihm zu sehen, und er ist weg.«

Er zog sie in seine Arme. »Ich weiß, Kleines. Es tut mir so leid.«

»Er ist weg, Seth. Ich konnte ihn nicht finden.«

Er sah über ihren Kopf hinweg zu Ed.

»Sie ist vor einer Stunde aufgestanden«, flüsterte er. »Wir wollten dich nicht wecken. Ich habe Tony geweckt, und wir sind ihr im Haus gefolgt. Sie ging nach draußen, wanderte herum, kam dann wieder rein und lief eine Weile herum. Schließlich setzte sie sich hierhin und wollte nicht mit uns reden. Wir dachten, wir sollten dich schlafen lassen.«

»Kann ich mit ihm gehen?«, fragte sie. »Bitte, Seth, ich will bei ihm sein.« Der tote Ton ihres Flüsterns machte ihm Angst. Er drückte sie fester an sich und blickte zum Tresen hinüber. Tony oder Ed hatten offenbar die Messer aus dem Metzgerblock versteckt. »Wir haben es Kade versprochen, Schatz. Du kannst mich nicht verlassen. Du hast es ihm versprochen und du hast es mir versprochen.«

Sie erschauderte. Er nahm sie in die Arme und trug sie ins Schlafzimmer, wo er ihr einen Satz von zwanzig gab und sie festhielt, während sie sich schluchzend an ihn schmiegte.

Nachdem sie wieder eingeschlafen war, kam Ed leise herein und reichte ihm eine weitere Karteikarte.

∿

2 – Danach

LASS SIE WEITER WEINEN. *Halte sie am Atmen. Lass sie nicht aus den Augen und pass auf, dass sie nicht dehydriert. Wenn sie darum bittet, sich umzubringen, erinnere sie an ihr Versprechen. Ich weiß, dass ich dir nicht sagen muss, dass sie es nicht tun darf. Tu alles, was du kannst, um sie bei dir zu halten. Selbst wenn du schmutzige Tricks anwenden und dir etwas ausdenken musst, was auch immer. Erinnere sie daran, dass ich ihr befohlen habe, bei dir zu bleiben und dir zu dienen. Ich habe Vertrauen in dich. Du bist der Einzige, der sie in Sicherheit bringen kann, Kumpel. Ich weiß, dass du sie nicht zudröhnen willst, aber wenn du das musst, verstehe ich das. Du bist da und ich nicht, und ich weiß, dass du alles tun wirst, was sie braucht.*

SETH WEINTE, als er die Karte an Ed zurückgab. Er reichte Seth eine weitere Karte.

. . .

3 – Arrangements

ED WIRD SICH UM ALLES KÜMMERN. *Alles, was du tun musst, wenn er es dir sagt, ist, dass du ihr das Outfit aus dem Schrank anziehst, das im Kleidersack ist. Ich habe es bereits für dich zusammengestellt. Schuhe, alles. Das formelle Halsband soll sie anbehalten, der Ausschnitt des Hemdes wird es verdecken. Sie wird sich besser fühlen. Es wird fünf Tage nach meinem Tod stattfinden, also hast du so viel Zeit, sie wieder aufzurichten. Ich glaube, wir sind jetzt bei Tag zwei. Wenn du einen Augenblick Zeit hast, wenn sie fest schläft, lass Tony auf sie aufpassen, und Ed hat etwas, das er dir zeigen muss.*

SETH GAB DIE KARTE ZURÜCK UND STUDIERTE LEAH. Sie schlief tief und fest. Er nickte und stieg vorsichtig aus dem Bett. Tony, der ein Buch bei sich trug, kam herein und ließ sich wieder auf dem Stuhl nieder.

Ed führte Seth in das Arbeitszimmer und schloss leise die Tür. Kadens Computer war eingeschaltet, und es sah so aus, als ob er ein Video zum Abspielen bereithielt.

Bevor Ed auf die Maus klickte, schaute er Seth an. »Ich warne dich jetzt schon, er hat ziemlich viele hinterlassen. Für dich, damit du zusehen kannst. Einige hat er für sie, aber die meisten sind für dich.«

Seth nickte.

Ed drückte auf *Play*, verließ den Raum und schloss die Tür hinter sich.

Kaden hatte das offensichtlich früh aufgenommen, denn er sah gut und gesund aus.

»Hey, Kumpel.« Kaden lächelte. Es sah aus, als hätte er es mit seiner Webcam hier am Schreibtisch, in diesem Stuhl, aufgenommen. »Ich weiß, das ist scheiße. Es tut mir leid, dass ich dich damit überfalle. Vorweg: Ich liebe dich, Mann. Ich weiß, dass du mich liebst. Ich weiß, dass sie mich liebt, und glaub mir, ich liebe sie auch ...«

Zwanzig Minuten später öffnete Seth die Tür. Er hatte eimerweise Tränen geweint, aber er fühlte sich schon etwas besser. Es war zwar schrecklich gewesen, Kaden in den letzten Monaten zusehen zu müssen, wie er dahinsiechte, und die Erleichterung darüber, dass sein Freund von seinen Schmerzen befreit war, hatte ihn mit Schuldgefühlen erfüllt, aber die überwältigende Trauer und der Verlust hatten ihn nicht mehr losgelassen.

Aber Kaden war immer noch da und kümmerte sich in vielerlei Hinsicht um sie. In typischer Kaden-Kontrollfreak-Manier hatte er buchstäblich jedes kleinste Detail arrangiert.

Seth fühlte sich noch schuldiger, weil er nichts anderes zu tun hatte, als sich um Leah zu kümmern. Kaden hatte ihm in dem Video versichert, dass das im Moment seine einzige Aufgabe sein sollte, aber das beruhigte ihn nicht. Sollte er nicht die Verantwortung tragen und sich um die Dinge kümmern?

So wie es aussah, konnte er sich nur schwer davon abhalten, Leah zuzustimmen, dass der Tod eine verdammt gute Option zu sein schien.

Kaden hatte das sogar in seiner Nachricht an ihn vorausgesehen.

Verdammt, er war unheimlich.

Er gab Seth mehrere Vorschläge, wie er sie bei der Stange halten konnte und was er tun konnte, um sie am Leben zu halten.

Seth kehrte an Leahs Seite zurück und schlief bis zum späten Nachmittag.

Als sich die Nachricht von Kadens Tod verbreitete, begannen die Anrufe am Abend.

∽

Das Telefon wurde leise gestellt und Helen kam rüber, um die Anrufe anzunehmen und Tony und Ed eine Pause zu gönnen. Am vierten Tag sprach Leah schon in kurzen, einfachen Sätzen. Sie hatte auch aufgehört, Seth zu bitten, sie sterben zu lassen.

Leah schlief noch, als Ed am fünften Morgen hereinkam und Seth ein Zeichen gab.

Er ging zu Ed in den Flur. »Die Limousine wird uns um vier Uhr abholen. Ich schlage vor, ihr heute Morgen etwas feste Nahrung zu geben, damit sie heute Nachmittag nicht zusammenbricht. Es wird bis etwa sieben Uhr reichen.«

»Ich kann nicht von ihrer Seite weichen.«

»Das sollst du auch nicht.«

»Wie soll ich erklären, wer und warum ...«

»*Seth.*« Ed begegnete seinem Blick. »Das *brauchst* du nicht.«

Er musterte Ed. »Lass mich raten.«

Ed nickte. »Er hat es geplant. Mach dir keine Gedanken darüber. Kümmere dich nicht um den Schein oder irgendetwas anderes. *Nur* um sie. Das sind seine Anweisungen.« Ed schaute durch die Schlafzimmertür auf Leahs schlafende Gestalt und schüttelte traurig den Kopf. »Weißt du, ich dachte wirklich, er würde überreagieren. Du weißt ja, wie er ist ... war. Ich habe ihn nur auf den Arm genommen. Ich hatte ja keine Ahnung ...«

Er seufzte. »Gott sei Dank hat er das gut durchgeplant. Er hat es mir wirklich leicht gemacht.«

Seth nickte. *Du bist nicht der Einzige.*

Seth brachte Leah kurz nach neun unter die Dusche. Sie stand brav unter der Dusche, während er ihr das Haar wusch, ihre Beine rasierte und so weiter. Er trocknete sie sorgfältig mit dem Handtuch ab und zog ihr ein großes T-Shirt über den Kopf, bevor er sie in die Küche führte.

Er und Tony brachten es fertig, ihr eine halbe Schüssel Haferflocken und zwei Rühreier zu geben. Das war auch gut so, denn Seth schätzte, dass sie in der letzten Woche etwa zehn Pfund abgenommen hatte, nur weil sie nichts gegessen hatte. Er hoffte, dass sich ihr Magen melden und mehr Essen verlangen würde, sobald er sich daran festgebissen hatte.

Er gab ihr eine Sitzung im Spielzimmer, in der er sie mit der vier Fuß langen Peitsche zum Weinen brachte. Um zwei Uhr sprach sie schon in zusammenhängenden Sätzen, als Seth sie zurück in die Küche führte und sie überredete, eine Schüssel Muschelsuppe zu essen.

Er zog sie an und ließ sie dann auf der Couch sitzen, während Tony vor ihr auf dem Couchtisch saß, ihr etwas zuflüsterte und ihre Hände hielt, um sie so lange abzulenken, bis Seth sich angezogen hatte.

Die vier fuhren zusammen in der Limousine. Seth war sich vage bewusst, dass die Leute bei der Gedenkfeier mit ihnen sprachen, aber er hielt seinen Arm die ganze Zeit über fest um Leahs Taille. Tony stand auf der anderen Seite, bereit, sie aufzufangen, wenn sie zusammenbrach. Leah sprach selten, meistens nickte sie und bedankte sich.

Wenigstens schien sie zu funktionieren, auch wenn sie es in Wirklichkeit nicht tat.

Wegen der Einäscherung gab es keinen Sarg. Kaden hatte stattdessen ein Foto von den dreien von ihrer Disney-Reise ausgesucht, das vor dem Baum des Lebens im Animal Kingdom aufgenommen wurde. Alle drei trugen Micky-Maus-Hüte, lächelten und hatten Spaß.

Es waren über fünfhundert Leute da. Seth kannte die meisten von ihnen nicht, aber anscheinend hatten sie Kaden gekannt. Der Bestattungsunternehmer spielte ein Video ab, das Kaden aufgenommen hatte, und Seth musste dabei sowohl zusammenzucken als auch lachen.

Kaden, der Kontrollfreak, schlägt wieder zu.

Die Nachricht war wieder in den frühen Tagen aufgenommen worden, als Kaden noch gesund war und gut aussah. Er wollte, dass man sich an ihn erinnerte. Als sie endete, hielten einige Leute Lobreden.

Seth sah hin, hörte aber nicht wirklich zu. Er konzentrierte sich ganz auf Leah, lauschte auf ihre Atmung und drückte sie fest an seine Seite, damit sie nicht zusammenbrach.

Und damit er unter der Last seiner Trauer nicht zusammenbrach.

∼

DIE ZEIT VERSCHWAMM.

∼

DREI MORGEN SPÄTER DREHTE SICH LEAH IM BETT UM UND SAH SETH AN.

»Guten Morgen, Süße«, sagte er.

Sie schmiegte ihr Gesicht an seine Schulter, und er kuschelte sich an sie. »Guten Morgen, Meister«, flüsterte sie.

Tony und Ed tauschten jetzt die Tage. Kaden hatte noch ein paar Karten hinterlassen. Bis jetzt verhielt sich Leah fast genauso, wie er es vorausgesagt hatte.

Verdammt, er war gut.

Seth fragte sich, ob er Leah jemals so gut kennen würde.

»Soll ich dir ein Frühstück machen, Schatz?« Er hielt den Atem an. Normalerweise würde sie den Kopf schütteln und er würde zwanzig Minuten brauchen, um sie zu überreden, etwas zu essen.

Sie nickte.

Er streichelte ihr Haar und betete, dass er nicht vor Erleichterung weinen würde. »Rührei?«

Sie nickte wieder.

Er umarmte sie und war erleichtert. Vielleicht hatten sie endlich die Kurve gekriegt.

ED KAM VORBEI, obwohl es Tonys Tag war. »Ich muss euch heute Nachmittag zum Büro in Venice fahren.«
Leah hatte ein Nickerchen gemacht. »Warum?«
Er reichte Seth eine weitere Karte.

32 – Weitermachen

Es IST ZEIT, den nächsten Schritt zu tun. Ed wird dich zum Standesamt bringen und dir helfen, die Heiratsurkunde zu bekommen. Auch wenn er die Sterbeurkunde noch nicht zurückhat, sollte das kein Problem sein. Herzlichen Glückwunsch! Haha! Nein, du wirst nicht heute heiraten. Das ist erst in ein paar Tagen. Ed muss den anderen Teil für mich arrangieren.

ENTSETZT STARRTE SETH AUF DIE KARTE. »Das kann doch nicht dein verdammter Ernst sein!« Kade hatte zwar davon gesprochen, aber Seth glaubte nicht, dass er es wirklich so schnell meinte.

Ed nickte und hielt eine weitere Karte hoch. »Die muss ich ihr geben.«

Seth griff nach der Karte, aber Ed zog sie weg. »Nein. Ich muss sie *ihr* geben. Du kannst sie lesen, wenn sie es getan hat.« Er seufzte. »Das war sein Befehl an mich.«

Leah regte sich, als Seth sie aufweckte. Sobald sie wach war, reichte Ed ihr die Karte. Sie nahm sie langsam entgegen, schloss dann die Augen und atmete tief durch, bevor sie sie wieder öffnete und las.

Sie ließ sich viel Zeit und Seth widerstand dem Drang, über ihre Schulter zu lesen. Als sie die Karte beendete, weinte sie, aber sie nickte, wischte sich die Augen und reichte Seth die Karte.

Er las sie.

Seth schaute an die Decke und fluchte leise.

Kade, wenn du hier wärst, wüsste ich nicht, ob ich dich küssen oder dir in den Arsch treten sollte. Aber danke, dass du alles arrangiert hast. Wenigstens kann ich dir die Schuld geben, wenn es nicht klappt.

KAPITEL FÜNFUNDZWANZIG

E d fuhr sie zum Standesamt und half ihnen, die Heiratsurkunde zu bekommen. Leah und Seth unterschrieben dort, wo der Beamte sie hinwies.

»Wann ist denn der große Tag?« schnauzte Seth.

Ed lächelte. »Das sollte dieses Wochenende sein. Ich muss noch alles zusammenstellen.«

KADEN HATTE LEAH EIN VIDEO ZUKOMMEN LASSEN, das sie sich allein ansehen sollte. Es war das einzige Mal, dass Seth von ihrer Seite weichen musste. Ed musste bei ihr bleiben, während sie sich das Video zusah.

Als sie aus dem Arbeitszimmer kam, sah sie fassungslos aus, aber ...

Seth konnte sich keinen Reim darauf machen.

Er hatte auf der Couch gesessen, und sie ging langsam zu ihm hinüber und rollte sich in seinem Schoß zusammen. Automatisch schlang er seine Arme um sie. »Geht es dir gut?«

Sie nickte und schloss ihre Augen, während sie sich eng an

ihn schmiegte. »Du kannst es dir jetzt anschauen, wenn du willst.«

Er war sich nicht sicher, ob er das wollte. »Was hat er gesagt?«

»Er wollte mir erklären, warum er es so arrangiert hat. Ich meine ... Ich wusste warum, aber er wollte sicher sein, dass ich es verstehe.«

»Bist du wirklich einverstanden, Schatz?« Seth war sich nicht sicher, ob *er* damit einverstanden war. Leah zu heiraten, verdammt ja, das war klar. Aber so schnell?

War das nicht irgendwie geschmacklos, selbst wenn es der tote Ehemann war, der das arrangiert hatte? »Ich meine ... Ernsthaft, wenn du es nicht bist, ist es in Ordnung. Wir müssen das nicht sofort tun. Wir können warten.«

»Ja, ich habe kein Problem damit. Er hat ja Recht. Er will, dass du rechtlich in der Lage bist, dich um mich zu kümmern und auf alles zuzugreifen. Je früher wir heiraten, desto besser.«

»Das habe ich nicht gemeint.«

Sie öffnete ihre Augen und sah ihn an. »Ich will deine Frau sein. Ich liebe dich.«

Seth nickte und küsste sie auf die Stirn. »Okay.« Er schnaubte schief und amüsiert. »Willst du mich heiraten?« Das schien ein wenig fragwürdig, denn er trug bereits Kadens Ehering – den würde er niemals abnehmen – und auch den anderen Ring.

Den würde er auch nie ablegen, obwohl er schon einen ähnlichen an demselben Finger trug.

Leah gab ein leises Geräusch von sich, das er für ein Lachen hielt. »Ja, ich werde dich heiraten. Ich will nirgendwo anders sein als hier bei dir.«

Er atmete leise auf und war erleichtert. »Okay.«

∾

ED BEREITETE ALLES VOR. Alles, was Seth tun musste, war nach einer Liste zu packen, die Kaden auf einer anderen Karte vorbereitet hatte, die Ed ihm gab.

Er tat dies, während Leah eines Nachmittags schlief. Kaden hatte Seth angewiesen, ihr nicht zu sagen, was er gepackt hatte.

Am späten Samstag kam eine Limousine am Haus an, um sie abzuholen. Leah sah wunderschön aus in einem schlichten schwarzen Kleid, das Kaden offenbar schon vor Monaten gekauft hatte, bevor er ans Haus gefesselt wurde, und das er in einem Kleidersack in Seths Kleiderschrank verstaut hatte. Locker geschnitten, fließend, mit langen, vollen Ärmeln, fiel es ihr bis knapp über die Knie.

Kaden hatte sie angewiesen, ihr Haar hochzustecken, das Halsband zu tragen, das sie an dem Tag, an dem er starb, getragen hatte, und nur ein wenig Make-up zu tragen, geschmackvoll und dezent.

Während der Fahrt in der Limousine kuschelte sie sich in Seths Arme, schmiegte sich an seinen Schoß und legte ihren Kopf auf seine Schulter. Kaden, der Kontrollfreak, hatte auch sein Outfit ausgesucht, nur dass er nicht für seinen Freund einkaufen musste. Jeans, Halbschuhe und ein dunkles, anthrazitfarbenes Hemd.

Seth war sich nicht sicher, wohin sie fahren würden, aber nach dem, was er eingepackt hatte, würde es hoffentlich warm sein.

Entweder das, oder die beiden würden sich den Arsch abfrieren, weil Kaden glaubte, er würde im Sommer sterben.

Irgendwie glaubte Seth nicht, dass das die Antwort war.

Die Limousine fuhr auf der I-75 nach Norden. Es war keine Überraschung, dass der Fahrer der Limousine bei Bee Ridge abbog und nach Osten fuhr.

In Richtung Tony.

Was auch immer bevorstand, Seth vermutete, dass Kaden

diesen Teil der verrückten Feierlichkeiten mit Tonys Hilfe geplant hatte.

Tatsächlich parkten mehrere Autos vor Tonys Haus. Ed und Tony kamen ihnen entgegen, als die Limousine vor dem Haus anhielt. Seth half Leah beim Aussteigen. Er hatte ihr zu Hause eine harte Sitzung verpasst, bevor er ihr beim Anziehen half. Sie schien bisher ganz gut damit klarzukommen.

Mit ihrem Arm, den sie zur Unterstützung in seinen einhakte, führte Seth sie ins Haus. Dort waren ein paar Leute, die Seth aus dem Club kannte. Leute, die Kaden und Leah schon seit Jahren kannten. Die Kerzen sorgten für eine intime Atmosphäre. Seth zuckte zusammen, als er den großen Fernseher und den DVD-Player sah.

Oh Mann.

Ed stellte einen weiteren Mann vor. »Seth, das ist Richter Donnelly.«

Oh, verdammt.

Leah brachte ein schwaches Lächeln zustande. »Hallo, Pat. Schön, dich wiederzusehen.«

Seth atmete erleichtert auf. Kadens Anweisung lautete, dass sie auf dieser Versammlung frei mit den Leuten sprechen durfte.

Offenbar war dieser Typ einer ihrer ›Leihpeitschen‹-Freunde.

Er nickte. »Es tut mir leid. Ich war neulich nicht in der Stadt und konnte nicht zum Gottesdienst kommen.«

»Das ist schon okay.«

Klappstühle waren in einem Halbkreis um den Fernseher herum aufgestellt worden. Ed wies alle an, sich zu setzen, Leah und Seth ganz vorn.

Ed beriet sich mit Tony, schaltete den Fernseher ein und drückte auf der DVD-Fernbedienung auf *Play*.

Eine weitere von Kadens frühen Aufnahmen, die er wieder in seinem Arbeitszimmer an seinem Computer gemacht hatte, wahrscheinlich über ein Jahr zuvor, so gesund wie er aussah. Seth wartete auf eine Reaktion von Leah, aber sie riss sich zusammen.

Ihr ging es anscheinend besser als ihm. Vielleicht sollte er sie eine Weile mit den Peitschen auf ihn einprügeln lassen.

»Also Leute, ich weiß ... Das ist komisch und seltsam«, sagte Kaden mit einem Lächeln,»aber ihr kennt mich ja. Ich bin ein Kontrollfreak.«

Leah und Seth lachten beide. Das gab den anderen, insgesamt fünfzehn Leuten, offenbar die Erlaubnis, ebenfalls zu lachen.

Kaden fuhr fort.»Jeder hier weiß, wer Seth und Leah sind. Und ihr wisst auch, wer ich bin. Ihr wurdet heute Abend eingeladen, weil ihr, abgesehen von meinem Bruder und Seths Bruder, die Leute seid, die ich hier haben möchte. Aus offensichtlichen Gründen werde ich sie heute Abend nicht in die Aktivitäten einbeziehen.

Seth, Leah, ich liebe euch beide. Das wisst ihr. Ich habe etwas für euch. Ed und Tony werden es euch gleich hier geben. Ich wollte Menschen als Zeugen dabeihaben, die es verstehen und nicht verurteilen. Nichts für ungut, Pat.« Noch mehr nervöses Gelächter unter den Anwesenden.»Ich wollte Leute, die euch unterstützen und euch diesen Tag so leicht wie möglich machen.«

Kaden wandte sich an alle.»Zu eurer Information: Ich habe Seth und Leah genaue Anweisungen gegeben, die sie befolgen sollen. Sie haben sie befolgt – so hoffe ich – und der heutige Abend ist ein Teil davon. Ich weiß, dass ich euch nicht erklären muss, warum es wichtig ist, dass Leah nicht ohne einen Meister ist. Ich muss mich nicht rechtfertigen, und Leah und Seth sind euch keine Erklärungen schuldig. Ich weiß, dass ihr alle, die ihr hier versammelt seid, sie verstehen, akzeptieren und unterstützen werdet. Das ist es, was ich wollte. Vielleicht wollen sie später eine öffentliche Zeremonie abhalten, aber das überlasse ich ihnen selbst. Die meisten Menschen werden erst viel später wissen, was los ist, also wird ihnen das helfen.

Ich will nicht, dass die Leute Seth oder Leah deswegen schlecht machen. Ich bin ein Glückspilz, dass diese beiden Menschen mich genug geliebt haben, um an meiner Seite zu stehen, als ich sie am meisten brauchte. Und ich will, dass sie glücklich sind.«

Kaden nahm seine Brille ab und wischte sich über die Augen. »Ed, nimm dir einen Augenblick Zeit, um sie hierherzubringen und zu arrangieren.«

Ed drückte auf *Pause* an einer Fernbedienung und sah auf einer weiteren Karteikarte nach. »Leah, Seth, ich brauche euch hier oben.« Er wies sie nach vorn, in die Nähe des Fernsehers, aber nicht so, dass sie ihn nicht mehr sehen konnten.

»Pat, du kannst hier stehen.« Der Richter stellte sich neben sie.

Ed schnappte sich einen kleinen, zusammengerollten Teppich, schüttelte ihn aus und legte ihn auf den Boden zwischen Seth und Leah. Dann schaute er noch einmal auf seine Karte, tippte in seine Tasche und machte ein Zeichen für Tony. Er beugte sich vor, sagte etwas in leisem Ton zu ihm und reichte ihm dann etwas.

Tony und Ed gingen neben Pat in Position. Dann drückte Ed wieder auf *Play*.

»Okay«, fuhr Kaden fort. »Fangen wir an. Pat ist eher als Schaufensterdekoration hier.«

Pat lachte.

Kaden lächelte. »Tut mir leid, Kumpel, aber du weißt, warum.«

Das brachte Pat wieder zum Lachen und er schüttelte den Kopf.

Leah gelang sogar ein leichtes Lächeln.

Seth versuchte, nicht daran zu denken, wie seltsam das alles war.

Kaden fuhr fort, seine Stimme wurde zu der eines Meisters. »Leah, knie dich hin.«

Sie ließ sich automatisch vor Seth auf die Knie fallen und sah zu ihm auf.

Das erklärt also den Teppich.

»Leah«, sagte Kaden, »sieh deinen Meister an. Den Mann, dem ich dich vor diesen Zeugen übergebe, den Mann, der meinen Platz einnehmen wird. Nimm seine Hände.«

Seth versuchte nicht, seine Tränen zu unterdrücken, es war ihm egal, wer ihn jetzt weinen sah. Fuck, viel verrückter kann es doch gar nicht mehr werden. Es sei denn, Kaden würde ihn bitten, sie vor allen Leuten zu ficken.

Er erstarrte. *Nein, das würde Kade nicht tun. Oder doch?*

Oh, Gott! Bitte, nein.

Leah griff nach ihm. Er nahm ihre Hände in seine.

»Schade, dass wir Guinness nicht anrufen können«, scherzte Kaden. »Wie viele Menschen können sagen, dass ihr Mann sie posthum getraut hat?« Sein Lächeln löste ein weiteres leises, amüsiertes Lachen im Publikum aus. »Leah, sprich mir nach: Diese Sklavin gibt sich dir hin, Meister. Ganz und gar. Mit Geist, Körper, Herz und Seele. Sie wird dich lieben und dir auf jede Weise dienen, die du entscheidest.«

Sie sah Seth in die Augen und wiederholte das Gelübde.

Nach einem Augenblick fuhr Kaden fort. »Seth, sprich mir nach: Als dein Meister gelobe ich, dich immer zu lieben, zu beschützen und für dich zu sorgen.«

Seth tat es.

Kaden war noch nicht fertig. »Tony, die Ringe. Seth ist der Erste.«

Tony trat vor und reichte Seth einen Ehering.

»Seth«, sagte Kaden, »stecke diesen Ring an den Finger deiner Sklavin, damit sie nie vergisst, wem sie gehört. Es liegt an dir, ob du die anderen Ringe anbehalten willst oder nicht.«

Mit zitternden Fingern steckte Seth den Ring an Leahs

398 TYMBER DALTON & LESLI RICHARDSON

linken Ringfinger und ließ Kadens Verlobungsring und
Ehering an ihrer Hand. »Ich will sie beide«, sagte er leise
zu ihr.

Sie nickte. »Okay.«

»Jetzt Leah.« Tony reichte Leah einen Ring.

»Leah, stecke diesen Ring auf den Finger deines Meisters,
als Symbol dafür, dass du dich ihm voll und ganz und für
immer hingibst.«

Sie gehorchte.

»Okay, Leute«, sagte Kaden. »Leah, steh auf und reiche Seth
die Hände.« Seth half ihr auf die Beine.

»Schwört ihr beide, euch zu lieben, zu ehren und zu
achten?«

»Das tun wir«, antworteten sie.

»Lügt niemals, seid immer ehrlich. Findet einen Weg, der
für euch beide funktioniert. Ich hoffe, dass ihr euch am Ende
des Jahres nicht mehr trennen wollt.« Kaden wischte sich
wieder über die Augen. »Meister, sieh deine Sklavin an. Sklavin, diene deinem Meister gut. Denk daran, dass deine Hand-
lungen immer noch widerspiegeln, wie ich dich ausgebildet
habe.«

Sie nickten.

»Seth, willst du Leah zu deiner rechtmäßig angetrauten
Frau nehmen?«

Er drückte sanft ihre Hände. »Ich will.«

»Leah, willst du Seth zu deinem rechtmäßig angetrauten
Ehemann nehmen?«

Sie nickte. »Ich will.«

»Okay, Pat. Sag es. Mach sie legal.«

Alle im Raum lachten. Pat wischte sich über die Augen.
»Kraft des mir vom Staat Florida verliehenen Amtes erkläre ich
euch hiermit zu Mann und Frau.«

Einen Augenblick später, als ob er wusste, wie lange es
dauern würde, meldete sich Kaden zu Wort. »Und ich erkläre

euch jetzt zu Meister und Sklavin. Nur zu, küss sie. Sie gehört ganz dir, Kumpel.« Er lächelte.

Seth hielt sie sanft fest und küsste sie. Es fühlte sich anders an als all die Male, die sie sich zuvor geküsst hatten. Die richtige Frau. Und sie gehörte ganz ihm.

Natürlich war Kaden noch nicht ganz fertig.

»Ich möchte, dass ihr beide glücklich seid. Wir haben darüber geredet. Ganz im Ernst. Ich weiß, dass ihr beide Zeit braucht, um zu heilen, und das ist in Ordnung. Versucht, das Leben zu genießen. Sucht euch für den Anfang ein paar einfache Vergnügungen. Ed hat noch mehr – Überraschung! – Anweisungen für dich. Meine Anweisungen für euch beide lauten: Genießt das, was jetzt kommt, und versucht, euch in den nächsten Tagen nur auf euch zu konzentrieren. Es war ein langer Weg. Ich weiß, dass ihr beide erschöpft seid. Habt keine Schuldgefühle, wenn ihr euch diese Zeit zusammen nehmt, okay? Bitte! Ich möchte, dass ihr beide einen guten Start habt. Es würde mich wirklich traurig machen, wenn ihr das nicht tut.«

Daraufhin lachten sowohl Leah als auch Seth.

»Verdammter Eierquetscher«, murmelte Seth.

»Ich liebe dich, Leah«, sagte Kaden. »Und ich liebe dich auch, Seth.«

»Ich liebe dich auch, Alter«, sagte er. »Aber ich mache es trotzdem nicht mit dir.«

»Ich auch nicht mit dir, Kumpel.«

Seth erstarrte, dann lachte er laut und herzlich, als Leah ihn fest umarmte. Das Video endete.

KADEN WUSSTE, dass Seth und Leah nicht in der Stimmung sein würden, sich zu unterhalten. Er hatte Ed angewiesen, ein paar leichte Erfrischungen zu besorgen, gerade genug, um höflich zu sein, bevor die Feier zu Ende ging. Leah und Seth unterschrieben die Heiratsurkunde, ebenso wie der Richter, Tony und Ed.

»Ich hebe dir die DVD mit den anderen auf«, sagte Ed.

»Und wann sagst du uns, wie es weitergeht?«

»In der Limousine liegt ein Umschlag. Du öffnest ihn erst, wenn du wieder unterwegs bist. Der Fahrer weiß, wo er euch hinbringen muss.«

Sie verabschiedeten sich von allen, umarmten Tony, Ed und Pat, und dann half Seth Leah in die Limousine.

Der versiegelte Manila-Umschlag lag auf dem Sitz.

Leah kuschelte sich eng an Seths Seite, während er tief einatmete und seinen Finger in den Umschlag schob.

Obenauf lag eine weitere Karte in Kadens Handschrift.

HERZLICHEN GLÜCKWUNSCH! Dies sind eure Flitterwochen. Jetzt flippt bloß nicht aus, verdammt noch mal. Ihr zwei braucht einen verdammten Urlaub, nachdem, was ihr mit mir durchgemacht habt, gebt es zu. Ein paar Tage Urlaub, von denen ich weiß, dass ihr sie normalerweise nicht nehmen würdet. Ich habe es ernst gemeint, als ich sagte, ich will, dass ihr mit dem richtigen Fuß anfangt.

Ihr beide hattet noch nie die Möglichkeit, allein und einfach nur zusammen zu sein. Das möchte ich für euch. Das ist mein Hochzeitsgeschenk für euch. Macht euch keine Schuldgefühle und versucht, das Geschehene nicht wieder aufzuwärmen. Versucht einfach, euch gegenseitig zu genießen, macht ruhige Spaziergänge, nehmt euch in den Arm, redet. Ihr könnt auch fernsehen, wenn ihr das wollt. Tankt neue Energie. Ich will damit nicht sagen, dass ihr beide eure Gefühle einfach fallen lassen und feiern sollt, aber ich möchte, dass ihr versucht, euch zu entspannen, euch zurückzulehnen. Ein paar Tage lang ... einfach zu sein.

. . .

Darin befanden sich Flugtickets, ihre Pässe und Reservierungsinformationen für ein kleines Resort auf den Bahamas. Ein fünftägiger Aufenthalt. Zusammen mit einer handgeschriebenen Notiz von Ed, in der ihre Reiseroute beschrieben war.

Die Limousine brachte sie zum Tampa International Airport, von wo aus sie einen kurzen Flug nach Miami nahmen. Von dort aus ging ein weiterer Flug auf die Bahamas. Bei der Ankunft wartete ein Mann mit Seths Namen auf einem Schild auf sie. Er half ihnen mit ihrem Gepäck und fuhr sie zu einem kleinen, abgelegenen Resort.

Zu müde, um noch etwas anderes zu tun, schliefen sie fast sofort nach dem Einchecken ein, eng aneinander gekuschelt.

Am nächsten Morgen wachte Seth erschrocken auf. Leah war nicht mit ihm im Bett.

Er setzte sich mit Herzrasen auf.

»Ich bin hier«, sagte sie leise.

Er drehte sich um und sah sie am offenen Fenster stehen. Eine süße, salzige Brise wehte herein.

Er ging zu ihr und legte seine Arme um sie. Sie hatten einen herrlichen Blick auf den Ozean. Die Sonne ging hinter ihnen auf und tauchte das türkisfarbene Wasser in einen goldenen Schimmer.

Seth küsste ihren Nacken. »Geht es dir gut?«

Sie drückte seine Arme fest um sich. »Ja«, sagte sie. »Nur ... traurig. Nicht wegen dir«, fügte sie schnell hinzu.

»Ich weiß. Ich verstehe das.« Jetzt verstand er, warum Kaden kein ›Spielzeug‹ auf die Packliste gesetzt hatte. Es wäre schwierig gewesen, einige davon der Transportsicherheitsbehörde und den Zollbeamten zu erklären. »Hast du Lust zu frühstücken?«

Sie nickte.

Er bestellte den Zimmerservice für sie. Seth musste zugeben, dass es verdammt schlau von Kaden war, sie aus ihrer gewohnten Umgebung zu holen, weg von Erinnerungen und normalen Routinen, um sie aus ihrem Trübsinn zu reißen. Aber wie zum Teufel hatte er all die Monate überlebt, weit über ein Jahr, so wie er auf den Videos aussah, und wusste verdammt gut, was er für sie getan hatte? Die Videos, die er gemacht hatte, die Nachrichten, die er hinterlassen hatte?

Seth erkannte, dass Kaden die Wahrheit sagte, als er sagte, er könne sie teilen. In Kadens Welt hatte er sie bereits mit Seth verheiratet und sich von ihnen verabschiedet.

Seth und Leah wussten es nur nicht.

Ein fast verlorenes Gefühl überkam ihn. Heute schien Leah ... friedlich zu sein. Er vermutete, dass die schlimmsten Sorgen um ihre Sicherheit vorbei waren, aber er sorgte sich immer noch um ihre Gesundheit. Der monatelange Stress, der sich bei ihnen beiden angesammelt hatte, würde nicht einfach auf magische Weise verschwinden.

Ohne Kaden, der sich um sie kümmerte, ohne einen Schutzengel, der über Leah wachte, fragte sich Seth, wie es für sie beide weitergehen sollte.

Nachdem sie gegessen hatten, nahmen sie ein langes, warmes Bad in der großen versenkten Wanne. Sie sprachen nicht, sondern lagen einfach nur im Wasser. Seth hatte sich endlich die neuen Ringe genau angesehen. Sie passten natürlich zusammen. Aufwendig graviert mit einem Rankenmuster. Nicht ganz so wie die anderen Ringe, aber ähnlich.

Leah verschränkte ihre Finger mit seinen. »Danke«, flüsterte sie.

Er küsste sie auf den Kopf. »Für was?«

»Für alles. Dafür, dass du für ihn da warst und für mich.«

Er umarmte sie ganz fest. »Babe, ich liebe dich. Das war eine Selbstverständlichkeit.«

Sie holte tief Luft. »Ich habe es ernst gemeint, als ich sagte, falls du am Ende des Jahres aussteigen willst ...«

»Stopp.« Er drehte sie so, dass sie ihn ansah. »Lass uns das jetzt klarstellen. Ich habe es vorhin gesagt und ich habe es auch so gemeint. Wenn du aussteigen willst, kannst du es mir sagen. Soweit es mich betrifft, ist das hier fürs Leben, Babe. Ich hätte dich nicht geheiratet, wenn ich es nicht ernst meinen würde. Es ist mir egal, was Kade geplant hat. Ich werde dich nicht verlassen, es sei denn, du sagst mir, dass du mich nicht mehr willst.«

Sie warf ihre Arme um ihn und drückte ihn fest an sich. Dann kamen ihr die Tränen.

Es erleichterte ihn, dass sie ohne Hilfe weinen konnte. Er ließ sich zurück ins Wasser fallen und beruhigte sie, tröstete sie.

Als sie sich in seinen Armen entspannte, sah sie ihm in die Augen. »Können wir für heute im Zimmer bleiben?«

»Klar. Was immer du willst.«

Sie streichelte sein Gesicht. »Bitte schlaf mit mir.«

Es war über einen Monat her, dass sie miteinander geschlafen hatten. Obwohl Kaden sie ermutigt hatte, miteinander zu schlafen, waren weder Seth noch Leah in der Stimmung dazu. Sie zogen es vor, zu dritt im Bett zu kuscheln, Leah ganz eng zwischen den beiden eingeklemmt.

Seth ließ die Wanne leerlaufen, trocknete sie ab und trug sie ins Bett. Er wusste, was Kaden von ihnen wollte: Sie sollten ihre Zeit damit verbringen, sich auf eine Art und Weise zu verbinden, wie es früher nicht möglich war, als sie nur zu dritt waren.

Er führte ihre Hand zu seinem Mund und ließ seine Lippen über ihre Knöchel gleiten. »Geht es dir gut, Baby?«

Sie nickte.

»Musst du den Biss spüren?«

Sie schüttelte den Kopf. »Nicht jetzt. Ich glaube, ich bin erst einmal auf die gute Art und Weise ausgeschrien. Zumindest für einen Tag oder so.«

Er küsste sie, ließ sich Zeit und genoss sie. Er war bereits mit jedem Zentimeter ihres Körpers vertraut. Aber das hier war etwas ganz anderes.

Diesmal gehörte sie ganz ihm.

Seth ließ sich Zeit und arbeitete sich langsam nach Süden vor. Diesmal würde es keine Schläge geben, keine Peitschen, Vibratoren, Kuscheltiere oder Safewords. Nur die Frau, die er liebte, und seine Liebe zu ihr.

Er betete, dass das genug war, um sie zu befriedigen, zumindest im Moment. Denn das war alles, was er wollte.

Ihre Brustwarzen spitzten sich zu, als er sie mit seiner Zunge umkreiste und sie abwechselnd neckte. Ihr leises Seufzen erregte ihn und machte ihn hart.

»Gefällt dir das?«, flüsterte er gegen ihre Haut.

Leah verhedderte ihre Finger in seinem Haar. »Jaaa.«

Sie könnten nie ›normal‹ sein mit einem Lattenzaun und zwei, drei Kindern im Garten. Es würde immer dunkle Ecken in ihrer Seele geben, die regelmäßig gesäubert werden mussten, um sie bei Verstand zu halten. Aber in diesem Augenblick, mit dem Rauschen des Meeres vor dem Fenster und einer salzigen Brise in der Luft, war sie ganz bei ihm. Er spürte sie. Ihren Verstand, ihr Herz, ihre Seele ...

Ihre Liebe.

Er zeichnete mit seinen Lippen bedeutungslose Muster auf ihrem Bauch nach und widerstand ihren Versuchen, ihn dorthin zu schieben, wo sie ihn haben wollte.

Als er sich schließlich von ihr dazu überreden ließ, sich zwischen ihren Beinen niederzulassen, schaute er zu ihr auf. Sie sah wunderschön aus, mit geröteter Haut, zerzaustem Haar und einer Unterlippe, die sie mit den Zähnen zusammenpresste.

Seine Frau.

Er war ein Glückspilz.

»Sag mir, was du willst, Babe«, neckte er sie sanft, während er ihren Innenschenkel küsste.

Sie öffnete die Augen, und die volle Wucht ihrer grünen Augen traf ihn. »Ich will, dass mein Mann mit mir Liebe macht. Ich will, dass du mich zum Kommen bringst, Baby.«

Das Wort ließ sein Herz höherschlagen.

Ehemann.

Wem wollte er etwas vormachen? Vielleicht trug er dazu bei, sie bei Verstand zu halten, aber er würde alles tun, was sie wollte.

Er senkte seine Lippen auf ihren Schamhügel und fuhr langsam mit seiner Zunge über ihren Kitzler. Ein leises, erwiderndes Stöhnen belohnte ihn.

Er griff nach ihren Schenkeln und reizte sie, nicht um sie zum Kommen zu bringen, sondern um sie in einer Stimmung zu halten, von der er wusste, dass sie sie sicher genießen konnte, ohne dass traurige oder schmerzhafte Gedanken in sie eindrangen.

Leah wimmerte leise, aber sie bettelte nicht, flehte nicht. Sie verfiel nicht in Sklavensprache.

Er schloss die Augen und tat so, als wäre es das erste Mal, dass er sie berührte, als wäre es wirklich seine Hochzeitsnacht – oder besser gesagt, sein Morgen – und verbrachte lange, langsame, köstliche Minuten damit, sie zu erforschen. Er liebte sie ohne Schuldgefühle, ohne Melancholie und ohne den traurigen Schmerz in seinem Herzen, dass sie nicht wirklich ihm gehörte.

Er hat sie nicht kommen lassen. Er setzte sich auf, zog sie in seinen Schoß und setzte sie auf seinen Schaft. Sie küsste ihn und schlang ihre Arme und Beine um ihn, während er seine Hüften gegen ihre stemmte.

Seth ließ seine Hände zu ihren Hüften hinuntergleiten und

umfasste ihre runden Kurven.»Ich möchte für immer mit dir Liebe machen«, sagte er.

Leah lehnte ihre Stirn an seine.»Bitte. Das fühlt sich so gut an.«

Er streichelte ihren Rücken, küsste ihren Kiefer, ihren Hals hinunter und hinüber zu ihrer Schulter, wo er sie sanft biss. Sie zitterte vor Lust und wand sich gegen ihn.

Sie fühlte sich heute ganz anders an. Er fühlte sich anders. Er wollte nicht in traurige Gedanken abdriften. Die würden schon bald wiederkommen, wenn die Realität sie zurück nach Florida rief.

Zu ihrem Zuhause.

Er schob eine Hand zwischen ihre Körper, fand ihren geschwollenen Nippel und streichelte ihn sanft. Sie stöhnte auf und lehnte ihren Kopf an seine Schulter. Er küsste ihren Hals und knabberte an ihrem Ohrläppchen.»Komm für mich, mein Schatz.«

Sie wiegte ihre Hüften im Takt und er spürte, wie ihr Körper darum kämpfte, es zu schaffen. Ihre Atmung wurde schnell und flach, und ein leichter Schweißfilm bedeckte sie.

Seth zwang sich, seinen Rhythmus beizubehalten, denn er wusste, dass sie nahe dran war.

Er wollte ihre Konzentration nicht unterbrechen.

Als sie keuchte, spürte er, wie sich ihre Muskeln um ihn zusammenzogen, und wusste, dass er sie hatte.»Das ist es«, murmelte er.»Gib's mir, Baby.«

Sie schrie und schluchzte, während sie sich an ihn klammerte. Als er vermutete, dass sie fertig war, ließ er sie sanft auf das Bett sinken, küsste ihr Gesicht und strich ihr die Tränen weg.

»Geht es dir gut?«, fragte er.

Sie nickte und lächelte schwach.»Ja.« Ihre Finger fanden die seinen, verschränkten sich, und sie küsste seine Hand.»Mir geht es gut. Ich liebe dich.«

»Ich liebe dich auch, Babe.« Er wechselte die Position, um sie zu halten. Auch wenn er immer noch geil war, war es ihm wichtiger, sie zu halten.

Seine Frau.

Er vermutete, dass sie schon wieder in den Schlaf fiel. »Was ist mit dir?«, murmelte sie.

Er lächelte und küsste sie auf die Stirn. »Wir haben noch viel Zeit, uns darüber Gedanken zu machen.«

SETH WACHTE EINE STUNDE SPÄTER MIT DEM KÖSTLICHEN GEFÜHL AUF, dass Leahs Lippen seinen Schwanz umschlossen. Er hob seinen Kopf und sah sie an. Sie zwinkerte ihm zu und machte dann weiter mit dem, was sie tat.

Fuck it. Offensichtlich ging es ihr wenigstens ein bisschen gut. Er schloss die Augen und ließ seinen Kopf auf sein Kissen fallen. Seine Finger verhedderten sich in ihrem Haar.

Er war nah dran, als sie sich aufsetzte und sich auf ihn spreizte, ohne sich aufzuspießen. »Wie fühlst du dich?«, fragte sie spielerisch.

»Ich würde mich viel besser fühlen, wenn du aufhören würdest, mich zu ärgern, Mädchen.«

Sie wippte mit ihren Hüften auf seinem Schaft, ließ ihn an ihrer glatten Spalte entlang gleiten, ohne ihn eindringen zu lassen. »Necken?«

Er lächelte. »Necken.« Er öffnete ein Auge und erblickte den Anflug eines Lächelns. Sie war wunderschön. »Wenn du so weitermachst«, warnte er, »wirst du gefickt werden.«

»Ist das nicht der Punkt?«

Er überraschte sie, indem er sie auf den Rücken drehte und in sie hineinrutschte. Er hielt einen Augenblick lang still. »Ist es das, was du wolltest?«

Sie nickte. »Ja.« Sie versuchte ihn zu küssen, aber er hob

seinen Mund aus ihrer Reichweite. Während sie ihre Arme sanft über ihren Kopf legte, stieß er langsam in sie hinein.

»Du bist ein Plagegeist, Babe.«

»Ist das ein Problem?«

Er lächelte. »Nein.« Dann hielt er inne und stupste sie mit seiner Nase an. »Solange du nur für mich aufreizend bist.«

»Nur für dich«, wiederholte sie und küsste ihn.

Etwas wogte tief in ihm, das ihn fast überwältigte. Er machte mehrere tiefe Stöße und kam in ihr, ließ ihre Arme los und rollte sich mit ihr auf die Seite, wobei er sie fest an seine Brust drückte.

Er weinte.

SIE AßEN IN EINEM NAHE GELEGENEN RESTAURANT ZU ABEND, das vom Resort empfohlen wurde. Dann spazierten sie Hand in Hand am Strand entlang und beobachteten schweigend das Glühen der Wellen, die im Mondlicht sanft gegen das Ufer plätscherten.

Er liebte sie bis weit nach Mitternacht, wobei er leise und sanft ihr Fleisch mit seinen Lippen und Händen streichelte. Es fühlte sich jetzt so viel anders an. Sie schien es auch zu spüren.

Am dritten Morgen rollten sie sich im Bett zusammen und sahen zu, wie ein Regensturm vom Atlantik herüberwehte. Sie fuhr mit ihren Fingern leicht über seine Brust, über seine Bauchmuskeln, zu seinem Schaft, spielte sanft mit ihm, weckte sein Interesse.

»Das fühlt sich richtig an«, flüsterte sie.

Er nickte. »Ja.«

Sie war lange Zeit still. »Ich vermisse ihn.«

»Es ist okay, Babe. Ich vermisse ihn auch. Wir werden ihn für eine lange Zeit vermissen. Wahrscheinlich für immer.« Er geriet nicht in Panik, wusste, dass er sich um sie kümmern konnte, wenn sie Hilfe brauchte.

Wieder ein angenehmes Schweigen. »Ich sagte doch, es geht nicht immer nur um Peitschen und so.«

Als er verstand, was sie gesagt hatte, lachte er und rollte sich auf ihr herum. »Ja, du hattest recht. Ist das der Punkt, an dem ich anfange, dir die ganze Zeit zuzustimmen?« Er küsste sie.

Sie strich ihm das Haar aus der Stirn und lächelte. »Nein.«

»Brauchst du ... irgendetwas?«

Sie schüttelte den Kopf. »Mir geht es im Moment gut.«

Er spürte keinerlei Abstumpfung bei ihr, nur eine leise Melancholie, die seine eigene Stimmung widerspiegelte. Ihre Augen sahen immer noch traurig aus, ohne den Humor und die Freude, die sie sonst von innen heraus erhellten.

»Möchtest du etwas?«

Sie nickte. »Ja.«

»Was?«

Sie wackelte mit den Hüften unter ihm und klemmte seinen Schwanz auf erotisch wunderbare Weise zwischen ihre Beine. »Das.«

EINE ANDERE LIMOUSINE HOLTE SIE AM FLUGHAFEN IN TAMPA AB UND FUHR SIE NACH HAUSE. Ed hatte ihnen die Zeitungen und die Post rein gebracht, während sie weg waren.

Seth fürchtete sich ein wenig davor, obwohl er sich danach sehnte, zu Hause zu sein. Er wusste, dass ein Stapel Beileidskarten auf sie warten würde. Er wollte sich nicht von Kadens Andenken trennen, aber er befürchtete, dass Leahs Stimmung bei ihrer Rückkehr kippen könnte.

Der Fahrer lud ihre Taschen aus dem Kofferraum. An der

Haustür schloss Leah auf und wollte gerade eintreten, als Seth einen Gedanken hatte und sie am Arm festhielt.

»Warte.«

»Was?«

Er schloss sie in seine Arme. »Tu mir den Gefallen.«

Sie schlang ihre Arme um seinen Hals und ein schwaches Lächeln umspielte ihre Lippen. »Okay, Hübscher.«

Sein Herz schlug auf eine heiße und angenehme Weise, als er sie küsste, bevor er sie in seine Arme nahm und über die Schwelle trug.

KAPITEL SECHSUNDZWANZIG

War es erst einen Monat her, dass sie ihn verloren hatten? Seth sah Leah eines Morgens beim Schlafen zu. Er wusste, dass sie mit Depressionen kämpfte, trotz der guten Tage, die sie auf den Bahamas verbracht hatten, um sich mental und emotional zu entspannen. Vielleicht war es an der Zeit, mit ihr zum Arzt zu gehen. Jeden Morgen wachte sie träge auf und begann ihren Tag eher routinemäßig als mit echter Begeisterung.

Sie unterhielten sich, sahen leise fern, und er spielte ihr auf seiner Gitarre vor, um sie in den Schlaf zu wiegen.

Die schlimmste Phase ihrer Trauer war nicht zurückgekehrt, obwohl es nicht ungewöhnlich war, dass er sie manchmal mitten am Tag weinen sah.

Sie hatte auch nicht mehr erwähnt, dass sie sich umbringen wollte.

Gott sei Dank.

Er zögerte, sie zu betäuben, weil er befürchtete, dass sie sich darauf verlassen könnte, anstatt die Dinge zu bewältigen.

Sie drehte sich um und kuschelte sich an ihn. Wie lange würde es dauern, bis er wieder das Licht in ihren Augen sah?

Würde er es jemals sehen?

Es spielte keine Rolle, was sie behauptete. Würde sie ihn jemals wirklich so sehr lieben, wie sie Kaden liebte? Es wäre ein Leichtes für sie, es zu schwören, bevor sie ihn verloren hatten, aber mit der Wahrheit vor Augen konnte sie es vielleicht nicht.

Sie öffnete ihre Augen.

»Guten Morgen«, sagte er.

Leah zwang sich zu einem traurigen Lächeln. »Guten Morgen, Meister.«

Verdammt. Das würde ein schlechter Tag für sie werden. Sie wurde gleich zu Beginn formell. Er strich ihr über die Wange. »Hast du Lust heute Morgen Kaffee zu machen?«

Sie nickte und kletterte dann langsam aus dem Bett, um es zu tun. Er sah ihr zu, wie sie nackt durch die Schlafzimmertür ging.

Ihr Schlafzimmer.

Er konnte Kadens Anwesenheit bei ihnen fast spüren, eine leere Sehnsucht nach seinem Freund. Und doch konnte er es nicht ertragen, auch nur eine einzige Sache im Haus zu verändern. Leah hatte ihm gesagt, dass sie damit einverstanden war, wenn er es wollte.

Er wollte es nicht.

Vielleicht war das nicht gesund, aber das war ihm egal. Es war eine Verbindung, eine greifbare Verbindung zu seinem Freund.

Er vermutete, dass er nie wieder in seinem Leben einen Freund wie Kaden haben würde.

E<small>D KAM KURZ NACH DEM</small> M<small>ITTAGESSEN VORBEI</small>. Leah machte ein Nickerchen. Seth ging nach draußen, um ihn zu begrüßen, als er sein Auto vorfahren hörte.

»Ich habe etwas für dich«, sagte Ed und ging zu seinem Kofferraum. Der Kofferraum war voll mit Kisten. Er griff hinein und reichte Seth eine, schnappte sich eine andere.

»Was ist das?«

»Die sind alle für dich. Das sind Kadens alte Tagebücher.« Seth hielt kurz inne und ließ die Schachtel fast fallen.

»Was?«

Ed nickte. »Du wirst sie im Arbeitszimmer brauchen. Schließe sie im Schrank ein, bis du sie alle gelesen hast. Ich gebe dir gleich die Karte hier. Alle diese Kisten gehören dir. Die neueren hat er auf dem Computer ausgedruckt und zur Sicherheit auch auf CD gespeichert.«

Betäubt half Seth ihm beim Ausladen. Dann bemerkte er, dass die Kisten in Kadens Handschrift ordentlich beschriftet waren, von eins bis sieben. Er schaute in eine Kiste und sah, dass jedes Tagebuch mit einer Nummer beschriftet war.

Ed reichte ihm die Karteikarte. Seth setzte sich, um sie zu lesen. Seit der letzten Karte waren über zwei Wochen vergangen. Er hatte sie sowohl vermisst als auch gefürchtet.

139 – Ich schon wieder

H*EY. Ja, ich weiß. Überraschung! Heh, heh, heh. Ich habe dir vorher nichts davon erzählt, weil ich nicht wollte, dass du versuchst, sie alle zu lesen, während du noch am Lernen warst. Und einige dieser Dinge ...*

Nun, du wirst schon sehen. Ich wollte, dass Ed wartet, bis er sie dir gibt, damit du Zeit hast, alles zu verarbeiten. Bitte fang mit dem ersten an und lies sie der Reihe nach durch. Sie sind für dich nummeriert. Schummle nicht und springe zum letzten. Du weißt ja, wie die Geschichte ausgeht. Haha. Tut mir leid. Wie auch immer, viel Spaß, Kumpel. Wenn Leah sie lesen will, lass sie das erst tun, wenn du sie alle gelesen hast, und nur, wenn du glaubst, dass sie stark genug ist. Da ist einiges für sie drin, aber ich habe sie nie lesen lassen, als ich noch lebte. Ich liebe dich, Mann. Liebe Grüße und Küsse an unser Mädchen von mir.

Seth lehnte sich zurück und kämpfte mit seinen Tränen. Gerade als er dachte, er hätte seinen Kummer im Griff, tauchte Kaden wieder auf und es sprudelte erneut aus ihm heraus.

»Geht es dir gut?«, fragte Ed.

Seth nickte. Es dauerte ein paar Minuten, bis er sprechen konnte. »Ja. Wie viel solcher Dinge gibt es noch?«

»Das darf ich dir nicht sagen. Nichts dergleichen mehr. Das war die größte Bombe. Hauptsächlich Karten und ein paar weitere DVDs.«

Seth nickte. »Okay. Ich nehme an, es gibt eine für den Jahrestag?« Nur, damit er weiß, was ihn erwartet.

Ed nickte. »So viel kann ich dir sagen.« Er kratzte sich am Kinn. »Ich darf dir nicht sagen, dass es welche für seinen Geburtstag, deinen, ihren, ihren Hochzeitstag, deinen ersten Jahrestag mit ihr, Thanksgiving, Weihnachten und so weiter gibt.«

»Okay.« Seth atmete tief und zitternd ein. »Okay. Danke.«

Seth begann an diesem Abend zu lesen, nachdem Leah ins Bett gegangen war. Das erste Tagebuch begann, als sie in der Junior High waren. Er hat nicht jeden Tag geschrieben. Im Durchschnitt schrieb er ein paarmal pro Woche. Seth war erschrocken, als er Kadens Einträge las.

. . .

*S*ETH *UND ICH WAREN HEUTE FISCHEN. Mann, das war ein Riesenspaß! Wenn er nicht gewesen wäre, hätte ich den ersten, den ich an der Angel hatte, verloren ...*

*S*ETH *KAM HEUTE VORBEI, um mir bei seinen Matheaufgaben zu helfen. Wenn ich die dumme Denise nur dazu bringen könnte, uns in Ruhe zu lassen. Ich wollte meiner nervigen Schwester den Kopf waschen. Er hat mir geholfen, mein Fahrrad zu reparieren ...*

SETH LEHNTE SICH FASSUNGSLOS ZURÜCK. Nein, nicht jeder Eintrag handelte von ihm. Aber der Scheiß, an den er sich nicht einmal erinnern konnte, stand hier schwarz auf weiß. Und er hatte bei vielem eine Hauptrolle gespielt.

Das hätte er sich nie träumen lassen ... Er hatte Kaden immer als seinen starken und stabilen Felsen gesehen. Er hätte nie gedacht, dass er für Kade dasselbe ist.

Drei Tage später war er bei Kadens College-Tagen und der Meinung seines Freundes über den Dreier angelangt.

MANN, das war verdammt INTENSIV! Ich werde das bis zu meinem Todestag nie vergessen. Ich hätte das nie mit jemand anderem als Seth machen können oder wollen, aber MANN ...

SETH HATTE EINEN KLOß IM HALS, als er sich durch das Tagebuch arbeitete.

. . .

ICH HABE SETH HEUTE ZUM MITTAGESSEN AUSGEFÜHRT. Morgen geht er zur Grundausbildung. Was zum Teufel soll ich ohne meinen besten Freund tun? Gott, ich bete nicht viel, aber bitte lass meinen Kumpel heil nach Hause kommen, wenn er mit all dem hier fertig ist ...

WOCHEN SPÄTER SCHRIEB KADEN:

SETH KOMMT MORGEN VON DER GRUNDAUSBILDUNG ZURÜCK! Er wird nur eine Woche zu Hause sein, bevor er mit einem Schiff ausläuft, aber ich werde so froh sein, ihn zu sehen!

SETH VERGEWISSERTE SICH, dass Leah noch schlief. Sie schlief immer noch die meisten Nachmittage, obwohl ihre Nickerchen langsam kürzer wurden.

Er kehrte ins Arbeitszimmer zurück, schloss die Tür ab und weinte.

Am nächsten Tag las er, wie Kaden Leah kennengelernt hatte.

SIE IST SO SCHÖN! Aber sie sieht so verängstigt aus, wie das Kaninchen, das ich damals für National 4-H aufgezogen habe. Als würde sie bei der kleinsten Sache davonlaufen ...

NACH NUR DREI TAGEN, so verrückt das auch klingt, weiß ich, dass sie die Richtige ist! So etwas habe ich noch nie für jemanden empfunden. Ich kann es kaum erwarten, dass Seth sie kennenlernt ...

KURZE ZEIT SPÄTER SCHRIEB KADE,

. . .

SIE HAT MIT MIR SCHLUSS GEMACHT. *Ich weiß nicht, was ich falsch gemacht habe, aber ich kann sie nicht verlieren. Der Gedanke, ohne sie zu sein, reißt mir das Herz aus der Brust. Ich muss etwas tun, sie davon überzeugen, dass ich sie liebe. Verdammt, ich wünschte, ich könnte Seth anrufen und mit ihm reden, ihn um Rat fragen, um seine Hilfe bitten. Sie hat mich zu Tode erschreckt, als ich sie mit dem Messer erwischt habe. Dann wollte ich es nehmen und ihren Vater selbst umbringen, nachdem sie mir endlich gestanden hat, was sie durchgemacht hat. Fuck! Ich kann sie nicht gehen lassen. Gott helfe diesem Bastard, wenn er jemals aus dem Gefängnis kommt und versucht, Kontakt zu ihr aufzunehmen. Ich werde ihn mit meinen bloßen Händen töten. Seth kann mir helfen, die Leiche zu verstecken*
…

DARÜBER MUSSTE SETH LACHEN. Wie oft hatten sie im Laufe der Jahre gescherzt, dass ›Freunde dir helfen, dich zu bewegen, und echte Freunde dir helfen, Körper zu bewegen‹? Sie hatten immer behauptet, sie seien ›körperbewegende Freunde‹.

Kades Eintrag am Tag nach der ersten Züchtigung.

ICH FÜHLTE MICH TOTAL BESCHISSEN, *Mann. Ich habe noch nie, NIEMALS, eine Frau geschlagen. Aber ich tue alles, was ich tun muss, um sie glücklich zu machen und sie davon abzuhalten, sich selbst zu verletzen. Auch wenn ich mich jedes Mal hasse, wenn ich es tue* …

SETH BRAUCHTE WEITERE DREI WOCHEN, um sich zu dem Tag durchzuarbeiten, an dem Kaden es zum ersten Mal erfuhr.

. . .

ICH WAR HEUTE BEIM ARZT. Ich werde eine zweite Meinung einholen. Das kann nicht richtig sein. Was soll ich denn jetzt tun?

Kaden schrieb in seinen letzten Monaten noch häufiger Tagebuch und hinterließ Seth einen detaillierten Plan von Dingen, die er persönlich vielleicht nicht gut genug behandelt hatte.

Der letzte Eintrag, datiert auf den Tag, bevor Seth das Hospiz anrief.

ES IST GANZ IN DER NÄHE. Ich kann es fühlen. Jeden Morgen wache ich auf und bin erstaunt, dass ich überhaupt hier bin, und dann wütend, dass ich nicht für sie da sein werde. Und dann bin ich dankbar, dass Leah mir auf dieser Reise zur Seite steht, und ich bin über alle Maßen dankbar, dass Seth zu uns gestoßen ist und für mich da ist und dann auch für sie da sein wird. Wir bekommen endlich unser Happy End, und ich kann nicht länger hier sein, um es zu erleben. Fuck. Seth, Mann, ich liebe dich, Bruder. Das weißt du doch. Es tut mir so leid, dass ich dich so im Stich lasse. Ich habe das Gefühl, dass ich dich im Stich lasse. Ich hatte gehofft, wir drei würden für immer zusammenbleiben. Ich weiß, dass es kein Wunder gibt, und ich weiß, dass diese Tagebücher kein Ersatz für das Echte sind. Ich hoffe, das Lesen hilft dir zu verstehen, warum. Sie helfen dir, sie zu verstehen und wie ich sie mit dir teilen konnte. Ich erwarte nicht, dass du sie mit jemandem teilst. Ehrlich gesagt, hoffe ich, dass du das nicht tust. Niemand versteht unser Mädchen so gut, wie du es jetzt tust. Ich habe Ed gesagt, dass er einen Monat warten soll, bevor er sie dir gibt, wenn Leah sich gut hält. Wenn nicht, soll er noch etwas länger warten, weil ich nicht will, dass du dich stressen lässt und dich ganz auf sie konzentrierst, wenn sie dich braucht.

Ich glaube doch nicht ernsthaft, dass ich mir nach einem Jahr noch Sorgen machen muss, oder? Wirklich nicht? Seien wir mal ehrlich, du liebst sie genauso sehr wie ich. Das wusste ich schon, als ihr euch das erste Mal getroffen habt, glaube ich. Ich habe es weder dir noch ihr gegenüber je zugegeben. Es war auch nicht wichtig. Irgendwie war ich froh, weil ich dann wusste, dass ich ein Mädchen getroffen hatte, das gut genug für dich war, Kumpel. Ich wünschte, ich wäre früher mutig genug gewesen, um mit dir zu reden, schon vor Jahren. Das wäre alles viel einfacher gewesen, wenn du von Anfang an dabei gewesen wärst, bevor mein Leben auseinandergerissen wurde.

Ich hatte immer diesen seltsamen Gedanken, schon vor Jahren, als wir noch Kinder waren, dass ich mir wünschte, wir könnten das gleiche Mädchen heiraten und alle zusammen sein. Ich hatte damals keine Ahnung, was das bedeutet, nur dass der Gedanke, dich nicht jeden Tag zu sehen oder mit dir zu sprechen, mich von innen heraus zerrissen hat. Ich dachte, ich sei seltsam oder freakig. Damals wusste ich noch nicht, was ich heute weiß. Ich habe es gehasst, wenn du in Übersee unterwegs warst. Ich machte mir jeden Tag Sorgen um dich und vermisste dich wie verrückt.

Wie viel Zeit unseres Lebens verbringen wir Menschen in irgendeiner Form in Angst? Ich hatte immer Angst, du würdest denken, ich sei schwul oder so, aber darum ging es gar nicht. Ich wollte nur, dass du da bist. Mit mir. Ich hatte vorher keinen Bezugspunkt, um es zu erklären. Und ich kann dir gar nicht sagen, wie sehr ich deine Frauen gehasst habe. Nicht wegen ihnen (na ja ... okay, ein bisschen), sondern weil sie die Zeit, die ich mit dir verbringen konnte, einschränkten.

Ich war so glücklich, als ich wusste, dass Leah dich liebt. Fuck, ich wollte aufspringen und es herausschreien! Du hast ja keine Ahnung. Es tut mir leid, dass ich dir das nicht schon früher gesagt habe. Ich hätte es tun sollen, aber du hattest schon so viel um die Ohren, um das du dich kümmern musstest. Warum also noch eine Sorge? Ich wusste, du würdest es später verstehen, weil du mit uns gelebt hast. Als du es selbst gespürt hast.

Die richtige Frau. Es tut mir leid, dass ich nicht länger hier bei dir und ihr sein kann, um ...

SETH SCHLOSS DAS TAGEBUCH UND HOLTE TIEF LUFT. Er brauchte Zeit, um sich zu sammeln. Zwanzig Minuten später begann er wieder zu lesen.

... SIE UND UNSER GEMEINSAMES LEBEN ZU GENIEßEN. Bitte sorge dafür, dass sie versteht, wie leid mir das tut. Und dir auch. Ich hätte sie nie mit jemand anderem geteilt. Ich weiß, dass du sie mit niemandem sonst teilen willst. Und ich glaube, sie hat gespürt, wie sehr ich dich liebe. Vielleicht konnte sie deshalb so für dich empfinden, wie ich es tat, auch wenn ich ihr nie alles zugegeben habe. Sag ihr, dass mir das auch leid tut.

Wenn sie das liest, dann versteh bitte, dass ich nicht wusste, wie ich es dir sagen sollte. Du weißt, wie viel mir Seth in all den Jahren bedeutet hat. Er war mein Fels. Er war der einzige Mensch, von dem ich wusste, dass er – abgesehen von dir – immer für mich da sein würde, der ehrlich zu mir war und dem es scheißegal war, wer oder was ich war. Ich hätte irgendwo ein Penner sein können, und Seth wäre immer noch mein Freund gewesen. Ich habe mir immer gewünscht, er wäre mein Bruder. Ich wollte immer bei ihm übernachten, als wir Kinder waren. Ich liebte seine Eltern sogar noch mehr als meine eigenen, glaube ich. Sie waren fantastisch.

Nun, ich kann ja nicht ewig schreiben, oder? Haha. Wie du schon gesehen hast, habe ich Ed viele Anweisungen gegeben, viele Dinge, die er euch beiden geben soll. Ich hoffe, das hält euch beide auf Trab. Es tut mir leid, dass ich dich sozusagen ›blind‹ zurücklassen muss. Ich habe so etwas noch nie erlebt, aber ich habe volles Vertrauen in dich, Seth, dass du sie in Sicherheit bringst und dafür sorgst, dass sie weiterleben will. Oder sie dazu bringst, wieder leben zu wollen. Sie liebt dich. Sie wird auf dich hören, wenn nichts anderes hilft.

Finde deinen eigenen Weg mit ihr. Mach dir keine Sorgen, wenn du versuchst, alles genau so zu machen, wie ich es gemacht habe. Das wird bei dir nicht funktionieren und sie verwirren und wütend machen. Sie wird es besser verstehen und sich anpassen, wenn du versuchst, die Dinge auf deine eigene Art zu machen. Ich erwarte nicht, dass du die Dinge über Nacht änderst, aber tu, was sich für dich richtig anfühlt. Mach dir keine Sorgen, ob ich das gutheißen würde. Wenn du dein Versprechen mir und ihr gegenüber einhältst, ist das alles, was mich interessiert. Die Details, wie du das machst, sind mir egal. Ich weiß, dass du sie liebst und alles in deiner Macht Stehende tun wirst, damit sie sicher und geliebt ist.

Pass auf dich auf und geh in Frieden, Bruder. Ich liebe dich, Seth. Ich liebe dich, Leah. Ihr habt mich beide so unglaublich stolz gemacht.

SETH SCHLUCHZTE. Dass Kadens Worte am Ende so sehr seine eigenen waren ... es jagte ihm einen Schauer über den Rücken.

Und das letzte Puzzleteil passte zusammen.

Er verstand. Endlich. Völlig, ganz und gar.

Als Kind – er war vielleicht sechs Jahre alt gewesen – erinnerte er sich, war er auf die Hochzeit seines Cousins gegangen. Seth dachte, wie cool es wäre, wenn sein bester Freund und er zusammen sein könnten, und fragte seine Mutter, ob zwei Jungs das gleiche Mädchen heiraten könnten. Mit entsetzter Miene sagte sie:»Mach dich nicht lächerlich!«

Er hatte sich nie wieder getraut, danach zu fragen.

Er hätte sich nie träumen lassen, dass Kaden das Gleiche gedacht hatte. Aber passte es dann nicht? Sie waren in vielerlei Hinsicht wie Zwillinge, nur wenige Wochen auseinander geboren. Ihre Mütter hatten sich in den Jahren vor ihrem Tod als enge Freundinnen auseinandergelebt, aber ihre eigene Freundschaft war nie ins Wanken geraten, nie geschwankt. Sie war stärker geworden und hatte sich vertieft.

Er trug die Papiere – Kaden hatte die späteren Tagebücher für ihn in Dreiringordner gepackt – ins Schlafzimmer.

Leah wachte auf, als er zu ihr ins Bett kletterte. Als sie sein Gesicht sah, verließ der Schlaf ihren Körper.

»Was ist denn los?«

Er nahm sie in den Arm und las ihr Kadens letzten Tagebucheintrag vor. Dieses eine Mal wusste er, dass sie ihn nicht richtig lesen sollte. Als er fertig war, schluchzte auch sie und klammerte sich an ihn.

Dann sagte er es ihr. Er gab zu, was er sonst nie jemandem gesagt hatte. Er gab zu, was er Kaden schon vor Jahren hätte sagen wollen.

Endlich setzte sie sich auf und sah ihn an, wischte ihm die Tränen weg und küsste ihn. »Ich liebe dich, und ich will keinen anderen. Niemals. Ich habe Kaden verloren, aber ich habe immer noch dich.«

»Ich werde dich nicht teilen. Das sage ich dir jetzt gleich.«

Sie lächelte. Es war das erste Mal, dass er seit Kadens Tod ein Lächeln in ihren Augen gesehen hatte. »Ich hoffe sehr, dass du das nicht tust. Es würde mich wirklich wütend machen.«

KAPITEL SIEBENUNDZWANZIG

EIN JAHR SPÄTER

Tony
Ich hatte den größten Teil der letzten zwei Monate außerhalb der Stadt verbracht, sowohl für Vanillegeschäfte als auch für den Unterricht. Es war gut, wieder zu Hause zu sein. Ich hatte schon fast beschlossen, an diesem Samstagabend nicht in den Club zu gehen. Dann dachte ich mir, dass es vielleicht gar nicht so schlecht wäre, sich über den neuesten Stand der Dinge zu informieren und ein bisschen zu entspannen. Ich war momentan ohne Sub oder Freundin, und Venture brauchte immer freiwillige Kerkerwächter.

Ich stand in der Halle und unterhielt mich mit Becca, einer der freiwilligen Helferinnen bei der Registrierung, als ich draußen ihr Motorrad hörte. Das Geräusch war nicht zu überhören. Der Motor wurde abgestellt und dann kamen sie ein paar Minuten später herein.

Ich brauchte einen Augenblick, um ihren Anblick zu verarbeiten.

Ich hatte sie seit ein paar Monaten nicht mehr gesehen, obwohl ich im Durchschnitt einmal pro Woche mit ihnen telefonierte und noch häufiger E-Mails und SMS schrieb.

Seth kam auf mich zu, lächelte und schüttelte mir die Hand. »Hey, Tony. Seit wann bist du zurück?«

»Seit gestern. Ich packe immer noch aus. Ich wollte dich morgen anrufen.«

Leah sah gut aus, um Welten besser als vor einem Jahr. Sogar besser als das letzte Mal, als ich sie gesehen hatte, obwohl ich vermutete, dass sie ihre tiefe Trauer immer wie einen unsichtbaren Schleier tragen würde. Sie trug ihren Motorradhelm unter den Arm geklemmt und trug eine schwarze Jeans. Ihre schwarze Motorradlederjacke war über ihrem Lederbustier, das ihre Brüste nur knapp bedeckte und sie straßenzugelassen kleidete. Ihr maßgefertigtes, verschlossenes schwarzes Lederhalsband sah gut aus. Die kleinen silbernen Anhänger fingen das schwache Licht ein.

Sie blickte zu ihrem Meister. Er nickte ihr kurz zu. »Hi Tony«, sagte sie und beugte sich zu einer kurzen Umarmung vor.

»Geht es euch beiden gut?« Ich wusste, dass das einjährige Jubiläum schon zwei Wochen zurücklag.

Sie lächelte und es sah echt aus, anders als die schreckliche Maske, die sie in den ersten Tagen und Wochen nach Kadens Tod aufsetzte.

Ich zog es vor, Zeuge ihrer unverfälschten und ehrlichen privaten Trauer zu sein, statt der Fassade, die sie versuchte, dem Rest der Welt vorzuspielen.

»Uns geht es gut. Wir haben immer noch manchmal harte Tage. Wir bewältigen sie gemeinsam.« Sie blickte Seth an, ihre Lippen verzogen sich zu einem Lächeln.

Was für ein Glückspilz.

»Meldest du dich heute Abend freiwillig?«, fragte ich.

»Nein«, sagte Seth. »Nicht heute Abend. Wir haben schon die letzten Wochenenden freiwillig gearbeitet. Heute Abend ist es nur zum Spaß.« Er meldete sie an und als sie durch die Tür nach hinten gingen, bemerkte ich, wie sich sein Verhalten änderte. Er schien größer zu werden, während sein Arm sich schützend um ihre Schultern legte. Sie lehnte sich an ihn, ihre Schritte waren perfekt mit seinen synchronisiert. Ich hatte ihnen seit vielen Monaten nicht mehr zugesehen, aber ich wusste aus unseren Gesprächen, dass sie einen ganz anderen Stil entwickelt hatten. Ihre private Zeit zusammen, was sie brauchte, machten sie zu Hause.

Was sie vor anderen taten, war nur zum Spielen, es sei denn, sie unterrichteten.

Ich folgte ihm und fragte mich, welche Utensilien er in der Tasche über seiner anderen Schulter trug. So wie sie locker hing, sah es nicht so aus, als hätte er Stöcke oder Gerten dabei.

Es war noch nicht viel los. Sie gingen hinüber zu einem Andreaskreuz, was ich merkwürdig fand. Kaden hatte selten in der Öffentlichkeit mit ihr daran gespielt, obwohl sie zu Hause eines hatten, das oft benutzt wurde. Ich blieb in einem diskreten Abstand stehen und sah zu. Nachdem Leah ihren Helm auf die Tür gesetzt hatte, stellte sie sich vor ihren Meister und küsste ihn, bevor sie mit einem wunderschönen Gesichtsausdruck auf die Knie sank.

Glückspilz.

»Was willst du?«, fragte er. »Ich möchte dir gefallen, Meister.«

»Sei ein bisschen genauer, Mädchen.«

Ihre Augen leuchteten auf. Das war ermutigend. Anfangs schien sie so tot zu sein, dass ich nicht sicher war, ob Seth sie durchbringen könnte.

Ehrlich gesagt, hatte ich auch Zweifel an seinem Geisteszustand. Ich hatte Ed gewarnt, dass er auch Seths Beerdigung planen könnte, wenn er sie verlieren würde, denn ich wusste, dass sie ihn genauso am Leben hielt, wie er sie am Leben hielt.

»Meister, ich will den Biss spüren.«

Seth machte einen demonstrativ gelangweilten Eindruck und tat so, als würde er seine Fingernägel untersuchen. »*Hmm.* Ich bin mir nicht sicher, ob du das willst. Du hörst dich nicht so an.«

Sie schlang ihre Arme um seine Knie. »Bitte, Meister? Ich werde alles tun.«

Er zog spielerisch eine Augenbraue in die Höhe. »*Alles?*«

Sie nickte eifrig und lächelte. »Alles.«

Mir war aufgefallen, dass Seths Selbstvertrauen seit unserem ersten Treffen zugenommen hatte.

Auch Leah behandelte er anders.

Andererseits hatte sie sich jetzt auch stark verändert. Wenn man so etwas überlebt hat, zeigt einem das, dass man mehr aushalten kann, als man dachte. Es stärkt die Seele in einer Prüfung, die einen zwar nicht zerstört, aber stärker macht.

Manchmal sind die alten Klischees nicht nur Blödsinn.

Seth schwebte nicht über ihr, wie Kaden es getan hatte. Ich hatte den Verdacht, dass sie jeden, der es wagte, sie schief anzuschauen, verprügeln würde. Früher hätte Leah sich geduckt und Schutz gebraucht, erstarrt vor Angst, weil sie sich verletzlich fühlte.

Jetzt, nach Kadens Tod, vermutete ich, dass Leah Baxter in den Arsch treten würde, oder jeden anderen, der es wagte, sie anzusprechen oder zu berühren, ohne dass ihr Meister es erlaubte. Seth ließ die Tasche fallen und legte seinen Helm auf den Boden neben ihrem. Er ließ sich viel Zeit, um seine Motorradjacke auszuziehen. Darunter trug er ein dunkles anthrazitfarbenes Hemd zu seiner schwarzen Jeans.

Langsam begann er, sein Hemd aufzuknöpfen. »Wenn du es *wirklich* willst, mach dich bereit, Liebes.«

Sie stürzte sich auf ihn. Sie riss sich die Jacke vom Leib und griff nach der Tasche, aus der sie zwei Ledermanschetten holte.

Ah. Das erklärte das Kreuz.

Sie befestigte die Handschellen an ihren Handgelenken

und holte die Peitsche heraus. Dann fiel sie wieder vor ihm auf die Knie und bot ihrem Meister die Peitsche an.

»*Bitte*, Meister?«

Er tippte langsam auf die Spitze seines rechten Stiefels und sah aus, als würde er darüber nachdenken. »Warum sollte ich?«

»Ich bin diese Woche ein braves Mädchen gewesen.« Mir entging nicht der spielerische Schmollmund, der ihren Tonfall untermalte.

»Das ist wahr.« Er machte eine große Show daraus, es noch einmal zu überdenken und es für sie in die Länge zu ziehen. »Na ja, ooookaaay. *Meinetwegen.*« Er knöpfte sein Hemd auf und ließ es auf die Tasche fallen, bevor er ihr die Peitsche abnahm. »Geh schon.« Er nickte in Richtung des Kreuzes.

Sie sprang auf und lief mit dem Rücken zu ihrem Meister dorthin, um ihre eigenen Fesseln an den Pfosten zu befestigen.

Seth rollte seinen Nacken und seine Schultern und rollte die Peitsche ab. In diesem Moment bemerkte ich das neue Tattoo auf seinem rechten Bizeps. Offensichtlich nicht ganz neu, denn es sah vollständig verheilt aus.

Ein Rankenmuster wie das auf seinem linken Arm, das gleiche wie das von Kaden, nur dass hier Kadens Name und die Daten seiner Geburt und seines Todes eingearbeitet waren. Mir fiel auch auf, dass beide jetzt kleine, passende silberne Fläschchen an Ketten trugen. Sie sahen aus, als wären sie mit einer komplizierten Gravur versehen, und ich war mir nicht sicher, welche Bedeutung sie hatten, aber ich konnte es mir denken.

Seth hatte sich mit zunehmendem Selbstvertrauen wirklich durchgesetzt. Ich sah Kadens Ausbildung und seinen Einfluss in Seths Verhalten und seiner Art. Dennoch ging er jetzt mit Leah seinen eigenen Weg.

In meinen Gesprächen mit Kaden über die Jahre hinweg und besonders in den Wochen vor seinem Tod hatte ich mich gefragt, wie Seth die Dinge verändern würde. Ich erinnerte mich daran, wie ausgeflippt Kaden vor Jahren war und mich verzweifelt um Rat gefragt hatte, als Leah ihn zum ersten Mal bat, sie im Club auszuziehen. Jetzt konnte ich darüber lachen und wusste, dass Kaden das wahrscheinlich auch tun würde, wenn er noch da wäre. Die Tatsache, dass Seth ihr die Stirn bot und sich weigerte, das zuzulassen ... Ich fragte mich, ob er verstand, was für eine große Sache das wirklich war.

Aus meinen Gesprächen mit Seth wusste ich, dass er eine unrealistische Vorstellung von Kaden als einer Art allmächtigem Meister hatte. Die Wahrheit war, dass Leah ihn zu vielem, was Kaden tat, überredet hatte, auch wenn es für andere nicht so aussah. Kaden mochte den Titel und offensichtlich auch das Verhalten ihres Meisters haben, aber er tat das alles nur, weil er sie liebte und versuchte, ihren Schmerz zu kontrollieren und zu heilen, so wie er es für möglich hielt.

Nicht, weil er *sie* dominieren wollte. Das nenne ich mal einen widerwilligen Dom.

Seth ließ die Peitsche in ihrer Nähe knallen, aber nicht mit einem ohrenbetäubenden Knall, und Leah wackelte mit ihrem Hintern, um ihm zu antworten. »Was glaubst du, wie viele du verdient hast, Liebes?«, fragte Seth.

Inzwischen hatten sich ein paar Leute versammelt, um zuzusehen. Ich hielt die Augen offen und winkte einige aus der Reichweite der Peitsche zurück.

»So viele, wie der Meister mir geben will.«

Er schlug ihr sofort auf den Hintern. Ich wusste, dass es durch die Jeans wahrscheinlich ein wenig brannte. Das würde ihr offensichtlich gefallen.

»Das war keine Antwort. Wenn du mir keine Antwort gibst, Mädchen, werde ich aufhören.«

»Zwanzig, bitte, Meister.«

Seine Bewegungen waren etwas Wunderschönes. Sanft, geschmeidig, bestimmt, sicher. Er bearbeitete sie, wobei das Lederbustier die meisten Schläge abbekam, der Rest landete auf ihrem Arsch und ihren Schenkeln, aber nie auf ihrem nackten Fleisch.

Sie krümmte sich gegen das Kreuz, als er den Satz beendete. »Wie geht es uns, Liebes?«

»Grün, Meister.« Ihre Stimme verriet mir, dass sie mindestens dreißig weitere Schläge wollte, gefolgt von einem guten, harten Fick.

»Dann kann ich das wohl wegpacken.«

»Nein! Bitte, Meister! Hör nicht auf!«

Er lachte und stellte sich hinter sie. Als er seinen Körper an ihren Rücken drückte, streichelte er ihre Wange und flüsterte ihr etwas zu, das niemand sonst hören konnte. Sie stöhnte als Antwort.

Ein ›*Ich will unbedingt hart gefickt werden*‹-Stöhnen. Sie nickte.

Seth lachte und schlug ihr mit seiner bloßen Hand auf den Hintern. »In Ordnung. Ich schätze, ich kann dir noch ein paar mehr geben, Liebes.« Er kehrte in seine Position zurück, überprüfte seinen Abstand und versetzte ihr ohne zu zögern zwanzig weitere Schläge. Jeder einzelne traf das, was ich vermutete, nämlich sein Ziel.

Inzwischen hatte sich eine kleine Menschenmenge gebildet, die weit genug zurückstand, um der Peitsche zu entgehen.

Es war kein Wunder, dass die Klassen immer voll waren.

Seth kehrte zu Leah zurück und sprach leise mit ihr. Sie nickte. Ich sah zu, wie er eine kleine Fernbedienung aus seiner Tasche zog. Er drückte auf den Knopf, bevor er sie wieder in seine Tasche steckte.

Ah. Der gute alte Butterfly.

Leah stöhnte laut auf. Seth kehrte auf seinen Platz zurück, rollte erneut Nacken und Schultern und ließ dann die Peitsche in der Nähe ihres linken Ohrs knallen, sodass sie zusammenzuckte. »Noch mal zwanzig, Liebes?«

»Oh ... ja ... bitte, Meister!«

Sie stöhnte auf, als er ihr einen Schlag auf den Hintern versetzte. Schon beim zehnten Schlag ahnte ich, dass sie kurz davor war zu kommen. Als sie beim fünfzehnten Schlag aufschrie, wusste ich, dass er sie hatte. Er beendete schnell das Set und rollte die Peitsche auf, schaltete mit der Fernbedienung den Vibrator aus, ging zu ihr hinüber und befreite sie.

Sie schlang ihre Arme um ihn, und er hielt sie einen Augenblick lang zärtlich fest, ein schöner Anblick.

Eine Sklavin und ihr Meister.

Als sie wieder zu Atem kam, lächelte sie zu ihm auf. Die Liebe, die ich in ihren Augen sah, verschlug mir fast den Atem.

Verdammt, er war ein Glückspilz.

Ich hatte gesehen, wie sie Kaden so ansah. Jetzt, wo sie das Schlimmste ihrer anfänglichen Trauer hinter sich gelassen hatte, sah sie wieder glücklich aus, fast so, wie ich sie in Erinnerung hatte, bevor Kadens Welt mit ihm zusammenbrach.

Nachdem sie fertig waren und ihre Sachen verstaut hatten, gingen sie zu den Sofas, wo sie kuschelten und ihre Nachsorge erledigten. Ich war mit dem Aufpassen einer weiteren Szene beschäftigt, und als das zu Ende war, unterbrachen Seth und Leah ihr Gespräch mit Eliza und Rusty und gingen zu mir hinüber, wobei Seths Arm lässig um Leahs Schultern gelegt war.

»Warum kommst du nicht morgen Abend zum Essen zu uns?« lud Seth ein. »Du kannst gerne einen Freund mitbringen, wenn du willst.«

»Ich nehme dich beim Wort, aber ich komme allein.« Das kam mir sehr gelegen, denn dann brauchte ich keine Ausrede mehr, um mich mit ihnen zu treffen, weil ich etwas zu erledigen hatte. Wir verabredeten uns und ich folgte ihnen nach draußen, um auf dem Parkplatz ein wenig zu plaudern.

Als Leah gähnte, gluckste Seth und küsste sie auf den Kopf. »Lass uns nach Hause gehen, Babe. Es wird Zeit, dass du die Zeche bezahlst«, sagte er mit einem verschmitzten Lächeln.

Sie lachte. »Wir sehen uns morgen, Tony.«

Ich nickte. »Gute Fahrt.«

Sie zogen ihre Ausrüstung an. Seth befestigte den Gepäckträger an der Harley, stieg auf und kurbelte die Maschine an. Leah wartete auf sein Signal, um ihr Bein über das Motorrad zu werfen und sich hinter ihn zu schieben. Er setzte sie zurück, während sie ihre Füße auf die Rasten stellte und ihre Arme um ihn schlang. Dann reichte er mir eine Hand und mit dem Geräusch des Motorrads, das über das Gebäude und die anderen Autos dröhnte, rollten sie vom Parkplatz.

Der Glückspilz.

Ich ging wieder rein. Nachdem ich sie zusammen spielen gesehen hatte, hatte ich keine Lust mehr auf den Abend. Heute Abend gab es hauptsächlich Teilzeitspieler, nichts Herausragendes oder gar Interessantes.

Wie kann man das auch nur ansatzweise mit dem vergleichen, was ich gerade gesehen habe? Es war, als würde man versuchen, einen beschissenen Hamburger hinunterzuwürgen, nachdem man einen Bissen des besten Filet Mignons gekostet hat, das man je probiert hat.

Ich entschuldigte mich bei Becca, dass ich sie im Stich gelassen hatte, und verabschiedete mich.

Auf dem Heimweg dachte ich über meine Gespräche mit Kaden in den letzten Monaten seines Lebens nach. Ich konnte nie behaupten, ein so enger Freund zu sein, wie Seth es für ihn gewesen war. Ich war eher ein vertrauenswürdiger Gesprächspartner, weil wir den gleichen Lebensstil und die gleichen Interessen hatten, aber ich habe mir nie vorgemacht, dass er mich in einem anderen Licht sah als Seth.

Ehrlich gesagt war ich überrascht und schockiert, als er mich fragte, ob ich sein Ersatzmann sein würde, falls Seth nicht Leahs Meister sein könnte. Kaden hat nie daran gezweifelt, dass sie Seth liebt und die beiden am Ende Mann und Frau werden. Aber er war sich anfangs nicht sicher, ob Seth ihr die anderen Dinge geben konnte, die sie brauchte.

Damals war ich mit jemandem liiert und erklärte mich bereit, zu helfen, wenn ich wirklich gebraucht würde, und war erleichtert, als Seth in die Rolle des Partners schlüpfte.

Und, ich gebe zu, auch ein bisschen enttäuscht. Ich hatte zwar nichts gegen ein rein geschäftliches Arrangement, aber ich wusste nicht, ob ich mit Leahs Trauer und der ganztägigen Liebe und Fürsorge, die sie offensichtlich brauchen würde, umgehen konnte. Ich war mir nicht sicher, ob ich dieser Verantwortung emotional wirklich gewachsen war.

Mir wurde auch klar, dass ich in Leahs Herzen und Gedanken nie ihre erste Wahl gewesen wäre, sondern nur ihre letzte Option, und das auch nur aus einem ganz bestimmten Grund.

Nun ...

Nun, eines Tages werde ich vielleicht auch die richtige Frau finden. Wenn ich Glück habe.

AM NÄCHSTEN ABEND FUHR ICH IN IHRE EINFAHRT UND PARKTE HINTER DEM RIDGELINE. Ich vermutete, dass Seth Kadens Truck so lange fahren würde, bis die Räder abfielen.

Leah begrüßte mich an der Tür. Sie war barfuß und trug Jeans und eine kurzärmelige Bluse.

Und ihr Halsband.

»Hey, komm doch rein.« Sie nahm die Flasche Wein, die ich mitgebracht hatte, und umarmte mich. »Danke, das wäre doch nicht nötig gewesen.«

»Ist das Tony?«, rief Seth aus der Küche.

»Ja, Schatz.«

Ich folgte Leah durch das Haus und ließ mich auf meinen

üblichen Platz am Tresen fallen. Sie drehte sich um. »Soll ich das in den Kühlschrank stellen?«, fragte sie.

Ich zuckte mit den Schultern. »Das kann wahrscheinlich nicht schaden.«

Seth war gerade dabei, dem Salat den letzten Schliff zu geben. »Oh, Schatz, ich habe die Steaks aufgesetzt. Kannst du meins holen, bevor ...«

»Erledigt«, sagte sie lächelnd. Sie ging durch die Schiebetür auf die Veranda.

Als ich ihr zusah, bemerkte ich Seths verschmitztes Lächeln. »Wie geht es ihr? Wirklich?« fragte ich.

Er zuckte mit den Schultern. »Wir haben jetzt meistens gute Tage. Für uns beide. Der Jahrestag war etwas hart, aber auch das hatte Kade geplant.« Er lächelte wehmütig. »In gewisser Weise ist es so, als würde er immer noch auf uns aufpassen.«

»Willst du dein Gelübde jemals erneuern?«

Er schüttelte den Kopf. »Nein. Wir haben beide beschlossen, dass wir lieber die behalten wollen, die wir hatten.« Er lächelte wieder, dieses Mal ohne Traurigkeit. »So abgefahren und seltsam es auch war, wir wollen es nicht anders haben. Er hat meinem und seinem Bruder Nachrichten hinterlassen, damit sie zusehen können, also mussten wir nichts erklären. Allen anderen sagten wir einfach, dass wir vor einem Richter geheiratet haben.«

Wir haben beide gelacht. Ich zeigte auf die Kette um seinen Hals. »Was ist das für eine, wenn ich fragen darf? Die sind neu, oder?«

»Sie waren Leahs Idee. Sie hat ein Buch gelesen, in dem der Geliebte einer Frau gestorben ist, und sie hat einen Teil der Asche in so ein Ding getan. Sie hat mich gefragt, ob wir das machen können. Mir gefiel die Idee.«

Ich hatte also recht gehabt. »Wenn es ein Trost ist, dann ist nichts dagegen einzuwenden.«

Sein Blick senkte sich und er nickte. »Ja. Es ist, als ob er immer bei uns wäre, weißt du?«

»Ja.« Einen Augenblick lang waren wir still. »Wie läuft's in der Uni?«, fragte ich.

Ein aufrichtiges Lächeln erhellte sein Gesicht. »Sie ist großartig. Sie ist verdammt schlau, Mann. Ich kann diese Kurse nur bestehen, weil sie mit mir lernt.«

»Haben die Professoren etwas dagegen, dass ihr in denselben Kursen seid?«

»Nein. Ich bezweifle, dass die meisten von ihnen überhaupt wissen, dass wir verheiratet sind. Die Hälfte von ihnen ist ahnungslos.«

»Mag sie die Schule?«

»Sie liebt es. Ich bin so froh, dass Kade sie gebeten hat, mit mir in den Unterricht zu gehen. Am Anfang wollte sie nicht. Sie wollte lieber zu Hause bleiben. Ich hatte Angst, dass sie wieder depressiv werden würde. Ich wollte sie nicht allein lassen.«

»Was passiert nach dem Abschluss?«

»Ed arbeitet mit uns und bringt uns die Grundlagen bei.« Er hielt inne, dann lachte er. »Du weißt, was ich meine. In etwa einem Jahr werden wir die Immobilien auch ohne ihn verwalten können. Wir haben ein Auge auf eine weitere Gewerbeimmobilie in Bahia Vista, östlich der US 41, geworfen. Wir könnten es kaufen, wenn wir die gewünschten Konditionen bekommen. Ed hat gesagt, wir sollen noch eine Weile warten. So schlecht der Markt auch ist, wir können unseren eigenen Preis festlegen, wenn wir warten.«

»Das ist gut. Du bereust es nicht, von der Krankenpflege zu wechseln?«

Er zuckte mit den Schultern. »Nicht, dass ich es nicht tun wollte, aber ...« Er hielt inne. »Flashbacks, Mann«, flüsterte er und blickte zur Tür. Leah konnte uns durch die geschlossenen Schiebetüren nicht hören. »Es tut weh, an die letzten Monate zu denken. Ich glaube nicht, dass ich die ganze Zeit damit klarkommen würde. Ich würde sein Gesicht jedes Mal sehen, wenn ich mit jemandem arbeite. Wenigstens können wir so zusammen arbeiten. Das macht Spaß. Ich kann die ganze Zeit mit ihr zusammen sein.« Er hielt inne und lächelte. »Das hat er sowieso gewollt. Dass wir zusammen sind.«

Wir hatten ein tolles Abendessen. Seth kippte aus Versehen Wein auf sein Hemd und zog sich um. Um mich zu unterhalten, sagte ich zu Leah: »Ihr beide habt gestern Abend gut ausgesehen.«

Sie errötete ein wenig, lächelte aber. »Es war für uns beide eine Umstellung.«

»Er hat sich wirklich gegen dich behauptet.«

Ihr Lächeln wurde verschmitzt. »Das ist dir aufgefallen, was?«

Ich senkte meine Stimme. »So wie du Kaden herumgeführt hast, hat er dich mit einem Mord davonkommen lassen. Das wissen wir *beide*.«

Auch sie senkte ihre Stimme. »Seth hat ein Machtwort gesprochen. Er hat mir gesagt, wenn ich mich in der Öffentlichkeit ausziehen will, außer im Unterricht, dann muss ich zuerst einen Monat lang einen Keuschheitsgürtel tragen.«

Ich lachte. »Er ist territorial.«

Sie wurde wieder rot. »Aber das ist schon okay. Ich meine, er ist so anders als Kade, aber er ist nicht eifersüchtig auf eine schlechte Art und Weise. Er ist auf eine ganz andere Art beschützend. Die gute Art von Territorialität. Ich wünschte nur, wir drei hätten mehr Zeit zusammen. Ich fühle mich schlecht für ihn. Ich bekomme sozusagen eine zweite Chance. Er bekommt keinen anderen besten Freund.«

»Er hat doch dich.«

»Ja, aber ich bin nur seine Frau. Ich kann für ihn nie das sein, was Kaden war. Ich glaube nicht, dass das irgendjemand kann.«

Seth kehrte zurück. Nachdem wir mit dem Essen fertig gewesen waren, räumte Leah den Tisch ab und schickte uns ins Wohnzimmer. Ich bemerkte, wie Seth am Bücherregal neben dem Fernseher vorbeiging, die Hand ausstreckte und Kadens Urne sanft streichelte, bevor er sich hinsetzte. Es sah wie eine automatische Handlung aus, etwas, das er wahrscheinlich nicht einmal mehr bewusst tat.

Wir quatschten eine Weile, dann griff ich in meine Gesäßtasche und reichte ihm den Umschlag. Ich hatte es aufgeschoben und sogar überlegt, ihn ihnen zu schicken, aber als ich sie gestern Abend im Club sah, war das wie ein Wink aus dem Jenseits, dass ich mein Versprechen an meinen alten Freund einhalten sollte.

Seth starrte einen langen Augenblick darauf, ohne etwas zu sagen, bevor er seinen Daumen vorsichtig unter den Verschluss schob und ihn öffnete. Darin befanden sich eine Karteikarte und sechs kleine, silberne ID-Tags.

Sklaven-Halsbänder-ID-Tags, vermutete ich.

Ich habe Kaden nie gefragt, was in dem Umschlag war. Es ging mich nichts an.

Seth wischte sich die Augen, als er die Karteikarte las, dann lachte er und zog die Anhänger an. Als er mich ansah, schüttelte er den Kopf und lächelte. »Ich frage mich, wie viele davon er noch überall verstreut hat.«

Ich zuckte mit den Schultern. »Das war der letzte, den ich hatte.«

Er rieb mit dem Daumen über die Etiketten. »Kaden, der Kontrollfreak, schlägt wieder zu. Woher zum *Teufel* wusste er das?«, sagte er.

»Was wissen?«

Er beugte sich vor und reichte mir eine der Tags.

Darauf waren zwei Initialen eingraviert, Kadens und ... Aber die von Seth stimmte nicht.

Ich reichte es ihm zurück, während Seth lächelte. »Ich habe

meinen Nachnamen geändert, als Leah und ich geheiratet haben. Ich wollte nicht, dass sie ihren Namen ändert. Ich habe Kades Nachnamen an meinen angehängt, mit Bindestrich, damit meine Kriegsveteran-Leistungen nicht verloren gehen.« Er schüttelte den Kopf und strich wieder mit dem Daumen über die Schilder.

Das erklärte es. Woher *hatte* er das gewusst?

Kaden gab mir den versiegelten Umschlag Monate vor seinem Tod.

Leah kam herein und strich mit ihren Fingern ebenfalls über die Urne, bevor sie sich auf Seths Schoß setzte. »Was ist das?«

Er reichte ihr die Karte, und sie las sie. Sie legte ihr Gesicht auf seine Schulter und stille Tränen liefen über ihr Gesicht. Dann zeigte er ihr die Schilder und sie lachte, bis sie wieder weinte.

»Er passt immer noch auf uns auf«, sagte sie leise.

»Ja.« Seth befestigte einen der Anhänger an ihrem Halsband und fügte ihn zu den beiden bereits vorhandenen hinzu. »Ich bringe es nicht übers Herz, die alten zu entfernen, Baby. Noch nicht. Es tut mir leid.«

»Das ist okay. Lassen wir sie dran.« Sie stupste sie mit ihrem Finger an und sie machten ein fröhlich klingendes Geräusch, als sie aneinander stießen. »Du kannst mich immer kommen hören.« Sie zwinkerte mir spielerisch zu.

Wir haben alle drei gelacht.

Ich blickte auf meine Uhr zu. »Nun, ich muss nach Hause, Leute. Ich muss vor der Arbeit morgen noch einiges erledigen. Vielen Dank für das Abendessen. Es war großartig, wirklich.«

»Danke für alles, was du für uns getan hast«, sagte Seth.

»Ihr beide seht gut aus zusammen. Ich meine das ernst. Ich kann nicht behaupten, dass ich verstehe, was ihr durchgemacht habt. Du hast es sicher satt, dass dir die Leute sagen, wie leid es ihnen tut. Ehrlich gesagt, weiß ich nicht, wie ihr es geschafft habt, das durchzustehen. Ihr seid beide stärker als ich.«

Seth tätschelte Leahs Oberschenkel. Sie schlang ihren Arm um seine Schultern und sah ihm in die Augen.

Was für ein Glückspilz.

Seth lächelte, ohne seinen Blick von Leahs Gesicht zu nehmen. »Es brauchte nur die richtige Frau, das ist alles.«

MEHR WOLLEN?

Der Denim Dom
Suncoast Society Book 5

Wer braucht schon Leder, wenn man Denim haben kann? Einen Denim-Dom, um genau zu sein.

Shayla Pierce hat ihrem verlogenen Ex den Laufpass gegeben und ist nach Florida gezogen, um einen Job bei einer Zeitschrift anzunehmen. Ein Auftrag, über BDSM zu schreiben, öffnet ihr die Türen zu einer neuen Welt und bringt ihr eine Reihe neuer Freunde, darunter den unwiderstehlichen, sexy Tony Daniels. Sie ist sich nur nicht sicher, ob sie jemals wieder vertrauen kann. Tony ist es gewohnt, BDSM zu lehren, aber er hat noch nie eine Sklavin ausgebildet, mit der er nicht zusammen war. Nachdem er die Hoffnung verloren hat, jemals die perfekte Sklavin für sich zu finden, tritt Shayla in sein Leben und bittet ihn, sie für ihre Artikelserie auszubilden. Er weiß von ihrer schlimmen Trennung und eigentlich sollte ihre Vereinbarung nur ein Geschäft sein.

Aber als Shayla den Einsatz erhöht, fällt es Tony immer schwerer, sein Herz unter Verschluss zu halten. Wird Shayla eine Geisel ihrer Vergangenheit bleiben oder Tony erlauben, ihr Denim-Dom zu werden?

The Reluctant Dom

HOLEN SIE SICH IHR KOSTENLOSES BUCH!

Tragen Sie sich in unsere Mailingliste ein, um Ihr kostenloses Buch zu erhalten.

https://geni.us/jungfrauunddervampir

ÜBER DEN AUTOR

Über die Autorin

Die Autorin Lesli Richardson, die besser unter ihrem erfolgreichen Pseudonym Tymber Dalton bekannt ist, lebt mit ihrem Ehepartner und zu vielen Haustieren in der Region Tampa Bay in Florida. Sie schreibt in einer Vielzahl von Hitzestufen und Genres, von Mainstream-Sci-fi bis hin zu heißem Ménage. Die USA Today-Bestsellerautorin (als Tymber) und zweifache EPIC-Preisträgerin ist nebenberuflich Wikinger-Schildmaid in Ausbildung und liebt es, mit ihren Freunden Tontauben zu schießen und D&D zu spielen. Sie ist außerdem die Autorin von über zweihundertfünfzig Büchern, darunter *The Reluctant Dom*, *Cross Country Chaos*, *Her Vampire Obsession*, die Bleacke-Shifters-Serie, die Governor Trilogie, die Determination Trilogie, die Great Turning Trilogie, die Suncoast-Society-Serie, die Love-Slave-for-Two-Serie, die Triple-Trouble-Serie, die Coffeeshop-Coven-Serie, die Good-Will-Ghost-Hunting-Serie, die Drunk-Monkeys-Serie und viele andere.

Sie lebt in ihrer eigenen kleinen Welt, aber das ist in Ordnung – alle kennen sie dort.

Sie liebt es, von ihren Lesern zu hören! Schauen Sie auf ihrer Website vorbei und melden Sie sich für ihren Newsletter an, um über die neuesten Nachrichten, Sneak Peeks und Veröffentlichungen auf dem Laufenden zu bleiben.

Ehrliche Rezensionen sind immer willkommen; sie tragen zur Sichtbarkeit eines Buches bei und können seine Platzierung auf den Websites von Buchhändlern verbessern. Selbst nur ein paar Zeilen darüber, was Sie beim Lesen des Buches empfunden haben, sind hilfreich. Vielen Dank, wir wissen Ihre Zeit sehr zu schätzen!

Newsletter: https://tymberdalton.com/newsletter/

http://www.tymberdalton.com

www.ingramcontent.com/pod-product-compliance
Lightning Source LLC
Chambersburg PA
CBHW020004120726
47903CB00004B/1130